高尔基文集

* 11 *

母亲

夏天

1906
—
1909

М. Горький

马克西姆·高尔基

目　次

母亲 …………………………………………………… 1
夏天 …………………………………………………… 365

母 亲

夏 衍 译

《母亲》是高尔基的名篇之一。小说通过青年工人巴维尔和母亲尼洛夫娜在革命浪潮的激荡下成长为自觉的革命战士的过程，塑造出血肉丰满的社会主义新人形象，从一个方面真实而具体地反映了俄国第一次革命时期的历史进程。

　　小说在一九〇六年六月至翌年四月，写于美国和意大利，随即译成英文，首次连载在纽约《Appletun Magazine》杂志一九〇六年十二月至次年六月各期上。一九〇七年四月在美国出版英译单行本，七月在柏林出版德译本和俄文本，同时在伦敦出版英译本（书名为《同志们》）。在俄国国内，直到一九〇七年下半年至一九〇八年才在彼得堡"知识"出版社编辑出版的年度文集中陆续刊载，但已遭沙皇政府书刊检查机关恣意篡改。十年后，即一九一七年，俄国国内始有完整的原著问世。

　　中译者夏衍同志在我国一九二七年大革命失败后的艰难条件下，根据两种日译本并参照英译本转译了这部名著，由上海大江书铺出版，署名沈端先。中译出版后不久，先是不准邮寄，接着在一九三一年又被国民党政府列入禁书名单，通令全国禁止发行。一九三六年，开明书店编辑部将书名改为《母》，译者改为"孙光瑞"，使这部名著的中译本得以一再印行。当时不少青年受到这本禁书的启迪，投身中国革命的洪流，也有许多青年因读此书而遭到不幸。

　　一九五六年，人民文学出版社出版这个译本时，由刘辽逸和许磊然同志据苏联《高尔基三十卷集》第七卷（1950年）的原文进行了校订。这次收入本《文集》，由周圣同志据苏联六十卷本《高尔基全集》第八卷（1970年）订正后的原文，再次作了校订。

第 一 部

一

每天,在工人区的上空,在充满煤烟和油臭的空气里,工厂的汽笛颤抖着吼叫起来。那些脸色阴郁、睡过觉却还没有消除筋肉疲劳的人们,听见这吼叫声,像受惊的蟑螂似的,立即从灰色的小屋子里跑到街上。在寒冷昏暗的晨曦中,他们沿着没有铺修的道路,向工厂一座座高大的笼子般的砖房走去。工厂睁着几十只油腻的四方眼睛,照着泥泞的道路,摆出冷淡自信的样子等着他们。泥浆在人们的脚下发出噗哧噗哧的响声。不时可以听见刚睡醒的人们嘶哑的喊叫声,粗野愤怒的咒骂声划破了晨空,而冲着这些人传来的却是另外一种响声——机器粗重的轰隆声和蒸气的怨怒声。高高的黑色烟囱,酷似一根根粗大的棍子耸立在工人区的上空,阴沉而威严。

傍晚,夕阳西下,落日火红的霞光在家家户户的玻璃窗上疲倦地闪耀着,工厂的砖房从自己的胸膛里,将人们像废矿渣一样抛掷出来。他们满身油烟,面孔漆黑,在空气中散发出机油的恶臭,露着饥饿的牙齿,又在马路上走着。这会儿他们的说话声显得有点生气,甚至还有几分高兴,——一天苦役般的劳动已经结束,家里等着他们的是晚餐和休息。

工厂吞噬了一天的时光,机器从人们的筋肉里榨尽了它所需要的力量。一天的时光毫无踪影地从生活中消逝了,人们向自己的坟墓又走近了一步。但是,他们看到即将得到休息的愉悦和烟雾腾腾的小酒铺里的欢乐时,也就心满意足了。

每逢假日,他们睡到十点左右,有家室的中年人穿上自己最好的衣服去做弥撒,一路上责骂对教堂漠不关心的年轻人。他们从教堂回来,吃过馅饼,又躺下睡觉,一直睡到傍晚。

长年的积劳使他们失去了食欲,为了能吃下东西,他们拼命喝酒,用烈酒来刺激胃口。

傍晚，他们懒洋洋地在街上闲荡。有套鞋的，即使没有泥泞，也把套鞋穿上，有雨伞的，即使出太阳，也把雨伞拿着。

他们相遇的时候，总是谈论工厂、机器，咒骂工头，——他们所谈所想的，都是与做工有关的事情。在这千篇一律的枯燥日子里，迟钝的头脑有时也偶尔闪出几星火花，回到家里，他们就和妻子吵闹，动辄挥拳殴打她们。年轻人就下酒馆，或者轮流在各家聚会，拉起手风琴，唱着淫秽难听的曲子，跳舞，说下流话，喝酒。极度劳累的人很容易喝醉，酒醉后，一种病态的莫名的积愤在胸中翻腾，寻找着发泄的机会。一有能够发泄这种烦躁心情的机会，他们就紧紧抓住不放，为了一点小事，就以野兽般的疯狂互相厮打起来。常常打得头破血流。有时打成重残，甚至闹出人命。

潜藏在内心的仇恨成了人们关系中最主要的感情，这种感情和无法消除的筋肉疲劳一样，由来已久。人们一生下来就从父辈那里继承了这种心灵的沉疴。它如影随形，一直伴随人们进入坟墓，并使他们在一生中干出许多令人厌恶的盲目的残酷勾当。

在休息的日子里，年轻人直到深夜才回家，他们有的衣服撕破了，浑身污泥和尘土，鼻青眼肿，但还幸灾乐祸地夸耀伙伴如何饱尝了自己的拳头；有的因为受了屈辱，怒气冲冲，或挂着委屈的眼泪。他们喝得酩酊大醉，露出一副副可怜相，既不幸又令人讨厌。有时，一些年轻小伙子是被他们的父母硬拉回去的。他们在路旁围墙底下，或者在酒店里面找到醉得不省人事的儿子，便破口大骂，用拳头朝儿子被伏特加灌得像烂泥一样发软的身体打去，回家后，好歹照料他们睡下，因为第二天一早，当汽笛像浑黑的溪水流过似的在空中怒号起来的时候，得叫醒他们去上工。

他们虽然凶狠地打骂自己的儿子，但年轻人的酗酒和打架在老年人看来是完全正常的现象，——这班父辈们年轻的时候，也同样酗酒和打架，也被他们父母殴打。生活向来就是这样的，——它像一条混浊的河流，年复一年，平坦徐缓地不知向什么地方流去。他们的全部生活被那年深日久牢不可破的习惯所束缚，每天所想所做的都是老一套。所以谁也没有改变这种生活的愿望。

有时候，也有些外路人到工人区来。起初，他们只是由于自己是陌生人而受人注意，后来，听他们讲起他们从前工作过的地方，便稍稍引起了人们一点表面的兴趣。过了一些时候，那些新奇的东西从他们身上消失，大家对他们已经习惯，他们也就不再引人注意了。听了这些人的话之后，大家知道了工人的生活到处都是一样。既然这样，那还有什么好说的呢？

但有时候，陌生人中有人讲到一些工人区闻所未闻的事情。大家也不和他们争论，只是将信将疑地听着他们那些稀奇古怪的谈论。他们说的话，激起了一些人盲目的愤怒，引起了另一些人模糊的焦虑，使第三种人由于产生了一种模模糊糊的淡淡的希望而惴惴不安。他们为了排遣那种不必要的、妨碍他们的焦虑不安，便喝下比平常更多的伏特加。

要是发现外来人身上有什么特殊的地方，工人区的人们就长久地难以容忍。他们对这种与自己不同的人，怀着本能的戒心。他们确实害怕这种人会把什么东西投入他们的生活，从而破坏这种极其无聊的生活常规，这种生活虽然凄苦，但总还算安定。人们已经习惯忍受生活对他们始终如一的沉重压迫，他们并不期待任何好的变化，他们认为一切变化只能更加加重压迫。

一旦工人区的人们默默地躲开那些讲述新事物的人们，后者就只好离开，再流浪到别的地方，要是留在工厂，如果不能和这工人区所有的人融为一体，那他们就只能孤单地生活……

一个人这样活上五十来年就死去了。

二

钳工米哈伊尔·弗拉索夫，也这样生活着。他是一个毛发浓密、面色阴郁、眼睛细小的人；他那双眼睛从浓眉下面看人的时候，总带着猜疑的神情和不怀好意的冷笑。他是工厂里最好的钳工，是工人区头号大力士。他对上司态度粗鲁，所以得到的工钱很少。每逢休息的日子，他总要打人，大家都不喜欢他，怕他。有时候，他们想要打他，但是都没有打成。弗拉索夫看见有人要来打他的时候，便抓起石头子、木板或铁块，两腿宽宽地叉开，一声不响地等待着他的对手。他那张从眼睛直到脖颈长满了黑胡须的面孔和毛茸茸的两手，使大家感到恐惧。他的眼睛尤其令人害怕——细小而又尖锐的眼睛，好像钢锥一般刺人，凡是和他的目光相遇的人，都会感到面前这个人身上有一股野蛮的力量，他无所畏惧，会随时无情地殴打别人。

"给我滚开！混蛋！"他声音低沉地喝道。从他满脸的浓须里面，露出一口又大又黄的牙齿。想打他的人胆怯而又悻悻地回骂几句，就纷纷走开了。

"混蛋！"他朝他们身后短短骂了一声。他的眼睛讥诮地闪射出钢锥一般锐利的光芒。然后，他挑战似的伸直脖颈，跟在他们后面喊道：

"来！谁想找死就滚过来。"

谁也不想找死。

他平时言语不多，"混蛋"是他常用的字眼。他用这两个字称呼工厂里的上司、警察，也用它呼唤妻子。

"你这混蛋！没看见吗？——裤子破了。"

弗拉索夫的儿子巴维尔十四岁的时候，他有一次想揪住儿子的头发来回摇晃，但是儿子抓起一把沉重的铁锤，简单明了说：

"不准动手……"

"什么？"父亲问，一边走近瘦长的儿子，像阴影移近白桦树似的。

"够了！"巴维尔说，"我再也不愿忍受了……"

说罢，他扬起铁锤。

父亲盯着他看了一会儿，把毛茸茸的手放到身后，冷笑说：

"好哇……"

然后他重重地叹了口气,补充说:

"嗨,你这个混蛋!……"

这件事发生后不久,他就对妻子说:

"以后不要再跟我要钱了!巴什卡①可以养活你了……"

"那你想把钱都拿去喝酒吗?"她壮着胆问。

"不要你管,混蛋!我去找个姘头……"

他并没有去找姘头,但是从这时候起一直到他死为止,几乎两年光景,他不再理会儿子,也不和他讲话。

他有一条和他长得一样壮实而多毛的大狗。那狗每天都伴随他到工厂,到了傍晚,再到工厂门口去等他。每逢休息的日子,弗拉索夫就到几家小酒店逛逛。他一声不响地走着,好像要寻找人似的用眼睛扫视着别人的脸。那狗拖着长毛大尾,从早到晚跟在他的后面。他每次回到家里都喝得醉醺醺的,坐下来吃晚饭的时候,就用自己的饭碗喂狗。他不打也不骂那条狗,但从来也没有爱抚过它。吃完晚饭,要是妻子不及时过来收拾,他就把碗碟从桌上摔到地上,把酒瓶摆在自己面前,背靠着墙,张大嘴巴,闭上眼睛,用那使人忧郁的低沉的声音哀号似的哼着歌。那凄惨难听的声音,含糊不清地从他唇髭里发出,把粘在唇髭上的面包屑震落了下来,他便用粗大的手指捋着唇髭和胡须,独自哼唱着。歌词没人能听懂,字音拉得挺长,曲调像冬天的狼嚎。他一直唱到酒瓶喝空为止,然后侧身倒在长凳上,或者把头伏在桌上,就这样一直睡到汽笛拉响的时候。狗也躺在他的身边。

他是患疝气病死的。在死前四五天,他全身发黑,在床上乱滚,他紧闭着眼睛,咬得牙齿咯咯作响。有时他对妻子说:

"给我拿些砒霜来,把我毒死算了……"

医生吩咐给他做热敷治疗,而且说必须动手术,要当天就把病人送进医院。

---

① 巴维尔的卑称。

"滚他妈的,我自己会死的!……混蛋!"米哈伊尔喑哑地说。

医生走后,他的妻子流着眼泪劝他去做手术,但是他握紧拳头,威吓她说:

"我好了——对你没有好处!"

早上,正当汽笛叫唤人们上工的时候,他死了。他张着嘴躺在棺材里,但是怒气冲冲地紧锁双眉。他的妻子、儿子、狗、被工厂开除的小偷和老酒鬼达尼拉·维索夫希科夫,还有几个工人区的乞丐,给他送葬。他的妻子低声哭了不大一会儿,巴维尔没有哭。工人区的人们在路上遇到棺材,就停下来画着十字,相互谈论着:

"他死了,佩拉格娅兴许会非常高兴的……"

有些人纠正说:

"不是死了,是玩儿完了……"

埋了棺材,人们都走了,但是那条狗却没有离开,坐在刚掘起的泥土上,一声不响地在坟上嗅了许久。过了几天,那条狗不知被谁打死了……

三

父亲死后大约过了两个星期,在一个星期日,巴维尔·弗拉索夫喝得酩酊大醉,回到家里。他跌跌撞撞地走到对着房门的右墙角,像他父亲那样用拳头在桌子上一捶,冲母亲大声喊道:

"拿晚饭来!"

母亲走到他身边,和他并排坐下,把他的头搂到自己的怀里,抱着他。他用手撑着她的肩反抗着,嘴里喊道:

"妈,快些!……"

"你这个傻孩子!"母亲制止了他的反抗,悲伤而又温柔地说。

"我还要抽烟!把老头子的烟斗拿给我……"巴维尔勉强转动着不听使唤的舌头,嘟嘟囔囔地说。

这是他第一次喝醉。伏特加使他身子发软,但还没有失去知觉,在他脑子里不断发出一个问题:

"我醉了吗?我醉了吗?"

母亲的爱抚使他感到羞愧,她眼里的悲伤使他感动。他想哭,为了抑止这种冲动,他故意装出一副比实际要厉害的醉态。

母亲抚摩着他汗湿了的蓬乱的头发,轻轻地说:

"你不应该做这种事……"

他开始感到恶心了。经过一阵剧烈的呕吐之后,母亲把他安放到床上,用一块湿毛巾敷在他苍白的额头上。他稍稍清醒一些,但是他觉得身体下面和周围的一切,都好像波浪起伏一般在晃荡。眼皮变得很重,嘴里感到一种难受的苦味。他透过睫毛望着母亲宽大的面孔,胡乱地想道:

"看起来,在我还太早了点。别人喝了都没事儿,我却觉得恶心……"

好像从很远的地方传来了母亲柔和的声音:

"你要是喝起酒来,那你怎能养活我呢……"

他紧闭着眼睛,说:

"大家都喝酒……"

母亲深深地叹了口气。他说的不错。她自己也知道,除了酒店,人们再没有别的地方可以消遣。但是,她仍然说:

"可你不要喝!该你喝的那份儿,你父亲已经替你喝光了。他把我折磨得够苦的了……你可怜可怜你妈妈,好不好?"

听着这些悲哀而温存的话,巴维尔想起了父亲在世的时候,家里就像没有母亲这个人似的,她沉默不语,一天到晚提心吊胆,不知什么时候就要挨打。巴维尔因为不愿意和他父亲见面,最近一个时期很少在家,因此和母亲也疏远了,现在,他渐渐清醒过来,凝视着她。

她长得很高,有点驼背,被长年累月的劳动和丈夫的殴打折磨坏了的身体,活动时没有一点声响,走起路来稍稍侧着身子,好像总担心

11

撞着什么东西似的。宽宽的、椭圆的脸上刻满了皱纹,还有点浮肿,黑色的双眼,像工人区大多数妇女一样,带着哀愁不安的神情。右眉上面有一道很深的伤痕,所以眉毛稍稍有点往上吊起,看上去好像右耳比左耳高一点,这使她的面孔具有一种似乎总在胆怯地谛听着什么的神态。在浓密的黑发里已经有了一绺绺白发。她整个人都显得悲哀和柔顺……

泪珠儿慢慢地顺着她的两颊滚下来。

"不要哭!"儿子低声央求说,"给我点水喝。"

"我给你去拿点冰水来……"

但是等她回来的时候,他已经睡着了。她低头看着他,在他身旁站了一会儿,水舀在手里颤抖着,冰块轻轻地碰击着铁水舀。她把水舀放在桌上,默然地跪到圣像前面。从玻璃窗外传来了醉鬼们的吵闹声。在秋天薄暮的潮湿空气里,手风琴发出刺耳的尖叫声。有人在高声唱歌,有人在用下流话骂街,恼怒而又疲乏的女人发出惊惶的叫声。

在弗拉索夫家小小的房子里,日子过得比从前安宁、平静些,同工人区别的人家相比,也有点儿不同。他们的房子在工人区的尽头,在一个不高的陡坡旁,坡下是一片沼泽地。厨房和用薄板和它隔开的一间母亲的小卧室,占了屋子的三分之一。余下的三分之二,是一间有两扇窗子的四方房间,在一个角落放着巴维尔的床,对着屋门的右墙角有一张桌子和两条长凳。还有几把椅子,一个衣柜,柜顶的一面小镜子,一口衣箱,一架挂钟和墙角上的两幅圣像——就这么些家当。

年轻人所需要的一切,巴维尔都有了:买了手风琴、胸部浆得笔挺的衬衫、鲜艳的领带、套鞋、手杖。他和同年岁的青年人一样,参加晚上的聚会,学会了加特里尔舞和波尔卡舞。每逢假日,他喝醉了回来,而且总是非常难受。早上醒来的时候,觉得头痛,烧心,脸色苍白,没有精神。

有一次,母亲问他:

"怎么样?昨天玩得高兴吗?"

他用一种阴郁的烦躁口气回答：

"闷得要死！我还不如去钓鱼呢，要不，去买一支猎枪。"

他干活很卖劲，既不旷工，也没有挨过罚。他沉默寡言，一双和母亲的一样的蓝色大眼睛，流露出不满的神情。他没有买枪，也没有钓鱼，但他明显地离开了大家所走的那条老路：很少参加晚上的聚会，休息日虽然也出去，但是，回家时却并没有喝醉。母亲非常留心地注意他，觉察到儿子黝黑的面孔渐渐变尖了，眼神越来越严肃，嘴唇闭得特别紧。仿佛他由于什么事情在生闷气，又好像有什么疾病在耗损他的体力。从前，常有朋友来找他，现在因为在家里总碰不到他，他们也就不来了。母亲看见儿子和别的青年工人不同，觉得很高兴，但是当她注意到他正一心一意地离开生活的暗流向一旁什么地方游去，——这在她心里又引起了一种茫然的忧虑。

"巴夫卢沙①！你身子骨兴许不舒服吧？"她有时候问他。

"不，我很好！"他回答说。

"你太瘦了！"母亲叹口气说。

他开始带一些书回来，读书的时候尽量不让人发现，读完书，立刻藏起来。有时候，他从小册子里摘录些什么，写在单页的纸上，写好后，也藏了起来……

母子之间不常谈话，见面的时候也很少。早上，他一声不响喝完早茶就去上工，中午回来吃饭，饭桌上，他们谈几句无关紧要的话，吃完饭又走了，一直到傍晚才回来。晚上，他很仔细地洗脸，吃过晚饭后，就长时间看自己的书。在休息日，他一早出去，直到深夜才回家。她知道他是到城里去，有时是去看戏，但是城里却没有一个人来找他。时间一天天过去，她觉得儿子的话越来越少了，同时她还发觉在他的话里有时出现一些她所不懂的新字眼，而她听惯了的粗野的、不堪入耳的话，却从他的谈吐中消失了。他的举止中也有许多引起她注意的

---

① 巴维尔的爱称。

小节:他不再讲究打扮,开始更加注意身体和衣服的清洁,他的步履变得较为大方、矫健,外表也变得比较朴实、和蔼了——这一切都引起了母亲焦虑不安的关注。在对待母亲的态度上,也有些新的变化:他有时候打扫房间的地板,每逢假日亲自动手整理自己的床铺,总之,他想尽量减轻母亲的操劳。在工人区谁也不这样做。

有一次,他拿回来一张画,把它挂在墙上。画上的三个人一边谈话,一边轻快而又兴冲冲地向什么地方走去①。

"这是复活了的基督到以马忤斯去。"巴维尔解释说。

母亲很喜欢这张画,但是她心想:

"你尊敬基督,可又不到教堂去……"

在他的木匠朋友替他做的漂亮书架上,书渐渐多起来了,房间也收拾得给人以舒适的感觉。他对她说话时用"您"称呼,叫她"好妈妈",有时他忽然温柔地对她说:

"妈妈,我回来迟一点,请不要担心……"

这使她很高兴,儿子的谈吐给她一种严肃而又坚定的感觉。

但是她忐忑不安的心情还是在不断增长。经过一段时间,她的心情非但没有平静下来,反而被搅得更加惶恐不安了,因为她预感到有什么不平常的事情将要发生。有时候母亲对儿子产生了不满情绪。她想:

"别人都像个人,他却像个出家人。他太老成了,和他的年纪不相称……"

有时候,她又想:

"兴许是他结交了什么姑娘吧?"

但是,和姑娘们在一起玩是要花钱的,可他差不多把全部工钱都

---

① 是据《圣经》故事画的一幅画。按《新约·路加福音》第二十四章记载:耶稣被钉在十字架上处死,三日后复活,前往加利利,途经距耶路撒冷二十五里的以马忤斯村时,遇到两个门徒正在议论耶稣被害和复活的事儿,耶稣便在他们面前显灵,证实自己确已复活,并与他们同行。

交给了母亲。

时间就这样周复一周、月复一月地过去了。奇怪而沉默的生活充满了茫然的思虑和日益增多的担忧,在这种生活中不知不觉过去了两年。

四

有一次吃过晚饭,巴维尔放下窗帘,在屋子一角坐下,把洋铁灯挂在头顶的墙壁上,就读起书来。母亲收拾了碗碟,走出厨房,小心地走到他的身边。他抬起头,用疑问的目光望了望母亲的脸。

"没什么,巴沙①!我随便看看!"她急忙说道,难堪地皱皱眉头走了出去。但是,她一动不动地在厨房里站了一会儿,一副陷入沉思、心事重重的样子。她洗干净手,又走到儿子身边。

"我想问问你,"她轻声说,"你老是在看些什么书呀?"

他把书合起来。

"好妈妈,你坐下……"

母亲笨重地在他身旁坐下,直着腰,神情贯注地期待着会听到什么重大的事情。

巴维尔没看着他母亲,不知为什么口气非常严峻地低声说:

"我在看禁书。所以禁止看,是因为这些书说出了我们工人生活的真实情况……这些书都是偷偷地秘密印刷的,要是从我这儿查到这些禁书,就会抓我去坐牢,让我坐牢是因为我要知道真理。你懂了吗?"

忽然,她觉得呼吸困难起来。她睁大眼睛望着儿子,她觉得儿子好像是个陌生人。他的声音也不一样了——变得低沉、有力而又响亮。他用手指捻着细柔的唇髭,奇怪地皱眉凝视屋子的角落。她替儿

---

① 巴维尔的爱称。

子害怕，而且也可怜他。

"你为什么这样干呢。巴沙？"她说。

儿子抬起头，看了母亲一眼，用平静的语调低声回答说：

"我要知道真理。"

他的声音很低，但很坚定，眼睛放射出执拗的光辉。母亲心里明白了，她的儿子已经永远献身给一种秘密而可怕的事业。在她看来，生活中的一切遭遇都是不可避免的，她已经惯于不假思索地听天由命，现在，在她充满痛苦和忧伤的心里，找不出什么话可说，她只有低声地哭泣。

"不要哭！"巴维尔温存地、低声劝说，但是母亲却觉得他是和她告别。"你想一想，咱们过的是什么日子？妈妈，你已经四十岁了，可你过过一天好日子吗？爸爸时常打你。我现在明白了，爸爸是在你的身上发泄他的痛苦——他生活中的痛苦。这种痛苦压在他的身上，但是他却不知道这痛苦是怎么产生的。爸爸做了三十年的工，从工厂只有两栋厂房的时候就做起，现在，已经有了七栋厂房了！"

母亲怀着又恐惧又很有兴致的心情听着。儿子的眼睛放射出美丽明亮的光芒。他把胸口抵住桌子，向母亲靠近了一些，直对着她泪痕斑斑的面孔，第一次说出了他所理解的真理。他用青春的全部力量，用一个因为有知识而自豪、并虔诚地信仰这些知识中的真理的学生的热忱，说出了他所理解的一切，——他这些话与其说是讲给母亲听，不如说是想对自身作一番考查。有时候想不出适当的词，他就停下来，这时，他看见自己面前那张悲哀的脸，脸上那对和善的眼睛饱含着泪水，目光黯淡。她的眼睛充满了恐惧和惶惑的神情。他可怜自己的母亲，他又重新开始说了，但这时谈的已是关于母亲的事，不是关于母亲的生活了。

"你有过什么高兴的事吗？"他问。"在过去的生活里，有什么值得妈妈怀念的呢？"

她听着并悲伤地摇着头，同时，心里掀动着一种从来不曾有过的既悲且喜的新的感情波澜。这种感情温存地抚慰着她创伤累累的心。她还是第一次听到别人这样谈论她本人,谈论她的生活,这些话在她心里唤起了早已忘却的朦胧的思想,轻轻吹燃了已经熄灭的对生活隐隐不满的感情,这是遥远的青年时期的思想和感情。她曾和女伴们谈到过人生,每次谈的时间都很长,而且谈到生活的一切方面,但是大家,连她自己在内,只是埋怨,谁也说不清楚人生为什么这样艰难困苦。但眼下她的儿子坐在她面前,他的眼神、脸上的表情和他所说的话,这一切都触动着她的心灵。她为有这样一个能够正确理解母亲的生活,说出她的痛苦并怜惜她的儿子而心里充满自豪。

做母亲的向来不会有人怜惜。

这她是知道的。儿子所说的有关妇女生活的一切,都是令人伤心的、她所熟知的事实。她百感交集,胸中漾起一层微澜,一种她从未体验过的爱抚越来越使她感到温暖。

"那究竟想干什么呢?"母亲打断他的话,问道。

"我要学习,然后再教别人。我们工人应该学习。我们必须知道,必须懂得,为什么我们的生活这样苦。"

母亲高兴地看到,他那双一向认真而严厉的蓝眼睛,现在竟露出了和蔼亲切的目光。在她脸颊上的皱纹里虽然还闪着泪珠,但她的嘴角已露出满意而又温柔的微笑。一种双重感情在她心中起伏,她为儿子能把生活的悲苦了解得这样清楚而感到自豪,但她不能忘记儿子还很年轻,也不能忘记他的谈吐与众不同,而且儿子还决心一个人去对这种她和大家所习以为常的生活进行抗争。她很想对他说:"亲爱的,你能干出些什么呢?"

但是她担心这样会妨碍她对儿子的欣赏,他在她面前突然变得这样聪明……尽管对她又有点陌生。

巴维尔看见母亲嘴上的微笑,脸上专注的表情,以及眼睛里的慈爱,他觉得似乎他已经使母亲了解了他所说的真理,于是,年轻人那种对自己的语言力量的自豪,使他增强了对自己的信心。他兴奋地说着,时而微笑,时而皱眉,有时他的话里还流露出仇恨的感情。当母亲听到这种仇恨的铮铮有力而又激愤的言论时,惊恐地摇着头,低声问儿子:

"真是这样吗,巴沙?"

"真是这样!"他斩钉截铁地回答。接着他对母亲谈起了那些愿为人民造福而在人民中传播真理的人,可是生活的敌人却因此像捕捉野兽一样将他们逮捕、投入监狱或流放去服苦役……

"我见过这样的人!"他满怀激情地扬声说道,"他们是世界上最好的人!"

这些人在她心里引起了恐惧,她又想问儿子:"真是这样吗?"

但她没有问出口,只是屏息静听儿子讲她所不了解的人的事迹,正是他们教会她的儿子去谈论和思考对他如此危险的事。后来,她终于对他说:

"天快亮了,你还是躺下睡一会儿吧!"

"好,我这就躺下!"他答应说。接着,他向母亲凑过身去,轻轻地问道:"你懂我说的话吗?"

"懂!"母亲叹了口气答道。眼泪又从她的眼里滚落下来。她抽搭了一声,补了一句:"你会把自己毁掉的!"

他站起来,在房里踱了一会儿,然后说:

"这样,我在做什么、到什么地方去,现在你都知道了,我全对你说了!母亲,你既然爱我,我请求你不要妨碍我!……"

"我亲爱的!"她大声说道,"也许还是什么都不知道的好!"

他拿起母亲的手,紧紧地握在自己的双手中。

他用充满热情的力量叫出来的那声"母亲",使她非常震惊,还有这种握手也非常新奇。

"我决不妨碍你!"她断断续续地说。"只不过你要当心自己,要当心!"

她并不知道要当心什么,只好忧虑地补充了一句。

"你越来越瘦了……"

她把亲切温存的眼光凝注在儿子强壮匀称的身体上,匆匆地轻声说:

"上帝保佑你!我不会妨碍你的,你过你自己愿意过的生活吧。我只求你一件事:你要多加小心,不要随便对人说!对别人一定要提防着点儿,——人和人都在相互地仇恨!他们又贪心又嫉妒,都喜欢干坏事。你要是去撕破他们的脸皮,说他们不好,他们就会恨你,害你。"

儿子站在门口,听着这番忧心忡忡的话,等母亲说完,他含笑说道:

"是的,人们是很坏。但自从我知道世界上有真理以后,我觉得人们就变好些了!"

他又微笑了一下,继续说:

"我自己也不知道这是怎么回事!小时候所有人我都怕,长大了,便恨他们,对有些人恨是因为他们卑劣,而对有些人恨,我却说不出是什么原因,但就是恨!可是现在,我觉得他们都变得和以前不一样了,这是因为怜惜他们还是怎的呢?我闹不清,但自从我知道人们的丑恶并非全都是他们自己的过错以后,我的心就软下来了……"

他沉默了,好像在倾听自己的心声,过了一会儿,他沉思般地低声说:

"真理是多么有力量啊!"

母亲看了他一眼,轻声说:

"主啊,你变得真叫人担心!"

等他躺下睡着后,母亲小心地从床上起来,轻轻地走到他的身边。巴维尔仰面躺着,白色的枕头上清晰地衬托出他那黝黑、倔强而又严厉的面孔。母亲只穿着一件衬裙,赤着脚,两手按在胸口,站在他的床边,她的嘴唇无声地颤动着,从她眼睛里均匀地慢慢流出一滴一滴混浊的大泪珠。

五

  他们母子俩又开始默默地生活下去,彼此离得好像很远,又好像很近。

  有一次,在一周中的一个假日,巴维尔临出门时,对母亲说:

  "星期六城里有客人来。"

  "从城里?"母亲重复了一句,突然抽噎起来。

  "我说好妈妈,这是怎么啦?"巴维尔不满地大声问。

  她用围裙擦了擦脸,叹着气说:

  "我不知道,——就是这样……"

  "是害怕吧?"

  "害怕!"她承认。

  他俯身对着她的脸,像他父亲那样气冲冲地说:

  "就因为害怕,我们大家才走投无路!那些骑在我们头上的人,看见我们害怕,就变本加厉地恐吓我们。"

  母亲哀伤地恸哭着大声说:

  "你不要发火!我哪能不害怕呢?我害怕了一辈子,心里装满了可怕的事。"

  儿子低声地用比较温和的口气说:

  "妈妈,原谅我,——没有别的法子!"

  说完他就走了。

  这三天她只要一想起一些可怕的陌生人要来,就吓得心惊胆战。儿子现在所走的道路,正是他们指点的……

  星期六傍晚,巴维尔从厂里回来,洗了脸,换过衣服,又要出去的时候,眼睛也不看母亲,说:

  "客人要是来了,就说我马上回来。请你不要害怕……"

  她无力地坐到长凳上。儿子皱着眉头,看了她一眼,建议说:

"要不,你……到别的地方去走走吧?"

这句话使她感到不高兴,她不同意地摇摇头,说:

"不。为什么要这样呢?"

这是十一月底的时候。白天在冰冻的地上落了一层细粒的干雪,所以现在可以听见儿子出去后,雪在他脚下发出嘎吱嘎吱的声音。浓重的暮色,一动不动地紧贴在玻璃窗上,怀着敌意在窥伺着什么。母亲坐着,两手撑在凳子上,眼睛盯着门,她在等候……

她觉得,在黑暗中,好像有些衣着奇怪的坏人,弯着腰,东张西望,从四面八方悄悄地朝这座房子走来。果然有人已经在房子周围走动,用手在墙上摸索。

可以听见口哨的声音。这口哨声娓婉而哀怨,好似一股细流在寂静的空气里回荡,它沉思着在无边的黑暗中徘徊,仿佛在寻找什么,渐渐地接近了。突然,这声音在窗下消失,就像钻进了木墙似的。

过道里传来沙沙的脚步声,母亲战栗了一下,紧张地竖起眉毛,站了起来。

门开了。最初,一个戴着毛茸茸的大皮帽子的头伸进了屋子,接着,一个身材修长的人弯着腰慢慢钻了进来。他伸直了身体,不慌不忙举起右手,粗声粗气地舒了口气,用低沉浑厚的胸音说:

"晚上好!"

母亲默默地点了点头。

"巴维尔不在家吗?"

来人从容地脱下皮外套,抬起一只脚,用帽子拂去长筒靴子上的雪,接着又把另一只脚上的雪拂去,然后把帽子扔到角落里,迈开两条长腿,一摇一摆地走进房来。他走到椅子旁,细细察看了一番,像是要弄清这张椅子是否牢靠,最后才坐了下来,用手掩住嘴巴,打了一个哈欠。他的脑袋圆圆的,头发剪得很平整,两颊刚刮过,长长的唇髭往两边下垂着。他用那双突出的灰色大眼睛,把屋子仔细打量了一番,然后把一条腿搭到另一条腿上,在椅子上摇晃着,问道:

"这房子是您自己的,还是向人家租的?"

母亲坐在他对面,回答说:

"是租的。"

"这房子不怎么样,"他议论道。

"巴沙马上就回来,请您等他一会儿!"母亲低声挽留他说。

"我是在等他呀!"高个子平静地答道。

他从容的态度、柔和的声音和朴实的面容,使母亲放下了心。他坦率诚恳地望着她,在他清澈深邃的眼睛里闪出愉快的火花。他长着两条长腿,耸肩曲背,瘦骨嶙峋的整个身材,有着令人好笑而又讨人喜欢的地方。他穿着蓝色的衬衫和黑色的肥大灯笼裤,裤脚塞在长筒靴子里。母亲想问他是干什么的,从什么地方来,是不是很早就认识她的儿子,但是,忽然他整个身子摇晃了一下,先开口问她了:

"大妈!您脑门上的伤疤是谁打的?"

他问得很亲切,眼睛里含着明快的微笑,但这个问题却使母亲感到难堪。她紧闭着嘴唇沉默了一会儿,然后用一种冷淡而有礼貌的口吻反问道:

"我的小爷子,这跟您有些什么关系?"

他整个身子向她凑了过去。

"您不要生气,干吗要生气呢!因为我的养母也和您一样头上有这样一个疤,所以我才问您。您听我说,她是被同居的靴匠用楦头打破的。她是帮人洗衣服的,他是个靴匠。她在收我做养子以后,不知在什么地方找了他这么个酒鬼,真是她天大的不幸。他常常打她,打得可厉害啦!吓得我心惊肉跳……"

由于他的率直,母亲觉得好像完全消除了对他的嗔怪。她心想,巴维尔也许会因为她这样不客气地回答这个怪人的问题而生气的。她负疚地微笑着说:

"我没有生气,不过您问得……太突然了。这是我过世的男人给我的礼物,愿他进天堂!您是鞑靼人吗?"

他把两腿抖动了一下,咧开大嘴笑了,笑得连耳朵都移到后脑勺了。然后他很正经地说:

"还不是。"

"听您的口音好像不是俄罗斯人,"母亲领会了他的诙谐,笑着解释道。

"这种口音要比俄罗斯人的好听!"客人愉快地点点头,说道。"我是个霍霍尔①,出生在卡涅夫城……"

"在这里住了很久了吗?"

"在城里住了一年光景,一个月前,才进了你们这里的工厂。在这里遇到了许多好人,——您的儿子和其他一些人。在这里打算住一阵。"他揪着胡子,说道。

母亲对他产生了好感,因为他称赞了自己的儿子,母亲想酬谢他一下,便建议说:

"要不要喝杯茶?"

"怎么,就我一个人喝吗?"他耸着肩膀回答。"还是等大家都来了,您再招待吧……"

这句话又引起了她心里的恐惧。

"但愿他们都和他一样!"她热切地这样期望着。

过道里又传来了脚步声,门很快打开了,母亲又站起身来。但使她吃了一惊,走进厨房来的是一个个子不高的姑娘。面孔像乡村姑娘一样纯朴,留着一根亚麻色的粗辫子。她低声问道:

"我来迟了吧?"

"哪里,不迟!"霍霍尔从房间里朝外望着回答。"是走来的?"

"当然!您是——巴维尔·米哈伊洛维奇的母亲?您好!我叫娜塔莎……"

"父名呢?"母亲问。

---

① 帝俄时代对乌克兰人的鄙视的称呼,这里是一种诙谐的表示。

"瓦西里耶夫娜。您呢?"

"佩拉格娅·尼洛夫娜。"

"好,我们认识了……"

"嗯!"母亲轻轻叹了口气说,含笑打量着姑娘。

霍霍尔帮她脱下外套,问道:

"冷吗?"

"野外很冷!风大……"

她的声音圆润而清亮,小嘴圆鼓鼓的,甚至她整个身体都圆乎乎的,容光焕发。脱了外套,她用冻得通红的两手使劲地揉擦绯红的脸颊。她快步走进房间,鞋后跟在地板上发出响亮的声音。

"连套鞋都不穿!"这想法在母亲脑子里闪了一下。

"是啊!"姑娘颤抖着,拖长了声音说,"冻僵了……真够呛!"

"我这就给你们去烧茶炊!"母亲急忙向厨房走去。"马上就好……"

她觉得好像老早就认识这个姑娘,并对她怀着一种母性的纯真的怜爱。母亲微笑着,侧耳倾听着房间里的谈话。

"您为什么这样愁眉苦脸,纳霍德卡?"姑娘问道。

"唔,没什么,"霍霍尔低声回答,"这位母亲的眼睛长得很好看,我就想,我母亲的眼睛大概也是这样吧?您知道,我常常想起母亲,我总觉得她还活着。"

"您不是说她死了吗?"

"那是我的养母。我现在说的是我亲生母亲。我觉得似乎她在基辅的什么地方讨饭。她还喝酒,喝醉了,警察就打她的耳光。"

"唉,怪可怜的!"母亲想着,叹了口气。

娜塔莎急促而又热烈地低声说了些什么。接着又传来了霍霍尔洪亮的声音。

"嗨,您还年轻,同志,还没有尝过什么苦头!生儿养女固然不容易,但是教人学好就更难……"

"嗬,真有两下!"母亲心中称赞了一声,她想对霍霍尔说些安慰的话。这时候门慢慢开了,尼古拉·维索夫希科夫走了进来,他是老贼达尼拉的儿子,是整个工人区有名的性情孤僻的人,他老是阴沉着脸避开所有人,因此人们都取笑他。母亲惊奇地问他:

"你有什么事,尼古拉?"

他用大手掌擦了擦颧骨突出的麻脸,也不问声好,就闷声闷气地问道:

"巴维尔在家吗?"

"不在家。"

他向房间里看了一眼,便朝里面走去,说道:

"晚上好,同志们……"

"这人也是?"母亲心里不快地想道,她看见娜塔莎亲切而又高兴地向他伸过手去,不觉大吃一惊。

过了一会儿,又来了两个几乎还像孩子一样的小伙子。其中一个尖脸宽额、一头鬈发的小伙子,名叫费多尔,母亲认得,他是厂里老工人西佐夫的侄儿。另外一个头发梳得很光,样子非常朴实,母亲不认识他,但他长的模样也不可怕。最后,巴维尔回来了,和他一起还来了两个年轻人。她认识他们,两个都是工厂里的工人。儿子对她亲热地说:

"茶炊烧好了?那真要谢谢了!"

"要买点酒来吗?"母亲建议说,她不知道如何向儿子表示自己的感激,至于感激的原因,她一时还说不清。

"不,这不必要!"巴维尔对她亲热地微笑着,答道。

她忽然想到,儿子故意夸大这次集会的危险性,是为了跟她开玩笑。

"这些就是危险人物吗?"她悄声问他。

"这些就是!"巴维尔走进房间时答道。

"唉,你这人啊!……"母亲看着他,亲切地感叹了一声,心里却宽厚地想道,"还是个孩子嘛!"

六

  茶炊烧开了,母亲把它端进房间。客人们围着桌子紧紧地坐成一圈,只有娜塔莎一个人,手拿一本小书坐在屋角的灯下。
  "为了要弄明白为什么人们生活的这样坏……"娜塔莎说。
  "还有,为什么他们自己也不好,"霍霍尔插嘴说。
  "……应该先看看,他们是怎样开始生活的……"
  "应该看看,亲爱的,应该看看!"母亲一面沏茶,一面嘟囔说。
  大家静了下来。
  "妈妈,您怎么啦?"巴维尔皱着眉头问。
  "我?"她回头一看,发现大家都瞧着她,便不好意思地解释道:"我只是自言自语,随便说说:你们应该看看!"
  娜塔莎呵呵笑了,巴维尔也莞尔一笑,霍霍尔却说:
  "大妈,谢谢您的茶!"
  "还没有喝呢,就谢谢!"母亲回答说。她看了儿子一眼,问道:"我不碍事吧?"
  娜塔莎回答说:
  "您是主人,怎么会碍客人的事呢?"
  接着娜塔莎像小孩子似的可怜地央求说:
  "亲爱的!快给我点茶吧!我全身发抖,腿都冻僵了。"
  "就来,就来!"母亲急忙大声应道。
  喝完一杯茶,娜塔莎大声舒了口气,把辫子甩到背后,开始朗读那本黄封面的、有插图的书。母亲尽量不使茶杯发出声音,一边倒茶,一边仔细听姑娘流畅的朗读声。姑娘清亮的声音和茶炊微弱而沉思般的歌声交织在一起。关于用石块猎兽的穴居野人的故事①,像一条美

---

  ① 可能指 Д·库德里亚夫斯基的小册子《古时候的人是怎么生活的》。该书当时在工人革命小组中流传甚广。

丽的带子在房间里盘绕飘荡。这故事很像童话,母亲几次朝儿子望望,想问他,这种故事有什么可禁止的呢?但是过不了一会儿,她听疲倦了,就开始悄悄地仔细打量着客人,不让儿子和其他人发现。

巴维尔和娜塔莎坐在一起;他比谁都长得好看。娜塔莎低低地俯在书上,不时用手撩开垂到两鬓的头发。有时她抬起头来,用和善的眼睛环视听众的脸,不看书本,放低声音,说一些自己的意见。霍霍尔把宽阔的胸脯靠在桌子角上,斜着眼睛竭力想看清自己揪乱的胡须尖。维索夫希科夫将手掌撑在膝盖上,像木头人一样笔直地坐在椅子上,他那张薄嘴唇、淡眉毛的麻脸,活像一副假面具,一动不动。他细细的眼睛眨也不眨,死死盯着映在发光的铜茶炊上自己的面影,好像停止了呼吸。个子矮小的费佳①听着朗诵,无声地翕动着嘴唇,好像在心里重复书上的话。他的同伴弯着身子,把臂肘放在膝上,用手掌托住两腮,沉思地微笑着。和巴维尔同来的,有一个长着红色鬈发和快活的绿眼睛的小伙子,他大概想说些什么,所以不安地动弹着;另外一个浅黄色头发剪得很短的小伙子用手掌抚摩着头,瞧着地板,看不见他的脸。房间里显得特别舒适。母亲感到了这种她从未经历过的特别气氛,在娜塔莎像流水般的朗读声中,她想起了自己年轻时喧闹的晚间聚会,想起了那些身上总是散发出一股难闻的酒气的小伙子们说的粗话和下流玩笑。想到这些,一种怜悯自己的痛苦感情隐隐地触动了她的心。

她想起已去世的丈夫向她求婚的一段往事。在一个晚间聚会上,他在黑暗的过道里抓住了她,用整个身子把她挤在墙上,闷声闷气、怒气冲冲地问她:

"肯嫁给我吗?"

她觉得疼痛和受辱,可他却用力地揉搓她的胸部,喘着粗气,把湿热的呼气喷到她的脸上。她试着挣脱他的胳膊,拼命往一旁挣扎。

"你要往哪里跑!"他大声吼道,"我说,你到底答不答应?"

---

① 费多尔的爱称。

羞耻和屈辱使她喘不过气来,她一句话也不说。

这时有人打开了过道的门,他才不慌不忙地把她放了,并且说:

"星期日我叫媒人去……"

星期日媒人果然来了。

母亲深深地叹了口气,闭上了眼睛。

"我要知道的,不是人们过去怎样生活,而是现在应该怎样生活!"屋子里响起了维索夫希科夫不满的声音。

"对!"红发小伙子站起身来,表示赞同。

"我不同意!"费佳喊道。

一场争论爆发了,人们七嘴八舌,就像篝火闪耀的火舌在窜动一样。母亲不理解他们在喊什么。大家争得面红耳赤,但谁也没有生气,谁也没有说那种她听惯了的刺耳的粗野话。

"在姑娘面前他们有点拘束!"她这样判断。

母亲喜欢娜塔莎那副严肃的面孔,这姑娘一直细心地注视着所有人,似乎在她眼里,这些小伙子还都是孩子。

"等一等,同志们!"娜塔莎突然说道。于是大家都停止说话,望着她。

"那些认为我们什么都应该知道的人,是对的。我们应该在自己身上燃起理性的火光,使蒙昧无知的人们可以看见我们。对一切问题,我们都应该作出公正而又正确的回答。必须懂得全部真理,知道一切谎言……"

霍霍尔听着,随着她的话,有节奏地晃着头。维索夫希科夫、红发小伙子,还有和巴维尔同来的那个工人,他们三人抱成一团,不知道为什么,母亲不喜欢他们。

娜塔莎说完后,巴维尔站起来,平静地说:

"我们难道只是为了能够吃饱肚子吗?不!"他用坚定的目光望着他们三个人,自问自答地说道,"我们应该使那些骑在我们头上想蒙住我们眼睛的家伙们知道,我们一切都看得一清二楚,我们并不是傻子,不是禽兽,不只是为了要吃饱肚子,我们希望能过人一样的生活!我们应该向敌人表明,他们强加在我们身上的苦役般的生活,妨碍不了我们和他们一样聪明,甚至还超过他们!……"

母亲听着他的话,一种自豪感在她胸中起伏激荡,——他说得多么有条有理!

"脑满肠肥的人不少,可他们中间正直诚实的人没有。"霍霍尔说。"我们应该架起一座从这种腐败的生活沼泽通向未来真正的善良王国的桥梁。这就是我们要做的事!同志们!"

"搏斗的时候到了,哪还有时间去治手!"维索夫希科夫闷声闷气地反驳道。

他们分手的时候,已经过了半夜。维索夫希科夫和红发小伙子最先走,这又使母亲感到不快。

"瞧,这么着急!"母亲一面冷淡地点头,一面这样想道。

"您送我吗,纳霍德卡?"娜塔莎问。

"当然啰!"霍霍尔回答。

娜塔莎在厨房穿衣服的时候,母亲对她说:

"现在还穿这样的袜子,太单薄了!要是您不嫌弃,我给您打一双羊毛袜,好吗?"

"谢谢,佩拉格娅·尼洛夫娜!羊毛袜子扎脚!"娜塔莎笑着回答。

"我给您打一双不扎脚的!"弗拉索娃说。

娜塔莎微微眯着眼睛在看她,这凝视的目光使母亲觉得不好意思。

"请您原谅我的冒失,我是出于一片真心!"母亲低声说。

"您真好!"娜塔莎很快地握了握母亲的手,也低声回答。

"晚安,大妈!"霍霍尔看了看母亲的眼睛,说。随后他弯下腰,跟着娜塔莎走进过道。

母亲看了儿子一眼,他站在房门旁微笑。

"你笑什么?"母亲窘迫地问。

"没什么,心里高兴!"

"我又老又笨,这不用说,可好事我还是懂得的!"母亲说道,口气

29

有点委屈。

"那就太好啦！"他回答说，"您还是去睡吧，已经不早了！……"

"这就去睡！"

她围着桌子忙着收拾茶具，心里感到满意，由于心情愉快激动，她身上甚至还出了汗，——她很高兴，一切都这样顺利地、平安地结束了。

"你做了一件很好的事情，巴夫卢沙！"她说，"霍霍尔非常可爱！还有那个姑娘——啊，她真聪明！她是干什么的？"

"小学教员！"巴维尔在房里踱步，简短地回答说。

"难怪这么穷！穿得很不好。唉，实在太破旧了！这样不是很容易感冒吗？她父母在哪里？……"

"在莫斯科！"巴维尔说，他走到母亲面前停下脚步，严肃地低声说：

"告诉你吧：她的父亲是个有钱人，做钢铁生意，有几所房子。因为她走了这条道路，被她父亲赶出来了。她是在不愁吃穿的家庭长大的，从小娇生惯养，要什么给什么，可现在，她得独自一人在黑夜里走七俄里……"

这使母亲大吃一惊。她站在屋子中间，惊诧地扬起眉毛，默不作声地望着儿子。过了一会儿，她低声问道：

"她是到城里去？"

"是到城里去。"

"唉呀！她不害怕吗？"

"她就是不害怕！"巴维尔笑了笑。

"她干吗要这样？还不如留在这里过夜，和我睡在一起多好！"

"那不方便！明天早上这儿的人会看见她，我们不希望这样。"

母亲沉思着向窗外望了一下，低声问儿子：

"巴沙！我真不懂，这有什么危险，为什么要禁止呢？又不是什么坏事。对吗？"

母亲对这一点还没有充分把握，她很想从儿子嘴里听到肯定的回答。儿子坦然地看着她的眼睛，用坚定的口吻郑重地说：

"不是什么坏事。但是,我们大家今后免不了要坐牢。妈妈,你可得知道这一点……"

母亲的手哆嗦了一下。她声音嘶哑地说:

"兴许……老天会保佑,总会有法子避免吧?……"

"不会有的!"儿子亲切地说,"我不能骗你,没法避免!"

他笑了笑。

"睡觉吧,够累的了。晚安!"

房间里剩下她一个人。她走到窗前,站在那里望着街上。窗外又冷又黑。外面寒风阵阵,把雪从沉睡的小屋顶上刮下来,吹打在墙上,像在急促地絮絮低语,还刮到地上,卷起团团干雪,沿街飞舞……

"耶稣基督,饶恕我们吧!"母亲在小声低语。

眼泪在她的心里翻滚,儿子那么镇静、自信地说出的不幸的前景,好像夜间的飞蛾,盲目而愁苦地在心里扑腾。她的眼前出现了一片平坦的雪野。寒风裹着如絮的白雪,发出尖细的啸声,在狂奔,在漫天飞舞。在旷野里,一个年轻姑娘小小的黑色孤影,摇摇晃晃地在走着。寒风在她脚下飞旋,吹起了她的裙子,冰冷的雪扑打在她的脸上,有如针刺一般。她的那双小脚陷进雪里,很难迈开步子走路。周围又寒冷又可怕。她的身体微微向前弯着,好像昏暗的旷野上被猛烈的秋风吹刮着的一棵小草。她的右边,在沼泽地上,是一片茂密的树林,光秃细长的白桦和白杨发出凄凉的喧嚣声。在前面遥远的地方闪着城里的暗淡的灯火……

"主啊!饶恕我们吧!"母亲喃喃自语着,害怕得哆嗦了一下。

七

日子像念珠一般,一天接着一天滑过去,串成周,串成月。每星期六,同志们到巴维尔家聚会。每次集会都像一个坡度不大的长梯上的一个阶梯,——这梯子慢慢把人们引向高处,通往一个遥远的地方。

不断有一些新同志出现,弗拉索夫家的小屋渐渐显得又窄又闷。娜塔莎常来,她虽然挨冻受累,却总是显得无比快乐,充满朝气。母亲给她织了一双袜子,还亲自替她穿在她的小脚上。娜塔莎起初笑着,过了一会儿,忽然不作声了,她沉思着低声说:

"我过去有个保姆,心地也非常善良!多么奇怪啊,佩拉格娅·尼洛夫娜,工人们过着这样困难、这样屈辱的生活,但是比起那些人来,他们倒更热情、更善良。"

说着,她把手一挥,指着离她很远很远的地方。

"啊,您原来是这样!"弗拉索娃说。"失去了父母,失去了一切。"她不善于用言词完满地表达自己心里的想法,便默默地望着娜塔莎的脸,体味着一种对她的感激之情。母亲坐在娜塔莎面前的地板上,姑娘低着头,沉思地含着微笑。

"失去了父母?"娜塔莎重复了一遍。"这没什么!我父亲很粗野,哥哥也是。而且都是酒鬼。姐姐非常不幸……她嫁给一个年纪比她大得多的人……一个非常有钱、无聊而又贪得无厌的家伙。妈妈真可怜!她和您一样憨厚直爽。像老鼠一样瘦小,跑得也那么快,见人都害怕。有时,我真想见到她……"

"您真可怜!"母亲悲哀地摇着头说。

姑娘忽然抬起头,好像要推开什么似的伸出手来。

"噢,不!有时我感到非常高兴,非常幸福!"

她的脸色发白,蓝色的眼睛突然射出明亮的光芒。她把两手放在母亲的肩上,用低沉而深情的声音说:

"要是您知道……要是您了解,我们正在做多么伟大的事业,那就好了!……"

一种近似羡慕的感情,触动了弗拉索娃的心。她从地板上站起身来,悲伤地说:

"干这种事我已经太老了,又不识字……"

……巴维尔议论得越来越多,争论也越来越激烈,人也瘦了。母亲觉得,他和娜塔莎谈话或者看着她的时候,他严厉的目光就变得温和些,说话的声音也亲切些,整个人都变得更单纯了。

"愿主保佑!"母亲想,露出了微笑。

每次会上,一碰到争论过于激烈甚而到了狂热的地步时,霍霍尔总是站起来,身体像钟摆一样摇晃着,用洪钟似的响亮声音说几句简单而温和的话,于是大家变得平心静气,稍稍严肃些了。维索夫希科夫经常是心情阴郁,显得很不耐烦,他和叫做萨莫伊洛夫的红发青年,总是首先挑起争论,脑袋圆圆的、头发像被碱水洗得变成淡黄色的伊凡·布金表示附和他们俩。身体结实、外貌整洁的亚科夫·索莫夫,说话不多,说起来声音低而严肃,他和前额宽宽的费佳·马津,在辩论中总是站在巴维尔和霍霍尔一边。

有时候尼古拉·伊凡诺维奇代替娜塔莎从城里来参加会。他戴着眼镜,蓄着一小撮亚麻色的胡须,他来自边远的省份,说话总带一种"噢""噢"的特别口音。他整个人都显得与众不同。他说的是些很平常的事——家庭生活、孩子、买卖、警察、面包和肉类的价格等等,总之,他谈的是有关人们每天生活中遇到的事情。他能从中发现虚伪、混乱,发现某些任何时候都明显对人们不利的、愚蠢的、甚而是可笑的东西。在母亲看来,他好像是从遥远的地方,从别的国度来的,在那里,人们过着诚实、轻松舒适的生活,但在这儿,他觉得一切都格格不入,他过不惯这种生活,不能认为这种生活是天经地义的,这种生活他不喜欢,在他心里激起一种根据他的想法改造一切的沉着而执拗的愿望。他的脸色微微发黄,眼睛周围布满了鱼尾纹,他说话的声音很低,手总是温暖的。他和弗拉索娃问好时,用他有力的手指,握住她的整个手,这样的握手使母亲觉得心情有点松快和平静。

从城里来的还有一些人,来得最勤的,是一个体态匀称的高个子姑娘,在清瘦苍白的脸上长着一双大眼睛。大家管她叫萨申卡[①]。她

[①] 她的名字叫亚历山德拉,萨申卡是昵称。

的步态举止有些地方很像男人,两道又黑又浓的眉毛总是气咻咻地紧锁着,她的鼻梁很直,说话的时候,小鼻孔不住地翕动着。

萨申卡第一个高声而激昂地说:

"我们是社会主义者……"

母亲听到这话的时候,怀着无言的恐惧凝视着这姑娘的脸。母亲曾听说过,社会主义者刺死了沙皇①。这是她年轻时候发生的事;当时传说,沙皇解放了农奴,地主要向沙皇复仇,他们发誓不杀掉沙皇不剃头。因此人们称他们为社会主义者。但是现在她不明白为什么她的儿子和儿子的同伴们也是社会主义者。

散会后,母亲问巴维尔:

"巴夫卢沙,你真的是社会主义者吗?"

"是的!"他站在母亲面前,像平常一样直截了当而又坚决果断地说道,"怎么啦?"

母亲深深叹了口气,垂下眼睛问道:

"巴夫卢沙,真是这样吗?他们不是反对沙皇,不是还杀死了一个沙皇吗?"

巴维尔在屋子里走了走,用手摸摸脸颊,微笑着说:

"我们不需要这样做!"

他用平静而严肃的声调对母亲讲了许久。她望着他的脸,心里想道:

"这个孩子是不会做任何坏事的!他决不会!"

后来,这个可怕的名词用得渐渐多了,它的锋芒也就渐渐磨平了,这个名词和其他几十个她所不懂的名词一样,变成听惯了的东西。但是她对萨申卡没有好感,她每次来,母亲就觉得有点不安,也不自然……

有一次,她不满地撇着嘴对霍霍尔说:

"萨申卡怎么那样厉害!老是发号施令,你们应当做这个,你们应

---

① 指民意党人一八八一年三月一日在彼得堡刺杀沙皇亚历山大二世一事。

当做那个……"

霍霍尔哈哈大笑起来。

"说得对,大妈!您的眼力不错!巴维尔,你说是吗?"

他向母亲挤了挤眼,眼神里含着嘲笑,说道:

"贵族嘛!"

巴维尔干巴巴地说:

"她是个好人。"

"这话说得对!"霍霍尔也表示同意,"不过她不明白,她应该做什么,而我们要实现而且能够实现自己的愿望!"

他们又争论起什么问题,母亲听不懂。

母亲还发现萨申卡对她儿子的态度最严厉,有时甚至冲他叫嚷。巴维尔只是含笑不语,用以前看娜塔莎的那种温柔的目光看着这个姑娘的脸。这也使母亲感到不快。

有时候,突然他们大家一起都欣喜若狂,使母亲感到吃惊。这通常发生在当他们在报上读到有关外国工人新闻的时候。这时,大家的眼睛里都闪着喜悦的光辉,大家很奇怪地都变得像孩子一样幸福,发出欢乐爽朗的笑声,互相亲热地拍着肩膀。

"德国的同志们真是好样的!"有人好像被喜悦所陶醉,大声喊道。

"意大利工人万岁!"有一次他们高声呼喊起来。

他们把这呼喊声传送到遥远的地方,传送到他们素不相识的、语言不同的朋友那里,似乎他们深信,那些不相识的人一定能听见并理解他们的欢呼。

霍霍尔的眼里熠熠闪亮,心里充满了对大家的热爱,说道:

"要是写封信给他们就好了,对吗?让他们知道,在俄国也有和他们信仰相同、目标一致、为他们的胜利而高兴的朋友!"

于是大家沉浸在幻想中,脸上含着微笑,长时间地谈论法国人、英国人、瑞典人,像在谈他们自己所尊敬的、和他们同甘共苦的知心朋友一样。

在这狭小的房间里，产生了全世界工人在精神上亲密一致的感情。这种感情把所有的人融成一体，也感动了母亲；她虽然还不了解这种感情，但是这种感情却以欢乐、年轻、令人陶醉和充满希望的力量使她直起腰来。

"你们真行！"有一次母亲对霍霍尔说。"所有人都是你们的同志，亚美尼亚人，还有犹太人，奥地利人都是，你们为所有的人忧伤和高兴！"

"为所有人！大妈！为所有人！"霍霍尔扬声说道。"在我们看来，没有国家，也没有种族之分，只有同志和敌人。所有工人都是我们的同志，所有财主、所有政府——都是我们的敌人。当你用慈祥的眼睛看看周围的世界，当你看到我们工人是那样多，那样强大的时候，你的心里就会充满欣喜，会感到无比高兴！大妈，不论是法国人还是德国人，只要他们看看周围的生活，他们也同样有这种感觉，意大利人也一样会感到高兴。我们大家都是一个母亲的孩子，——这母亲就是世界各国工人友爱团结这一不可战胜的思想。她使我们感到温暖，她是正义天国的太阳，而这个天国就在工人的心里，不论是谁，不论他把自己称作什么，只要是社会主义者——我们就永远是信念一致的兄弟，现在是这样，将来也永久是这样！"

这种天真的、然而却是坚定的信念，越来越频繁地在他们中间产生，渐渐提高，日益发展，变得更加强大而有力。当母亲意识到这种信念的时候，不由得感到世界上确有一种和她所看见的太阳一样伟大而光辉灿烂的东西。

他们常常唱歌。他们高声唱那些大家都熟悉的普通歌曲，但有时候，他们也唱些调子特别和谐却又非常深沉和节奏奇妙的新歌。唱这歌的时候总是放低声音，非常严肃，好像唱赞美歌似的。唱的人有时脸色发白，有时容光焕发，在响亮的歌词里，使人感到一种巨大的力量。

其中有一支新歌[①]特别震撼和激动着母亲的心灵。在这支歌里，

[①] 指《工人马赛曲》。歌词作者是 П·Л·拉甫洛夫，写于一八七五年，以《新歌》为题，发表在一八七五年七月一日《前进报》上，用的是法国《马赛曲》的曲子。

听不见那种受尽凌辱而独自在悲哀疑虑的幽暗小径上徘徊的灵魂的沉思,听不见被穷困折磨、饱经恐惧、没有个性、没有光彩的心灵的呻吟。在这支歌里,没有茫然地渴望自由的力量的悲叹,也没有不分善恶一概加以毁坏的那种好斗而无所顾忌的挑衅的呼喊。在这支歌里,完全没有只会破坏一切而无力从事建设的那种复仇和怀恨的盲目的感情,——在这支歌里,听不到任何一点昔日奴隶世界的声音。

母亲不大欢喜这支歌中激烈的歌词和严峻的曲调,但是在这些歌词和曲调后面,有一种更强大的东西,它以自己的力量压倒了曲调和歌词,使母亲的心预感到一种她的思想还不能领悟的伟大的含义。这种伟大的含义,她在年轻人的表情和眼神里可以看出来,从他们的心胸中可以感觉到,她被这支歌曲的歌词和声调所容纳不下的力量所征服,每逢他们唱起这支歌时,她总是比听别的歌子更入神、更激动。

他们唱这支歌的时候,声音总比唱别的歌曲要低,但却比任何歌曲都要强劲有力,好像三月天——即将到来的早春第一天的空气,温暖人心。

"现在是我们到街上唱这支歌的时候了!"维索夫希科夫阴郁地说。

当他的父亲又因为行窃坐牢的时候,尼古拉对同志们平静地说:
"现在可以到我家开会了……"

几乎每天晚上下工以后,总有同志到巴维尔家里来。他们忙得脸也不洗,就开始看书,从书里摘抄一些东西。吃饭喝茶也手不离书。母亲觉得他们说的话越来越难懂了。

"我们要出一份报纸!"巴维尔常常说。

生活变得非常紧张,忙得不可开交。人们更加迅速地读完一本书接着读另一本,就好像蜜蜂从一朵花飞到另一朵花那样。

"别人在议论我们呢!"有一次维索夫希科夫说。"我们很快就会遭殃的!"

"是鹌鹑就不要怕落网!"霍霍尔说。

母亲越来越喜欢霍霍尔。当他叫她"大妈"的时候,这称呼就好像儿童的一只嫩手在她的脸颊上抚摩。每逢星期日,要是巴维尔没有空闲,他就来劈柴。有一次,他扛来一块木板,他的手很巧,拿起斧头,一会儿工夫就把门口台阶上腐朽了的板子换了。还有一次,他也是不声不响地修好了坍倒了的栅栏。他一面干活,一面吹着口哨,吹得非常好听,但是有点悲伤。

有一次,母亲对儿子说:

"叫霍霍尔搬到咱们家里来住好吗?你们两个也会方便些,省得互相来回找。"

"你为什么要给自己添麻烦呢?"巴维尔耸着肩说。

"嗨,瞧你说的!我已经麻烦了一辈子,不知道为了什么,——为好人麻烦是可以的!"

"你高兴怎么办就怎么办吧!"儿子回答说,"要是他搬来,我会很高兴的……"

这样,霍霍尔就搬到他们家来住了。

八

这所坐落在工人区尽头的小屋子引起了人们的注意;已经有许多怀疑的目光在向这所房子窥探。围绕这所房子,流言四起,闹得人心不安,——人们竭力想要揭开、发现坐落在山谷上的这所房子里的秘密。每天夜里,总有人向窗里探望,有时候敲敲窗子,然后又胆怯地赶紧跑开。

有一次,小酒店老板别贡措夫在路上叫住了弗拉索娃。他是一个仪表堂堂的小老头,在肌肉松弛而发红的脖颈上总围着一块黑色的三角丝巾,身上穿一件很厚的紫色丝绒背心。在发亮的尖鼻子上架着一副玳瑁框的眼镜,因此人们都叫他"骨头眼"。

他把弗拉索娃叫住,不等对方答话就像连珠炮似的、枯燥无味地叨叨起来。

"佩拉格娅·尼洛夫娜。身体好吗？令郎呢？还不打算替他娶个媳妇啊？身强力壮的小伙子正是结婚的好时光，早一点给儿子成亲，做父母的就早省心。成了家，身心会更健康，男人有了家，好比酸醋泡蘑菇，坏不了！要是我，老早就替他娶亲了。如今这年头，对每个人都得严加看管，现在的人都自作主张起来了。思想混乱，行为不检点，真该骂。年轻人不去教堂，也不去公共场所，鬼鬼祟祟地聚在角落里，嘀嘀咕咕。为什么要咬耳朵呢，请问？为什么要避开人家？在大庭广众之中，比如在酒店里，不敢说的话，究竟是些什么话呢？秘密话！秘密话，只有在我们神圣的正教教堂里可以说。在旮旮旯旯搞其他的秘密，全都是因为头脑发昏！好，祝您身体健康！"

他怪模怪样地弯起手臂脱下帽子，在空中一挥，拔腿就走，把母亲弄得莫名其妙。

弗拉索娃的邻居，铁匠的遗孀，现在在工厂门口摆饭摊的玛丽亚·科尔苏诺娃，在市场上碰到母亲的时候，也说：

"佩拉格娅！当心你的儿子！"

"当心什么？"母亲问。

"外面有闲话！"玛丽亚神秘地说："可不好了，我的大婶啊！人家都说你儿子组织了一个像鞭身教①一样的团体！据说这叫做教派，要像鞭身教徒那样相互鞭打……"

"够啦，玛丽亚，少胡扯吧！"

"不是揭的人胡扯，是护的人胡扯！"女商贩回答说。

母亲把这些话全告诉了儿子，他一声不响地耸耸肩，霍霍尔却发出了沉厚而柔和的笑声。

"姑娘们也对你们有气！"母亲说。"所有姑娘都把你们看作好对象，不酗酒，又会干活，可你们连理也不去理她们！她们说，有些从城

---

① 十七世纪中叶产生于俄国的一种皈依基督的教派，教徒们举行苦行仪式时，常有鞭打自己，或互相鞭打的举动。

里来的不三不四的小姐找你们……"

"那还用说!"巴维尔厌恶地皱起脸来,感叹地说。

"沼泽地总是臭的!"霍霍尔叹口气说。"大妈,那您就去开导开导那些傻丫头,说说出嫁是怎么回事,叫她们不要急着去折断自己的骨头……"

"哎呀,我的老天!"母亲说。"她们也看到这痛苦,她们也明白,但是除了嫁人,她们没有别的出路!"

"她们没有真正明白,要不然就会找到出路了!"巴维尔说。

母亲望了望他严峻的面孔。

"那你们去开导她们吧!挑几个聪明一点的来咱们家……"

"这不方便!"儿子淡淡地回答。

"试试看怎么样?"霍霍尔问。

巴维尔沉默了一会儿,回答道:

"开始是成双成对地散步,然后有些人就结婚,结果就是这样!"

母亲陷入了沉思。巴维尔那种僧侣般的严峻使她感到不安。她看到甚至年纪比儿子大的同志,比如霍霍尔,都听他的意见,但她觉得,大家都怕他,谁也不喜欢他的那股古板劲。

有一次,她已经躺下睡觉了,儿子和霍霍尔还在读书,隔着一层薄薄的板壁,她听见了他们的低声谈话。

"我喜欢娜塔莎,你知道吗?"霍霍尔突然低声感叹说。

"我知道!"巴维尔过了一会儿才回答。

可以听见,霍霍尔慢慢站起来,开始在房间里踱步。他的光脚在地板上发出啪啪的声音。还传来轻轻的、忧郁的口哨声。过了一会儿,又听见他低沉的说话声。

"她觉察到了吗?"

巴维尔没有回答。

"你看呢?"霍霍尔压低声音问。

"她觉察到了!"巴维尔回答说。"所以她不愿到我们这里来参加活动了……"

霍霍尔拖着沉重的脚步在地板上走着。房间里又响起了他颤抖的轻轻的口哨声。过了一会儿,他问:

"要是我告诉她……"

"告诉什么?"

"就说我……"霍霍尔低声说道。

"干吗要这样?"巴维尔打断了他的话头。

母亲听见霍霍尔站住了,觉得他好像在那里微笑。

"你知道,我是这样想的,要是爱上一个姑娘,那就得告诉她,不然一点结果也没有!"

巴维尔用力合上书,发出了很大的声音。可以听见他提的问题:

"你要期待什么结果呢?"

两个人沉默了许久。

"你说呢?"霍霍尔问。

"安德烈,你想得到什么,你应该好好地想一想。"巴维尔慢条斯理地说。"就算她也爱你,——我不这样认为,——就假定说是这样吧!你们俩结了婚。这种结合很有趣——一个知识分子姑娘和一个工人!然后生下几个孩子,那时候,你只得一个人去做工……而且,要做很多的工。你们的生活,就会变成为一块面包,为几个孩子,为一套住房而生活,在事业上就再没有你们的份了,两个一起都完了!"

屋子里没有声音了。过了一会儿,巴维尔似乎用比较温和的口气又开始说了。

"安德烈,这些念头,你最好全部放弃,你也别使她为难……"

一片寂静。挂钟的钟摆一秒一秒地摆动着,发出清晰而均匀的嘀嗒声。

霍霍尔说:

"心的一半在爱,另一半在恨,这难道算是心吗,啊?"

书页发出簌簌的声音——大概是巴维尔又在看书了。母亲闭着

眼睛躺在床上,不敢动弹。她觉得霍霍尔太可怜了,但是她更可怜自己的儿子。她心里想着他:

"我亲爱的孩子……"

霍霍尔突然问道:

"就这样,什么也不说?"

"这样做更好些,"巴维尔低声说。

"就这么办吧!"霍霍尔说。过了几秒钟,他伤心地轻声继续说:"巴沙!要是你自己碰到这种事情,你也要难受的……"

"我已经在难受了……"

风刮在墙上,发出沙沙的声音。钟摆清晰地数着逝去的时间。

"你不要拿这事取笑我!"霍霍尔慢吞吞地说。

母亲把脸伏在枕头上,无声地哭了起来。

第二天早上,母亲觉得安德烈变得矮小了些,显得更可爱了。儿子还跟平时一样瘦削,挺着身子,一声也不响。以前,母亲用安德烈·奥尼西莫维奇①称呼霍霍尔,而今天,却不知不觉地对他说:

"安德留沙②!你的皮靴该修一下了,不然会冻脚的!"

"开了工钱,我就去买双新的!"他答道,笑了笑,突然,把他那只长胳膊放在母亲肩上,问道:

"您兴许就是我的亲生母亲吧?只不过您不愿意对别人承认罢了,因为我长得太丑,是不是?"

母亲默默地拍着他的手臂。她很想对他说许多安慰的话,但是怜悯的感情紧紧地钳住了她的心,使她说不出话来。

九

工人区的人们都在谈论社会主义者,后者散发了用蓝墨水写的传

---

① ② 安德烈·奥尼西莫维奇是尊称,安德留沙是爱称。

单。这些传单愤怒地谴责工厂的制度,讲到彼得堡和南俄工人的罢工,号召工人们团结起来,为自己的利益而斗争。

厂里一些拿高薪、上了年纪的人都在骂:

"这些煽动分子!干这种事该打耳光!"

他们还把传单送到工厂管理处。年轻人都兴致勃勃地读这些传单。

"这是真话!"

而大部分人,由于过度劳累对什么也漠不关心,懒洋洋地说:

"不会有什么结果的,——难道可能吗?"

但是传单却使人兴奋激动,要是一个星期看不到传单,大家便纷纷议论说:

"看样子他们不再印了……"

但是星期一又出现传单了,于是工人们又悄悄地议论开了。

在酒店和工厂里,出现了几个谁都不认识的陌生人。他们在询问、观察、探听,有的过于谨小慎微,令人怀疑,有的又过分刨根究底地纠缠,所以立刻引起了大家的注意。

母亲心里明白,这场骚动是她儿子工作的结果。她看到人们都聚集在他的周围。她为巴维尔的命运担忧,又为他而自豪,两种感情交织在一起。

一天傍晚,玛丽亚·科尔苏诺娃在外面敲了几下窗子,母亲打开窗子后,她用耳语般的声音提高嗓门说:

"要当心,佩拉格娅,宝贝们闹出事来了!今天夜里要搜查你们家,还有马津和维索夫希科夫的家……"

玛丽亚的厚嘴唇急促地一张一合,肥大的鼻子发出呼哧呼哧的响声,眼睛不住地忽闪着,东张西望,像在搜寻街上的什么人似的。

"就当我什么都不知道,什么也没有对你说过,要不就说今天我根本没有碰见过你。你听懂了吗?"

她立刻不见了。

母亲关上窗子,慢慢地坐到椅子上。但是,由于意识到危险正在威胁着她的儿子,她又立即站起来,很快穿上衣服,不知为什么用围巾紧紧包着头,匆匆地跑到了费佳·马津的家里。马津病了,没有上工。母亲到他家时,他正坐在窗前看书,一边用跷起大拇指的左手摇着右手。他听到这个消息后,马上站起来,脸色发白。

"果然来了……"他喃喃地说。

"该怎办呢?"弗拉索娃用颤抖的手擦着脸上的汗,问道。

"等一等,您别怕!"费佳回答说,用他那只好手抚摩着自己的鬈发。

"你自己不是害怕了吗?"她扬声说道。

"我?"他的脸唰地红了,他尴尬地微笑着说:"是啊,见鬼……应该告诉巴维尔。我这就派人去找他,您请回吧,没事儿!总不至于打人吧?"

回到家里,她把所有小册子收集在一起,抱在胸前,在屋子里走了很久,看了炉膛、炉下,甚至连盛着水的水桶都看过了。她以为巴维尔一定会丢下工作,立刻回来,但是他没有回来。最后,她终于累了,在厨房的凳子上坐下,把书放在自己身子底下。因为怕站起来会被人发现,她就这样一直坐到巴维尔和霍霍尔从厂里回来。

"你们知道了?"她大声问道,还是坐在那里没有动窝。

"知道了!"巴维尔微笑着回答说。"你害怕吗?"

"害怕,真害怕!……"

"不要害怕!"霍霍尔说。"害怕也不顶事。"

"连茶炊都没有烧!"巴维尔说。

母亲站起来,指着书,负疚似的解释说:

"瞧,我一直没离开这些书……"

儿子和霍霍尔笑了。这笑声使她胆壮了些。巴维尔挑了几本书,到院子里藏了起来。霍霍尔一边生火烧茶炊,一边说:

"一点也没什么可怕的,大妈,我只是替干这种无聊事情的人感到害臊。那些人年轻力壮,腰上挂着军刀,穿着装有马刺的皮靴,来了就到处乱翻。床底下、炉灶下,都要看到。要是有地窖,就爬进地窖里去,阁楼上也要爬到。在那儿脸碰着蜘蛛网了,也要乱嚷一通。这些家伙自己也觉得很无聊,很可耻,所以装出一副非常凶狠的样子,对你发脾气耍威风。这是卑鄙无耻的勾当,他们也知道!有一次,他们到我家里把什么都翻遍了,他们觉得很狼狈,就这样一声不响地走了。但是另外一次,把我抓去了,关在监牢里,我蹲了差不多四个月。在牢里蹲着蹲着,有时忽然来传我,由士兵押着经过大街,去受审讯。这些家伙都是笨蛋,胡说一气,说完了,又叫士兵把我押回监牢。就这样把我带来带去,——他们总不能白拿薪水呀!后来把我放了出来,就算完事了。"

"您老是这么说,安德留沙!"母亲大声说道。

他跪在茶炊旁边用火筒使劲吹火,这时他抬起涨得通红的脸,用两手把胡子抚平,问道:

"我是怎么说的?"

"您不是说好像谁都不曾欺侮过您……"

他站起身来,晃了晃脑袋,笑道:

"难道世界上有没受过欺侮的人吗?我受的欺侮太多,都懒得生气了。要是人们非这样不可,那有什么办法呢?因为屈辱而生气会妨碍工作,老是一肚子委屈,就会白白浪费时间。生活就是这样!以前,我也常和人家生气,但是仔细一想,就想通了:犯不上。人人都怕邻居打他,于是拼命地想先去打邻居的耳光。生活就是这样,大妈!"

他平静地讲着,他的话滔滔不绝,把等待搜查的恐慌不安的心情也驱散了。他凸出的眼睛含着微笑,炯炯有神。他整个人虽然显得粗笨,实际却非常灵活。

母亲叹了口气,亲切地祝福他。

"愿上帝赐给您幸福!安德留沙!"

霍霍尔朝茶炊跨了一大步,又蹲下来,在喃喃低语:

"给我幸福,我不拒绝,但要去祈求,那我不干!"

巴维尔从院子里回来,很有把握地说:

"一定搜查不出了!"他说完便开始洗手。

然后,他仔细地用力把手擦干,对母亲说:

"好妈妈,要是您让他们看出害怕的样子,他们就会想:这房子里一定藏着什么东西,否则她不会那样发抖。您也清楚,我们不干坏事,真理在我们这边,我们要毕生为真理而奋斗——这就是我们的全部罪过!有什么可怕的呢?"

"巴沙,我会顶住的,"她许应道。可接着她不由自主,有点烦恼地说了一句:"他们还不如干脆早一点来呢!"

但是,这一夜他们没有来。第二天早上,母亲恐怕他们笑她胆小,就先嘲笑起自己来:

"我自己先把自己吓唬住了!"

十

在这个令人不安的夜晚过后不到一个月,他们终于来了。那天尼古拉·维索夫希科夫也在巴维尔家里,他们和安德烈三个人,正在讨论自己的报纸的事情。天已很晚,快到午夜。母亲已经躺在床上,正要入睡,她蒙蒙眬眬听见忧虑的轻轻说话声。这时安德烈小心地走过厨房,随手轻轻把门虚掩上。过道里传来了铁桶的响声。门突然又敞开了,霍霍尔一步迈进厨房,用耳语般的声音提高嗓门关照说:

"有马刺的声音!"

母亲两手颤抖着去抓衣服,从床上一跃而起,但巴维尔来到房门口,镇静地说:

"您躺着吧,——您身体不好!"

可以听见过道里响起了一阵轻轻的沙沙声。巴维尔走到门口,用手把门一推,问道:

"是谁?"

一个高大的灰色身影神速地钻进门来,跟着又进来一个,两个宪兵把巴维尔挤到一边,然后站在他的两旁,响起了一个响亮而嘲弄的声音。

"不是你们要等的人吧?"

说这话的是一个瘦长的军官,他蓄着稀疏的黑色唇髭。本区的警察费佳金来到母亲床边,他一只手举到帽檐上,另一只手指着母亲的脸,眼睛里露出恐惧的神色,说:

"这就是他的母亲,大人!"接着把手朝巴维尔一挥,又说道:"这是他本人!"

"你是巴维尔·弗拉索夫吗?"军官眯着眼睛问。巴维尔默默地点了点头,军官便捻着胡子郑重说:

"我现在要搜查你的房子。老婆子,起来!那里是谁?"他问道,探头朝屋里张望,蓦地一步窜到门口。

"你们姓什么?"他问道。

这时从过道里走出两个见证人——老翻砂工特维里亚科夫和他的房客,司炉工雷宾。一个魁梧而黝黑的庄稼汉。他低沉地大声说:

"你好,尼洛夫娜!"

她穿着衣服,为了壮自己的胆,低声说:

"这成什么体统!深更半夜跑来,——人家都睡了,他们还来!……"

屋子里显得很挤,不知怎的,还散发出一股很重的鞋油味。两个宪兵和工人区的警官雷斯金从书架上把书取下,摆在军官面前的桌子上,他们走动时,脚步很重。另外两个人用拳头敲打墙壁,往椅子下探望,其中一个笨拙地爬上炕炉。霍霍尔和维索夫希科夫紧挨着站在屋角。尼古拉脸上的麻点变得通红,他那双灰色的小眼睛,紧盯着军官。霍霍尔捻着胡子,看见母亲进来,他微微笑了笑,亲切地对她点点头。

母亲竭力克制住自己的恐惧,走路不像平常那样侧着身子,而是直起腰,挺着胸脯。——这使她的身体具有一种滑稽的、又似乎是装出来的威严神态。她的脚步放得很重,眉毛却在颤动……

军官用细白的手指,很快地抓起书,翻了翻,又抖一抖,然后他的手动作敏捷地把书扔到一边。有时书轻轻地掉到地板上。大家都默不作声,只听见满身是汗的宪兵沉重的喘息声,马刺的锵锵声,时而可以听到低声的问话:

"这里搜查过了吗?"

母亲走到巴维尔身边和他并排站在墙边,她跟儿子一样,把两手交叉在胸前,也望着军官。她的小腿在颤抖,觉得有一片尘雾遮住了她的眼睛。

在一片沉默中,突然响起了尼古拉刺耳的喊声:

"干吗要把书扔在地上?"

母亲战栗了一下。特维里亚科夫的脑袋晃了一晃,好像有人推了一下他的后脑勺似的,雷宾干咳了一声,注意地看了看尼古拉。

军官眯起眼睛,朝那张一动也不动的麻脸横了一眼。他的手指更快地翻着书。有时他把灰色的大眼睛睁得圆圆的,仿佛他感到身上疼痛难当,但又无可奈何,气恼得快要大声吼叫起来。

"当兵的!"维索夫希科夫又说,"把书捡起来……"

所有的宪兵都向他转过身来,又转脸望望军官。军官又抬起头来,用审视的目光打量了一番尼古拉粗壮的身体,拖长着鼻音说:

"嗯……捡起来……"

一个宪兵弯下身,斜眼看看尼古拉,把摔坏的书捡起来……

"叫尼古拉不要作声!"母亲悄声对巴维尔说。

他耸了耸肩。霍霍尔垂下了头。

"这本《圣经》是谁读的?"

"是我!"巴维尔说。

"这些书都是谁的?"

"是我的!"巴维尔回答。

"嗯!"军官往椅背上一靠,说道。他把细长的手指捏得咯咯作响,把两条腿在桌子底下伸直,捋了捋胡须,便问尼古拉:

"你就是安德烈·纳霍德卡吗?"

"是我,"尼古拉往前走着说。霍霍尔伸手抓住他的肩膀,把他推到后面。

"他弄错了!我是安德烈!……"

军官举起手来,用他细小的指头威吓维索夫希科夫说:

"你给我小心点!"

他开始翻弄自己的公文。

夜空一轮明月冷漠地在窗外窥视着。有人在窗外慢慢地走动,雪在脚下发出嘎吱嘎吱的声音。

"纳霍德卡,你因政治罪受过审问吗?"军官问。

"在罗斯托夫受审,在萨拉托夫也受过审……但是那儿的宪兵是用'您'称呼我的……"

军官眨了一下右眼,还用手擦了擦,露出一口细小的牙齿,说道:

"纳霍德卡,您,问的正是您,是否知道在工厂里散发违禁传单的混账东西是谁?"

霍霍尔的身子摇晃了一下,咧开嘴笑着,好像要说什么,但是——这时候又响起了尼古拉的愤慨的声音:

"我们现在第一次看见混账东西……"

屋子里一片寂静,大家都愣了一会儿。

母亲脸上的伤疤发白,右眉向上吊起。雷宾的黑色胡须奇怪地抖动起来;他垂下眼睛,用手指慢慢梳理胡须。

"把这个畜生带走!"军官说。

两个宪兵抓住尼古拉的手臂,粗暴地把他往厨房里拖去。他用力把两脚蹬在地板上,站着不动,高声喊道:

"等一等……我要穿衣服!"

警官从院子里回来,向军官说:

49

"都仔细看过了,什么也没有。"

"哼,那还用说!"军官冷笑着大声说,"这里有个老手……"

母亲听着他颤抖的有气无力的破嗓音,恐怖地望着他那张蜡黄的脸,她感觉到这个人就是对人民满心怀着贵族老爷式的轻蔑和残酷无情的敌人。她很少碰见这种人,所以几乎忘记了有这种人存在。

"啊,原来就是惊动了这些人!"母亲想。

"私生子,安德烈·奥尼西莫维奇·纳霍德卡先生!现在要逮捕您!"

"为什么?"霍霍尔很镇静地问。

"这我以后告诉您!"军官用一种不怀好意的客气口吻回答。然后转向弗拉索娃问道:"你识字吗?"

"不识字!"巴维尔回答。

"我不是问你!"军官严厉地说,接着又对母亲说:"老婆子,回答!"

母亲不由自主地对这个人感到憎恨,突然,好像跳进冷水一样,浑身打战,她挺直了身子,脸上的伤痕变成紫红色,眉毛垂得很低。

"您别嚷!"母亲把手向他伸过去,说道。"您还年轻,没有吃过苦……"

"妈,冷静些!"巴维尔拦住了她。

"等一等,巴维尔!"母亲喊道,要朝桌子那边冲去,"您为什么要抓人?"

"这不关你的事,住嘴!"军官站起来喊道。"把被逮捕的维索夫希科夫带进来!"

军官把一件公文举到眼前,开始宣读。

尼古拉被带了进来。

"脱帽!"军官停止宣读,高声喊道。

雷宾走到弗拉索娃身边,用肩膀碰了碰她,小声说:

"别急,大妈……"

"抓住我的手,我怎么脱帽?"尼古拉大声问道,压过了宣读记录的声音。

军官把公文往桌上一扔。

"签字!"

母亲看着大家在记录上签字,她的激动消失了,心情沮丧,眼睛里涌出了屈辱和无可奈何的眼泪。在婚后的二十年生活里,她一直流着这种眼泪,但最近几年,她几乎已经忘记了这种眼泪的辛酸滋味;军官看了她一眼,嫌恶地皱着脸说道:

"太太!您哭得太早了!您等着吧,以后您的眼泪还不够呢!"

母亲又满腔愤怒地对他说:

"做母亲的眼泪是不会不够的,决不会不够!要是您也有母亲,那她一定知道,一定知道!"

军官匆匆把公文塞进有个明亮锁钮的簇新皮包里。

"走!"他命令道。

"再见,安德烈!再见,尼古拉!"巴维尔和这两个同志握着手,深情地低声说。

"说得很对——会再见面的!"军官嘲笑地也说了一遍。

维索夫希科夫沉重地喘息着,粗壮的脖颈变得通红,眼睛里闪射出极其憎恨的光芒。霍霍尔坦然地微笑着,点着头还和母亲说了几句话,母亲画着十字为他祝福,也说道:

"上帝知道谁是好人……"

这伙穿灰色军大衣的人一起走到过道,马刺发出一阵阵响声,最后都消失了。最末一个走出去的是雷宾,他用那双黑眼睛仔细地打量了巴维尔一眼,深沉地说:

"好,再见吧!"

他透过胡须发出几声咳嗽,从从容容走了出去。

巴维尔反背着双手,跨过乱扔在地上的书籍和衣服,在房间里慢慢踱步。他阴郁地说:

"他们是怎么干的,你看见了吧?……"

母亲困惑不解地望着被翻得乱七八糟的房间,哀愁地低声说:

"为什么尼古拉要对那个人发脾气呢?……"

"大概是因为慌了,"巴维尔轻声说。

"他们来了,抓了人就带走了,"母亲摊开两手嘟哝着。

由于儿子没有抓走,她的心跳得稍稍平静了些,但是思想仍然停留在刚发生的事情上,而且还不能理解这样的事。

"那个面孔蜡黄的家伙,就会嘲笑人,威吓人……"

"好了,母亲!"巴维尔忽然决断地说。"来,咱们把所有这些东西都收拾起来吧。"

他称呼她"母亲"或"你",平时只有当他和母亲更亲近时才这样说。她向他靠近了些,端详了一会儿他的脸,小声问:

"让你心里很难过吧?"

"是的!"他答道。"这叫人太难受了,还不如跟他们一起被抓走呢……"

母亲觉得儿子的眼里噙着泪水,模糊地体察到他的苦痛,很想安慰安慰他,便叹了口气说:

"你等着吧,也会把你抓去的!……"

"会抓去的!"他应声说。

母亲沉默了片刻,伤心地说:

"巴沙,你真狠心!你哪怕有时能安慰我一下也好!可你相反,我说可怕,你说得比我更可怕。"

他瞧了母亲一眼,走到她身旁,轻轻地说:

"妈妈,我不会那样做!你得习惯这样。"

母亲叹了口气,沉默了一会儿,抑制着恐怖的颤抖,说道:

"他们兴许会对人上刑吧?会打伤身体,敲断骨头吗?巴沙,好孩子,我一想到这些,就觉得真可怕!……"

"他们折磨人的心灵……当心灵被肮脏的手折磨的时候,那就会更加痛苦……"

十一

第二天才知道,被逮捕的还有布金、萨莫伊洛夫、索莫夫和另外五个人。傍晚,费佳·马津跑来,——他的家也遭到搜查,为此他很得意,感到自己是个英雄似的。

"你害怕了吗,费佳?"母亲问。

霎时他脸色苍白,面孔也拉长了,鼻翼颤动了一下。

"我害怕军官打人!那个家伙是个胖子,留着黑胡须,手指上长满了毛,鼻子上戴着一副墨镜,好像没有眼睛似的。他又叫又嚷,还用脚踩地板,他说:'我叫你们烂死在牢里!'无论是父亲还是母亲都从来没有打过我,他们都很疼爱我,因为我是独生子。"

他闭了一会儿眼睛,抿紧嘴唇,两手敏捷地把头发弄松,用布满血丝的红眼睛看着巴维尔说道:

"假如有人打我,我就要像刀子一样整个儿扎进那人的身体,用牙齿咬他们,让他们当场把我打死算了!"

"你长得太瘦弱!"母亲大声说,"你怎么能和人家对打呢?"

"能!"费佳低声回答。

他走后,母亲对巴维尔说:

"他准第一个被人打垮!……"

巴维尔没有作声。

过了几分钟,厨房的门慢慢打开了,走进来的是雷宾。

"你们好呀!"他微笑着说。"瞧,我又来了!昨天是给拖来的,今天是我自己要来的!"他握住巴维尔的手用力摇了摇,然后用手扶着母亲的肩膀说道:

"可以给点茶喝吗?"

巴维尔默默地端详着他那留着浓黑胡须的黝黑的宽脸庞和黑黑

的眼睛。在他镇静的目光中,含着一种意味深长的神情。

母亲到厨房里去烧茶炊。雷宾坐下来捋了捋胡子,把胳膊肘放在桌子上,用忧郁的目光看了看巴维尔。

"是啊!"他好像接着被打断的话头在继续说。"我得跟你坦白地谈谈。我已经注意你很久了。咱们几乎是邻居;我发现你这里经常有很多人来往,可你们既不喝醉酒,也不胡闹,这是第一点。要是有人不胡闹,那他们就会立刻引起注意:这是怎么回事呢?我自己就是因为独来独往,才叫人家看不惯我。"

他说得低缓,但很流利。他用黧黑的手摸着胡须,眼睛一直盯着巴维尔的脸。

"人们在议论你。我的房东说你是异教徒,因为你不去教堂。我也不去。后来出现了传单,这是你想的主意吧?"

"是我!"巴维尔回答。

"哪儿是你呀!"母亲从厨房里伸出头来,惊慌地大声说道。"不止你一个人呀!"

巴维尔笑了笑,雷宾也笑了。

"好!"雷宾说。

母亲用鼻子大声地深深吸了口气,就走了,因为他们没有理睬她的话,觉得有点委屈。

"传单,这想得很妙。传单能使大家动起来。一共有十九张?"

"是的!"巴维尔回答。

"这么说,我全看到了!对啦,这些传单里面,有些地方看不大懂,也有些话是多余的,——嗯,话说得太多,就难免说些废话……"

雷宾微微一笑,露出一口雪白结实的牙齿。

"后来,就是搜查。这才引起我对你们的真正好感。你,霍霍尔,尼古拉,你们都暴露了……"

他一时想不出合适的字眼,便不作声了。他望了望窗外,用指头敲了一阵桌子。

"他们觉察到了你们的打算。你就说:长官,你干你的,我们干我们的吧。霍霍尔也是个好样的小伙子。有时候我在厂里听他的讲话,我想,除了死,什么也战胜不了他。他是个硬骨头好汉!巴维尔,你相信我的话吗?"

"相信!"巴维尔点了点头说。

"好。你看,我四十岁了,我的年纪比你大一倍,经历比你多二十倍。当过三年多兵,娶过两次老婆,一个死了,一个被我扔了。到过高加索,见过反仪式派①信徒。老弟,他们是不能战胜生活的,决不可能!"

母亲聚精会神地倾听着他那铮铮有力的话;母亲高兴地看到,这个上了年纪的人来到她儿子面前,像忏悔似的诚心诚意和他谈话。但是她觉得,巴维尔对客人太冷淡,为了缓和一下他的态度,她问雷宾:

"要不要吃点东西,米哈伊洛·伊凡诺维奇?"

"谢谢,大妈!我吃过晚饭了。那么,巴维尔,这么说,你认为现在的生活是不合理的啰?"

巴维尔站起来,背着手在房间里踱着。

"现实生活在沿着正确的道路前进!"他说。"正因为这样,生活才使你来找我开诚布公地谈话。生活使我们这些一辈子在劳动的人们渐渐团结起来,总有一天会把我们全体都团结起来!生活对我们是不公平的,是艰难的,但使我们看到了痛苦的意义,生活本身向人们指出了应该怎样加速它的进程!"

"对!"雷宾打断了他的话。"应该把人变成新人!——如果一个人生了疥疮,带他到澡堂洗个澡,给他换一身干净衣服,他的病就会好了!就是这样!可是怎样清除人们心灵上的污垢呢?这就成问题了!"

---

① 反仪式派(духобор),从俄国正教会分离出来的精神基督派的一支。不敬拜圣像、十字架和圣徒,反对东正教的仪式和圣礼,不承认教会和神职人员,拒绝参加教会活动,视本派领导人为神圣。在沙皇时代因反对政府和不愿服兵役受到迫害。

巴维尔激烈而尖锐地谈到厂主和工厂,还谈到外国工人怎样维护自身的权利。雷宾有时好像打句点似的用指头敲着桌子。他不止一次地喊道:

"是这样!"

有一次,他笑了起来,低声说:

"唉,你还年轻!对人还了解得太少!"

这时,巴维尔停下来,站在他的面前,严肃地说:

"咱们不要说什么年老年轻!最好看看,谁的思想更正确。"

"那你的意思是,他们还用上帝来欺骗我们?是这样。我也这么想,我们的宗教是虚伪的。"

这时母亲也插嘴了。每逢儿子谈起上帝,谈起与母亲对上帝的信仰有关的一切,谈起她认为珍贵而神圣的一切的时候,她总想寻找机会和儿子的视线相遇;她想默默地要求儿子,希望他不要说那些尖锐激烈的不信上帝的话来伤她的心。她感觉到,儿子虽然不信上帝,却有另一种信仰,这又使她安下心来。

"我怎么能理解他的思想啊?"母亲心想。

她以为上了年纪的雷宾听了巴维尔这些话,也会感到不快和生气的。但是,雷宾却平心静气地对他提出问题,母亲实在忍不住了,就简短而固执地说:

"说起上帝,你们最好还是慎重一点!你们爱信不信,随便!"她换了口气,更有力地继续说:"但是,如果你们把上帝从我的心里夺走,那像我这样的老太婆,在痛苦的时候就什么依靠也没有了。"

母亲的眼睛噙着泪水。她洗着碗碟,手指却在颤抖。

"好妈妈,你没有理解我们的话!"巴维尔温存地低声说。

"请原谅,大妈!"雷宾用深沉的声音缓慢地补充说道,含笑看了巴维尔一眼。"我忘了,大妈已经上年纪了,割瘊子已经太晚了……"

"我所说的,"巴维尔接着往下说,"不是您所信的那个大慈大悲的上帝,而是神父们当作棍子来吓唬我们的上帝!他们利用这个上帝的名义迫使所有人屈从少数的罪恶意志……"

"对,这就说到家了!"雷宾用指头在桌上敲了一下,扬声说道。"连我们的上帝也被他们偷偷换了,他们利用手中的一切来和我们作对!大妈,您记住,上帝是照着自己的形象来造人的,就是说,既然人和上帝相像,那上帝当然也就和人一样!可我们呢,非但不像上帝,简直和野兽一样。教堂里给我们看的是用来吓唬人的上帝……大妈,应该把上帝改变一下,替他刷洗干净!他们给上帝穿上了虚伪和中伤的外衣,歪曲了他的面目,以此来扼杀我们的心灵……"

他说话的声音很轻,但是他的一言一语,都好像震耳欲聋的沉重打击,落在母亲的头上。他那张大脸长满了络腮胡子,像镶在黑框里似的,显得哀伤,使母亲看了觉得害怕。他乌黑闪亮的目光,也使母亲难以忍受,他在母亲的心里引起了隐隐的恐惧感。

"不,我最好还是走开!"她摇着头说道。"听这种话,我受不了!"

她很快走进了厨房。雷宾在她身后说道:

"你看,巴维尔!问题的根本——不在头脑,而在心灵!在人的心灵里,有一个不让其他任何东西生长的地方……"

"只有理性才能够解放人!"巴维尔断然地说。

"理性不能给人力量!"雷宾坚持己见,大声地反驳道。"能给人以力量的是心灵,决不是头脑,没错!"

母亲脱了衣服,没有做祷告就躺到床上去了。她感到又冷又不舒服。她起初觉得雷宾稳重、聪明,而现在对他产生了反感。

"异教徒!捣乱分子!"听着他的声音,母亲心里想道。"他也是那一套,他也来了,也有事!"

而雷宾还是非常自信而又平静地说:

"神圣的地方是不应当空虚的。上帝所在的地方,正是心灵中至关紧要的地方。假使上帝从心灵中消失了,那一定会留下创伤!这是一定的!巴维尔,我们应当想出一种新的信仰……应当创造出一个人类之友的上帝!"

"不是已经有一个基督了吗?!"巴维尔说。

"基督的精神并不坚强。他说:'求你将这杯撤去。①'他承认了凯撒。神是不能承认统治人类的人间权力的,他才是万物之主! 神不能把自己的灵魂分开:这是神的,那是人间的……但耶稣承认交易,承认婚姻。而且,他不公平地诅咒无花果树②,难道无花果树不结果子是由于它自己的意志吗? 灵魂也不是由于它自己的意志而不结善果,——难道是我自己在灵魂里面播下了罪恶的种子吗? 你看,是这样吧!"

房间里,两个声音此起彼伏,好像激烈的角斗,互不相让,争论得难分难解。巴维尔在来回地踱步,地板在他脚下发出嘎吱嘎吱的声音。他说话的时候,一切音响都被他的话声淹没了,但是当雷宾用深沉的声音平静而缓慢地说话时,可以听见钟摆的嘀嗒声和像锐利的爪子在抓挠墙壁似的轻微的冰霜冻裂声。

"按我的说法,就是照我们司炉工的说法,神好似一团火。就是这样! 他活在人的心灵里,《圣经》上说:'太初有道,道就是神'③所以道也就是精神……"

"是理性!"巴维尔坚定地说。

"对! 就是说上帝既在心灵中,也在理性中,反正不在教堂里! 教堂是上帝的坟墓。"

母亲已经睡着,所以不知道雷宾是什么时候走的。

此后,雷宾就常常来了。要是巴维尔家里有别的同志在,他便默

---

① 据《圣经》记载,耶稣预感到他将被叛徒出卖而遭谋害,在最后晚餐时,向门徒们祝酒,用葡萄酒比喻自己为众人流的血,以表达自己的忧伤。随后他们到了一个地方,耶稣便伏在地上祷告上帝说:"求你将这杯撤去"(见《新约·马可福音》第十四章第十七至三十六节),还对众门徒说,我心里难过得要死。雷宾引用这个典故,意在说明耶稣基督的精神并不坚强。

② 据《圣经》记载,有一次耶稣出门传道,肚子饿了,远远看见一棵无花果树,树上有叶子,便往那树走去。走近一看,一个果子也没有,因为还不到收果子的时节。耶稣却对那树说:"从今以后,永没有人吃你的果子。"不久,这棵树"连根都枯干了"(同上第十一章第十二至二十一节)。

③ 引自《新约·约翰福音》第一章第一节,全节是:"太初有道,道与神同在,道就是神。"

默地坐在角落里,只是偶尔插一句:

"不错。是这样!"

有一次,他从墙角用暗淡的目光望着大家,阴郁地说:

"应当说说现在的事情,将来怎样,我们不知道,——就是这样!当人民获得解放,他们自己会看清,怎样做才好。他们的脑子里给灌进了相当多他们根本不想要的东西,——够了!让人民自己去思考。也许他们要抛弃一切,抛弃全部生活和一切科学,也许他们会把一切都看作如像教堂里的上帝一样,在同他们作对。你们只要把所有的书交给他们就行了,他们自己会作出回答,——就是这样!"

但如果只有巴维尔一个人在家的时候,他们会立刻展开无休止的、然而却是平心静气的争论。母亲总是不安地听着他们的话,注意谛听,竭力想要理解他们所谈的话。有时候母亲觉得,这个肩膀宽阔、蓄着黑胡须的粗壮汉子和身体匀称而结实的儿子——两个人都好像变成了盲人。他们到处乱撞,寻找出路,他们用两手有力但却盲目地抓住一切东西,抖动一番,拿来拿去,掉在地上,用脚踩着掉下的东西。他们去碰所有的东西,用手逐一抚摩,然后又把它抛弃,但始终没有失去信念和希望……

他们使母亲听惯了直率而大胆得使人觉得可怕的谈话。但这些话,已经不像第一次那样强烈地刺激她,——她学会了不去理会这些话。有时,在否定上帝的话背后,她反而感到对上帝坚定的信仰。这时候,她就露出宽恕一切的温和的微笑。虽然她不喜欢雷宾,但对他已经不再有什么敌意了。

母亲每星期去一次监狱,给霍霍尔送衣服和书籍,有一回,她获准和霍霍尔会了面,母亲回来后,很感动地说:

"他在那里也像在家里一样。对谁都很和气,大家都跟他说笑。他虽然处境困难,心里很痛苦,但是他不愿意让人家看出……"

"就应该这样!"雷宾说,"我们大家都在受苦受难,像陷在火坑里一样,里里外外受尽煎熬。没有什么可夸耀的!并不是所有人的眼睛都被蒙上了，有些人是自己把眼睛闭上的，——就是这样！既然是傻子，那就忍受吧！……"

十二

弗拉索夫家的灰色小屋子，越来越引起工人区人们的注意。在这种注意里，包含着许多猜疑、过分的谨慎和不自觉的敌意，但是，也渐渐产生了出自信赖的好奇。有时有人跑来，小心地向周围望望，然后对巴维尔说：

"我说，老弟，你在那里常常看书，法律你一定知道。那你来讲讲……"

于是来人就对巴维尔讲起警察或工厂当局干的某一件不公正的事情来。要是情况复杂，巴维尔就给来人写一张字条，叫他去找城里认识的律师，他自己能解决的就自己解决。

人们对这个认真严肃的年轻人渐渐产生了尊敬。他简明而大胆地谈论一切事情，因为他总是细心地观察一切，倾听一切，由于这种细心他对每一件纷繁事情进行顽强的分析研究，又随时随地能从千万个把人们紧紧联系在一起的线结里找出一根共同的、没有尽头的线索。

自从"沼地的戈比"事件之后，巴维尔在人们心目中的威望更是大大提高了。

在工厂的后面，有一大片长满枞树和白桦的腐臭沼地，像一个圆圈几乎把工厂围住了。到了夏天，沼地上蒸发出浓厚的黄色气体，成群的蚊子，从沼地飞到工人区，传播疟疾。沼地是属于工厂的，新厂主为了要从这块沼地上捞取利益，便想弄干这块沼地，顺便还可以从这里挖取泥炭。他对工人们说，这一措施可以改变这一地区的卫生状况，并改善大家的生活条件，便下令从他们工钱里每卢布扣除一戈比，作为沼地排水的费用。

群情激愤。使工人们感到特别气愤的是，职员可以不必负担这笔新规定的税款。

星期六厂主贴出征收戈比的布告时,巴维尔正生病在家;他没有去上工,对这件事一无所知。第二天午祷后,仪表堂堂的老翻砂工西佐夫和身材高大、性子暴躁的钳工马霍京来告诉他厂主的决定。

"我们年纪大一点的人聚集在一起,"西佐夫庄重地说,"经过商量,决定派我们两个来问问你,因为你是我们当中最明白事理的人,——厂主要用我们的钱来和蚊子打仗,难道有这样的法律吗?"

"你想想!"马霍京闪着细细的眼睛说。"四年前,他们这些骗子曾经募钱盖浴室。那次募集了三千八百卢布。钱到哪里去了?浴室……连影儿都没有。"

巴维尔和他们说明了这次苛捐是不合理的,这种主意明显对厂方有利;他们两人皱着眉头走了。母亲送走他们后,笑着说:

"瞧,巴沙,连老人也来向你请教了。"

巴维尔没有回答,他心事重重地坐到桌旁,开始写什么东西。几分钟后,他对母亲说:

"我有一件事请你去办,你到城里去一趟,把这张字条交给……"

"这危险吗?"她问。

"是的。那里在印我们的报纸。这桩戈比事件一定要在这一期见报……"

"好吧!"母亲说,"我这就去……"

这是儿子给她的第一个任务。母亲很高兴,儿子对她坦率地说明了事情的真实情况。

"巴沙,这我懂!"她一面穿衣,一面说。"他们这简直是抢劫!那个人叫什么?叶戈尔·伊凡诺维奇?"

很晚,她才回来,她虽然疲乏,可是心里很满意。

"我看见萨申卡了!"她对儿子说,"她向你问好。那个叶戈尔·伊凡诺维奇非常直爽,好开玩笑,爱说笑话。"

"你喜欢他们,我很高兴!"巴维尔低声说道。

61

"都是些直爽的人,巴沙!这些人都很直爽,太好了!他们也都很尊敬你……"

星期一巴维尔又没有去上工,因为他头痛。午饭时,费佳·马津跑来,他喜气洋洋,异常兴奋,累得气喘吁吁,他说:

"快去!全厂都闹起来了。大家派我来叫你!西佐夫和马霍京都说,你最会讲道理。真带劲儿!"

巴维尔一声不响地穿起衣服。

"女人也都跑去了,在那里叽叽哇哇!"

"我也去!"母亲说。"他们打算干什么?我去看看!"

"去吧!"巴维尔说。

他们一声不响地在街上快步走着。母亲激动得直喘粗气,她心里预感到将要发生什么重大的事情。工厂门口有一群妇女在尖声叫骂。他们三人悄悄地走进厂院,立刻卷进了激昂喧闹的黑压压的密集人群里。母亲看见,大家的脸都朝着一个方向,朝着铸造车间的墙壁,在红色砖墙前的破铁堆上,西佐夫,马霍京,维亚洛夫,还有五六个上了年纪的有威望的工人,挥动着手臂站在那里。

"弗拉索夫来了!"有人喊道。

"弗拉索夫?叫他到这里来……"

"静一点!"几个地方同时有人喊道。

这时候,在附近响起了雷宾平稳的声音:

"不是为了一个戈比,而是为了正义,——就是这样!我们看重的,不是自己的一个戈比……它并不比别的戈比更圆,可是它却比别的戈比的分量更重,我们的一个戈比所含的血汗,比厂主的一个卢布里的还多,——就是这样!我们看重的不是一个戈比,而是血汗、真理,——就是这样!"

他的话传到人群中,引起了热烈的欢呼。

"说得对,雷宾!"

"完全对,司炉工!"

"弗拉索夫来了!"

人们的喊叫声汇成喧闹的旋风,压倒了机器沉重的隆隆声,蒸汽粗重的叹息声和电线耳语般的簌簌声。人们急忙从四面八方聚集拢来,挥舞着手,用激烈讥刺的话语使彼此的情绪变得更加炽烈。在疲乏的胸中一直沉睡着的愤怒,这时候觉醒了,要爆发出来,它得意地在空中飞翔,愈来愈宽地展开黑色的翅膀,更紧地笼罩着人们,吸引他们跟在自己后面,使他互相碰撞,然后变成熊熊燃烧的怒火。乌云似的煤烟和尘土在人群上空翻滚,一张张通红的面孔汗流如雨,脸颊上冒着黑色的汗珠。在乌黑的脸上,眼睛熠熠闪亮,牙齿泛着白光。

巴维尔来到西佐夫和马霍京站着的地方,大声喊道:

"同志们!"

母亲看见,他的脸色苍白,嘴唇发抖,她不禁推开人群,挤上前去。有人怒气冲冲地对她嚷道:

"往哪儿挤呀?"

人们推挤着她。但这并没有使母亲止步,她为了想和儿子站在一起,使用肩膀和胳膊肘把人们拐开,慢慢地朝儿子一步步挤过去。

巴维尔从胸中喊出的这个词,他一直赋予它深刻而重大的意义,他觉得一股战斗的欢乐激情,梗塞了他的喉咙;现在他充满了要把燃烧着向往真理之火的心抛给人们的愿望。

"同志们!"他重复了一句,并从这个词中汲取着欢乐和力量。"我们是建筑教堂和工厂,铸造锁链和金钱的人!我们是所有人从生到死赖以生存和得到娱乐的有生力量!……"

"对!"雷宾喊道。

"不论在什么时候,什么地方,我们总是干活在最前面,而生活却最差。有谁关心我们?有谁希望我们幸福?有谁把我们当人看待?没有任何人!"

"没有任何人!"有人像回声似的应道。

巴维尔控制着自己,开始说得更简明、更镇静,人群慢慢地向他靠近,黑压压的合成一个千眼的身体,将无数专注的目光集中在他的脸上,贪婪地倾听他的讲话。

"只要我们不感到我们彼此都是同志,是一个紧密团结的友爱大家庭,人人都怀着为我们的权利而斗争的共同愿望,那我们就不能争取到更好的命运!"

"谈谈实际的问题吧!"母亲身旁有人粗暴地喊道。

"不要打搅!"从不同地方发出两个不很响亮的声音,一张张被煤烟熏黑的脸,阴沉而怀疑地皱着眉头;数十双眼睛,严肃、沉思地望着巴维尔的脸。

"不愧是社会主义者,不是傻瓜!"有人说。

"唷!说得真大胆!"一个高个子独眼工人碰了碰母亲的肩膀,说道。

"同志们,现在我们应该明白,除了我们自己,谁也不会帮助我们!我为人人,人人为我,——如果我们要战胜敌人,那就应当把这作为我们的准则!"

"弟兄们,这话说得对!"马霍京喊了一声。他把手臂一扬,捏着拳头在空中挥动着。

"应该把厂主叫出来!"巴维尔接着说。

人群好像被一阵旋风扫过,开始晃动起来,紧接着几十个声音喊道:

"把厂主叫来!"

"派代表去找他!"

母亲挤上前去,心里充满了自豪感,她昂首仰望着儿子:巴维尔站在受人尊敬的老工人中间,大家都在听他讲话并赞同他的意见。她儿子不像别人那样暴跳如雷,破口谩骂,这使她很高兴。

人们不时发出断断续续的呼叫、谩骂和愤怒的话,有如阵阵冰雹打在铁板上一样。巴维尔从高处望着大家,他睁大眼睛在人们中寻找什么。

"选派代表!"

"西佐夫!"

"弗拉索夫!"

"雷宾!他的嘴厉害!"

人群中忽然有几个人声音不大地喊道:

"他自己来了……"

"厂主!……"

人群向两边闪开,给那个留着山羊胡子、长脸高个儿的人让开了一条道路。

"让一让!"他一边说,一边用快动作做手势叫工人让路,但手并不去碰他们。他眯起眼睛,用一种老练的统治者的审视察看工人们的脸。在他面前,有人脱帽,向他行礼,但他没有回礼,继续走着,由于他的到来,人群沉默了,人们感到惶惑,露出难堪的微笑,发出低低的感叹声,在这些声音里,可以感到一种小孩子意识到自己闯了祸的后悔情绪。

他经过母亲身旁,用凶恶的眼光朝她脸上瞟了一眼,走到铁堆前停了下来。有人从铁堆上向他伸出手,但他没有理会,他的身体一纵便轻快地爬了上去。他站在西佐夫和巴维尔的前面,问道:

"聚在这里干什么?为什么不干活?"

出现了片刻的寂静。人们的脑袋像麦穗一样在摇摆。西佐夫把帽子在空中一挥,耸耸肩膀,垂下头来。

"我在问你们呐!"厂主大声喊道。

巴维尔站到他身旁,指着西佐夫和雷宾,高声说:

"我们三个人受同志们的委托,要求您撤销扣除一戈比的命令……"

"为什么?"厂主问巴维尔,连眼也不抬。

"我们认为向我们征收这种捐税是不合理的!"巴维尔声音响亮地说。

"你们怎么,以为我排干沼地的计划只是想剥削工人,而不是关心改善工人的生活吗?是不是?"

"是的!"巴维尔回答。

"您也是这样想?"厂主问雷宾。

"都一样!"雷宾回答。

"那么,您老人家呢?"厂主转向西佐夫问道。

"是的,我也请求您给我们留下这一个戈比吧。"

西佐夫说完,又垂下头,负疚地微笑了一下。

厂主慢慢地向人群环视了一遍,耸了耸肩。然后用审视的目光打量了一下巴维尔,对他说:

"据说你是个很有知识的人,难道您也不懂得这个措施的好处吗?"

巴维尔高声回答:

"如果厂里出钱来排干沼地,那大家都会懂得的。"

"工厂不是从事慈善事业的!"厂主冷冷地说。"我命令所有人立即上工!"

他用脚小心地探着铁块,对谁也不看一眼,走下铁堆去。

在人群中响起了一片不满的喧哗声。

"什么?"厂主站住了问。

大家不作声了,只听见远处有一个人在喊:

"你自己干活去吧!……"

"如果十五分钟以后你们还不干活,我就下令罚全体的款!"厂主口气强硬、毫不含糊地说。

他又穿过人群,但现在他身后却响起了一片低声的怨言,他越向前走,叫喊的声浪就越高。

"跟他谈没用!"

"什么权利不权利!唉,命苦……"

人们转向巴维尔,对他喊道:

"喂,大律师,现在怎办呢?"

"你说了一大堆,可是他一来,全部白说了!"

"我说,弗拉索夫,怎么办?"

呼声变得越来越高,这时巴维尔郑重地说:

"同志们,我提议,只要他不收回征收一戈比的命令,我们就不上工……"

人们激动地七嘴八舌议论开了。

"哪有这样的傻子!"

"罢工吗?"

"就为了个把戈比?"

"那又怎么?罢工就罢工!"

"这样一来,把大家的饭碗都砸了……"

"有谁去做工?"

"会有人的!"

"是叛徒吗?"

十三

巴维尔走下来,和母亲站在一起。

周围的人都嚷嚷起来,相互争论着,叫喊着,情绪激昂。

"罢工你是搞不起来的!"雷宾走到巴维尔身边说。"大家虽然心疼钱,但是胆子小。赞成你的,最多才三百人。一把叉子叉不起一大堆粪……"

巴维尔沉默着。在他面前,人群就像一张巨大的黑脸在晃动,恳求地望着他的眼睛。他的心忐忑不安地跳动着。弗拉索夫觉得,他刚才说的话,犹如稀稀落落的雨点落在久旱的干土上,在人们中消失得无影无踪了。

他忧郁而又疲乏地走回家去。母亲和西佐夫跟在他后面,雷宾和

他并排走着,在他耳边闷声闷气地说:

"你说得很好,但是没有说到心里去,就是这样!一定要说到他们的心里去,在心灵深处点燃火花。用理性说服不了人,鞋小不合脚嘛!"

西佐夫对母亲说:

"我们这些老年人该入土了,尼洛夫娜!有新的人出来了。以前我们过的叫什么生活?跪在地上爬,老是要低头哈腰。如今的人,不知是觉醒了,还是变得更糟了,总之,和我们不同了。比如今天,年轻人跟厂主讲话,平起平坐……是啊!再见!巴维尔·米哈伊洛夫!你老弟,今天为大伙儿真出了不少力!愿上帝保佑你,兴许你能找到办法和出路的,上帝保佑!"

他走了。

"对,你们还是死了的好!"雷宾嘟囔说。"你们现在就已经没有人样了,是油灰,只配拿你们去填墙缝,巴维尔,你看见,是谁喊着要你做代表的吗?就是那些说你是社会主义者和暴徒的家伙!就是他们!说什么会把你赶出工厂——赶走了活该。"

"他们也有他们的道理,"巴维尔说。

"豺狼把同伴吃了,也有道理……"

雷宾脸色阴沉,说话的声音颤抖得有些异常。

"空口说白话,人们是不相信的,非吃点苦头不可,一定要通过血的教训……"

整整一天,巴维尔满脸愁云,一副疲倦的模样,心神非常不安。他的眼睛里闪着光芒,好像在寻找什么东西。母亲见他这样子,小心地问他:

"你怎么了,巴沙,啊?"

"头痛,"他沉思地说。

"那你躺下吧,我去请医生……"

他看了母亲一眼,连忙回答:

"不,不需要!"

然后他突然低声说:

"我还年轻,力不从心,——就是这么回事!他们不信任我,不愿按我讲的真理去做,就是说,我还不会说明真理!……我很难过,觉得窝囊!"

母亲看着他愁眉不展的样子,想安慰安慰他,于是轻声说:

"你不要着急!他们今天不懂,明天是会懂的……"

"他们应当懂!"他喊了起来。

"你看,连我也懂得你说的真理了……"

巴维尔走到她身边。

"妈妈,你是个好人……"

他说着转过脸去。母亲好像被这句轻轻的话烧灼了似的颤抖了一下,用手按在胸口上,珍惜地承受着儿子的爱,走开了。

夜里,母亲睡了,巴维尔正躺在床上看书,宪兵来了。他们怒气冲冲地搜遍了阁楼和院子。一个蜡黄面孔的军官和第一次一样,侮辱、讥讽别人,以欺凌别人为乐事,极力刺痛人家的心。母亲坐在屋角,默默地、目不转睛地望着儿子的脸。巴维尔尽量不流露出自己的激动情绪,可是,当军官放声大笑的时候,巴维尔的手指古怪地颤动起来,母亲觉得,儿子很难不去回敬军官,对他的嘲笑已经忍无可忍了。现在她不像第一次搜查时那样恐慌,她对这些靴上带着马刺、身穿灰色军衣的夜客感到无比憎恨,——这种憎恨压过了她的恐慌心情。

趁他们不注意,巴维尔赶紧悄声对母亲说:

"他们是来逮捕我的……"

母亲侧着头,小声回答:

"我知道……"

她知道,儿子要抓去坐牢,是因为今天他对工人们讲了话。但是,大家都赞成他说的话,所以一定会出来为他辩护,这样就不会长时间监禁他……

她想拥抱着儿子哭一场,但是军官站在旁边,正眯着眼睛打量她。军官的嘴唇在哆嗦,胡须也在颤动,弗拉索娃感到这个人正在等着她哭泣和哀求。她鼓起全身力量,尽量少说话,握住儿子的手,屏住呼吸,慢慢地低声说:

"再见,巴沙。要用的东西全拿了?"

"全拿了。不要惦记……"

"基督与你同在……"

他被带走后,母亲坐到长凳上,闭上眼睛,低声恸哭。她像丈夫生前常做的那样,把背靠在墙上,深深地陷入了忧伤之中,对自己的无能为力感到极其委屈,她仰着头,久久地、一直在低声恸哭着——在这哭声里,倾吐出受伤的心灵的哀痛。在她面前,那个留着稀疏唇髭的蜡黄面孔,好像一个斑点一动不动地停在那里,一双眯缝着的眼睛,带着扬扬得意的神情在看人。母亲对那些因为儿子寻求真理而从她身边把他夺走的人们充满愤恨和憎恶,这种感情好似一团黑线缠绕在她的心头。

天气很冷,雨点扑打在窗上。夜里,长着长手臂,宽阔的红脸、没有眼睛的灰色身影在房子周围走动、窥伺,还隐约可以听见马刺发出的响声。

"不如把我也抓去算了,"她心想。

汽笛吼叫着,要人们去上工。今天汽笛的吼声喑哑、低沉而又犹豫不决。门打开了,进来的是雷宾。他站在母亲面前,用手掌擦着胡子上的雨滴,问道:

"抓去了?"

"抓去了,那些该死的东西!"母亲叹口气答道。

"是这样啊!"雷宾苦笑了一下,说。"我也被搜查了,是啊,到处都翻遍了,他们还破口大骂……不过,他们没把我怎么样。这么说,巴维尔被捕了!厂主眨眨眼,宪兵把头点,——人不就没有了吗?是一鼻孔出气,狼狈为奸。一帮家伙挤人民的奶,另一帮抓住角……"

"你们应该去营救巴沙呀!"母亲站起来高声说。"他是为了大家才被抓的。"

"谁去营救?"雷宾问。

"大家呀!"

"看你说的! 不,这是办不到的。"

他一边苦笑着,一边迈着沉重的脚步走了。他严酷而令人绝望的话增加了母亲的痛苦。

"万一要打他,要上刑呢?……"

她想象着儿子被打得遍体鳞伤、血肉模糊,这时,恐怖像一大块冰冷坚硬的东西,压在她的胸口,使她感到窒息。眼睛也觉得疼痛。

她没有生炉子,没有做饭,也没有喝茶,到晚上天色很黑时,她才吃了一块面包。当她躺下睡觉的时候,她觉得有生以来日子从没有这样孤独、空虚。近几年来,她已经习惯于生活在对某种重大美好的事情的日夜盼望中。年轻人在她周围热闹地、生气勃勃地转来转去,儿子严肃的面孔总在她眼前呈现,——是他安排下这种令人惶恐不安然而却是美好的生活。现在他不在家,一切也都随之消失了。

十四

一天慢慢地过去了,经过漫长的不眠之夜,第二天过得更慢了。她期待有人会来,但是谁也没来。傍晚到了,接着黑夜来临。冷雨在叹息,沙沙地打在墙上。烟囱在低鸣,地板下有东西在跑动。雨点从屋顶上落下,凄凉的滴水声和挂钟的嘀嗒声奇怪地交织在一起。整个房子好像在轻轻地摇动,周围的一切全是不必要的,在忧伤中变得毫无生气……

有人轻轻敲了几下窗子,——一下,两下……她听惯了这种声音,已经不觉得害怕,但是现在她却抑制不住涌上心头的喜悦,颤抖了一下。她怀着模糊的希望,立即站起来,把围巾披在肩上,开了门……

萨莫伊洛夫走了进来，后面还跟着一个人，大衣领子遮住了他的脸，帽子压到眉毛上。

"我们把你吵醒了吧？"萨莫伊洛夫没有问声好就这样问道，他跟平时不同，神情忧虑而阴沉。

"我还没睡呢！"母亲回答，并用一种期待的目光默默地注视着他们。

萨莫伊洛夫的同伴声音嘶哑地、粗重地喘着气，脱掉帽子，向母亲伸出指头粗短的大手，像老朋友似的亲热地对她说：

"您好，大妈，不认识了吗？"

"是您啊？"弗拉索娃突然像有什么高兴事似的叫了一声。"叶戈尔·伊凡诺维奇？"

"正是！"他低着好像唱圣歌的助祭那样蓄着长发的大脑袋，回答道。他胖胖的脸上带着善良的微笑，灰色的小眼睛亲切而明亮地望着母亲的脸。他像一具茶炊，——跟茶炊一样又圆又矮，粗脖颈，短胳膊。他的面孔润泽而光亮，他大声地喘着气，胸腔里总是发出呼呼噜噜的嘶哑声……

"请到屋里去吧，我去穿衣服！"母亲说。

"我们是有事来找您的。"萨莫伊洛夫紧蹙双眉望着母亲，心事重重地说。

叶戈尔·伊凡诺维奇走进房里，隔着板壁对母亲说：

"亲爱的大妈，今天早上，你认识的那个尼古拉·伊凡诺维奇从牢里出来了……"

"难道他也在牢里吗？"母亲问。

"关了两个月零十一天。他在牢里看见了霍霍尔——他向您问好，也看见了巴维尔，他也向您问好，让您不要担心，并转告您在他所走的道路上，人们休息的地方永远是监狱，这是对我们照顾周到的长官们已经规定好了的。大妈，现在我谈谈正事吧。您知道这里昨天抓了多少人吗？"

"不知道,难道除了巴沙还有人被抓?"母亲高声说道。

"他是第四十九个!"叶戈尔·伊凡诺维奇不慌不忙地打断了她的话。"应该准备官府再抓上十来个!这位先生也会被抓去的……"

"对,我也会被抓去的!"萨莫伊洛夫皱着眉头说。

弗拉索娃觉得呼吸轻松起来……

"在那里不止他一个!"这个念头在她头脑里闪过。

她穿好衣服,走进房来,显得很有精神地对客人微微一笑。

"抓了这么多人,总不致于关很长时间吧……"

"对!"叶戈尔·伊凡诺维奇说。"如果我们想办法破坏他们这场好戏,他们就一定会完全落空的。事情是这样:如果我们现在不把我们的小册子送进厂里,宪兵就一定要抓住这个令人担忧的事实,去为难巴维尔和跟他一起坐牢的其他同志们……"

"这是什么缘故?"母亲惊慌地大声问了一句。

"很简单!"叶戈尔·伊凡诺维奇温和地说。"有时候,连宪兵也能作出正确判断的。你想想,巴维尔在厂里,厂里就出现传单和小册子,现在巴维尔不在厂里,无论是传单还是小册子都没有了!这就是说,小册子是巴维尔散发的,是不是?这样,他们就会逼所有的人,——当宪兵的这些家伙,最喜欢把人折磨得死去活来……"

"懂了,我懂了!"母亲忧愁地说。"啊,主啊!现在该怎么办呢?"

从厨房里传来了萨莫伊洛夫的声音:

"差不多全给抓去了,——真见鬼!……现在我们必须像以前一样继续干下去,不单是为了事业,而且也为了营救同志。"

"但是,找不到人去干!"叶戈尔带着苦笑补充说。"传单小册子倒是非常好,——我们自己弄的!……但是怎么带进工厂,还不得而知!"

"厂门口开始对所有人搜身了!"萨莫伊洛夫说。

母亲感觉到他们这是想要她做什么事,对她有所期待,于是急忙问:

"那该做些什么呢?该怎么办呢?"

萨莫伊洛夫站在门口说:

"佩拉格娅·尼洛夫娜!您认识那个女商贩科尔苏诺娃……"

"认识,怎么?"

"去跟她商量商量,看她肯不肯拿进去?"

母亲不同意地摇摇手。

"这可不行!她是个喜欢多嘴的女人,不行!人家马上就会知道,是经我交给她的,是从我家拿去的,不行,不行!"

忽然,没料到她想出了一个主意,她低声说:

"你们交给我吧,交给我!我能办到,我自有办法!我去求求玛丽亚,请她收我当帮手!就说我得干活儿,挣点钱吃饭!这样,我也可以拿饭到那儿卖了!我就可以把那些东西带进去!"

她把手按住胸口,性急地担保说,她可以把一切事情做好,而且不让人发觉。最后,她高兴地扬声说道:

"那时候他们会看到,巴维尔不在,可他的手却从监狱伸到这儿来了,——他们会看到的!"

三个人都很兴奋。叶戈尔用力搓着手,微笑着说:

"妙极了,大妈!你要知道,这可太好了!简直是好极了。"

"如果这件事办成了,我会像坐安乐椅一样去坐牢!"萨莫伊洛夫搓着手说。

"您真可爱!"叶戈尔声音沙哑地喊道。

母亲微微笑了笑。她很清楚:如果现在工厂里出现传单,当局就会明白,传单不是她儿子散发的。她感到自己能够完成这个任务,高兴得全身都颤抖起来。

"您跟巴维尔会面的时候,"叶戈尔说,"告诉他,他有一个好母亲……"

"我会提前见到他的!"萨莫伊洛夫笑着应许道。

"您就告诉他,要做的事我都能做到!让他知道这一点!……"

"如果人家不抓他去坐牢呢?"叶戈尔指着萨莫伊洛夫问道。

"那可怎么办?"

他们两人都哈哈笑了起来。她知道自己说错了,便不好意思地、有点解嘲似的,跟着轻声笑了。

"只顾自己——就忘记别人了!"她垂下眼睛说。

"这很自然!"叶戈尔说。"至于巴维尔的事,请您不用担心,不要悲伤。他从监狱回来会变得更好的。他在那里可以休息、学习,在外面,我们这样的人是没有这些工夫的。我坐过三次牢,虽然不那么心甘情愿,可每次对头脑和精神毫无疑问得到了好处。"

"您的呼吸真困难!"母亲很关切地看着他朴实的面孔,说道。

"这是有特殊原因的!"他举起一个指头,回答道。"那就这样决定,大妈?明天我把材料给您送来,——为了冲破长期的黑暗,我们的锯子又要发挥作用了!言论自由万岁!母亲的心万岁!好了,再见!"

"再见!"萨莫伊洛夫紧紧握住母亲的手说。"可是,这种事情,我连半句话都不敢对我自己的母亲说,真的!"

"大家都会明白的!"弗拉索娃想宽慰他,就这样说道。

他们走后,她关上门,跪在房间的中央,在沙沙的雨声中开始祈祷。她默祷着,一心只想着巴维尔引进她生活里的那些人。仿佛他们一一都在她和圣像之间走过,他们都是些朴实、彼此非常亲密却又孤单的人。

第二天一大早,她就去找玛丽亚·科尔苏诺娃。

那个女商贩像平时一样,满身油污,喋喋不休,她看见母亲表示很同情。

"心里不好受吧?"她用肥胖的手在母亲肩上拍了拍,问道。"算了吧!抓了人,押走了,这有什么!这没有什么不好。从前都是因为偷东西才坐牢,现在为了真理也要蹲监狱。可能那天巴维尔说的话不合适,可他是为了大家出来说话的——大家都理解他,你放心吧!大家嘴里尽管不说,但心里清楚,谁是好人。我一直想到你那里去,可就是脱不开身。一天到晚做饭卖钱,看来临了还是会像叫花子一样死去。一帮男人来缠我,都是些该死的家伙!没完没了地啃我,就像一群蟑螂咬一个大面包似的!刚攒上十来个卢布,准有哪个鬼东西立刻挨上门来,把钱舔个精光!做女人真是倒霉,做女人是世界上最糟糕不过的了!一个人过日子困难,两个人又无聊!"

"我来是想说说给你当个下手!"弗拉索娃打断了她的唠叨,说道。

"这是怎么回事?"玛丽亚问道。她听母亲说完后,同意地点点头。

"好的!从前我老公打我的时候,你常常把我藏起来,这你还记得吧?现在你有困难,我也该帮帮你……大家都应该帮助你,因为你儿子是为大家的事才被抓走的。大家都一致说,你有一个争气的儿子!人人都同情他。我敢说,这样抓人,官府不会有好结果的。你看,厂里怎么样?都不说好话,亲爱的!那些当官的,大概以为咬了人的脚后跟,就走不远了,可结果呢,打了十个,恼了一百!"

最后她们谈妥了,第二天午饭时,弗拉索娃把两个盛着玛丽亚做的饭菜的大罐子拿到工厂去,而玛丽亚自己到市场去做买卖。

十五

工人们立刻发现了这个新来的女商贩。有些人走到她身边来说两句称赞的话:

"尼洛夫娜,出来干活了?"

有些人安慰她,说巴维尔很快就会放出来的;另一些人说些怜悯的话,使她悲伤的心感到惴惴不安;也有些人愤恨地痛骂宪兵和厂主,引起她心里的共鸣;还有些人却幸灾乐祸地望着她,考勤员伊萨·戈尔博夫咬牙切齿地说:

"我要是省长,就把你儿子绞死!不让他妖言惑众!"

听到这种恶意的威吓,她感到一股刺骨的寒气向她袭来。她没有理睬伊萨,只是看了看他满是雀斑的瘦小的面孔,叹了口气,低下眼睛看着地上。

工厂里很不平静,工人们三五成群聚在一起,窃窃议论着什么,坐立不安的工头到处乱窜,不时可以听到咒骂声和充满怒气的笑声。

两个警察带着萨莫伊洛夫从她身边走过;他一只手插在口袋里,一只手抚摩着浅红色的头发。

一群工人,大约百十来人,跟在后面,用咒骂和嘲笑赶着警察。

"格里沙,你是去散步吧!"有人对他喊道。

"我们的弟兄真排场!"另一个人帮腔说。"带了卫兵散步……"

这人接着狠狠骂了一句。

"看来抓小偷没什么利可图了,"高个子独眼工人大声挖苦说。"所以现在抓起好人来了……"

"哪怕夜里来抓呢!"人群里有人附和说。"大天白日的,不要脸,畜生!"

警察神情颓丧地快步走着,竭力装得像什么也没看见似的,似乎连跟在他们身后的人的叫骂声也没听见。迎面有三个工人,手里拿着一根大铁条走来。他们用铁条对着警察喊道:

"当心点,抓鱼的!"

萨莫伊洛夫走过母亲身边的时候,微笑着对她点点头,说:

"抓去了!"

母亲一声不响地向他深深鞠了一个躬,这些为人正直、头脑清醒、面带笑容去坐牢的年轻人,使她非常感动;在她心里,对这些人产生了母性的怜爱。

从工厂回来,母亲一整天在玛丽亚家帮她干活,听她饶舌,很晚才回到冷清、寂寞而又僻陋的家里。她在屋子里久久地走来走去,坐立不安,不知做什么才好。已经快到深夜了,叶戈尔·伊凡诺维奇还没有把答应送来的材料送到,这使她焦急万分。

窗外秋天沉重的灰色雪片泛着暗淡的光,飘飘洒洒。雪片软绵绵地落在窗上,无声地滑下去,然后融化,留下水湿的痕迹。她在想念儿子……

有人小心地敲了敲门,母亲赶紧跑过去摘下门闩钩。——进来的是萨申卡。母亲已经很久不见她了,现在首先引起她注意的是,这姑娘胖得不太正常。

"您好!"母亲说,因为有人来了,夜里有个伴,所以很高兴。"很久不见您了。到外地去了吗?"

"没有,我坐牢了!"姑娘微笑着回答。"和尼古拉·伊凡诺维奇在一起;您还记得他吗?"

"怎么会不记得!"母亲大声说道。"昨天叶戈尔告诉我,他已经放出来了,但是关于您的情况,我不知道……谁也没提起您也在那里……"

"这有什么说头呢?……趁叶戈尔·伊凡诺维奇还没有到,我要换件衣服!"姑娘看看周围说。

"您浑身湿透了……"

"我把传单和小册子带来了……"

"拿出来,拿出来!"母亲催促着。

姑娘很快地解开大衣的钮扣,抖了抖,一叠叠纸像叶子从树上落下时发出簌簌的声音,从她身上掉到地上。母亲一边笑着,一边从地上将纸捡了起来,说道:

"我见您这样胖,还以为您出嫁了,快生小宝宝了。哎哟,拿了这么多!难道是走来的?"

"是的!"萨申卡说。她现在又和从前一样匀称而苗条了,母亲看见她面颊消瘦,眼睛变得很大,眼窝发黑。

"刚放出来,您该休息休息,可您真是!"母亲叹了口气,摇着头说。

"需要这样!"她打着寒战说。"请您告诉我,巴维尔·米哈伊洛维奇怎样了?还好吧?……他不怎么焦急吧?"

她问的时候,眼睛没有看着母亲;她歪着头整了一整头发,她的手指在发抖。

"还好!"母亲回答说。"他是不会把心事流露出来的。"

"他身体一直很结实吧?"姑娘低声说。

"没生过病,从来没有!"母亲说。"您浑身在发抖。我去给您弄点茶和马林果酱。"

"这可太好了!不过,太麻烦您了吧?天这么晚了,我自己来……"

"您还不嫌累啊!"母亲责备说,开始在茶炊旁张罗起来。萨莎①也走进厨房,坐在长凳上,把两手放在脑后说:

"不论怎么说,坐牢还是消耗体力的!讨厌的是没事可干!这是最痛苦的了。明明知道有许许多多工作要做,可是像野兽一样被关在笼子里……"

"有谁来报答你们这一切呢?"母亲问。

接着,母亲叹了口气,自问自答地说:

"除了上帝,还能有谁呢!您大概也不信上帝吧?"

"不信!"姑娘摇摇头,简短地回答说。

"可是我不相信你们的话!"母亲突然兴奋地说。她把被炭灰弄脏的两手很快地在围裙上擦了擦,以坚信不疑的口吻继续说:"您不理解您的信仰!不相信上帝怎么能过这样的生活呢?"

在过道里有人很响地跺着脚,在喃喃地说话,母亲颤抖了一下,姑娘霍地站起身来,匆匆地和母亲耳语了几句:

"不要开门!如果是那帮宪兵,您就说不认识我!……是我走错了人家,偶然到这儿来,忽然晕倒了,您替我脱衣服,看见了这些书籍,懂了吗?"

"我亲爱的,为什么要这样?"母亲感动地问。

"等一等!"萨申卡侧耳听着说。"好像是叶戈尔……"

进来的果然是叶戈尔,他浑身都湿了,累得喘不过气来。

"好啊!这不是茶炊吗?"他喊道。"大妈,这是生活中最好的东

---

① 萨莎是亚历山德拉的爱称。

西,萨申卡,您已经来了?"

小小的厨房充满了叶戈尔沙哑的声音,他慢慢地脱下了沉重的大衣,一口气说道:

"大妈,这就是让官府伤脑筋的姑娘!监狱的看守欺负她,她就对看守说,如果不向她道歉,她就饿死,她真的八天没吃一口东西,差一点一命呜呼。有两下吧?瞧,我的肚子像什么样子?"

他一边说,一边用短粗的手捧住难看地向下垂的肚子,走进房间后,随手带上了门,在那里还继续说着什么。

"您真的八天没吃东西吗?"母亲吃惊地问。

"为了要他道歉,必须这样做!"姑娘回答道,冷得直缩肩膀。她的镇静和顽强,在母亲心里唤起了近似责备的感情。

"原来是这样!……"她心想,接着又问道:"如果真的饿死了呢?"

"那有什么办法呢?"她低声回答说。"看守终于道歉了。人是不应该任人欺负的……"

"是啊……"母亲缓缓地答应着。"可是我们姊妹一辈子受人欺负……"

"我把东西卸了!"叶戈尔打开了门,宣布说。"茶炊烧好了吗?让我来拿进屋……"

他端起茶炊,一面走,一面说:

"我的亲生爸爸,一天至少要喝二十杯茶,所以在人世间才无病无灾地活了七十三岁。他体重八普特①,是复活村的教堂执事……"

"您是伊凡神父的儿子?"母亲大声问道。

"对啦!您怎么知道?"

"我就是复活村的人呀!……"

"是同乡?娘家姓什么?"

---

① 八普特合一〇一公斤多。

"你们的邻居！我是谢廖金家的人。"

"是瘸腿尼尔的女儿吗？这人我认得，因为我的耳朵被他拧过不止一次……"

他们面对面站着，一面互相问来问去，一面笑着。萨申卡含笑看了看他们，便开始沏茶。茶具的声音使母亲从追忆中回到现实。

"啊呀，对不起，只顾说话了！见到同乡真叫人太高兴啦……"

"我才应该说对不起呢，我在这儿喧宾夺主了。不过已经十点多了，我还要走很远的路……"

"上哪儿去？到城里？"母亲吃惊地问。

"是。"

"这怎么行？天又黑，又下雪！您已经累了！在这儿过夜吧！叶戈尔·伊凡诺维奇睡在厨房里，咱们俩睡在这儿……"

"不，我一定得走，"姑娘简单地说。

"是的，老乡，这位小姐必须离开。这儿的人认识她。如果她明天在街上出现，那就不好了！"叶戈尔说。

"她怎么去呢？一个人去行吗？……"

"行！"叶戈尔笑着说。

姑娘给自己倒了茶，拿起一块黑麦面包，在上面撒点盐就吃起来，她沉思地望着母亲。

"这样的路，您和娜塔莎你们怎么走呢？要是我，就不去了，——害怕啊！"弗拉索娃说。

"她也害怕！"叶戈尔说。"您怕吗！萨莎！"

"当然！"姑娘回答。

母亲看看她，又看看叶戈尔，低声赞叹道：

"你们可真是……了不起！"

喝完茶，萨申卡一声也不响地握了握叶戈尔的手，走进厨房，母亲跟在后面送她。在厨房里，萨申卡说：

"见到巴维尔·米哈伊洛维奇，请代我问候他！"

她握住门的把手,忽然回过头来,低声说:

"可以亲亲您吗?"

母亲默默地抱住她,热烈地吻了吻她。

"谢谢!"姑娘小声说道,点点头,便走了。

回到房里,母亲不安地望了望窗外。在漆黑的夜色中,下着湿漉漉的鹅毛大雪。

"您还记得普罗佐罗夫一家吗?"叶戈尔问。

他宽宽地叉开两腿坐着,使劲吹着杯里的茶,发出很大的声音。他红红的脸上,汗津津的,带着满意的神情。

"记得,记得!"母亲沉思地说,侧身走近桌子,她坐下来,用那双充满悲哀的眼睛望着叶戈尔,慢慢地拖长声音说:"哎呀呀!萨申卡行吗?她能走到城里吗?……"

"她会累得够呛,"叶戈尔同意说。"这姑娘本来身体还比较结实,可是牢里的生活把她折磨坏了……况且她是在娇生惯养的环境中长大的……好像肺已经有毛病了……"

"她是什么人?"母亲低声询问。

"是地主的女儿。据她说,父亲是个大坏蛋!大妈,您知道他们想要结婚吗?"

"谁?"

"她和巴维尔……但是总不凑巧,他没坐牢的时候,她在坐牢,现在呢,又相反!"

"这我不知道!"母亲沉默了一会儿,说,"巴沙从来不说他自己的事……"

现在,她更加可怜这姑娘了,不由地怀着不快的心情向客人瞧了一眼,说:

"您应该送送她!……"

"不行啊!"叶戈尔低声说。"我这里还有一大堆事情,明天从清早起,就要奔走一整天。对我这个有气喘病的人来说,这可不是件美差……"

"她是一个好姑娘,"母亲想着叶戈尔告诉她的话,顺口冒出这么一句。她觉得很委屈,因为这件事不是从儿子口里而从旁人口里听到的。她紧紧地抿着嘴唇,眉毛低低地垂着。

"是个好姑娘!"叶戈尔点点头。"我看出,您在可怜她。这没用。如果您对我们这些谋反的人全觉得可怜,您的心就不够了。老实说,谁的日子都不好过。就在前不久,我有一个同志从流放地回来。他经过尼日尼的时候,他的妻子和孩子在斯摩棱斯克等他,可是,当他到了斯摩棱斯克,她们都已关进莫斯科监狱了。现在轮到他的妻子流放到西伯利亚了!我也有过妻子,是个非常好的人,五年这样的生活,把她送进了坟墓……"

他一口气把一杯茶喝完,接着又讲下去。他历数着监禁和流放的岁月,讲了各种不幸的事件、监狱里的毒打和西伯利亚的饥饿。母亲听着,两眼看着他,对他简单而又平静地讲述这种充满苦难、迫害和凌辱的生活,母亲感到吃惊……

"好了,咱们谈谈正事吧!"

他的声音变了,脸色更加严肃。他开始问母亲,她打算怎样把小册子带进厂里去,他对各种细枝末节的小事都知道得很清楚,这使母亲感到很惊讶。

谈完这件事,他们又回忆起自己的故乡;叶戈尔风趣地谈着,母亲却深深地沉溺在回忆里。她觉得,过去的生活很像一片单调地布满一块块小土丘的沼泽地,上面丛生着纤细的、瑟缩战栗的白杨,矮小的杉树,还有长在小土丘之间的稀稀落落的白桦树。白桦长得很慢,在稀软而腐烂的土地上长五六年,就悄悄地倒下烂掉。她看着这幅图景,忍不住可怜起什么来了。在她眼前,出现一个面孔严峻而倔强的姑娘,她正冒着潮湿的雪片孤独而疲倦地走着。儿子却在监狱里。他大概还没有睡,正在想着什么……但是他想的不是她,不是母亲,——他有了一个比母亲更亲近的人。沉重的思虑,像乌黑纷飞的乱云向她爬过来,紧紧地笼罩着她的心……

"您累了吧,大妈！咱们睡觉吧！"叶戈尔微笑着说。

母亲和他道别后,怀着满腔辛酸悲苦的感情,侧着身子,小心地走进厨房。

早上喝茶的时候,叶戈尔问母亲：

"如果他们抓住了您,问您这些异端邪说的小册子是从什么地方来的,您怎么说呢？"

"我就说：'你们管不着！'"她答道。

"这样他们绝不会轻易罢休的！"叶戈尔不以为然地说。"他们非常自信,认为这正是他们要管的事！他们会穷追不舍,问个没完！"

"我就是不说！"

"那就把你关进牢里！"

"这算什么？连我也配坐牢,那就谢天谢地了！"她喘着气说道。"谁需要我？谁也不需要。据说,还不至于拷打……"

"嗯！"叶戈尔仔细地打量她一眼,说道。"拷打——倒是不会。但是,好人应该保护自己……"

"这一点跟你们是学不到的！"母亲笑着回答。

叶戈尔沉默了一会儿,在房间里走了走,然后走到她跟前,说："很困难,老乡！我觉得,您是很困难的！"

"大家都困难！"她挥了挥手,答道。"大概只有明白人比较轻松一些……而好人要的是什么,我也渐渐懂得一些了……"

"大妈,您既然懂得,那他们大家就都需要您——大家都需要！"叶戈尔一本正经地说。

母亲看了他一眼,默默地笑了笑。

中午,她非常镇静熟练地将小册子塞进自己的怀里,她放得那样巧妙而又合适,连叶戈尔也满意地啧啧称赞道：

"捷尔古特[①]！壮实的德国人喝干一桶啤酒后,常常这样说。大

[①] 德语：很好！

妈！这些书没有使您的模样改变！您依然是个高高胖胖、上了年纪的善良妇女！无数的神都在祝福您旗开得胜！……"

半个钟头后,母亲若无其事、信心十足地站在工厂门口,沉重的担子压弯了她的背脊,两个守门的人被工人们的嘲笑惹火了,一面粗暴地搜查进厂的所有工人,一面跟他们对骂。旁边还站着一个警察和一个细腿红脸的家伙,眼珠子滴溜乱转。母亲把扁担换了个肩,她觉得这家伙就是特务,便皱着眉头注视着他。

一个高个子鬈发青年,帽子戴在后脑勺上,对搜身的门卫喊道:

"你们这些鬼东西,不要在口袋里搜！在脑袋里搜吧！"

一个门卫回答道:

"你的脑袋上除了虱子什么也没有！"

"要你们就是抓虱子的,不配抓鱼！"工人回骂道。

那特务很快地打量了他一眼,啐了口唾沫。

"让我进去吧！"母亲请求说。"你们看,人家挑着重担,腰都快压断了！……"

"走！走！"一个门卫怒气冲冲地喊道。"少啰唆……"

母亲走到老地方,放下大罐子,一边擦着脸上的汗,一边向四处张望。

钳工古谢夫兄弟立刻走到她跟前。哥哥瓦西里皱着眉头,大声问:

"有包子吗？"

"明天拿来！"她答道。

这是约定的暗号。兄弟俩喜形于色,伊凡忍不住的叫了起来:

"您啊,真是个好妈妈……"

瓦西里蹲下身来朝罐子里瞧,在这同时一叠传单塞进了他的怀里。

"伊凡,"他大声说,"不要回家了,就在她这儿吃午饭吧！"他说着把传单很快塞进自己的长筒靴里。"应该照顾一下新来女商贩的生意……"

"应该照顾！"伊凡附和他说,接着哈哈笑了起来。

母亲小心翼翼地看着周围,嘴里吆喝着:

"菜汤——热面条!"

同时,母亲悄悄地,把一摞一摞小册子塞给兄弟俩。每当她把小册子从手里交出去的时候,她眼前就闪现出那个宪兵军官的脸,它像黄色的斑点,有如在黑暗的屋子里火柴发出的昏黄亮光一样。她怀着快意的感情,在心里对他说:

"拿去吧,老总……"

她在递交下一摞小册子的时候,心里又痛快地补充了一句:

"拿去吧……"

手里拿着饭碗的工人们走了过来;当他们走近时,伊凡·古谢夫就大声地笑起来,弗拉索娃便盛汤盛面,从容地停止了递送。古谢夫兄弟跟她开玩笑说:

"尼洛夫娜手脚挺麻利!"

"穷得没法子的时候,就逼得你连耗子也要逮!"一个司炉工阴郁地说。"挣钱养她的人被抓去了!一群畜生!好,给我三戈比的面条!不要紧,大婶!总可以熬过去的。"

"谢谢您的好意!"母亲向他微微笑了笑。

他离开时,独自喃喃地说:

"好意算什么,不值得一谢……"

弗拉索娃不时吆喝几声:

"热的——菜汤,面条,疙瘩汤……"

她心里想着如何把自己第一次的经验告诉儿子,但是在她面前,总是出现军官那张惊讶而又凶恶的捉摸不透的黄脸。他脸上的黑色小胡子惊慌失措地在抖动,从他会哼哼地翘起的嘴唇下面,露出紧紧咬着的一排白牙。母亲心里像有一只小鸟在唱歌似的那样高兴,双眉在狡黠地耸动。她很麻利地干着自己的活儿,自言自语地说:

"嘿,还有呢!……"

十六

傍晚,母亲正在喝茶的时候,听见窗外有马蹄踩着稀泥的声音和一个熟悉的说话声音。她急忙站起来,跑进厨房,来到门口,在过道里,有人很快地走着,她觉得眼前发黑,便把身子靠在门框上,用脚踢开了门。

"晚安,大妈!"响起了一个熟悉的声音。一双瘦长的手搭在她的肩上。

失望的苦恼和见到安德烈的欣喜,一起涌上她的心头。两种感情燃烧着,融合成一种灼热的强烈感情;它像一股热浪拥抱着她,拥抱着并把她举起,她把脸埋在安德烈的胸口。他紧紧地抱住母亲,他的手在颤抖,母亲一句话不说,只是低声哭泣,他抚摸着母亲的头发,像唱歌似的说:

"不要哭,大妈,别伤心!我跟您说实话——他很快就会放出来的!他们手里没有任何他的把柄,大家都像煮过的鱼不开口……"

他搂着母亲的肩膀,把她扶进房里。母亲靠在他的身上,用像松鼠一样敏捷的动作擦去眼泪,全神贯注,聚精会神地听他说话。

"巴维尔向您问好,他非常健康、愉快。那儿很挤!抓了一百多人,有我们这儿的,也有城里的,每间牢房关三四个人。监狱当局没什么,还算好,该死的宪兵给他们添了这么多事,弄得他们筋疲力尽。因此监狱当局管得并不怎么严,总是说:'诸位,请你们安静些,不要给我们找麻烦!'嗯,所以一切都很好,可以谈话,传看书籍,有吃的大家分。这种监狱不坏!虽然监狱又旧又脏,但管得松,日子好过。刑事犯人也不错,帮了我们许多忙。这次我、布金和另外四个人被释放了。巴维尔也很快可以出来,这毫无疑问!维索夫希科夫可能要关得最长,他把人家都惹火了。他一天到晚骂人,什么人都骂!宪兵都没法见他。看来他得受审判,或许要挨一顿。巴维尔常常劝他:'尼古拉,别这样！即使你把他们骂得狗血喷头,他们反正也不会变好的!'可他还是大声叫喊:'我要像抠疮痂一样把他们从地球上除掉!'巴维尔表现很好,既稳重又坚定。您听我说,他快出来了……"

"快了!"母亲得到了安慰,亲切地微笑着,说:"我知道,快了!"

"您知道,那就好! 嗯,总得给我杯茶喝吧,您说说,您是怎么过的?"

他满脸笑容,望着母亲,他是那样可亲可爱,在他圆圆的眼睛里,闪动着深情的、有点忧郁的火花。

"我非常喜欢您！安德留沙!"母亲深深叹了口气,端详着他消瘦的、长满滑稽可笑的一簇簇黑胡子的脸,说道。

"我能够得到一点,就满足了。我知道您喜欢我,——您能够爱一切人,您有一颗伟大的心!"霍霍尔在椅子上摇晃着身体,说。

"不,我特别喜欢您!"她坚持说,"如果您有母亲,大家都会羡慕她有这样一个好儿子的……"

霍霍尔摇摇头,然后又用手使劲揉了揉头。

"我母亲一定还在什么地方……"他小声说。

"您知道我今天做了什么吗?"她扬声说道,接着她兴奋得上气不接下气,急急忙忙稍加渲染地讲起她把宣传品带进工厂的经过。

起初,霍霍尔惊奇得睁大了眼睛,过了一会儿,哈哈大笑起来,手舞足蹈,用指头敲着脑袋,高兴地喊道:

"啊哟! 嗯,这可不是开玩笑的,这是一件大事呀! 巴维尔知道了一定很高兴,是不是? 大妈,真是好极了! 无论对巴维尔,还是对大家都一样!"

他怀着钦佩的心情弹响着指头,吹着口哨,全身摇摆着,喜笑颜开,这在母亲心里唤起了极其强烈的共鸣。

"安德留沙,我亲爱的!"母亲说,仿佛她打开了心灵的门,充满内心喜悦的话像溪流一般翻滚着涌流出来。

"我也曾想过我这半辈子。主耶稣基督啊! 我过去活着究竟为了什么？挨打……干活……除了丈夫，什么都没见过，除了害怕，什么也不知道，巴沙怎么长大的——没注意过；丈夫在世的时候，我是不是疼爱儿子，也不知道！我一天到晚干的想的只有一件事，就是想尽法子让我那头野兽吃得香，吃得饱，把他伺候得周周到到，不叫他生气，希望他不要打我，哪怕可怜我一次也好。我不记得他有哪一回可怜过我。他打我，好像打的不是自己的妻子，而是所有他痛恨的人。这样的日子过了二十年，结婚前的事，我记不得了。我回想了，可像瞎子一样，什么都看不见。不久前叶戈尔·伊凡诺维奇到这儿来过——我和他是一个村的，他谈了许许多多，可我只记得那儿的房子，记得那儿的人，但人们是怎么生活的，说过什么话，谁发生过什么事，全忘了！失火的事我倒还记得，闹过两次。看来，我心里的一切都被打掉了，心灵好像被封得严严实实的，看不见，也听不见……"

她歇了歇，像从水里捞出的鱼拼命地吸气，向前弯着身子，放低声音，继续说：

"丈夫死了，我就指望儿子，但他去做这种事。这下我可难受了，心疼他……他要有个三长两短，叫我怎么活下去？我不知道受过多少怕，担过多少心，每当我想到他的命运，心都要碎了……"

她沉默了片刻，轻轻地摇晃着头，意味深长地说：

"我们这种女人的爱，是不纯洁的！……我们只爱自己所需要的！就拿眼前您来说，您想念自己的母亲，但她对您有什么用呢？你们大家都是为人民去受苦坐牢，流放西伯利亚，去死……年轻的姑娘，半夜三更独自一个人，踩着泥浆，冒着雨雪，从城里走七俄里路到这里来。有谁催她们？有谁逼她们？这是因为她们爱人民！像她们那样才是纯洁的爱！她们有信仰！她们有信仰，安德留沙！可是我，却做不到！我只爱我自己的、亲近的！"

"您做得到的！"霍霍尔说着把脸转到一边，像平时那样用手使劲揉了揉脑袋、脸颊和眼睛。"所有人都爱亲近的，但是——有博大的心胸，远的也会变成近的。您能够做许多事情，您有一颗伟大的母性的心……"

"但愿能这样!"她低声说。"是啊,我已经感觉到这样的生活很好! 真的,我喜欢您;您和巴沙相比,也许我更喜欢您! 他什么都藏在肚子里……比如,他要和萨申卡结婚,但是也不跟我这个做母亲的说一声……"

"不对,"霍霍尔表示不同意。"这件事我知道。您说的不对。他爱她,她也爱他,这是真的。但结婚——是不会的,不可能! 她倒是愿意,但巴维尔现在不想……"

"原来是这样!"母亲沉思着轻声说,她的眼睛悲伤地注视着霍霍尔的脸。"噢。原来是这样! 人们情愿牺牲自己的幸福……"

"巴维尔是一个难得的人!"霍霍尔低声说。"是个像钢铁一样坚强的人……"

"可现在——他在坐牢!"母亲若有所思地接着说。"这种事真让人担惊受怕,不过现在好多了! 整个生活不同了。现在所担心的也和以前不一样了,是替大家担心。心也变了,心灵睁开了眼,一看:觉得又悲又喜。有许多事情我还不理解。你们不信上帝,这使我很难受,很不高兴! 不过,这也没法子! 可是,我知道你们都是好人,的确是好人! 你们为人民情愿吃苦,为真理甘心受难。你们的真理,我也了解:只要还有富人,人民就什么也得不到,无论是真理,还是欢乐,什么也得不到! 现在我在你们中间生活,有时夜里会想起过去,想起我被糟蹋的力量,想起我年轻时受到压抑的心,我就可怜自己,感到痛苦! 现在日子总算好过些了。我对自己也渐渐更了解了……"

霍霍尔站起来,在房间里小心翼翼地慢慢踱步,尽量使脚不发出声音,他又高又瘦,在沉思默想。

"您说得很对!"他轻声赞叹道。"很对。在刻赤城曾经有个年轻的犹太人,他写诗,有一次他写了这样的诗句:

连无辜被害的人,

真理的力量也能使他复活！……

"他本人就是被刻赤城的警察当局杀害的。但是,这没什么大不了! 因为他知道真理,又在人们中间大量传播了真理。比如您,也是无辜受害的人……"

"我现在说这些话,"母亲继续说,"自己说,自己听,可我不敢相信。过去我一辈子想的只有一件事,就是怎么能躲过一天算一天,怎么悄悄地挨日子,只要人家不碰我就行。可现在我却想着大家,也许,我还不是很了解你们的事业,可我觉得你们大家都很亲近,谁我都疼爱,希望你们都好。安德留沙,对您尤其是这样!……"

霍霍尔走到她身旁说：

"谢谢！"

他把母亲的手紧紧攥在自己手里,摇了摇,很快把脸扭到一旁。母亲由于激动感到乏力,一声不响地慢慢洗着茶杯,她胸中缓缓升起一股热流,温暖着她的心,使她振奋。

霍霍尔一边踱着步,一边对她说：

"大妈,您哪怕也给维索夫希科夫一次温暖呢！他父亲也在牢里——是个不怎么正经的老头子。尼古拉隔着窗子见到他就骂。这不好！但尼古拉心地挺善的,狗呀、老鼠呀,所有的小动物他都爱惜,但人呢,他却不爱！唉,一个人竟被毁成这样！"

"他母亲失踪了,父亲是个小偷,又是酒鬼,"母亲沉思着说。

安德烈去睡的时候,母亲悄悄地为他画了十字。等他躺了半个小时左右,母亲低声问：

"安德留沙,没睡着？"

"没睡着,怎么啦？"

"好好睡吧！"

"谢谢,大妈！谢谢！"他感激地应道。

十七

第二天,尼洛夫娜挑着担子走到工厂门口的时候,守卫蛮不讲理地把她拦住,喝令她把罐子放在地上,仔细地搜查了她。

"把我拿来的饭菜都弄凉了!"他们粗暴地搜查她衣服的时候,她镇静地说。

"住嘴!"一个守卫阴沉着脸说。

另一个轻轻推了一下她的肩膀,很自信地说:

"我说——就是从墙外扔进来的嘛!"

老工人西佐夫第一个走到她身边,向周围看了看,低声问:

"听说了吗,大妈?"

"什么?"

"传单呀!昨天又出现了!简直像面包上撒盐一样到处都有。你看,又抓人又搜查,还不是没用!我的侄儿马津也抓去坐牢了。哼,又怎么样呢?你的儿子也抓去了。现在总该清楚了吧,这不是他们干的!"

他攥着满把胡子,看了看母亲,走开的时候,他说:

"为什么不到我那儿去坐坐?一个人一定闷得慌吧……"

母亲谢了谢他。嘴里喊着饭菜的名称,眼睛机警地观察着工厂里特殊的活跃气氛。大家都很兴奋,一会儿聚拢,一会儿散开,从这个车间跑到那个车间。在充满煤烟的空气里,可以感觉到一种振奋勇敢的气息。激励的欢呼声和嘲笑的叫喊声。上了年纪的工人谨慎地微笑着。厂方的人满腹心事地到处走动,警察疲于奔命,工人们看见他们,就慢慢地散开,或者站在原地,闭上嘴,默默地看着他们凶神恶煞、气急败坏的面孔。

所有工人的脸好像都洗得很干净。古谢夫高大的身影,不时在眼前闪过,他弟弟伊凡,像小鸭似的走着,哈哈大笑。

木工车间的工头瓦维洛夫和考勤员伊萨不慌不忙地从母亲身边走过。身材矮小瘦弱的伊萨，仰起头，向左侧着脖颈，望着瓦维洛夫呆板而又怒气冲冲的脸，他抖动着山羊胡子，急匆匆地说：

　　"伊凡·伊凡诺维奇，他们都在笑呢。尽管像厂主先生说的这是涉及危害国家的案子，他们却很高兴。伊凡·伊凡诺维奇，我看只锄草不行，非得翻耕不可……"

　　瓦维洛夫反背着手走着，紧攥着拳头……

　　"你们随便印什么都可以，狗崽子，"他高声说，"可是要弄到我头上——那绝不行！"

　　瓦西里·古谢夫走到母亲身边，说：

　　"我又到您这儿来吃午饭了，做得很好吃！"

　　接着他压低声音，眯起眼睛，又说：

　　"打中了！……嘿，大妈，好极了！"

　　母亲亲切地向他点点头。这个工人区最调皮的小伙子用"您"称呼她，秘密地跟她谈话，使她很高兴；整个工厂的气氛紧张兴奋，也使她高兴。她心里想道：

　　"是啊——要不是我……"

　　在不远的地方，站着三个小工，其中一个很遗憾地低声说：

　　"我哪儿也没找到……"

　　"那最好能去听别人念念！我不识字，但我看得出，打中了他们的要害！……"另外一个说。

　　第三个向周围看了看，提议说：

　　"咱们到锅炉房去吧……"

　　"起作用了！"古谢夫使了个眼色，低声说。

　　尼洛夫娜很愉快地回到了家里。

　　"厂里有人抱怨自己不识字呢！"她对安德烈说。"我年轻的时候还认得一些字，但后来全忘了。"

　　"可以再学一学嘛！"霍霍尔建议。

"像我这么大年纪？干吗要让人笑话……"

安德烈从书架上拿下一本书来，用刀尖指着封面上的字母，问：

"这是什么？"

"P！"她笑着回答。

"这个呢？"

"A……"

她既不好意思，又有点懊恼。她觉得似乎安德烈的眼睛流露出一种窃笑的神情，所以她避开了他的眼光。但是他的声音听来却是温和平静的，面孔是一本正经的。

"安德留沙，您真的想要教我吗？"母亲不由得微笑着说。

"这有什么？"他回答。"您既然以前学过，那记起来是很容易的。没有奇迹，没坏处；有了奇迹，倒不坏！"

"但是还有这么说的：'看一眼圣像，成不了仙。'"

"哎！"霍霍尔点了点头说。"俗话多着呢。知道少点，睡得香点，这不也对吗？有人因为吃不饱肚子，才按俗话来思考，他用俗话为灵魂编织笼头，为了更好管住灵魂。这个是什么字母？"

"Л！"母亲说。

"对！您看这个字母像人撇开两腿似的。好，这个呢？"

她聚精会神地看着，吃力地耸动着眉毛，拼命回想已经忘记的字母。她不知不觉只顾拼命想，把周围一切都忘了。但是，不一会儿，她的眼睛就疲劳了。起初由于疲劳出现了眼泪，后来却簌簌地流下了悲伤的泪水。

"我现在才学认字！"她抽搭了一下，说道。"四十岁的人了，刚开始认字……"

"不要哭！"霍霍尔亲切地低声说。"从前，您只能过那种生活，现在，您总算明白了，您过去的生活很苦。成千上万的人可能比您生活得好些，可是他们却像牲口一样活着，而且还夸耀说：'我们过得很好！'一个人今天干活吃饭，明天也是干活吃饭，一辈子就这样过去了。

这种除了干活就是吃饭的生活有什么好的呢?这当中,生下一堆孩子,起初还拿孩子解闷,后来他们也吃得多起来,他就发火,骂他们:饭桶,快点长大,该做工了!他本来想把自己的孩子变成家里的牲口,可他们干活也只顾得上自己的肚子,这样,他们也同样受着煎熬,过牲口般的日子!只有砸碎束缚人思想锁链的人,才是真正的人。比如,您现在正尽自己的力量开始做这样的事。"

"哪里,我算什么?"她叹了口气说。"我怎能配得上?"

"怎么不能?这和雨水一样,每一滴都能滋养种子。您一旦能识字读书……"

他笑了,站起来在房间里走着。

"不,您学习吧!……等到巴维尔回来,一看,——嘿,您怎么啦?"

"哎呀!安德留沙!"母亲说。"年轻人觉得什么都简单。可是等上了年纪——悲伤多了,力量少了,头脑也完全不好使了……"

十八

傍晚,霍霍尔出去了,她点了灯,坐到桌子旁织袜子。可是,很快又站起来,犹犹豫豫地在屋里走了走,然后走进厨房,扣好门钩,眉毛紧张地耸动着又回到屋里。她放下了窗帘,从书架上拿下一本书,重新坐到桌旁,向周围看了看,俯着身子看书,她的嘴唇开始翕动。街上一有声响,她就震颤一下,用手掌按在书上,竖起耳朵倾听着……随后眼睛时而闭上,时而睁开,又轻声念道:

"生活,生——生,土地,我们的……"

有人敲门,母亲蓦地站起身来,把书塞到书架上,不安地问:

"谁?"

"我……"

雷宾走了进来,威严地捋着胡须,说:

"以前你是不问就让人进来的。就你一个人吗?我还以为霍霍尔在家呢。我今天看见他了……监狱没有把人折磨坏。"

他坐下来,对母亲说:

"我们谈谈吧……"

他意味深长地、神秘地看着,使母亲感到隐隐不安。

"什么都得用钱!"他声音低沉地说。"不管是生还是死,都离不了钱,——就是这样。无论是传单还是小册子,都得用钱!你知道弄小册子的钱是从哪儿来的吗?"

"不知道,"母亲产生了一种危险感,低声说。

"嗯,我也不知道。还有,小册子是谁写的?"

"有学问的人……"

"是大人先生们!"雷宾说,长着大胡子的脸变得通红而又紧张。"就是说,大人先生们写了书,分给大家。可是,这些小册子里写的却是要反对大人先生们。你倒说说看,——花了钱叫人民反抗自己,对他们有什么好处?啊?"

母亲眨着眼睛,胆怯地说:

"你在想些什么呀?……"

"是啊!"雷宾的身子像狗熊似的在椅子上转动起来,说道。"就是嘛。我也是,一想到这里,就凉了半截。"

"你知道了些什么吗?"

"这是骗人!"雷宾答道。"我觉得,这是骗人。我什么都不知道,可是我知道这是骗人。是这样。大人先生们说得天花乱坠,可我要的是真理。我也知道真理了。我是不会上大人们的当的。需要我的时候,大人们就把我推到前面,——他们要像过桥一样踩着我这把骨头过去,好继续往前走……"

仿佛他用阴森森的话缠住了母亲的心。

"上帝呀!"母亲悒郁地感叹道。"难道巴沙真的不知道吗?还有所有那些人……"

她眼前闪过了叶戈尔、尼古拉·伊凡诺维奇和萨申卡的严肃而正直的面容。她的心颤动了一下。

"不,不!"她不同意地摇着头说。"我不能相信。那些人都是真心诚意的!"

"你说的是谁?"雷宾沉思地问。

"大家……我知道的所有的人!"

"不要只看表面,大妈,你要看得更深一点!"雷宾垂下头说。"和我们接近的人,他们自己也许什么都不知道,他们相信就应当这么干,但是,在他们后面兴许还有别的人,一些唯利是图的人呢?一个人是不会无缘无故去反对自己的……"

接着,他怀着农民的固执信念,又说:

"大人先生们永远不会干出好事来的!"

"你想怎么办呢?"母亲又怀疑起来,问道。

"我吗?"雷宾向她看了一眼,沉默了一会儿,重复说:"要离这些大人先生们远一点,就是这样!"

他又沉默了一阵,脸色阴沉。

"我本想和这些年轻人接近,和他们在一起。我对他们的这种工作会有用的,——我知道该对人们说些什么。就是这样。可是,现在我要走了。我不能相信他们,所以我一定要走。"

他垂下头,想了想。

"我要一个人走遍大小村庄。我要鼓动人民反抗。让人民自己起来干。要是他们一旦理解了,他们会自己找到出路的。所以,我要努力使他们理解——除了依靠自己,他们是没有别的指望的,除了自己的智慧,再没有别的智慧。就是这样!"

母亲可怜起他来,替他感到害怕。一直使她不愉快的雷宾,不知怎的,现在忽然使她觉得很亲近;她轻声说:

"人家会抓住你的……"

雷宾望着她,平静地回答:

"抓了,——放出来,我就再干……"

"农民会亲自把你绑起来,这样,你就非坐牢不可……"

"坐一阵牢,就会出来的,我就再去干。至于农民,他们绑我一次、两次,到后来一定会明白,不应该绑我,而是应该听我说话!我对他们说,'你们可以不相信我,——只要听我说话就行了。'只要他们听了,就会相信的!"

他说得很慢,好像每个字说出口之前,都要经过一番琢磨。

"近来我碰到了许多事情,懂得了一点道理……"

"你会白白送命的!米哈伊洛·伊凡诺维奇!"她忧愁地摇着头说。

他那双深陷的黑眼睛带着探询和期待的神情看着她。他结实的身体向前弯着,两手撑在椅子上,长着一圈黑胡须的黝黑的面孔显得苍白。

"你知道基督关于种子所说的话吗?不死,就不能在新的麦穗里再复活①。我离死还远着呢。我是有心眼的!"

他在椅子上动了动,慢慢地站起来。

"我到酒店去,在那儿跟大家坐一会儿。霍霍尔为什么不来呢?又开始忙了吧?"

"是啊!"母亲微笑着说。

"应该这样做。请你把我的情况告诉他……"

他们慢慢地并肩走进厨房,互相也不看一眼,只是简短地谈了几句。

"好,再见!"

"再见,什么时候去结账?……"

"已经结了。"

"什么时候动身?"

"明天一早,再见!"

---

① 出自《新约·约翰福音》第十二章二十四节,原经文是:"我实实在在的告诉你们,一粒麦子不落在地里死了,仍旧是一粒;若是死了,就结出许多子粒来。"

雷宾依依不舍,弯着身体笨拙地走进过道。母亲在门口站了一会儿,倾听着他笨重的脚步声和在自己心中提出的疑问。然后,慢慢转过身走进房里。她稍稍掀开窗帘,向窗外眺望。玻璃窗外万籁俱寂,笼罩着一片漆黑的夜色。

"我是在黑夜里生活!"她这样想。

她觉得这个稳重老实的庄稼汉很可怜——他是这样魁梧强壮。

安德烈回来了,他兴奋而又快乐。

当母亲把雷宾的情况告诉他后,他大声说:

"好吧,让他到农村走走,去传播真理唤醒人民。他很难跟我们搞在一起。他的头脑里有自己根深蒂固的农民意识,容纳不了我们的思想……"

"对了,他说了些关于大人先生们的话,似乎有点道理!"母亲谨慎地说。"这些大人先生们总不致于骗人吧!"

"他触动您的心了?"霍霍尔笑着喊道。"哎,大妈,钱哪!要是我们自己有钱就好了!我们现在还要靠别人的钱过日子。比如说,尼古拉·伊凡诺维奇每月收入七十五卢布——给我们五十。还有别人也是这样。有时候,忍饥挨饿的大学生们每人凑几个戈比给我们寄一点来。大人先生们当然各有不同。有的会骗人,有的会离开,但是和我们一起走下去的,都是最好的人……"

他两手一拍,很有力地继续说:

"离我们欢庆胜利的日子虽然还很遥远,但不管怎样,五月一号我们要举行一次小小的庆祝活动!一定会很愉快的!"

他的兴奋情绪,驱散了雷宾所引起的忧虑。霍霍尔用手揉着头,在屋里走来走去,眼睛看着地板说:

"您可知道,有时在心里会有一种非常美好的感觉!好像不论你走到哪里,到处都有同志,大家都像一团火一样满腔热血,人人都很快活,善良,可爱。不用说话,彼此也能了解……大家生活很融洽,有如一支合唱队,每个人的心唱着自己的歌曲。所有的歌曲宛若条条溪水奔流,汇入大江,这条宽广的大江一泻千里,奔入充满光明和欢乐的新生活的海洋……"

母亲为了不妨碍他,不打断他的谈锋,所以尽量一动不动地听着。她听他说话,总比听别人说话更加注意,因为他的话比任何人的都容易领会,更有力地激动人心。巴维尔从来不谈对未来的展望,但母亲感到,霍霍尔的心中却始终想着未来。

在讲话中,他常常谈到对未来普天同庆的神话般的美好向往。这种美好的向往,向她揭示了儿子以及其他所有同志的生活和工作的意义。

"可是当你醒悟过来,"霍霍尔抖动了一下头,说道,"向周围一看——现实却是冷酷而又肮脏!大家都精疲力尽,变得凶狠……"

他带着深切的悲哀继续说:

"这实在令人难过,——不能相信别人,而必须提防他,甚至憎恨他!人就变成具有二重性了。你一心只想去爱别人,可那怎么能行呢?如果别人像野兽一样向你袭来,不把你当人看待,还打你的脸,那你怎么能饶恕他呢?那是决不能饶恕的!倒不是为了自己而不能饶恕,——为自己,我可以忍受一切屈辱,——但是,我不能纵容强暴者,我不愿意让人在我的脊背上练就打人的本事。"

现在他的眼睛里,燃烧起冷酷的火焰,他倔强地低着头,更加坚定地说:

"我不能宽容任何有害的东西,即使它并没有伤害我。在地球上,不只是我一个人!如果今天我容许人家欺侮我,我尽可以一笑置之,因为他并未伤害我,但是——到了明天,这个人在我身上试过自己力量,就会去剥别人的皮。所以,必须区别待人,一定要很好控制感情,对各种人加以识别:这是自己人,这是外人。这样做是理所当然的,但却是令人不愉快的!"

不知什么缘故,母亲忽然想起了军官和萨申卡。她叹了口气说:

"没有筛过的面粉是做不成好面包的!……"

"苦恼就在这儿!"霍霍尔大声说道。

"是啊!"母亲说。在她的记忆里,浮现出丈夫阴郁、笨重的身影,好似一块长满苔藓的巨石。她又想象着霍霍尔做了娜塔莎的丈夫和儿子娶了萨申卡的情景。

"这是什么缘故呢?"霍霍尔有点激动地问道。"这是显而易见的,甚至是可笑的。这就是因为人们的地位不平等!那就让我们使所有人都平等吧!我们要平均分配由头脑和双手创造出来的一切!我们不要再受互相恐吓和嫉妒的奴役,不要再成为贪婪和愚蠢的俘虏!……"

此后他们常常进行这样的谈话。

安德烈又进工厂做工了,他将自己的全部工钱交给母亲。母亲也像从巴维尔手里接过钱一样,毫不介意地收下。

有时,安德烈眼睛里含着微笑向母亲提议。

"咱们读会儿书吧,大妈,好吗?"

她便用开玩笑的口气,但却执拗地表示拒绝。因为他那种微笑使她觉得不好意思,她有点见怪,想道:

"要是你笑话我,——那又何必呢?"

母亲越来越频繁问他书上她所不懂的陌生字眼。她问他的时候,眼睛总是瞧着一旁,声音里流露出无所谓的样子。安德烈猜出她在悄悄自学,理解她的害羞心理,于是不再提议母亲和他一起读书。不久,她对安德烈说:

"我的眼睛不行了,安德留沙。应该配副眼镜。"

"是得配!"他应声说道。"那星期天咱们一起进城,带您去找位医生看看,就可以配副眼镜了……"

十九

母亲已经去过三次,要求和巴维尔会面,但是,每次都被宪兵队的将军,一个紫红脸膛、大鼻子、白头发的小老头婉言拒绝。

"大婶子,过一个星期吧,再早了不行!等过一个星期我们再说,现在不行……"

他又圆又肥,母亲觉得他像放得过久、发霉长毛的熟李子。他总是用一根尖尖的黄牙签剔那细碎的白牙。浅绿色的小眼睛温存地微笑着,他的声音显得殷勤和蔼。

"挺客气的!"母亲若有所思地对霍霍尔说。"老是笑容满面……"

"是啊!"霍霍尔说。"他们——样子不错,很客气,总带着微笑。要是有人对他们说,'喂,这是个聪明正直的人,他对我们有危险,把他绞死!'那么,他们也会笑一笑去把他绞死,然后,他们又满脸堆笑!"

"来搜查我们的那个,头脑简单点儿,"母亲比较了一下,说,"一看就知道是豺狼……"

"他们都不是人,只不过是些打人的锤子。是工具。用他们来收拾我们,要我们驯服,他们本身就是统治我们的人手中的驯服工具——他们惟命是从,什么事都做得出来,而且从来不想也不问,为什么要这样做。"

母亲终于得到探视的许可了。星期天,她规规矩矩地坐在监狱办公室的角落里。在肮脏矮小的房间里,除了她还有几个等候探监的人。看来他们不是第一次到这儿来,互相都认识;他们懒洋洋、慢吞吞地低声交谈着,像蛛网一样,黏黏糊糊,东拉西扯。

"你们听说了吗?"脸上肌肉松弛、膝头上放着手提包的胖女人说。"今天做早弥撒的时候,教堂的领唱把唱诗班一个孩子的耳朵扯破了……"

身穿退伍军人制服的上了年纪的人大声地清了清嗓子,说:

"唱诗班都是些调皮鬼!"

一个秃顶、长胳膊、短腿、下颌突出、身材矮小的男人,在办公室里无谓地跑来跑去。他用不安的干巴巴的刺耳声一刻不停地在说话:

"东西越来越贵,人也就变得凶狠起来!次等牛肉,一斤十四戈比,面包又要两戈比半了……"

有时,进来几个因犯,一律穿着灰色的衣服和笨重的皮鞋。他们走进昏暗的屋子,眨着眼睛。有一个犯人的脚上发出了脚镣的嘡啷声。

这里的一切异常平静,单调得令人难受。似乎所有人都早已习以为常,安于自己的现状;一些人平静地坐着,另一些人无精打采地看守着,还有一些人按时但又厌倦地来探视犯人。母亲由于不耐烦,感到心在颤抖,她茫然望着周围,一切是那样沉闷单调,她感到惊奇。

弗拉索娃旁边,坐着一个矮小的老妇人,她的脸上布满皱纹,但她的眼睛却像年轻人一样有神。她转动着细细的脖颈,倾听着人家的谈话,同时非常热情地望着大家。

"您的什么人关在这儿?"弗拉索娃悄声问她。

"儿子,是个大学生,"老妇人很快地高声回答。"您呢?"

"也是儿子,是个工人。"

"姓什么?"

"弗拉索夫。"

"没有听说过。进来很久了吗?"

"六个多星期了……"

"我的有九个多月了!"老妇人说。母亲感到,她说话的口气有点奇怪,好像非常自豪。

"是啊!"秃顶小老头儿很快地说。"耐不住了……大家都很气愤,都在叫嚷,所有东西都在涨价。相比之下,人却更不值钱了。迁就容忍的话再也听不见了。"

"完全是这样!"军人说。"太不像话,最后,应该下一道坚决的命令:'不准说话!'就应当这么办。坚决的命令……"

大家都参加了谈话,非常活跃。每个人都急于想说出自己对生活的看法,但是大家都压低了声音。在他们所有人的身上,母亲感到一种陌生的东西。在家里,谈话不是这样,比较简单明了,声音也响得多。

一个留着四方红胡子的胖看守,叫了母亲的姓名,从头到脚打量了她一遍,对她说:

"跟我来……"然后走了,腿有点瘸。

她一步一步地走着,很想在看守背上推一下,好让他走得快些。巴维尔站在一间小屋子里,微笑着伸出手来。母亲一把握住他的手,笑了起来,频频地眨着眼睛,一时想不出合适的话,只是低声说:

"你好……你好……"

"妈妈,你别激动!"巴维尔握着她的手,说。

"没有什么。"

"是母亲!"看守叹了口气说,"顺便提醒一下,你们分开一点,中间要保持距离……"

看守说完,大声打了一个哈欠。巴维尔问了有关她的健康和家里的情况……母亲在期待着别的一些问题,于是在儿子的眼神里寻找,但是没有找到。他和往常一样平静,只是脸色变得苍白,眼睛也显得大了。

"萨莎向你问好!"她说。

巴维尔的眼皮颤动了一下。脸上的表情变得温和些了,他微微笑了笑。一阵剧烈的悲痛,刺疼了母亲的心。

"他们什么时候才放你出来!"她难过而又气愤地说。"为什么叫你坐牢呢?那些传单不是又出现了吗……"

巴维尔的眼睛里闪出了一道喜悦的光芒。

"又出现了?"他很快地问道。

"不准说这些事!"看守懒洋洋地说。"只许谈家常……"

"这难道不是家常话吗?"母亲反驳说。

"我不知道,不过这是禁止谈的,"看守冷漠地坚持说。

"妈妈,就谈家常吧!"巴维尔说。"妈在做什么?"

她感到自己身上充满了青年人的热情,回答说:

"我把这些东西挑到工厂里去……"

她停了一会儿,带着微笑接着说:

"菜汤,粥,都是玛丽亚做的,还有别的食物……"

巴维尔理会了。他的面孔由于想忍住笑而颤动起来,他搔着头发,用一种母亲从来没有听到过的声调亲切地说:

"妈妈有事干,太好了,——就不闷得慌了!"

"那些传单又出现后,他们也开始搜查我了!"母亲有点自豪地说道。

"又谈这个!"看守生气地说。"我说了,不准谈!剥夺一个人的自由,就是要让他什么都不知道,可是你还说你的!——你应该明白,什么是禁止的。"

"嗯,妈妈,别讲了!"巴维尔说。"马特维·伊凡诺维奇人挺好,不要惹他生气。我们和他处得很好。他今天是临时来监视探监的——平常总是副狱长来监视。"

"会见时间结束!"看守瞧着表,宣布说。

"好,谢谢妈妈!"巴维尔说。"谢谢,好妈妈。不要担心,很快就会放我出去的……"

他紧紧抱住母亲,吻了她一下,母亲非常感动,觉得很幸福,不由地哭了。

"分手吧!"看守说。他领着母亲出去,嘴里喃喃说道。

"不要哭! 会放的,全都要放的……这里关不下了……"

回到家里,她满脸微笑,兴奋地耸动着眉毛,对霍霍尔说:

"我巧妙地跟他说了,他懂了!"

接着她又伤感地叹了口气。

"一定是懂了! 不然,不会对我那样亲热的,他从来没有这样过!"

"哎,大妈!"霍霍尔笑了起来。"人各有所求,而母亲要的总是亲热……"

105

"不,安德留沙。我是说,人真怪!"母亲突然惊骇地喊道。

"他们居然这么容易就习惯了!孩子被抓去,关在牢里,但是他们呢,却若无其事,来了,坐着,等着,聊天,不是吗?要是受过教育的人都这样容易习惯,那没有文化的老百姓还有什么可说的呢?……"

"这很好理解,"霍霍尔带着他特有的嘲笑的神态说,"不管怎么说,法律对他们要比对我们更宽大些,——而且,他们也比我们更需要法律。所以法律在他们脑门上敲一下,他们虽然也皱眉头,但只是略微皱一皱就是了。自己的手杖打自己,总要轻一些……"

二十

有天晚上,母亲坐在桌旁打毛线袜,霍霍尔在朗读一本描写罗马奴隶起义的书,这时候,有人用力敲了敲门。霍霍尔开了门,进来的是维索夫希科夫,他腋下挟着一个包袱,帽子戴在后脑勺上,污泥一直溅到膝盖。

"走到这儿,看见你们家还有灯光,就来打个招呼。我刚从牢里出来。"他用一种奇怪的声音解释道。他抓住弗拉索娃的手,使劲摇了摇,说:

"巴维尔向您问好……"

他这样说着,有点犹豫地坐到椅子上,用阴沉和怀疑的目光扫了屋子一眼。

母亲过去不喜欢他,他那剃光了的方脑袋和小眼睛,都使她感到有点害怕。但是现在她却非常高兴,带着微笑,亲热而又兴奋地说:

"你瘦了!安德留沙,给他喝点茶……"

"我已经烧上茶炊了!"霍霍尔从厨房里应声说。

"我说,巴维尔怎么样?还有谁放出来了?只有你一个吗?"

尼古拉垂着头回答:

"巴维尔还在里面,——在忍耐着!只放了我一个!"他抬起头来望着母亲的脸,慢慢地咬牙切齿地说:"我对他们说:'受够了,放我出去!……不然,我要打死个把人,我也不活了!'于是就把我放了。"

"啊——是这样!"母亲离开他往后退了一步说,当她的视线和他目光锐利的小眼睛相遇时,不禁眨了几下眼睛。

"费佳·马津怎么样?"霍霍尔从厨房里大声问道。"还写诗吗?"

"还写。我真不懂!"尼古拉摇摇头说。"他是什么?是黄雀吗?关在笼子里,还要唱!我现在只知道一点:我不想回家……"

"你那个家还有什么呢?"母亲沉思着说。"空空的,炉子也没烧,冷冰冰的……"

他眯着眼睛,沉默了,从口袋里掏出一盒香烟,不慌不忙地点着火抽起烟来。他看着在他脸前消散的一团青烟,轻声冷笑了一下,像一条阴郁的狗发出的声音一样。

"是啊,一定冷得很!地板上都是冻死的蟑螂,连老鼠也冻死了。佩拉格娅·尼洛夫娜,让我在您这儿过夜,行不行?"他没看母亲,闷声闷气地问。

"那当然可以,我的小兄弟!"母亲连忙说。但是,和他在一起,她觉得有点别扭和不方便。

"这年头,做儿女的为父母害臊……"

"什么?"母亲战栗了一下,问道。

他瞧了瞧母亲,闭上眼睛,顿时他的麻脸变得像瞎子的脸一样。

"我是说,儿女现在为父母害臊呢!"他重复了一遍,大声吁了口气。"巴维尔任何时候也不会为您害羞的,可是我为我父亲感到害臊!他的那个家……我再也不去了。我没有父亲……也没有家!我现在受警察局的监视,要不然,我就可以到西伯利亚去……在那儿释放流放犯,帮助他们逃走……"

母亲那颗敏感的心觉察到,眼前这个人心情非常沉重,但是他的痛苦并没有引起母亲的怜悯。

"是啊,既然这样……还是走的好!"母亲说道,怕不答理他会惹他生气。

这时候安德烈从厨房进来,笑着说:

"你在讲些什么大道理?"

母亲站起来说:

"应该再弄点吃的东西……"

维索夫希科夫凝视着霍霍尔,突然说:

"我这样认为,有些人就该杀掉!"

"啊哟!这是为什么?"霍霍尔问。

"免得有这种人……"

瘦长的霍霍尔站在房子中间,身体摇晃着,两手插在口袋里,俯视着尼古拉。尼古拉稳稳当当地坐在椅子上,周围烟雾缭绕。在他灰色的面孔上麻点变得通红。

"我非叫伊萨·戈尔博夫的脑袋搬家不可,你瞧着吧!"

"为什么?"霍霍尔问。

"叫他再也当不了密探,告不了密。我父亲就是被他拖下水的,现在正想通过他的关系去当密探。"尼古拉怀着一种阴郁的敌意望着安德烈,说道。

"原来是这样!"霍霍尔喊了一声。"但是,有谁会因为这事怪罪你呢?傻瓜才会!……"

"不管傻瓜还是聪明人——都是一路货!"尼古拉深信不移地说。"比方说,你是聪明人,巴维尔也是,但是,你们难道把我也看成像马津或萨莫伊洛夫那样的人吗?或者说,难道你们对我的看法也和你们俩彼此之间的看法一样吗?不要说谎,反正我不相信……你们都把我抛到一边,孤立我……"

"尼古拉,你有心病!"霍霍尔坐到他身旁,和蔼地轻声说。

"是有病!你们呢——也有病……只不过,你们自以为你们的病比我的要高尚些罢了。但是我敢说,我们彼此都认为对方是坏蛋!你还有什么可对我说的,嗯?"

他锐利的眼睛盯着安德烈的脸,龇着牙,在等待回答。他的麻脸一动不动,但是他厚厚的嘴唇在颤动,好像被什么热东西烫了似的。

"我什么也不想说!"霍霍尔说道,蓝眼睛里含着忧戚的微笑,他想以此温暖地抚慰双目充满敌意的尼古拉。"我知道,当一个人心上的创伤还流着鲜血的时候,和他争论,那就只能使他痛苦,这我知道,老弟!"

"和我没法争论,我不会争论!"尼古拉垂下眼睛,喃喃地说。

"我想,"霍霍尔继续说,"我们每个人都曾经赤着脚在碎玻璃上走过,每个人在艰难的时刻,心情都和你现在一样……"

"你对我没什么好说的!"尼古拉慢慢地说道。"我心里有说不尽的痛苦!……"

"我也不愿说!不过我知道,你的这种心情会过去的。也许不能完全消除,但是一定会过去的!"

他笑了笑,拍拍尼古拉的肩膀,继续说:

"老弟,这是和麻疹一样的小儿病。我们大家都要得这种病,身体强的人得的轻一些,身体弱的人得的重一些。当一个人意识到自己的使命,但是还没有看清生活和自己在生活中的地位时,他就会得上这种毛病。你以为世界上只有你一个是好吃的黄瓜,所以大家都想吃掉你。过了不久以后,当你发现,你的美好心灵,和别人的心灵相比并没有什么差别,你就会轻松些。而且,你会觉得有点惭愧——你的钟是那么小,在节日钟声鸣响时,连听也听不见,那又何必往钟楼上爬呢?以后,你还会知道,你的钟声只有在齐鸣的时候才能够听见,单独鸣响的时候就会淹没在那些旧钟的嗡嗡声中,好像苍蝇掉在油里一样。我说的,你懂了吗?"

"也许懂了吧!"尼古拉点了点头说。"不过,我不相信!"

霍霍尔笑了,他站起来,在房间里踱着步,发出很大的响声。

"过去我也不相信。哎,你这个笨重的大车!"

"为什么说是笨重的大车呢?"尼古拉望着霍霍尔,阴沉地笑了笑。

"因为很像!"

突然,尼古拉张开大嘴高声笑了起来。

"你怎么啦?"霍霍尔在他面前停下,惊奇地问道。

"我在想——谁要是欺负你,谁就是傻子!"尼古拉摇摆着头说。

"怎么个欺负我呢?"霍霍尔耸着肩膀说。

"我不知道!"尼古拉说,不知是表示和善还是宽容,他咧开嘴露出了牙齿。"我的意思是,那个欺负你的人,事后一定会觉得很惭愧的。"

"你想到哪儿去了!"霍霍尔笑着说。

"安德留沙!"母亲在厨房里叫他。

安德烈走了。

房间里只剩下尼古拉一个人,他向四周环视了一下,把穿着笨重靴子的一只脚伸直,看了一会儿,俯下身用手在粗壮的小腿肚上摸了摸,然后把手举到脸前,仔细地看了看手掌,接着翻过手背。手长得很厚,指头粗短,上面长满黄色的汗毛。他把手在空中挥了挥,站起身来。

安德烈把茶炊端进来的时候,维索夫希科夫站在镜子面前,对安德烈说:

"我很久没有看见自己的嘴脸了⋯⋯"

他得意地笑了一下,摇着头继续说:

"我的嘴脸真难看!"

"你怎么想起说这个啦?"安德烈好奇地看了看他,问。

"萨申卡说的,脸是心灵的镜子!"尼古拉慢慢地说。

"这话不对!"霍霍尔喊道。"她的鼻子像钩子,颧骨像剪子! 可她的心,却像一颗明星。"

尼古拉对他看看,憨笑起来。

他们坐下喝茶。

尼古拉拿了一个大土豆,往一块面包上撒了很多盐,像牛一样,慢慢吞吞嚼了起来。

"这里的情况怎么样?"他嘴里塞满了东西,问道。

安德烈高兴地把工厂宣传工作取得进展的情况告诉了他,可他又沉下了脸,闷声闷气地说:

"这一切搞得太慢,太慢!应该快一点……"

母亲看了看他,心里隐隐地产生了对这个人的反感。

"生活不是马!是不能用鞭子赶的!"安德烈说。

维索夫希科夫固执地摇摇头。

"太慢!没有那个耐性!我该怎么办呢?"

他望着霍霍尔的脸,一筹莫展地摊开了两手,默默地等着回答。

"我们所有人都应该学习并且去教别人,这就是我们的工作!"安德烈低着头说。

尼古拉问:

"那什么时候才干呢?"

"在搏斗之前,我们还会受到几次打击,这我是知道的。"霍霍尔笑着回答。"可是,我们什么时候才作战,那我可不知道!你要懂得,我们首先应该把头脑武装起来,其次才是武装两手,我这样认为……"

维索夫希科夫又开始吃起来。母亲皱着眉头,悄悄地望着他的宽阔的脸庞,竭力想在他脸上找出什么东西,可以使她对他那笨重的四方的身材不感到讨厌。

母亲和他那双小眼睛发出的刺人的目光相遇时,就胆怯地耸动着眉毛。安德烈心神有点不安,忽而又说又笑,忽而打住话头,吹起口哨。

母亲觉得,她理解安德烈心中的不安。而尼古拉却默默地坐着,霍霍尔有话问他的时候,他也很不乐意地只简短回答几句。

在小小的房间里,两个主人感到闷热憋气,他们不时地轮流向客人匆匆看上几眼。

尼古拉终于站起身来说:

"我想睡了。在牢里蹲了很长时间,忽然放出来,我就来了,很累了。"

他走进厨房,稍稍收拾了一会儿,接着像死了似的毫无动静了。母亲侧耳倾听了一会儿,四周一片寂静,便和安德烈耳语道:

"他想得真可怕……"

"是个乖僻的青年人!"霍霍尔表示同意,一边摇晃着脑袋。"但是会过去的!我也有过这样的情况。心电的火焰不明亮,就会积上厚厚的烟黑。好,大妈!您睡吧!我再看一会儿书。"

母亲走到屋角,那里安放着一张床,床前挂着印花布帐。安德烈坐在桌旁,很长时间还可以听到她热诚祈祷和叹息的声音。他一页一页很快地翻着书,兴奋地不时揉揉额角,用细长的手指捻捻胡须,两脚发出沙沙的声音。钟摆在嘀嗒嘀嗒响着,窗外风在叹息。

传来了母亲轻轻的祈祷声:

"主啊!世上有那么多的人,都在呻吟,各有各的苦衷。快乐的人究竟在哪里?"

"这种人已经有了,有了!不久会有很多很多,——啊,会有很多很多!"霍霍尔应声说道。

二十一

岁月迅速地流逝,生活千变万化,日子各不相同。每天都要发生新鲜的事情,但母亲已经不再感到恐慌不安了。晚上,一些陌生人来得越来越勤,他们满腹心事,和安德烈悄声谈话,直到深夜,才竖起衣领,把帽子低低地拉到眼眉上,小心谨慎、悄然无声地在黑暗中离去。可以感到,他们每个人都克制着内心的激动,好像他们都想歌唱和欢笑,但是他们没有时间,他们总是来去匆匆。有些人喜欢讥刺嘲讽,非常严厉,另一些人活泼愉快,充满青春活力。还有些人喜欢沉思,性格文静。在母亲看来,他们都具有同样顽强和坚定不移的特点,各人的面貌虽然不同,但在母亲眼里,所有的脸都融合成一张脸:清瘦、从容、坚毅、开朗,黑眼睛的目光,深沉、温和而又严峻,正如前往以马忤斯的基督①的目光一样。

母亲数着他们的人数,在心中把这些人集合在巴维尔的周围,因为在这样一大群人中间,巴维尔不会引起敌人的注目。

有一次,城里来了一个活泼的鬈发姑娘。她给安德烈拿来一包东西。临走的时候,她快活的眼睛闪着亮光,对弗拉索娃说:

"再见,同志!"

"再见!"母亲忍住笑答道。

送走姑娘后,母亲走到窗前,含笑望着她的同志敏捷地移动着小巧的双脚,走在路上,她如春花一般鲜艳,像蝴蝶一样轻盈。

"同志!"当女客人消失后,母亲说。"啊,可爱的姑娘!愿上帝赐给你一个一辈子对你忠实的同志!"

母亲常常发现,在城里来的所有人身上都有一种孩子气,这时她便宽厚地露出微笑。但是,他们的信仰使她感动,而且也使她既惊奇又高兴。她越来越清楚地感觉到这种信仰的深度,他们对正义的胜利所怀的理想,使她得到安慰和温暖。听着他们的谈话,母亲常常由于一种莫名的悲哀而不由自主地叹息着。可是使她特别感动的是他们的纯朴和慷慨无私的高尚献身精神。

现在,他们关于生活的谈论,母亲已经懂得了很多。她觉得他们发现了人类不幸的真正根源,因此也就很习惯地赞同他们的思想。但是,她在心灵深处还不相信他们能够按照自己的意愿改造生活,不相信他们有足够的力量来带动全体工人。每个人都只顾今天吃饱,要是眼前就可以饱餐一顿,那谁也决不愿把这顿饭拖到明天再吃。只有为数不多的人愿走这条漫长而又艰难的道路,只有少数人能够在这条道路的尽头看到人类友爱的神话王国。正因为这缘故,这些美好的人,

---

① 意指复活后的基督;参看本卷第十四页注①。

虽然已经长了胡须，有时显得面容憔悴，但在她看来，却还都是孩子。

"我可爱的人们！"她摇摆着头这样想。

现在他们已经都过着美好、严肃而理智的生活，谈些有益的事情，愿意把自己所知道的教给别人，而且他们忘我地去这样做。她知道这种生活尽管危险，但值得热爱。她感慨地回顾着往昔，她的过去像一条暗淡而狭窄的带子，平直地拖在后面。在她心里，不知不觉形成了一个稳定的意识：自己对新生活是个有用的人。以前，她从来没有感到过自己对什么人有用，但现在已经清楚地看到，许多人需要她，这种新的感觉给她带来愉快，使她稍稍抬起头来……

她一直准时把传单带进工厂，她把这看作是自己的义务。暗探们经常见到她，对她也就不介意了。她曾几次被搜查，但是每次搜查，都是在工厂出现传单的第二天。当她没有带东西的时候，她就巧妙地故意引起暗探和守卫的疑心，他们抓住她，搜遍她的全身，她装出受冤屈的样子，和他们争吵，最后还羞辱他们一番，才走开，心里为自己的机智而感到自豪。她很喜欢这样捉弄他们。

维索夫希科夫因为工厂不再雇用他，就去给一个木材商当工人。他在工人区里运圆木、木板和劈柴。母亲几乎天天看见他：两匹瘦弱的老黑马，由于用力而颤抖的腿在地上使劲撑着，精疲力竭而又悲伤地摇晃着脑袋，浑浊的眼睛疲惫不堪地眨着。它们拉着由于颠簸而跳动的长长的湿圆木，或者拉着木板，木板的顶端互相碰撞发出噼啪的巨大响声。尼古拉放松了缰绳，跟在车旁，他穿着一身又脏又破的衣裳和笨重的靴子，帽子戴在后脑勺上，——那笨拙的模样，好像土里掘出来的树墩。他也摇晃着脑袋，两眼看着自己的脚下。他的马像瞎了似的常常撞着迎面走来的大车和行人，怒骂声像蜂群似的环绕着他，恶狠狠的呵斥声划破了天空。他总是头也不抬，不予理睬地走着，嘴里吹着尖声刺耳的口哨，用低沉的声音对马咕哝着：

"驾，走好！……"

每一次，当同志们聚集在安德烈那里念小册子或新到的国外出版的报纸时,尼古拉也来参加。他坐在角落里,一声不吭地听上一两个小时。读完后,青年们长时间地争论不休,但维索夫希科夫却从来不参加争论。他一直等到大家都走了,只剩下他和安德烈两个人时,才向安德烈提出一个阴郁的问题:

"谁的罪过最大?"

"要知道,罪过最大的是第一个说出'这是我的东西'的人!这人几千年前就死了,所以也不值得跟他去生气!"霍霍尔用开玩笑的口吻说,可是他的眼睛却流露出不安的神情。

"那么,财主呢?还有给财主撑腰的呢?"

霍霍尔一会儿捧着脑袋,一会儿揪揪胡子,用简单的话长时间地谈论着人和生活。但是他每次谈话让人感到,似乎所有人都有罪过,尼古拉对这种看法觉得不满意。他紧闭着厚嘴唇,不同意地摇着头,提出怀疑,认为事情并不如此。然后阴郁不满地走了。

有一次,他说:

"不对,一定有罪人,——他们就在这里!我跟你说,我们要把整个生活都翻耕一遍,像翻耕生满杂草的田地一样,毫不留情!"

"对啦,有一回考勤员伊萨说到了你们!"母亲想起来了。

"伊萨?"尼古拉沉默了一会儿,问。

"是的,是个坏人!监视所有的人,到处去探听,也开始在我们这条街上活动,朝我们窗子里偷看……"

"偷看?"尼古拉重复了一遍。

母亲已经躺在床上,看不见他的脸,但是她明白不该说这些话,因为霍霍尔连忙打圆场说:

"他要活动,偷看,就随他去吧!他有空闲时间——他就要逛逛……"

"不,等一等!"尼古拉沉闷地说。"他就是罪人!"

"他的罪是什么?"霍霍尔马上问道。"因为他愚蠢吗?"

维索夫希科夫没有回答就走了。

霍霍尔在屋里慢慢踱步,他那像蜘蛛似的细腿在地板上发出沙沙的声音。他已经脱了皮靴,为了不妨碍弗拉索娃睡觉,他一直如此。但母亲并没有睡意,尼古拉走后,她惶恐不安地说:

"我很怕他!"

"是啊!"霍霍尔慢慢地拖长声音说。"他这小子火气大。大妈,以后您不要再对他提起伊萨,那个伊萨确实是个暗探!"

"这有什么奇怪?他的教父就是宪兵!"母亲说。

"恐怕尼古拉会揍他一顿的!"霍霍尔担忧地继续说。"您看,生活中统治我们的老爷们在他们的下属身上培养了什么样的感情?像尼古拉这样的人,要是感到受了屈辱,并且忍耐不住的时候,会出现什么样的情况呢?他们会让鲜血飞溅到天上,让大地淹没在血泊中,像肥皂一样冒着泡沫……"

"太可怕了,安德留沙!"母亲低声惊叹道。

"不吃苍蝇,就不会呕吐!"安德烈沉默了片刻后,说。"大妈,不管怎么说,他们的每一滴血都已提前被人民的泪海所冲洗净了……"

他忽然低声笑了,又补充了一句:

"他这样做是公道的,但是,并不解决问题!"

二十二

有一次,在一个假日,母亲从铺子回来,她推开家门,刚要跨进门槛,突然,全身像被夏天的暖雨浇了一般,感到一阵狂喜,——房间里可以听见巴维尔坚强有力的声音。

"瞧,她回来了!"霍霍尔喊了一声。

母亲看到,巴维尔很快地转过身来,他脸上焕发出一种使母亲感到有重大希望的神采。

"你到底回来了……回到家了!"因为太意外,她茫然失措地说着,坐了下来。

他的脸色苍白,俯身看着母亲,眼角闪着晶莹的泪珠,嘴唇在颤动。他一时说不出话来,母亲也默默地望着他。

霍霍尔轻轻地吹着口哨,低下头,经过他们身边,到院子里去了。

"谢谢,妈妈!"巴维尔用抖动的手指紧紧攥住她的手,声音低沉地说,"谢谢,亲爱的妈妈!"

母亲被儿子的表情和声音感动得满心欢喜,她用手抚摩着儿子的脑袋,抑制住急促的心跳,小声说:

"你怎么这样说!为什么要谢我?……"

"因为你在帮助我们的伟大事业,所以谢谢你!"他说。"一个人要是能够称自己的母亲是思想上的亲生母亲,这是多么难得的幸福啊!"

她怀着一颗真诚的心贪婪地倾听着儿子的话,一边默默地欣赏着儿子。——他站在母亲面前,是那样容光焕发、可亲可爱。

"妈妈!我知道有许多事伤透了你的心,你的日子不好过。——我曾经以为,你永远不会和我们一致的,不会接受我们的思想,你只会像过去一辈子那样继续忍气吞声地熬下去。那时候我是很难受的!……"

"安德留沙教我懂得了许多事情,"她插了一句。

"你的情况,他已经和我谈了。"巴维尔笑着说。

"叶戈尔也教我,我和他是同乡。安德留沙还想教我读书识字呢……"

"妈妈有点不好意思,就一个人悄悄学习,是吗?"

"他看出来了!"母亲难为情地说。由于只顾了自己心中的无限喜悦,她感到有点不安,就对巴维尔说:"叫他进来吧!他怕妨碍我们,所以故意走开了,他没有母亲……"

"安德烈!……"巴维尔推开了过道的门,喊道。"你在哪儿?"

"在这儿。我想劈点柴。"

"到这儿来!"

他过了一会儿才来,他走进厨房,用管家人的口气说:

"得告诉尼古拉,叫他送点柴来,咱们的柴剩下很少了。大妈,您看,巴维尔怎样?官府非但不给他吃苦头,反而把谋反分子养胖了……"

母亲笑了。甜蜜的感觉依然充溢着她的心,她沉醉在欢乐之中,但是,同时却又产生了一种吝啬和谨小慎微的心情,使她想看到儿子像往常一样平静。她心里太高兴了,她希望这种有生以来初次感受到的巨大喜悦,就像它刚降临时那样生动有力地永远保留在心里。她生怕这种幸福感会减弱,所以迫不及待地想尽快把它珍藏在自己心里,就像捕鸟的猎人把偶然捕到的一只珍贵的鸟藏起来一样。

"咱们吃饭吧!巴沙,你还没有吃过吧?"母亲神情慌乱地说。

"没有。昨天,看守告诉我,决定要放我出来,所以今天我吃不下也喝不下……"

"我回来遇见的第一个人,是西佐夫老头,"巴维尔讲道。"他看见我,就从街对面过来跟我打招呼。我对他说:'我是危险人物,受警察的监视,您现在和我来往要小心点。'——'不要紧。'他说。关于他的侄儿,你猜他是怎样问的?他说:'费多尔在那里表现好吗?'我就说:'在牢里怎么才叫表现好呢?'他说,'就是他在牢里有没有说什么对同志们不利的话?'于是我跟他讲,费佳是个诚实和聪明的人。他摸着胡子,自豪地说:'我们西佐夫家不会有没出息的人的!'"

"他是个有头脑的老头!"霍霍尔点着头说。"我们常跟他聊天,他是个好人。费佳很快就会放出来吧?"

"我想,所有人都会放的!除了伊萨提供的情况外,他们什么也没有,可伊萨又能说出些什么呢?"

母亲在屋里走来走去,望着她的儿子。安德烈背着手站在窗前,听他说话。巴维尔在房里走动着。他的胡子长得很长,两颊密密地长满了一圈圈又细又黑的胡子,这使他的脸色显得不那么黝黑了。

"坐吧!"母亲把热汤端到桌上,对儿子说。

吃饭的时候,安德烈讲了雷宾的情况。他讲完后,巴维尔很遗憾地说：

"要是我在家，我就不会放他走！他带走的是什么呢？是满腔的愤慨和一脑袋糊涂思想。"

"唉，"霍霍尔苦笑着说。"他已经是四十岁的人了，和自己内心的愚蠢想法作过长期的斗争，要使他改变可不容易……"

他们又争论起来了，开始说些母亲听不懂的话。吃过饭，他们还在激烈地争论，那些难懂的话就像噼噼啪啪的冰雹向对方撒去。有时候，他们说得也简单易懂。

"我们应该走我们的路，一步也不能偏离！"巴维尔坚决地说。

"我们在征途上要遇到千千万万和我们作对的人……"

母亲仔细听着他们的辩论，知道巴维尔不欢喜农民，而霍霍尔却为他们说话，证明也应该教农民做有益的事。安德烈说的话，母亲懂得多些，而且觉得他是正确的。可是每次当他对巴维尔说些什么的时候，她总是凝神屏息，等待着儿子的回答，想尽快知道，霍霍尔的话是否使他生气？但是他们只是互相嚷着，毫不生气。

有时母亲问儿子：

"巴沙，真的是这样？"

他总是笑着回答：

"真的是这样！"

"我说，先生，"霍霍尔用一种善意的挖苦口气说，"您贪多嚼不烂，卡在喉咙里了。您喝点水冲冲嗓子吧！"

"别闹着玩了！"巴维尔劝告他。

"可我现在的心情就好像在追悼会上一样！……"

母亲摇着头在暗暗笑着……

二十三

春天临近，积雪融化，露出了深深埋在雪下的污泥和煤灰。泥泞一天天变得更加显眼,整个工人区好像披着肮脏、褴褛的衣衫。白天,屋檐滴着雪水,家家灰色的墙壁慢悠悠地冒着水汽,夜里,到处挂着冰柱,发出朦胧的闪光。太阳越来越频繁地在天空中出现,溪水开始发出轻轻的淙淙声,向沼地缓缓流去。

有人已着手准备庆祝五一节。

工厂和工人区不断出现解说五一节意义的传单,连没有接触过宣传的青年,看了传单,也说:

"这应该庆祝!"

维索夫希科夫闷闷不乐地微笑着,感叹道:

"时候到了!捉迷藏玩够了!"

费佳·马津非常高兴。他变得异常消瘦,举止言谈急躁而又激动,酷似关在笼子里的云雀。那个不爱说话、少年老成、在城里做工的亚科夫·索莫夫整天和他在一起。由于蹲监狱而头发变得更红的萨莫伊洛夫、瓦西里·古谢夫、布金、德拉古诺夫和其他几个人主张携带武器游行,但是巴维尔、霍霍尔及索莫夫等几个人不同意他们的意见。

叶戈尔来过了,他总是一副疲倦的模样,流着汗水,气喘吁吁,他还开玩笑说:

"改变现行制度的工作,是一项伟大的事业,同志们,但是为了使工作进行得更顺利,我得去买一双新靴子!"他指着自己脚上又湿又破的皮鞋说。"我的套鞋也破得无法修补了,我的两只脚每天都泡得湿漉漉的。在我们没有与旧世界公开而明确地决裂之前,我还不愿意搬到地狱去住,所以我反对萨莫伊洛夫同志关于武装游行的提议,我建议用一双结实的靴子把我武装起来,因为我深信,为了社会主义的胜利,这比痛痛快快抽一阵耳光更有益!……"

他也用着这种巧妙的说法把各国人民为改善自己生活进行斗争的历史,讲给工人们听。母亲很欢喜听他讲话。从他的话里,母亲得到一个奇怪的印象——最残酷而又最经常欺骗人民的、最狡猾的敌人,是一些个子矮小、大腹便便、脸膛红红的小人,这些人天良泯灭,贪得无厌,又残酷又狡诈。当他们在沙皇统治之下日子难过的时候,就唆使劳苦人民起来反对沙皇政权,一旦人民起来,从皇帝手里夺取了政权,这些小人就用欺瞒的手段把政权抓到自己手里,而把人民赶进狗窝。要是人民和他们抗争,他们就成千成百地杀戮人民。

有一次,母亲鼓起勇气,把他描写过的这幅现实生活的图景再讲述给他听,并且不好意思地笑着问:

"是这样吗,叶戈尔·伊凡诺维奇?"

他向上翻着小眼珠,哈哈笑了,笑得喘不过气来,两手直揉胸口。

"一点不错,大妈!您已经抓住了历史的关键了。在它黄色的背景上,还有点装饰图案,就是绣花,但是,这改变不了事情的本质!正是那些脑满肠肥的小人,才是罪魁祸首,才是伤害民众的最毒的害虫!法国人替他们取了一个恰当的名字,叫做资产阶级。大妈,记住,资产—阶级。他们吃我们的肉,吸我们的血……"

"就是那些财主吗?"母亲问。

"正是他们!他们的不幸就在这里。您想,要是在儿童的食物里加一些铜,孩子的骨骼就长不好,会变成矮子,同样,要是大人中了黄金毒,他的灵魂就会变得渺小、僵死、阴暗,就像一个只值五分钱的皮球一样……"

有一次,谈到叶戈尔的时候,巴维尔说:

"你知道吗,安德烈,心里有痛苦的人,才最喜欢开玩笑……"

霍霍尔沉默了一会儿,眯着眼睛答道:

"如果你的话是对的,全俄罗斯的人都会笑死了……"

娜塔莎来了,她也在另外一个城市坐了牢,但她没有什么变化,母亲看出,她在的时候,霍霍尔总是比平常高兴,不住嘴地说笑,或者善意地挖苦所有人,以博取她的欢笑。但是等她一走,他就忧郁地用口哨没完没了吹起自己的曲调,无精打采地拖着沙沙作响的脚步,在房里走来走去。

萨申卡也常来,总是皱着眉头,匆匆忙忙。不知为什么,她变得越来越乖僻、暴躁。

有一次,巴维尔送她到过道,门没有带上。母亲听见他们在很快地谈话。

"是你拿旗?"姑娘低声问道。

"是我。"

"已经决定了?"

"嗯。这是我的权利。"

"又要坐牢了?!"

巴维尔没有作声。

"您能不能……"她刚开口又立刻停住了。

"什么?"巴维尔问。

"让给别人……"

"不!"巴维尔高声说。

"您想一想,您很有威望,大家都爱戴您!……您和纳霍德卡是这儿的领头人,你们在牢外可以做更多的工作,您想一想!这样,您会被流放,到很远的地方,时间也会很长!"

母亲觉得,这个姑娘的声音里流露出一种熟悉的感情——忧虑和恐惧。萨申卡的话,像大滴的冰水一般,滴在她的心上。

"不,我已经决定了!"巴维尔说。"无论如何我是不会放弃的。"

"连我求您也不行?"

巴维尔忽然用一种非常严厉的口气很快说:

"您不应该说这种话。您这是怎么啦?您不应该这样!"

"我是人!"她低声说。

"是个好人!"巴维尔也低声说,可是有点异样,好像透不过气来,"是我敬重的人。所以……所以不能说这种话……"

"再见!"姑娘说。

听她鞋后跟发出的声音,母亲知道她几乎像跑一样匆匆走了,巴维尔跟着她走到院子里。

一阵恐怖感攫住了母亲的心,沉重地压得她透不过气来。他们在说些什么,母亲不太明白,但她已经感到,将要发生对她不幸的事情。

"他要干什么呢?"

巴维尔和安德烈一起回来了;霍霍尔摇着头说:

"哎,伊萨这家伙,对他怎样办才好呢?"

"我们得劝告他,叫他停止他的阴谋!"巴维尔阴沉地说。

"巴沙,你打算做什么?"母亲低着头问。

"什么时候?现在?"

"一号……五月一号?"

"噢!"巴维尔压低声音说。"我打旗开路,走在所有人前面。这样,大概又要抓我去坐牢了。"

母亲觉得眼睛一阵发热,口干舌燥,十分难过。他抓住母亲的手,抚摩了几下。

"需要这样做,你应该理解我!"

"我什么也没有说啊!"她慢慢地抬起头来说。当她的眼睛和儿子倔强的目光相遇时,她又弯下了脖颈。

他放开了她的手,叹了口气,带着责备的口气说:

"你不该悲伤,应该高兴才是。——要到什么时候母亲才能高高兴兴送自己的孩子去就义呢?……"

"跳呀,跳呀!"霍霍尔不满地嘟囔着。"我家老爷把长衫一披,骑上马儿快马加鞭!……"

"难道我说什么了吗?"母亲又说一遍。"我不妨碍你。如果说我心疼你,这也不过是做母亲的心意!……"

他从母亲身边走开,母亲听见了一句生硬、刺耳的话:

"有的爱是妨碍人生活的……"

母亲战栗了一下,怕他再说出什么使她伤心的话,所以赶紧说:

"不要说了,巴沙!我懂,你没有别的法子,——为了同志们……"

"不!"他说。"我这是为自己。"

安德烈的个子比门高,他站在门口,好像嵌在门框里似的弯着两腿,样子很怪,一个肩膀靠在门框上,另一个肩膀和脖颈、脑袋向前伸着。

"您少叨唠几句吧,先生!"他用突出的眼睛忧郁地望着巴维尔的脸。他的神气很像石缝里的蜥蜴。

母亲很想哭一场。但她不愿意让儿子看见眼泪,所以突然自言自语地说:

"哎哟,我的天啊!我忘记了……"

母亲走进过道,头埋在墙角,任凭委屈的眼泪尽情流淌。她无声地哭着,哭得精疲力竭,好像鲜血从心里随着眼泪一起流了出来。

透过虚掩的房门,传来了低沉的争论声。

"你怎么了,你折磨了母亲,很得意,是吗?"霍霍尔问。

"你没有权利这样说!"巴维尔喊道。

"要我看着你像一只蠢山羊乱蹦乱跳,一声不响,那才算是你的好同志!你为什么说那些话?嗯?"

"任何时候都应当毫不含糊地说'是'或者'不是'。"

"对母亲这样?"

"对所有人都这样!我不需要那种拖人后腿的爱和友情……"

"真是个好汉!还是擦掉你的鼻涕吧!擦干净了,把所有这些话去说给萨申卡听!这些话应该跟她说才是……"

"我已经说了!……"

"说了?撒谎!你跟她说话既亲热,又温存,我虽然没听见过,可是我知道!你在母亲面前逞英雄……告诉你吧,蠢山羊,你的这种英雄气概一钱不值!"

弗拉索娃赶紧擦去脸上的眼泪,她怕霍霍尔会惹恼巴维尔,急忙推开门,走进厨房。她浑身打战,心里充满了悲哀和恐惧,高声说:

"噢,好冷!可已经是春天了……"

她毫无目的地在厨房里把各种东西搬来搬去,为了要盖过房间里

压低了的谈话声,她用更大的声音继续说:

"一切都变了,——人变得更加狂热,天气倒反而更冷了。从前这时候,早已暖和了,大晴天、有太阳……"

房间里静了下来。她站在厨房中间等待着。

"听见了吗?"霍霍尔小声问道。"应该理解这意思。鬼东西!她内心比你丰富……"

"你们喝茶吗?"母亲用发抖的声音问。她为了掩饰自己在颤抖,不等他们回答就说:

"不知怎么搞的?我冷得很!"

巴维尔慢慢地走到母亲身边,皱着眉,望着她,嘴唇颤抖着露出一丝负疚的微笑,说:

"妈妈,原谅我!"他轻声说。"我还是孩子,不懂事……"

"你别管我!"母亲悲伤地说,把儿子的头搂到自己胸前。"什么也别说!上帝保佑你,你怎么生活是你自己的事!但是不要伤我的心!做母亲的哪能不心疼呢?这是办不到的……你们所有人我都心疼!你们都是我的亲人,都是值得尊敬的人!除了我,还有谁来心疼你们呢?……你在前面走,其他人跟着你,他们抛弃了一切,跟你走……巴沙!"

伟大而热烈的思想在她胸中起伏奔涌,唤起了一种悲喜交加的激越感情,使她的心振奋昂扬,但是,她苦于不会说话,不知如何表达,只好挥着手,眼睛里闪射出明亮而又极其痛苦的光芒,望着儿子的脸。

"好吧,妈妈!原谅我,我知道!"他低下头喃喃说道,他微笑着匆匆瞥了她一眼,难堪而又高兴地转过脸去,补充说:

"这我不会忘记,保证不会忘!"

母亲推开了他,朝房里望着,用和蔼的恳求口气对安德烈说:

"安德留沙!您不要骂他了!您比他大,当然……"

霍霍尔背对着母亲,一动不动地站着,古怪而滑稽地低声吼道:

"哼!我要大声骂他,而且还要打他!"

她慢慢走到他身边,伸过手去,说道:

"您真是个可爱的人……"

霍霍尔转过身,像头公牛低着头,两手紧紧捏着放在背后,从母亲身边经过,走进厨房。从那里传来了他闷闷不乐的嘲笑声:

"巴维尔,快走开吧,免得我咬下你的头!大妈,我是在开玩笑,您别当真!我这就烧茶炊。哎,咱们家里的炭……都是湿的,真见鬼!"

霍霍尔没有再吱声。当母亲走进厨房的时候,他坐在地上吹茶炊里的炭。他没有抬头看她,又开始说:

"您别不放心,我不会碰他的!我这人像蒸过的萝卜一样软和!再说……喂,好汉,你别听,——我是喜欢他的!可他那件背心,我瞧不上!您看,他穿上那件新背心,非常得意,瞧他挺着肚子走路……见人就推:你们看,我的背心多好啊!背心确实挺好,但是,干吗要推人呢?不推已经够挤的了。"

巴维尔苦笑了一下,问道:

"你要唠叨到什么时候?你骂了我一顿,也该满足了!"

霍霍尔坐在地上,将腿伸在茶炊两边,眼睛看着茶炊。母亲站在门口,慈祥而又哀愁地盯着安德烈的圆圆的后脑勺和长长的弯着的脖颈。霍霍尔把身子往后一仰,两手撑在地板上,抬起稍稍发红的眼睛看了看母子俩,然后眨着眼睛,低声说:

"你们都是好人,——真的!"

巴维尔弯下身子,抓住了他的胳膊。

"别拉!"安德烈声音低沉地说。"我会被你拉倒的……"

"有什么不好意思的?"母亲忧郁地说,"你们最好亲一亲,紧紧拥抱一下……"

"好吗?"巴维尔问。

"好呀!"霍霍尔站起来说。

他们紧紧拥抱在一起,屏息待了一会儿——两个身体融成了一个炽烈地燃烧着友情的灵魂。

在母亲脸上,流下了眼泪,不过已经是轻松愉快的眼泪。她一边擦泪,一边不好意思地说:

"女人就喜欢哭,悲伤时要哭,高兴了也哭!……"

霍霍尔慢慢推开巴维尔,也用手指擦着眼泪,说:

"好啦,开心够了,该干事了!哎!这些该死的炭,吹着吹着,倒把灰吹到眼睛里去了……"

巴维尔低下头,走到窗前坐下,轻声说:

"这种眼泪没什么可羞的……"

母亲走到他身旁,和他坐在一起。一种令人振奋的感情,温暖而柔和地笼罩着她的心。她感到悲伤,但又觉得愉快而平静。

"我来收拾,大妈,您坐着吧!"霍霍尔说着走进房里。"休息吧!让您伤心了……"

房间里响起了他像唱歌似的声音。

"我们现在才感到生活是多么美好啊,——真正的、人的生活!……"

"对!"巴维尔看了母亲一眼说。

"一切都变得不一样了!"母亲接下去说。"悲哀不一样了,快乐也不同了……"

"就应该是这样!"霍霍尔说。"这是因为新的精神在成长,我亲爱的大妈,新的精神在生活中成长。一个人用理性的火焰照耀着生活,一边走,一边高声召唤:'喂,全世界的人们,团结成一个大家庭吧!'所有的心都响应他的号召,用各自健全的机体结合成一颗巨大的心,像一口银钟那样坚实,响亮……"

母亲紧紧抿着嘴唇,以免嘴唇打战。她牢牢闭住眼睛,为了不使眼睛流泪。

巴维尔举起一只手,想要说什么,但是母亲抓住他另一只手往下拉了拉,轻轻说:

"让他说下去……"

"知道吗?"霍霍尔站在门口说,"在人们面前还会有许多痛苦!从他们身上还要榨出许多鲜血。但是我所有的痛苦,乃至我的鲜血,所有这一切,和我心里以及脑里已有的东西比较起来,已经算不了什么……我的内心已经很丰富,像一颗光芒四射的星星,我可以忍受一切,经得住一切,因为,在我心中充满了欢乐,不论谁,不论什么东西,不论什么时候,都不能扑灭这种欢乐!在这欢乐中,蕴藏着力量!"

他们喝着茶,在桌旁一直坐到半夜,倾心畅谈着人生、人和未来。

当母亲清楚地理解了某种思想时,她总是叹一口气,从她过去的生活中,找出一些痛苦而粗暴的事例,并用这些像压在心头的石块似的事例,来印证她所理解的思想。

在这场亲切的侃侃长谈中,她的恐惧消失了。现在,她的心情就像有一天她听到父亲说了几句严酷的话以后那样。当时父亲说:

"有什么不满意的!有个傻瓜来娶你,就去吧!是姑娘就要出嫁;是女人就要生孩子,是父母就要替儿女赔眼泪!你怎么,不是人吗?"

听了这话,她看见了在自己面前是一条非走不可的小道,这条小道无情地伸展在一片荒凉而黑暗的地方。由于知道非走这条小路不可,她心里也就充满了一种盲目的平静。眼下也是这样。但是,由于感到新的不幸将要降临,她内心好像在对什么人说:

"给,拿去吧!"

这使她心中的隐痛减轻了一些;这痛苦在胸中震颤,一根调紧的琴弦在弹奏。

由于等待所引起的忧愁使她心里惴惴不安,但她在心灵深处仍然抱着尚未破灭的一线希望:总不致于把她的一切都拿走,全抢光吧!总会有些东西剩下来的吧……

二十四

大清早,巴维尔和安德烈刚出门,科尔苏诺娃就惊慌地敲着窗户,急匆匆地喊道：

"伊萨被人杀死了！咱们去看看……"

母亲打了个寒噤，在她脑子里，杀人者的名字像火花似的闪了一下。

"是谁？"母亲往肩上披着围巾，简短地问道。

"凶手是不会坐在伊萨身上等着人来抓的,把人打死,就跑了!"玛丽亚回答。

她在街上说：

"现在又要开始搜查,寻找凶手了。幸好你们家的人昨晚都在家,我可以做证。下半夜,我经过你们家,朝窗子里望了一眼,看见你们都在桌子旁坐着……"

"你怎么的,玛丽亚？难道能怀疑是他们干的吗？"母亲惊恐地喊道。

"那有谁会打死他呢？多半是你们的人!"科尔苏诺娃确信地说。"大家都知道,他在一直跟踪他们……"

母亲气喘吁吁，站住了，她把手放在胸口上。

"你怎么啦？你别怕！他是罪有应得！快点走吧,不然尸首就被拉走了……"

母亲一想到维索夫希科夫，心里就感到沉重，脚步也不稳了。

"瞧,真干出来了!"她呆呆地想道。

在离工厂围墙不远,不久前失火烧掉一所房子的地方,有一大群人像一窝蜂似的发出一片嗡嗡的响声。有许多女人,还有更多的孩子,小铺子的老板们,酒馆里的堂倌,警察,还有一个叫彼特林的宪兵,他是个老头子,身材很高,留着蓬松的银白胡须,胸前挂着许多奖章。

伊萨半躺在地上,背靠着烧焦了的圆木,脑袋耷拉在右肩上,头上没有戴帽子。右手插在裤兜里,左手的指头抓住松软的泥土。

母亲朝他脸上看了一眼——伊萨的一只眼睛呆呆地瞧着帽子,帽子掉在他无力地撇开的两腿中间,嘴巴好像吃惊似的半张着,红色的小胡须向一旁翘着。他干瘦的身子连同那尖尖的脑袋和长满雀斑的瘦削的脸庞,死后缩得更小了。母亲吁了口气,画了个十字。伊萨活着的时候,母亲十分讨厌他,但现在却引起她隐隐的怜悯。

"没有血!"有人低声说。"看来是用拳头打的……"

一个凶狠的声音喊道:

"告密人的嘴给堵上了……"

宪兵的身子一震,两手推开了妇女们,以威胁的口吻问:

"这话是谁说的,嗯?"

人们被宪兵驱散了,有些人急忙跑开,有人幸灾乐祸地笑了起来。

母亲回家了。

"谁也不可怜他!"她想。

尼古拉宽阔的身影像幽灵似的呈现在她面前。他细小的眼睛冷酷无情地望着,右手好像碰伤了似的来回晃着……

儿子和安德烈回来吃午饭的时候,她一开头就问他们:

"我说,怎么样?谁也没有因为伊萨的事被抓吧?"

"没有听说!"霍霍尔回答。

她看到,他们两个的心情都很沉重。

"没有人谈起尼古拉吧?"母亲低声问。

儿子严厉的目光望着她的脸,声音清晰地说:

"谁也没有说什么,恐怕未必会想到他。他不在这儿,昨天中午到河边去了,还没有回来。我已经打听过了……"

"啊,谢天谢地!"母亲宽心地舒了口气,说道,"谢天谢地!"

霍霍尔朝她望了望,低下了头。

"他倒在那儿,"母亲沉思地讲道,"脸上的表情好像很惊讶的样子。没有一个人可怜他,也没有一个人说他好话。人很小,又难看。好像什么东西折断了,掉下来一块,落到地上就躺在那儿……"

吃饭的时候,巴维尔突然把匙子一扔,说道:

"我真不懂!"

"什么?"霍霍尔问。

"仅仅为了吃肉就要宰牲口,这已经是够可恶的了。打死野兽或者猛兽……这是可以理解的!我也可以亲自动手杀人,如果这个人成了有害于人民的野兽。但是打死这么一个可怜的东西——怎样能下得了手呢?"

霍霍尔耸了耸肩,过了一会儿说:

"他的害处不比野兽小。蚊子只不过吸我们一点血,我们不也要打死它吗?"霍霍尔又补充一句。

"那当然啰!我说的不是这个……我是说,这样做太卑劣!"

"那有什么办法?"安德烈又耸着肩膀说。

"要是你,会不会杀这样的人?"巴维尔沉默了许久,然后若有所思地问。

霍霍尔睁大圆鼓鼓的眼睛看了看他,又向母亲瞟了一眼,哀伤但很坚定地回答:

"为了同志,为了工作,我什么都可以做!杀人也可以。哪怕杀自己的儿子……"

"啊呀!安德留沙!"母亲轻轻地喊道。

他对母亲笑了一下,说:

"没有别的办法!生活就是这样!……"

"是啊!"巴维尔慢慢地拖长了声音说。"生活就是这样……"

安德烈受到内心的冲动,突然激动起来,他站起来,两手一挥,说道:

"您会怎么做呢?为了人们之间只有爱的时代早日到来,我们现在不得不憎恨一些人。阻碍生活前进的人,为了金钱出卖别人以获取自己的安乐或荣耀的人,我们必须消灭!假如犹大站在正直的人们前进的路上,等待时机出卖他们,而我不去消灭他,那我自己也变成犹大了!我没有权利这样做吗?那难道我们的老爷们,——他们就有权拥有军队、刽子手、妓院、监狱、苦役刑和其他一切可以保护他们安逸舒适的可耻工具吗？有时候我不得不拿起他们的棍子,那有什么办法呢？我一定会拿的,决不反对。他们成千上万地杀戮我们,这使我有权举起手来。打在敌人头上,打在一个最靠近我,对我毕生工作最有害的敌人头上！生活就是这样。我就是要反对这种生活,我不愿过的正是这种生活。我知道,用他们的血创造不出任何东西,结不出什么果实！……只有当我们的热血像密集的雨点洒落在大地上,真理才能蓬勃成长,他们的血是污浊的,会毫无痕迹地白白流掉,这一点我知道！如果我看到有必要,我会一个人承担罪过,去杀人！不过我只是说我自己！我的罪过会和我一起死亡,决不会给未来留下什么污点,不会玷污任何人,除了我,决不会玷污任何人！"

他在房间里走来走去,在自己面前挥动着一只手臂,好像在空中砍着什么东西,使它和自己分割开。母亲怀着忧愁和不安的心情望着他,感到他精神上受了什么刺激,使他很痛苦。母亲关于打死伊萨的种种阴郁不安的想法已经消失。"既然不是维索夫希科夫,那巴维尔的同志中更不会有别人去做这种事,"她想。巴维尔低下头,听着霍霍尔的话,霍霍尔这时还在坚定有力地讲着：

"我们还必须强迫自己在这条道路上前进。应当作到贡献出一切,献出全部心灵。献出生命,为事业而牺牲这是容易做到的！还要作出更多的牺牲,献出比生命更宝贵的东西,那时候,你的最珍贵的东西,你的真理,才能茁壮地成长起来！……"

他走到房子中间,停了下来,脸色苍白,半闭着眼睛,举起一只手,郑重地、信誓旦旦地说：

"我知道,人们互相敬爱,每个人在别人面前都像一颗明亮的星的时候,一定会到来！由于得到自由而变得伟大的人们,将自由地在大地上行走。人人都真诚坦白,大家不再嫉妒,人与人之间毫无恶意。到那时候,人们不只为了生活,而是为人类服务,人的形象将变得极其崇高；对自由的人来说,一切高度都可以达到！到那时候,人们是为着美而生活在真理和自由之中,谁能更虚怀若谷地拥抱世界,谁更深切地热爱世界,谁就是最优秀的;谁是最自由的,谁也就是最优秀的,在他们身上,才会有最大的美！这样生活的人是伟大的……"

他停了一下,挺直了腰,用整个胸腔的音量,洪亮地说：

"因此,为了这种生活,我可以赴汤蹈火,义无反顾……"

他的面孔忽然颤抖了一下,沉甸甸的大颗泪珠从眼睛里一滴滴流下来。

巴维尔抬起头来,脸色苍白,睁大了眼睛,凝视着他。母亲从椅子上欠起身来,她感到一种模糊的不安心情在增长,渐渐笼罩着她。

"你怎么啦,安德烈？"巴维尔轻声问道。

霍霍尔摇晃了一下脑袋,身子像弦一般伸直了,望着母亲说：

"当时我看见了……我知道……"

母亲站起来,很快跑过去抓住他的双手——安德烈想抽出右手,但母亲紧紧地抓着它,用耳语般的声音热切地低声说：

"我的好孩子,别说了！我亲爱的……"

"等一等！"霍霍尔低沉地说。"我告诉你们,那件事是怎样发生的……"

"不必了！"母亲低声说,眼里噙着泪看着他。"不必了,安德留沙……"

巴维尔用湿润的眼睛望着同志,慢慢走到他跟前。他脸色煞白,强作笑容,声音不高地慢慢说：

"母亲担心是你干的……"

"我没有担心！我不相信！即使我看见了,也不会相信的！"

"等一等！"霍霍尔不看着他们,一个劲摇晃着头,一边想挣脱右手,一边说。"不是我干的,但我当时可以制止……"

"不要说了！安德烈！"巴维尔说。

巴维尔一手紧握住他的手,另一只手按在霍霍尔的肩上,好像要制止他高大身躯的颤抖似的。霍霍尔向他们俯下头,断断续续地低声说：

"我不希望发生这样的事,这你是知道的,巴维尔。事情是这样的:我和德拉古诺夫站在大街拐角上,这时候伊萨从拐角处走出来,在一旁站住了。他看着我们,奸笑着……德拉古诺夫说:'你看!就是他整夜都在监视我。我要好好收拾他。'说完他就走了,我以为他回去了……可是这时,伊萨走到我跟前……"

霍霍尔喘口气。

"从来没有人像他那样卑鄙地侮辱我,这狗东西!"

母亲默默地抓着他的手,把他拉到桌旁,好不容易才让他坐到椅子上。和他并肩坐在一起。巴维尔站在他们两人面前,阴郁地不时揪揪胡子。

"他对我说,我们所有人,他们都知道,我们都在宪兵的黑名单上,'五一'前,要把我们全部抓去。我笑了,没有答理他,心里却升起了一股怒火。他还说我是个聪明的小伙子,不该走这条路,最好是……"

安德烈停顿了一下,用左手搓了搓脸,眼睛射出一道冷漠的光。

"我懂了!"巴维尔说。

"他说,最好为官府干事,怎么样?"

霍霍尔把手一挥,摇晃了几下紧握的拳头。

"给官府干事,该死的东西!"他咬牙切齿地说。"还不如打我一个嘴巴呢……这样我会好受一些,对他或许也舒服些。但像这样,他用一口恶臭的唾沫玷污了我的心时,我忍无可忍了。"

安德烈猛地从巴维尔手里抽出手来,用嫌恶的口气更低沉地说:

"我给了他一嘴巴,就走了。这时,我听见后面德拉古诺夫低声说:'受气了吧?'大概,他一直等在拐角上……"

霍霍尔沉默了一会儿,说:

"虽然我感觉到……听见了打击的声音,我没有回头去看……我心情平静地继续走我的路,就仿佛踢了一只癞蛤蟆似的。到上工的时候,大家都嚷开了:'伊萨被打死了!'我不敢相信。可是我的一只手感到酸疼起来,不听使唤了,其实不是疼,像短了一截……"

他往那只手斜睨了一眼,说道:

"大概这一辈子也洗不掉这个污点了……"

"只要你问心无愧就行了,我的好孩子!"母亲小声说。

"我不是责怪自己,不是的!"霍霍尔断然说。"我讨厌这种事!这对我来说是不应该发生的。"

"我不懂你这是什么意思!"巴维尔耸耸肩说。"又不是你打死的,再说就算是……"

"老弟,明明知道,有人要杀人,却不去阻拦……"

巴维尔坚持说:

"这我完全不能理解……"

他思忖了片刻,又补充说:

"理解我倒是可以理解,但是那种感觉,我可不会有。"

汽笛响了。霍霍尔侧耳听着,直到威严的吼叫声停止,他全身抖动了一下,说道:

"我不去上工了……"

"我也不去,"巴维尔应声说。

"我到澡堂去!"霍霍尔笑着说。他不声不响地匆匆收拾了一下,神色阴郁地走了。

母亲用怜悯的目光望着他出去,然后对儿子说:

"巴沙,随你怎么想!我知道,杀人是罪孽的,可又认为谁也没有罪过。伊萨很可怜,他只是一颗很小的钉子。今天我看了看他,想起他曾经威胁我说:要绞死你,我并没有恨他,也没有因为他死了而高兴。只觉得可怜。可现在连可怜的感觉也没有了……"

她停了一会儿,想了一想,好像吃惊似的带着微笑说:

"我的天啊,巴沙,我说的话你听见了吗?……"

巴维尔大概没有听见,他低着头在房里踱步,皱着眉沉思般地说:

"这就是生活!你瞧,人们是怎样互相敌对的?不愿意打,可还是要打！打谁呢，打的也是无权无势的人。他比你更不幸，因为他愚蠢。警察、宪兵、暗探，——这些都是我们的敌人，可他们又是和我们同样的人，人家也吸他们的血，同样不把他们当人看待。都是一样！有人驱使他们中间的一部分人去反对另一部分人，用恐怖和愚昧蒙住他们的眼睛，捆住所有人的手脚，压榨他们，让他们互相践踏，互相殴打。把人变成枪支、棍棒、石头，还说：'这是国家！……'"

他走近母亲身边。

"这是犯罪，妈妈！这是对千百万人的最卑鄙的杀害，是对灵魂的扼杀……你要懂得，他们扼杀灵魂。你看到了我们和他们的区别。我们有谁打了人，他就感到厌恶，羞耻，痛苦。厌恶，这是主要的！而他们呢，杀戮成千上万的人，甚至满心欢喜地去屠杀！他们荼毒生灵、扼杀一切，仅仅是为了保住金银，微不足道的证券，为了保住使他们有权统治人们的这一堆乌七八糟的破烂。你想想看，他们杀害人民，摧残人们的灵魂，并不是为了保护自己，他们这样做不是为了自身，而是为了他们的财产。他们珍惜的不是自己内心的东西，而是身外之物……"

他握住了母亲的双手，俯下身来，一边摇着她的手，一边继续说：

"如果你能够知道这一切卑鄙龌龊和无耻腐败，那么，你一定能够理解我们的真理，一定能够看到，我们的真理是多么伟大，光辉！……"

母亲激动地站起来，胸中充满了想把自己的心和儿子的心熔成一团火焰的愿望。

"等一等，巴沙，等一等！"她喘息着说。"我已经体会到了，等一等！……"

二十五

过道里有人发出很响的声音。母亲和儿子两人都吓了一跳，互相看了一眼。门慢慢地推开了,雷宾笨拙地走了进来。

"啊!"他抬起头,含笑说道。"我们的福马什么都喜欢,喜欢面包也喜欢酒,喜欢人家向他问安!……"①

他穿着沾满了焦油的短皮袄,脚上穿着树皮鞋,腰带上塞着一双黑手套,头上戴着毛茸茸的皮帽。

"你们身体好吗?巴维尔,把你放出来了?很好。尼洛夫娜,生活过得怎么样?"他咧开大嘴笑着,露出一口洁白的牙齿,他的声音比从前稍稍柔和一些,脸上的胡子长得更密了。

母亲很高兴,走到他身边,握住他黑黑的大手,闻到浓郁强烈的焦油气味,说:

"咳,你呀……嗯,我真高兴!……"

巴维尔望着雷宾微笑。

"好一个庄稼汉!"

雷宾慢慢脱着皮袄说:

"是啊,又变成庄稼人了!你们慢慢变成大人先生,我呢,是向后倒退了……是这样!"

他把花粗布衬衫抻平,走进房来,仔细地把屋子环视了一遍,说道:

"看来,你们的家当倒没有增多,书可添了不少,好,讲讲吧,情况怎么样?"

他坐下来,两腿撇得很宽,手掌撑在膝头上,黑色的眼睛用探询的目光打量着巴维尔,和蔼地微笑着,等待回答。

"情况非常热闹!"巴维尔说。

"耕地又播种,空口讲白话没有用,收了庄稼酿好酒,痛痛快快躺个够——是吧?"雷宾打趣地说。

"您过得怎样?米哈伊洛·伊凡诺维奇?"巴维尔坐到他对面问。

---

① 原文是带诙谐味的押韵的顺口溜。

"没什么。过得挺好。在叶季尔格耶沃住了下来,您听说过叶季尔格耶沃这个地方吗?是个很好的村子。每年逢两次集,有两千来人,当地的人很厉害!因为没有地,就租公家的地。土地很贫瘠。我在一家富农当雇工,那里的富农像死尸身上的苍蝇一样多!我们的活儿是干馏木焦油,烧木炭。工钱只有这里的四分之一,而干的活儿要重一倍,就是这样。在那个富农家里,我们共有七个雇工。还好,都是年轻人,除了我,都是当地人,他们都认得字。有个小伙子叫叶菲姆……性子很暴烈,不得了!"

"您怎样,经常跟他们谈谈吗?"巴维尔兴致勃勃地问。

"我的嘴没闲过,我把这儿的传单都带去了,一共三十四张。不过,我更经常用《圣经》进行宣传,那里面有些东西可以利用,《圣经》很厚,是官方的书,圣经公会印的,他们总可以信得过!"

他对巴维尔挤了挤眼,笑着继续说:

"光这些还太少。我到你这儿要书来了。我们来了两个人,跟我来的就是这个叶菲姆。我们出来运木焦油,绕个弯,顺便到你这儿来了。趁叶菲姆还没到,你给我一些书,没有必要让他知道得太多……"

母亲看着雷宾,她觉得他除了脱掉一件上衣外,还脱下了什么东西。他不像从前那样庄重,眼睛也不像过去那样坦率,而是带着狡黠的神情。

"妈妈,"巴维尔说,"您走一趟,去拿些书来,那边知道给什么书,您说乡下用的就行了。"

"好!"母亲说。"等茶炊开了,我就去。"

"你也做这种事情啦,尼洛夫娜?"雷宾笑着问。"好。我们那儿爱看书的人很多,是个教员使他们对书感兴趣的。他虽然出身神父家庭,可大家都说他这个年轻人很好。离我们七俄里路左右,还有个女教员。不过,他们是不用禁书的,他们安分守己,都怕事儿。可我要的是激烈的禁书,我借他们的手悄悄散出去……如果警察局长或者神父发现是禁书,他们会以为是教员散的!我就可以暂时躲在一旁,见机行事!"

他为自己的计谋感到很得意,乐呵呵地咧着嘴笑了。

"你还真有两下!"母亲暗想道。"看上去像头熊,可实际上却像只狐狸……"

"您怎么想的?"巴维尔问,"如果他们怀疑是教员们散发的禁书,叫他们坐牢,那怎么办呢?"

"坐就坐呗,——怎么啦?"雷宾问。

"散发禁书的是您,不是他们!应该是您去坐牢……"

"怪人!"雷宾拍着膝头笑了一笑。"谁会想到是我呢?一个普通庄稼人干这种事情,难道可能吗? 书,是大人先生们的事,他们才应该担当责任……"

母亲觉得巴维尔不能理解雷宾,见他微微眯起眼睛,——看来是在生气。于是她小心委婉地说:

"米哈伊洛·伊凡诺维奇是想由他自己来干事,而让别人来担罪名……"

"就是这样!"雷宾摸着胡子说。"暂时这样。"

"妈妈!"巴维尔冷峻地喊了一声。"如果我们当中有人,比如说安德烈吧,借我的手去做了什么事情,而坐牢的却是我,那你会说什么呢?"

母亲打了一个冷战,困惑不解地看了看儿子,不赞同地摇着头,说道:

"难道可以这样坑害同志吗?"

"噢!"雷宾拖长了声音说。"我懂你的意思了,巴维尔!"

他带着嘲笑的神情挤了挤眼,对母亲说:

"大妈,这事情可真不简单呐。"

他用教训的口气又对巴维尔说:

"你的想法太幼稚了,老弟!做秘密工作是没有诚实可言的。你想:首先,抓去坐牢的是被查出有禁书的人,而不是教员,这是一层。

其次，教员们给的是合法的书，但是书中的实质和禁书没有区别，只是字句不同，真理少些，这是二层。这就是说，他们要达到的目的和我一样，不过他们走的是小道，我走的是大路。在官府看来，我们都是同罪，对不对？第三层，老弟，我和他们毫不相干。俗话说得好，马下人不是马上人的朋友。要是受连累的是老百姓，我就不会这样干。他们呢，一个是神父的儿子，另一个是地主的女儿。他为什么要发动老百姓，我不明白。他们这些大人先生们的想法，我这个种田人是无法理解的！我自己在做什么，我当然了解，但是大人先生们想要什么，我可不知道。他们千百年来一直稳稳当当地在做老爷，剥我们庄稼人的皮，现在他们突然醒来，让庄稼人也擦亮眼睛！老弟，我是不欢喜童话的，而这种事情，跟童话差不多。不管哪位老爷先生，都跟我隔得很远。就像冬天在田野里走路，前面有个动物时隐时现，是什么动物呢？是狼，是狐狸，还只不过是条狗——看不清楚！离得太远。"

母亲看了儿子一眼。他脸上流露出忧郁的神情。

但是雷宾的眼里，却闪着黑亮的光，他扬扬自得地望着巴维尔，兴奋地用手梳理着胡子，继续说：

"我没有工夫献殷勤。生活是严酷的；狗窝和羊圈不能混，狗叫羊叫声不同……"

"有的大人先生，"母亲想起了几个熟人的面孔，开始说："为人民作出牺牲，一辈子在监狱里受着折磨……"

"他们是例外，对他们的态度也不一样！"雷宾说。"农民发财，就升为老爷，老爷破产，就降为农民。钱袋空了，灵魂自然干净。巴维尔，你还记得吗，你以前对我解释说，人怎样生活，就怎样想，如果工人说'好'，老板一定说'不好'，工人说'不好'，老板出自他们的本性，一定会喊'好'！所以同样农民和老爷的本质是不同的。如果农民肚子吃得饱，老爷晚上就睡不着。当然，什么出身的人中都有狗崽子，所以我也不同意袒护所有的农民……"

他站起身来，显得又黑又壮。他的脸色变得阴沉，胡须抖动了一

下,好像他的上下牙齿无声地互相磕碰了一下,他压低了声音,继续说:

"五年来,我进过不少工厂,对乡下,确是生疏了!这次回到乡下,看了看,觉得那种生活,真是受不了!你明白吗?我受不了!你们生活在这儿,见不到那种屈辱!在那儿,饥饿像影子一样跟着人们,别指望吃面包,指望不上!饥饿吞噬了人们的灵魂,把人折磨得不成人样了!人们不是活着,而是在难以忍受的穷困中受煎熬……加上当官的像乌鸦似的,在周围窥伺着,看你还有剩下的一点什么没有?看见了,就抢去,还给你脸上一拳……"

雷宾向周围望了一眼,一只手撑在桌上,向巴维尔俯下身。

"当我重又看到这样的生活时,我甚至想呕吐。我一看到,就受不了!不过我还是战胜了自己,我想:'亲爱的,胡来是不行的!我要留下来。我不能给你们弄到面包,可我要把你们搅成一锅粥,'老弟,我非搅成一锅粥不行!我感到他们又可怜又可恨。这种心情,像一把刀子似的插在我的心里绞动着。"

雷宾的额上沁出了汗珠,他慢慢地走近了巴维尔,把手放在他的肩上。他的手在发抖。

"帮帮我忙吧!给我一些能使人读了坐卧不安的书。应该在人们的脑袋里塞个刺猬,浑身是刺的刺猬!告诉城里那些替你们写文章的人,叫他们也给我们乡下写!希望他们写的东西能使农村翻天覆地闹腾起来,使人民能去拼死搏斗!"

他举起一只手,用低沉的声音一字一顿地说:

"要以死制死,就是这样!就是说,为了使人们复活而死!为了使整个地球上无数人民复活,宁可死上几千人!就是这样。死很容易。只要大家能够复活,只要大家能够站起来!"

母亲端茶炊进来时,斜眼望着雷宾。他阴沉而有力的话使她感到压抑。母亲觉得雷宾有些地方和她丈夫相像,她丈夫也是这样龇着牙,卷起袖子,指手画脚,在他身上,也同样充满着难以抑制的愤怒,虽然难以抑制,但他却默不作声,而雷宾却说了出来,雷宾不像丈夫那样可怕。

"这是必要的!"巴维尔点点头说。"给我们材料吧,我们给你们印报纸……"

母亲微笑着看了看儿子,摇摇头,默默地穿上衣服,走出门去。

"写吧!我们什么都能弄到!写得简单些,让什么人都能看懂!"雷宾大声说道。

厨房门开了,有人走进来。

"这是叶菲姆!"雷宾朝厨房里张望着说。"叶菲姆,到这儿来!这就是叶菲姆,他叫巴维尔,就是我常常和你说起的那个。"

在巴维尔面前,站着一个头发浅褐、脸庞宽阔的年轻人,他身穿短外套,手里拿着帽子,皱着眉头,用一双灰眼睛望着巴维尔,他身体匀称,看样子很有力气。

"您好!"他声音沙哑地说。和巴维尔握了手,用两手捋平硬直的头发。他向屋子里扫视了一眼,立即慢慢地,像蹑手蹑脚似的朝书架走去。

"他看见了!"雷宾对巴维尔使了个眼色,说道。叶菲姆转过头来,看了看他,便一边翻书一边说:

"您的书真多!一定没工夫读吧。可乡下看书的时间比较多……"

"不过,看书的兴趣比较小吧?"巴维尔问。

"为什么?可有兴趣啦!"年轻人搓了搓下颔,答道。"老百姓开始动脑筋了。《地质学》,这是讲什么的?"

巴维尔解释了一下。

"这对我们没用!"年轻人把书放回架子上,说道。

雷宾大声叹了口气,说:

"庄稼人感兴趣的,不是土地从什么地方来的,而是土地怎么分到人们手里的,就是说,老爷们怎么从老百姓脚下夺走了土地的?地球是站着不动,还是在转,这不重要,哪怕你用绳子把它吊起来,也没关系,只要它给我们吃的就行,哪怕你用钉子把它钉住也好,——只要它能养活我们就行!……"

"《奴隶制度史》,"叶菲姆又念了一遍,然后问巴维尔:"这是讲我们的吗?"

"还有讲农奴制的书!"巴维尔说着把另一本书递给他。叶菲姆接过书,在手里翻了一阵,放到一旁,平静地说:

"这已经是过去的事了!"

"您有份地吗?"巴维尔问。

"我们?有!我们弟兄三个,份地嘛,一共四俄亩。是砂地,拿来擦铜器,倒是很好,可是种粮食,就不行了!……"

他沉默了一会儿,说:

"我已经摆脱了土地,——土地有什么用呢?又不能养活我们,反而捆住了手脚。我在外面当了三年多雇工。秋天,该轮到我去当兵了。米哈伊洛大叔说:'别去!现在军队常被派去打人民。'可是我想去。斯捷潘·拉辛和普加乔夫那会儿,军队都打过人民。现在这种现象该结束了。您是怎么看的呢?"他凝视着巴维尔,问道。

"是该结束了!"巴维尔面带笑容答道。"只不过,很难!必须知道对兵士说什么和怎么说……"

"我们学一学,就会的!"叶菲姆说。

"如果被当官的抓住,那是要枪毙的!"巴维尔说完用好奇的目光看着叶菲姆。

"当官的是不会客气的!"小伙子很镇静地表示,随即又开始翻起书来。

"喝茶吧!叶菲姆!很快就该走了!"雷宾说。

"这就来!"小伙子应道,然后又问:"革命——是暴动吗?"

安德烈回来了,面孔通红,冒着汗,闷闷不乐的样子。他一声不响地和叶菲姆握了握手,在雷宾身旁坐下来,打量了他一番,笑了笑。

"为什么不高兴啊?"雷宾在他膝盖上拍了一下,问道。

"没什么。"霍霍尔回答说。

"也是工人?"叶菲姆朝安德烈摆了摆头,问道。

"也是!"安德烈回答。"怎么了?"

"他第一回看见工人!"雷宾替他解释说。"他说,工人是一种特殊的人……"

"有什么特殊的呢?"巴维尔问。

叶菲姆仔细地端详着安德烈,说道:

"你们的骨骼有棱有角,农民的比较圆……"

"农民的脚站得更稳些!"雷宾补充说。"他能感觉到自己脚下的土地,即使他自己没有土地,他也会感觉到:这是土地!可是工人像鸟儿一样:没有故乡,没有家,今天在这儿,明天到那儿!就是女人也不能把他拴在一个地方,他动不动'再见,亲爱的!'就一刀两断走了,去找更好的地方了。农民却守在一个地方不动,想把自己四周安排得好一些。看,大妈来了!"

叶菲姆走到巴维尔跟前,问道:

"可以借本书给我吗?"

"拿去吧!"巴维尔很乐意地答应了。

小伙子的眼睛闪出贪婪的光芒,他立刻说:

"我一定还!我们有很多人常在这儿附近运送木焦油,让他们带来。"

雷宾已经穿好衣服,腰带也束紧了,对叶菲姆说:

"走吧,到时候了!"

"这下我可以读它一阵了!"叶菲姆指着书架上的书,咧开大嘴笑着扬声说道。

他们走后,巴维尔对着安德烈,兴奋地大声说:

"看见这些鬼家伙了吧?……"

"是啊!"霍霍尔慢慢地拖长了声音说。"好像不祥的乌云一样……"

"是说米哈伊洛吗?"母亲大声说道。"他就像没在工厂里干过似的,完全变成一个庄稼人了!而且还真可怕!"

"可惜你刚才不在这儿!"巴维尔对安德烈说。安德烈坐在桌旁,阴郁地望着自己的茶杯。"要不然你可以看到内心的表露,你说话不是总离不开一个心字吗?雷宾在这儿气势汹汹地发了一大通议论,把我压倒,不容我喘气!……我简直无法反驳他。他对人们是多么不信任,而且还把他们看得多么不值钱!妈妈说得对,这个人身上有一股可怕的力量!……"

"这一点我看出来了!"霍霍尔阴沉着脸说。"人们被毒害了!他们一旦起来,会把所有的一切都一一打倒!他们只需要光秃秃的土地,——他们会把大地夷为平地,要把一切都捣毁!"

他说得很慢,显然是在想别的事情。母亲小心地碰了碰他。

"你打起精神来吧,安德留沙!"

"等一等,大妈,我亲爱的!"霍霍尔和蔼地轻声恳求说。

他忽然激动起来,用手在桌子上一拍,说:

"对,巴维尔,要是农民一起来,他们会把大地荡平!像经历过一场鼠疫,——他们会一把火烧光一切,使自己大大小小的屈辱统统洗雪干净……"

"然后就会阻挡我们前进的道路!"巴维尔小声插了一句。

"我们的任务,就是不让这样的事情发生!我们的任务,巴维尔,就是要阻止他们这样做!我们最接近他们,他们会信任我们,会跟我们走的!"

"你听我说,雷宾建议我们为农村出版报纸!"巴维尔告诉他。

"这很有必要!"

巴维尔笑了笑说:

"很可惜,我没有跟他辩论一番!"

霍霍尔揉了揉脑袋,从容地说:

"以后有我们辩论的！你吹你的笛子,脚没有长到土地里去的人,自然会跟着你的音乐跳舞的！雷宾说得对,我们感觉不到脚下的土地,也不应该感觉到,因此摇动大地的责任才落在我们身上。我们摇一下,人们就会离开土地,摇两下,就离得更远！"

母亲笑着说：

"安德留沙,在你看来,一切都很简单！"

"就是嘛！"霍霍尔说。"很简单！像生活一样！"

过了一会儿,他说：

"我到野外去走走！"

"刚洗了澡就去？外面有风,要着凉的！"母亲警告他说。

"正需要吹吹风呢！"他回答。

"当心,会感冒的！"巴维尔关切地说。"还是躺下睡吧。"

"不,我还是要去！"

他穿上衣服,一声不响地走了出去……

"他心里很难过！"母亲叹口气说。

"你知道吗?"巴维尔对她说,"在谈伊萨这件事以后,你开始用'你'称呼他了,这样很好！"

母亲惊奇地看了他一眼,答道：

"我一点也没有觉察到,怎么会这样称呼的！他已经是我的亲人了,——我不知道怎么说才好！"

"你的心真好,妈妈！"巴维尔轻声说。

"但愿我能替你、替你们大家尽点力！要是能做到就好了！……"

"不必担心,你会做到的……"

她低声笑了起来,说：

"可是要我不担心就做不到呀！……"

"好了,妈妈！咱们不谈这个了！"巴维尔说。"你要知道,我是非常非常感谢你的！"

她不想用自己的眼泪使儿子难堪,所以就到厨房去了。

天色很晚了,霍霍尔才疲乏地走回来,并立即躺下睡觉,只说了一句:

"我走了差不多十俄里,我想……"

"有好处吗?"巴维尔问。

"别打搅,我要睡了!"

说完便像死了似的一声不响了。

过了一会儿,维索夫希科夫来了,穿得又破又脏,和往常一样,脸色很不高兴。

"你没听说是谁把伊萨打死的吗?"他问巴维尔,笨拙地在房间里走着。

"没有,"巴维尔很简短地回答。

"真还有人不厌恶干这种事!我一直想亲手把他干掉!这是我干的事,——对我最合适不过了!"

"尼古拉,不要说这种话吧!"巴维尔和蔼地对他说。

"你到底是怎么回事呀!"母亲亲切地接过去说。"你心肠很软,可偏要大声吼叫。这是为什么呀?"

此时此刻,母亲看见尼古拉觉得心里很高兴,甚至他的麻脸似乎也好看多了。

"我除了干这种事,什么用处也没有!"尼古拉耸着肩说。"我想了又想,哪儿是我待的地方呢?没有我待的地方!应该找人们谈谈,可是我不会!什么事我都看在眼里,人的一切屈辱我也能感受到,可我就是不会说话!我的灵魂像哑巴一样。"

他走到巴维尔身边,垂着头,手指在桌上抠着,不像他平素那样,而是像孩子般可怜地说:

"你们给我一些繁重的事干吧,伙计们!这样毫无意义地活着,我受不了!你们大家都有工作,我看着工作在不断发展,自己却站在一旁!整天搬运圆木、木板。难道可以就为了这种事情而活着吗?给我些繁重的事干吧!"

巴维尔握住他的手,把他拉到自己身边。

"我们会给的!……"

这时,从帐子后面传来了霍霍尔的声音:

"尼古拉,我教你排字吧,你将来做我们的排字工,好吗?"

尼古拉朝他走过去,说:

"如果你教会了我,我送你一把刀子……"

"拿着你的刀子见鬼去吧!"霍霍尔大声嚷道,突然笑了起来。

"是一把很好的刀!"尼古拉还坚持说,巴维尔也笑了。

维索夫希科夫在房间中央站住了,问道:

"你们是在笑我?"

"就是啊!"霍霍尔说着从床上跳下来。"我说,咱们到野外去走走。今天夜里月亮多好。去吗?"

"好吧!"巴维尔说。

"我也去!"尼古拉说。"霍霍尔,你笑的时候,我很喜欢……"

"你答应送我东西的时候,我才喜欢呢!"霍霍尔笑着回答。

他在厨房里穿衣服的时候,母亲絮絮叨叨地对他说:

"穿暖和一点……"

他们三个走出去后,她隔着窗子瞧了瞧他们,然后又看看圣像,低声说:

"主啊,愿你帮助他们吧!……"

二十六

日子一天天飞快地过去,母亲连考虑五一节的工夫都没有。白天喧闹纷乱,她紧张忙碌,疲惫不堪,只有夜晚躺下的时候,才觉得心里有点隐痛。

"但愿那一天早点来吧……"

天刚亮,工厂的汽笛响了,巴维尔和安德烈匆匆喝完茶,吃点东西,把一大堆事情托付给母亲,就上工去了。她整天像松鼠蹬转轮似的忙得不可开交,烧饭,煮传单用的紫油墨,打糨糊。还不断有人跑来,把转交巴维尔的字条塞给母亲,就匆匆走了。他们的激昂情绪也感染了她。

号召工人们庆祝五一节的传单,几乎每天夜晚都贴在各处的围墙上,甚至贴在警察局的大门上,这种传单也天天在工厂里出现。每天早上,警察们骂骂咧咧地在工人区巡视,把紫色的传单从墙上撕去、刮掉,但是一到中午,传单又满街飞了,飞到行人的脚下。城里派来了一些密探,他们站在街角,贼眉贼眼地监视着回去吃饭和饭后回来的那些愉快而兴奋的工人。大家对警察的束手无策都感到高兴,连上了年纪的工人都在嘲笑地议论:

"他们在干什么,啊?"

到处聚集着一堆堆的人群,他们在热烈地议论那令人激动的号召。生活在沸腾,这一年的春天,生活对大家都有点不同寻常,给所有人都带来了某种新的东西,给有些人增加了恼怒的理由,他们怒骂谋反的人,给另一些人带来了模糊的希望和不安,给第三种人(他们是少数)带来的是极大的喜悦,因为他们意识到自己是唤醒大家的力量。

巴维尔和安德烈每夜几乎都不睡觉,直到汽笛快要拉响时,才回家来,两个人都精疲力竭,嗓子嘶哑,脸色苍白。母亲知道他们是在树林中的沼地开会,她也知道,在工人区的周围,夜晚有骑警侦缉队在巡查,有密探在暗中活动,他们扣留并搜查个别的工人,驱散人群,有时还把人逮走。她明白,儿子和安德烈每夜都有可能被捕,但她又似乎希望这样的事发生,因为她觉得这可能对他们更好一些。

暗杀考勤员的案件,很奇怪,已经无声无息没人提了。当地的警察局一连两天讯问许多人有关案件的情况,但审问了十来个人之后,便失去了对这案件的兴趣。

玛丽亚·科尔苏诺娃在和母亲的谈话中,流露出警方的意见;她和警察处得挺好,就像和所有人的关系一样,她说:

"哪里抓得到凶犯呢?那天早上,大概有一百来人见到过伊萨,其中至少有九十个人都会给他一巴掌。七年来,他把所有人都得罪遍了……"

霍霍尔发生了很明显的变化。他的脸消瘦了,眼皮也抬不起来,垂在鼓出的眼睛上,遮住了眼睛的一半。他脸上从鼻孔到嘴角出现了细细的皱纹。关于日常事物,他谈得越来越少,但越来越容易激动,他经常沉浸在使大家如醉如痴的欢乐之中,谈论着未来——自由和理智获得胜利的美好光明的欢乐日子。

当伊萨被打死的案子再没有人提起的时候,他鄙夷而又忧郁地冷笑说:

"他们不仅不爱惜人民,就是对那些被利用来迫害我们的走狗,也看得一钱不值!他们爱惜的不是忠实的犹大,而是银币……"

"这件事不要再谈了,安德烈!"巴维尔毅然地说。母亲也低声补充了一句:

"朽木一碰就碎!"

"有道理,但并不能令人宽慰!"霍霍尔闷闷不乐地说。

他常说这句话,在他的嘴里,这句话含有一种特殊的、无所不包的意味,苦涩而又辛辣……

……五月一日这一天终于来到了。

汽笛和往常一样,气势逼人、威风凛凛地吼叫起来。母亲彻夜未眠,她起床生着了昨晚已预备好的茶炊。她和平常一样,想去敲儿子和安德烈的房门,但想了一会儿,挥了挥手,坐到窗前,一只手像牙疼似的放在面颊上。

在淡淡的蓝天上,片片白色和粉红的浮云,仿佛被汽笛尖利的吼叫声惊吓了的一群大鸟,很快地飘浮着。母亲仰望着云彩在倾听自己的心声。她的脑袋昏昏沉沉,由于夜不成眠而充血的眼睛非常干涩。她心里却出奇的平静,心脏均匀地跳动着,在想一些平常的事情……

"我茶炊烧得太早,水要烧干了!今天让他们多睡一会儿,两个人都累得够受……"

初升的太阳闪着快乐的光芒,朝窗户里探望。母亲把一只手放在阳光下,灿烂的阳光照着她手上的皮肤,她沉思着,露出亲切的微笑,用另外一只手轻轻地抚摩了一阵阳光。过了一会儿,她站起来,轻手轻脚拿开了茶炊上的拔火筒,洗完脸,便开始祷告,虔诚地画着十字,默默地翕动着嘴唇。她脸上露出喜色,右边的眉毛时而慢慢扬起,时而又突然垂下……

第二遍汽笛拉响了,声音不如第一遍尖利,也没有那样坚定,好像微微颤抖着在低低呜咽。母亲觉得今天的汽笛声比往日要长。

房间里传来霍霍尔洪亮而清晰的声音。

"巴维尔!听见了吗?"

他们俩不知是谁光着脚在地板上走动,又不知是谁舒坦地打了个哈欠……

"茶炊烧好了!"母亲喊道。

"我们起来了!"巴维尔高兴地答道。

"太阳出来了!"霍霍尔说。"天上还飘着云!今天这云可是多余的……"

他走进厨房,头发蓬乱,一副刚睡醒的模样,但是很高兴。

"早上好,大妈!睡得好吗?"

母亲走到他身旁,小声说:

"安德留沙,你可要和他走在一起啊!"

"那当然!"霍霍尔在她耳边轻声说。"只要我们在一块儿,不论到什么地方都走在一起,你放心吧!"

"你们在那儿嘀咕什么?"巴维尔问。

"没什么,巴沙!"

"大妈对我说,脸洗得干净一点,姑娘们要看咱们的!"霍霍尔说着,走到过道去洗脸。

"起来,行动起来,工人们!"巴维尔低声唱起歌来。

天越来越晴朗,风吹散了浮云。母亲在准备茶具,她摇着头在想,这一切多奇怪:早上,他们喜气洋洋,开着玩笑,可是,到中午谁知道会有什么等待着他们呢?连她自己也不知为什么也这样镇静,几乎是满心欢喜。

为了消磨等待的时间,他们喝茶喝了很久。巴维尔和平常一样,细心地用茶匙慢慢搅着杯子里的糖,仔细地把盐撒在一块面包上,——这是他喜欢吃的带硬皮的面包头。霍霍尔的两脚在桌下来回挪动着,他总是不能很快把两脚放舒适,他望着被茶水反射的阳光在天花板和墙壁上来回摇晃,讲起了往事。

"当我还是个十岁左右的孩子的时候,我想用茶杯去捕捉太阳。有一回,我拿了茶杯,蹑手蹑脚地走过去,往墙上猛地一扣!结果呢,手割破了,还挨了一顿打。刚挨过打,我走到院子里,看见太阳在水洼里,我就拼命用脚踩它,哪知溅了一身泥浆,又挨了一顿打……我怎么办呢?我就对着太阳大骂起来:'我不疼!红毛鬼!我不疼!'还对它伸了好一阵舌头,这样,总算出了一口气。"

"你为什么觉得像红毛鬼呢?"巴维尔笑着问。

"我们对面有个铁匠,火红的头发,红胡子,他是个又快活又和气的汉子,我觉得太阳很像他……"

母亲忍不住说:

"你们最好还是谈谈你们怎么去游行吧!"

"谈已经决定的事,只能把事情弄乱!"霍霍尔温和地说。"大妈,如果我们都被抓去了,尼古拉·伊凡诺维奇会来找你,他会告诉你怎么办的。"

"好吧!"母亲叹了口气说。

"到街上去走走才好呢!"巴维尔非常想望地说。

"不,暂时还是在家里等一等好!"安德烈搭腔说。"我们何必白白地让警察看着讨厌呢?他们对你知道得够清楚的了!"

费佳·马津跑来了,他容光焕发,脸颊绯红。他无比欣喜,全身战栗,驱散了他们因等待而感到无聊的心绪。

"开始了!"他说,"群众出动了!大家拥到街上,人人的面孔都像斧头似的,杀气腾腾。维索夫希科夫、瓦西里·古谢夫、萨莫伊洛夫站在工厂门口演说。许多人都回家了!咱们去吧,时候到了!已经十点钟了!……"

"我要去了!"巴维尔坚决地说。

"你们看吧,"费佳很有把握地预言道,"吃过午饭,全厂都会起来的!"

他说完就跑了。

"这个人像风里的蜡烛,烧得很快!"母亲目送他出去,轻轻地说道。她站起来走进厨房,开始穿外衣。

"大妈,您到哪儿去?"

"跟你们一起去!"她说。

安德烈揪着自己的胡子,朝巴维尔看了看。巴维尔迅速地整了整头发,走到母亲跟前:

"我什么话也不准备对你说……你也不用跟我讲什么了,好吗?"

"好的,好的,愿基督保佑你们!"她喃喃地说道。

二十七

母亲走到街上,只听见一片沸沸扬扬的人声,人们在不安地期待着。她看见家家户户的窗口和门前都聚集着人群,他们都用好奇的眼光望着她的儿子和安德烈,她觉得眼睛里有一片朦胧的影子在晃动,不断地变换着颜色,时而透明碧绿,时而浑浊灰暗。

不断有人向他们招呼致意,在问候的话里,含有一种特殊的意味。她可以听见低声议论的只言片语:

"看,他们就是领头的……"

"我们不知道谁领头……"

"我并没有说什么坏话呀!……"

另一个地方,有人在院子里气哼哼地喊道:

"警察把他们统统抓去,他们就完蛋啦!……"

"以前也抓过呀!"

一个女人的尖叫声,惊慌地从窗口飞到街上:

"你别糊涂,你怎么啦,是光棍还是怎么的?"

他们走过每月从厂里领取抚恤费的失去双腿的卓西莫夫家时,他从窗口伸出头来大声喊道:

"巴什卡!你这贱货,干这种事情,你会掉脑袋的!你等着吧!"

母亲打了个寒噤,停下脚步。这喊叫声,引起了她极大的愤慨。她朝残废人浮肿、肥胖的脸瞪了一眼。残废人骂骂咧咧,把头缩了回去。于是母亲加快脚步,赶上了儿子,她紧跟着,尽力不落在后面。

巴维尔和安德烈好像什么也没有看见,沿途人们的喊叫声,似乎也没有听见。他们镇定自若、从容不迫地走着。忽然,米洛诺夫叫住了他们;他是个质朴敦厚的上了年纪的人,生活上一向规矩清白,因此受到大家的敬重。

"达尼洛·伊凡诺维奇,您今天也不去上工啦?"巴维尔问。

"我家女人马上要生孩子了!再说,这日子又不太平!"米洛诺夫解释说,一面仔细打量着伙伴们,然后低声问:

"小伙子们,听说你们今天要跟厂长捣乱,要打碎他的玻璃窗?"

"您当我们都喝醉了吗?"巴维尔大声反问道。

"我们不过是打着旗在街上走走,还唱唱歌!"霍霍尔说。"您听听我们的歌吧,歌里说的就是我们的信仰!"

"你们的信仰我知道!"米洛诺夫沉思地说。"我看过传单了!哟,是尼洛夫娜!"他惊叫了一声,他聪慧的眼睛含着笑意望着母亲。"连你也出来造反啦?"

"入土前,哪怕跟真理一起走走也好哇!"

"嘿,你真行!"米洛诺夫说,"看来,人家说得一点不差,厂里的禁书是你带进去的!"

"这是谁说的?"巴维尔问。

"有人这么说呗!好,再见吧,你们可要稳重一点!"

母亲轻声笑了,关于她的这种传闻,她听了心里很高兴。巴维尔笑着对母亲说:

"你也要坐牢的,妈妈!"

太阳渐渐升高,春天清爽宜人的空气充满了阳光的温暖,浮云慢慢地飘拂,云影渐渐淡薄,透明。云影轻轻掠过街道和房屋上空,笼罩在人们身上,仿佛在为工人区扫除,擦拭墙壁和屋顶上的泥土和尘埃,拂去人们脸上的愁容。街上渐渐热闹起来,人声更加高昂,盖过了远处的机器响声。

不安的和凶狠的、沉思的和愉快的话语从四面八方——从窗子里,从院子里,时而缓慢,时而迅速地传到母亲的耳朵里。但现在母亲很想和他们争辩,向他们致谢,对他们说明,她很想投身到今天这格外丰富多彩的生活中去。

在街角后的一条狭窄的巷子里,聚集了一百多人。从人丛中间可以听到维索夫希科夫的声音。

"他们像榨浆果一样榨我们的血!"他笨嘴拙舌地说着,话音在人们头上传开去。

"说得对!"几个人马上一齐大声喊道。

"这小子很卖力气!"霍霍尔说。"好,我去帮帮他的忙!……"

巴维尔还没来得及拦住他,他已经弓着瘦长而灵活的身子,像螺旋钻插进瓶塞似的,钻进了人群,接着传来了他的悦耳的声音。

"同志们!有人说,地上有各种各样的民族,什么犹太人和德国人,英国人和鞑靼人,可我不相信!其实只有两种人,两种不可调和的人——富人和穷人!人们穿不同的衣服,说不同的话,但是只要仔细看看,有钱的法国人、德国人、英国人,是怎么对待劳动人民的,就可以看出,他们所有人,对工人来说,都是杀人不眨眼的强盗,他们都该被骨头卡死!"

人群里有人笑了起来。

"我们再从另一面看看吧——我们可以看到,法兰西、鞑靼、土耳其的工人,和我们俄罗斯工人同样过着猪狗般的生活!"

从街上来的人渐渐增多,大家都伸长脖颈,踮起脚,一个接一个默不作声地挤进小巷子。

安德烈把声音提得更高。

"在外国,工人已经理解了这个简单的真理,所以在今天,在五月一日这个光辉的日子里……"

"警察!"有人喊了一声。

四个骑警,挥着鞭子,从大街上朝巷子里的人群直奔而来,嘴里喊道:

"散开!"

人们皱着眉头,不乐意地给马让路。有些人爬到围墙上。

"猪儿骑在马背上,神气十足乱哼哼,冒充将军耍威风!"有人挑逗着大声嚷道。

只剩下霍霍尔一个人站在小巷中间,两匹马摇摆着头,向他冲来。他闪到一旁,就在这时,母亲抓住他的一只手,拉着他走,一边埋怨说:

"说好了和巴沙一起,可你又一个人干这种冒险的事!"

"我不对!"霍霍尔笑着说。

尼洛夫娜感到心慌意乱,四肢无力。这种感觉在她内心升起,使她头晕目眩,悲哀和欢乐在心中奇怪地交替出现。她一心希望吃午饭的汽笛早些拉响。

他们来到广场,向教堂走去。在教堂四周和围墙里,已经挤满了人,有的站着,有的坐着,这里有五百来个兴高采烈的青年和孩子。人群在晃动,人们不安地抬起了头,向远处和四面张望,焦急地等待着。可以感到一种激昂的情绪。有些人的眼神有点惊慌失措,有的人表面上显出无所畏惧的样子。妇女们压低嗓门在喁喁私语。男人们不屑一顾地扭头避开她们,不时可以听见低声的咒骂。含有敌意的低沉的喧闹声,笼罩着这五颜六色的人群。

"米坚卡!"一个女人声音颤抖地轻轻说道。"当心你自己……"

"别缠着我!"一个响亮的声音回答说。

西佐夫用庄重的声调镇定而又令人信服地说:

"不,我们不应扔下年轻人不管!他们比我们更聪明,也更有胆量。是谁在'沼地戈比'事件中出了力?是他们!这应该记住。他们因为这件事坐了牢,可得到好处的是大家!……"

汽笛吼叫了,它凶恶的声音吞没了人声。人群骚动了一阵,坐着的人站了起来,一瞬间,大家屏息静气,凝神等待着,许多人的脸变得煞白。

"同志们!"巴维尔用响亮有力的声音喊道。母亲的眼睛模糊了,像被烫了似的感到干涩疼痛,她的身体突然变得坚强有力,敏捷地一下站到儿子身后。大家都朝巴维尔转过身去,就像铁屑被磁石吸住了似的聚拢在他周围。

母亲望着他的脸,只看见他那双自豪、勇敢、炽热的眼睛……

"同志们!我们决定公开宣告,我们是怎样的人!今天,我们要举起我们的旗帜,举起理性、真理和自由的旗帜!"

一根白色的长旗杆在空中一闪,便倾倒下来,分开人群,隐没在人丛中间。过了片刻,一面工人的大旗,像红色的鸟儿,突然飞扬在翘首仰望的人们上空。

巴维尔一只手往上举起——旗杆摇晃了几下,倾斜了下来,这时,十来只手,其中也有母亲的手,抓住了光滑的白色旗杆。

"工人万岁!"他高声呼喊。

几百个人也应声随他高呼了一句。

"同志们,我们的党,我们精神的源泉,社会民主工党万岁!"

人群沸腾起来,了解这旗帜意义的人,在人丛中挤到旗帜下面。马津,萨莫伊洛夫和古谢夫兄弟站到巴维尔身旁,尼古拉低着头,推开人们挤了过来,还有些母亲不认得的、眼睛熠熠闪亮的年轻人,也推挤着母亲……

"全世界工人万岁!"巴维尔又高呼一声。接着成千的人发出震撼心灵的呼喊,齐声响应,这声音变得越来越有力而又欢快。

母亲抓住尼古拉和另外一个人的手,眼泪哽塞着咽喉,但她没有哭,她两腿发抖,嘴唇颤动着说:

"亲人们……"

尼古拉的麻脸上眉开眼笑。他望着旗子,向旗伸过手去,嘴里呜呜噜噜说着什么,然后蓦地用这只手搂住了母亲的脖子,吻了吻她,笑了起来。

"同志们!"霍霍尔亲切悦耳地说道,他柔和的声音盖住了人群的喧哗声。"现在,我们为新的上帝,为光明和真理的上帝,为理性和善良的上帝,开始神圣的进军!我们离目标还很远,但离荆冠①却很近!谁不相信真理的力量,谁就不会有誓死捍卫真理的勇气,谁不相信自己,谁害怕受苦受难,就请离开我们!我们号召相信我们必胜的所有人跟我们走;而看不见我们目标的人,就不必跟我们一起走!等待他们的只能是痛苦。同志们!站好队!自由人民的节日万岁!五一节万岁!"

人群聚拢得更紧密了。巴维尔把旗一挥,红旗在空中招展,飘舞着向前移动,在阳光照耀下,鲜艳的红旗仿佛绽开了笑容……

  我们要抛弃旧世界……

费佳·马津声音嘹亮地唱了起来。接着,几十个人的声音,汇成一股从容有力的声浪应和着他。

---

① 据《圣经》记载,耶稣被钉在十字架上时,行刑的士兵给他穿上大红袍,用荆棘编作冠冕戴在他的头上,将他戏弄一番。此处意谓随时有受到沙俄政府的迫害和牺牲性命的可能。

我们要与旧世界彻底决裂！……

　　母亲满心欢喜地含着微笑，走在马津后面，越过他的头，望着儿子和红旗。在她周围，闪动着喜气洋洋的面孔和各种颜色的眼睛。她的儿子和安德烈走在人群的最前面。她听得见他们的声音——安德烈柔和圆润的声音和儿子宽厚低沉的声音和谐地交融在一起。

　　起来，行动起来，工人们，
　　起来，起来斗争，饥饿的人们①！……

　　人们迎着红旗跑来，嘴里喊着什么，与人群汇合，转身跟着人群一起前进，他们的喊声淹没在歌声里，——这支歌，在家里唱时，比唱别的歌声音要低，可是今天，却流畅、奔放而又气势磅礴地在街道上空荡漾。这支歌唱出了钢铁般的英勇气概，号召人们踏上通向未来的遥远征途，并如实地指明了征途上的艰难险阻。在这支歌的伟大、永恒的火焰里，昔日痛苦的黑渣和各种因袭陈旧的感情的重压熔化了，对新事物的可恨的恐惧心理，也化为灰烬……

　　一个又惊又喜的面孔，在母亲身边晃动，同时，有一个颤抖的、呜咽的声音喊道：

　　"米加！你到哪儿去？"

　　母亲没有停下脚步，边走边说：

　　"让他去吧！您不必担心！过去我也很害怕，现在我儿子走在最前面。打旗的那个，就是我的儿子！"

　　"一群暴徒！你们到哪儿去？有军队在那儿！"

　　接着，那个说话的瘦长女人忽然用瘦骨伶仃的手抓住母亲的手，

---

① 《工人马赛曲》中第一段歌词。

赞赏道：

"亲爱的，他们唱得多好！米加也在唱……"

"您不必担心！"母亲喃喃地说。"这是神圣的事情……您想想，如果人们不为基督去赴死，那也就根本不会有基督了！"

她的头脑里突然产生了这个思想，它所包含的明白而简单的真理使她自己感到惊讶。她望了望紧紧抓住她手的女人，惊奇地微笑着重复了一遍：

"如果人们不为基督去赴死，那也就根本不会有基督了！"

西佐夫走到了她的身旁，跟着歌曲的节拍挥动着帽子，说道：

"大妈，开始公开活动了，是吗？有人编了一支歌。这是多么好的歌啊，是吗？"

> 皇上的军队要士兵，
> 你们就得把儿子送①……

"他们什么都不怕！"西佐夫说。"我的儿子已经进坟墓了……"

母亲由于心脏跳得过于激烈，已渐渐落后了。人们很快把她推到一旁，挤到围墙边上。密集的人群像波浪似的，在她身边摇荡着徐徐流过，人数很多，这使母亲非常高兴。

> 起来！行动起来，工人们！……

仿佛有个巨大的铜喇叭在空中吹奏，它吹奏着，唤醒着人们，使一些人胸中充满准备战斗的激情，使另一些人感到模糊的喜悦，预感到新事物即将到来，产生强烈的好奇；在这儿，激起隐隐的不安与希望，在那儿，使多年郁积的强烈愤怒得以发泄。所有人都注视着前面摇曳

---

① 《工人马赛曲》中第三段歌词，与原歌词稍有出入。

飘扬着的红旗。

"前进!"有人异常兴奋地喊道。"兄弟们,太好了!"

看来,有人感到了一种不能用普通语言来表达的重大变迁,所以狠狠地咒骂起来。但是,那种憎恨,那种奴隶的阴暗而盲目的憎恨,就像被阳光照射而受惊的蛇,在凶狠的语言中蜿蜒爬动,发出咝咝的声音。

"邪教徒!"有人从窗子里伸出拳头威胁着,声嘶力竭地喊道。

另一个刺耳的尖叫声,厌烦地在母亲的耳旁回响:

"反起皇帝陛下,反起沙皇陛下来啦?要暴动啊?"

一张张异常激动的面孔在母亲眼前闪过,男男女女连跳带窜地从她身边跑过,这时被歌声吸引的黑压压的人群,像惊涛骇浪似的向前奔流而去。这歌声用气势磅礴的音响,冲垮了前面的一切,扫清了道路。母亲遥望着远处的红旗,她虽然看不见儿子,却好像看见了她儿子的面孔,他古铜色的前额,燃烧着信仰的明亮火焰的眼睛。

她终于落在人群的后面,落在那些早已预料到这种场面的结局的人中间,这些人不慌不忙地走着,怀着无动于衷的看热闹的好奇心,冷漠地观望着前面。他们一边走,一边确信地低声说:

"一个连在学校附近,还有一个连,在工厂旁边……"

"省长来了……"

"真的吗?"

"我亲眼看见的,确实来了!"

有个人高兴地骂了一声,说道:

"他们到底还是怕我们了!又派军队,又来省长。"

"亲人们啊!"母亲的心在跳。

她周围的谈话,听来死气沉沉,冷语冰人。她加快脚步,以便离开这些人,他们缓慢而懒散地走着,母亲轻而易举地赶过了他们。

突然,队伍的前面好像碰上了什么,但人群并没有停下,只是向后晃动了一下,发出一阵不安的轻微骚动,歌声也震颤了一下,接着,更急速更洪亮地响了起来。但歌声像浪潮一样,又慢慢低落,向后滚去。人们的声音一个个退出合唱。只有个别几个人提高嗓门唱着,竭力想使歌声回到原来的高度,并继续保持下去:

起来,行动起来,工人们!
去和敌人搏斗,饥饿的工人们!……

但是,在这呼唤声中,已失去了共同一致的信心,流露出惶恐不安的情绪。

母亲什么也看不见,也不知道前面究竟发生了什么事。她推开人群,匆匆向前挤去,但人们却迎面向她退来。有些人低着头、皱着双眉,有些人露出窘迫的微笑,还有些人嘲弄地打着唿哨。她忧虑地细细观察着他们的脸,她的眼睛在默默地向他们询问,请求,呼唤……

"同志们!"传来了巴维尔的声音。"士兵和我们都是一样的人,他们不会打我们的。为什么要打我们?是因为我们传播大家所需要的真理吗?要知道,他们也正需要这种真理。眼下他们还不懂得这一点,但是,他们会和我们站在一起的,他们会在我们自由的旗帜下,而不是在掠夺和屠杀的旗帜下前进的,这样的时刻已为期不远了!为了使他们早日理解我们的真理,我们必须前进。前进吧,弟兄们!永远前进!"

巴维尔的声音斩钉截铁、铿锵有力,字字清晰明了,在空中回响。但是游行的队伍渐渐散乱起来,人们纷纷向左右两旁的房子跑去,紧靠围墙站着。现在队伍成了楔子的形状,巴维尔站在楔子的顶端,劳动大众火红的旗帜在他头上飘扬。人群又像一只黑鸟,张大翅膀保持着警惕,随时准备起飞翱翔,巴维尔是这鸟的嘴……

二十八

母亲看见,在街道的尽头,一排分不清面目的一模一样的人,像一堵灰色的墙壁,挡住了通往广场的道路。在他们每个人的肩上,刺刀锐利的刀刃闪着寒光。一阵冷气,从这堵默然不动的墙壁向工人们袭来。这股冷气吹透母亲的胸膛,钻进了她的心。

母亲挤进人群,挤到前面,在那儿的旗帜下,站着她熟悉的人们,他们和她不熟识的人紧紧连在一起,仿佛靠着那些人似的。她侧身紧靠着一个身材很高、剃着光头的工人身上。这人是个独眼,为了看看她,他猛地扭转头来。

"你怎么啦?你是谁?……"他问。

"巴维尔·弗拉索夫的母亲!"她回答说,觉得小腿在哆嗦,下唇不由自主地耷拉着。

"噢!"独眼人说。

"同志们!"巴维尔说。"永远向前进——我们没有第二条路!"

四周非常寂静,可以听见任何细微的声响。旗子高高举了起来,摇晃了一下,沉思着在人们的头上飘动,平稳地向士兵组成的灰墙前进。母亲颤抖了一下,闭上眼睛,惊叫了一声,——只有巴维尔·安德烈、萨莫伊洛夫和马津四个人离开人群向前走去。

费佳·马津嘹亮的声音,缓缓地在空中荡漾开来。

你们牺牲了……

他唱了起来。

在殊死的……斗争中……①

人们用浑厚低沉的声音,像发出两声深沉的叹息,跟着唱了起来。人们向前迈了一大步,发出一阵杂沓的脚步声。人们唱起了这支充满坚

---

① "你们牺牲了……在殊死的……斗争中……"是一支革命葬礼进行曲的歌词,阿·阿尔汉格尔斯克作词。

毅决断的新歌。

为了人民,你们献出了一切……

费佳的歌声,像一条明亮的丝带,在空中回旋飘荡。

为了自由……

同志们齐声唱着。

"嘿嘿!"有人在一旁幸灾乐祸地叫喊。"唱起哀歌来了,狗崽子!"

"揍他!"有人愤怒地喊道。

母亲两手抓住胸口,向周围望了望,看到刚才挤满街道的人群,都踌躇地站着,迟疑不决地望着打旗的人们。离开人群前去跟在他们后面的,只有几十个人,每走一步,总有人向旁边躲开,就好像街道中间的路烧红了,灼烫了他们的脚。

专制即将垮台……

费佳嘴里唱的这歌发出了预言……

人民就要起来!……

响遏行云的合唱坚定而威严地跟着唱道。

但是透过这整齐的歌声,可以听见轻轻的说话声:

"要下命令了……"

"端枪!……"前面发出了一声尖厉的叫喊。

一排刺刀在空中一划,晃了一下,倒下来,向前伸直,迎着旗子露出狡黠的笑容。

"齐步走……"

"他们出动了!"独眼人说,两手塞进口袋里,向路旁跨了一大步。

母亲眼睛一眨不眨地望着。士兵像灰色的波浪一起一伏,横着排满整个街道,他们胸前端着刺刀,酷似一把银光闪闪的钢齿梳子,步伐整齐,冷酷无情地向前走来。母亲跨着大步,走到离儿子更近的地方,同时看见安德烈也一步跨到巴维尔前面,用自己高大的身体遮住他。

"并排走,同志!"巴维尔厉声喊道。

安德烈唱着歌,反背着两手,高高地昂起头。巴维尔用肩撞了他一下,又喊道:

"并排走,你没有这种权利! 走在前面的应当是旗子!"

"解——散!"一个矮小的军官,挥舞着明晃晃的军刀,尖声喊道。他的腿抬得又高又直,雄赳赳地用靴底使劲跺着地。他那双擦得锃亮的长靴使母亲感到刺眼。

在这个军官旁边稍后的地方,吃力地走着一个身材高大、剃着光头、留着厚厚的白色唇髭的人,他穿着红里子的灰大衣,下身穿着缀有黄镶条的宽筒军裤。他也像霍霍尔那样反背着手,高高扬起浓密的白眉毛,望着巴维尔。

母亲看见的远远超出这些,她胸中憋着一股想要大声呼喊的闷气,这呼喊随着每一次呼吸都可能从喉咙中迸发出来。她感到窒息,但是她用两手抓住胸口,克制着不喊出来。人们把她推来挤去,她跌跌撞撞,神情恍惚,几乎是无意识地向前走着。她觉得身后的人越来越少,寒气袭人的巨浪向他们迎面滚滚而来,把他们冲散。

护着红旗的人们和紧密排成一横列的灰色士兵渐渐接近,已经可以看清士兵的面孔。这些面孔异常难看,像压得扁扁的一条土黄的窄带子,横贯在整条街上。在这条窄带上,高低不齐地缀着各种颜色的眼睛,在它前面,刺刀的尖刃,冷酷地闪着寒光。刺刀对准人们胸口,还没有碰着他们,已经把他们一个个剔出队伍,使人群四分五裂地溃散了。

母亲听见背后逃跑的脚步声。不断有人用压低的声音惊惶地叫喊：

"散开,伙计们……"

"弗拉索夫,快跑!……"

"回来,巴夫卢沙!"

"把旗扔掉,巴维尔!"维索夫希科夫忧戚地说。"给我,我藏起来!"

他一手抓住旗杆,旗子向后晃了一下。

"放手!"巴维尔喊了一声。

尼古拉好像被烫了似的立即把手缩回。歌声消失了,人们停住脚步,紧紧地围着巴维尔。但他排开了人群,向前走去。突然,出现一阵沉默,它自天而降,无踪无影,好似透明的薄云笼罩着人们。

旗帜下,至多不过二十人,但他们却是坚定不移地站着,母亲为他们担忧,并有一种要对他们说些什么的模糊愿望,这使她情不自禁地向他们走去。

"把他们手里的东西夺下来,中尉!"传来了高个子老头的平稳的声音。

他伸出一只手,指着旗子。

那个矮小的军官跑到巴维尔跟前,用手抓住旗杆,尖声喊道：

"放下!"

"手拿开!"巴维尔大声回答。

鲜艳的红旗忽而倾向左边,忽而倾向右边,在空中来回摇晃了一阵,然后又笔直竖了起来,军官跟跄着倒退了几步,一屁股坐到地上。尼古拉伸直胳膊,紧握拳头,从母亲面前一晃而过,快得异乎寻常。

"把他们抓起来!"老头把脚往地上一跺,大吼一声。

几个士兵向前奔来。其中一个挥了一下枪托,旗子晃了晃便倒下来,消失在一群灰色的士兵中间。

"哎呀!"有人悲伤地喊了一声。

母亲发出了像野兽般的怒号。可是,回答她的是从士兵队伍里传来的巴维尔清楚的声音。

"再见了!妈妈!再见了!亲爱的……"

"他活着!他想着我呢!"母亲的心震动了两下。

"再见了,我的大妈!"安德烈喊道。

母亲踮起脚,挥着双手,竭力想看见他们。在士兵们的头顶上方,她看见了安德烈的圆脸——他的脸微笑着,在向母亲致意。

"我的亲人……安德留沙!……巴沙!"她叫喊着。

"再见了,同志们!"他们在士兵队伍里叫喊着。

回答他们的是许多次断断续续的回声。这回声从窗子里,从天空上面,从屋顶上传来。

二十九

有人在母亲胸口推了一下。透过发花的眼睛,她看见面前那个矮个子军官。他的面孔通红,绷得紧紧的,对母亲喊道:

"滚开,老婆子!"

母亲从上到下地打量了他一番,看见在他脚下横着折成两段的旗杆,有一截上还剩有一块红布。她弯腰把它捡了起来。军官从她手里把旗杆夺去,往旁边一扔,跺着脚大声喝道:

"叫你滚开!"

在士兵中间,忽然响起了一阵歌声。

起来,行动起来,工人们……

周围的一切在旋转、摇晃、跳动。空中笼罩着一片低沉、惊慌的喧闹声,很像电线发出的模糊的嗡嗡声。军官急忙跑过去,气急败坏地尖叫道:

"不准他们唱,克拉伊诺夫司务长!……"

母亲摇摇晃晃地走到被军官扔掉的半截旗杆旁边,又把它捡了起来。

"堵住他们的嘴!……"

歌声变得混乱,高高低低,断断续续,最后听不见了。有人抓住母亲的肩膀,把她的身体转过去,在她背上推了一下……

"走,走……"

"把街上的人统统赶走!"军官叫嚷道。

母亲看见在离自己十来步的地方,又有一堆密集的人群。他们在怒吼、抱怨、打着唿哨,慢慢地向街道远处退去,躲进了人家院子里。

"走,鬼东西!"一个蓄着浓密胡子的年轻士兵走到母亲身边,对着她的耳朵大喊一声,把她推到人行道上。

她拄着旗杆走着,两腿发软,为了不至倒下,她另一只手扶着墙壁或栅栏。在她前面,人群在后退,她的旁边和身后,士兵们一面走,一面叫喊:

"走,走……"

士兵们经过母亲身旁,朝前跑去,她停下脚步,向四面看了看。在街道尽头,也有一队士兵稀疏地排成一行,挡住广场的入口。广场上空无人迹。再往前,也有一些灰色的人影在晃动,慢慢地向人群进逼……

她想向后转过身去,可是不知不觉地又朝前走去,走到一条小巷,便拐了进去,这是一条窄小无人的巷子。

她又停下来,吃力地喘了口气,侧耳谛听着。在前面什么地方,有人群的喧哗声。

她拄着旗杆,一步一步地往前走,忽然她出了一身汗,眉毛耸动着,嘴唇在蠕动,来回摆动着一只手,她心里,有些话像火花似的迸发着,千言万语充塞着胸膛,使母亲燃起执拗、强烈的愿望,要把这些话说出来,喊出来……

小巷向左转了个陡弯,母亲拐过弯后,看见密集着一大堆人;不知是谁有力地高声说道:

"弟兄们,要是闹着玩,他们是不会往刺刀上碰的!"

"他们真是好样的,是不?冲着他们来了,他们纹丝不动地站着。弟兄们,他们面不改色地站着……"

"真没想到,巴沙·弗拉索夫就是那样!……"

"还有霍霍尔呢!"

"他反背着手,还笑呢,这鬼东西……"

"亲爱的人们!"母亲挤进人群,喊道。人们满怀敬意地给她让开道。有人笑了:

"看,拿着旗!手里还拿着旗!"

"别说了!"另一个人严厉地说。

母亲宽宽地摊开两手……

"看在基督面上,你们听我说,你们大家都是亲人……你们大家都是好心人……你们大胆看看吧,发生了什么事?我们的孩子们,我们的亲骨肉,在世界上为寻求真理而奔波……为了大家!为了你们大家,为了你们的孩子,他们给自己选择了一条通向十字架的道路……他们在寻求光明的日子。他们希望建立充满真理和正义的另一种生活……他们希望大家都能幸福。"

她感到心在剧烈跳动,胸口憋闷,喉咙里干燥而又火辣辣的。她内心深处,不断涌现出无限热爱一切事物和所有人的热情洋溢的话,这些话使她的舌头抑制不住,她越说越有力,越说越流畅自如。

她看见,大家都默不作声地听着;她感到,大家都紧紧地围着她,在思索。她心里产生了一个愿望,——现在对她已经是十分明确的愿望:想推动人们去跟着她的儿子、跟着安德烈、跟着一切被士兵带走、现在处境孤单的人们前进。

她望着周围那些愁眉不展、神情专注的面孔,用一种温柔而有力的声音继续说下去:

"我们的孩子们在世界上向着快乐的生活前进,他们是为了大家,为了基督的真理,去反对那些恶毒、欺诈、贪婪的家伙用来愚弄、束缚和扼杀我们的一切东西!我的亲人们,要知道,我们年轻的亲骨肉是为了全体人民而起来干的,他们是为了全世界,为了全体工人而出来干的!……你们不要离开他们,不要抛弃他们,不要把自己的孩子丢弃在荒凉的路上。你们可怜可怜自己吧!相信儿子们的信仰吧!他们传播真理,为真理而牺牲。相信他们吧!"

她的声音嘶哑了,浑身无力,身体摇晃了一下,有人及时扶住了她的胳膊……

"她讲的是大实话!"有人嗓子喑哑地激动喊道。"是大实话,善良的人们!听她讲吧!"

另一个人怜惜地说:

"唉,看她多伤心!"

有人用责备的口吻反驳那人:

"她不是伤心,她是在骂我们这些傻瓜,你要知道!"

人群头上响起了一个高亢、战栗的声音:

"同胞们!我的米加是个诚实清白的人,——他干了什么呢?他就是跟着伙伴们,跟着要好的同伴们去游行……这位老太太说得对,我们为什么扔下我们的孩子?他们对我们干过什么不好的事吗?"

母亲听了这番话,身体颤抖起来,她默默地流着眼泪,作为回答。

"回家去吧,尼洛夫娜!回去吧!他大妈!你受苦了!"西佐夫很响地说。

他的脸色苍白,胡须也零乱了,还不住地抖动。忽然,他皱紧眉头,用严峻的目光扫了大家一眼,挺直了身子,一字一句清晰地说:

"我的儿子马特维,在工厂里压死了,这你们都知道。假如他现在活着,我一定亲自叫他和同伴们一起去,和那些人一起。我一定说:'你也去吧,马特维!去吧,这是正义的,这是光荣的!'"

他忽然停下,沉默了。大家都阴郁地沉默着,被一种巨大的、清新

的、不再害怕的感情紧紧地笼罩着。西佐夫举起手来,在空中挥动着,继续说:

"这是老年人的话,你们是知道我的!我在这儿干了三十九年,我在这个世上已经活了五十三年!我的侄儿是个聪明老实的孩子,今天又被抓去了!他也和巴维尔一起走在前头,就站在旗子旁边……"

他挥了挥手,缩着身子,握住母亲的手,说:

"这个妇女说的是实话。我们的孩子希望过合乎正义、合乎理智的生活,可我们却扔下他们,都跑了,是啊!尼洛夫娜,回去吧……"

"你们都是我的亲人!"她用泪汪汪的眼睛看看大家,说道。"生活是为了孩子们,世界是孩子们的!……"

"回去吧!尼洛夫娜!给你,拿着这棍子。"西佐夫说着把半截旗杆递给母亲。

大家用忧郁和尊敬的眼光瞧着母亲,在一片同情声中,送她回去。西佐夫默默地把人们排开,大家一声不响地给母亲让路。一股莫名的力量吸引他们跟着母亲,驱使他们在她身后慢慢走着,一边低声简短地交谈几句。

到了家门口,母亲转过身来,拄着那半截旗杆,向大家鞠躬,感激地低声说道:

"谢谢你们!"

她又记起了自己的想法,一种她感到是在自己心里诞生的新想法,便说道:

"如果人们不为我主耶稣基督的荣耀而赴死,那就不会存在我主耶稣基督了……"

人们默默地望着她。

她再一次向人们鞠躬,然后走进门去,西佐夫低下头,跟着她走了进去。

人们站在门口,谈论着什么。

随后大家便陆续慢慢散去。

第 二 部

一

这一天剩下的时间,是在令人眼花缭乱的迷雾似的回忆中和身心所深深感到的极度疲劳中过去的。在母亲眼前,那个矮小的军官像一个灰色的斑点在跳动,巴维尔古铜色的脸精神焕发,安德烈的眼睛含着微笑。

她在房间里走来走去,一会儿在窗前坐下,望着街上,一会儿扬起眉毛,战栗着,又走动起来,她四处张望,神情恍惚地在寻找什么。她喝了水,但不解渴,也不能浇灭心中隐隐灼痛的悲伤和屈辱。这一天被分割成两半,开始很有内容,而现在,什么也没有了。在她面前展现的是一片凄凉的空虚和不断出现的一个令人困扰的问题。

"现在怎么办?……"

科尔苏诺娃来了。她两手比画着,扯着嗓门说话,一会儿哭,一会儿高兴,不时地跺着脚,她又出主意,又许愿,甚至还威胁什么人,可是,这些都打动不了母亲的心。

"哼!"她听见玛丽亚刺耳的尖声叫嚷,"到底把大家惹火了!工厂起来了,整个厂都起来了!"

"嗯!嗯!"母亲摇着头,低声说。但是她的眼睛却呆呆地盯着已经不再存在的东西,盯着随安德烈和巴维尔一起离她而去的东西。她哭不出来,因为心已经紧缩、干枯,觉得口干舌燥。她两手发抖,背上的皮肤也不住地轻微颤抖着。

晚上,来了几个宪兵。母亲见到他们,并不觉得奇怪和害怕。他们闹哄哄地走了进来,流露出一种兴高采烈、得意扬扬的神情。黄脸军官龇着牙说:

"我说,您近来过得怎么样呀?我们这是第三次见面了,是不是?"

母亲没有理睬,只是用发干的舌头舔着嘴唇。军官带着教训的口吻滔滔不绝地讲着,母亲觉得,他这样讲,是因为他乐意说话。他的话,母亲没有听进去,也不妨碍她。直到他说:"老大娘,如果你没有教会你的儿子尊敬上帝和沙皇,那只能怨你自己……"母亲站在门口,对他看也不看,这时才低声回答说:

"嗯,孩子们是我们的审判官。我们听任他们在这样的道路上走,对这一点他们会做出公正的判决的!"

"什么?"军官大声嚷道。"说大声点!"

"我说孩子是审判官!"她叹着气,重复了一遍。

军官气急败坏地不知说了些什么。可是他的话,只是一阵耳旁风,并没有使母亲生气。

玛丽亚·科尔苏诺娃也是见证人之一。她站在母亲旁边,可是没有看母亲,每当军官问她什么的时候,她总是急忙向军官深深地鞠躬,用同一句话回答:

"我不知道,大人!我是个没读过书的女人,只会做小生意,笨得很,什么都不知道……"

"好,住嘴!"军官胡子一翘一翘地喝令道。她一面鞠躬,一面悄悄地对他做了个轻蔑的手势①,用耳语般的声音对母亲说:

"哼,想得到美!"

军官令她搜查弗拉索娃的身上。她眨着眼睛瞪着军官,吃惊地说:

"大人,干这样的事我可不会!"

军官把脚一顿,大声嚷了起来。玛丽亚只好垂下眼睛,低声求母亲说:

"没办法,解开衣服吧,佩拉格娅·尼洛夫娜……"

她摸索着搜查母亲的上衣,脸涨得通红,低声说:

"唉,真是一群狗东西,是吧?"

"你在说些什么?"军官朝她正在搜身的角落望了望,厉声嚷道。

---

① 手握拳头,将拇指从食指与中指间伸出来,是一种表示嘲弄或轻蔑的手势。

"我说的是女人家的事,大人!"玛丽亚战战兢兢地含糊说了一句。

后来军官命令母亲在记录上签字,她用不习惯写字的手,在纸上写了几个大号黑体印刷体字:

"工人的寡妻佩拉格娅·弗拉索娃。"

"你写了些什么?为什么要这样写?"军官厌恶地皱着脸大声喊道,随后又冷笑着说:"都是些野蛮人!……"

他们走了。母亲两手叠放在胸口,站在窗前,高高耸起眉毛,眼睛一眨不眨,茫然地久久望着前面。她紧闭嘴唇,用力咬紧牙关,不一会儿就连牙也咬疼了。灯里的煤油已经点完,灯火发出哔剌的响声,快要熄灭。母亲吹灭灯,站在黑暗中。她胸中无限惆怅,如堕五里雾中,心好像也搁浅了。她站了许久,两腿疲乏,双眼昏花。她听见玛丽亚在窗下站住了,用醉醺醺的声音喊道:

"佩拉格娅!你睡了吗?我不幸的苦命人,睡吧!"

母亲和衣躺到床上,好像跌入深渊一般,很快就进入了可怕的梦境。

她梦见沼地后面通往城里的路旁,有一座黄灿灿的沙丘。巴维尔站在沙丘边的陡坡上,下面是人们取沙的沙坑,他用安德烈的声音平稳、洪亮地唱着:

　　起来,行动起来,工人们!……

她顺着路走过沙丘。用手遮在额上,望着儿子。在蔚蓝天空的背景上,儿子的身影轮廓清晰、分明。她不好意思到儿子跟前去,因为她怀孕了。她手里还抱着一个婴儿,继续向前走去。孩子们在野外玩球,球是红色的。手上的婴儿探着身想到孩子们那儿去,大声哭了起来。她让婴儿含着乳头,又转身往回走去。可是,沙丘上已站着士兵,用刺刀对着她。她急忙朝耸立在田野中央的教堂跑过去。教堂是白色的、轻飘飘的,仿佛用云朵砌成,高入云霄。那里好像在为谁举行葬

礼,黑色的棺材很大,棺盖封得很严密。神父和助祭们穿着白色法衣在教堂里走动,嘴里唱着:

基督死而复活了……

助祭摇炉散香,向她点头微笑。他的头发鲜红,脸上神情愉快,很像萨莫伊洛夫。从教堂拱顶上面射下如毛巾那样宽的一道道阳光,两旁唱诗席里的歌童们低声唱着:

基督死而复活了……

"把他们抓起来!"神父在教堂中央站住,忽然大喊一声。他身上的法衣不见了,脸上出现了威风的灰白唇髭。大家撒腿就跑,助祭也把香炉往旁边一扔,两手抱住头跑了,跟霍霍尔一模一样。母亲手里的婴儿掉在地上,掉在人们的脚边,他们绕开婴儿从一旁跑过,胆战心惊地回头看看他裸露的小身体。母亲跪在地上,对他们喊道:

"不要扔下孩子!把他抱起来……"

基督死而复活了……

霍霍尔反背着手,笑嘻嘻地唱着。

母亲弯下腰抱起婴儿,放在一辆运板子的大车上,尼古拉在车旁慢慢地走着,哈哈大笑着说:

"他们给我派了繁重的工作……"

街上潮湿泥泞,人们从窗口伸出头来,打着唿哨,叫喊着,挥着手。天气晴朗,阳光灿烂,没有一点阴影。

"唱吧!大妈!"霍霍尔说,"生活就是这样!"

霍霍尔唱着,他的歌声压倒了一切声音。母亲走在他身后,她突然一脚踩空,刹那间跌进了一个无底深渊,这深渊迎着她发出可怕的呼啸声……

她惊醒了,浑身发抖。好像什么人的一只沉重粗大的手抓住她的心,凶狠地揉着,慢慢地挤压。催人上工的汽笛一个劲儿地鸣响,她断定这已经是第二遍汽笛声了。房间里书籍、衣服满地狼藉,一切都挪动了,翻乱了,地也踩脏了。

她起床后,脸也不洗,祷告也没做,就收拾房间。在厨房里,她一眼就看见那截挂着一块红布的旗杆。她气恼地抓起旗杆,想把它塞到炉子下面,但她叹了口气,从旗杆上摘下剩下的红旗碎布片,仔细折叠好,藏在衣袋里,在膝头上折断旗杆,丢在炉台上。然后用冷水擦洗玻璃窗和地板,点着茶炊,穿好外衣。当她在厨房窗前坐下的时候,又想起了那个问题:

"现在究竟怎么办?"

她记起还没有做祷告,便站起来在圣像前站了片刻,又重新坐下,心里觉得非常空虚。

四周异常寂静,好像昨天在街上那样尽情呼喊的人们,今天都躲在家里,默默思考着那不平凡的一天。

忽然,她回忆起年轻时有一次曾看见过的一幅情景:在扎乌萨伊洛夫老爷家古老的花园里,有一个长满睡莲的大池塘。一个阴沉的秋日,她走过池边,看见池塘中间有一只小船。池水黑黝黝的,非常平静,水面上凄凉地点缀着黄叶,小船好像粘在黑色的水上。这只孤零零的无人无桨的小船,一动不动地停在晦暗无光的水面上,四周净是枯叶,令人感到无限的悲哀和莫名的忧伤。母亲那时在池边站了好久,心里想着,是谁将这小船从池边推开的呢,为什么要推开呢?那天晚上才知道,扎乌萨伊洛夫家管家的妻子,一个满头乱蓬蓬的黑发、步履轻快的矮小女人,在这个池塘里投水自尽了。

母亲用手摸了摸脸,昨天的印象一幕幕不安地开始在她脑际浮现。她陷入了回忆之中,呆呆地望着已经凉了的茶,坐了许久。她心里热切地盼望能遇见一个聪明纯朴的人,向他请教许多事情。

好像为了满足她的愿望似的,午饭后,尼古拉·伊凡诺维奇来了。可是,母亲一看到他,却又突然惊慌不安起来。她没有回答他的问候,便低声说:

"哎呀,我的好兄弟,您不该到这儿来!这样太大意了!被人看见了,会把您抓去的……"

他紧紧地握着母亲的手,扶了扶眼镜,将脸凑近母亲,急急忙忙地对母亲解释说:

"您要知道,我跟巴维尔和安德烈已经讲好,如果他们被抓去,第二天我就接您到城里去住!"他亲切而又担心地说。"您这儿搜查过了吗?"

"搜查过了。全都翻遍摸到了。那些人一点羞耻和良心都没有!"她大声说。

"他们要羞耻有什么用?"尼古拉耸了耸肩膀,说。接着便谈到,她为什么有必要搬进城去住。

母亲听着尼古拉亲切关怀的声音,脸上带着淡淡的微笑望着他;她并没有听懂他讲的理由,只为自己竟对这人抱有亲切的信任感而觉得惊诧。

"如果这是巴沙的意思,"她说,"而且也不妨碍您的话……"

他打断她的话说:

"这您可以不必担心。我只有一个人,只有我姐姐偶尔来一趟。"

"可是我不愿意白吃饭,"她把心里想的话说了出来。

"只要您愿意,会找到事情干的!"尼古拉说。

对她说来,事情这概念已经和她儿子、安德烈以及其他同志们所做的工作的概念不可分割地融在一起。她向尼古拉走近一步,看了看他的眼睛,问道:

"能找到吗?"

"我这个独身汉的家务事不多……"

"我说的不是这个,不是家务!"她低声说。

她伤心地叹了口气,他竟不能理解她,这刺伤了她的心。尼古拉站起身来,他近视的眼睛含着微笑,沉思地说:

"对了,要是您见到巴维尔,您想法子问问他,那些需要报纸的农民的地址……"

"我知道!"她高兴地叫了起来。"我可以找到他们,只要您吩咐,我一切都能办到。谁会想到,我身上带着查禁的书报呢?我还带到工厂里去过,感谢上帝!"

她突然想要背起口袋,手拿棍子,沿着大路,经过森林和村庄,到一个什么地方去。

"亲爱的,您就让我做这件事吧,我求您!"她说,"为你们我哪儿都可以去。走遍各省,什么路我都可以找到!我可以像一个朝圣的女人,不分冬夏地走,一直到死——我这样做难道有什么不好吗?"

她仿佛看到自己成了一个无家可归的朝圣的女人,站在农舍的窗下,以基督的名义挨家请求施舍,这时,她感到一阵悲伤。

尼古拉小心地握住母亲的手,用自己温暖的手抚摩了几下。然后,他看看表,说:

"这事以后再谈吧!"

"亲爱的!"她喊道。"孩子是我们最宝贵的,是我们的亲骨肉,他们能献出自由和生命,毫不犹豫地去牺牲,我做母亲的,又该怎么做呢?"

尼古拉的脸色变得煞白,他亲切而又关怀地望着母亲,低声说:

"您知道,我还是第一次听到这样的话,……"

"我能说什么呢?"她悲伤地摇着头说,无可奈何地摊开双手。"要是我能够把做母亲的心意表达出来……"

她站起身来,一股升腾的力量冲击着她,愤怒的语言像汹涌的热潮,使她的头脑非常兴奋。

"许多人听了都会哭的……哪怕是狠心的人,没良心的人……"

尼古拉也站了起来,又看了看表。

"就这样决定了,您搬进城到我那儿去,好吗?"

她默默地点了点头。

"什么时候搬?您快点去吧!"他要求说,又温和地补充了一句:"说真的,不然我会为您担心的!"

母亲惊奇地看了他一眼,他跟她有什么关系?他低下头,不好意思地微笑着,站在她前面,——驼背,近视,穿着普通的黑上衣,他身上的一切和他的为人很不相称……

"您有钱吗?"他垂下眼睛问。

"没有!"

他马上从口袋里拿出钱包,打开后递给母亲。

"给,请拿吧……"

母亲不由笑了笑,摇着头说:

"一切都按新的方式!连钱也不值钱了。有人为了钱连自己的灵魂也可以不要,可您把钱看得很淡。您带着钱好像是专门为了施舍给别人的……"

尼古拉轻轻地笑了。

"钱是非常不好、非常讨厌的东西!无论是拿钱还是给钱,总是让人觉得不好意思……"

他抓住母亲的手紧紧地握了一握,再一次要求说:

"您就快点来吧!"

他说完后就像平常一样悄悄地走了。

母亲送走他后,心里想道:

"这样好的人,却不怜悯……"

她也不清楚,这使她不愉快呢,还只是使她惊奇?

二

尼古拉来探望后的第四天,母亲收拾好行装出发到他家去了。当大车载着她的两只箱子离开工人区开到田野的时候,她回过头去,突然感到,她要永远离开这个地方了;在这地方,她度过了自己一生中痛苦黑暗的时期,开始了充满新的忧喜悲欢,光阴飞逝的另一个生活时期。

　　工厂像一只巨大的暗红色蜘蛛,伸开脚爪趴在被煤烟熏黑的土地上,它的一根根烟囱高耸入云。工人们的一片小平房紧挨着工厂,低矮的灰色小屋鳞次栉比地挤在沼地的边上。那些阴暗的小窗,悲戚地互相望着。和工厂同样颜色的教堂耸立在这些小屋上空,它的钟楼比工厂的烟囱稍低一些。

　　母亲叹了口气,松了松勒紧喉咙的衣领。

　　"驾!"赶大车的人用缰绳不时拍打着马,嘴里低声吆喝着。他是个罗圈腿,看不出有多大年纪,褪色的须发长得很稀疏,目光无神。他左右摇晃着身体,走在大车旁边。显然,无论往哪儿走——向右还是向左,他都无所谓。

　　"驾!"他有气无力地喊着。脚上穿着沾满泥巴的笨重的长筒靴,两条罗圈腿一拐一扭地走着,十分可笑。母亲朝四周环顾了一下。田野和她的心里一样空寂……

　　马沮丧地摆动着头,四条腿在被太阳晒热的厚厚的沙土里吃力地走着,发出轻轻的簌簌声。破旧的大车好久没有上油,吱扭吱扭响个不停。这一切声音和扬起的尘埃一起留在马车后面……

　　尼古拉·伊凡诺维奇住在城厢一条荒凉的街上,他住的是一排小小的绿色厢房,与一幢古老臃肿、光线昏暗的二层楼房相连。厢房前面,有个草木繁茂的庭园,紫丁香和槐树的枝条,小杨树银白色的叶子,亲切地窥视着这套住宅三个房间的窗户。房间里幽静整洁,一片斑斑驳驳的影子在地板上无声地摇摆着。沿墙摆着几排书架,上面放满了各种书籍。墙上挂着一些神情严肃的人物画像。

　　"您在这儿住好吗?"尼古拉把母亲领进一间小房间,问道。这间屋子的一扇窗子对着庭园,另一扇窗子朝着野草丛生的院子。房间的四壁也摆满了书橱和书架。

"我最好还是住在厨房吧!"她说,"厨房里又亮堂,又干净……"

母亲觉得,尼古拉不知怎么像吃了一惊似的。他很过意不去,十分为难地劝阻了她一番。当母亲答应后,他马上变得高兴起来。

这三个房间里的气氛也不同一般,令人感到非常轻松舒畅,但说话时却不由地要压低声音,不愿提高嗓门,以免妨碍墙上那些凝神专注的人们安详宁静的沉思。

"花该浇水了!"母亲摸摸窗台上花盆里的泥土,说。

"对,对!"主人不好意思地说。"您要知道,我喜欢花,可没有时间为它操劳……"

母亲仔细观察着他,发现他在自己舒适安逸的住宅里,一举一动也非常小心,他对周围的一切格格不入而又疏远。他看东西的时候,总是把脸凑得很近,用右手细长的指头扶正眼镜,眯缝着眼,带着默默疑问的神情盯着他感兴趣的东西。有时候用手把东西拿到眼前,细细地察看,好像他和母亲一起初来乍到,走进这间屋子,和她一样,对这里的一切都感到陌生和不惯。母亲看到他这样,她在这所房子里感到的不安心情立即消失了。母亲跟在尼古拉身后,注意着各样东西放置的地方,询问他生活起居的习惯,他用抱歉的语调回答着母亲,好像他明知什么也做得不对,可又无能为力。

母亲浇完花,把乱放在钢琴上的乐谱整整齐齐地摆成一摞,看了看茶炊,说:

"该擦一下了……"

尼古拉用指头在暗淡无光的铜茶炊上摸了一下,把手指举到眼前,认真地瞧了瞧。母亲和蔼地笑了。

她上床睡觉时,想起了过去的一天,她惊奇地从枕头上稍稍抬起头来,向四处张望。这是她有生以来第一次住在别人家里,而且并不觉得拘束。她关怀地想着尼古拉,她心里产生一种愿望,想尽可能地把他照顾好,给他的生活带来亲切和温暖。尼古拉那种笨手笨脚举止可笑的样子,他对一切习惯势力的格格不入,以及他明亮的眼睛里流露出聪慧的稚气,都引起她的同情。接着,她的思想突然转到儿子身上,在她面前又展现出笼罩着新的声响、受到新思想鼓舞的五月一日!这天的痛苦,和这一天本身一样,非同寻常。这种痛苦并没有使人一头栽到地上,像挨了令人头晕目眩的一闷拳,而像万箭钻心,激起心中无言的愤怒,使人把压弯的脊背再挺直起来。

"孩子们在世界上行动起来了!"她想道,倾听着城市夜生活中各种陌生的声音。这些从远处传来的隐约可闻的懒洋洋的声音,伴随着庭园里簌簌的树叶声,飘进敞开的窗子,悄悄地在房间里消失。

第二天清早,她擦净茶炊,烧好开水。轻手轻脚地准备好餐具,然后坐在厨房里等待尼古拉醒来。随着一阵咳嗽声,尼古拉一手拿着眼镜,一手捂着喉咙,走了进来。母亲回答了他的问候,把茶炊端到房间里,尼古拉开始漱洗,溅得满地是水,把肥皂、牙刷也弄掉在地上,对自己很不满意。

喝茶的时候,尼古拉对母亲说:

"我在地方自治局①里做的工作真叫人非常难受,我天天看着我们的农民们是怎样破产的……"

他歉疚地微笑着继续说:

"人们忍饥挨饿,虚弱到了极点,不到时候就进了坟墓,孩子们生下来就很瘦弱,像秋天的苍蝇一样大批地死去。这一切我们都知道,也知道不幸的原因,我们领着薪水,整天只研究这些原因。可往下呢,老实说,什么结果也不会有……"

"您是干什么的,是大学生?"母亲问他。

"不,我是教师。我父亲是维亚特卡一家工厂的经理,我却当了教师,由于我在乡下把书散发给农民,就被抓去坐牢了。出狱后,当了书店的店员,因为办事不谨慎,又被送进监狱,后来,流放到阿尔汉格尔

---

① 是十九世纪六十年代成立的所谓自治机构,代表地主利益从事经济事务方面的谘议活动。

斯克。在那儿，又和省长发生冲突，就把我流放到了白海沿岸的一个偏僻的小乡村，在那里待了五年。"

在这充满阳光的明亮的房间里，他的声音听来平心静气，从容不迫。母亲已经听到过许多类似的经历，但是她总不能理解，为什么人们能这样平静地叙述这样的遭遇，把它们看成是一种不能避免的事。

"今天我的姐姐要来！"他说。

"出嫁了吗？"

"是个寡妇。她的丈夫流放到西伯利亚，后来从那里逃了出来，两年前在国外生肺病死了。"

"她比您大多少？"

"比我大六岁。我许多事情都多亏有了她的帮助。您可以听听，她的钢琴弹得多好！这是她的钢琴……这儿的东西多半是她的。我的东西就是书……"

"她住在哪儿？"

"到处都是她的家！"他微笑着答道。"什么地方需要勇敢的人，她就在什么地方。"

"也是干这种工作的？"母亲问。

"当然！"他说。

不一会儿，他去上班了，而母亲开始思考这些人坚持不懈、沉着镇静地日复一日所进行的"这种工作"。她感到他们有如黑夜里一座高山屹立在自己的面前。

快到中午时分，来了一个穿着黑色连衣裙，身材修长苗条的太太。母亲开门让她进来，她把一个黄色的小箱子扔在地上，立即握住母亲的手，问：

"您是巴维尔·米哈伊洛维奇的母亲吗？"

"是的，"母亲看着她身上华贵的衣服，困惑地回答说。

"我想象中您就是这个样子！我弟弟来信说，您要住在他这儿！"这位太太说着在镜子前面脱下帽子。"我和巴维尔·米哈伊洛维奇是老朋友,他常常对我谈起您。"

她的声音有些暗哑,说话慢条斯理,可是她的动作却敏捷有力。一双灰色的大眼睛笑眯眯的,显得年轻、开朗,可是眼角旁爬满了细细的鱼尾纹。小小的耳朵上方已经出现银发白丝。

"我想吃点东西!"她说。"现在要是喝上一杯咖啡就好了……"

"我马上就煮,"母亲应声说着,从橱里拿出煮咖啡的用具,并低声问:"巴沙真的常谈起我?"

"谈了很多……"

她取出一个小皮烟盒,点燃一支香烟,在房间里边走边问:

"您非常为他担心吧?"

母亲望着咖啡壶下的蓝色火苗在颤动,脸上带着微笑。由于心里充满了喜悦,她在这位太太面前的拘束感也消失了。

"我的好孩子,他还那样常常提起我啊!"她心里这样想,嘴里却慢慢地说:"当然,不好受,要是在以前,那更受不了啦,现在我知道,不止他一个人……"

她瞧着那妇女的脸,问道:

"您叫什么名字?"

"索菲娅!"她答道。

母亲用敏锐的目光打量着她。这个女人有点粗犷豪放,过于随便和急躁。

她很快地喝着咖啡,很果断地说:

"主要的是,不能让他们长期关在牢里,要使他们的案子尽早判决,只要一流放,我们就立刻设法让巴维尔·米哈伊洛维奇逃走,他是这儿不可缺少的人。"

母亲将信将疑地看了看索菲娅。索菲娅东张西望,看什么地方可以扔烟头,最后把它塞进花盆的泥土里。

"这样花会弄坏的,"母亲不由地脱口而出。

"对不起!"索菲娅说。"尼古拉也总是这样对我说。"她从花盆里取出烟蒂,扔到窗外。

母亲局促不安地瞧了瞧她的脸,抱歉地说:

"请您原谅我!我这是随口说出来的,没有好好考虑过。我怎么能说您呢!"

"既然我这样随便,为什么不能说我呢?"索菲娅耸了一耸肩膀,说。"咖啡煮好了?[①] 谢谢!为什么只有一只杯子?您不喝?"

忽然她把两手搭在母亲的肩膀上,把她拉到自己身边,看着她,惊奇地问:

"难道您还客气?"

母亲笑着说:

"刚才我不是连烟头的事都跟您说了吗?可您还问我是不是客气!"

母亲并不掩饰自己奇怪的心情,好像探询似的说:

"我昨天刚到你们这儿来,就像在自己家里一样随便,一点也不陌生,想说什么就说……"

"就应该这样!"索菲娅扬声说道。

"我有点晕头转向了,我好像连自己也不认识了。"母亲继续说。"以前,对一个人要观察来观察去,才跟他说心里话,现在呢,总是爽爽快快的,过去连想也不敢想的,现在冲口就说出来了……"

索菲娅又点了一支烟,她那双灰色的眼睛亲切地默默瞅着母亲的脸。

"您是说要设法让巴沙逃走吗?可是,他成了一个逃亡者,以后怎么生活呢?"母亲提出了这个使她不安的问题。

"这不成问题!"索菲娅说着给自己倒了些咖啡。"就像其他许多逃亡者一样生活……我刚接送了一个人,他也是个非常重要的人,要流放五年,可是在流放地只待了三个半月……"

[①] 原文如此。

母亲凝神注视了她一会儿，笑了笑，摇着头低声说：

"不，看来五一节那天把我弄糊涂了！我觉得有点不自在，好像同时走着两条路：有时好像什么都懂，可忽然又像掉在云雾里。就说眼前，像你这样的太太也干这种工作……您还认识巴沙，又那样看重他，非常感谢您……"

"要感谢您才对呢！"索菲娅笑了。

"我有什么可谢的？这又不是我教他的！"母亲叹了口气说。索菲娅把烟蒂放在自己的茶碟上，摇了摇头，一缕缕浓密的金发披散在背上。

"好，现在我该把这一身豪华的衣服脱下来了……"

说完这句话，她就走了。

三

傍晚，尼古拉回来了。他们一起吃饭。在饭桌上，索菲娅不时微笑着讲她怎样去迎接和掩护一个从流放地逃出来的人，怎样担心会遇到密探，并把所有人都当成是密探，以及那个逃亡者的举止是多么可笑。她的口气使母亲觉得，好像一个工人很好地完成了一件困难的工作，非常得意地在夸耀。

这时索菲娅穿了一件宽大的银灰色的薄连衣裙。她穿着这件衣服，显得更高了，眼睛似乎变成深灰色，动作也文静些了。

"索菲娅！"尼古拉吃完饭说："你还得干一件工作。你知道，我们给农民办起了报纸，可是由于最近几次搜捕，和那儿的人失去了联系。现在只有佩拉格娅·尼洛夫娜能够告诉我们，怎样找到负责在农村散发报纸的人，你和她一起到那儿去一趟，需要快一点去。"

"好！"索菲娅抽着烟说。"佩拉格娅·尼洛夫娜，我们就去好吗？"

"好吧，咱们一起去……"

"远吗？"

"大约有八十俄里……"

"好极了！现在我要弹一会儿钢琴。佩拉格娅·尼洛夫娜！稍微来一点音乐不会妨碍您吗？"

"您用不着问我，只当这儿没有我这个人好了！"母亲说着坐到沙发的一端。她看出，他们姐弟俩好像不再注意她，可是与此同时，她总是不知不觉地被他们吸引，不由自主地参加他们的谈话。

"尼古拉，一会儿你听一听！这是格里格①的曲子，我今天带来的。……你把窗子关上。"

她翻开乐谱，左手轻轻地弹着键盘。琴弦发出洪亮、浑厚的声音。接着，好像深深地叹息了一声，又出现了一段华丽的旋律。从她的右手下响起了一阵清亮的高音，琴弦异常明快的飘浮摇曳的声音，像一群受惊的鸟儿，在阴沉的低音烘托下，拍着翅膀，上下翱翔。

开始这琴声并没有打动母亲的心。她在这钢琴奏出的曲调中，只听到一片杂乱无章的音响。她的耳朵听不出由无数音符组成的复杂的玎琮声中的旋律。她只是睡意蒙眬地时而望着盘腿坐在宽大沙发另一端的尼古拉，时而注视着索菲娅端庄的侧影和她一头浓密的金发。阳光起初温暖地照在索菲娅的头上和肩上，然后移到键盘上，抚弄着她的手，在她的手指下闪闪发光。琴声不断地充满着整个房间，不知不觉地唤醒了母亲的心。

在母亲面前，不知怎么从往昔暗无天日的洞穴中，浮出了一件早已忘却了的屈辱的往事，可是现在它又历历在目，令人痛苦。

有一次，她死去的丈夫深夜回来，喝得醉醺醺，一把抓住她的手，把她拖下床来，朝她的腰上踢了一脚，说：

"滚出去！贱货！老子讨厌你了！"

她恐怕挨打，慌忙抱起刚两岁的孩子，跪在地上，用孩子的身体像

---

① 格里格(1843—1907)，挪威作曲家，作品以钢琴抒情小品最受欢迎。

盾牌似的挡住自己。孩子温暖的身子赤裸着,他吓得在她手里哭闹。

"滚蛋!"米哈伊尔吼着。

她站起身来,跑进厨房,把一件上衣往肩上一披,用围巾裹住孩子,默默地、既不叫喊也不抱怨,身上只穿着一件衬裙和披在外面的上衣,光着脚跑到街上。那是五月天气,夜里寒意料峭。街上冰凉的尘土沾在脚上,塞满了脚趾缝。孩子还在哭闹,她解开衣服,把孩子贴身紧搂在怀里,吓得心惊肉跳,在街上走着,嘴里低声哼着:

"噢——噢——噢……噢——噢——噢!……"

天快亮了,她心里又恐惧又羞愧,生怕有人出来看见她半裸露的身体。她走到沼地附近,坐在一片密密的小白杨树下。就这样睁大眼睛呆呆地望着黑暗,在夜色的笼罩中坐了许久。她胆怯地哼着,摇着入睡了的孩子,抚慰着自己那颗蒙受屈辱的心……

"噢——噢——噢……噢——噢——噢……噢——噢——噢!……"

正当她坐在那儿的时候,有一只黑色的鸟儿静悄悄地从她头上掠过,向远处飞去,——母亲惊醒了它,它飞走了。她冷得直打哆嗦,怀着已经习惯了的、准备挨打和受辱的恐怖,走回家去……

钢琴洪亮的和音发出了冷漠无情的最后一声叹息,随即便寂然无声了。

索菲娅转过头来,低声问弟弟:

"你喜欢吗?"

"非常喜欢!"他像从梦中惊醒过来,全身震颤了一下,说。"非常喜欢……"

往事像回声一样还在母亲心里鸣响震荡。可是不知从什么地方忽然产生了另一种想法:

"你看,这些人和和气气、平平静静地生活着!……不吵架,不酗酒,也不为了一块面包争吵……和那些过着暗无天日的生活的人完全不一样……"

索菲娅抽着烟。她抽得很多,几乎不间断地抽着。

"这支曲子是科斯佳生前最喜欢的,"她说道,匆匆吸了口烟,又弹出了低回凄切的旋律。"以前我是多么喜欢给他弹琴。他对人十分关心体贴,富于同情,感情充沛……"

"她一定是在怀念她的丈夫,"母亲遽然间觉察到。"可是,她还带着微笑……"

"他给了我无限的幸福……"索菲娅轻声细语地说,一边用轻快的琴声为她的思绪伴奏。"他是多么懂得如何生活啊……"

"是啊!"尼古拉摸着胡须,说,"他的心地真好!……"

索菲娅把刚吸了几口的香烟随便一扔,回过头来问母亲说:

"我弹的噪音不妨碍您吧?"

母亲忍不住有点懊丧地回答:

"您不用问我,我什么也不懂。我坐着一边听,一边想自己的心事……"

"不,您应该懂得,"索菲娅说。"女人不会不懂音乐的,尤其是在她悲伤的时候……"

她刚劲有力地在键盘上敲击了一下,发出了一声响亮的呼喊,就像一个人听到了对他极为不幸的消息,这消息震动了他的心,使他喊出了这种令人惊心动魄的声音。一阵活泼清脆的声音好像吃惊似的颤抖起来,又惶惑地匆匆消失;接着又发出一声愤怒的高喊,淹没了一切音响。想必是发生了不幸的事情,可是它引起的不是哀怨,而是愤慨。随后仿佛来了一个亲切而又刚强的人,他唱起一曲朴实无华、委婉动听的歌,在劝说和召唤人们跟着他走。

母亲心里充满了希望,想要对他们说些美好的话。她陶醉在音乐里,脸上浮出了微笑,觉得自己还可以为他们姐弟俩做些有用的事。

她左顾右盼地看了一阵,——可做些什么呢?然后悄悄地走到厨房去准备茶炊。

可是母亲的这种愿望并没有因此消失。她倒着茶,好像要说些温暖亲切的话既抚慰自己的心，又能使他们姐弟俩同样分享这种抚爱，于是她不好意思地笑着说：

"我们这些生活穷苦的人，什么都能感觉到，可就是很难用话表达出来。懂是懂了，可是不会说，真惭愧。我们也常常因为这种惭愧而对自己有一些想法感到生气。生活从各个方面鞭答着你，你想要休息一下，可是思想却不让你安宁。"

尼古拉一边听，一边擦着眼镜，索菲娅圆睁着大眼睛，凝视着母亲，忘记去吸快要燃尽的香烟。她坐在钢琴前，侧身对着尼古拉，不时用她右手纤细的指头轻轻按着琴键。琴声悄悄地和母亲的话融汇在一起，母亲用出自肺腑的纯朴语言匆匆倾诉着自己的情愫。

"我现在好歹能说一些关于自己和别人的事了，因为我现在渐渐明白了，能够比较了。以前活着，没什么可比较的。在生活方面大家都一样。现在，我看到别人的生活，想起自己过去的生活，就非常痛苦、难受！"

她压低声音继续说：

"也许，有些话我说得不对，也没有必要说，因为你们全都清楚……"

她的声音里带着呜咽，但眼睛里却含着微笑望着他们，说：

"我真想把所有的心里话都对你们说出来，好让你们知道，我是多么希望你们万事如意，生活幸福！"

"我们知道！"尼古拉低声说。

母亲感到还没有完全表达出自己的心愿，又对他们讲起在她看来是非常新鲜和无比重要的事情。她嘴角挂着惋惜的苦笑，平心静气地讲述着自己充满屈辱的生活和默默忍受的痛苦，讲到过去无数黯淡、悲惨的日子，列举着一次次被丈夫殴打的情景。如今想到这些被打的原因是那样微不足道，她感到吃惊，而对自己无法避免这种殴打，又觉得奇怪……

他们默不作声地听她讲着，被她平凡经历中的深刻意义所深深打动。别人把她看作牲口,而她长期以来也毫无怨言地默认自己是牲口。好像千万人的话都通过她的嘴说了出来;她的全部生活是平凡而又简单,可是——世界上千千万万人的生活,也同样平凡而简单,因此她的经历便具有象征的意义。尼古拉把两肘撑在桌上,手托着脑袋,身体一动不动,紧张地眯着眼睛,透过眼镜望着母亲的脸。索菲娅靠在椅背上,不时颤动一下,感到不可思议地摇摇头。她的脸变得更瘦削、更苍白了,她停止了吸烟。

"有一段时期我觉得自己是一个不幸的女人,好像,我的一生充满波折,饱经忧患。"索菲娅垂着头低声说。"那是我被流放的时候,住在一个小县城里,没有事情可做,除自己的事也没什么可想的。由于无事可做,我一一回忆起自己的全部不幸,并加以估量,这些不幸是:和我所热爱的父亲吵翻了,被学校开除并受到欺辱,坐牢,一个亲近的同志叛变,丈夫被捕,第二次入狱,流放,丈夫去世。那时候我以为,最不幸的女人就是我。可是,我的全部不幸,即使再加十倍,佩拉格娅·尼洛夫娜,还抵不上您一个月的生活中所遭受的痛苦……您是一年到头天天受着这种折磨!……人是哪儿来的力量忍受这种痛苦的呢?"

"慢慢就习惯了!"弗拉索娃叹了口气说。

"我从前以为,我是懂得生活的!"尼古拉沉思地说。"可是,当说明生活的不是书本,也不是我自己东鳞西爪的印象,而是身受者表述的生活本身,那就简直是骇人听闻!就连琐碎的小事,任何的细微末节都是可怕的,岁月正是由这样可怕的分分秒秒积累起来的……"

谈话在继续,不断深入,触及到悲惨生活的各个方面。母亲深深地陷入回忆中,从逝去的朦胧岁月追溯着每日所受到的屈辱,描绘出一幅充满无言的恐惧的悲惨画面,她的青春就是在这种无言的恐惧中流逝的。最后她说:

"噢,我讲得太多了,让你们听烦了吧,你们该休息了。这些事是讲不完的……"

姐弟俩默默地和她道别。母亲觉得,尼古拉鞠躬的时候身体比往

常弯得更低了,握手也更用力了。索菲娅把她送到房门口,站在门旁低声说:

"休息吧,祝您晚安!"

她的声音给人一种温暖的感觉,她灰色的眼睛温柔亲切地望着母亲的脸……

她抓起索菲娅的手,用两手紧紧地握着,回答说:

"谢谢您!……"

四

几天后,母亲和索菲娅穿着贫苦市民的衣服,来到尼古拉面前。她们穿的是破旧的布连衣裙和短外套,肩上背着背包,手里拿着拐杖。这身打扮使索菲娅显得矮了些,她苍白的面孔显得更加严峻。

尼古拉和姐姐告别的时候,紧紧地握了握她的手。在这时候,母亲又一次发现他们的关系朴实自然。这些人不亲吻,也不说亲热的话,可是彼此是那样真挚、关切。在她过去生活的地方,人们虽然时时亲吻,常常说亲热的话,可是他们又总像饿狗似的互相撕咬。

她们默默地走过城里的大街小巷,来到野外。两人并肩沿着两排老白桦树中间坑洼不平的宽阔大路走去。

"您不累吗?"母亲问索菲娅。

索菲娅像在夸耀小时候各种淘气的事情似的,高兴地向母亲讲起她的革命工作。她不得不常常冒名顶替,利用假证件或化装,为了躲避暗探的耳目,有时候把好几普特重的禁书运送到各个城市,帮助流放的同志逃跑,送他们到国外。她家里曾设立过秘密印刷所。宪兵发觉后,前来搜查,在他们到来前的一刹那她化装成使女,在家门口和这些"客人"相遇,然后脱身走掉。她外套也没有穿,头上披着一条薄薄的头巾,手里拿着盛煤油的铁罐,冒着隆冬凛冽的严寒从城市的一端走到另一端。另一次,她到一个陌生的城市去找熟人,当她已经走上通向这寓所的楼梯时,她发觉,这家住宅正在被搜查。要退回去已经迟了,于是她壮着胆子,按了住在她朋友楼下人家的电铃,她提着箱子走进毫不相识的人家,如实向他们说明了自己的处境。

"如果你们愿意,可以把我交出去,可是我想,你们不会这样做,"她深信不疑地说。

这家人吓得胆战心惊,一夜不曾入睡,时刻提防有人敲门。可是他们非但没有把她交给宪兵,第二天早上还和她一起嘲笑了那些宪兵。还有一次,她装扮成一个修女,和追踪她的暗探坐在同一节车厢里的同一排座位上。暗探还吹嘘自己的机敏,对她讲了如何干这种跟踪人的勾当。他满以为他所注意的女人一定是坐在这辆火车的二等车厢里,所以每到一站,他总得出去一趟,回来后,对她说:

"没有看见,一定是睡了。他们也会疲倦的,他们的生活和我们一样艰苦!"

母亲听了她的故事,笑了起来,用亲切的目光望着她。索菲娅身材修长、瘦骨嶙峋,她匀称的双腿迈着轻快而坚定的步子在路上走着。她的步态、谈吐,她那虽然有些嘶哑但却充满朝气的说话声调,以及她整个昂首挺胸的体态都表现出精神饱满、快活大胆。她用年轻人的眼光看待一切,她到处都能看到充满青春欢乐的、使她高兴的东西。

"您看,这松树多好!"索菲娅赞叹道,指着一棵树让母亲看。母亲停下来看了看,觉得这棵树并不比别的树高大和茂盛。

"是棵很好的树!"母亲微笑着说。她看见微风吹拂着索菲娅耳朵上面的缕缕白发。

"云雀!"索菲娅灰色的眼睛射出了温柔的光芒,她的身体仿佛要离开地面,迎着在晴空中不知从什么地方发出的音乐腾空飞去。她不时俯下柔软的身体采摘野花,用她纤细灵活的手指轻轻触摸并喜爱地抚弄抖动的花瓣。嘴里低声哼唱着优美动听的歌曲。

这一切使母亲的心和这个浅色眼睛的女人更加接近。母亲不由地紧靠着她,尽量和她走得步调一致。可是,在索菲娅的话里有时突

然冒出一些刺耳的词句,母亲觉得,这大可不必,还引起了母亲的顾虑:

"米哈伊洛·雷宾恐怕不会喜欢她?"

过了一会儿,索菲娅说的话又变得简朴热诚了,母亲含笑瞧着她的眼睛。

"您还这样年轻!"母亲叹了口气说。

"咳,我已经三十二岁了!"索菲娅大声说道。

弗拉索娃笑了笑。

"我指的不是年岁,看您的样子,不止这样的年纪,可是看了您的眼睛,听了您的声音,真叫人吃惊,好像您还是个年轻的姑娘!您的生活动荡不安,又艰苦又危险,可您的心总像在微笑……"

"我不觉得苦,同时我也不能想象,还有比这更好更有意义的生活……我以后就叫您尼洛夫娜吧,佩拉格娅对您不合适……"

"随您怎么叫吧!"母亲沉思着说。"您愿意怎么叫就怎么叫。我一直看着您,听您说话,并且在琢磨。我很高兴看到,您善于了解别人的心。在您面前,一个人可以把心里的一切毫不犹豫、毫无顾虑地都说出来,心会自然而然地向您敞开。我看,你们大家都一样,能战胜生活中的一切罪恶,一定能战胜!"

"我们一定能战胜,因为我们和工人群众站在一起!"索菲娅满怀信心地扬声说。"在工人群众中,蕴藏着无穷的力量,和他们在一起,一切都能做到! 只不过还必须唤起他们的觉悟,现在他们受到限制,不容他们觉悟……"

她的话在母亲心里唤起了复杂的感情——不知什么缘故,母亲对索菲娅产生了一种不会使人感到屈辱的既疼爱又可怜的心情,并且想从她嘴里听到一些别的、更普通的话。

"你们这样劳苦,谁来报偿你们呢?"她伤感地低声问。

母亲感到,索菲娅以一种似乎是自豪的口气回答说:

"我们已经得到报酬了! 我们找到了称心如意的生活,我们可以发挥自己的全部精神力量,此外还有什么奢望呢?"

母亲向她瞥了一眼,低下头来又暗自想道:"米哈伊洛恐怕不会喜欢她……"

她们尽情呼吸着芬芳的空气,并不匆忙,只是轻快地走着。母亲觉得,她好像是去朝圣。她想起童年和节日里跑到离村子很远的修道院去参拜显灵的圣像时那种欢欣的心情。

索菲娅有时用悦耳动听的声音轻轻唱着一些关于天空和爱情的新歌,或者突然朗诵一些赞美田野、森林和伏尔加河的诗句,母亲含笑听着,她在诗句音乐性的节奏感染下,不由地随着诗的韵律摆动着头。

她仿佛出现在夏天傍晚的一座古老的小花园里,心里感到温暖宁静,充满遐想。

五

第三天,她们来到了这个村子。母亲向一个正在地里干活的农民打听了木焦油工厂的地点。她们顺着一条陡峭的林间小径走下去,小径上一个个树墩好像阶梯似的,不一会儿她们来到了一块不大的圆形林中空地,地上到处是木炭和碎木片,遍地洒满了木焦油。

"总算到了!"母亲不安地环顾着四周说。

在用木杆和树枝搭起来的棚屋旁,雷宾浑身漆黑,衬衫敞开,露出胸膛,正和叶菲姆以及另外两个年轻小伙子坐在桌旁吃饭。桌子是用三块没有刨平的木板做成的,下面有几根埋在地里的木桩支着。雷宾第一个看见她们,用手挡在眼睛上,默默地等着。

"您好,米哈伊洛兄弟!"母亲老远就喊道。

他站起身来,不慌不忙地迎上去。当他认出是母亲,就站住了,脸上露出笑容,用黑手摸了一摸胡须。

"我们去朝圣,"母亲边走边说。"我心想,还是顺便来看望一下兄弟吧!这位是我的朋友。叫安娜……"

母亲对自己编的假话很得意,朝索菲娅严肃认真的面孔瞟了一眼。

"你好!"雷宾阴郁地微笑着和母亲握了握手,然后对索菲娅行了个礼,继续说:"不用说假话,这儿不是城里,不需要说假话!都是自己人……"

叶菲姆坐在桌旁,聚精会神地打量着这两个朝圣的女人,并对同伴们嘀嘀咕咕讲着什么。等她们走到桌前,他站起身来默默地弯腰行了个礼,可是他的同伴们依然一动不动地坐着,好像没有看见客人似的。

"我们这儿的生活像出家人一样,"雷宾轻轻地拍着弗拉索娃的肩膀说。"谁也不来,老板不在村里,老板娘进了医院,所以,我好像成了主管。请坐下吧。也许想吃点什么东西?叶菲姆!拿点牛奶来!"

叶菲姆不慌不忙地走进棚屋。两个朝圣的女人从肩上取下背包,一个瘦长的小伙子站起来,去帮助她们。另外一个头发蓬乱的矮胖小伙子,双肘撑在桌上,沉思地望着她们。不时摇摇头,低声哼唱着。

木焦油难闻的气味和腐烂的树叶臭味混杂在一起,熏得人头脑发晕。

"他叫雅科夫,"雷宾指着瘦长的小伙子说,"这个叫伊格纳季。我说,你儿子怎么样?"

"在牢里!"母亲叹口气说。

"又坐牢啦?"雷宾吃惊地喊道。"他喜欢起坐牢来了,不过……"

伊格纳季停下不唱了,雅科夫从母亲手里接过手杖,说:

"请坐!……"

"您怎么啦?请坐呀!"雷宾对索菲娅说。她默默地在一个木墩上坐下,一面仔细地打量着雷宾。

"什么时候抓去的?"雷宾问,在母亲对面坐下,他摇了摇头,高声说:"尼洛夫娜,您真是不幸!"

"没什么!"她说。

"怎么？习惯了吗？"

"不是什么习惯，而是看到不这样不行。"

"对！"雷宾说。"好，你谈谈经过吧……"

叶菲姆拿来了一罐牛奶，从桌上拿起了一个杯子，用水涮了涮，倒了牛奶，挪到索菲娅面前，一面注意地听着母亲说话。他走路干事非常小心，没有一点声音。母亲简单地说完后，大家沉默了一会儿，彼此谁也不看谁一眼。伊格纳季坐在桌旁，用指甲在桌板上划着花纹。叶菲姆站在雷宾后面，胳膊肘放在雷宾肩上。雅科夫靠在树上，两手叠放在胸前，低着头。索菲娅紧皱眉头打量着这些农民……

"是啊！"雷宾阴郁地拖长了声音说。"原来是这样，公开干了！……"

"在我们这儿要是也搞一次游行，"叶菲姆苦笑着说，"一定会被乡下人打个半死……"

"一定会被打个半死！"伊格纳季点点头，表示同意。"不，我要到工厂去做工，那儿要好些……"

"你说，巴维尔要受审判吗？"雷宾问。"那么，会判什么刑，你没有听说吗？"

"服苦役或者终身流放到西伯利亚……"母亲低声回答说。

三个小伙子一齐朝母亲望了望，雷宾却低下了头，慢慢问道：

"他想这么干的时候，知道他会遇到危险吗？"

"当然知道！"索菲娅高声地说。

大家都沉默不语，一动不动，好像被一个冰冷的思想冻僵了似的。

"是这样！"雷宾以严峻、郑重的口吻继续说。"我也想，他事先是知道的。没有经过深思熟虑，他是不会轻举妄动的，他是个严肃的人。我说，小伙子们，听见了吗？人家明明知道了要挨刺刀，要被判服苦役，可还是要去干。即使母亲躺在路上挡住他，他也会跨过去的。尼洛夫娜，他会跨过你的身子继续前进的吧？"

"会的！"母亲颤抖了一下说，她深深地叹了口气，朝周围看了看。

索菲娅默默地摸了摸她的手,皱着眉头,目不转睛地盯着雷宾看了一阵。

"这是真正的人!"他低声说,接着他乌黑的眼睛朝大家环视了一遍。六个人又沉默下来。阳光在天空光芒四射,像一条条金色的细丝带。有只乌鸦一个劲儿地在聒噪。母亲忆起五一节的情景,加上惦记儿子和安德烈,心里十分难受,茫然四顾。狭小的林中空地上,乱堆着木焦油桶和连根挖出的树墩。空地周围是一片茂密的橡树和白桦树,无形中从四面八方将这块空地围在里面,四周笼罩着一片寂静,树木凝然不动,温暖的阳光透过树木在地上投下斑驳的阴影。

忽然,雅科夫离开树干,朝旁边迈了一大步,站住后把头一甩,严厉地大声问:

"他们是要我和叶菲姆去反对这些人吗?"

"你以为是去反对谁呢?"雷宾郁悒地反问他。"他们要用我们的手去绞杀我们自己人,这就是他们要的把戏!"

"我还是要去当兵!"叶菲姆执拗地低声说。

"谁留你了?"伊格纳季高声说。"你去吧!"

他盯着叶菲姆,冷笑着说:

"不过你对我开枪的时候,要对准脑袋……不要弄得人不死不活,痛痛快快一枪打死。"

"这一套我早听说过了!"叶菲姆刺耳地喊了一声。

"等一等,小伙子们!"雷宾慢慢举起手,望着他们说。

"瞧,这是个了不起的女人!"他指着母亲说。"她儿子现在大概算完了……"

"你干吗提这个?"母亲忧郁地低声问。

"应该说!"他阴沉地答道。"决不能让你的头发无缘无故地变白了。你们看,这样就能把她吓倒了吗?尼洛夫娜,你带书来了吗?"

母亲瞧了瞧他,沉默了一会儿,回答说:

"带来了……"

"好!"雷宾用手掌在桌上一拍,说。"我一看见你,就立刻明白了,要不是为了这事,你何必到这儿来呢?大家看见了吗?儿子被捕了,母亲就来代替他!"

　　他凶狠狠地用手做着威胁的手势,嘴里恶声骂了一阵。

　　母亲被他的叫骂声吓了一跳,她看着他,发现米哈伊洛的脸变化很大。他瘦了,胡子变得参差不齐,络腮胡子下的颧骨突出。淡青色的眼白上布满红丝,好像他很久没有睡觉似的。鼻梁的软骨更显眼,鼻尖凶恶地向下弯着。红衬衣如今沾满了木焦油,领口敞开着,露出干瘪的锁骨和胸口浓黑的汗毛,整个体态比以前更阴森可怕。他黑黝黝的脸上充血的眼睛闪着冷酷无情的光芒,喷射出愤怒的火焰。索菲娅的脸色变得苍白,她一声不响,目不转睛地望着这些农民。伊格纳季眯起眼睛,微微摇晃着脑袋,雅科夫又站在棚屋旁,用乌黑的手指气乎乎地剥下木杆上的树皮。叶菲姆在母亲背后沿着桌旁慢慢地来回踱步。

　　"前几天,"雷宾继续说,"地方自治局的官长叫我去,对我说:'你这坏蛋跟神父讲了些什么?'我说:'为什么说我是坏蛋?我靠自己的气力换饭吃,从来没有干过对不起人的坏事。就是这样!'那家伙大喝一声,一拳朝我嘴巴打过来……还关了我三天三夜。好,你就这样跟老百姓说话,是吗?你这个恶魔,不会饶你的!如果不是我,别人也会替我报仇!你死了,也要向你的孩子报复,你记住好了!你用凶恶的铁爪抓开人民的胸膛,种下了仇恨!恶魔,饶不了你的!就是这样。"

　　他满腔的仇恨在沸腾,他说话的声音在颤抖,使母亲听了非常害怕。

　　"我对那神父说了些什么呢?"他稍稍平静下来,继续说。"有一天开过村会,他和一些农民们坐在街上,对他们说什么人和家畜一样,永远需要牧人!我就开玩笑说:'要是派狐狸做林务官,那树林里只会剩下许多羽毛,鸟儿就会绝迹!'那神父斜眼瞪了我一下,又讲起什么人应该忍受,要向上帝祈祷,求他赐给忍受的力量。可我说,人们祈祷得太多了,看来上帝没有工夫,所以不听了!他就盯着我,问我念哪些祷文?我回答说,我像所有老百姓一样,一辈子只念一个祷文:'上帝呀,请你教会我们替贵族老爷搬砖头,吃石头,吐木头吧!'他连话也不让我讲完。您是贵族吗?"雷宾突然打住话头,问索菲娅。

"为什么我是贵族呢?"索菲娅对这突如其来的问话吃了一惊,立刻对他反问道。

"为什么!"雷宾冷冷一笑。"这是命中注定的,您生下来就是这种命!就是这样!您以为一条布头巾就能掩盖住贵族的罪恶,使人们看不见了吗?神父哪怕是披着席子,我们也能认得出的。刚才您的胳膊肘碰到洒在桌上的水,您就抖了一下,皱起了眉头。您的脊背也很直,不像工人……"

母亲担心他说的这番话和令人难堪的声调、嘲讽的冷笑,会使索菲娅生气,连忙严厉地说:

"她是我的朋友,米哈伊洛·伊凡诺维奇,她是好人,——因为干这种工作连头发都白了;你不要太过分……"

雷宾沉重地叹了口气。

"难道我说了让人生气的话了吗?"

索菲娅望了他一眼,冷冷地问:

"您是有话要对我讲吗?"

"我吗?是的!最近这儿来了一个新伙伴,是雅科夫的堂兄弟,他生了肺病,可以叫他来吗?"

"这有什么,去叫吧!"索菲娅说。

雷宾眯起眼睛,瞟了她一眼,然后压低声音说:

"叶菲姆,你到他那儿去一趟,叫他晚上来,就是这样。"

叶菲姆戴上便帽,一声不响,对谁也不看一眼,不慌不忙地走进树林。雷宾朝他的背影摆了摆头,低声说:

"他很苦闷!轮到他去当兵了,——他,还有雅科夫。雅科夫干脆说:'我不能去。'他也不该去,可又想去……他想可以去鼓动士兵,我

203

认为,脑袋是撞不倒墙壁的……等他们拿起刺刀,也会跟着走的。是啊,他很烦恼!可伊格纳季还去刺疼他的心,这不应该!"

"决不能说不应该!"伊格纳季眼睛不看雷宾,阴沉着脸说,"到了那儿,他们给他一做工作,他就会跟其他士兵一样开枪……"

"不见得吧!"雷宾沉思地说。"不过,能够逃避兵役,那当然最好。俄罗斯这么大,到哪儿去找他?弄一张身份证,哪个村子都可以去……"

"我就这么办!"伊格纳季用一块木片在自己腿上慢慢敲着,说。"既然下决心要反抗,就坚决这样干下去!"

谈话中断了。蜜蜂和黄蜂忙忙碌碌地在飞舞,在寂静中发出嗡嗡的响声,使周围显得格外静谧。鸟儿啁啾着;远处传来一阵歌声,在田野里荡漾。雷宾沉默了一会儿说:

"好,我们该干活了……你们是不是休息一会儿?棚屋里有铺板。雅科夫!你去给她们拿些干树叶来……老妈妈,你把书给我吧……"

母亲和索菲娅解开背包。雷宾俯身看着背包,满意地说:

"带来的可真不少,你们真行!这工作您干了很久了吧,您叫什么名字?"他问索菲娅。

"安娜·伊凡诺夫娜!"她说。"干了十二年……怎么啦?"

"没什么。也许,还坐过牢?"

"坐过。"

"清楚了吧?"母亲带着责备的口吻低声说。"你刚才当她面还说了那样不客气的话……"

他沉默了一阵,手里接过一堆书,咧着嘴说:

"请您不要生我的气!农民和贵族老爷,好像焦油和水,很难和在一起……"

"我不是贵族,我是个普通人!"索菲娅和气地微笑着反驳他说。

"这也可能!"雷宾说。"据说狗似乎从前就是由狼变来的。我去把这些书藏好。"

伊格纳季和雅科夫走到他面前,伸出了手。

"给我们吧!"伊格纳季说。

"都是一样的吗?"雷宾问索菲娅。

"不一样。里面还有报纸……"

"是吗?"

他们三个人很快地走进了棚屋。

"农民等不及了!"母亲低声说道,用沉思的眼光看着他们走去。

"是啊,"索菲娅轻轻地应声说。"我从来没有看到过像他这样的脸,简直像个殉道者。我们也到里面去吧,我想看看他们……"

"他很不客气,您不要生他的气……"母亲低声请求说。

索菲娅笑了起来。

"您太好了,尼洛夫娜……"

她们走到门口的时候,伊格纳季抬起头来,只是匆匆朝她们瞥了一眼,他把手指伸进鬈发里,低头看着放在膝上的报纸。雷宾站着,把报纸放在从屋顶缝隙射下来的阳光下,翕动着嘴唇念着。雅科夫跪在地上,胸抵着床沿,也在看书。

母亲走到棚屋的角落里坐下。索菲娅搂着母亲的肩膀,默默地看着眼前的情景。

"米哈伊洛大叔!这儿写的是骂我们农民的话!"雅科夫头也不回地低声说。雷宾转过头,朝他看了看笑着说:

"那是出自好意!"

伊格纳季吸了口气,然后抬起头来,闭着眼睛说:

"这儿写着:'农民已经不被看作是人了。'当然,已经不是了!"

在他的单纯坦率的脸上,掠过了愤懑的阴影。

"哼,你要是落到我的地位,过一下我的生活。我倒要看看,你是不是个人,自以为聪明的家伙!"

"我得躺一下,"母亲悄悄地对索菲娅说。"还是有点累了,这儿的气味也熏得我头晕。您呢?"

"我不想睡。"

母亲在床板上伸直了身子,就打起盹来了。索菲娅坐在她旁边,一面看着他们读书。要是有黄蜂或是野蜂在母亲脸上飞来飞去,索菲娅就关切地把它们赶开。母亲眼睛半睁半闭望着这种情景,她很高兴,索菲娅这样关心她。

雷宾走到跟前,用浑厚的嗓子轻轻地说:

"她睡了?"

"嗯。"

他凝视着母亲的脸,沉默了一会儿,然后叹口气,低声说:

"她大概是第一个跟着儿子,走儿子道路的母亲,她是第一个!"

"不要打搅她,我们离开这儿吧!"索菲娅建议说。

"对了,我们也该干活了。真想再谈谈,只好等到晚上了!咱们走吧,小伙子们……"

他们三个人一齐走了,剩下索菲娅待在棚屋旁边。母亲心想着:

"好,总算顺利,谢天谢地!他们已经交上朋友了……"

她闻着森林和柏木焦油辛香的气味,安安静静地睡着了。

六

木焦油工人回来了,他们很高兴,因为下工了。

母亲被他们说话的声音吵醒,她打着呵欠,微笑着走出棚屋。

"你们都去干活了,我却像个太太,在睡大觉!"她说道,用慈祥的眼睛看看大家。

"人家不会见怪你的!"雷宾说。他的态度平静一些了,好像由于疲劳,他过分激昂的情绪也随之减弱了。

"伊格纳季,"他说。"弄点茶吧!我们这儿轮流烧火做饭……今天该轮到伊格纳季给我们弄吃的喝的!"

"今天我情愿让别人来做!"伊格纳季说。他开始捡一些生火的碎木片和树枝,同时在注意听大家说话。

"大家都对客人感兴趣,"叶菲姆在索菲娅旁边坐下说。

"我来帮你,伊格纳季!"雅科夫低声说着走进棚屋。他从屋里拿出一个大圆面包,把它切成几块,按座位分放在桌上。

"听!"叶菲姆低声喊道。"有人在咳嗽……"

雷宾仔细听了听,点点头说:

"不错,是他来了……"

他转身对着索菲娅解释说:

"证人马上就到了。我真想带他到各个城市去,叫他站在广场上,让老百姓听听他说的话。他讲的虽然老是那一套,可是应该让大家都听听……"

四周更加寂静,暮色渐渐变浓,人们的声音听起来比较柔和。索菲娅和母亲一直在观察这几个农民,他们走起路来都很缓慢、笨拙,好像异常小心,他们也在注意这两个女人。

这时,从林子里走出一个瘦长驼背的人。他牢牢地扶着拐杖,慢慢腾腾地走着,已经可以听见他嘶哑的喘息声。

"我来了!"他刚说完就咳了起来。

他穿着一件拖到脚跟的破旧长大衣。从揉皱的圆帽下,稀疏地垂着一缕缕淡黄色的直头发,瘦骨嶙峋的蜡黄脸上长着浅色的山羊胡子,嘴巴半张着,眼睛深陷,从黑眼窝里喷射出火热的光芒。

当雷宾介绍他和索菲娅认识的时候,他问她:

"我听说,您给我们带书来了?"

"是的。"

"我替百姓谢谢您!……现在百姓自己还不懂得真理……所以我这个懂得真理的人……代表他们来致谢。"

他呼吸急促,上气不接下气地一口口贪婪地吸着空气。他说话常常中断,两手骨瘦如柴、软弱无力,他的手指在胸前摸着,竭力想扣上大衣的钮扣。

"天这么晚,在树林里对您身体有害。这是阔叶树林,又潮湿又闷人。"索菲娅说。

"对我来说,已经没有什么有益的东西了!"他气喘吁吁地说,"只有死对我才有益处……"

他的声音使人听了很难受,他整个体态让人看了觉得可怜,但也枉然,因为明知自己爱莫能助,只能唤起一种莫可如何的惋惜之情。他坐到桶上的时候,小心翼翼地弯着膝盖,好像担心会把腿折断似的,然后擦了擦汗涔涔的额头。他的头发像枯草,毫无光泽。

篝火点燃了,周围的一切都颤动、摇晃起来。影子像被火烧疼了似的害怕地逃进林子里去了。伊格纳季两颊鼓鼓的圆脸在火光上闪了一下。火熄灭了。散出一股烟的气味。寂静和黑暗又笼罩在林中空地上,凝神静听病人喑哑的说话声音。

"可是,我对人民还是有用的,我可以做罪行的见证人……你们就看看我吧……我现在二十八岁,可是就要死了!十年前,我可以毫不费力地扛起十二普特①重的东西,一点不在乎!我想,像我这样的身体,可以活到七十岁,还一定很硬朗……可是刚过十年——就已经完了。老板们敲骨吸髓地压榨我,夺去了我四十年的寿命,四十年!"

"你听,这就是他说的老一套话!"雷宾闷声闷气地说。

篝火重又燃烧起来,比刚才烧得更旺更亮。人影一会儿往树林里窜,一会儿又蓦地回到篝火旁,怀着敌意默默无言地围着篝火婆娑起舞。火堆里的湿树枝发出吱吱的响声,如怨如诉。炽热的气浪使树叶不安地簌簌抖动,发出如同窃窃私语般的声音。欢快活泼的火舌在嬉戏、拥抱,红黄色的火苗向上飞蹿,撒下朵朵火花,燃烧着的树叶在飞舞,天上的星星也含着微笑在向火花招手。

"这不是我的老一套话,是千千万万人的心声,虽然他们还不懂得这对生活在苦难中的人民是多么有益的教训。有多少人被工作折磨

---

① 十二普特约合一百九十多公斤。

成了残废,无声无息地饿死……"他一阵咳嗽,弯着腰,全身在震颤。

雅科夫把一桶克瓦斯饮料放在桌上,又扔下一把绿油油的大葱,对病人说:

"去吃吧,萨韦利,我给你拿了些牛奶来……"

萨韦利推辞地摇摇头,可是雅科夫扶着他的腋窝,把他搀起来,领到桌子前。

"您听我说,"索菲娅带着责备的口吻低声对雷宾说,"您为什么把他叫到这儿来?他随时都可能死的……"

"是可能的!"雷宾也这样认为。"不过,暂时还是让他说吧。他为了一些毫无意义的事,把命都搭上了,现在为大家的事就让他再忍耐一下——不要紧的!就是这样。"

"您好像还挺欣赏似的!"索菲娅提高声音说。

雷宾瞅了她一眼,板着脸回答:

"只有贵族才欣赏基督在十字架上呻吟的情景。我们是向人学习,也希望您能学到一点东西……"

母亲担心地扬起眉毛,对他说:

"你呀,别说了吧!……"

病人坐在桌旁,又讲了起来:

"他们用繁重的劳动把人累死——为的是什么?我说,他们剥夺人的寿命,为的是什么?我们的老板,——我的这条命就是在涅费多夫的工厂里葬送,——我们的老板送了一套金的漱洗用具给一个歌女,连尿盆也是金的。这个尿盆里有我的力气、我的生命。你们看,我的生命就是为了这种东西白白送掉的。这个家伙要我干活,把我累死,为的是用我的血汗来换取他情妇的欢心,用我的血汗替她买金尿盆!"

"听说人是按照上帝的模样造的,"叶菲姆讪笑着说,"可又这样糟蹋他们……"

"不能再沉默了!"雷宾一拍桌子,高喊道。

"不能再忍受了！"雅科夫低声补充了一句。

伊格纳季只是苦笑了一声。

母亲发觉，三个年轻人都如饥似渴地注意听着，每当雷宾开口的时候，都用紧张期待的目光注视着他的脸。而萨韦利说话的时候，他们脸上却显出古怪的、明显的嘲笑神情。在这种神情中，感觉不出对病人有丝毫恻隐之心。

母亲朝索菲娅稍稍弯下身子，悄声问道：

"难道他说的都是真话？"

索菲娅大声回答说。

"对，是真的！送金器的事报上登过，这事发生在莫斯科……"

"而且那家伙没受到任何惩罚！"雷宾声音低沉地说。"应该判他死刑，把他押到老百姓面前，千刀万剐，拿他的臭肉喂狗。一旦人民起来，就要对他们处以极刑。为了洗刷自己所受的凌辱，人民要他们偿还大量鲜血。这些血，是人民的血，是从人民的血管里吸去的。人民是这些血的主人！"

"好冷啦！"病人说。

雅科夫扶他起来，挽他走到火跟前。

明亮的篝火在熊熊燃烧，模糊的人影惊奇地观望着欢快嬉戏的火焰，在篝火周围晃动。萨韦利在树墩上坐下，向篝火伸出干枯透明的手。雷宾朝他的方向摆了一下头，对索菲娅说：

"这比书里写的还要厉害！机器轧断了手或者轧死了一个工人，还可以怪他本人不好。可是吸干一个人的血，就把他当死了的牲口扔掉，这是无论如何说不过去的。不论怎样杀人，我都懂得，可是为了开心去折磨别人，我不能理解！为什么他们要折磨人，为什么要让我们大家受苦？就为了开心，为了高兴，为了在人世间寻欢作乐，为了用血可以买到一切——歌女、马、银餐刀、金盘碟、贵重的儿童玩具。你干活吧，你尽量多干，我呢，可以靠你的劳动发财，去买金尿盆送给情妇。"

母亲听着,看着,在她面前的一片黑暗中,像一条光带又闪现出巴维尔和他的同志们所走的道路。

晚饭后,大家围坐在篝火旁。他们前面,火焰熊熊燃烧着,急速地吞没木柴,他们后面,夜幕低垂,遮住了森林和天空。病人睁大眼睛望着火焰,不停地咳嗽,全身抖动着,好像他余下的生命竭力要抛开这个病得奄奄一息的躯体,急不可待地要冲出他的胸膛。火焰的反光在他脸上跳动,可是他的皮肤仍然像死人一样,毫无生气,只有他的眼睛还像余烬一样闪着微弱的光。

"萨韦利,你最好还是到屋里去吧?"雅科夫俯下身问他。

"为什么?"他有气无力地回答说,"我要坐一会儿!我和大家在一起的时间已经不多了!……"

他望了望大家,沉默了一会儿,然后惨淡地笑了笑,继续说:

"和你们坐在一起,我觉得心情很好。我看着你们,心里想,也许你们会替那些被剥夺了生命的人,替那些被贪欲者残杀的人们报仇……"

大家没有答理他,不一会儿,脑袋无力地垂到胸前,他打起瞌睡来了。雷宾瞧了瞧他,低声说:

"他常到我们这儿来,坐下就讲这一套,讲这件欺凌人的事情……他的整个心都放在这件事上,好像他的眼睛被这件事所遮住,除此,他就什么也看不见了。"

"不过还要他怎么样呢?"母亲沉思地说:"既然成千上万的人为了供老板花天酒地、寻欢作乐,天天在卖命干活……那还要求他怎么样呢?……"

"他的话真叫人听烦了!"伊格纳季低声说,"这样的事,只要听过一遍,就不会忘记……可他翻来覆去总讲这一套。"

"可就这一件事却包括了一切……要明白,也包括了整个生活!"雷宾阴郁地说。"他的遭遇我已经听过十遍,可有时还是难以相信。每当我心境好的时候,就不愿意相信一个人会这样卑鄙无耻、丧尽天良……在这种时候,我觉得富人和穷人都很可怜。富人也是误入歧途!穷人是被饥饿遮住了眼睛,富人是被金钱迷住了眼睛。喂,大家好好想想,我说,弟兄们!打起精神来,凭良心想想,不要怜惜自己,动脑子想一想!"

病人摇晃了一下,睁开了眼睛,然后就地躺下。雅科夫悄悄站起身来,到棚屋里拿了一件皮袄盖在他堂兄弟的身上,又在索菲娅身边坐下。

火焰红润的脸上带着欢快的微笑,映照着周围黑黝黝的人影。人们的说话声与火焰微弱的噼啪声和簌簌声沉思地融在一起。

索菲娅在讲述全世界人民争取生存权利的斗争,讲到很久以前德国农民的斗争、爱尔兰人民的不幸,以及法国工人在为争取自由而进行的前赴后继的斗争中所建立的丰功伟绩……

在披着天鹅绒般夜幕的树林里,在那四周围着树木、上面覆盖着黑暗天空的林中空地上,在火光前面,在带着敌意的惊奇的人影中间,那些使饱食终日、贪得无厌的人们的世界受到震撼的事件,一幕幕重现出来;进行坚苦卓绝战斗的全世界人民,流着血,相继走过;为自由和真理而斗争的战士的名字,一个个被回忆起来。

索菲娅略带喑哑的声音在轻轻回响,仿佛从遥远的过去传来。这声音唤起希望,给人以信心,大家默默地听着关于志同道合的弟兄们的故事。他们凝视着这个女人苍白瘦削的面孔;在他们面前,全世界人民的神圣事业,——为争取自由而进行的前赴后继的斗争——变得愈来愈清晰明确。人们从被血腥的黑幕遮住的遥远的过去,在他们一无所知的异国民族中间,看到了与自己相同的思想和希望,使他们从内心——从理智到感情都想参加到这个世界中去,因为他们在这个世界里看到了许多朋友。这些朋友很早就齐心协力、坚定不移地决心要在世界上实现真理,为了使自己的决心变得神圣崇高而历尽艰辛,为了光明欢乐的新生活取得胜利而血流成河。和所有人在精神上团结一致的感情产生并增强了,一种满怀热望要了解一切、联合一切的新精神诞生了。

"总有一天,世界各国的工人都会抬起头来,毅然决然地说:'够啦!我们再不要过这种生活了!'"索菲娅说道,声音里充满信心。"到那时候,靠贪婪起家而貌似强大的力量必将垮台!土地将从他们的脚下消失,他们就无立足之地了……"

"那是一定的!"雷宾点头说道。"只要不怕死,就可以战胜一切!"

母亲高高竖起眉毛听着,脸上凝聚着又惊又喜的微笑神情。她觉得,以前她认为在索菲娅身上是多余的东西——生硬、空喊、粗犷,——现在在她的热情洋溢而又从容不迫的叙述中消失得无影无踪了。黑夜的宁静、火焰的跳动、索菲娅的面孔都使她喜欢,而最使她高兴的是农民们那种严肃专注的神情。他们纹丝不动地坐着,尽量不妨碍说话人平心静气的畅谈,生怕扯断把他们和世界连接在一起的那根光辉明亮的线。他们中只有偶尔有人轻轻地往篝火里添些木柴,并当篝火飞起一阵火星和烟气时,就很快用手在空中挥动几下,不让火星和烟气飞到她们那里。

有一次,雅科夫站起来,低声请求说:

"请等一等再讲……"

他跑进棚屋,拿来了衣服,和伊格纳季一起不声不响地用衣服裹住两个女人的腿和肩膀。索菲娅又开始讲了起来,她描述着胜利的日子,使他们对自己的力量充满信心,让他们认识到,他们跟那些为脑满肠肥的富人的无聊消遣而徒劳一生的人们的命运是休戚与共、息息相关的。这些话并没有使母亲激动,但是,索菲娅叙述的人和事,在大家心里唤起的巨大感情也充满了母亲的心胸,她怀着感激和虔敬的心情想着那些人,因为他们冒着危险走向被劳役的铁链捆住的人们,并给他们带来真正的智慧和对真理的热爱。

"愿上帝保佑他们!"她闭上眼睛心里默念道。

天已破晓,索菲娅感到疲倦,不再谈了,她含着微笑朝周围心往神驰、豁然开朗的面孔看了一眼。

"我们得走了！"母亲说。

"是得走了！"索菲娅困倦地说。

有个小伙子大声叹了口气。

"你们要走了，真可惜！"雷宾用从未有过的温柔的声音说。"您讲得真好！要使人们互相接近，这是一件重大的事！现在知道了千百万人和我们怀有同样的希望，你的心就变得更加善良。而善良中蕴含着巨大的力量！"

"你的好心不一定得到好报！"叶菲姆的脸上掠过一丝微笑，他说完便立即站了起来。"米哈伊洛大叔，趁现在没有人看见，她们该走了。要不然，等我们把书分发出去，官府来追查——这些书是从哪儿来的？有人会记起，曾经有两个朝圣的女人来过……"

"好了，老妈妈，谢谢你帮忙！"雷宾打断了叶菲姆的话，说。"我看见你，心里就总要想到巴维尔，——你干得真不错！"

他的态度变得很温和，满脸带着善良的微笑。天气很凉，他却只穿一件衬衫，敞着领子，袒胸露怀。母亲望了望他魁梧的身体，亲切地叮嘱说：

"天气很冷，穿件外衣吧！"

"心里可暖着呢！"他回答说。

三个小伙子站在篝火旁，低声地谈着话，病人盖着几件短皮袄，躺在他们的脚旁。东方泛白，阴影消融，树叶在摇摆，等待着旭日东升。

"好，那就再见了！"雷宾握着索菲娅的手说。"在城里怎么找您呢？"

"你来找我就行了！"母亲说。

几个小伙子挤在一起，慢慢地走到索菲娅跟前，默默地和她握手，他们很亲切，但又显得有些拘谨。从他们每人的脸上，可以明显地看出一种隐而不露的感激和友爱的满足心情。大概正是这种新的感情使他们有点拘束，他们因彻夜未眠而干涩的眼睛含着微笑，默默地望着索菲娅的面庞,站在那里不停地倒换着双脚。

"不喝点牛奶再走?"雅科夫问。

"可是,有牛奶吗?"叶菲姆说。

伊格纳季狼狈地摸着头发,说:

"没有了,牛奶被我打翻了……"

三个人都笑了。

他们虽然谈的是牛奶,可母亲感到,他们心里想的却是别的事,他们在默默地祝愿母亲和索菲娅平安和顺利。这显然感动了索菲娅,也使她感到不知所措,她说不出别的话来,只是怀着真诚的谦逊轻轻地说:

"多谢了,同志们!"

他们相互望了望,好像同志们这个词轻柔地触动了他们一下。

病人发出一阵喑哑的咳嗽声。篝火的余烬已经熄灭。

"别了!"农民们低声说。这句伤感的话久久回响在她们的耳际。

在朦胧的晨曦中,她们沿着林间小径不慌不忙地走着。母亲跟在索菲娅后面,说:

"一切都很顺利,好像做梦一样,太好了!大家都想知道真理,亲爱的,都想知道!好像在盛大节日早祷前的教堂里一样……神父还没有来,教堂大殿里又暗又静,很是可怕,可是祷告的人已经陆续来到……有人在圣像前点起了一支蜡烛,接着所有蜡烛都点燃了,渐渐赶走了黑暗,照亮了圣殿……"

"说得对!"索菲娅愉快地回答说。"只不过这圣殿指的是整个世界。"

"整个世界!"母亲沉思般地摇晃着脑袋,重复了一遍。"这太好了,简直叫人不能相信……我亲爱的,您讲得真好,太好了!我本来还担心,怕他们会不喜欢你呢……"

索菲娅沉默了一会儿,心情有点忧郁地低声说:

"跟他们在一起,人会变得单纯起来……"

她们一边走,一边谈论着雷宾、病人和小伙子们。这几个年轻小伙子是多么聚精会神地谛听着,一声不响,他们是多么笨拙地又是多么感人地用自己对两位妇女的体贴入微的关怀,表现出他们的感激和友情。她们来到田野。太阳迎面冉冉升起。眼睛虽然还看不见,可是玫瑰色的万道霞光像一把透明的扇子在天空展开。草丛中,五彩缤纷的露珠闪动着充满朝气的春天欢乐的光芒。鸟儿醒来,在愉快地歌唱,使早晨充满蓬勃的生机。一群肥胖的乌鸦发出一阵聒噪,鼓着沉重的翅膀飞过。不知在什么地方,一只黄鹂不安地唱着。远处的景色渐渐地展现在眼前,迎着朝阳,山岗上的夜影已经褪去。

"有时候一个人讲了半天,你也听不懂他的意思,一直到他终于对你说出一句简单的话,才使你忽然都明白了!"母亲沉思地说。"这个病人的话就是这样。工人们在工厂和别的地方到处受压榨的情况,我听人说过,自己也知道。可是由于你从小看惯了,心里也就不觉得受到多大震动。现在这病人忽然讲了那样令人气愤、那样卑鄙无耻的事。天啊!难道人们干了一辈子,就为了让老板拿他们开心吗?这真是岂有此理。"

母亲一直在想着这件事情,它像一道暗淡可憎的光,照亮了母亲曾经知道、但已忘却的许多类似的胡作非为的事情,使这些事又在她眼前重现。

"看来,他们对一切都吃够玩腻了!我知道这样一件事:有一个地方自治局长官,在他的马牵过村子的时候,强迫老百姓对他的马鞠躬,谁不照办就抓起来。我说,他干吗要这么做呢?真是莫名其妙,莫名其妙!"

索菲娅低声唱起歌来,这歌像清晨一样朝气蓬勃……

七

尼洛夫娜的生活过得异常平静。这种平静有时使她感到惊奇。

儿子在监狱里,她明明知道,会判他重刑,可是每当她想起这事的时候,却总是不由自主地想起安德烈、费佳和其他许许多多人。在母亲的眼中,儿子的身影和他命运相同的人们渐渐融合在一起,不断变大,引起她许多遐想,使她对巴维尔的思念不知不觉、自然而然地得到扩大,向各个方面展开。这种思念像一道道纤细的、强弱不同的光,射向四面八方,照到所有的角落,力图照亮一切,把一切汇集到一个画面,不让她的思想停留在一件事上,不让她老是一心怀念儿子,为儿子担忧。

索菲娅不久就走了,五天后,她回来了,显得非常高兴,生气勃勃。可是过了几个钟头,又不见了,两个星期以后才回来。她的生活范围好像非常广阔。她有时来探望弟弟,使弟弟的房子里充满她的生气和音乐。

母亲已经喜欢上音乐了。她听着音乐,感到一阵阵温暖的波澜在胸中掀起,流入心田,心跳动得更加平稳。思潮犹如撒在雨水充沛、经过深耕的沃土里的种子,在心里迅速蓬勃地生长,在充满活力的乐声感染下,心里涌起千言万语,宛若绽开着万紫千红的花朵。

可是对于索菲娅到处乱扔东西、烟蒂和烟灰的散漫习气,尤其是对她的毫无顾忌的高谈阔论,母亲却难以习惯,——和尼古拉稳重沉着的态度,一贯文雅严肃的谈吐相比,这一切就令人更加看不惯。在母亲看来,索菲娅像个急于要装成大人的孩子,却仍然把别人看作是有趣的玩具。她常常大谈劳动神圣,可是由于她马虎随便,总是给母亲增添不必要的操劳。她经常讲自由,可是母亲感到,她的粗暴、偏执和无休止的争论却明显地压制了所有人。她身上有许多自相矛盾的地方,母亲注意到了这一点,所以对待她非常谨慎,处处小心,总没有像尼古拉在她心里所引起的那种始终如一的温暖亲切的感情。

尼古拉总是心事重重,天天过着单调而有规律的生活:早上八点钟喝茶,看报,给母亲讲述新闻。母亲听他讲着,好像异常逼真地看见生活的沉重机器是怎样无情地把人轧碎,铸成金钱。母亲觉得,他和安德烈有某种共同之处。他和霍霍尔一样,谈到人的时候毫无恶意,因为他认为在现今这种不合理的社会里,所有人都有罪,但是,他对新生活的信念不如安德烈那样强烈,那样鲜明。他讲话的时候总是很冷静,声调像一个正直而又严厉的法官,即使说到可怕的事情,虽然露出遗憾的淡淡的笑容,可是他的目光却非常冷峻、严厉。母亲看见这种目光,就明白,这人对人对事都不会宽恕,而且也不能宽恕,母亲觉得,这种严厉对他也很不好过,心里便对尼古拉产生了怜悯。而且越来越喜欢他了。

他九点钟去上班,母亲就收拾房间,做饭,洗洗手脸,穿上整洁的衣服,然后坐在自己房间里细细观看书上的插图。现在她已经能够看书,不过还是非常吃力。看一会儿,就会疲倦,看不懂字句的连贯意思。可是图画却像吸引孩子似的使她着迷。因为这些图画在她面前展现出一个能够理解、几乎可以摸到的、美妙神奇的新世界。巨大的城市、漂亮的楼房、机器、轮船、纪念碑、人类所创造的无数财富,以及大自然塑造的光怪陆离、千姿百态的世界呈现在她的眼前。生活无止境地在扩大,每天在眼前都出现巨大的、从未见过的、奇妙的东西,生活以其无穷无尽的财富和不可胜数的美景越来越强烈地激发着母亲已经觉醒的饥渴的心灵。她特别欢喜看大本的动物图册。虽然这些图册是外文版的,可仍然能使她对世界的美丽、富饶和辽阔有一个非常鲜明的概念。

"世界真大啊!"有一次她对尼古拉说。

她最喜欢的是昆虫,尤其是蝴蝶。她惊异地看着这些图画,议论说:

"尼古拉·伊凡诺维奇,这多好看啊!是吗?这些让人喜爱的好看东西到处都是,可是,一切都跟我们无关,它们从旁边飞过,我们什么也没有看见。人们疲于奔命,什么也不知道,什么也不能欣赏,他们既没有时间欣赏,也没有兴致。要是他们知道世界是这样丰富,有这么多奇妙的东西,他们会得到多少乐趣啊。一切为大家,个人为全体,对吗?"

"就是这样!"尼古拉微笑着说。后来他又陆续拿来一些有插图的书。

晚上,尼古拉家里常常聚集了许多客人——有面庞白净、蓄着乌黑的胡须、神态庄重、寡言少语的美男子阿列克谢·瓦西里耶维奇;有满脸酒刺、脑袋滚圆、总是遗憾地咂嘴的罗曼·彼得罗维奇;有身材瘦小,留着一小撮山羊胡子,细嗓门、急性子,喜欢大叫大喊,说话像锥子一样尖锐的伊凡·达尼洛维奇,还有一直拿自己、同志们以及他自己日益加重的疾病开玩笑的叶戈尔。再有一些其他的人,他们来自不同的边远城市。尼古拉跟他们一起细谈慢说,谈话的内容总是一个——关于世界上的工人。他们经常争论不休,激昂慷慨,挥舞着手臂,喝了许多茶,有时候尼古拉在大家谈论声中,默默地起草传单,然后给同志们朗读,并当场用印刷字体把传单抄写清楚。母亲仔细地把撕碎的草稿纸片收在一起烧掉。

母亲为他们倒茶,对他们谈到工人的生活和命运,谈到怎样更迅速更有效地在工人中传播真理,提高工人的斗志时所表现出的激烈情绪,感到非常惊奇。他们常常争得脸红脖粗,各持己见,互相指责,甚至生起气来,可是不一会儿,又接着争论起来。

母亲感到,自己比他们更了解工人的生活。她还觉得,她比他们更清楚地看到他们所担负的任务的艰巨性。这种感觉使她对他们怀着一种宽容的、乃至有点忧伤的感情,正像大人看到孩子在玩扮演夫妻的游戏、却又并不知道这种关系的悲剧性时的心情一样。她不由得常常拿他们的话跟巴维尔和安德烈的话比较。经过对比,她感到了两者之间的差别,可是起初她并不能理解这种差别。有时她觉得,在这里人们叫喊得往往比工人区的人更响。她对自己解释说:

"知道得越多,说话就越响……"

可是,母亲几乎总是看到,这些人好像是在故意互相激励,做出一副激昂慷慨的样子,似乎每个人都想向同志们证明,他比别人更接近和更珍视真理，别人听了不服，也来证明自己更接近真理，于是开始了激烈而粗暴的争论。她觉得，每个人都想压倒别人。这引起了她的不安和忧虑，她耸动着眉毛，用哀求的目光望着大家，心里想：

"他们已经忘记巴沙和别的同志了……"

母亲总是聚精会神地仔细倾听着这些争论，无疑是听不懂的，可是她不断探寻着语言背后的感情，她看出，在工人区里讲起"善"的时候，是把它看作一个完整的统一体，这儿却把一切分割开，弄得七零八碎；工人区里的人们有着更深厚、更强烈的感情，而这儿的人具有剖析一切的锐利思想。这儿谈论更多的是破坏旧的事物，工人区里却憧憬着新的事物，因此，母亲觉得巴维尔和安德烈的话更亲切，更容易理解……

母亲注意到，每当有工人来访的时候，尼古拉就变得特别不拘礼节，脸上露出温柔的样子，说话也和平常不同，不知是更加粗鲁，还是更加随便。

"他这样做是想尽量使工人能够懂得他说的话！"母亲想道。

可是，这并不能宽慰她。她看出来，来访的工人也很窘迫，好像心里感到拘束，不像跟母亲，跟一个普通妇女谈话那样轻松自如。有一次，尼古拉出去后，母亲对一个年轻小伙子说：

"你为什么这样拘束？这又不是小孩子在考试……"

那人咧开嘴笑了起来。

"由于不习惯，虾也会变红的……到底不是自己的弟兄……"

有时萨申卡也来，她从不久坐。说起话来总是一本正经，笑也不笑。每次临走的时候，总是问母亲：

"巴维尔·米哈伊洛维奇怎么样，他身体好吗？"

"谢天谢地！"母亲说。"还可以，他心情很愉快！"

"替我问候他！"姑娘说完就走了。

有时候，母亲向她诉苦说，巴维尔已经关押了很久，还没有决定审判他的日子。萨申卡就紧锁双眉，一声不响，她的手指却在不停地微微抖动。

尼洛夫娜常常想对她说：

"我亲爱的，我早知道你在爱他……"

但是母亲却拿不定主意，没有说出口，因为这姑娘严峻的面孔，紧闭的嘴唇，以及严峻枯燥的言谈，好像预先拒绝了这样的爱抚。母亲只好叹着气，一声不响地握着她伸出的手，心想：

"我可怜的孩子……"

有一次，娜塔莎来了。她看见母亲，非常高兴，和母亲吻了又吻，突然间，她低声说：

"我妈妈不在了，去世了，怪可怜的！……"

她摇摇头，很快地用手擦了擦眼睛，继续说：

"我很舍不得我妈妈，她还不到五十岁呢，应该还能多活几年。可是从另外一个角度看，使人不由地想到，也许死了比这样活着更好受。她总是孤苦伶仃一个人，谁也不去理她，谁也不需要她，一天到晚心惊胆战，怕父亲冲她叫骂。难道她这样也算是生活吗？人活着都指望能过上好日子，可是，我妈妈除了受气，没什么可指望的……"

"娜塔莎，您说得对！"母亲想了想，说："人活着都指望过好日子，要是没有指望，那还算什么生活呢？"母亲亲热地摸了摸姑娘的手，问道："现在只剩下您一个人了？"

"就我一个人！"娜塔莎轻快地回答。

母亲沉默了片刻，突然微笑着说：

"没关系！好人是不会孤零零地生活的，一定会有许多人跟着他的……"

八

娜塔莎在县里一家纺织厂当教师，尼洛夫娜就常常把禁书、传单和报纸送到她那里。

这成了母亲的经常工作。每月总有好几次，她扮成修女、卖花边和土布的小商人，有时候还装作富裕的小市民或云游的朝圣者，背着口袋，或提着皮箱，在全省到处奔波。无论在火车上、轮船上，还是在旅馆、客栈里，她处处表现得从容大方，主动和陌生人攀谈，她和蔼亲切、善于交际，以及饱经世故，阅历甚广的稳健举止引起人们的注意，可是她毫不畏惧。

她喜欢跟人攀谈，乐意听他们讲自己的生活、不满和困惑。每当看到有人表示强烈不满时，她心里就充满了喜悦，因为有这种不满就能反抗命运的打击，对头脑中早已形成的问题紧张地寻求答案。在她眼前，越来越广泛而又多样地展现出人间生活的画面——人们为了糊口在忙碌不安的生活中挣扎。到处都可以清楚地看到那种欺骗人，掠夺人，为自身利益拼命压榨人，吸干人血的赤裸裸的、明目张胆的无耻贪欲。她也看到，世界上一切都很丰富，可是人民却非常贫困，周围是取之不尽、用之不竭的财富，可他们过的是忍饥挨饿的生活。城市里的教堂充满了对上帝毫无用处的金银，可是在这些教堂门口的台阶上，乞丐们在瑟缩颤抖，徒然地指望有人会把一枚小铜币塞到他们手里。从前，她也看见过这种情景——一边是金碧辉煌的教堂和神父锦绣的法衣，另一边是穷人的破落茅舍和他们的褴褛衣衫；可是过去她觉得这是很自然的，现在却感到这是不能容忍的，是对穷人的侮辱。她知道，与富人相比，穷人更接近、更需要教堂。

她从画着有基督的图上以及从有关他的故事里，知道基督是穷人的朋友，穿着朴素。可是，在穷人来向他祈求安慰的教堂中，她看见，基督却无耻地被禁锢在黄金中，披戴窸窣作响的绸缎，对穷人不屑一顾。这时，她就不由地想起了雷宾的话：

"他们甚至用上帝来欺骗我们！"

她祈祷的次数不知不觉地渐渐减少，但是，却越来越多地想到基督，想到有些人，他们虽然不提基督的名字，甚至好像不知道基督，可是在她看来，他们似乎遵照基督的训诫生活着，而且和基督一样，也把世界看作是穷人的王国,希望把世界上的一切财富平均分给所有的人。她在这方面想得很多,这种思想逐渐在她心里成长、加深,并涉及她的一切所见所闻,这种思想在不断增长,像祷文发出的光环,以它永恒不变的光辉普照黑暗的世界,普照整个生活和整个人类。她觉得,她始终用一种模糊的爱——恐惧和希望、感动和悲哀紧密交织成的复杂感情爱着的基督,现在和她更接近了,而且和从前的基督不一样了,变得更崇高,使她看得更清楚,他的脸变得更愉快,更明亮;好像基督受到人们热血的洗礼(人们为他甘洒热血,却谦逊地不喊出基督这个不幸的人类之友的名字),苏醒了,复活了。母亲每次远行归来,回到尼古拉那里的时候,总是为一路上的见闻感到愉快、兴奋,为完成任务感到振奋和满足。

"能够到处走走,多看看,这样很好!"晚上,她常对尼古拉这样说。"你可以知道,生活是怎么一回事。人民已经被逼得无路可走,受尽屈辱,在那里拼命挣扎,但是,不管愿意不愿意,人们都在想,这是为什么呢?为什么不给我生存的余地?世界上的东西是那么丰富,为什么我还挨饿呢?世界上到处都有知识,为什么我却愚昧无知呢?在慈悲的上帝面前人是没有贫富之分的,所有人都是他心爱的孩子,他究竟在哪里呢?人民对自己的生活渐渐感到气愤难平,他们感觉到,要是他们再不为自己着想,那就会被这不合理的生活吞噬掉!"

母亲越来越感到一种强烈的愿望,想通过自己的嘴告诉人们生活中的种种不合理的现象;有时候她竟难以克制住这种愿望。

尼古拉每次见到母亲看插图的时候,总是微笑着讲些非常神奇美妙的事情。人类为了完成自己的使命所表现出的大胆无畏使母亲感到震惊,她将信将疑地问尼古拉:

"这样的事当真可能吗?"

于是,尼古拉透过眼镜用和善的目光望着她,怀着对自己预言的正确性不可动摇的信心,以坚定的口气讲述未来的事情。

"人的愿望没有止境,人的力量用之不尽!可是世界在精神方面的发展进行得很慢,因为现在一个人要使自己取得独立地位,不得不积蓄金钱,而不是知识。可是,当人们一旦能克服贪欲,能够摆脱强制劳动的奴役时,那么……"

母亲对尼古拉讲话的意义还不甚理解,但是,对他那种使自己的话富有生气、满怀坚定信念的感情,她却越来越理解了。

"世界上自由的人太少,这就是它的不幸!"他说。

这一点她是能理解的,她认识一些毫无贪欲和恶意的人,她懂得,要是这样的人能够多一些,那生活黑暗狰狞的面目就会改变,变得比较亲切淳朴,比较和善光明。

"人们身不由己,非变得残酷无情不可!"尼古拉忧郁地说。

母亲想起了霍霍尔的话,点头表示同意。

九

尼古拉一向非常准时,有一次回家却比平常晚了许多。他外套也不脱,激动地搓着双手,急急忙忙地说:

"尼洛夫娜,你听我说,今天我们有一个同志越狱逃出来了。但是谁呢?还没有打听到……"

母亲立刻变得非常紧张,身子晃了一下,跌坐在椅子上,低声问:

"会不会是巴沙?"

"有可能是!"尼古拉耸耸肩膀,说:"可是怎么帮他躲起来呢?到哪儿去找他呢?我刚才在街上到处走了走,心想,也许可以碰到他?这当然很傻,可是总得想个办法才好!我再去走一趟……"

"我也去!"母亲高喊道。

"您到叶戈尔那儿去,看他是不是知道一点什么情况,"尼古拉建议说,然后匆匆走了。

母亲披上头巾,心里充满希望,急忙跟了出去。她眼睛发花,心在剧烈地跳动,她不由地几乎奔跑了起来。她怀着侥幸的心情低头走着,周围的东西什么也看不见。

"等我到了叶戈尔家,也许他就在那儿!"这种希望不断在脑子里闪现,推动着她向前走去。

天气很热,她累得气喘吁吁,等她走到叶戈尔住房的楼梯口,她再也没有力气往上走了,便停下来回头望了一望,她不禁轻轻惊叫了一声,眼睛闭了一下,她仿佛看见尼古拉·维索夫希科夫站在院子里,两手插在口袋里。可是当她再睁开眼睛时,却什么人也没有……

"是眼睛花了!"她心里想道,一边上楼,一边倾听着。可以听到楼下院子里传来缓慢低沉的脚步声。她在楼梯转弯的地方停住脚步,弯腰往下看了看,又见到一张麻脸在对她微笑。

"尼古拉!尼古拉……"母亲大声呼喊了起来,迎着他跑下楼去。可是她心里却感到失望和痛苦。

"你走你的!别下来了!"他摆了摆手低声说。

母亲很快跑到楼上,走进叶戈尔的房间,看见叶戈尔躺在沙发上,她上气不接下气地低声说:

"尼古拉……从监狱里逃出来了!……"

"哪个尼古拉?"叶戈尔从枕头上抬起头来,声音嘶哑地问。"那儿有两个尼古拉……"

"维索夫希科夫……到这儿来了!……"

"好极了!"

维索夫希科夫已经走进房间。他挂上门钩,脱下帽子,一边用手抚平头发,一边轻声笑着。叶戈尔从沙发上撑起身来,摇着头,咳了几声说:

"请过来吧……"

尼古拉满脸带笑走到母亲身边,握住她的手:

"要是见不到你,就只好回监狱去了!城里一个熟人也没有,要是到工人区去,立刻就会被抓住。我边走边想,真傻!为什么要逃出来呢!正在这个时候,忽然看见尼洛夫娜在跑!我就跟着你来了……"

"你是怎么跑出来的？"母亲问。

他笨拙地坐在沙发边上，不好意思地耸着肩膀，说：

"是一个偶然的机会！我在放风，有几个刑事犯打起一个看守来。他原是个宪兵，因为偷盗被赶到监狱。他专门做暗探，告密，逼得大家没法活了！他们打他的时候，出现一片混乱，看守们都害怕得跑来跑去，吹着警笛。我一看，牢门开着，外面就是广场、市区。我就不慌不忙地走出来了……好像做梦一样。走了不远，才明白过来。到哪儿去呢，回头一看，牢门已经关上了……"

"嗯！"叶戈尔说。"您先生应该回去，客客气气地敲敲门，请他们放您进去。您就说，对不起，我当时有点心不在焉……"

"是啊，"尼古拉笑着继续往下说，"做得欠考虑。在同志们面前总觉得过意不去，——对谁也没有说一声……我走着，看见有人在替小孩子出丧，我就跟着棺材，低下头，谁也不看。我在坟地坐了一会儿，被风一吹，脑子里出现了一个想法……"

"只有一个想法？"叶戈尔问，他叹了口气，又添了一句："我看，只有一个想法，脑子未免太空了！"

维索夫希科夫把头猛地摇了摇，毫不介意地笑了。

"不，现在我的脑袋不像以前那样空了。叶戈尔·伊凡诺维奇，可你还一直病着……"

"每个人都可以做他力所能及的事情！"叶戈尔回答说，喉咙里带着痰音在咳嗽。"好，讲下去！"

"后来，我走进城里的博物馆，在里面转了一圈，参观了一下，心里一直盘算着怎么办，我现在到哪儿去呢？甚至还生起自己的气来了。肚子又饿得要命！我来到街上，随便走着，心里很懊恼……我看到，警察好像在仔细地观察所有的人。我心想，就我这副尊容，马上会被抓去受上帝的审判！……这时，突然尼洛夫娜迎面跑来，我闪到一旁，然后跟在她后面，这就是全部经过！"

"可我就没有看见你！"母亲抱歉地说。她仔细打量了维索夫希科夫一番,觉得他好像比以前瘦了些。

"同志们一定在着急……"尼古拉搔着头说。

"可你不可怜官府吗？他们也在着急呢!"叶戈尔说。他张开嘴,嘴唇动着,好像在咀嚼空气一样。"好啦,不开玩笑了！得把你藏起来,这虽然让人高兴,可事情不那么简单。要是我能起来就好了……"他喘不过气来,马上把两手放到胸前,有气无力地揉着。

"你病得很厉害,叶戈尔·伊凡诺维奇!"尼古拉说着低下了头。母亲叹了口气,焦灼不安地朝这窄小的房间扫了一眼。

"这是我个人的事!"叶戈尔回答说。"大妈,您别不好意思了,快问问巴维尔的情况吧!"

维索夫希科夫咧开嘴笑了笑。

"巴维尔没什么！身体很好。他在那儿好像是我们的头儿。和官方办交涉是他,总之,是他指挥,大家都尊重他……"弗拉索娃点着头,在听维索夫希科夫讲话,一面斜眼看着叶戈尔浮肿发青的面孔。他的脸死板呆滞、毫无表情,好像出奇地扁平,只有眼睛还活泼愉快地在脸上闪闪发光。

"给我点吃的吧,实在是饿极了!"尼古拉突然大声说道。

"大妈,面包在架子上,再请您到走廊里,敲一下左边第二扇门。会有一个女的出来开门,您跟她说,请她来一趟,把所有吃的东西全拿来。"

"干吗全拿来？"尼古拉反对说。

"你放心,没多少……"

母亲走到走廊,敲了敲门,凝神听了听,屋子里没有动静。这时她悲伤地想到叶戈尔：

"他快要死了……"

"谁？"房间里有人问。

"叶戈尔·伊凡诺维奇叫我来的!"母亲低声回答说。"他请您去一下……"

"就来!"里面应道,但没有开门。母亲等了一会儿,又敲了敲门。这次门很快开了,走出一个戴眼镜的高个子女人。她匆匆地整着揉皱的衣袖,口气严厉地问母亲:

"您有什么事?"

"是叶戈尔·伊凡诺维奇叫我来的……"

"噢!咱们走吧。啊,我认得您!"那妇女低声喊道。"您好!这儿很暗……

弗拉索娃瞧了她一眼,想起她曾经到尼古拉家去过几次。

"都是自己人!"这想法在她脑子里闪过。

那女人慢慢走近母亲,几乎要撞到她身上,使得母亲不得不走在前面,自己在后面边走边问:

"他不舒服吗?"

"是啊,他躺着。他请您拿点吃的东西去……"

"啊,还是不吃的好……"

她们走进叶戈尔房间的时候,听见了他嘶哑的说话声:

"我的朋友,我就要去见祖宗了。柳德米拉·瓦西里耶夫娜!这位好汉没有得到官府的准许就从牢里出来了,胆子真不小!请您先给他点东西吃,然后把他藏起来。"

那个女人点了点头,仔细瞧着病人的脸,严厉地说:

"叶戈尔,他们一到您这儿来,您就该立刻让人来叫我!我看,您已经两次没有吃药了,怎么这样不在乎呢!同志!跟我来!医院马上就会来人接叶戈尔。"

"还是要送我进医院?"叶戈尔问。

"是的,在那儿我陪您。"

"在那儿陪我?唉,天啊!"

"别固执了……"

她边说边整理叶戈尔盖在胸前的被子,仔细察看了尼古拉一番,然后看看玻璃瓶里还有多少药水。她说话平稳,声音不大,举止从容不迫,脸色苍白,两道黑眉毛在鼻梁上几乎联结在一起。母亲不喜欢她的脸,因为它给人一种傲慢的感觉,两眼无光,没有笑意。她说起话来就像是在发号施令。

"咱们走吧!"她继续说。"我就回来!您给叶戈尔倒一匙这药水。不要让他说话……"

说完她就领着尼古拉走了。

"她这个人真好!"叶戈尔叹了口气,说:"她太好了……大妈,应该把您安排在她身边——她很累了……"

"你不要说话!来,还是吃药吧!……"母亲温柔地劝道。

他吃了药,眯起一只眼睛说:

"我即使不说话,反正也快要死了……"

他用另一只眼睛望着母亲,他的嘴角慢慢露出了笑意。母亲低下头,一阵强烈的怜悯使眼泪涌上了她的眼眶。

"没什么,这是很自然的……尝到了生的乐趣,最后就要尽死的义务……"

母亲把手放在他额头上,又轻轻地说道:

"不要说了,好吗?……"

他闭上眼睛,好像在倾听自己胸中的痰声,又执拗地继续说:

"大妈,不让我说话是毫无意义的!不说话对我有什么好处呢?不过是晚死几分钟,可是却会失去跟好人谈话的乐趣。我想,像人世间这样的好人,在阴曹地府是不会有的……"

母亲非常不安地打断了他的话:

"等那位太太来了,她一定要责骂我不该让你说话的……"

"她不是太太,她是个革命者,是同志,是好人。大妈,她一定会责骂您的。她是什么人都责怪,总是这样的……"

叶戈尔慢慢地、费力地动着嘴唇,讲起了他这位女邻居的经历。他的眼睛里带着微笑。母亲看得出来,他是故意和她逗趣。她望着叶戈尔青色的脸上满是虚汗,惊惶地想道:

"他快要死了……"

柳德米拉走进来,仔细地把门关好,对母亲说:

"您的那位熟人一定要换身衣服尽快离开此地。所以,佩拉格娅·尼洛夫娜,您现在就去替他弄一身衣服,把东西拿到这里来。可惜,索菲娅不在,把人藏起来是她的专长……"

"她明天回来!"母亲把围巾披在肩上,说。

母亲每次接受任务的时候,总是一心想把它完成得既快又好,除了她要办的事以外,她什么也不能想了。现在她也是心事重重地皱着眉头,一本正经地问:

"您打算让他穿什么样的衣服?"

"什么样的都行!反正他夜里走……"

"夜里反而不好,街上人少,监视得更严,他又不是很灵活……"

叶戈尔声音嘶哑地笑了起来。

"可以到医院里来看你吗?"母亲问。

叶戈尔咳着点了点头。柳德米拉用她的黑眼睛瞅了瞅母亲的脸,说:

"您愿意来和我轮流照看他?是吗?很好!可是,现在赶快去弄衣服吧!"

她亲切地、可又不容分说地挽着母亲的手臂,把她送到门外,在那儿低声说:

"我硬把您领了出来,请您不要生气!讲话对他是有害的……可我还抱着希望……"

她捏着手,手指发出咯咯的声音。她的眼皮困乏地垂了下来……

这番解释使母亲感到难堪,她含糊不清地说:

"您这是怎么啦?"

"您得注意,看有没有暗探!"柳德米拉低声说。她抬起双手,揉了揉太阳穴,她的嘴唇在发抖,脸上的神态比刚才温和了一些。

"我知道!……"母亲有点自负地说。

走出大门,母亲站了一会儿,一面整理头巾,一面警惕地悄悄向四周巡视了一遍。在街上的人群里,母亲几乎已经能够准确无误地认出暗探。他们故作悠闲的步态,装得很不自然的潇洒举止,满脸的疲于奔命和百无聊赖的表情,以及他们张皇失措的贼眉鼠眼难以掩藏住的恐惧和心虚的神色,——这一切母亲都很熟悉。

这一次,母亲没有看到熟悉的面孔,就不慌不忙地朝大街上走去,后来雇了一辆马车来到市场。她给尼古拉买衣服的时候,和商人激烈地讨价还价,同时她还故意大骂自己的酒鬼丈夫,害得她几乎每个月要给他买一身新衣服。她编造的这番谎话对商人并不起什么作用,可是母亲自己却非常得意,因为她路上已经考虑过,警察局当然知道,尼古拉一定要改换服装,所以会派暗探到市场上来。她采用了同样天真幼稚的各种谨慎的提防措施回到叶戈尔住所,随后她又得把尼古拉送往城郊。她和尼古拉分别在街道的两边走着,尼古拉低着头,跨着沉重的步子,那件土红色长大衣的下摆总缠住他的两腿,帽子不时滑到鼻梁上,他只得不断去扶正帽子,看到这情景,母亲觉得又好笑又高兴。萨申卡在一条偏僻的街上接应他们,母亲向尼古拉点头告别后,便独自回家去了。

"可是巴沙还在牢里……还有安德留沙……"她伤心地想道。

十

尼古拉一看见母亲,就惊慌失色地大声说道:

"您知道吗?叶戈尔病得很厉害,非常厉害!已经送他进医院了,刚才柳德米拉来过,要您到她那儿去……"

"到医院去?"

尼古拉神经质地扶了扶眼镜,帮母亲穿上外衣,用温暖干瘦的手握着母亲的手,声音发抖地说:

"噢!您把这个包裹带去。维索夫希科夫安顿好了吗?"

"一切都很顺利……"

"我也去看看叶戈尔……"

母亲由于疲劳,觉得头晕目眩,可是尼古拉惊恐不安的情绪使她产生了不幸的预感。

"他快死了,"这个阴郁的念头不断萦回在她的脑际。

可是当她走进一间整洁明亮的小病房,看见叶戈尔靠着一堆白枕头坐在病床上,声音沙哑地在大笑时,她又马上安下心来。她笑眯眯地站在门口听病人对医生说:

"治疗是一种改良……"

"别开玩笑了,叶戈尔!"医生忧虑地用尖细的嗓音大声说道。

"我是个革命者,最讨厌改良……"

医生小心地把叶戈尔的手放在他的膝上,站起身来,沉思地捋着胡须,开始用指头按摩病人脸上浮肿的地方。

母亲跟那个医生很熟。他是和尼古拉的关系很接近的一个同志,名叫伊凡·达尼洛维奇。母亲走到叶戈尔面前,叶戈尔对她伸了伸舌头。医生转过头来。

"啊,尼洛夫娜!您好!手里拿的是什么?"

"大概是书。"

"他不能看书!"身材矮小的医生说。

"他想把我变成一个白痴!"叶戈尔抱怨说。

从叶戈尔的胸中发出一阵阵短促沉重的喘息和痰的嘶哑声。他的脸上渗出许多细小的汗珠,他慢慢地举起不听使唤的、沉重的手,用手掌在额头上擦着。浮肿的脸颊显得异常呆板,使他善良的宽脸盘变丑了。他的脸像死人的面具,连轮廓也辨认不清了,只有因为脸肿而显得深陷的眼睛,依然很明亮,含着温情的微笑。

"喂!科学家!我累了,可以躺下吗?……"他问。

"不行!"医生说得很干脆。

"好吧,等你走了我就躺下……"

"尼洛夫娜！请您别让他躺下！把他枕头垫好。还有,请您不要和他讲话,这对他身体不好……"

母亲点了点头。医生走着碎步很快出去了。叶戈尔向后仰着头,闭上眼睛,一动不动了,只有他的手指在微微颤抖。小小病房的四面白墙,使人感到寂寞冷清和惆怅悲哀。高大的窗子外面,可以看见菩提树枝叶繁茂的树梢。在沾满尘埃的深暗色的叶丛里,片片金黄的叶子在显目地闪烁着,这是即将到来的秋季的初寒留下的轻微痕迹。

"死神正向我走来,慢慢地……不乐意地……"叶戈尔说道,仍然一动不动,闭着眼睛。"看来它有点可怜我,因为见我是个非常和气的小伙子……"

"你还是别说话吧！叶戈尔·伊凡诺维奇！"母亲轻轻地抚摩着他的手,央求说。

"再等一等,我就要不说话了……"

他气喘吁吁,说话非常吃力。他由于衰弱,间隔很长地断断续续接着往下说：

"您和我们在一起,这太好了,看见您的面孔,心里就高兴。我常常问自己,她以后会怎么样呢？一想到您也会和大家一样,坐牢,受肮脏气,就觉得难受。您不怕坐牢？"

"不怕！"她简单地回答。

"是啊,那当然。可是,不管怎么说,监狱总是讨厌的。您看,我的身体就是被监狱折磨坏的。说真心话,我不愿意死……"

"也许,你还不会死的！"母亲想这样说,可是瞧了瞧他的脸,没有说出口来。

"要是我还能工作的话……不过,要是不能工作,活着精神上感到空虚,而且也没有意思……"

"这是对的,可是,并不能使人得到宽慰！"母亲不禁想起了安德烈的话,沉重地叹了口气。一天下来她感到非常疲倦,肚子又饿。病人带痰音的单调低语声充满了房间,在光滑的墙壁上发出微弱无力的回

233

音。窗外菩提树的树梢有如低垂的乌云,黑压压的显得悲伤忧郁,使人看了感到惊奇。周围的一切,在暮色中,凝然不动,异常寂静,凄凉地等待着黑夜的降临。

"我真难受!"叶戈尔说着闭上眼睛,不再开口了。

"睡吧!"母亲劝他说。"睡着了也许会好一些。"

后来她凝神听了一会儿病人的呼吸,向周围看了看,一动不动地坐了一会儿,心里充满了凄凉和悲哀,随后便打起盹来。

门轻轻地响了一声,把母亲惊醒了,她吓了一跳,看见叶戈尔睁着眼睛。

"我睡着了,对不起!"母亲低声说。

"我才对不起你呢!"他也轻轻地说。

窗外的暮色正浓。雾蒙蒙的寒气使人睁不开眼睛。周围的一切异常朦胧昏暗,病人的脸也变得阴暗起来。

随着一阵窸窣声传来了柳德米拉的声音:

"黑着灯在悄声说话。电灯开关在哪儿?"

忽然,整个房间被刺眼的白光照亮了。身材修长、姿态娉婷的柳德米拉,穿着一身黑衣服,站在房间当中。

叶戈尔全身猛地抖动了一下,把手举到胸前。

"怎么啦?"柳德米拉失声惊呼道,朝他跑过去。

他的眼睛呆滞地望着母亲,现在显得很大,而且发出异样的亮光。

他张大着嘴,仰起头,一只手伸到前面。母亲小心地握住他的手,屏息注视着他的脸。他的脖颈剧烈地抽搐了一阵,头向后一仰,他高声说:

"我不行了,完了! ……"

他身子轻轻抖了一下,脑袋无力地垂到肩上,在睁大的眼睛里毫无生气地映出了悬挂在床上的电灯的寒光。

"我亲爱的!"母亲用耳语般的声音叫道。

柳德米拉慢慢离开病床,伫立在窗前,望着前方,用母亲感到陌生的格外高的声音说：

"他死了……"

她弯下身子，两肘撑在窗台上，遽然间，像头上被人打了一下似的颓然跪下，两手捂着脸，低沉地呻吟起来。

母亲把叶戈尔沉重的双手叠放在胸前，把他异常沉重的脑袋在枕头上摆好，擦着眼泪，走到柳德米拉身后，向她俯下身，轻轻地抚摩着她浓密的头发。柳德米拉慢慢地朝母亲转过身来，她暗淡无光的、病态的眼睛睁得很大，她站起身来，嘴唇颤抖着低声说：

"在流放的时候，我们住在一起，我们一起到了那儿，一块儿坐过牢……有时候，忍受不住，痛苦万分，很多人灰心丧气了……"

她没有流泪，一阵号啕哽塞着她的咽喉，她终于忍住了恸哭，把由于悲哀、温情而显得柔和、年轻的面孔凑近母亲的脸，她无泪地呜咽着，急促地继续絮絮低语说：

"可是他从早到晚总是非常愉快的，爱说笑话，笑声朗朗不断，顽强地把自己的痛苦埋藏在心里……竭力鼓励意志薄弱的人。他善良、热情、亲切……在西伯利亚，无聊的生活容易使人堕落，人们会产生各种不健康的情绪，可他却非常善于同这些情绪进行斗争！……您要知道，他是个多么好的同志啊！他的个人生活非常艰难痛苦，但任何时候、任何人没有听他说过一句怨言！我和他是亲密的朋友，在许多方面都多亏他的热心帮助，他毫无保留地把自己的全部知识教给我，他虽然孤单一人，终日劳累，可从不要求别人对他报以体贴关怀……"

她走到叶戈尔面前，俯身吻吻他的手，悲切地低声说：

"同志，我最亲爱的人，我感谢您，衷心地感谢您，永别了！我要像您一样工作，不知疲倦，坚定不移，奋斗终生！……永别了！"

一阵啜泣使她全身颤抖。她哽噎着将头伏在叶戈尔脚旁的床上。母亲在默默地哭泣，眼泪似泉水般地涌流着。她不知为什么竭力想忍住眼泪，用一种特殊的强有力的爱抚来安慰柳德米拉，说些亲切和悲痛的美好的话来悼念叶戈尔。母亲眼泪汪汪地看着叶戈尔消瘦的脸，望着他像入睡似的合上的眼睛和还凝聚着一丝微笑的发紫的嘴唇。房间里静悄悄的,光线很暗……

伊凡·达尼洛维奇像平时一样,匆匆迈着细碎的步子走了进来,他进来后,突然在房间中央站住,两手迅速地往衣袋里一插,紧张地大声问:

"很久了吗?"

没有人回答他。他搓着额头,身子微微摇晃着走到叶戈尔面前,握了握他的手,然后退到一旁。

"这没有什么奇怪的,像他这样的心脏,在半年前就会发生……至少……"

他故作镇静、过分大声的响亮嗓音突然中断了。他背靠着墙,用手指很快地捻着胡须,不断眨着眼睛望着床边的两个女人。

"又少了一个!"他低声说道。

柳德米拉站起身来,走到窗前,推开了窗子。过了一会儿,他们三人紧挨着站在窗前,望着秋天昏暗的夜色。在一片黑乎乎的树冠上空,星星在闪烁,使天空显得无限深远……

柳德米拉挽着母亲的手,默默地靠在母亲肩上。医生低垂着头,用手帕擦拭着夹鼻眼镜。窗外笼罩着一片寂静,只有市区夜间的喧嚣声在懒洋洋地叹息。寒气迎面袭来,轻轻吹拂着人们的头发。柳德米拉身子颤抖着,还在抽泣,眼泪顺着面颊往下流淌。医院走廊里传来惊慌不安的说话声、急促的脚步声、呻吟声、悲切的耳语声。他们三人一动不动地伫立在窗前,默默地凝视着沉沉的黑夜。

母亲觉得自己已经没有必要留在这里。她悄悄地抽出了手,向叶戈尔鞠躬致哀,然后向门口走去。

"您要走吗?"医生头也不回地低声问道。

"嗯……"

母亲走在街上,想着柳德米拉,想起她难得流下的眼泪:

"连哭也不会……"

叶戈尔临终的话引起了母亲轻轻的叹息。她沿着大街慢慢地走着，回想起他炯炯有神的眼睛，他讲的笑话和关于生活的故事。

"好人活着困难，死起来容易……我将来死的时候不知道会怎么样？……"

后来，她眼前浮现出在光线刺眼的白色房间的窗前站着的柳德米拉和医生，以及他们背后叶戈尔的毫无生气的眼睛。她心里满怀着对人们深深的怜悯，沉重地叹了口气，加快了脚步，——仿佛有一种不安的情绪促使她快走。

"快些走！"她想道，内心深处有一股悲痛的、然而是振奋的力量在轻轻催促着她。

十一

第二天，为了准备葬礼，母亲忙了整整一天。傍晚，她和尼古拉、索菲娅喝茶时，萨申卡来了，她谈笑风生，异常兴奋。她的两颊绯红，眼睛愉快地闪烁着。母亲觉得，她全身充满着某种快乐的希望。她的情绪突然猛烈地闯进了大家追念死者的悲痛气氛中，二者互不相容，就像黑暗中突然亮起一团火光，使大家眼花缭乱，不知所措。尼古拉沉思着用手指敲着桌子说：

"您今天有点异常，萨莎……"

"是吗？也许是！"她回答说，幸福地哈哈笑了起来。

母亲用责备的目光默默地看了她一眼，索菲娅提醒她说：

"我们在谈叶戈尔·伊凡诺维奇……"

"他真是个好人，是吗？"萨申卡感叹说。"我每次看见他总是面带笑容，说着笑话。而且他工作得多么出色啊！他是革命的艺术家，是通晓革命思想的巨匠。无论什么时候，他都善于简单明了而又有力地描画出一幅幅暴露虚伪、暴行和奸诈的图画。"

她低声说着，眼睛里含着沉思的微笑，但是这种微笑并不能使她目光中令人费解,而又是一目了然的狂喜的火花熄灭。

他们不愿使悼念同志的悲痛心情被萨莎带来的喜悦情绪所取代。他们本能地维护着这种把自己沉浸在哀伤之中的权利,并且不由自主地竭力把这位姑娘带进他们的情绪中来……

"可是现在他死了!"索菲娅注视着她,执拗地说。

萨莎用疑问的目光很快扫了大家一眼,皱起了眉头。接着她低下头,慢慢地整理着头发,沉默不语了。

"死了?"过了一会儿她高声说道,用挑衅的目光又看了大家一遍。"死了,这是什么意思?究竟是什么死了?难道我对叶戈尔的尊敬,对他这个同志的热爱,对他的思想影响的怀念,都死了吗?难道这种影响死了吗?难道他在我心里唤起的感情消失了吗?我一向把他看作是个勇敢正直的人,难道我对他这种看法也动摇了吗?难道这一切都死了吗?我知道,这一切对我来说是永远不会死的。我觉得,我们说一个人死了,未免操之过急。'他的嘴永远闭上了,但他说的话将要永远活在生者的心里!'"

萨莎非常激动,重新在桌旁坐下,胳膊肘撑在桌上,眼睛里噙着泪水,含笑看着同志们,压低声音,用更加深思的口气继续说:

"也许我说的是蠢话。可是,同志们,我相信正直的人是不会死的。那些给我带来幸福,使我能过现在这种美好生活的人,是永远不会死的。这种极其错综复杂的生活、形形色色的现象,以及对我来说好像我心灵一样可贵的理想的成长,使我感到陶醉。也许我们过于珍惜感情,想得太多,这使我们变得有些古怪,我们只是评价、判断,而不动感情……"

"您是碰到什么好事了吗?"索菲娅笑着问。

"是啊!"萨莎点点头说。"我认为是一件很好的事!我和维索夫希科夫谈了一个通宵。以前我不喜欢他,觉得他粗鲁无知。当然,他过去也确实是这样。他心里对所有人都深深怀着难以平息的愤恨。他顽固得无可救药,总是把自己放在一切的中心,嘴里粗暴凶狠地一个劲说——我,我,我! 在这里面,有一种小市民的、令人气愤的东西……"

她微微笑了笑,又用明亮的眼睛把大家看了一遍。

"现在,他能叫大家同志们! 应该听一听,他是怎么叫的。他是怀着一种羞涩的、温柔的爱,——这是无法用言语来表达的! 他变得非常单纯,非常真诚,一心想要工作。他认清了自己的使命,看到自己的力量,知道自己的不足;主要的是,在他心里萌发了真正的同志感情……"

弗拉索娃听着萨莎的讲话,看到这个严峻的姑娘变得这样温和、愉快,她心里很高兴。但同时在母亲的内心深处产生了一种嫉妒的想法:

"巴沙究竟怎么样了呢?……"

"他,"萨莎继续说,"一心只想着同志们,你们知道,他要说服我干什么? 要说服我必须设法帮助同志们越狱,是的! 他说,这是非常简单容易的事……"

索菲娅抬起头来,兴奋地说:

"您是怎么想的呢,萨莎? 这个主意不错!"

母亲手里的茶杯晃动起来。萨莎抑制住自己兴奋的心情,蹙着眉沉默了一会儿,然后用严肃的口气,但又带着愉快的微笑,不连贯地说:

"如果一切都真像他所说的那样,我们就应该试一下! 我们义不容辞! ……"

她的脸涨得通红,朝椅子上一坐,不再说话了。

"可爱的姑娘!"母亲含笑想道。索菲娅也笑了笑,尼古拉却温柔地望着萨莎,轻声笑了起来。这时姑娘抬起头来,严厉地扫了大家一眼,脸色发白,炯炯的目光一闪,声音里带着委屈,冷冷地说:

"你们在笑,我懂你们的意思……你们是不是认为这和我个人有关?"

"为什么？萨莎？"索菲娅站起身来朝她走过去，狡黠地问。母亲觉得，这话问得多余，而且会使萨莎生气。她叹了口气，耸起眉毛，用责备的眼光看了看索菲娅。

"不过，我不想回答！"萨莎喊道。"如果你们要研究这个问题，我就不参加讨论……"

"萨莎，别这样说！"尼古拉平静地说。

母亲也走到萨莎面前，俯着身子，小心地摸了摸她的头。萨莎抓住母亲的手，抬起涨红的脸，难为情地朝母亲的面孔瞟了一眼。母亲微微笑了笑，不知对萨莎说些什么才好，只是悲伤地叹了口气。索菲娅在萨莎身旁的椅子上坐下，搂着她的肩膀，带着好奇的微笑望着她的眼睛说：

"您这个人真怪！……"

"是的，我似乎说了许多傻话……"

"您怎么会认为……"索菲娅接下去说。可是尼古拉打断了她的话，煞有介事地一本正经说。

"关于组织越狱的问题，如果可能的话，不会有人反对。但首先，我们应该知道，狱中的同志是不是愿意……"

萨莎低下了头。

索菲娅点燃香烟，朝弟弟瞥了一眼，然后使劲一挥手，把火柴扔到屋角里。

"我想，他们怎么会不愿意呢！"母亲吁了口气说。"只不过我不相信，这是可能的……"

大家都没有吭声，可是母亲却非常想再听一听是否有越狱的可能！

"我要跟维索夫希科夫见见面，"索菲娅说。

"明天我告诉您时间和地点吧！"萨莎小声回答说。

"他准备干什么工作？"索菲娅问道，在屋子里来回踱步。

"已经决定让他到新印刷所去当排字工人。在去之前，暂时住在看林人那里。"

萨莎皱起眉头,脸上露出平时的严峻表情,说话的声音也是冷冷的。母亲在洗茶杯,尼古拉走到她身边,对她说:

"后天您去探望巴维尔,要把一张字条交给他。您知道,我们应该了解……"

"我知道,我知道!"她连忙应声答道。"我一定转交给他……"

"我要走了!"萨莎说,她默默地很快和大家握了握手,迈着似乎特别坚定的步子,身体笔直,神情冷淡地走了出去。

母亲坐在椅子上,索菲娅将手放在她的肩上,轻轻摇着她,笑着问:

"尼洛夫娜,您欢喜有这样一个女儿吗?……"

"啊,天啊!要是能看见他们在一起,哪怕一天也好啊!"母亲喊道,几乎要哭了出来。

"对,有一点点幸福——这对每一个人都是好的!……"尼古拉低声说。"然而谁也不希望只有一点点幸福。可是幸福多了,就没有价值了……"

索菲娅坐到钢琴旁,弹起一支忧伤的曲子。

十二

第二天一早,男男女女几十个人站在医院门口,等待着他们同志的灵柩抬出来。暗探们在他们周围转来转去,竖起灵敏的耳朵偷听人们的只言片语,记住他们的面貌、举止和谈吐。街对面,一队腰里挎着手枪的警察注视着他们。暗探的厚颜无耻,警察嘲讽的微笑,以及他们准备大显威风的神气,激起了人群的愤怒。有的人为了掩饰自己的愤怒,开着玩笑;有的人阴郁地瞧着地面,竭力不去看这种令人感到受辱的情景;有的人按捺不住怒火,嘲笑当局对除了语言之外别无武器的群众也如此害怕。秋日淡蓝的晴空俯视着落满黄叶、铺着灰色圆石的街道。秋风卷着落叶,把它们吹到人们脚下。

母亲站在人群中,看着熟悉的面孔,忧愁地想道:

"你们来的人太少了,太少了!几乎没有工人……"

大门开了,灵柩抬出来了,棺盖上放着系有红缎带的花圈。大家一齐脱下帽子,酷似一群黑鸟在他们头上飞起。一个红脸膛上留着浓密黑须的高大警官快步走到人群中间。一队士兵蛮横地推开人们,跟在他后面,笨重的皮靴在石子路上发出巨大的响声。警官用声音沙哑的命令口吻喊道:

"请把缎带解下来!"

那些男男女女紧紧把他围住,挥动着手,情绪激动,你推我挤,在对他说着什么。母亲的眼前闪过一张张激动苍白的脸,他们的嘴唇在发抖。一个女人的脸上淌着屈辱的眼泪……

"打倒暴力!"一个年轻人喊了一声。但这一声孤单的呼喊在一片吵闹声中消失了。

母亲心里也感到一阵悲痛。她对身旁一个穿着寒碜的年轻男子气愤地说:

"连按照同志们的意愿给人送葬都不允许,这太不像话了!"

群众的敌对情绪在不断增长。棺盖在人们头上摆动,风吹拂着缎带,在人们的头上和脸上飘动。可以听到缎带发出的清脆、时急时缓的窸窣声。

母亲担心发生冲突,急忙对左右两旁的人悄悄说:

"算了,既然这样,就解下缎带吧!让让步有什么要紧呢!……"

一个洪亮急剧的声音压倒了喧嚣声。

"我们要求,不要妨碍我们给被你们折磨死的同志送葬……"

这时有人用高亢响亮的声音唱了起来。

　　你在斗争中牺牲了……

"把缎带解下来！雅科夫列夫,把它割掉！"

传来了军刀出鞘的铿锵声。母亲闭上了眼睛,等待着会有人叫喊。可是喧闹声小了一些,人们像被追逐的狼似的发出唔唔的怒吼声。后来,大家一声不响地低垂着头往前走,街上只听见沙沙的脚步声。

被洗劫的棺盖在前面的人头上缓缓地向前移动。棺盖上的花圈遭到了蹂躏。前面还有一些警察骑在马上,左右摇晃。母亲在人行道上走着,看不见被密集的人群紧紧围着的灵柩,群众不知不觉地渐渐增多,已经挤满了街道。人群后面,也有高高骑在马上的警察灰色的身形,徒步的警察手按着马刀,在两旁走着,母亲常常看见的暗探们的尖锐的眼睛到处闪现,在仔细地察看人们的面孔。

永别了,我们的同志,永别了……

两个悦耳动听的声音悲伤地唱了起来。

"不要唱！"传来一声喊叫,"诸位,我们要保持肃静！"

这声喊叫有一种威严的感化力。悲哀的歌声中止,谈话的声音沉寂。只有坚定的脚步踏在石子路上,使街道充满了低沉的整齐的声音。这声音越过人们的头顶,升到透明的天空,仿佛远处暴风雨发出的第一声隐约的雷鸣,震动了空气。寒风渐强,卷起城里街道上的尘土和垃圾,猛烈地朝人们迎面刮来,掀动着人们的衣服和头发,吹迷了人们的眼睛,扑打着人们的胸膛,在脚下飞舞旋转……

这种没有神父、没有令人愁肠寸断的挽歌的肃穆葬礼,一张张沉默哀思的面孔,紧皱的眉头,在母亲心里唤起了惶恐不安的感觉。有一个思想在她脑际慢慢盘旋,终于把她的感想用一句忧伤的话表达了出来。

"你们为正义而斗争的人现在还是不多……"

她低头走着,她觉得要埋葬的不是叶戈尔,而是另外一种非常熟悉、亲近而且不可缺少的东西。她感到苦闷,困窘。她由于不赞成为叶戈尔送丧的人们的做法,心里疙疙瘩瘩、惴惴不安。

"自然,"她想,"叶戈鲁什卡是不相信上帝的,他们大家也和他一样……"

但她不愿再想下去,为了排解心头的重压,她连连叹息不止。

"主啊,耶稣基督啊!难道将来也这样给我送终……"

人们到了墓地,在坟墓中间蜿蜒曲折而又狭窄的小径上绕了许久,最后来到竖着许多低矮的白色十字架的一块茔地上。大家聚在坟墓旁,静默地站着。在许多死者的坟墓之间,活着的人们的肃静,给人一种恐怖的预感,母亲的心紧缩了一下,然后就像停止了跳动似的等待着什么。风在十字架中间呼啸哀号。棺盖上被蹂躏的花朵在悲哀地瑟缩抖动……

警察们倍加警惕,身体挺得笔直,眼睛望着警官。一个身材高高的年轻人站到墓旁的土堆上,他留着长长的头发,脸色苍白,眉毛乌黑,头上没有戴帽子。就在这个时候,传来警官嘶哑的声音:

"诸位……"

"同志们!"黑眉毛的年轻人声音洪亮地开口说道。

"不行!"警官喊道。"我宣布,不准演说……"

"我只讲几句话!"年轻人镇静地说道。"同志们!让我们在我们导师和友人的墓前宣誓,我们永远不会忘记他的遗训:对于祖国一切不幸的根源,对于压迫祖国的邪恶势力——专制政体,我们每一个人都要终生不懈地为它们挖掘坟墓!"

"逮住他!"警官喊。可是一阵嘈杂的叫喊声淹没了他的声音:

"打倒专制!"

警察推开群众,向演说人奔去,而他被四周的人紧紧围住,还在振臂高喊:

"自由万岁!"

母亲被挤到了一旁,她惊恐失色地靠在十字架上,闭上眼睛准备挨打。纷乱的嘈杂声像一阵猛烈的旋风袭来,使母亲感到震耳欲聋,大地在脚下摇动,恐怖和寒风使她窒息。警笛声划破天空,令人心慌。可以听见一个粗野的嗓音在发号施令,女人们在歇斯底里地叫喊,木栅栏发出断裂的响声,沉重的脚步在干硬的地面上发出低沉的声音。这一切继续了许久,使母亲觉得,再闭着眼睛站在那里简直可怕得难以忍受。

她睁开眼一看,大喊一声,伸出两手向前奔去。离她不远,在坟墓中间狭窄的小径上,警察围住了那个长头发的人,拼命抵挡从四面八方袭来的群众。一把把出了鞘的马刀在空中闪着白色的寒光,从人们头顶上飞起,又急遽地落下。手杖和栅栏上的碎木条在挥舞,人们扭在一起,疯狂地呼喊,乱作一团。那个青年苍白的面孔在高处出现,——在凶猛狂怒的风暴上空,响起了他坚强浑厚的声音:

"同志们!为什么要作无谓的牺牲呢!……"

他的喊声渐渐产生效果。人们丢下棍棒,相继退到一旁。可是母亲在一股不可遏制的力量驱使下,还继续向前挤去。她看见尼古拉的帽子滑到后脑勺上,正在推开狂怒的人群,她听见他责备的叫喊声:

"你们发疯啦!快镇静下来!"

母亲似乎看到,尼古拉的一只手上已经被鲜血染红。

"尼古拉·伊凡诺维奇,快走!"母亲喊着向他奔去。

"您往哪儿跑?那儿您会挨打的……"

这时索菲娅正站在母亲旁边,一把抓住她的肩膀。索菲娅头上没有帽子,头发散乱,扶着一个几乎还是孩子般的小伙子。他一只手擦着被打伤的、鲜血淋淋的脸,嘴唇颤抖着喃喃说道:

"松手,不要紧……"

"照看他一下,带他到咱们家去!这儿有头巾,把他脸包上!……"索菲娅匆匆说着,把小伙子的胳膊放到母亲手上,然后跑开了,嘴里喊着:"快走,在抓人了!……"

坟场上的人群向四面散开,警察骂骂咧咧,挥着军刀,在坟堆中间笨拙地跨着步子,在后面紧紧追赶着,大衣的下摆绊得他们迈不开腿。小伙子用狼一般凶狠的眼光目送着他们。

"咱们快走吧!"母亲用头巾擦着小伙子的脸,低声喊道。

他不住地吐着带血的唾沫,含糊地说:

"您不用担心!我不疼。他用刀把打我……我也回敬了他,用棍子狠狠揍了他一下!打得他嗷嗷直叫!"

他摇晃着血糊糊的拳头,用嘶哑了的声音最后说了一句:

"等着吧,有你们好受的。我们全体工人一起来,不用打就可以制服你们!"

"快走!"母亲催促着他,他们加快脚步,向坟场围墙的小门走去。母亲觉得,围墙外面的田野上,似乎有警察躲着,正等着他们,只要他们一出去,就会扑过来殴打他们。可是,当她小心翼翼地推开小门,朝那秋天黄昏时分笼罩着朦胧薄雾的田野张望了一下的时候,外面却静悄悄的,空旷无人,这使她立刻安下心来。

"让我把您的脸包起来,"她说。

"不,不用,我就这样也不觉得丢脸!这次交手公平合理:他打了我,我也打了他,……"

母亲很快把他的伤口包扎好。一看见血,她心里不由充满了怜悯,当她的手指碰到黏湿温热的血时,她害怕得战栗起来。母亲默默地拉着受伤的小伙子的手,很快地在田野上穿行。小伙子拉开遮住嘴巴的头巾,声音里带着嘲笑说:

"您把我拉到哪儿去,同志?我自己能走!……"

可是母亲感觉到,他的身体摇摇晃晃,脚步不稳,手也在发抖。他没等回答,用变得衰弱的声音问她:

"我是白铁工伊凡,您是谁?我们三个人在叶戈尔·伊凡诺维奇小组里——都是白铁工人……小组里共有十一个人。我们非常敬爱他,愿他能在天堂安息!虽然我不信神……"

母亲在一条街上雇了辆马车,把伊凡扶上车坐好后,悄悄地对他说:

　　"现在别讲话!"她说着用头巾小心地围住他的嘴。

　　伊凡把手举到嘴边,可是已经没有力气把头巾从嘴上拉开,手无力地垂到膝上。但是,透过头巾,他还继续含糊不清地说着:

　　"我亲爱的,你们打了我,我可忘不了……在叶戈尔·伊凡诺维奇之前,有一个大学生季托维奇……教我们政治经济学……后来被捕了……"

　　母亲抱着伊凡,把他的头放在自己的胸口,小伙子的整个身体忽然变得十分沉重,也不再作声了。母亲吓得不敢喘气,她偷偷地朝马车两旁张望,她觉得从某个拐角马上会跑出几个警察,他们看见伊凡的头包扎着,立刻会抓住他,把他打死。

　　"他喝醉了?"马车夫从座位上转过头来,和气地笑着问。

　　"喝得醉成一摊泥了!"母亲叹了口气,回答说。

　　"是您的儿子?"

　　"嗯,是个鞋匠。我帮人家做饭……"

　　"你够苦的。是——啊……"

　　车夫朝马甩了一鞭,又回过头来小声继续说:

　　"你听说了吗,刚才坟场那边动武打起来了!……一个搞革命的人出丧,是反对官府的那种人……他们反对官府的做法。当然,送葬的也是跟他一样的人,是他的朋友。他们拼命高喊'打倒官府',说官府把人民搞得家破人亡……警察就打他们!据说警察把他们往死里砍。当然警察也有挨打的……"他停了一会儿,十分难受地摇着头,用异样的声音说:"死人都不得安宁,把死人也要吵醒了!"

　　马车在石子路上颠簸着发出吱吱嘎嘎的声音,伊凡的头轻轻地撞击着母亲的胸口。马车夫侧身坐着,沉思般地喃喃说道:

　　"老百姓闹起来了,天下就要乱了,嗯!昨天夜里宪兵跑到我街坊家,一直折腾到天亮,早上抓走了一个铁匠。听说,夜里要把他带到河边,偷偷地把他淹死。可那个铁匠人挺不错……"

"他叫什么?"母亲问。

"那铁匠吗?他叫萨韦利,外号叫叶夫钦科。年纪还轻,可懂得的事很多。看来,懂事是有罪的!有时候他来了就说:'赶马的伙计们!你们的生活怎么样?'我们说,'说真的,日子过得连狗还不如。'"

"停下!"母亲说。

马车一停,把伊凡震醒了,他低声呻吟起来。

"小伙子醉得太厉害啦!"马车夫说。"唉,伏特加,伏特加……"

伊凡整个身子摇摇晃晃,踉踉跄跄地在院子里走着,嘴里说:

"不要紧,我能走……"

十三

索菲娅已经先回到家了。她慌慌张张、情绪激动地迎接着母亲,嘴里叼着一根烟卷。

索菲娅把受伤的人安顿在沙发上,敏捷地解开他脑袋上的头巾,不断地吩咐着别人,她的眼睛被香烟熏得眯了起来。

"伊凡·达尼洛维奇,受伤的人带来了!尼洛夫娜,您累了吧?受惊了,是吗?您休息一下吧。尼古拉,给尼洛夫娜拿一杯葡萄酒来!"

今天经历的事使母亲惊魂未定,她喘着粗气,胸中感到一阵阵刺痛,她含糊地说:

"您不必为我操心……"

其实她整个身心都隐隐约约地在期望得到别人的关怀,安慰和爱抚。

一只手包扎着的尼古拉,还有衣服和头发像刺猬一样竖着的伊凡·达尼洛维奇医生,从隔壁房间走出来。医生快步走到伊凡面前,俯下身说:

"拿水来,多拿些水,还要干净的亚麻布和棉花!"

母亲朝厨房走去,可是尼古拉用左手挽着她,把她带到餐室里,亲切地说:

"他不是叫您去拿,是叫索菲娅去拿。亲爱的,今天您太受惊了,是不是?"

母亲遇到他关注、体贴的目光,忍不住呜咽着大声说:

"亲爱的,这叫什么事!居然用刀砍,用刀砍起人来了!"

"我看见了!"尼古拉把葡萄酒递给母亲,点了点头说。"双方都有点动火了。不过,您不用担心,他们是用刀平着打的,所以受重伤的好像只有一个人。我亲眼看见他们砍了这个人一下,我就把他从人堆里拖了出来……"

尼古拉脸上的神情和他说话的声音、房间里的温暖和光亮,使弗拉索娃渐渐平静下来。她感激地望了他一眼,问道:

"您也挨打了?"

"这大概是我自己不小心,手不知碰了什么东西,擦破了皮。喝茶吧,天气很冷,您穿得太单薄了……"

母亲伸手去拿茶杯,看见自己的手指上全是凝结了的血迹,就不由自主地把手放到膝上,裙子也被血弄湿了。她睁大眼睛,竖起眉毛,斜睨着自己的指头,感到头晕目眩,有个想法搅动得她的心突突地跳:

"他们也会这样对待巴沙的!"

伊凡·达尼洛维奇穿着西服背心,衬衫袖子卷着,走了进来,用尖细的声音对尼古拉默默无言的询问回答说:

"脸上的伤不重,可是颅骨骨折,不过也不算厉害,小伙子身体很好!只是流血太多。送他进医院吗?"

"为什么?让他留在这儿吧!"尼古拉高声说。

"今天没关系,明天大概也还可以,不过以后他要是住进医院,我就方便多了。我没有工夫出诊!关于今天坟场上的事,你是不是写一份传单?"

"当然可以!"尼古拉回答说。

母亲悄悄站起身来,朝厨房走去。

"尼洛夫娜,您上哪儿去?"尼古拉不安地叫住了她。"索菲娅一个人照顾得了!"

母亲瞥了他一眼,身子在哆嗦,古怪地笑着说:

"我身上都是血……"

母亲在自己房里换衣服的时候,又想到这些人多么沉着镇静,他们能善于迅速应付可怕的事变。这种想法驱散了她心里的恐怖,使她清醒起来。她走进受伤的小伙子躺着的房间,索菲娅正俯身对伊凡说:

"同志,别说傻话了!"

"我会给你们添麻烦的!"他声音微弱地说着表示不同意。

"您就别再说话了,这样对您更好些……"

母亲站在索菲娅身后,把手放在她的肩上,含笑望着受伤的小伙子的脸。母亲一边笑着,一边叙述,他怎样在马车里说胡话,他不小心说出的话使她非常担心。伊凡听着,眼中射出火热的光芒,咂着嘴不好意思地低声叹道:

"唉,我这个傻瓜!"

"好,我们不打搅您了!"索菲娅替他盖好被子,说。"您休息吧!"

他们走到餐室,在那儿久久谈论着这天所发生的事。不过他们已经把这惨案看成是遥远的往事,而且满怀信心地在展望未来,讨论今后如何工作的问题。大家脸上显得很疲倦,但思想却很活跃,谈到工作时,毫不掩饰对自己的不满。医生坐在椅子上,心绪不宁地动来动去,尽量压低自己尖细的声音说:

"宣传,宣传!现在只宣传是不够的,青年工人们说得对!现在需要进行更广泛的鼓动,——我认为,工人们是对的……"

尼古拉学着他的口吻阴郁地说:

"现在各地都抱怨宣传品不够,可我们一直还没能建立一个像样的印刷所。柳德米拉已经精疲力竭,如果不派人去帮她,她会累病的。"

"维索夫希科夫怎么样?"索菲娅问。

"他不能住在城里。他只能在新印刷所里工作,柳德米拉那里还少一个人……"

"我合不合适?"母亲低声问。

他们三个人一齐看了她一看,沉默了一会儿。

"好主意!"索菲娅大声说道。

"不行,尼洛夫娜,对您来说这是很困难的!"尼古拉冷冷地说。"这样您就得住到城外去,不能和巴维尔见面了,总之……"

母亲叹了口气,反驳说:

"这对巴沙并不是什么大损失,再说这样的见面只能使我伤心!什么话也不能说。像个傻子一样站在儿子面前,有人盯着你的嘴,看你是不是要说不该说的话……"

近来发生的各种事件使她非常疲劳。现在她一听说有可能住到城外,远离城里种种不幸的事情,就急迫地紧紧抓住这种机会。

可是尼古拉又岔开了话题。

"你在想什么,伊凡?"他对着医生问道。

坐在桌旁的医生抬起了低垂的头,怅惘地回答说:

"我在想,咱们的人太少!必须更加拼命地工作……而且,一定要说服巴维尔和安德烈越狱逃出来,他们两个人空坐在牢里未免太可惜了……"

尼古拉皱着眉头疑惑地摇了摇头,悄悄瞟了母亲一眼。母亲明白了,他们当着她的面不便谈论她儿子的事,就回到自己的房间里去了。对他们这样忽视她的愿望,心里有些生气。她躺在床上,睁着眼睛,听着他们絮絮的低语声,不禁忧心忡忡,十分不安。

过去的一天,令人忧虑、困惑,充满了不祥的预兆;想起这些,母亲感到心情沉重。为了摆脱这些令人愁闷的印象,她就想念起巴维尔来。她希望能够在狱外见到他,但这同时又使她感到害怕:她觉得她周围的一切都变得紧张起来,随时都有发生剧烈冲突的危险。人们默默无声的忍耐消失了,代之而起的是紧张的期待,急躁的情绪在明显增长,说话的言词尖锐激烈,到处都感到一种令人激昂紧张的气氛……每一份传单都会在市场上、小铺里、佣人和手艺人中间引起热烈的议论。城里每一次逮捕之后,人们谈论逮捕的原因时,总是会引起惴惴不安、困惑不解,有时甚至是不自觉的同情的反响。现在她越来越频繁地从普通人的嘴里听到像暴动、社会主义者、政治等等过去使她害怕的字眼。说这些字眼时,有的人用嘲笑的口吻,但在嘲笑的背后却掩盖不住寻根究底的好奇心;有的人怀着恶意,不过在恶意中同时又流露出内心的恐惧;还有的人则沉浸在思考中,用的是充满希望和威胁的口吻。这种骚动,在停滞的黑暗生活中,像死水潭上激起的波纹慢慢地、然而是一圈大一圈地扩散开去。对现状习以为常、无动于衷的态度动摇了。这一切母亲看得比别人更清楚。因为她比别人更了解充满辛酸凄苦的生活面貌。现在,当她看到这张脸上出现了深思和愤怒的皱纹时,她感到既高兴又害怕。高兴的是,她认为这是她儿子工作的结果,害怕的是,她知道,如果儿子出狱,他一定站在所有人的最前面,站在最危险的地方,而且会牺牲。

有时候,儿子的形象在她眼前变得像神话里的英雄那样巨大,母亲听到的一切正直、无畏的话,她所喜欢的所有人的优秀品质,她所知道的一切英勇光辉的业绩,都汇集在他的身上。这时候,她感动而又骄傲,心中暗自欣喜,她赞赏着儿子,满怀希望想道:

"都会好起来的,一切都会好起来的!"

她的爱——母亲的爱炽烈地燃烧起来,使她的心紧缩到几乎感到疼痛。随后这种母性的情感阻碍了人类情感的发展,并把后者逐渐焚烧殆尽,而取代这种伟大感情的是一种忧伤的思虑,它在忧心如焚的灰色余烬里胆怯地战栗着:

"他会牺牲的……会送命的!……"

十四

中午,母亲在监狱办公室里坐在巴维尔的对面。她眼睛里噙着泪水,端详着儿子胡子拉碴的面庞,等待机会把紧紧攥在手中的字条交给他。

"我身体很好,大家也很好!"他低声说。"我说,你怎么样?"

"我还好!叶戈尔·伊凡诺维奇去世了!"母亲不由自主地脱口而出。

"真的吗?"巴维尔失声惊叫道,慢慢地垂下了头。

"出殡的时候,警察动手打人了,还抓走了一个人!"她毫无顾忌地照直接下去说。副典狱长气乎乎地呷了一下薄薄的嘴唇,霍地一下站起来,嘟哝着说:

"不准谈这个,你应该懂得!禁止谈政治!……"

母亲也从椅子上站起来,装做不懂的样子,抱歉地说:

"我讲的不是政治,是打架的事!他们打架了,这是事实。有一个人打破了头……"

"那也不能说!我请您住嘴!就是说,凡是跟您个人和家庭无关,总之跟你们家里没有关系的事,都不准说!"

他觉得自己说得前言不搭后语,便又在桌旁坐下,翻着案卷,垂头丧气、无精打采地补充说:

"我是要负责任的,是这样……"

母亲向周围看了一眼,赶紧把字条塞到巴维尔手里,如释重负似的松了口气。

"真叫人不知道说什么才好……"

巴维尔笑了笑。

"我也不知道……"

"那就不必探视!"狱吏生气地说。"没什么可说的,还老要来找麻烦……"

"快要过堂了吗?"母亲沉默了一会儿,说。

"前两天检察官来过,说快了……"

他们只好说些彼此都觉得没用的无关紧要的话,母亲看到,巴维尔的眼睛温柔、亲切地望着她的脸。他还像平时那样持重沉稳,没什么变化。只是胡子长得很长,使他显得老了一些,手也比以前白了,母亲为了使他高兴,想告诉他尼古拉的事,于是她保持原来的说话声音,用刚才谈论无关紧要、枯燥无味的事情那种口吻继续说:

"我见到你的教子了……"

巴维尔用探询的目光默默地注视着母亲的眼睛,为了使他想起维索夫希科夫的麻脸,她用指头在脸上点了几下……

"那孩子还可以,平安无事。不久就有工作了。"

儿子顿时领会了,向她点了点头,眼睛含着微笑回答说:

"那好极了!"

"就这些!"她扬扬自得,又由于儿子很高兴而受到感动,心满意足地说道。

分别时,他紧紧握住母亲的手。

"谢谢你,妈妈!"

和儿子心灵上的接近所产生的喜悦,使她陶醉,她无法用语言来回答他,只是默默地握着他的手。

母亲回到家里,碰到萨莎正好来了。每逢探望巴维尔的日子,这个姑娘总要来看母亲。要是母亲自己不提到儿子,萨莎从来不问起巴维尔的事,她只要凝视着母亲的脸,就感到满足了。但是今天,她一看见母亲就担忧地问道:

"他怎么样了?"

"没什么,身体很好!"

"字条交给他了吗?"

"当然! 我很巧妙地塞给了他……"

"他看了吗?"

"在哪儿看?那儿怎么可能呢?"

"对,我忘了!"姑娘慢条斯理地说。"咱们还得等一个星期,还要等一个星期!您看怎么样,他会同意吗?"

她皱着眉头,目不转睛地望着母亲的脸。

"这我可不知道,"母亲思忖着说。"如果没有危险,那怎么会不逃出来呢?"

萨莎晃了晃脑袋,声音不那么柔和地问:

"您知不知道,病人可以吃些什么东西?他想吃东西。"

"什么都可以吃,都能吃!我这就去……"

她朝厨房走去,萨莎慢慢地跟在她后面。

"要我帮您忙吗?"

"谢谢,不用!"

母亲弯下腰,正要从炉子上拿起一个钵子,姑娘轻轻地对她说:

"请您等一下……"

她脸色发白,忧愁地睁大着眼睛,嘴唇颤抖着,热烈而又急切地好不容易才低声说出口:

"我有件事要求您。我知道,他是不会同意的!您劝劝他吧!您对他说,少了他不行,工作需要他。我怕他会病倒。您看,审判的日子还没有定下来……"

看来,她说话很费力。她挺直身子,眼睛看着一旁,声音忽高忽低。她疲乏地垂下眼皮,咬着嘴唇,紧捏着的手指发出咯咯的声音。

母亲被她的冲动弄得不知所措,不过,她理解了这种心情,她心里充满惆怅的感情,激动地抱着萨莎,低声回答说:

"我亲爱的!他除了自己,什么人的话都不肯听,不管什么人!"

她们紧紧抱在一起,沉默着。后来萨莎小心地从肩上拿下母亲的手,颤抖着说:

"对,您说得对!我说的都是傻话,太神经质了……"

最后她忽然严肃起来,简单地说:

"那我们给病人吃东西吧……"

她坐在伊凡的床边,关心地亲切问道:

"头痛得厉害吗?"

"不怎么厉害,就是什么都模模糊糊!而且没劲儿,"伊凡害羞地把被子拉到下巴底下,回答说,像怕亮光似的眯着眼睛。萨莎看出他不愿意当着她的面吃东西,就起身走出去了。

伊凡在床上坐起来,望着她的背影,眨着眼睛,说:

"真—漂亮!……"

他有一双明亮快活的眼睛,一口密实的细牙,说话的声音还不像成年人。

"您多大年纪?"母亲沉思着问道。

"十七……"

"父母在哪儿?"

"在乡下,我十岁就到了这儿,上完小学就来了。同志!您叫什么?"

当别人称呼她"同志"的时候,她总是觉得既好笑又感动。这一次她也笑着问道:

"您要知道这个干什么?"

小伙子不好意思地沉默了片刻,然后解释说:

"我们小组的一个大学生,就是帮我们学习的那个,跟我们讲起工人巴维尔·弗拉索夫的母亲,您知道五一节游行的事吗?"

她点了点头,开始注意细听。

"是他第一个公开举起了我们党的旗帜!"小伙子自豪地说。他的自豪感在母亲心里引起了共鸣。

"我没有参加那次游行,那时我们想在这儿组织游行,可是没有成功!当时我们的人还太少。不过到明年——您就请来看看吧!"

他预感到未来的事件会带来的喜悦,激动得透不过气来。接着,

他在空中挥动着匙子,继续往下讲:

"刚才我提到的母亲弗拉索娃,在这次游行后也加入了党。听大伙说,像她这样的母亲简直少有!"

母亲咧嘴笑了一笑,她听到小伙子热烈的称赞,心里觉得很高兴。高兴的同时又感到不好意思。她甚至想对他说:"我就是弗拉索娃!……"但她忍住了,带着轻微的嘲笑和惆怅对自己说:"唉,你这个老糊涂!……"

"您就多吃一点吧!赶快恢复,好去干有用的事!"母亲突然俯身对他激动地说。

房门开了,吹来一股秋天潮湿的寒气。索菲娅两颊红润,神情愉快地走了进来。

"有几个暗探总跟在我后面,就像求婚的人追求富家小姐一样,真是那样!我得离开这儿了……我说,凡尼亚①,你怎么样?感觉好吗?尼洛夫娜,巴维尔怎么样?萨莎也在这儿?"

她点燃香烟,不等回答便提了一连串问题,她灰色的眼睛温柔地望着母亲和小伙子。母亲瞧着她,心里暗自笑着想道:

"我也成了这些好人中的一个了!"

她又俯身对伊凡说:

"快点养好吧,孩子!"

她说完便走进餐室。索菲娅正在那儿对萨莎说:

"柳德米拉已经准备了三百份!她这样干工作,非把自己累死不可!这真是英勇精神!我说,萨莎,生活在这些人中间,成为他们的同志,和他们一起工作,这真是莫大的幸福……"

"是啊!"姑娘低声回答说。

傍晚喝茶的时候,索菲娅对母亲说:

"尼洛夫娜,您又得到乡下去一趟。"

---

① 伊凡的爱称。

"没问题！什么时候去？"

"过两三天以后，可以吗？"

"好……"

"您坐车去！"尼古拉低声建议说。"雇驿站的马车，最好走另外一条路，经过尼科尔斯科耶乡……"

他停下了，皱起眉头。这和他的脸很不相称，使他一向沉着冷静的神情变得难看而又奇怪。

"走尼科尔斯科耶那条路太远了！"母亲说。"而且雇马车又很贵……"

"您要知道，"尼古拉继续说。"我本来不同意这次派人去。那儿很不平静——已经在抓人了。有一个教员被逮捕，应该谨慎小心一些。最好等到合适的时候……"

索菲娅用指头敲着桌子，说：

"做到不断散发宣传品这一点，对我们是非常重要的。尼洛夫娜，您去不害怕吗？"她忽然问道。

母亲很不高兴。

"我什么时候害怕过？就连第一次干的时候也没怕过……现在却忽然……"她话没说完，便低下了头。每当有人问她怕不怕、方便不方便、某件事能不能做到的时候，她总能听出在这些问话里有一种向她请求的语气，她觉得别人把她当外人看待，而不像他们彼此之间那样。

"您问我怕不怕是多余的，"母亲叹着气说，"你们相互之间是从来不问怕不怕的。"

尼古拉匆匆摘下眼镜，重新又戴上，定睛朝姐姐脸上瞥了一眼。难堪的沉默使母亲深感不安，她怀着歉意从椅子上站起来，想对他们说些什么，这时索菲娅碰了碰她的手，低声请求说：

"原谅我！以后不再这样问了！"

这句话引得母亲笑了起来，几分钟之后，他们三个人又关切地心平气和地谈起了到乡下去的事。

十五

天刚亮,母亲坐在驿站的马车上,沿着被秋雨冲刷过的道路颠簸前进。刮着潮湿的秋风,泥浆飞溅。马车夫坐在赶车人的位子上,侧身朝着母亲,用沉思的、带着鼻音的声音抱怨说:

"我对他,就是我兄弟,说,怎么样,我们分开过吧!这样我们就分家了……"

他突然在左边的马身上抽了一鞭,凶恶地喝道:

"驾!妈的,混账东西,走呀!"

秋天肥胖的乌鸦,在收割了的田野里发愁地踱着。寒风呼啸着吹在它们身上。乌鸦侧身顶着风头。风掀起乌鸦的羽毛,吹得它们站不稳脚,只好让步,懒洋洋地拍着翅膀飞到别处去。

"结果,他少分给我了。我一看,没剩下什么了,"马车夫说。

母亲好像在梦中似的听他说着,她沉浸在往事的回忆中:近几年来所经历的事一一呈现在她的面前。她重温这些往事的时候,处处都能看到自己的身影。从前,生活是在遥远的地方进行,不知道是谁,以及为什么要创造生活,现在,许多事她都亲眼目睹,甚至还助了一臂之力。这在她心里唤起了一种错综复杂的感情,对自己既怀疑又满意,困惑不解而又有些惆怅……

周围的一切在缓缓移动、摇晃。一团团沉重的灰云在天空飘浮,互相追逐。道路两旁闪过湿淋淋的树木,光秃秃的树梢在摇曳。田野向四面八方伸延,山岗时隐时现。

马车夫的带着鼻音的说话声,驿马的铃铛声,潮湿的秋风发出的唿哨声和簌簌声,仿佛汇合成一条蜿蜒曲折、微微颤动的小溪,在田野上空不断地流着……

"有钱的人到了天堂还嫌挤,——事情就是这样!……他们还是压迫人,当官的是他们的朋友。"马车夫在座位上摇晃着,拖长声音说。

到了驿站，马车夫解开了缰绳，用一种绝望的声音对母亲说：

"给我五个戈比吧，哪怕让我喝上一口也好！"

母亲给了他一个硬币，他把硬币在手掌上掂了一下，用同样的声调告诉母亲说：

"三戈比喝烧酒，两戈比吃面包……"

午后，母亲又冷又乏，到了尼科尔斯科耶这个大村庄。她走进驿站，要了茶，在窗前坐下，把沉甸甸的箱子放在自己坐的凳子底下。从窗口可以看见一个不大的广场，上面像地毯似的铺着踏平了的枯草，还可以看到乡公所深灰色的房子，屋顶已经倾斜，台阶上坐着一个秃顶长胡须的农民，身上只穿一件衬衫，在吸烟。一头猪在草地上走动，不满似的扇着耳朵，用嘴在地上乱拱，摇晃着脑袋。

重重乌云在天空纷飞。四周寂静无声，一片昏暗，使人感到寂寞无聊，仿佛生活隐藏起来，销声匿迹了。

忽然，一个县警骑马飞奔到广场上，在乡公所的台阶旁勒住了枣红马，在空中挥舞着鞭子，对那个农民吼叫起来，——吼声震动了窗上的玻璃，可是话却听不清楚。农民站起身来，伸出手指着远处，警察跳下马来，摇晃着身子，把缰绳扔给农民，两手抓着栏杆，笨重地走上台阶，走进乡公所的大门，看不见了……

四周又寂静下来。马蹄在松软的地上踢了两下。一个十五六岁的姑娘走进驿站，她脑后梳着一条黄色的短辫，圆圆的脸上有一双可爱的眼睛。她伸直手端着一个边上碰得凹凸不平的大托盘，盘子上放着食具，她咬着嘴唇，频频点头，对母亲行礼。

"你好，聪明的姑娘！"母亲亲热地说。

"您好！"

姑娘在桌上摆着盘子和茶具，忽然激动地说：

"刚才抓了一个暴徒，就要带来了！"

"是个什么样的暴徒？"

"我不知道……"

"他干了什么事?"

"我不知道!"姑娘重复了一遍。"我只听说抓了个人!乡公所守门的跑去找区警察局局长了。"

母亲向窗外望了一望,——广场上来了许多农民。有的人慢慢腾腾、不慌不忙地走着,另一些人一边走,一边急急忙忙地扣着短皮袄的钮扣。大家都在乡公所的台阶旁站住了,眼睛都看着左边。

姑娘也朝街上看了看,然后跑出房间,砰的一声关上了房门。母亲浑身哆嗦了一下,把凳子底下自己的箱子又往里推了推,把围巾朝头上一披,急忙朝门口走去,克制着突然产生的莫名其妙的企图赶快逃走的想法……

当她走到台阶的时候,感到一股寒气直扑她的眼睛和胸膛。她顿时呼吸困难,双腿僵直,雷宾反绑着两手在广场中央走着。两个乡警和他并排走着,手拿棍子有节奏地在地上敲着,乡公所的台阶旁站着一群人,默不作声地等待着。

母亲茫然若失,目不转睛地盯着,——雷宾在说着什么,母亲能听见他的声音,但是他的话却在她阴郁、战栗、空虚的心中消失殆尽,没有引起回响。

母亲清醒过来,透了口气,台阶旁站着一个蓄有浅色大胡子的农民,他的那双蓝眼睛盯着母亲的脸。母亲咳着,两手吓得发软,揉着喉咙,好不容易挣出一句问话:

"这是怎么回事?"

"您就瞧吧!"农民答道,然后转过身去。这时又来了一个农民,站在旁边。

两个乡警在人群面前停了下来。人越来越多,很快围了一大群人,可是没有人作声。突然在人群上空响起了雷宾深沉浑厚的声音。

"乡亲们!你们听说过有一些写我们农民的真实生活的书报吗?里面说的都是真实可靠的。就是因为那些书报我受到了折磨,那些书报是我散给大家的!"

人们更紧地围住雷宾。他的声音沉着镇静,从容不迫,这使母亲渐渐清醒起来。

"听见吗?"后来的那个农民用手捅了一下蓝眼睛农民的腰,低声问道。蓝眼睛农民没有答理,抬头朝母亲的面孔看了一眼。另外那个农民也看了看母亲,他比较年轻,蓄着稀疏的黑须,瘦削的脸上满是雀斑。接着两个人都离开台阶,走到一旁。

"他们害怕了!"母亲不由地想道。

她的注意力更加集中了。她从台阶上面清楚地看到米哈伊洛·伊凡诺维奇黝黑的脸上满是伤痕,看出他眼睛里闪着炽热的光芒。她希望雷宾也能看见她,于是踮起脚,朝他探着脖颈。

人们阴沉地、将信将疑地望着他,默不作声,只是在人群的后面,可以听到窃窃低语的声音。

"乡亲们!"雷宾声嘶力竭地高喊道。"你们要相信散发的书报,为了这些书报,我很可能会死,他们拷打我,折磨我,想要我说出这些书报是从哪儿来的,他们还要拷打我,我都忍受得住!因为这些书报里讲的是真理,对我们来说,这个真理应该比面包更宝贵。就是这样!"

"他干吗要讲这些?"台阶旁的那个农民低声感叹道。蓝眼睛农民慢吞吞地回答他说:

"现在反正豁出去了——死两次不可能,死一次免不了……"

人们默默地站着,皱着眉忧郁地看着雷宾,好像有一样看不见然而很沉重的东西压在大家身上。县警察在台阶上出现了,身子摇摇晃晃,醉醺醺地吼道:

"是谁在讲话?"

他忽然跑下台阶,揪住雷宾的头发,把他的脑袋前后摇晃着,一面喊道:

"是你在讲话,狗崽子!是你吗?"

人群骚动起来,响起一片嗡嗡的声音。母亲痛苦地感到无能为力,垂下了头。这时又听见雷宾的说话声:

262

"善良的人们,你们瞧……"

"住嘴!"县警打了他一个耳光。雷宾晃了一下,耸了耸肩膀。

"他们捆住了别人的手,高兴怎么折磨就怎么折磨……"

"乡警! 把他带下去! 大家散开!"县警像一条狗被拴在一块肉前面似的,在雷宾面前乱蹦乱跳,挥拳朝他的脸上、胸口和肚子上乱打。

"别打!"人群里有人喊了一声。

"干吗打人?"另外一个人附和说。

"咱们过去吧!"蓝眼睛农民点了一下头说。于是他们两人不慌不忙地朝乡公所走去。母亲用善良的眼光目送他们。她轻松地吐了口气——县警又笨重地走上台阶,在那儿挥着拳头,疯狂地嚷着:

"我说,把他带到这儿来!……"

"不行!"人群中发出了一声有力的呼喊,——母亲听出这是蓝眼睛农民的声音。"弟兄们! 不能让他带去! 带到了那儿,会把他打死的。然后会推到我们身上,说是我们打死的! 不能带去!"

"乡亲们!"响起了雷宾洪亮的声音。"难道你们没有看到自己过的是什么生活吗? 难道你们不懂得,你们是怎样受掠夺,怎样被欺骗,怎样让人吸干你们的血的吗? 无论什么事,没有你们是不行的,你们是天下最有力量的人,可是,你们有什么权利呢? 你们只有一种权利,就是饿死!……"

农民们七嘴八舌地嚷了起来。

"他说得对!"

"把局长叫来! 局长在哪儿?……"

"县警骑马叫去了……"

"那个醉鬼!……"

"叫局长不是我们的事……"

叫嚷声越来越大,越来越高。

"你讲下去! 我们决不能让他们打你……"

"解开他的手……"

"小心,可别闯祸!……"

"我的手疼!"雷宾平静洪亮的声音盖过了所有人的声音。"乡亲们,我是不会逃跑的!我不会逃离我的真理躲藏起来,真理就在我的心里……"

有几个人低声交谈着,微微摇着头,显得很神气的样子离开人群,四散了。可是,匆匆披着破旧衣服的、激动的人们,却越聚越多。他们围着雷宾,像黑色的浪花在翻滚。雷宾站在他们中间,宛若森林中的一座教堂。他把双手举到头上,挥动着,对人群说:

"谢谢你们,善良的人们,谢谢你们!我们的手应该由我们自己互相来解开!就是这样!有谁会来帮助我们呢?"

他摸了摸胡须,又举起一只染了鲜血的手。

"这是我的血,这血是为真理而流的!"

母亲走下台阶。可是站在地上她看不见被人群紧紧围着的雷宾,于是又走上台阶。她胸中感到热乎乎的,一种模糊的喜悦使她的心突突地跳。

"乡亲们!你们去找散发的书报看吧,别相信官老爷和神甫的话,他们把那些给我们带来真理的人叫作坏蛋,真理秘密地在大地上传播,要在人民中间扎根,——在官府眼里,真理就是刀与火,他们不能接受真理,真理会杀掉他们,烧死他们!对你们来说,真理是好朋友,在官府看来,是不共戴天的死敌!这就是为什么真理要避开官府的缘故……"

人群里又发出了几声呼喊。

"乡亲们,听着!"

"唉,老弟,你要完了……"

"是谁把你出卖的?"

"神甫!"一个乡警说。

两个农民便破口大骂起来。

"当心点,弟兄们!"有个人提醒说。

十六

　　警察局局长向人群走来。他长得肥头大耳,又高又壮。他歪戴帽子,一撇胡子向上翘,另一撇胡子往下垂,因此他的脸看上去是歪的,由于皮笑肉不笑,更显得丑陋不堪,他左手拿着军刀,右手在空中挥动。已经可以听见他沉重的囊囊的脚步声。人群给他让开了路。大家脸上露出一种阴郁压抑的神情,嘈杂的人声渐渐沉静下来,就像钻入地下消失了一样。母亲觉得额头上的皮肤在颤抖,眼睛一阵发热。她又想挤进人群,她向前探着身子,突然又紧张得怔住了。

　　"这是怎么回事?"警察局局长在雷宾面前站住,打量着他,问道。"为什么手不捆起来?乡警!捆上!"

　　他的声音又高又响,可是很平淡。

　　"本来是捆着的,大家给他解开了!"一个乡警说。

　　"什么?大家?是哪些人?"

　　警察局局长朝他面前站成半圆形的人们看了看,用同样单调平淡、不高不低的声音继续说:

　　"是些什么人?"

　　他用刀柄在蓝眼睛农民的胸口用力一戳。

　　"楚马科夫,有你一个吧?好,还有谁?有你吗,米新?"

　　接着用右手揪了一下另外一个农民的胡子。

　　"散开,混蛋! ……要不走,给你们点厉害看看!"

　　他的声音和脸上,既没有愤怒,也没有威吓的神气,他说话不紧不慢,他用两只粗壮有力的长手习惯地、不急不忙地打着人。人们低下头,侧过脸向后退去。

　　"喂,你们怎么啦?"他对乡警说。"捆呀!"

　　他嘴里不干不净地骂了几句,又看了雷宾一眼,大声对他说:

　　"你把手背到后面!"

"我不愿意让人捆我的手!"雷宾说。"我既不打算逃跑,也没有打人,为什么要捆我?"

"什么?"警察局局长向他走近一步问。

"你们把老百姓折磨够了,野兽!"雷宾提高了嗓门继续说。"你们流血的日子也快到了……"

警察局局长站在他面前,耸动着两撇胡须,望着他的脸。

然后退后一步,用他尖细的声音拿腔拿调地拖长声音惊叫起来:

"啊——啊,狗崽子!这是什么话?"

他突然猝不及防地朝雷宾脸上狠狠打了一拳。

"拳头是打不倒真理的!"雷宾挺身上前冲他喊道。"你没有权利打我!你这条癞皮狗!"

"我不敢?我不敢?"警察局局长拖长声音吼道。

他对准雷宾的脑袋又挥手打来。雷宾往下一蹲,警察局局长打空了,身子晃了几下,差点摔倒。人群里有人大声噗哧笑了,这时雷宾又愤怒地大声喊道:

"我说,你敢打我,你这个魔鬼?!"

警察局局长向周围看了看,黑压压的人群忧郁地、默默地紧紧围成一个圆圈……

"尼基塔!"警察局局长朝四面望望,高声唤道。"喂!尼基塔!"

从人群里走出一个穿短皮袄的身体壮实、个头不高的庄稼汉。他垂着头发蓬乱的大脑袋,望着地上。

"尼基塔!"警察局局长捻着胡子,慢慢吞吞地说。"打他的嘴巴,狠狠地打!"

尼基塔朝前走了一步,站在雷宾面前,然后抬起头来。雷宾直冲着他的脸说了几句沉痛真实的话。这话好像打在他的脸上:

"大家看,野兽是怎样用你们自己的手来掐死你们的!你们好好看一看,想一想吧!"

那农民慢慢举起手来,懒洋洋地朝他头上打了一下。

"这算是打了吗？狗崽子！"警察局局长尖声喊了起来。

"喂,尼基塔！"人群里有人低声说。"别忘了上帝！"

"我说,你打啊！"警察局局长在那农民的脖颈上推了一下,嚷道。

那农民退到旁边,低着头怏怏地说：

"我不打了……"

"什么？"

警察局局长的脸抽搐了一下,跺着脚,骂骂咧咧,扑向雷宾,给了他一闷拳。雷宾的身子摇晃了一下,手在空中一挥,可是警察局局长接着第二拳就把他打倒在地,围着他暴跳如雷,咆哮着用两脚朝他胸口、腰上、头部乱踢乱踹。

人群发出了充满敌意的嗡嗡声,人们骚动起来,朝警察局局长涌过去。警察局局长见此情况,连忙闪开,从鞘里抽出军刀。

"你们这是干吗？要造反？是吗？……好哇,原来这样……"

他的声音颤抖了,发出一声尖叫,接着嗓子好像被掐断似的。变嘶哑了。嗓子一哑,他的力量也随之丧失了。他缩着脑袋,弯下身子,茫然若失的眼睛不停地左顾右盼,小心翼翼地用脚试探着身后的地面,向后退去。他一面后退,一面用嘶哑的声音惊惶地喊着：

"好！把他带走,我要走了,你们敢怎么样？该死的畜生,你们知道吗,他是个政治犯,他反对沙皇,图谋造反,你们知道吗？可你们还要保护他,啊？你们也是暴徒？好哇！……"

母亲一动不动地呆立着,连眼睛也不眨一下。她全身无力、脑子空空,好像在做噩梦一般,心里充满了恐惧和怜悯。人们不满的、阴沉而凶狠的叫喊,警察局局长发抖的声音,还有低低的絮语声,像一群野蜂似的嗡嗡响着……

"如果他有罪,审判他好了！……"

"大人,您饶了他吧……"

"说实在的,您怎么连一点法律也不讲？……"

"怎么可以这样？要是大家都这样打人,那会成什么体统？……"

人们分成两堆，一堆围住警察局局长，叫喊着，在说服他。另一堆人数较少，围着被打得遍体鳞伤的雷宾，忧郁地低声议论。有几个人把他扶了起来。乡警又要来捆他的双手。

"等一下，恶魔！"大家对他们喝道。

米哈伊洛擦了擦脸上和胡子上的污泥和血迹，一声不响地朝四面看看。他的视线在母亲脸上扫过，母亲战栗了一下。向他探过身去，但不由地挥了挥手，——雷宾已经转过脸去。可是过了几分钟，他的目光又停留在母亲脸上。母亲觉得，雷宾好像伸直了身子，抬起了头，血淋淋的脸颊颤动起来……

"他认出来了。真的认出来了吗？……"

母亲对他点点头，心里又是悲戚、又是害怕、又是高兴，不由颤抖起来。可是接着她就看见，那个蓝眼睛农民站在他身边，也在看着她。刹那间，他的视线在母亲心里唤起了危险的感觉……

"我这是在做什么？他们也会把我抓去的！"

那个农民对雷宾说了些什么，雷宾把头猛地一摇，用发抖的声音，可是清晰而又很有精神地说：

"不要紧！世界上不止我一个人，真理，他们是抓不完的！我待过的地方，人们都会记得我，就是这样，虽然他们捣毁了我们的老巢，那儿再也没有我们的同志了……"

"这是对我说的！"母亲立即领会了。

"可是，鹰儿自由飞翔、人民获得解放的一天一定会到来的！"

一个女人拿了一桶水来，开始替雷宾洗脸，一面不住地叹息，哭诉。她尖细、诉怨的声音和雷宾的说话声混在一起，使母亲听不清他们在说什么。一群农民跟在警察局局长后面走了过来，有人大声喊道：

"喂！来一辆车子给犯人坐！是谁值班？"

接着，警察局局长用另一种像是受屈抱怨的声音说道：

"我可以打你，你就不能打我，你不能，你也不敢，笨蛋！"

"原来这样！你是什么——你是上帝吗？"雷宾大声喊道。

人们七嘴八舌，一起发出的低低的呼喊声，盖过了雷宾的声音。

"大叔，别争了！人家是长官！……"

"大人，别生气！他一时控制不了自己……"

"闭嘴，你这傻瓜！"

"现在他们马上就要把你解到城里去了……"

"城里总会讲理的吧！"

人群的叫喊声带着规劝和恳求的口气。这些叫喊声汇合成一阵乱哄哄的喧闹，但听来仍然充满绝望和哀怨。乡警抓住雷宾的手，把他带上乡公所的台阶，然后拥进房子里去。农民们慢慢地在广场上四下散开了。母亲看见，那个蓝眼睛农民皱着眉头望着她，向她走来。她的小腿颤抖了起来，悲哀的感觉揪着她的心，使她作呕。

"用不着走开！"她心里想。"用不着！"

她紧紧抓住栏杆，等待着。

警察局局长站在乡公所的台阶上，挥着两手，用他原来的干巴巴的死气沉沉的声音斥责道：

"你们这些傻瓜，狗养的！什么都不懂，也要来管这种事，这是国家大事！畜生！你们应该感激我，给我磕头，感谢我的一片好心才是！要我愿意，我就叫你们都去做苦工……"

二十来个农民脱了帽子站着，听他说话。天色渐渐黑下来，乌云垂得更低了。蓝眼睛农民走到台阶前，叹了口气，说：

"您瞧，我们这儿出了这样的事……"

"是呀，"母亲低声应道。

他用坦率的眼光看了看母亲，问道：

"您是干什么的？"

"我想从女人那里收买花边，还有土布……"

那农民慢慢捋了捋胡子。然后，眼睛望着乡公所，冷冷地低声说：

"我们这里没有这些东西……"

母亲从上俯视着他,想等待适宜的机会走进驿站。那农民面貌英俊,好像在沉思,眼睛流露出忧郁的神情。他身材高大、肩膀宽阔,穿着缀满补丁的长外衣和干净的布衬衫,下身穿着用乡下呢子做的赤褐色的长裤,光脚上套着一双破鞋……

母亲不知为什么轻松地透了口气。突然,她受到一种直觉的支配,来不及深思熟虑,连自己也觉得意外地问道:

"你那里可以过夜吗?……"

问完后,她觉得全身的肌肉和筋骨都紧张起来。她挺直身子,目不转睛地望着他。在她脑子里很快闪过几个使她感到痛苦的念头:

"我会害了尼古拉·伊凡诺维奇的。我会长时间看不到巴沙……他们会把我打个半死的!"

那农民眼睛望着地面,用长外衣掩上胸口,不慌不忙地说:

"过夜?可以,那有什么?不过,我家的房子不好……"

"我不是娇生惯养的人!"母亲随意脱口而出。

"可以!"那人用探询的眼光打量着母亲,重复了一句。

天已经黑了,在暮色中他的眼睛闪着冷光,脸色显得十分苍白。母亲怀着如同下山时的小心翼翼的心情低声说:

"那好,我现在就去,你帮我拿一拿箱子……"

"好。"

他耸了耸肩膀,重新把前襟掩上,低声说:

"看,马车过来了……"

雷宾在乡公所的台阶上出现了。他的两手又被捆绑了起来,头和脸上用什么灰色的东西裹着。

"善良的人们,再见!"在寒冷的暮色中响起了他的声音。"你们要寻找真理,维护真理,要相信告诉你们真话的人,为了真理,不要怜惜自己!……"

"闭嘴,狗东西!"不知从什么地方传来了警察局局长的声音。"乡警,快赶马,笨蛋!"

"你们有什么可留恋的？你们过的是什么生活？……"

马车动了,雷宾坐在两个乡警中间,声音低沉地喊道:

"你们何苦要白白等着饿死？为自由而奋斗吧,自由会给你们带来真理和面包。再见了,善良的人们！……"

车轮急速的转动声、马蹄的嗒嗒声、警察局局长的呼喊声,搅乱了雷宾的话,最后盖过并完全淹没了他的声音。

"完了！"那农民猛地摇了摇头说,接着对母亲低声说:"你在驿站里坐一下,我一会儿就来……"

母亲走进屋子,在放着茶炊的桌子前面坐下,拿起一块面包看了看,又慢慢把它放回盘里。她不想吃东西,心里又感到要呕吐。那种令人难受的憋闷感觉吸干着她心里的血,使她浑身无力,头晕目眩。在她眼前浮现出蓝眼睛农民的脸——这张脸样子很怪,轮廓不清,使人难以信任。她不知为什么不愿直截了当去想,这个农民会出卖她,可是这种想法已经在她心里产生,并且沉重地、牢牢地压在她的心头。

"他已经觉察到我了！"母亲思想迟钝而无力地琢磨着。"已经觉察到了,猜出来了……"

但她没有继续这样想下去,陷入了非常痛苦的哀伤和阵阵不断的恶心感觉之中。

窗外萧瑟冷清,寂静悄悄取代了喧闹,村子里显出一种沉闷、恐惧的气氛,增加了母亲的孤独感,使她昏暗的心里充满了像灰烬般灰色的、软软的东西。

姑娘进来,站在门口问:

"要一份煎蛋好吗？"

"不要了。我不想吃东西,刚才的吵闹把我吓坏了！"

姑娘走近桌子,激动地、但是声音不高地说:

"警察局局长打人真凶啊！我站得很近,看见那人的牙都给打掉了,他吐了一口,都是很浓很浓的血,颜色发黑！……眼睛差不多看不出来了！他是个木焦油工人。眼下有个警察在我们那边躺着,他喝醉了,还一个劲儿嚷着拿酒来。他说,他们是个土匪帮,刚才那个大胡子是头领,也就是头子。抓住了三个,有一个听说逃掉了。还抓了一个教师,也是和他们一起的。他们不信上帝,还劝人去抢教堂,你看,他们就是这样的人!我们这儿的农民,有的可怜他这个人,可也有人说应该把他干掉!我们这儿有的农民心真狠,哎哟哟!"

母亲尽量克制住内心的不安,为了排解等人时的烦闷心情,注意听着这个姑娘说得又快又不连贯的话。小姑娘大概看见有人听她讲话,非常高兴,便压低声音,更加起劲地、上气不接下气地说下去:

"我爹说,这是因为荒年的缘故!我们这儿连着两年一点收成也没有,大家都活不下去了!所以现在出了这样一帮农民——真倒霉!村里开会时大喊大嚷,还打起架来了。前不久,瓦修科夫因为欠税,村长要变卖他的东西,他就狠狠打了村长一个耳光。嘴里嚷着,这就是我给你的税……"

门外传来沉重的脚步声。母亲两手按着桌子站了起来……

蓝眼睛农民走进屋来,没有脱帽就问:

"行李在哪儿?"

他毫不费力地提起箱子,掂了掂,说:

"空的?玛利卡,把客人领到我家来。"

说完头也不回,就走了。

"在这里过夜?"姑娘问。

"是呀!我是来收花边的,买花边……"

"这儿不织花边!在京科沃和达里诺伊纳那边有人织,可是这儿没有,"姑娘解释说。

"我明天到那边去……"

母亲付了茶钱,另外给了她三戈比小费,姑娘非常高兴。在街上,小姑娘的光脚在湿润的泥地上啪哒啪哒很快地走着,一边对母亲说:

"您要不要我到达里诺伊纳去跑一趟,叫那儿的妇女把花边拿来,要是她们来,您就不用去了。路可不短,有十二俄里呢……"

"用不着了,好孩子!"母亲和她并排走着,回答说。寒冷的空气使她精神振作起来,在她心里渐渐产生了一个不很明确的决定。这种模糊的、但预示会带来某种结果的决定慢慢地明确起来。母亲想促使自己下定这一决心,不断地问自己:

"怎么办?要是直截了当,老实说了……"

四周一片黑暗,又湿又冷。农家窗户里亮着凝聚不动的、微微发红的昏暗灯光。在寂静中,可以听到家畜的带有倦意的哞叫声和人们短促的呼唤声。笼罩在黑暗中的村子陷入了悲哀的沉思……

"这儿来!"小姑娘说。"您投宿找错了人家,这家农民穷得很……"

她摸到了门,把门推开,朝里面活泼地喊了一声:

"塔季扬娜大娘!"

她喊完就跑了。黑暗中传来她的声音:

"再见!……"

十七

母亲站在门槛旁,把手遮在眼睛上,仔细打量了一下。房子又挤又小,但是很干净,这是一眼就看得出的。一个年轻妇女从炉灶后面出来张望了一下,默默地行了个礼,又进去了。迎面角落的桌子上,点着一盏灯。

主人坐在桌子旁边,用指头不时地敲着桌子边,目不转睛地望着母亲的眼睛。

"请进来!"过了一会儿他才说。"塔季扬娜,去叫彼得来,快些!"

那妇女很快走了出去,没有向客人望一眼。母亲坐在主人对面的长凳上,环视着四周,——没有看见她的箱子。屋子里笼罩着一片令人沉闷的寂静,只有油灯的火焰发出轻微的哔喇声。那农民的脸显得很忧虑,皱着眉头,模糊地在母亲眼前晃动,使她感到忧郁和懊恼。

"我的箱子在哪儿?"母亲自己也没有料到忽然高声问。

那人耸了耸肩膀,沉思地回答说:

"不会丢的……"

他压低声音,阴郁地继续说:

"刚才在那个小姑娘面前,我故意说箱子是空的,不,其实不空!里面装的东西重得很!"

"是吗?"母亲问。"那又怎么样呢?"

他站起身来,走到母亲跟前,俯下身低声问道:

"你认识那个人?"

母亲哆嗦了一下,但果断地说:

"认识!"

这短短两个字好像透露了她的内心,使一切都一目了然。她轻松地透了口气,在凳子上挪动了一下,坐得更稳当一些……

那农民咧开嘴笑了。

"当您跟那人打暗号,他也跟您打暗号的时候,我就看出来了。我凑着他的耳朵问他,是不是认识站在台阶上的那个女人?"

"他怎么讲?"母亲急忙问。

"他?他说,我们的人多得很。是的!他说,多得很……"

他用疑问的目光看了看母亲的眼睛,又笑着继续说:

"那人真坚强!……也很勇敢……他毫不掩饰地说:'是我!'打他,他也不改口……"

他迟疑无力的声音、轮廓不很分明的面孔、神情坦率而又明亮的眼睛,使母亲越来越放心。在她心里,对雷宾辛酸而又痛心的怜悯渐渐取替了不安和沮丧的情绪。她终于忍耐不住,怀着突如其来的痛苦和仇恨,愤恨地喊了出来:

"那是一群强盗,残忍的暴徒!"

随着抽噎起来。

那农民从她身边走开,阴郁地点着头。

"这下当官的可算交上了一批好朋友喽,是啊!"

忽然,他又转过身来,对母亲低声说:

"我猜,箱子里是报纸,对吗?"

"对!"母亲擦着眼泪,直率地说。"是给他拿来的。"

他皱着眉头,把胡子攥在手心里,眼睛看着一旁,沉默了一会儿。

"过去报纸也送到我们这儿,还有小册子。这个人我们认识……以前看到过他!"

那农民站住了,想了想,然后问:

"那么,现在您打算怎么处理这个箱子呢?"

母亲看了看他,用挑衅的口吻说:

"给你们留下!……"

他并不吃惊,也不反对,只是简单地重复了一句:

"给我们……"

他表示同意地点了点头,松开了握着胡子的手,用指头梳理了一下胡子,然后坐下。

深深印入脑际的记忆无情而又不可阻挡地使母亲眼前又出现雷宾被折磨的情景。雷宾的形象排除了母亲头脑中的一切其他思想,为雷宾而感到的痛苦和屈辱胜过了她心里一切其他感情。她已经不能去考虑箱子以及别的一切事情。眼泪忍不住从她的眼睛里涌流出来,她脸色阴沉,和主人讲话时,声音也并不发抖:

"他们掠夺人,压迫人,把人踩在泥里,该死的东西!"

"他们有力量啊!"那农民低声应道。"他们的力量大得很!"

"可他们的力量是从哪儿来的呢?"母亲恼恨地大声喊道。"还不是从我们,从人民手里夺去的,一切都是从我们这儿抢去的!"

这个农民高兴、令人费解的脸部表情,使母亲感到不快。

"是啊!"他沉思地拖长声音说。"车轮声……"

他反应敏锐地警觉起来,侧耳倾听门外的声音,听了一会儿,低声说:

"来了……"

"谁?"

"自己人……一定是……"

进来的是他妻子,后面跟着一个农民。那人把帽子扔到屋角,很快地走到主人身边,向他问道:

"喂,怎么样?"

主人肯定地点了点头。

"斯捷潘!"女主人站在炉灶旁叫道。"她老人家路过这儿,恐怕饿了,想吃点东西吧?"

"不饿,谢谢,亲爱的!"母亲回答说。

刚进来的农民走到母亲跟前,用嘶哑的声音很快地说:

"好,我们来认识一下,我叫彼得·叶戈罗夫·里雅比宁,绰号叫'锥子'!对你们的工作,我也懂得一点。我会写会念,可以说,不是傻瓜……"

他握住母亲伸出的手摇着,对主人说:

"斯捷潘!你得当心!瓦尔瓦拉·尼古拉耶夫娜太太当然是个好心肠的人!可是对所有这类事情,她都说,不值一提,白日做梦。她说,那些乳臭未干的孩子和一些乌七八糟的大学生,因为不懂事胡来,把老百姓弄糊涂了。可是,我们都看见了,刚才被抓去的那个真正的铁汉子,还有眼前这位上了年纪的大婶,看来都不是什么富家出身。请您不要生气,您是什么出身?"

他匆忙地、口齿清楚地一口气说下去,他的胡子神经质地抖动着,眯着眼睛,目光在母亲的脸上和身上很快地上下打量着。他的衣服破烂,头发蓬乱,好像刚跟人打过架,并打败了对手,充满了胜利的喜悦和兴奋。他的爽快和开门见山、平易近人的谈吐,使母亲很喜欢。她亲切地望着他的脸,回答了他的问话。彼得再一次用力地摇了摇母亲的手,声音喑哑地轻轻干笑起来。

"斯捷潘,这是很正当的事情,你看见了吗?这是非常好的事情!

从前我对你说过,这种事是老百姓亲自动手干起来的。那位太太是不会说出真话的,因为这对她没好处。不过,不管怎么说,我还是尊敬她的!她是个好人,也希望我们好,可是只能稍稍好一点,而且还不能使她吃亏!可是老百姓愿意一直干下去,不怕什么吃亏,受损失,懂吗?现在整个生活对老百姓都是有害的,处处都要吃亏,没有路可走,周围什么也没有,只听到四面八方在喊:'不许动!'"

"我懂!"斯捷潘点着头说,接着又说了一句:"她不放心那口箱子。"

彼得调皮地对母亲使了个眼色,摆摆手,要她放心,然后又接着说:

"您不用担心!不会出问题的,大妈!您的小箱子在我家里,刚才斯捷潘跟我谈起您,说您也参加干这种事,而且认识那个人。我就对他说,斯捷潘,你要小心!这事可不是闹着玩的,可不能有一点疏忽!我说,大妈,刚才我们站在您旁边,您大概也能感觉到我们是什么人吧。好人的脸一看就知道。老实说,因为好人是不会在街上闲逛的!您的小箱子在我家里……"

他在母亲身旁坐下,用请求的目光望着她的眼睛,继续说:

"要是您愿意把箱子里的东西处理掉,我们很乐意帮您的忙!我们需要这些书……"

"她要全交给我们!"斯捷潘说。

"那再好不过了,大妈!我们全都包了!……"

他从椅子上站起来,笑了,然后在室内快步踱来踱去,满意地说:

"可以说这真是巧极了!虽然非常简单。绳子的一个地方断了,可是另一个地方打好了结头!没有关系!大妈,那些报纸很好,很有用处,它擦亮了人们的眼睛!老爷们当然不高兴。我在离这儿大约七俄里的一位太太家里做木匠活。应该说,她是个好人,经常给我各种书看,有时看了,心里豁亮多了!总之,我们都感谢她。有一次,我拿了一份报纸给她看,她甚至有点生气了。她说,'彼得,快把这扔掉!

这是没有头脑的小孩子干的事情。这只会增加您的痛苦，为这事得坐牢，流放西伯利亚……'"

他又突然沉默了，想了一会儿，问道：

"大妈，请告诉我，那人是您亲戚吗？"

"是外人！"母亲回答说。

不知什么事使彼得非常得意，他点着头暗自笑了起来，母亲马上觉得，"外人"这个字用在对雷宾的关系上不妥当，这使她感到难受。

"我跟他不是亲戚，"她说，"不过很早就认识，也很尊敬他，像自己的亲……兄弟一样！"

一时找不到合适的字眼，这使她不太高兴。她又抑止不住自己，低声地哭泣起来。屋子里充满了哀愁和寂静，好像在等待着什么似的。彼得歪着头站着，好像在倾听什么。斯捷潘将胳臂肘支在桌上，一直若有所思地用手指不时敲几下桌面。他的妻子靠在昏暗中的炉灶旁。母亲感觉到她凝视的目光，自己有时也瞧一眼她的脸——一张皮肤黝黑的椭圆形的脸，鼻梁很直，下巴宽宽的。淡绿色的眼睛闪着神情专注而敏锐的光芒。

"这么说，是好朋友！"彼得低声说。"性格倔强，是啊！……他非常珍视自己——应该这样！塔季扬娜，这才是了不起的人呢，是吗？你说……"

"他有老婆吗？"塔季扬娜打断他的话，问道。然后紧紧闭上了小嘴上的两片薄嘴唇。

"老婆已经死了！"母亲伤心地答道。

"难怪他这样勇敢！"塔季扬娜用她低沉的胸音说。"有家的人不会走这条路——他们怕……"

"那我呢？有家不也照样吗！"彼得高声说。

"算了吧，大兄弟！"那女人撇了撇嘴唇，连看也不看他一眼，说。"你算什么，只会说说，偶然看看书。你跟斯捷潘鬼鬼祟祟地在角落里嘀咕，对大家没什么好处。"

"听我说话的人可多啦!"彼得委屈地低声反驳说。"我在这里像酵母一样,你这样说我是没有道理的……"

斯捷潘默默地瞧了妻子一眼,然后又低下了头。

"庄稼汉为什么要讨老婆呢?"塔季扬娜问道。"都说,是要一个干活的帮手,可有什么可干的呢?"

"你还嫌活少哇!"斯捷潘声音低沉地插了一句。

"干这种活有什么意思?还不是天天挨饿。生了孩子,没有工夫照管,因为要去干那种连面包也换不来的活。"

她走到母亲身边坐了下来,执拗地说着,不抱怨也不忧伤……

"我生过两个孩子,一个在两岁的时候被开水烫死了,还有一个没有足月,生下来就是死的,——都是因为干这种该死的活。我心里能快活吗?所以我总是说,庄稼汉讨老婆只会束缚手脚,一点好处没有,要不可以自由自在,没有家累,可以去争取应有的制度,像那个人一样毫无顾虑地为真理奋斗!我说得对吗,大妈?……"

"对!"母亲说。"说得对,亲爱的,要不然,就不能战胜生活……"

"您有男人吗?"

"死了。有一个儿子……"

"他在哪儿?跟您住在一起吗?"

"在坐牢!"母亲说。

她觉得,这句话除了引起像往常一样的悲伤外,还使她心里充满了平静的自豪感。

"这是第二次被关进监狱了,因为他懂得上帝的真理,而且公开地传播真理……他年纪还轻,长得英俊聪明!办报纸,就是他想出来的,也是他帮助雷宾走上了这条道路的,别看雷宾的年纪要比他大一倍!因为我儿子干了这些事,最近就要受审了,然后就判罪,不过,他会从西伯利亚逃出来,重新去干他的工作……"

母亲这样讲着,自豪感在她心里不断地增长,哽塞着她的喉咙,她寻找着适当的词句来描绘英雄的形象。她一定要用光明理智的东西来抵消这天她看到的充满不可思议的恐怖和无耻的残暴、使她心疼的那种悲伤的情景。母亲不知不觉地听从着健全心灵的要求,把她看到的一切光明纯洁的东西汇成一团光耀夺目、灿烂辉煌的火焰。

"现在那样的人已经很多,而且还在不断增加。他们所有人都将终生捍卫人们的自由和真理……"

母亲忘记了警惕,把她所知道的为了将人民从贪婪的锁链下解放出来的秘密工作,全都讲了出来,只是没有提到人的名字。她描绘着她心里所敬重的形象,把她全部力量,把她胸中很晚才被生活的动荡不安所激起的无限热爱,都倾注在她的语言里。她自己也怀着极大的喜悦赞叹着在她记忆中浮现出来的、被她的感情的光辉照耀得光彩夺目的人们。

"这种工作在全世界、在一切城里共同进行着。好人的力量是无限的,是不可估量的,这种力量在不断成长壮大,直到我们胜利的时刻到来……"

她侃侃而谈,语言流畅,很容易找到贴切的言词,她要从心灵上洗净这一天的鲜血和污泥的愿望,宛若一根牢固的细线,把词句像彩色的珠子一样很快地串连起来。她看到,这几位农民纹丝不动地在听她讲话,像在原地生了根似的,神情严肃地凝视着她的脸;母亲还听见坐在她身旁的那个妇女急促地呼吸声,这一切使母亲增加了对自己说的话和向人们许下的诺言的信心……

"所有生活困苦的人,受贫穷和横行不法行为压迫的人,受有钱人和他们走狗欺压的人——所有这些人,全体人民都应该支持那些为了人民在监牢里牺牲和准备赴汤蹈火的人。他们毫无私心地开导大家,指明通向幸福的道路,他们毫不隐瞒地说明这是一条困难的道路,他们不勉强别人跟自己走,可是只要你一旦跟他们并肩站在一起,——便永远不会离开他们,因为你看见,他们的一切都是对的,只有这条路,没有别的路可走!"

母亲很高兴她很久以来的愿望实现了,——现在她在亲口向人们宣传真理!

"和这样的人在一起,人民完全可以信得过。他们不彻底战胜一切欺骗、凶残和贪婪决不妥协,决不罢休。他们一定要奋斗到底,直到全体人民团结一致,同声喊出:'我们是主人,我们自己来制定人人平等的法律……'"

母亲疲倦了,停下来,朝周围望了一望。她心里非常平静,确信她的话决不会白说。农民们瞧着她,还在等着她说。彼得两手交叉叠放在胸前,眯起眼睛,他那长满雀斑的脸上带着微笑。斯捷潘一只胳膊肘支在桌上,整个身体向前探着,伸着脖子,好像还在倾听似的。阴影罩在他的脸上,因此他面孔的轮廓显得比较端整了些。他的妻子坐在母亲旁边,弯着身子,两肘撑在膝上,眼睛看着自己的脚下。

"原来是这样!"彼得低声说,他摇着头,小心地在凳子上坐下。

斯捷潘慢慢地伸直了身子,望了望他的女人,仿佛要拥抱什么似的张开了双臂……

"如果要干这种事,"他沉思着低声说,"那真是应该全心全意地去干……"

彼得怯生生地插嘴说:

"对,不要有任何顾虑!……"

"这工作要广泛开展起来!"斯捷潘接下去说。

"遍地开花!"彼得又补充了一句。

十八

母亲背靠在墙上,仰着头,在听他们的经过思考的低声谈话,塔季扬娜站起身来,朝四周看了一看,又坐下了。当她的脸上带着不满和轻蔑的神情看着两个庄稼人的时候,她那双绿色的眼睛闪着冷漠的光。

"看来,您受过不少的苦吧?"她突然对着母亲问道。

"可不是!"母亲回答说。

"您讲得很好,您的话能打动人的心。我心想,天哪!对您讲到的那种人和生活哪怕能看上一眼也是好的。我这算是什么生活?像绵羊一样!我识字,也看书,我想得很多,有时想得夜里睡不着觉。可有什么用呢?我不想吧——一辈子白白完了,想吧——也没用。"

她说话时眼睛里带着嘲笑,有时好像把线咬断一样,突然停下不说了。两个庄稼汉一声不响。风轻柔地吹在窗玻璃上,屋顶上的干草被吹得簌簌作声,烟囱里也发出轻轻的呜呜声。狗在吠叫。雨点好像被迫地偶尔打在窗上。灯的火苗抖动了一下,变暗了,可是过了一会儿又亮起来,稳定了。

"听了您的话,才知道人们为什么活着!而且真怪,我听您一说,觉得这些我都知道啊!可是在这以前,我从没有听到过这样的话,而且这样的事情想也没想过……"

"该吃饭了吧!塔季扬娜,熄灯吧!"斯捷潘皱着眉慢吞吞地说道。"人家会注意,楚马科夫家里怎么老点着灯。我们倒没关系,可是对客人也许不大好……"

塔季扬娜站起身来,走到炉灶旁边。

"对!"彼得微笑着低声说道。"老兄,现在要非常小心!等到报纸散发给大家以后……"

"我不是说我自己,我就是被抓去,也没有什么了不起!"

他的妻子走到桌前,说:

"让开……"

斯捷潘站起身来,让到一旁,看着他的妻子摆桌子准备开饭。他冷笑着说:

"我们这样的人不值钱,五戈比一堆,而且每堆还得满一百个……"

母亲忽然可怜起他来了,现在她越来越欢喜他了。说了那番话后,她觉得摆脱了白天发生的卑鄙龌龊的事所引起的沉重心情,对自己很满意,也希望大家都好。

"您这么说不对!"母亲说。"人不应该同意那些专门吸他血的家伙对他的评价。你们应该由自己来对自己作出评价,不是为敌人,而是为了朋友……"

"我们有什么朋友呢?"斯捷潘低声叹道。"连一片面包都争……"

"可是我要说,人民是有朋友的……"

"有是有,可不在这儿,问题就在这里!"斯捷潘沉思地说。

"那你们就在这儿找呀!"

斯捷潘想了一会儿,低声说:

"嗯,说得对,应该这样……"

"大家坐下吃饭吧!"塔季扬娜说。

彼得刚才听了母亲的话有点压抑、似乎茫然不知所措,吃晚饭的时候,他又显得很有精神,很快地说:

"大妈,为了不招眼,明天您得早些离开这儿。您不要乘车到城里去,而是到下一站,——乘驿站的车子去……"

"为什么? 我可以赶车送她,"斯捷潘说。

"不要送! 万一有什么事,人家要问你,昨晚上她住在你家里吗? 是住在我家。她到哪儿去了? 我送她走了! 哦,是你送走的? 你去坐牢吧! 你懂吗? 何必这样急着要去坐牢呢? 什么事都有个次序。俗话说,时候一到,沙皇也死掉。而现在呢,很简单——说她住了一夜,第二天叫了马车走了! 这村庄来来往往都要经过,谁家来个人过夜算不了什么……"

"彼得,你是从哪儿学会的这样胆小怕事?"塔季扬娜嘲笑地问。

"大嫂,什么事都应该知道!"彼得在膝上拍了一下,大声说。"既要学会谨慎小心,也要学会大胆勇敢。你还记得吧,就是因为这种报纸,地方自治局局长让瓦加诺夫吃了不少苦头。现在就是给瓦加诺夫一大笔钱,他也不敢拿书了,就是! 大妈,相信我吧,我做事是很机灵的,这大家都很清楚。小册子和传单,无论有多少,我都可以给您好好的散发出去。我们这儿的老百姓,识字的当然很少,又都胆小怕事,不过现在这年头压得人不得不睁大眼睛看看——是怎么回事?那些小书能给人非常简单明了的回答:就是这么回事——你想想,好好考虑考虑!有好些例子说明,不识字的反而比识字的人,特别是比那些肚子都吃得饱饱的识字的人懂得多!这一带我哪儿都去过,什么事情都知道,——情况还可以!可以干得下去,可是要有头脑,要非常机灵,免得闹不好一下子就出漏子。官府也感觉到了,从农民那儿好像刮出一股冷风,都不大有笑脸,态度非常冷淡,——总之,想不听官府的!前些日子官府派人到离这儿不远的小村子斯莫利亚科伏去逼人交税款,农民都火了,拿起了棍子!警察局局长当众说:'好哇,你们这些狗养的!这不是反对沙皇吗?!'那儿有个农民叫斯皮瓦金,他就说:'去你妈的沙皇!连最后一件衬衫都要从身上扒走,还说什么沙皇?……'大妈,您看事情闹到了什么地步!不消说,斯皮瓦金被抓去坐牢了,可是他的话却是传开了,连小不点儿的孩子都知道,——他的话影响很大,一直在流传!"

彼得顾不上吃饭,一个劲儿很快地低声说着,一双有点狡黠的黑眼睛活泼地闪动着。他好像从钱袋里倒出硬币似的,把他观察到的农村生活的无数现象一股脑儿都告诉了母亲。

斯捷潘对他说了两三遍:

"你先吃饭吧……"

彼得拿起一块面包和汤匙,可是又像金翅雀唱歌似的动听地讲了起来。吃完晚饭,他站起来说:

"好,我得回去了!……"

他站在母亲面前,摇着她的手,点头说:

"再见了,大妈!也许再也见不到了。应该对您说,一切都好极了!能碰到您,听到您的话,这再好也没有了!在您的箱子里,除了印刷品,还有什么?一条羊毛头巾?非常好——是一条羊毛头巾。斯捷潘！你可记住！他马上就把您的小箱子拿来！斯捷潘，咱们走吧！再见了！祝您一切顺利！……"

他们走后，可以听到蟑螂的沙沙声、屋顶上的风声、烟囱挡板震动的响声，以及细雨打在玻璃窗上的声音。塔季扬娜从暖炕和搁板上取下几件衣服铺在长凳上，给母亲准备睡的地方。

"那人很有精神！"母亲说。

女主人蹙着双眉望了母亲一眼，回答说：

"他喊得虽响，可是声音传得不远，没什么用。"

"您的丈夫怎么样？"母亲问。

"没什么。是个安分的庄稼人，不喝酒，大家和和气气地过日子，还不错！只不过性格太软……"

她伸直了腰，沉默了一会儿，问：

"现在究竟要干什么呢，老百姓应该起来造反，对吗？当然是的！大家都这样想，不过各人想各人的，都放在心里。应该让大家都说出来……而且应该有一个人敢带头……"

她坐到长凳上，突然问道：

"您说，连年轻的小姐们也干这种工作，到工人中去，念书读报，难道她们不嫌弃，也不害怕吗？"

她仔细听完母亲的回答，深深叹了口气，然后垂下眼皮，低下头，又说道：

"我在一本书里看到过'没有思想的生活'这样一句话。我立刻就懂了！这样的生活我是知道的，思想是有的，可是没有联系，好像没有牧人的羊群来回游荡，没有人、也没有办法把它们集拢起来……这就是没有思想的生活！我真想摆脱这样的生活，连头也不回，——这样的烦恼，当你懂得一点道理的时候，就会感到极大的苦恼！"

母亲从她那双绿色眼睛的冷漠的闪光里和瘦削的脸上，看出了这样的苦恼。从她的说话声音里也听出这种苦恼。母亲想安慰和爱抚她一番。

"亲爱的,您不是已经知道,该怎么做了吗?……"

塔季扬娜低声打断了她的话。

"可是还要会做才行。床给您铺好了,睡吧!"

她走到炉灶口旁,默默地站在那里,身子笔直,好像是在思索。母亲和衣躺下,感到骨节又酸痛又疲乏,她小声地呻吟起来。塔季扬娜吹灭了灯,屋子里一片漆黑,这时可以听见她平静低沉的说话声。这声音好像在突破笼罩着四周的一片闷人的黑暗。

"您不做祷告吧。我也认为,没有上帝,也没有奇迹。"

母亲在长凳上不安地翻了个身,——窗外无边无际的黑暗直对着她的脸,微弱的沙沙声和簌簌声执拗地要闯进这寂静中来。她用耳语般的声音胆怯地说:

"关于上帝我不知道,可是我信基督。……我相信他的话——要爱你的邻人像爱你自己一样——这样的话我是相信的!……"

塔季扬娜沉默着。在黑暗中,在炉灶的黑色背景上,母亲看见她笔直的灰色身形的模糊轮廓。她一动不动地站着。母亲忧愁地闭上了眼睛。

忽然,又响起了塔季扬娜冷冷的声音。

"我的孩子都死了,所以我不能原谅上帝,也不能原谅人们,永远不能!……"

尼洛夫娜不安地微微抬起身子,心里很理解使她说出这句话的痛苦是多么巨大。

"您还年轻,还会有孩子的,"母亲亲切地说。

过了一会儿,那女人才用耳语般的声音回答说:

"不!我身体不行了,医生说过,我再也不能生了……"

一只老鼠在地上跑过。不知什么东西发出很响的干裂声,音响好像无形的闪电,冲破了四周的沉寂。过了一会儿,又可以听到秋雨落在屋顶干草上的低语般的簌簌声,好像有人用战栗的纤指在屋顶上摸索。雨淅淅沥沥凄凉地落在地上,仿佛标志着秋夜在缓缓流逝……

母亲在睡意蒙眬中听到门外和过道里沉重的脚步声。门被小心地推开了,听到低低的一声呼唤:

"塔季扬娜,你睡了吗?"

"没有。"

"她睡着了?"

"大概睡着了。"

火光忽然亮了,跳动了几下,又消失在黑暗中。那农民走到母亲床前,整了整皮袄,把母亲的脚裹好。这种纯朴的关怀温柔地感动了母亲,她又闭上眼睛,微笑了一下。斯捷潘悄悄脱去衣服,爬上了暖炕。周围又静寂下来。

母亲躺着不动,敏锐地倾听着在沉寂中发出微弱的动静。雷宾流着鲜血的面孔在她眼前的黑暗中晃动……

暖炕上传来了喃喃的低语声。

"你看,是些什么人在干这种工作?是些已经上了年纪的人,他们受尽了痛苦,起早贪黑地干了一辈子,本来应该休息了,可人家还在干!你呢,年纪还轻,又很懂事,唉,斯焦帕①……"

斯捷潘用圆润低沉的声音回答:

"这种事,不经过仔细考虑,是不能动手干的……"

"你这话我听过了不知……"

话声中断了,接着又响起了斯捷潘低沉的声音:

"应该这样——先跟老乡们个别谈谈,像阿廖沙·马科夫,他很机灵,有文化,又受过官老爷的气。还有谢尔盖·肖林,也是个有头脑的庄稼人。克尼亚节夫,是个正直大胆的人。暂时这样就够了!应该去看看她提到的那些人。这样好了,我拿把斧头到城里去,装成是给人家去劈柴,挣两个钱。应该小心点。她说得对,人的价值,决定于他自己。就像今天那个庄稼汉一样。那个人,即使你把他放在上帝面前,

---

① 斯捷潘的别称。

他也不会屈服的……他宁死不屈。可是尼基塔怎样呢？他也觉得难为情了，——真是难得的！"

"当着你们的面打人，你们却张嘴结舌地看着……"

"你不能这么说！我们没有动手打他，你就应该说一声谢天谢地了。这个人是好样的，没错！"

他低声说了许久，一会儿嗓音很低，母亲几乎听不见他说的话，一会儿又突然提高嗓门，说得很响，这时塔季扬娜就打断他：

"轻一点！别吵醒她……"

母亲昏昏沉沉地入睡了，——睡魔好像一片令人憋闷的乌云一下子笼罩在她身上，裹着她，把她带走了。

塔季扬娜唤醒母亲的时候，小屋的窗外还是一片曦微的晨光，在寒冷的寂静中，教堂报时的钟声在村子上空无精打采地飘荡着，渐渐消逝。

"我把茶炊生好了，喝点茶，不然一起来就走，会觉得冷的……"

斯捷潘梳理着乱蓬蓬的胡子，一本正经地问她在城里的地址。母亲觉得，今天他的脸变得好看些，轮廓更清楚了。喝茶的时候，他笑着说：

"真是巧得很！"

"什么？"塔季扬娜问。

"我说我们就这样认识了！很简单……"

母亲沉思地但又深信不疑地说：

"干这样的事，什么都出奇的简单。"

告别的时候，主人克制着感情，没有多说话，可是对母亲路上的安适却照顾得无微不至。

母亲坐在马车上，心里想，这个农民会像田鼠那样小心地、悄悄地、不知疲倦地开始工作。他妻子不满的声音将始终伴随着他，她那双绿色的眼睛闪射出咄咄逼人的光芒，而且只要她活着，那种母亲思念死去的孩子的、狼一般复仇心切的哀怨，就不会在她心中消失。

母亲想起了雷宾,想起了他的血、他的脸、他炽热的眼睛和他的话,——由于在野兽面前感到无能为力,她的心痛苦地紧缩起来。进城的路上,在灰暗天空的背景上,母亲眼前一直浮现出满脸黑须的米哈伊洛结实的身形,他穿着一件破衬衫,两手反绑,头发散乱,充满了愤怒和对自己的真理的信念。母亲想起了胆怯地蜷缩在大地上的无数村落,想起正在暗暗期待真理到来的人们,想起成千上万终生毫无思想、默默干活的无所期待的人们。

在她看来,生活好像是布满丘陵的未曾开垦的荒地。它无言地急切等待着拓荒者们的到来,默默地向那些自由、诚实的人们许下诺言:

"请在我这里播下理性和真理的种子吧,我可以百倍地偿还你们!"

母亲想到自己这次很顺利,心底掀起一层喜悦的微澜,可她又羞惭地克制着这种感情。

十九

母亲回到家时,尼古拉头发蓬乱,手里拿着一本书给她开门。

"回来了?"他高兴地喊道。"您真快!"

在眼镜片后面他的一双眼睛亲切而活泼地眨着,他帮母亲脱去外衣,带着和蔼的微笑瞧着她的脸,说:

"您瞧,昨天夜里忽然来搜查,我心里琢磨,是什么原因呢?会不会是您出了什么事?可是他们没有把我抓去。要是您被逮捕了,当然不会把我放过的。"

他把母亲领进餐室,兴致勃勃地继续说:

"可是,现在一定会解雇我的。这倒不值得难过。天天统计没有耕马的农民的人数,我已经厌烦了!"

房间里乱七八糟,好像有一个大力士傻性大发,从街上使劲猛推房屋的墙壁,直到把屋内的一切都推得东倒西歪。画像扔了一地。糊墙纸被撕破,一条条挂在墙上。有一块地板被撬了起来,窗台掀开了,炉旁的地上撒满煤灰。母亲看到她所熟悉的这幅情景,不禁摇了摇头,凝望着尼古拉的脸,在他脸上看到了一种新的表情。

桌上放着熄了火的茶炊和没有洗的盘碟,香肠和干酪没有放在盘子里,就放在纸上,面包块、面包屑、书籍、烧茶炊用的木炭,都乱堆在一起。母亲苦笑了一下,尼古拉也狼狈地笑了一笑。

"这是我在遭劫的画面上又添了几笔,不过,没关系,尼洛夫娜,没有关系!我想他们还要再来,所以没有把东西都收拾好。我说,您这次出门怎么样?"

这问话好像在母亲的胸口重重地推了一下,她眼前又出现了雷宾的身影。她觉得一回来没有立即讲雷宾的事,似乎很不应该。她弯着身子坐在椅子上,朝尼古拉挪了挪,竭力保持镇静,惟恐遗漏什么似的开始讲起来。

"他被抓走了……"

尼古拉的脸颤抖了一下。

"是吗?"

母亲举起手来拦住他的问话,继续往下讲,仿佛坐在正义面前,向她控诉残酷迫害人的罪行一般。尼古拉靠在椅背上,脸色苍白,咬着嘴唇听着。他慢慢地摘下眼镜放在桌上,然后用手在脸上摸了一下,好像要拂去看不见的蛛网似的。他的脸变得尖削起来,颧骨突出,显得很怪,鼻孔在掀动,——母亲还是第一次看见他这副模样,因此觉得有些害怕。

母亲讲完后,他站起身来,把两个拳头深深地塞在口袋里,默默地在房间里来回走了走。过了一会儿,才咬着牙说:

"他一定是个宁死不屈的人。他在牢里会很痛苦的,像他这样的人关在牢里一定很难受!"

他想抑制住自己的激动,两手在口袋里伸得更深,可是母亲仍然能感觉得出这种激动,而且受到他的感染。他的眼睛眯成了一条缝,

好像刀尖一样。他又在屋子里来回踱步,冷峻而又愤怒地说:

"您看,这是多么可怕!一小撮愚蠢的人,为了维护自己危害人民的权力,毒打、残害、压迫百姓。您想想看,变得越来越野蛮了,残酷变成了生活的法则!有些人因为可以不受任何惩罚,竟随意打人,兽性大发,他们有虐待狂——这是那些可以自由地充分表现奴性和兽性的奴才们所患的一种可恶的毛病。另一些人只想复仇,还有一些人则被打得痴呆,变成了哑巴和瞎子。人民受到腐蚀,全体人民都受到腐蚀!"

他站下来,咬着牙,沉默了片刻。

"在这种野兽的生活中,自己也会不知不觉地变得像野兽一样凶狠!"他低声说道。

但是,他终于抑制住了自己的激动,几乎已经平静下来,目光坚定地望了望母亲无声饮泣的面孔。

"可是,尼洛夫娜,我们不能再耽搁时间了! 亲爱的同志,我们要克制自己的感情……"

尼古拉脸上带着苦笑走到母亲跟前,俯下身,紧握住母亲的手,问:

"您的箱子呢?"

"在厨房里!"她说。

"我们家门口有暗探,这么多印刷品拿出去想不让人看见是不可能的,家里又没有地方可藏。我想,他们今天夜里还要来的。所以,尽管花了许多劳动,很可惜,我们还得把它都烧掉。"

"烧什么?"母亲问。

"箱子里的所有东西。"

母亲领会了他的意思,心里虽然很难过,可是由于自己的成功而产生的自豪感,使她的脸上绽出了笑容。

"里面什么也没有了,连一张纸片也没有了!"母亲说着精神渐渐振作起来,讲起遇见楚马科夫的事情。尼古拉听着,起初不安地皱着

眉头,可是渐渐流露出惊奇的表情,最后竟打断母亲的话,欢呼了起来:

"听我说,这简直好极了!您真是个非常幸运的人……"

他紧握着母亲的手,低声说:

"您对人的信任感动了他们……我真像爱自己的亲生母亲那样爱您!……"

她带着好奇的神情,含笑注视着他,想知道,他的情绪为什么变得这样强烈而又兴奋。

"总之,妙极了!"他搓着手,亲热地轻声笑着说。"您知道,最近我的生活过得非常好,一直和工人们在一起,读书啦,谈话啦,观察啦。因此,在我心里积累了很多非常健康纯洁的东西。尼洛夫娜,他们真是太好了!我说的是那些青年工人,——他们坚强,敏感,心里充满了要了解一切的渴望。见到他们,就可以看出俄罗斯将成为世界上最光明的民主国家!"

他像宣誓似的确信不疑地举起了手,停顿了一下,又继续说:

"我老是坐着不停地写,人好像发酸了,在表册和数字里发霉了。这样的生活差不多过了一年,——这是很不正常的生活。因为我一向是习惯了待在工人中间,离开了工人就觉得很不自在,要知道,我是勉强自己,强迫自己过这种生活的。而现在,我又可以自由地生活,可以和他们经常见面,和他们一起学习工作。您懂吗,我将时刻处在新思想的摇篮旁,在青春的、富有创造性的力量面前。这是极其朴实、美好的事,令人非常激奋,使人变得年轻、坚强,使生活变得绚丽多彩!"

他腼腆而又愉快地笑了。母亲理解他的这种喜悦心情,母亲心里也感到很高兴。

"还有——您真是个少有的好人!"尼古拉赞叹说。"您把人描绘得多么鲜明,对人看得多么透彻!……"

尼古拉在母亲身旁坐下,不好意思地把愉快的脸转向一旁,用手把头发抿平,但很快又转过脸来,望着母亲,贪婪地听着她流畅、纯朴、生动的叙述。

"这真出人意料的顺利!"他扬声说道。"这一次,您本来完全有可能坐牢,可是,没想到很顺利!是啊,看来,农民也动起来了,——其实,这是很自然的!您提到的那个女人——我好像清清楚楚看见了她!……我们需要增添一些专门从事农村工作的人!需要人手!我们现在缺人……生活要求有几百个人手……"

"要是巴沙能出来就好了。还有安德留沙!"母亲低声说。

尼古拉瞧了母亲一眼,垂下了头。

"尼洛夫娜,您听了我的话一定会很难受,可是我还是要说:我很了解巴维尔,他是不会越狱的!他愿意开庭审判。他要光明正大、昂首挺胸地站在法庭面前,他不会逃避审判,而且也没有必要!他到了西伯利亚后,会逃走的。"

母亲叹了口气,低声回答说:

"那有什么办法呢?他知道怎么做更好……"

"嗯!"尼古拉透过眼镜望着她,接着说道。"要是您认识的那个农民能赶紧到这儿来一趟就好了!您要知道,雷宾的事必须给农村写一份传单,他既然表现得这样勇敢,这样做对他不会有什么害处的。我今天就写好,柳德米拉可以很快印出来……可是怎么送到那儿去呢?"

"我送去……"

"不用,谢谢您!"尼古拉马上说。"我想,让维索夫希科夫去,不知道合不合适,您看呢?"

"要跟他谈谈吗?"

"对,您去试试看!还得教教他。"

"那我干什么呢?"

"这您就不用担心了!"

他坐下来就写。母亲一面收拾桌子,不时瞧他一眼,看见他手里的笔抖动着,在纸上写下一行行的黑字。有时,他脖子上的皮肤微微颤抖几下,他不时闭着眼睛仰起头,他的下巴也在抖动。这使母亲感到不安。

"写完了!"他站起来说。"您把这份传单稿子藏在身上。不过,您要当心,如果宪兵来了,也要搜查您身上的。"

"见他们的鬼去吧!"她镇定地回答说。

傍晚,伊凡·达尼洛维奇医生来了。

"为什么这儿的官府突然慌张起来了?"他在屋子里快步地走来走去,问道。"夜里搜查了七家。病人呢?"

"他昨天就走了!"尼古拉回答说。"你看,今天是星期六,他们要学习,他不愿意错过……"

"唉,这真是胡来!头打破了还参加学习……"

"我劝过他,可他不听……"

"想在同志们面前炫耀一番,"母亲说,"他会说,你们看——我已经流了血了……"

医生看了母亲一眼,装出一副凶相,咬着牙说:

"哟,好厉害的女人……"

"我说,伊凡,这儿没你的事,我们在等客人——你走吧!尼洛夫娜,把稿子交给他……"

"还有稿子?"医生吃惊地大声问道。

"你看!拿去交给印刷所。"

"我拿了。一定送去。没别的事了?"

"没了。门口有暗探。"

"我看见了。我家门口也有。好,再见了!厉害的女人,再见了。朋友们,你们知道吗,坟地上的一场冲突,结果变成了一件好事!全城都在纷纷议论。关于这次事件的传单,你写得非常好,也很及时!我一向总认为,有理有据的争论胜过得过且过的和平……"

"得啦,你走吧!"

"您可不要太客气!尼洛夫娜,握握手吧!那个小伙子这么做毕竟太傻了。你知道他住在哪儿吗?"

尼古拉把地址告诉了他。

"明天应该去看看他——这孩子挺好,是吧?"

"对,非常好……"

"应该好好爱护他,——他的头脑很清醒!"医生一边往外走一边说。"正是这种青年应该成长为真正的无产阶级知识分子。将来等我们到那个也许没有阶级矛盾的地方去的时候,他们就能接替我们……"

"伊凡,你怎么变得这样爱唠叨了……"

"这是——因为我很高兴。这么说,你是在等着去坐牢?希望你能在牢里好好休息休息。"

"谢谢。我并不累。"

母亲听着他们的谈话,他们对工人的关心,使她很高兴。

送走医生后,尼古拉和母亲开始喝茶,吃点东西,一面低声谈话,等候着夜客来访。尼古拉向母亲讲到被流放的同志,讲到逃跑后化名继续做工作的一些同志,讲了很久。房间里空空的四壁,听了这些把自己的力量无私地贡献给改造世界这个伟大事业的谦虚的英雄们的事迹,像是感到吃惊和难以置信似的,把尼古拉轻轻的说话声推开。柔和的影子亲切地围绕着母亲,她温暖的心里对那些素不相识的人们产生了热爱。这些人在她的想象中变成了一个充满无穷力量的巨人。这个巨人慢慢地、然而不知疲倦地在大地上走着,用热爱自己劳动的双手,清除大地上千百年来积存的虚伪的霉层,在人们眼前显示出简单而明白的生活真理。这伟大的真理渐渐苏醒,用一视同仁的亲切态度召唤着所有的人,并许诺使他们都能摆脱贪欲、残暴和虚伪——这三种用无耻的力量来奴役和恐吓世界的怪物。……这个形象在她心里唤起的那种感情,正像她过去有时在圣像前面,用愉快和感激的祈祷来结束似乎是她生活中比较轻松的一天时的感情一样。现在,她已经忘记了这些日子,可是,这些日子所唤起的感情却扩大了,变得更欢乐、更愉快,在灵魂里更深地扎下了根,充满了生气,越来越明亮地燃烧着。

"宪兵好像不会来了!"尼古拉突然打断自己的话,说。

母亲朝他看了一眼,过了一会儿才气恼地说:

"见他们的鬼去吧!"

"对!不过,您该睡了,尼洛夫娜,您一定累得够受了吧,——应当说,您的身子骨很硬实!有多少事让您担心和不安,您都能很容易地经受住了!就是头发白得很快。好,去休息吧。"

二十

母亲被一阵很响的叩门声惊醒。有人耐心而执拗地不停地敲着厨房的门。天还很黑,四周围没有一点声音,在一片寂静中,这种固执的敲门声使人感到惊惶。母亲匆匆穿上衣服,急忙走进厨房,站在门前问道:

"谁?"

"我!"一个陌生的声音回答说。

"你是谁?"

"请开门吧!"门外的人低声恳求说。

母亲摘下门钩,用脚踢开了门,进来的是伊格纳季,他高兴地说:

"哦,没有敲错!"

他的下半身溅满了污泥,脸色发灰,眼睛深陷,只有一头鬈发还那样乱蓬蓬地从帽子下向四面钻了出来。

"我们那儿出事了!"他关好门,小声说。

"我知道了……"

这使小伙子非常吃惊。他眨了眨眼睛,问:

"从哪儿知道的?"

母亲匆匆地对他简单扼要讲了一遍。

"另外两个也被抓去了吗?和你在一起的两个同伴?"

"他们不在,去报到了——他们是新兵!包括米哈伊洛大叔在内,一共抓去五个……"

他用鼻子吸了口气,得意地一笑,说:

"就没抓住我。他们一定在找我。"

"那你怎么逃掉的呢?"母亲问。这时通向房间的门轻轻开了一条缝。

"我?"伊格纳季坐在长凳上,朝四周扫了一眼,说。"就在他们来之前一分钟,看林人跑来敲着窗子说:'伙计们,小心点,有人来找你们的麻烦了……'"

他轻声笑了起来,用长外衣的下摆擦了擦脸,继续说:

"嗯,米哈伊洛大叔用锤子砸也不会晕头转向的,他立刻对我说:'伊格纳季,快到城里去!你还记得那个上了年纪的妇女吗?'说着他草草写了一张字条。'拿去,走吧!……'我躲在树丛里爬着,听见果然他们来了!人数很多,四面八方都是他们吵吵嚷嚷的声音,这些魔鬼!工厂被围住了。我在树丛里躺下,他们从我身边走了过去!我马上爬起来,拔腿就跑!一口气走了两夜和一整天。"

可以看得出来,他很得意,褐色的眼睛里含着微笑,厚厚的红嘴唇颤动着。

"我马上给你弄茶!"母亲匆匆说着端起茶炊。

"我把字条先给您……"

他吃力地抬起一条腿,皱着眉头,哼哼哧哧地把腿放在长凳上。

尼古拉在门口出现了。

"同志!您好!"他眯着眼睛说。"来,让我帮您忙。"

他俯下身子,很快替他解开沾满污泥的绑腿。

"这怎么行,"小伙子的腿动了几下,低声叫道。他惊奇地眨着眼睛,瞧了瞧母亲。

母亲没有注意他的目光,说:

"要用伏特加酒给他擦擦脚……"

"对!"尼古拉说。

伊格纳季不好意思地用鼻子哼了一声。

尼古拉找到了字条,打开后,把这张揉皱了的灰色纸条举到眼前,读道:

母亲,不要放弃这儿的工作,请对那位高个子的夫人说,请她不要忘记,多写些关于我们工作的文章!别了。　　雷宾。

尼古拉慢慢地垂下拿着字条的手,低声说:

"这真了不起!……"

伊格纳季望着他们,微微地动着满是污泥的脚趾;母亲把泪水纵横的脸扭了过去,端着一盆水走到小伙子面前,在地板上坐下,伸手去抓他的脚,他很快地把脚缩到凳子底下,吃惊地大声问道:

"干吗?"

"你快把脚伸过来……"

"我去拿酒来,"尼古拉说。

小伙子把脚朝长凳下面又缩了缩,嘴里含糊不清地说:

"您怎么啦?又不是在医院里……"

于是母亲动手替他解开另一只脚的绑腿。

伊格纳季的鼻子很响地嗅了一下,笨拙地扭动着脖颈,滑稽地张开嘴巴,低头看着母亲。

"你知道吗?"她声音发抖地说,"米哈伊洛·伊凡诺维奇挨打了……"

"是吗?"小伙子惊恐地低声叫道。

"是呀。他被带来的时候已经挨过毒打了,在尼科尔斯科耶村,又被警察打了一顿,警察局局长打了他的脸,还用脚踢……他还流了血!"

"他们干这一套是很拿手的!"小伙子皱着眉头说,他的肩战栗了一下。"所以我就像怕魔鬼似的怕他们!庄稼人有没有打他?"

"有一个打了一下,是警察局局长命令他打的。其他所有人都没有打,甚至还有人出来替他说话,他们说,不许打人……"

"嗯,农民开始明白了,什么人站在哪一边和为什么这样。"

"那儿也有懂道理的人……"

"哪儿没有呢?穷得无路可走了!这种人什么地方都有,——可是不容易碰到。"

尼古拉拿来了一瓶酒精,然后在茶炊里加了几块炭,又悄悄地走了。伊格纳季用好奇的眼光望着他的背影,悄声地问母亲:

"这位老爷是医生吗?"

"干这种工作是没有老爷的,大家都是同志……"

"我觉得很奇怪!"伊格纳季将信将疑、困惑地微笑着说。

"奇怪什么?"

"没什么。那儿的人打你耳光,这儿的人,替你洗脚,那在这两种人的中间是什么人呢?"

通向房间的门打开了,尼古拉站在门口说:

"在中间的是舔打人者的手,吸被打者的血的家伙,——这就是中间的人!"

伊格纳季肃然起敬地望了望他,沉默了一会儿,说:

"看来是这样!"

小伙子站起身来,倒换着脚使劲在地上踩了踩,嘴里说:

"好像变了一双脚!谢谢你们……"

后来他们坐在餐室里喝茶,伊格纳季声音庄重地说:

"我过去送过报纸,我能走很长的路。"

"看报的人多吗?"尼古拉问。

"识字的人都看,连有钱人也看,他们当然不是从我们手里拿到的……他们很清楚,农民要用自己的血来冲掉地主和富人的土地,就是说,他们要自己来分土地,——他们要这样来分土地,使得以后永远不会再有东家和雇工——当然是这样!要不是为了这个,那还为什么去斗争呢？"

他甚至有点生气，满腹狐疑地望着尼古拉。尼古拉默默地微笑着。

"如果今天大家都起来斗争，并且取得了胜利，可是，明天又是一个穷一个富，那又何必呢？我们知道得很清楚，财富就像沙子，不会老老实实待在那里，一定又要向四处流去！不，要是这样，那又何必呢！"

"你不要生气！"母亲开玩笑似的说。

尼古拉若有所思地大声说：

"我们得想法子，把关于雷宾被捕的传单快些送到那儿去！"

伊格纳季立即凝神注意起来。

"有传单吗？"他问。

"有。"

"给我，我送去！"小伙子搓着手，建议说。

母亲没有看着他，轻声笑了起来。

"你不是说过已经很累，而且又害怕吗？"

伊格纳季用大手抚摩着自己的一头鬈发，煞有介事地镇静说道：

"怕归怕，工作归工作嘛！您为什么要笑呢？瞧，你们也笑话我！"

"哎，我的孩子！"母亲被他的话引得高兴起来，情不自禁地喊道。小伙子显得很窘，笑了笑。

"你看，又成了孩子了！"

尼古拉和善地眯起眼睛打量着小伙子，说：

"您不要再到那儿去了……"

"怎么啦？那我到哪儿去呢？"伊格纳季不安地问。

"有人代替您去，您详细告诉那个人，应该做什么和怎么做，好吗？"

"好吧！"伊格纳季过了一会儿才勉强地说。

"我们给您弄一张万无一失的身份证，安排您当一名看林人。"

小伙子很快抬起头来，担心地问：

"如果农民来砍柴,或者那儿……有点什么事那我怎么办?把他们捆起来?这种事我可不会干!……"

母亲笑了起来,尼古拉也笑了。这又使小伙子感到窘迫和失望。

"您不用担心!"尼古拉安慰他说。"不会让您去捆农民的,我可以担保!……"

"好,那还可以!"伊格纳季微笑着说,这才放下心来。"我要是能进工厂就好了,听说,那里的年轻人都很聪明……"

母亲站起身来,沉思地望着窗外,说:

"唉,这就是生活!一天要笑五次,哭五次!好,伊格纳季,说完了吧?去睡吧……"

"可我不想睡……"

"去吧,去吧……"

"你们这儿还挺严!好,我就去……谢谢你们的茶、糖,还有你们的关心……"

他往母亲床上躺下的时候,用手搔搔脑袋,喃喃地说:

"今后这儿所有东西都会有木焦油的气味了!这完全用不着……哎!何必这样呢,我不想睡。……他关于中间的人说得非常清楚……这家伙……"

说着,他忽然发出了很响的鼾声,高高地扬起眉毛,半张着嘴,睡着了。

二十一

傍晚,在地下室的一个小房间里,伊格纳季坐在维索夫希科夫的对面,蹙着眉,压低声音对他说:

"在中间的窗上敲四下……"

"四下?"尼古拉关切地重复了一遍。

"先敲三下,像这样!"

他弯起一个指头，在桌上边敲边数着说：

"一，二，三。然后，过一会儿，再敲一下。"

"懂了。"

"有一个红头发农民出来开门，问您是不是来请产婆的……您就说是的，是工场老板让来的！其他什么也不用说，他就明白了！"

他们头凑在一起，面对面坐着。两个人的身体都很结实健壮。他们压低声音说着。母亲两手交叉放在胸前，站在桌旁，端详着他们。她听到这些秘密的敲窗记号和约定的问答，心里忍不住好笑地想：

"还都是些孩子……"

墙上的灯照着堆在地上的旧水桶和洋铁片。屋子里充满铁锈、油漆和潮湿的气味。

伊格纳季穿着一件毛茸茸的厚厚的秋大衣，他很喜欢这件衣服。母亲看见，他爱抚地用手掌摸摸衣袖，使劲扭着粗壮的脖颈打量着自己。母亲看了，心里涌起了一阵阵温暖的感情：

"孩子们！我亲爱的……"

"就是这样！"伊格纳季站起身来说。"这么说，您记住了——先到穆拉托夫那里，问老爷爷……"

"记住了！"维索夫希科夫回答说。

可是，看来伊格纳季并不相信他，又把敲门的暗号、该说的话和记号重复了一遍，最后伸出手来说：

"代我问候他们！他们都是好人，见面您就知道了……"

他用满意的目光打量了自己一番，双手摸了摸大衣，向母亲问道：

"可以走了吗？"

"路认得吗？"

"那还用说！认得。……再见，同志们！"

他高高耸起肩膀，挺着胸，歪戴着一顶新帽子，很神气地把两手插在衣袋里，走了出去。浅色的缕缕鬈发在他的太阳穴上一颤一颤地抖动着。

"好,现在我也有事干了!"维索夫希科夫慢慢地走近母亲,说。"我正闲得发慌……我从牢里逃出来为的是什么?现在整天就这么躲着。在牢里还能学习,巴维尔逼着大家动脑子,可有意思啦!尼洛夫娜,我说,越狱的事情是怎样决定的?"

"不知道!"母亲回答说,不由得叹了口气。

尼古拉把一只粗大的手放在她的肩上,脸凑近她,说:

"你去对他们说说,他们会听你的,这事很容易!你看,这儿是监狱的围墙,旁边有一盏路灯。对面是块荒地,左边是坟地,右边是大街,市区白天有个管路灯的人来擦灯,把梯子靠在墙上,爬上去,把绳梯的钩子挂在墙头上,然后把绳梯放到监狱的院墙里面,——人就马上走开!狱墙里的人知道放梯子的时间,他们可以叫刑事犯人吵闹一阵,或者他们自己闹也行,这时候该走的人就可以爬过梯子,翻过墙头,一会儿工夫就行了!"

他在母亲面前用手比画着叙述自己的计划。他的整个计划非常简单、清楚而又巧妙。母亲曾认为他是个迟钝粗笨的人。从前,尼古拉的眼睛里总怀着忧郁、憎恨和怀疑来看待一切,而现在他好像重新换了一双眼睛,闪射出平静、温暖的光辉,使母亲信服而又感动……

"你想想看,这要在白天干!……一定要在白天。谁会想到,犯人敢在大白天,当着整个监狱的人的面逃走呢?……"

"他们会开枪的!"母亲浑身颤抖了一下,说。

"谁开枪?那儿没有士兵,看守人的手枪只用来钉钉子……"

"这似乎太简单了……"

"你会看到——事情就是这样!你还是跟他们谈谈。我一切都准备好了,——绳梯,挂绳梯的钩子,这儿的房东可以装成擦灯的人……"

门外有人在走动、咳嗽,还有铁器的响声。

"就是他!"尼古拉说。

一个洋铁浴盆从开着的门塞了进来,有个嗓子喑哑的人在嘟哝:

"进去,鬼东西……"

接着出现了一个不戴帽子的头发灰白的圆脑袋,这人眼睛突出,嘴上蓄着浓密的胡子,相貌和善。

尼古拉帮他把浴盆搬了进来,一个高大、稍稍有点驼背的人走进屋来,他鼓着刮得干干净净的两颊咳了一阵,随后吐了口痰,用沙哑的声音招呼说:

"你们好……"

"正好,你就问他吧!"尼古拉大声说道。

"问我?问我什么?"

"越狱……"

"啊——啊!"房东用黢黑的手指捻着胡须,说。

"雅科夫·瓦西里耶维奇,你看,她不相信事情就这样简单。"

"嗯,不相信? 就是说——不愿意干。我和你想干,所以就相信!"房东镇静地说,他忽然弯下腰,声音低哑地咳了起来。他咳了一阵,然后用手揉着胸口,在屋子中间站了很久,鼻子里发出喘息的声音,睁大了眼睛打量着母亲。

"这要由巴沙和同志们来决定,"尼洛夫娜说。

尼古拉若有所思地低下了头。

"巴沙是谁?"房东坐下来问。

"我的儿子。"

"姓什么?"

"弗拉索夫。"

他点了点头,拿出烟袋,取出烟斗,一面往烟斗里装烟丝,一面断断续续地说:

"听说过。我的外甥认识他。我的外甥也在牢里,他叫叶夫钦科,您听说过吗? 我姓戈本。要不了多久年轻人都会被抓去坐牢,那时候就我们这些老年人倒还逍遥自在! 宪兵对我说,要把我的外甥流放到西伯利亚,他们干得出来的,狗东西!"

他吸了口烟,转过脸朝着尼古拉,频频地往地上吐痰。

"这么说,她不愿意?这是她的事。人是自由的,坐烦了,就走走;走累了,就坐坐。被抢了,不吭声;挨打了,就忍着;被打死了,就躺着。这谁都知道!可我要把萨夫卡救出来,一定要救出来。"

他大声嚷叫出来的这几句简短的话,使母亲感到困惑不解,可是最后一句话使她很羡慕。

母亲冒着寒风冷雨在街上走,心里想着尼古拉:

"啊,你变多了!"

她想起戈本的时候,心里几乎像祈祷似的想道:

"看来,开始新生活的不止我一个人!……"

接着,她心里想起了儿子:

"他要是同意了该多好!"

二十二

星期天,母亲在监狱办公室和巴维尔分别的时候,觉得手里有一个小纸团。她好像被纸团烧疼手心似的颤抖了一下,用请求和询问的眼光看了看儿子的脸,可是没有找到答案。巴维尔蓝色的眼睛和往常一样,含着她所熟悉的沉着坚定的微笑。

"再见!"母亲叹着气说。

儿子又向她伸出手来,在他脸上掠过一种很亲切的表情。

"再见了,妈妈!"

母亲握住他的手不放,等待着。

"别担心,别生气!"儿子说。

母亲从这句话和他额上固执的皱纹里得到了回答。

"唉,你怎么啦?"她低下头,含糊地说。"那有什么……"

母亲没有瞧他一眼便匆匆地走了,她不愿让儿子看见自己含泪的眼睛和颤动的嘴唇所流露出的感情。一路上,她觉得紧握着儿子回答

305

的纸团的那只手的骨头在作痛,整个手臂非常沉重,就像肩上被人打了一拳似的。回到家,她把纸团塞到尼古拉手里,站在他面前等他打开卷紧的字条,这时她又感到了不安和希望。可是尼古拉说:

"果然是这样!他是这样写的:'我们不越狱,同志们,我们不能这样做。我们当中谁也不愿意。否则会失去自己的尊严。请你们注意那个最近被捕的农民。他应该受到你们关怀,为他花费气力是值得的。他在这里非常困难,每天和狱吏冲突。他已经关了一昼夜的禁闭。他们会把他折磨死的。我们大家都请求你们照顾他。请安慰一下我的母亲。把情况向她说明,她一切都能理解的。'"

母亲抬起头来,声音发抖地低声说:

"这——有什么可跟我说明的,我全明白!"

尼古拉很快地扭过脸去,拿出手帕,大声擤了一下鼻子,含糊不清地说:

"您瞧,我感冒了……"

然后,他用两手遮着眼睛,扶正了眼镜,在屋子里踱着步,说:

"看,我们反正来不及了……"

"没什么!让他们审判吧!"母亲皱着眉头说,沉重而朦胧的忧伤涌上了心头。

"我刚才接到彼得堡一个同志的来信……"

"他不是可以从西伯利亚逃出来吗……能吗?"

"当然能!这位同志写道,案子的审判日期很快就会确定,判决已经知道了——全体流放。看见吗?这些卑鄙的骗子把审判变成最庸俗的闹剧。您要懂得——判决是在彼得堡拟定的,而且是在审判之前……"

"别谈这个了,尼古拉·伊凡诺维奇!"母亲断然地说。"不用安慰我,也不必解释。巴沙是不会错的。他不会白白折磨自己和别人。他爱我,这是肯定的!您看,他挂念着我。他不是写着,向她解释清楚,好好安慰她,不是吗?……"

她的心跳得很快,头脑因为兴奋而眩晕起来。

"您的儿子是个很出色的人!"尼古拉异乎寻常的大声赞叹道。"我十分尊敬他!"

"现在,我们来想一想雷宾的事吧!"母亲建议说。

她想马上就做点事情,到什么地方去,一直走到精疲力竭为止。

"对,好的!"尼古拉在屋子里来回走着,回答说。"应该通知萨申卡……"

"她会来的,每次,我去看望巴沙的那一天,她总要来的……"

尼古拉沉思地低下头,咬着嘴唇,捻着胡子,然后在沙发上挨着母亲坐了下来。

"很遗憾,姐姐不在这儿……"

"最好趁巴沙还在牢里就把这件事办成,这样他一定会很高兴!"母亲说。

两人沉默了一会儿,突然母亲慢慢地低声说:

"我不懂,他为什么不愿意呢?……"

尼古拉站起身来,这时门铃响了。他们马上互相看了一眼。

"这是萨莎,对!"尼古拉低声说。

"怎么对她说呢?"母亲也低声问道。

"是呀,要知道……"

"她太可怜了……"

门铃又响了,不过声音没有刚才那么响,仿佛门外的人也在踌躇不决。尼古拉和母亲站起身来,一起往外走,走到厨房门口,他却退到一旁,说:

"最好还是您去……"

"他不同意?"母亲给萨申卡刚打开门,姑娘便断然地问道。

"嗯。"

"我早知道了!"萨莎随便地说了一句,可是她的脸色却变得煞白。她解开了大衣的钮扣,接着又扣上两个,试着把大衣从肩上脱下来,可是脱不下来。这时她说：

"又是风，又是雨，——真讨厌！他身体好吗？"

"好。"

"身体很好，也很快活。"萨莎望着自己的手，低声说。

"他写了个字条，要我们设法营救雷宾出狱！"母亲没有看着她，说道。

"是吗？我想，我们应该利用这个计划，"姑娘慢条斯理地说。

"我也这样想！"尼古拉在门口出现，说。"您好？萨莎！"

"到底是怎么一回事？大家都认为这个计划可以成功吗？……"

"可是谁去组织呢？大家都很忙……"

"交给我去办吧！"萨莎站起来，立即说道。"我有工夫。"

"您去吧！不过要问问其他同志……"

"好，我去问！我这就去。"

她坚定地用纤细的手指重新扣上大衣的钮扣。

"您最好休息一下！"母亲说。

萨莎轻轻地笑了笑，声音柔和地回答说：

"您放心，我不累……"

她默默地和他们握了握手，神情显得冷漠而严肃，然后走了出去。

母亲和尼古拉走到窗前，看着姑娘走过院子，在大门外消失了。尼古拉轻轻地吹起口哨，在桌旁坐下，开始写东西。

"她去办这件事，心里也许好受些！"母亲若有所思地低声说。

"对，那当然！"尼古拉应声说道，然后他转过脸来对着母亲，善良的脸上带着微笑问："尼洛夫娜，这种痛苦您大概没有经受过，您恐怕不知道思念爱人的烦恼吧？"

"唉，"母亲把手一摆，高声说。"哪儿有这样的烦闷呢？以前就知道害怕，——生怕把自己嫁出去！"

"您谁也没有喜欢过吗？"

她想了想，说：

"记不起了。哪能谁也没有喜欢过呢？……一定喜欢过的，只不过现在不记得了！"

母亲望了一望他，带有几分惆怅简单地结束了自己的话：

"丈夫打我打得太厉害了，所以嫁给他以前的所有的事，好像都忘了。"

尼古拉朝桌子转过脸去。母亲出去了一会儿，等她回来的时候，尼古拉和蔼地看着她，亲切地轻声追忆起自己的往事来。

"您看，我以前也像萨莎一样，有过一段经历！我爱过一个姑娘，她是个难得的好人！我在二十岁的时候认识了她，从那时起就爱她，老实说，现在仍然爱她！像从前一样爱她，整个身心爱她，充满感激，永远地爱……"

母亲站在他身旁，看着他那双射出温暖明朗的光辉的眼睛。他把两手放在椅背上面，头搁在手上，眼睛望着远方。他的整个单薄瘦长然而结实的身体，仿佛要向前冲去，就像植物的茎伸向阳光一般。

"那还不好办，结婚不就得了！"母亲劝说道。

"唉！她已经结婚四年多了……"

"这以前您干什么了？……"

他想了一下，回答说：

"您看，我们的事不知怎的总是这样：她在监狱里的时候，我在外面，等我从监狱出来，她又入狱或被流放！这和萨莎的处境很像，真像！后来，她被判流放到西伯利亚十年，远在天涯海角！我甚至想跟着她去。可是，她和我都觉得害羞。后来她在那里遇到了另外一个人，是我的同志，一个非常好的青年！后来他们一起逃走，现在住在国外，这样……"

尼古拉停了下来，摘下眼镜擦了一下，对着亮光照了照，又擦了起来。

"啊，我亲爱的！"母亲摇着头，深情地感叹道。她觉得尼古拉很可怜，同时，他又使母亲露出了温暖的慈母般的微笑。他换了个姿势，又

把笔拿在手中,挥着手,好像打拍子似的开始说:

"家庭生活是要消耗革命家的精力的,总是要消耗的!要生儿育女,生活又没有保障,为了糊口还得多做工作。可是一个革命者应该不断地、更深更广地发挥自己的力量。这是时代的要求——我们应该永远走在大家的前面,因为,我们工人负有破坏旧世界、创造新生活的历史使命!如果我们落后了,不能战胜疲劳,或是被眼前取得微小胜利的可能所迷惑,这就很不好,这可以说是对事业的背叛!现在还没有找到一个能和我们并肩前进,而又无损于我们信仰的伴侣,无论什么时候我们都不应该忘记,我们的任务不是取得小小的成就,而是要获得全面的胜利。"

他的声音变得坚强起来,脸色发白,眼睛里充满了和往常一样的那种沉着镇定的力量。门铃又大声响了起来,打断了他的话,——是柳德米拉来了,她穿着一件不合时令的薄大衣,两颊冻得通红。她一面脱破套鞋,一面气哼哼地说:

"审判的日子已经定了,再过一个星期!"

"这确实吗?"尼古拉从房间里喊道。

母亲匆匆朝尼古拉走去,心里很激动,不知是害怕还是高兴。柳德米拉和她一起走着,用讽刺的口吻低声说:

"确实!法院完全公开地说,判决书已经拟定了。可是这算什么呢?是政府害怕它的官吏会对敌人手软吗?政府这样千方百计地长期腐蚀自己的奴仆,难道对他们甘当卑鄙无耻之徒的决心还有怀疑吗?……"

柳德米拉在沙发上坐下,用手掌揉着瘦削的双颊,暗淡的眼睛里燃烧着轻蔑的火焰,声音里渐渐充满了愤怒。

"柳德米拉,您这是白说!"尼古拉说,要让她镇静下来。"他们又听不见您的话……"

母亲紧张地在听她讲话,可是什么也没有听懂,她心里不由自主地重复着一句话:

"审判,再过一星期就要审判!"

她突然感到,某种不可避免的、异常严酷的事情即将发生。

二十三

母亲在疑惑和忧虑交织的心情中,在令人苦恼的等待的重压下,一声不响地过了一天、两天,到了第三天,萨莎来了,她对尼古拉说:

"一切都准备好了!今天一点钟……"

"已经准备好了?"他惊奇地问。

"这算得了什么?我只要替雷宾准备一个地方和一身衣服,别的事都由戈本去办。雷宾只需走过一段街区就行了。维索夫希科夫在街上接应他——当然是化了装的,——替他披上大衣,给他一顶帽子,为他引路。我等着他,给他换身衣服,然后把他带走。"

"不坏!这个戈本是谁?"尼古拉问。

"您看见过他的。您在他家里跟钳工们一起学习过。"

"啊!想起来了。是个有点古怪的老头……"

"他是个退伍士兵,铺屋顶的工人。没有什么文化,对一切暴力都怀着无穷的仇恨。……还有点头脑,"萨莎望着窗子,沉思地说。母亲默默地听着她的话,一个模糊的想法在她心里慢慢成熟起来。

"戈本想让他的外甥越狱,——您记得吗,就是您喜欢的那个叶夫钦科?他最爱漂亮、爱干净。"

尼古拉点了点头。

"他一切都安排好了,"萨莎继续说,"可是能不能成功,我却开始有点怀疑了。因为大家都同时放风,我想,犯人看见梯子,会有很多人想逃跑的……"

她闭上眼睛,沉默了一会儿,母亲向她身边靠近了些。

"这样,大家就会互相妨碍……"

他们三人都站在窗前,母亲站在尼古拉和萨莎后面。他们急匆匆的谈话在母亲心里唤起了一种不安的感情……

"我也去!"母亲忽然说。

"为什么?"萨莎问。

"亲爱的,别去!弄不好您会出事的!您不要去!"尼古拉劝她。

母亲看了看他,放低了声音,但更坚定地重复了一遍:

"不,我要去……"

他们很快地相互望了一眼,萨莎耸着肩膀,说:

"这是可以理解的……"

她朝母亲转过身,挽起她的手臂,身子靠着她,用率直的、使母亲心里感到非常亲切的声音说:

"不过我还是要对您说,您会白等的……"

"亲爱的!"母亲用发抖的手搂住萨莎,大声说。"带我去吧,我不会碍事的!我要去。我不相信能够逃出来!"

"她也去吧!"姑娘对尼古拉说。

"这是您的事!"他低着头回答说。

"我们不能待在一起。您走到空地,往菜园那边去。在那儿可以看见监狱的墙。不过,如果有人问您在那儿干什么呢?"

母亲非常高兴,很有把握地回答说:

"我会找到话来应付的!"

"您不要忘记,监狱里的看守是认识您的!"萨莎说。"要是他们看见您在那儿……"

"我不会让他们看见的!"母亲大声说道。

母亲一直隐藏在心中的一线希望,突然像过分明亮的火光炽烈地燃烧起来,使她十分兴奋……

"也许,他也会……"母亲一面想着,一面急急忙忙地穿上衣服。

一小时后,母亲到了监狱后面的一片空地上。一阵阵凛冽的寒风在她周围吹起她的衣服,扑打在冰冻的土地上,摇撼着母亲走过的菜园子的破栅栏,朝着不很高的监狱围墙猛冲过去。寒风越过围墙,从院子里卷起什么人的喊声,把这些喊声吹散在空中,带到天空。天空的乱云纷飞,露出一块块高高的蓝天。

母亲身后是菜园,前面是墓地,右面十俄丈的地方,就是监狱。墓地旁边,有一个士兵拉着长索在练马。另一个士兵站在他身旁,大声地跺着脚,吹着口哨,又喊又笑,此外,监狱附近再也没有别人了。

母亲慢慢地走过他们身边,朝墓地的围墙走去,不时斜眼朝右面和后面看看。忽然,她觉得两腿抖了一下,好像冻在地上似的不能动弹,——从监狱拐角后面,一个驼背的人肩上扛着梯子,像平时路灯工人那样匆匆地走了出来。母亲惶恐地眨了眨眼睛,急忙朝两个士兵看了看,——他们在原地踏着步,马围着他们在跑圈;母亲朝扛梯子的人望了一眼。他已经将梯子靠在墙上,不慌不忙地爬了上去。他朝院子里招了招手,很快爬了下去,消失在拐角后面。母亲的心急速地跳动着,时间一秒钟一秒钟过得很慢。狱墙上溅满了污泥,石灰剥落,露出了里面的砖块,梯子靠在这脏黑的墙上,几乎看不出它的轮廓。忽然,墙头上露出了一个黑脑袋,随即又露出了身体,跨过墙头,顺着墙爬了下来。跟着,又露出了一个戴着大皮帽子的脑袋,一团黑黑的东西滚到地上,很快消失在墙角后面。米哈伊洛直起腰,回头看了看,猛地摇了摇头……

"跑呀,跑呀!"母亲顿着脚,小声说道。

她的耳朵里在嗡嗡作响,可以听见有人在大声叫喊。这时墙头上又露出了第三个人的脑袋。母亲双手抓住胸口,屏息凝视着。这个长着浅色头发,没有胡子的脑袋,好像要脱离身体似的猛地向上一蹿,但突然消失在墙后面了。喊声越来越高,越来越凶猛。警笛尖细的颤音随风飘流。米哈伊洛沿墙走着,已经从母亲旁边走过,正在通过监狱和住房之间的那块空地。母亲觉得雷宾走得太慢,头也不必抬得那么高,——任何人只要朝他的脸上看一眼,就会永远记住这张面孔。母亲耳语般地说:

"快……快……"

监狱的围墙里面，啪的响了一声，可以听到打碎玻璃的清脆声音。一个士兵两脚使劲蹬在地上，把马拉到自己身边；另一个士兵把手掌卷成筒状放在嘴边，朝监狱喊着什么。喊完后，把头转过来，侧耳静听。

母亲紧张地转动着脖子向四周张望。她虽然亲眼目睹了这一切，但却不相信，因为她想象中的这件可怕而又复杂的事，竟如此简单而又迅速地完成了。这种神速的行动使她惊呆了，茫然不知所措。街上已经看不见雷宾的身影。一个身穿大衣的高个子男人在走着，还有一个女孩子在奔跑。从监狱拐角后面跑出三个看守，他们紧挨在一起，向前伸出右手，飞奔着。一个士兵迎着他们跑去，另一个士兵围着马跑着，拼命想跳上马去，可是马乱蹦乱跳，不让他上去，周围一切好像也随着马儿在跳动。急促、尖利的警笛声在空中响个不停。这些惊心动魄、声嘶力竭的警笛声使母亲感到处境危险，她打了个寒噤，眼睛盯着看守们，一边沿着墓地的围墙走去，可是他们和士兵都朝监狱另一个拐角跑去，转过弯，就不见了。她认识的那个副典狱长穿着没有扣上钮扣的制服上衣，也跟在他们后面朝那边跑去。不知从什么地方来了一批警察，还跑来了许多老百姓。

风好像在庆幸什么高兴的事，旋转着，飞舞着，把断断续续的杂乱的警笛声和叫喊声送进母亲的耳朵。……这场骚动使她喜出望外，她加快了脚步，心里想道：

"照这样子，其实他也能逃出来！"

从墙角后面，迎面突然蹿出了两个警察。

"站住！"一个警察喘着粗气吆喝道。"有个人，留着胡子的，你看见了吗？"

母亲指着菜园那边，镇静地回答说：

"往那边跑了，怎么啦？"

"叶戈洛夫！吹警笛！"

母亲走回家去。她觉得有点遗憾。痛苦和懊恼的情绪笼罩着她的心。她穿过空地走到街上的时候,一辆马车挡住了去路。她抬起头,看见车子里坐着一个留着浅色口须、脸色苍白、神情疲惫的年轻人。他也看了母亲一眼。他侧身坐着,大概由于这缘故,他的右肩显得比左肩要高。

尼古拉见母亲回来,非常高兴。

"我说,那儿怎么样?"

"好像成功了……"

她开始讲述越狱的情形,尽量回忆起一切细节,她好像在转述别人的话,对它的真实性抱着怀疑的态度。

"我们的运气很好!"尼古拉搓着手说。"不过,我真替您担心!鬼知道会出什么事!尼洛夫娜,请您接受我的好心劝告,不要害怕审判!审得越早,巴维尔也就越快能够得到自由,请您相信我的话,说不定他在半路上就能逃走!而审判,不过就是那么一回事罢了……"

他把开庭审判的情景对母亲描述了一番,母亲听着心里明白,尼古拉在为什么事担心,想鼓起她的勇气。

"是不是您以为我会在法庭上对法官说什么?"她突然问。"会向他们哀求什么?"

他一跃而起,对她摆着手,委屈地说:

"您想到哪儿去了!"

"我害怕,这倒是真的!可是怕什么——我也不知道!……"她沉默了一会儿,眼睛向屋子里扫来扫去。

"我有时觉得,他们在法庭上或许会侮辱巴沙,嘲弄他。他们会说,好哇,你这个乡下佬,你是乡下佬的儿子!你想耍什么花招?可是巴沙的自尊心很强,他会狠狠地回敬他们!说不定,到时候安德烈会嘲笑他们。他们都很容易激动。所以我想,——要是他突然忍受不住……那他们会判得很重,使我们永远不能见面!"

尼古拉皱着眉头,默默地揪着胡子。

"这些想法整天在我脑子里盘旋!"母亲低声说。"审判是很可怕的！他们对什么都要追根究底,反复考虑！真可怕！可怕的倒不是判刑,而是开庭审问。连我自己也说不清楚……"

她感到尼古拉不理解她的心情,这使她觉得要讲出自己的恐惧心情就格外困难了。

二十四

这种恐惧,在母亲心里大大滋长了,像散发出浓重潮气的霉菌,令人透不过气来。开庭审判的那一天,她怀着压得她直不起背、抬不起头的忧虑沉重的心情走进了法院。

在街上,工人区的一些熟人和她打招呼,她默默地点点头,挤过阴郁的人群。她在法院的走廊和大厅里遇见了几个被告的亲属,他们也压低了声音在谈话。母亲觉得他们的话毫无必要,同时她也不理解这些话的意思。大家都被同样的悲伤情绪笼罩着,——这种情绪也感染了母亲,使她更加难受起来。

"坐在一块儿吧!"西佐夫在长凳上挪了挪身子说。

母亲顺从地坐下,整了整衣服,朝四周看了看。在她的眼前不断地浮动着连成一片片红红绿绿的条纹和斑点,闪耀着一根根黄色的细线……

"你的儿子把我的格里沙坑了!"坐在母亲身边的一个女人低声说。

"住嘴,娜塔莉亚!"西佐夫板着脸回答说。

母亲朝那个女人看了一眼,——是萨莫伊洛娃,再过去坐着她的丈夫,一个五官端正的秃顶男子,蓄着又密又宽的红胡须,面孔瘦削;他眯着眼睛望着前面,胡子在颤动。

晦暗的光线透过高大的窗子均匀地射进大厅来,雪花在窗外的玻璃上滑落。两扇窗子中间挂着装在金光闪闪的大镜框里的沙皇巨幅肖像。沉重的深红窗幔打着垂直的皱褶,从两旁稍稍遮住窗框的两边。肖像前面,摆着一张铺着绿呢子的长桌,桌子几乎和法庭一样宽。右面靠墙的铁栏杆里面,摆着两条长木凳。左边摆着两排深红色的圈椅。职员们穿着绿领子的衣服,胸前和腹部钉着金黄色的钮扣,他们轻轻地跑来跑去。在浑浊的空气里,飘荡着胆怯的低语声,还有一股药房里各种药品混杂的气味。这一切——颜色、光线、声音和气味,使母亲感到目眩,随着呼吸一起涌进了她的胸部,空虚的心里充满了阴郁的恐怖,好像塞满了各种颜色的沉淀物。

忽然有人高声说了一句话,使母亲吃了一惊,随即大家都站起身来,她也抓住西佐夫的手站了起来。

大厅左角的一扇高大的门打开了,从里面蹒跚地走出一个戴眼镜的矮小的老人。在他灰色的小脸上,稀疏的连鬓白胡子颤动着。刮去胡须的上唇瘪进嘴里,高高的颧骨和下巴架在制服的高衣领上,好像衣领底下根本没有脖颈。一个高个子青年在后面扶着他的手臂,青年人的面孔长得像瓷人一样又红又圆。在他们后面,还有三个穿绣金制服的人和三个文官慢慢地走着。

他们在桌旁磨磨蹭蹭,半天才在圈椅上坐下来,坐定后,他们中一个制服敞开、脸刮得干干净净、神情懒洋洋的文官,费力地翕动着厚嘴唇,低声对小老头说着什么。小老头一动不动地坐得笔直,在听他说话。透过他的眼镜,母亲可以看到两个没有光泽的小斑点。

一个微微秃顶的高个子站在桌子尽头的斜面高讲台旁,不时咳嗽几声,一面翻动案卷。

小老头把身体向前一倾,开始说话。每句话的第一个字说得还清楚,可是后面的话却好像从他的两片薄薄的灰色嘴唇上爬走了。

"宣告开庭……传被告人……"

"看!"西佐夫低声说着,轻轻推了母亲一下,站了起来。

铁栏杆后面墙上的门打开了,走出一个肩上扛着出鞘军刀的士兵。跟在他后面走出来的是巴维尔、安德烈、费佳·马津、古谢夫兄弟、萨莫伊洛夫、布金、索莫夫,还有母亲叫不出名字的五个青年人。

巴维尔和蔼地微笑着,安德烈也咧着嘴在微笑,频频点头致意。他们的微笑、生气勃勃的面孔和举止,打破了紧张、拘束的沉默气氛,法庭里顿时好像变得明亮和舒服一些了。那些人制服上辉煌的金光黯然失色,也不那么耀眼了。法庭里洋溢着的令人振奋的信心和生机勃勃的活力触动了母亲的心,使它受到激励。坐在她身后长凳上的人们,直到刚才还神情沮丧地等待着,现在也发出了低低的应和似的嗡嗡声。

"他们一点也不害怕!"母亲听见西佐夫的耳语声。右边,萨莫伊洛夫的母亲忽然啜泣起来。

"肃静!"有人严厉地喊了一声。

"我要警告……"小老头说。

巴维尔和安德烈并排坐下,马津,萨莫伊洛夫、古谢夫兄弟也和他们一起,在第一排凳子上坐下。安德烈把胡子剃了。唇髭留得很长,两边朝下垂着,使他的圆脸很像猫的脑袋。他的脸上出现了新的表情——嘴角的皱纹里流露出尖刻讥刺的神气,眼睛显得阴沉沉的。马津的上唇多了两撇黑道,脸胖了一些。萨莫伊洛夫还像以前一样,满头鬈发,伊凡·古谢夫依旧那样咧着嘴笑呵呵的。

"唉,费佳,费佳啊!"西佐夫低下了头,小声说道。

母亲听着小老头含糊不清的问话,——他审问时,不看被告,他的头一动不动地架在制服的领口上,——母亲听见儿子镇静而简短的回答。她觉得,审判长和他的全部同僚都不可能是凶恶残忍的人。她仔细端详着这些法官的脸,企图作出某些预测,一面悄悄地谛听着在她心里萌生的新的希望。

面孔像瓷人的青年人毫无表情地读着案卷,他呆板的声音使法庭充满了枯燥的气氛。笼罩在这种枯燥气氛中的人们像失去知觉似的一动不动呆坐在那里。四个律师在热烈地和被告低声谈话。他们的动作有力而又迅速,好像几只巨大的黑鸟。

在小老头的一边,坐着一个肥胖臃肿的法官,两只小眼睛眯成了一条缝,他的身体塞满了整个圈椅。另一边,坐着一个驼背的法官,苍白的脸上蓄着淡红的唇髭。他疲倦地把头靠在椅背上,半闭着眼睛,在想着什么。检察官的脸上也露出倦乏无聊的神情。在法官们后面就座的,有市长——一个威风凛凛、神情庄重的大胖子,有贵族长——一位红脸庞、白头发、大胡子、生就两只善良的大眼睛的绅士,还有乡长——穿一件腰部带褶的外衣,腆着大肚子,看来大肚子使他觉得很窘,他总在设法用外衣的前襟把肚子遮住,可是前襟却不断地滑下来。

"这里没有罪人,没有法官,"响起了巴维尔坚定的声音,"这里只有俘虏和胜利者……"

法庭里变得鸦雀无声,在这几秒钟内,母亲的耳朵只听见笔尖在纸上写字时发出的微弱急促的唰唰声和自己的心跳声。

审判长也好像在倾听着什么,并等待着。他的同僚们在椅子上动了一阵。这时他说:

"嗯,安德烈·纳霍德卡!您是否认罪……"

安德烈慢慢地站起来,挺直身子,揪着胡子,皱眉蹙额,望着审判长。

"我有什么罪可认?"霍霍尔耸了耸肩膀,像平时一样声音悦耳、从容不迫地说道。"我没有杀人,也没有偷盗,我只是不赞成这种逼得人们互相掠夺残杀的生活秩序……"

"回答问题要简单一点,"老头吃力地、但清晰地说道。

母亲感到坐在后面凳子上的人活跃了起来,大家都在交头接耳,窃窃议论,好像要挣脱蛛网似的不愿听那个瓷人的东拉西扯、平淡无味的话。

"你听见他们是怎么说的了吗?"西佐夫低声问道。

"费多尔·马津,您回答……"

"我不愿意说!"费佳霍地站起来,十分明确地说。他激动得满脸通红,两眼闪光,他不知为什么把双手藏在背后。

西佐夫轻轻地"哎哟"叫了一声,母亲惊愕地睁大了眼睛。

"我拒绝辩护,我什么也不愿意讲,我认为你们的审判是非法的!你们是些什么人?难道人民授权你们来审判我们了吗?不,人民没有授权!我不承认你们!"

他坐了下去,那张通红的脸隐没在安德烈的背后。

胖法官把头偏向审判长,跟他耳语了一阵。脸色苍白的法官抬起眼皮,斜眼看着被告们,接着伸手到桌上,用铅笔在面前的纸上写了几个字。乡长摇了摇头,小心地挪动了两脚的位置,把肚子贴在膝上,用两手遮着。小老头脑袋一动不动,把身子转向红胡子法官,对他悄悄说了几句,红胡子法官低头听着。贵族长在和检察官在低声交谈,市长摸着腮帮子在听他们谈话。又响起了审判长的毫无生气的声音。

"回答得多干脆,是吗?直截了当,比谁都说得好!"西佐夫惊奇地在母亲耳边说。

母亲困惑地微笑着。她起初觉得所发生的一切都是多余而又枯燥的开场白,接着就要发生一件冷酷恐怖、顿时会把大家压倒的可怕的事情。但是,巴维尔和安德烈沉着镇静的发言是这样大胆而坚定,就好像他们是在工人区的小屋里,而不是在法庭上说话。费佳激烈的态度使母亲感到振奋。法庭里勇敢大胆的气氛在增长,母亲根据后排听众的动静猜到,有同样感觉的人不止她一个。

"您的意见如何?"小老头说。

秃头检察官站起身来,一手按着讲台,开始分条列项地很快说起来。在他的声音里听不出什么可怕的东西。

但是,同时有一种冷漠、刺人的感觉搅乱着母亲的心,使她惶恐不安,——她已模糊地感到有一种对她含有敌意的东西。这种东西并不威吓人,也不叫嚷,可是却在不可捉摸地悄悄扩大。它懒洋洋地、迟缓地在法官们的周围摆动,好像把他们裹在不透气的云层中,使外界的一切东西和他们隔绝。母亲看着法官们,她觉得他们是不可理解的。和她的预料相反,他们并没有对巴维尔和费佳大发雷霆,也没有恶语伤人。但是她觉得法官们所问的一切,对他们都是毫无必要的,他们仿佛都是勉为其难地在审问,吃力地听着回答,好像一切早已知道,所以对一切毫无兴趣。

这时,站在他们面前的一个宪兵用低沉的声音说:

"大家都说,巴维尔·弗拉索夫是领头人……"

"那么,纳霍德卡呢?"胖法官懒洋洋地低声说。

"他也是……"

一个律师站起来说:

"我可以发言吗?"

小老头对一个人问道:

"您没有意见吗?"

母亲觉得,所有的法官都是病病歪歪的人。他们的姿势和声音里都显露出病态的委靡不振。他们的脸上也表现出这种病态的倦容和令人厌恶的阴郁无聊的神情,显然,他们对这一切——制服、法庭、宪兵、律师,以及坐在圈椅上审问和听取回答的责任,都感到厌烦和不适。

母亲熟悉的那个脸色蜡黄的军官站在他们面前,态度倨傲,故意拖长声音大声讲着巴维尔和安德烈的情况。母亲听他讲着,不由地想:

"你知道的并不多。"

这时母亲望着铁栏杆里的人,已经不再为他们害怕,也不怜悯他们,——对他们不应该怜悯,他们使母亲感到的只是惊奇和温暖她心窝的爱。惊奇是平静的,爱是欢乐的、鲜明的。他们年轻、健壮,坐在靠墙的一边,对于证人和法官的单调的谈话以及律师与检察官的争辩,几乎不去插嘴。有时候,他们中间有人发出轻蔑的冷笑,和同志们交谈几句,于是同志们的脸上也掠过一丝讥笑。安德烈和巴维尔几乎一直在悄悄地和一位辩护律师谈话。母亲前一天在尼古拉家里曾看见过这位律师。最兴奋好动的马津倾听着他们的谈话。萨莫伊洛夫不时对伊凡·古谢夫说几句话。母亲看见,每次伊凡都是勉强忍着没有笑出声来,悄悄地用胳膊肘在同志身上捅一下,脸涨得通红,鼓起两腮,低下脑袋。他有两次已经噗哧笑出声来,过后又绷着脸坐了几分钟,竭力想装得严肃一些。他们每个人的身上都充满了青春的活力,他们虽然努力克制着沸腾奔放的青春活力,可是这种力量却轻而易举地冲破了束缚。

西佐夫轻轻地碰了碰母亲的臂肘,母亲回过头来,西佐夫的脸上带着得意而又有几分担心的神情,小声说道:

"你瞧,他们多么坚强,这些小子,啊?好大的气派,是吗?"

法庭上,证人们用枯燥单调的声音匆忙地陈述着,法官们则冷淡地、无精打采地说着。胖法官用肉乎乎的手捂住嘴打着哈欠。红胡子法官的脸色变得更加苍白,有时他抬起手来,用一个指头使劲按着太阳穴,悲哀地睁大眼睛,茫然地望着天花板。检察官偶尔用铅笔在纸上划几下,又去跟贵族长悄悄地交谈。贵族长捋着白胡子瞪着漂亮的大眼睛,神气地侧着脑袋在微笑。市长跷着腿坐着,用指头在膝上轻轻敲击,聚精会神地望着指头的动作。只有乡长仍旧用膝盖托住肚子,还用两手小心地捧着肚皮,低头坐着。似乎只有他一个人在倾听这种单调的嗡嗡声。小老头的身子埋在圈椅里,好像无风天气的风标一样一动不动地插在那里。这种状态继续了许久,无聊的呆滞场面使人们重又感到迷惑起来。

"我宣布……"小老头说着站了起来,下面的话就被他薄薄的嘴唇挤了回去。

喧哗声、叹息声、低低的惊呼声、咳嗽声和脚步声充满了整个法庭。被告们被带了下去。他们出去的时候,含笑向自己的亲属和熟人点头致意。伊凡·古谢夫低声对什么人喊道:

"不要怕!叶戈尔!……"

母亲和西佐夫来到走廊上。

"要不要到小馆子里去喝杯茶?"老人关切地、沉思似的问她。"我们还有一个半钟头的时间呢!"

"我不想去。"

"那我也不去了。你看,孩子们真了不起,是吧?他们坐在那里,好像只有他们才是真正的人,其余的人,都算不了什么!费佳就是这样,是吧?"

萨莫伊洛夫的父亲手里拿着帽子,走到他们面前。他带着阴郁的微笑说:

"我的格里戈里不也是这样吗?他拒绝要辩护律师,什么话都不愿意说。听说了吗,这办法是他第一个想出来的,佩拉格娅,你的孩子赞成请律师,可是我的孩子却说不要!于是四个人都拒绝了……"

他的妻子站在旁边,不断眨着眼睛,一边用头巾的一角擦着鼻子。萨莫伊洛夫手攥着胡子,眼睛瞧着地板,继续说:

"原来他们还有这么一手!看着他们这些鬼东西,心想,他们的一切打算都会落空的,白白地害了自己。可是现在我忽然开始认为,也许他们是对的吧?你回想一下,他们的人在工厂里越来越多,他们虽然常常被抓走,可是他们就像河里的鱼,是抓不完的,绝对抓不完!我又想,力量也许是在他们这一边?"

"斯捷潘·彼得罗夫,这种事情我们是很难弄得懂的!"西佐夫说。

"不错,是很难!"萨莫伊洛夫表示同意。

他的妻子用鼻子深深吸了口气,说:

"这些不要命的家伙身体倒都还结实……"

在她肌肉松弛的宽脸盘上忍不住露出微笑,她继续说:

"尼洛夫娜,我刚才说话太随便,怪你的儿子不好,你可别生气。老实说,究竟怪哪个不好,只有鬼知道!你瞧,刚才宪兵和暗探都说到我家的格里戈里。他也真卖力气,这红毛小鬼!"

显然,她为自己的孩子感到自豪,她也许还并不理解自己的感情,但是母亲却很熟悉这种感情,她和蔼地微笑着低声说:

"年轻人的心总是更接近真理的……"

人们在走廊里来回踱着步,三三两两聚在一起,兴奋而沉思地低声谈着。几乎没有一个人单独站着——每个人的脸上都明显地露出想要交谈、打听的神情。在那两堵白墙之间的狭窄走道里,人们好像被阵阵狂风刮得来回晃动,似乎大家都在寻找可以牢牢站稳脚跟的地方。

布金的哥哥,一个面容也很憔悴的高个子,挥动着手,匆匆忙忙到处跑来跑去,证实说:

"乡长克莱巴诺夫不配审这个案子……"

"别说啦,康士坦丁!"他的父亲,一个矮小的老头,向他劝说道,害怕地朝四面张望着。

"不,我要说!传说,他去年为了要把自己管家的老婆弄到手,把那个管家杀了。现在,管家的女人跟他同居——这该怎么解释呢?再说,他还是个出了名的贼……"

"咳,我的老天爷,康士坦丁!"

"对!"萨莫伊洛夫说。"确实有这事!这种审判太不合理……"

布金听见哥哥说的话,赶紧跑到他跟前,大家也都跟了过来,他挥动着两手,激动得涨红了脸,大声说:

"杀人案和盗窃案,由陪审员和老百姓——农民和市民审问!可是反对官老爷的人,却由官老爷来审问,这是什么道理?如果你欺侮我,我打了你,然后由你来审判我,那我当然会成为罪犯,可是,最初欺侮我的是谁?不是你吗?正是你嘛!"

一个白头发、鹰钩鼻子、胸前挂着几枚奖章的法警,推开人群,伸出手指威吓布金说:

"喂,不准乱嚷!这儿难道是酒馆吗?"

"是的,戴奖章的先生,我知道!你听着,要是我打了你,却由我来审判你,你怎么看……"

"看我叫人把你带出去!"法警严厉地说。

"带到哪儿去?凭什么?"

"带你到外面去。免得你瞎嚷……"

布金向大家环视了一遍,低声说:

"他们最要紧的是不让人说话……"

"你想要怎么样?"那老头声色俱厉、态度粗暴地喝道。

布金双手一摊,压低了说话的声音。

"还有,为什么法庭上除了亲属外,不准其他老百姓旁听?如果你审判得公平合理,那你就当着大家的面审判好了,怕什么呢?"

萨莫伊洛夫也重复说了一遍,不过声音已经响了些:

"审判不公平,这是事实!……"

母亲想把从尼古拉那儿听来的关于非法审判的话告诉他,可是她对这个问题并不完全理解,而且有些话已经忘记了。她想尽量回忆起这些话,离开人群,走到一旁,这时,她发觉有个蓄着浅色胡子的年轻人正望着她。他右手放在裤袋里,因此左肩显得低一些。母亲对这种姿态的特点觉得有点熟悉。可是,那人已经转过身去,背对着母亲,而母亲因为急于要回想起那些话,所以很快就把这个人忘了。

但是,过了一会儿,她听见一句低声的问话:

"是她吗?"

接着,另外一个比较响的声音高兴地回答:

"对!"

母亲向四周看了看。那个肩膀一高一低的人侧身朝她站着,正在跟旁边一个穿短大衣和长筒靴、蓄着黑胡子的年轻人说话。

她又不安地回忆着,心里不由一颤,但什么也记不清了。在她心里不可抗拒地燃烧起要把儿子的真理告诉人们的愿望,她想知道,人们能说出什么来反对这种真理,她想根据他们的话来推测法庭的判决。

"难道能这样审判吗?"她小心地低声对西佐夫说道。"他们只问谁干了什么,可是为什么干,他们却不问。况且他们都是些老头子,年轻人应该由年轻人来审判……"

"对,"西佐夫说,"这种事我们很难理解,很难!"他若有所思地摇了摇头。

法警打开法庭的门,喊道:

"家属们!拿出入场券来……"

一个阴沉的声音慢腾腾地说:

"入场券,——简直像到了马戏院!"

现在大家心里都感到一种暗暗的焦躁和模糊的激奋。他们变得随便起来,开始喧闹,和法警争论。

二十五

西佐夫在凳子上坐下,嘴里咕噜着。

"你怎么啦?"母亲问。

"没什么!老百姓太傻……"

铃响了一阵。有人用冷漠的口气宣布:

"开庭……"

全体又重新起立,法官还按照原来的次序进入法庭,然后就座。接着,被告带了上来。

"沉住气!"西佐夫说。"检察官要说话了。"

母亲伸长脖子,整个身子向前探着,再一次屏息等待着即将发生的可怕事情。

检察官面朝法官侧身站着,一只臂肘撑在桌子上,喘了口气,开始讲起来,右手不断地在空中挥动着。开头几句话母亲没有听清楚。他的声音飘忽低哑,时快时慢,很不平稳。他的话单调地连成一长串,好像衣缝上的线迹,突然之间,又像麕集在糖块上的一群黑色的苍蝇一哄而起,在空中盘旋飞舞。但是从他的话里,母亲听不出有什么可怕和危险的地方。他的话像冰雪一样冷,如灰烬一般暗,仿佛是干燥的尘埃纷纷坠落,使法庭充满令人不快和厌烦的气氛。这种喋喋不休、平淡冷漠的长篇大论,看来对巴维尔和他的同志们并没有起什么作用,显然没能触动他们,他们都平静地坐着,照旧在窃窃低语,时而微笑,时而为了掩饰笑容,故意皱着眉头。

"他在胡说八道!"西佐夫悄声说道。

这句话母亲是说不出的。她听着检察官的话,知道他想不分青红皂白地指控大家都有罪;检察官说完巴维尔的事,又开始讲费佳。他把费佳和巴维尔相提并论,然后又硬把布金和他们扯在一起,好像他想把大家互相紧紧连在一起,装进口袋,缝起来。可是,他讲话的表面意义既不能使母亲满意,也不能触动她和使她害怕。她仍然等待着可怕的东西,执拗地在他的言语之外,即从检察官的脸部表情、眼睛神色、说话声音以及他不慌不忙在空中挥动的手势中,寻找这种东西。可怕的东西是有的,她已感觉到,但却捉摸不到,无法确定,那种严酷而辛辣的滋味又充溢在她心头。

母亲望着法官们——他们听着这种诉词,一定也感到无聊。在他们死气沉沉、蜡黄晦暗的脸上,毫无表情。检察官的话,好像在空中散发出一片肉眼看不见的烟雾,不断弥漫扩散,在法官们的周围,形成冷漠和厌倦的期待的浓重云雾,紧紧地裹住他们。看到审判长端坐着,凝然不动。在他镜片后面的两个灰点,有时在脸上变得模糊不清,以至消失。

母亲看到这种死气沉沉、无动于衷的场面,看到这种并无恶意的冷淡的情景,困惑不解地暗自问道:

"这是在审判吗?"

这个疑问压在她的心头。渐渐驱除了对可怕事情的等待心情,一种强烈的屈辱感扼住了她的喉咙。

检察官的话不知为什么突然中止了,后来他又很快地简短补充了几句,向法官们行了个礼,便搓着手坐了下去。贵族长瞪着眼睛,向他点点头;市长伸了伸手臂,乡长望着自己的肚子微笑着。

但是,他的发言显然不能使法官们满意,他们连动也不动。

"现在,"小老头将一份案卷拿到自己面前,说,"请费多谢耶夫,马尔科夫,扎加罗夫的辩护律师发言……"

母亲在尼古拉家里看见过的那个律师站了起来。他宽宽的脸盘非常和善,一双小眼睛微笑着,熠熠闪亮,——有如从淡红色的眉毛下伸出两把尖刀,像剪刀一样在空中剪着什么。他从容不迫、洪亮清晰地讲了起来。可是母亲听不懂他的话,西佐夫附在她的耳旁说:

"他说的你懂吗?懂吗?他说这些人精神不正常,丧失理智。这是说的费多尔吗?"

母亲感到极其失望,没有回答。屈辱的感觉越来越强,使她心情沉重。弗拉索娃现在明白了,为什么她曾期待有一场公正的审判,为什么她以为可以听到儿子的真理和法官的真理之间严峻的、正直的争辩。她原以为,法官们会长时间地审问巴维尔,认真、详细地了解他的内心生活,用锐利的眼光研究他的全部思想、活动和全部经历。一旦,当他们看到他是正确的,他们就会公正地、大声宣布:

"这个人无罪!"

但是,事情完全不是这样,仿佛被告和法官之间相隔十万八千里,对被告来说,法官们毫无必要。母亲感到厌倦,对审判失去了兴趣,她不去听辩护律师的话,气愤地想道:

"难道能这样审判吗?"

"骂得好!"西佐夫赞许似的低声说。

这时已经是另一个律师在说话。他身材矮小,面孔瘦削苍白,带着嘲笑的神情。法官们不断阻挠他的发言。

检察官跳了起来,气冲冲地急忙说了几句关于记录的事,随后小老头以训话的口吻说开了,那个律师低头恭敬地听完他的话,接着又继续说下去。

"有话统统说出来吧!"西佐夫说。"全部说出来……"

法庭里开始活跃起来,出现了战斗的激情,律师辛辣锋利的言词激怒了厚颜无耻的法官们。法官们好像挤得更紧了,气得两腮鼓起,全身膨胀,准备反击劈头盖脸袭来的尖锐辛辣的言词。

可是,这时巴维尔站了起来,周围突然变得鸦雀无声。母亲整个身子向前探着。巴维尔镇定自若地开始说话:

"我是一个党员,只承认党的审判,我现在要讲话,并不是为自己辩护,而是按照同样也拒绝辩护的同志们的愿望,试试向你们说明一些你们所不理解的事情。检察官把我们在社会民主党的旗帜指引下所举行的游行活动说成是反对最高当局的暴动,而且始终把我们看作是反对沙皇的暴徒。我应该声明,在我们看来,专制制度不是束缚我们国家机体的惟一锁链,它只是我们应该从人民身上首先砸碎的第一条锁链……"

他的声音坚定有力,法庭内显得更加寂静。这声音仿佛冲开了法庭的四壁,巴维尔好像渐渐远离人们,站在一旁,身影显得更加突出高大。

法官们惶恐不安,蠢笨地蠕动起来。贵族长在一脸慵懒相的法官耳边嘀咕了几句,后者点点头,转过脸去同小老头说话,就在这时,一个满脸病容的法官又在另一侧对他附耳低语。小老头坐在椅子上左右晃动着身子,对巴维尔说了些什么,但是他的声音在弗拉索夫气势磅礴、一泻千里的演说中淹没了。

"我们是社会主义者。这就是说,我们是私有制的敌人,私有制使人们分裂,尔虞我诈,因为私利产生不共戴天的仇恨,为了竭力掩饰这种仇恨或为之辩解,不惜编造谎言,用谎言、伪善、邪恶来腐蚀人们。我们认为:把人只看作是自己发财致富的工具的社会,是违反人道的,是和我们势不两立的,我们不能容忍它虚伪和欺骗的道德。这种社会对待个人的残酷和无耻的态度,是和我们水火不相容的;对这种社会奴役人类肉体和精神的一切方式,对于为了贪欲而分裂人类的一切手段,我们一定要进行斗争。我们工人,用劳动创造了一切——从巨大的机器到儿童的玩具。我们是被剥夺了为自己的人格尊严作斗争的权利的人。为了达到自己的目的,任何人都想方设法要把我们变成工具,而且他们可以这样做。现在,我们要求有足够的自由,以便使我们将来能够赢得全部政权。我们的口号很简单:打倒私有制,一切生产资料归人民,全部政权归人民,劳动是每个人的义务。你们可以看出,我们决不是暴徒!"

巴维尔冷笑一声,用手慢慢摸了摸头发,他的蓝眼睛里闪出了更明亮的光芒。

"请您不要离题!"审判长吐字清楚,声音响亮地说。他转过身子,胸口对着巴维尔,眼睛看着他,母亲觉得,审判长那只浑浊的左眼燃烧着不怀善意的贪婪的火焰。所有的法官都那样看着她的儿子,好像他们的眼光粘在他的脸上,附在他的身上吮吸他的鲜血,渴望用他的血滋补自己衰老的身体。而巴维尔高大的身躯傲然挺立,不可动摇,向他们伸出一只手,声音不大、但很清晰地说:

"我们是革命者,在一些人只管作威作福,另一些人只能辛苦劳动的情况没有结束之前,我们永远是革命者。我们反对你们奉命要保护其利益的社会,我们是你们的这个社会以及你们的不共戴天的敌人。在我们取得胜利以前,我们之间决不可能和解。我们工人一定会胜利!你们的主子决不像他们想象的那样强大。他们牺牲了千百万受他们奴役的人的生命而积累和保存的财产,以及他们享有的统治我们的权力,在他们之间引起了敌对和冲突,使他们在肉体上和精神上走向毁灭。为了保护私有财产,需要作出无比巨大的努力,所以实际上,你们这些统治我们的人,与我相比,更是奴隶,——你们是在精神上受奴役,而我们只是在肉体上受奴役。你们无法摆脱在精神上扼杀你们的偏见和习惯的桎梏,但是,却没有任何东西能妨碍我们成为内心自由的人。你们用来毒害我们的毒药,敌不过你们违反自己意愿灌输到我们意识中的抗毒素。我们的觉悟在增长,不停地发展,日益迅速地熊熊燃烧,甚至把你们中间一切优秀的、精神上健康的人吸引过来。请看,在你们那里,能够在思想上为你们的政权而斗争的人已经没有了;能够使你们免遭历史的正义惩罚的一切论据,已经枯竭了;在思想领域,你们不可能创造出任何新的东西:你们在精神上已经破产了。

我们的思想却在不断成长,燃烧得日益光耀夺目,掌握了广大人民群众,组织他们为自由而斗争。对工人伟大作用的认识,使全世界的工人团结一致,同心同德。你们除了残酷和无耻以外,已经毫无办法阻止改造生活的这种进程。可是,无耻逃不过雪亮的眼睛,残酷只能激起愤慨。今天残害我们的手,很快就会像同志一样握住我们的手。你们的力量,是增殖金钱的机械力,它使你们结成注定要互相吞噬的集团。我们的力量是一种日益觉悟到所有工人要联合起来的朝气蓬勃的力量。你们的所作所为全是犯罪,因为都是为了奴役人类。我们的任务是要消灭你们的虚伪、仇恨、贪欲所孕育出来的威胁人民的妖魔鬼怪,使世界得到解放。你们使人们无法生存,毁灭他们,社会主义却要把被你们破坏的世界联合成一个伟大的统一整体,而且这是一定会实现的!"

巴维尔停顿了片刻,接着用比较低的然而更有力量的声音重复说:

"这是一定会实现的!"

法官们丑态百出,交头接耳。他们贪婪的眼睛一直盯着巴维尔。母亲觉得,他们嫉羡巴维尔的健壮和青春活力,所以想用他们的目光来玷污他灵活柔韧、强壮结实的身躯。其他被告们神情专注地听着自己同志的讲话,他们的脸色苍白,眼里闪射出欣慰的光辉。母亲贪婪地听着儿子的话,这些话有条不紊地深深印在她的脑海里。小老头几次打断巴维尔的话,对他解释几句,有一次他甚至凄然地笑了笑,——巴维尔每次默默地听完他的话,然后又严峻而镇静地继续讲下去,迫使他们听他说话,使法官们的意志服从他的意志。可是,审判长终于向巴维尔伸出手,吼叫了起来,作为对他的回答,巴维尔带着几分嘲笑说:

"我就要讲完了。我并不想侮辱你们个人,相反,我被迫在这种被你们称作审判的闹剧中出场,我甚至感到你们有点可怜。不管怎样,你们毕竟还是人。当我们看到一些人——即使是对我们的目的抱有敌意的人——这样卑鄙无耻地为暴力服务,把自己作为一个人的尊严的意识丧失到这种地步,我们总是觉得非常难受……"

他对法官们连看也不看,就坐下了,母亲屏息凝视着法官们,等待着。

安德烈满脸笑容,紧紧地握住巴维尔的手。萨莫伊洛夫、马津和其他所有人都兴奋地朝他探过身去。巴维尔被同志们的激情弄得有点不好意思,他微笑着,朝母亲那边看了一眼,对她点点头,好像问道:

"这样行吗?"

作为回答,母亲高兴的长长地舒了口气,全身充满了爱的热浪。

"好……这才是审判开始了!"西佐夫低声说。"他把他们审得多带劲,啊?"

母亲默默地点点头,对儿子的大胆发言感到满意,——也许使她格外满意的是儿子把话讲完了。这时却有一个问题不安地萦绕在她的脑际。

"下一步呢?你们现在打算怎么办呢?"

二十六

巴维尔的发言对母亲来说并不新奇,她原来就了解这些思想,但是,在这里的法庭上,她第一次感到了儿子的信仰具有神奇的吸引力。巴维尔的镇静使她惊奇。儿子的话在她心里变成一片灿烂的星光,使她坚信儿子是正确的,并且一定会获得胜利。现在,母亲正等着法官们要同儿子进行激烈的争辩,提出他们的道理,愤怒地反驳巴维尔。但这时候安德烈站了起来,晃了晃身子,横眉望了望法官,开始说:

"诸位辩护人……"

"在您面前的是法官,不是辩护人!"面带病容的法官气咻咻地大声对他说。母亲从安德烈脸上的表情看出,他是在取闹,他的胡子在抖动,眼睛里闪耀着她所熟悉的那种狡黠的、猫儿般亲昵的神色。他用一只长胳膊使劲揉了揉头,然后叹了口气。

"难道是真的?"他摇着头说。"我还以为你们是辩护人,而不是法官呢……"

"我请您谈与本案有关的问题!"审判长冷冷地说道。

"与本案有关?好,我就姑且假定你们确实是法官,是公正而独立的人……"

"法庭用不着您来品头论足!"

"用不着?嗯,那好,可是我还得讲下去……对你们这些人来说,不应该有自己人和外人之分,你们是有权做主的人。现在,原告和被告两造都站在你们面前。一方控告说:他抢了我的东西,还蛮不讲理地毒打了我一顿!另外一方回答说:因为我有武器,所以我有抢劫和打人的权利……"

"关于本案您有什么话要说吗?"小老头提高声音问。他的手在发抖,母亲见他发怒,觉得很高兴。但是安德烈的举止却使她不满——这种举止和儿子的讲话不很协调,——她所期望的是一场认真严肃的辩论。

霍霍尔默默地望了望小老头,然后用手揉着头,一本正经地说:

"关于本案的?我为什么要和您谈论本案的问题呢?你们需要知道的,刚才那位同志已经讲过了。没有说到的问题,到时候,别人会对您说的,还有时间……"

小老头欠着身子宣布:

"我剥夺您的发言权!格里戈里·萨莫伊洛夫!"

霍霍尔紧闭嘴唇,懒洋洋地坐到长凳上,和他坐在一起的萨莫伊洛夫甩了甩鬈发,站起来说:

"刚才检察官说我的同志们是野蛮人,是文明的敌人……"

"只能讲和您案子有关的话!"

"这就是有关的。没有一件事是和正直的人无关的。所以我请您不要打断我。我问您,你们的文明是什么?"

"我们在这儿不是来跟您辩论的!谈正题!"小老头龇着牙说。

安德烈的举止使法官们的态度发生了明显的变化。他的话仿佛把他们身上的一层什么东西擦去了,使他们阴暗的脸上红一块白一块,眼睛里冒出无情的绿色的火花。巴维尔的话虽然激怒了他们,但是这些铿锵有力的话使他们不由地肃然起敬,克制了自己的愤怒。霍霍尔却使他们失去了这种克制力,轻而易举地揭开了掩盖在这克制力下面的东西。他们怪模怪样地互相耳语着,过分迅速地动来动去。再也坐不住了。

"你们培养特务,你们使妇女堕落,你们使人沦为窃贼和杀人犯,你们用伏特加麻醉人们,国际间的战争,漫天大谎、荒淫和野蛮,——这就是你们的文明!是的,我们是这种文明的敌人!"

"我请您注意!"小老头喊了一声,下巴在哆嗦。可是满脸通红、两眼闪光的萨莫伊洛夫也大声喊道:

"但是,我们尊重和珍视另外一种文明,创造这种文明的人却受到你们的长期监禁,被逼得发疯……"

"我禁止您发言!费多尔·马津!"

矮小的马津站了起来,就像突然伸出的一把锥子。他用断断续续的声音说:

"我……我敢发誓!我知道,你们已经判了我的刑。"

他上气不接下气,脸色发白,只能看见他脸上的两只眼睛,他伸出一只手喊道:

"我老实说!无论你们把我流放到哪儿,我一定要逃跑,然后再回来,一辈子永远干下去。这是我的大实话!"

西佐夫满意地大声咳了一下,摆动着身体。所有旁听的人受到越来越兴奋的情绪的影响,奇怪地、低声地喧哗着。一个妇女在哭泣,有人咳得喘不过气来。宪兵们带着惊奇呆滞的神情看着被告,但看着听众时,却是一副凶相。法官们坐立不安,小老头尖声尖气地叫道:

"伊凡·古谢夫!"

"我不想说话!"

"瓦西里·古谢夫!"

"不愿意说!"

"费多尔·布金!"

一个脸色有点苍白,面容憔悴的青年勉强地站起身来,摇着头,慢慢说道:

"你们应该觉得可耻!我是个没有文化的人,可是连我也懂得正义!"他把一只手举过头顶,半闭着眼睛,好像要看清远方的什么东西似的,突然停下不说了。

"怎么回事?"小老头往椅背上一靠,恼怒地愕然问道。

"算了,去你的吧……"

布金脸色阴沉地坐到长凳上。他这几句意思含糊的话却具有一种重大深刻的含义,一种忧郁、谴责、天真的口吻。这一点大家都感觉到了,连法官们也竖起耳朵听着,好像等待,会不会引起比这些话说得更清楚的反响。听众席上一片静寂,只有幽幽的啜泣声在空中飘荡。过了一会儿,检察官耸了耸肩膀,冷笑了一下。贵族长大声地咳了一下,接着又渐渐响起了一片低语声,激动地在法庭里缭绕。

母亲把头凑近西佐夫,问道:

"法官要讲话吗?"

"都完了……只剩下宣判了……"

"再没有别的了吗?"

"对……"

母亲不相信他的话。

萨莫伊洛娃不安地在凳子上动来动去,用肩膀和胳膊肘不时推推母亲,还低声对丈夫说:

"这是怎么回事?这怎么可以?"

"你看吧——可以的!"

"那格里沙怎么办呢?"

"别烦人了……"

所有的人都感到心里有什么东西被搅乱、破坏和伤害。人们困惑地眨着昏花的眼睛，好像他们面前燃烧着一个光耀夺目、轮廓模糊、意义不明却具有诱惑力的东西。人们对突然在面前展开的重大事情还不了解，只好急忙在一些一目了然、明白易懂的小事上表露自己的感情。布金的哥哥毫无顾忌地大声说道：

"请问，为什么不让人讲话？检察官却能要说什么就说什么，要讲多久就讲多久……"

站在长凳旁边的一个官员向人们挥着手，低声说：

"安静！安静……"

萨莫伊洛夫把身子向后一靠，在妻子背后嘟囔着，断断续续迸出一些话来：

"当然，就算他们有罪。可你总得让人家解释清楚！他们反对的是什么？我想弄个明白！我也很感兴趣……"

"安静！"那官员用手指威吓着他，大声说道。

西佐夫阴郁地点着头。

母亲一直目不转睛地望着法官，看见他们越来越激动，他们交头接耳，但听不清说些什么。他们冷漠、狡猾的谈话声音向母亲迎面传来，使她的两颊发颤，嘴里产生一种像生病似的难受和讨厌的感觉。母亲不知为什么觉得，他们都在谈论她儿子和他的同志们的体魄，谈论这些血气方刚、充满活力的年轻人的筋肉和肢体。这样健壮的身躯在他们心里引起了像乞丐才有的那种心怀叵测的嫉妒，激起了身体衰竭和多病的人所怀有的那种执拗的贪欲。他们咂着嘴唇，好像在为这些能够劳动、生产、享受和创造的身体惋惜。现在，这些身躯不能继续在生活中劳动创造，要脱离生活，使别人再也不能支配他们，再也不能利用并吞噬他们的气力了！因此，这些年轻人在老朽的法官们的心里引起了像奄奄一息的野兽所有的那种复仇、悲哀和恼怒，因为这野兽眼看着新鲜的食物，但已没有力气去攫取，又不能汲取别人的力量来壮大自己,眼看着可以充饥的源泉渐渐远离自己,于是发出痛苦的怒嗥和哀鸣。

母亲越是仔细观察这些法官,这种粗犷奇怪的想法就变得越加鲜明。母亲觉得,这些曾经可以大吃特吃的馋鬼,现在并不掩盖他们强烈的贪欲和无济于事的暴怒。她作为一个妇女和母亲,儿子的身体对她一向要比称作精神的东西更宝贵。所以,母亲看到这些毫无生气的目光在她儿子脸上移动,触摸着他的胸膛、肩膀和双手,擦过他发热的皮肤,不禁觉得很可怕,——这种目光好像在寻找机会起火燃烧,使他们硬化的血管和僵死的肌肉里的血液得以温暖。这些行将就木的家伙,虽然要把年轻的生命加以判处,但因为受到对这些年轻生命的贪欲和嫉妒的刺激,现在稍稍有了一点生气。母亲觉得,她儿子也感觉到了这种委靡、讨厌和难以忍受的目光,所以身体微微颤动着,望着她。

巴维尔用他略微有些疲倦的眼睛镇静而温柔地望着母亲的脸,不时对她点头微笑。

"快要自由了!"这微笑好像在告诉母亲并温柔地抚慰着她的心。

忽然,法官们全体起立。母亲也不由自主地站了起来。

"他们要走了!"西佐夫说。

"去商量判决?"母亲问。

"是的……"

母亲的紧张心情忽然缓和了,全身疲乏无力,感到窒息,她的眉毛在抖动,额头冒汗。失望和屈辱的沉重感情涌上她的心头,又很快变成对法官和审判的厌恶和轻蔑。她觉得脑门疼痛,便用手使劲擦了一下前额,然后朝四周看了看,——被告的家属都向铁栏杆走去,法庭里充满了一片嗡嗡的说话声。母亲也走到巴维尔面前,紧紧地握住他的手,她心里充满了委屈和欣喜,心情矛盾,百感交集,不禁哭了起来。巴维尔对她说了些安慰的话,霍霍尔却又说又笑。

所有的女人都哭了,不过这种哭泣与其说是因为悲伤,不如说是由于习惯。她们并没有感到像突然遭到沉重打击时令人惊呆的悲伤,没有那种出人意料突然降临到她们头上的悲伤的感觉,有的只是那种不得不和自己的孩子分别的悲伤的感觉。但是,连这种感觉也在当天产生的许多印象中淹没了,消溶了。父母们怀着茫然的心情望着自己的孩子们。他们对年轻人的不信任以及平素对孩子们的优越感,现在和另外一种近似对孩子们尊敬的感情奇怪地交织在一起。父母们对今后如何生活的无穷无尽的忧虑,也被年轻人的谈论所激起的好奇冲淡了,——因为这些年轻人勇敢无畏地经常谈论可能会出现一种迥然不同的美好生活。他们的感情由于不善于表达而受到抑制,话虽讲得很多,但讲的都是关于替换衣服和保重身体之类的琐事。

布金的哥哥挥着手,劝弟弟说:

"最主要的就是正义!别的都无关紧要!"

弟弟回答说:

"照料好那只椋鸟……"

"保管不会出问题!……"

西佐夫抓住侄儿的手慢慢地说:

"费多尔,这么说,你要走了……"

费佳低下头,有点狡黠地微笑着,对西佐夫耳语了几句。一个卫兵也笑了笑,可是马上又板起脸,咳了一声。

母亲和别人一样,跟巴维尔讲的也是有关替换衣服和保重身体的事。可是有关萨莎、儿子和她自己的几十个问题,却使她心绪不宁。不过,除此之外,蕴藏在她心里的对儿子的无限眷爱,要使儿子喜欢她以及想成为儿子的贴心人的强烈愿望,在慢慢增长。等待发生可怕事情的心情消失了,剩下的只是想法官时那种不愉快的战栗以及关于他们的已经淡漠了的模糊想法。母亲感到,在她心里产生了一股巨大的欢乐喜悦的感情。可是,她还不理解这种感情,所以觉得有点困惑。母亲看见霍霍尔和谁都说话,心里明白他比巴维尔更需要亲切的安慰,于是和他谈了起来:

"我看不惯这种审判!"

"为什么,大妈?"霍霍尔带着感激的微笑大声说。"俗话说得好,风车虽老,干活不少①……"

"大家并不怕,可又不明白——究竟谁对?"母亲犹豫地说。

"哎哟,您还指望这个!"安德烈喊着。"难道这儿是讲理的地方吗?……"

母亲叹了口气,微笑着说:

"我原来还以为很可怕……"

"开庭!"

大家很快回到了原位。

审判长一只手撑在桌上,另一只手拿着判决书举在脸前,用黄蜂般微弱的嗡嗡声开始宣读。

"宣判了!"西佐夫留神听着,说。

四周一片寂静。全体起立,望着小老头。他矮小、干瘪,站得笔直,好像一只看不见的手拿着的一根木棍。法官们也都站着:乡长歪头望着天花板,市长两手交叉放在胸前,贵族长捋着胡子。形容枯槁的法官、他的肥胖的同僚和检察官都看着被告那边。法官们的后面,肖像上穿着红色制服、神情冷漠、脸色苍白的沙皇从他们的头上望下来。有个小虫在他脸上爬动。

"流放!"西佐夫松了口气,说。"噢,总算结束了,谢天谢地!本来听说要判服苦役!没什么,大妈!这没什么!"

"我早就知道了,"母亲回答说,声音中带着倦意。

"总算有个结果了!现在是真的定下来了!要不然,谁知道他们会怎么样?"西佐夫转过脸望着被押下去的犯人,大声说:

"再见,费多尔!还有各位!上帝保佑你们!"

母亲对儿子和他的同志们默默地点头。想哭,可是又不好意思。

---

① 此处嘲讽那些老朽的法官。

二十七

母亲走出法院,感到惊奇,因为夜幕已经降临,街上亮着路灯,满天星斗。法院旁挤满了一群一群的人,寒冷的空气中,可以听到嘎吱嘎吱的踏雪声和年轻人此起彼伏的喊叫声,一个戴灰色风帽的人瞧了瞧西佐夫的脸,急忙地问:

"判了什么刑?"

"流放。"

"大家都一样?"

"都一样。"

"谢谢!"

那人走了。

"看见了吗?"西佐夫说。"都在打听……"

忽然,有十来个青年男女把他们围住,急不可耐地七嘴八舌一起大声问着,吸引了许多人。母亲和西佐夫站住了。他们问到判决的情况,被告们的表现以及谁讲了话,讲些什么等等,在所有的问话里,都可以听出同样的刨根问底的好奇口吻,——这种真诚而急切的好奇心唤起了母亲要使他们得到满足的愿望。

"各位!这是巴维尔·弗拉索夫的母亲!"有人低声喊道,于是,大家虽然没有立即停止说话,但是很快便安静了下来。

"请允许我和您握手!"

一只有力的手紧紧握住了母亲的手。有个人声音激动地说:

"您的儿子是我们大家的勇敢的榜样……"

"俄罗斯工人万岁!"响起了一个响亮的呼喊声。

呼喊声不断增强、扩大,此起彼伏。人们从各处跑来,挤在母亲和西佐夫的周围。警察的警笛声在空中一声声吹响,但颤抖的警笛声却压不住人们的呼喊声。西佐夫不住地笑,母亲觉得,这一切像一个美妙的梦。她也微笑着和人们握手,向大家频频点头,幸福快乐的泪水哽塞着她的喉咙,她的双腿累得发颤;可是她充满喜悦的心感受着这一切,好像明净的湖面反映出各种印象。在她身边,有个清亮的声音激动地说道:

"同志们！一直在吞噬俄罗斯人民的怪物,今天又用他贪得无厌的大口吞下了……"

"大妈,咱们还是走吧！"西佐夫说。

这时候,萨莎不知从哪里走了过来,她挽着母亲的手臂,急忙把她拉到街对面,说:

"走吧,说不定会打人的。也许还要抓人。是判流放吗？到西伯利亚？"

"是,是的！"

"他讲得怎么样？不过,我知道。和别人相比,他最坚强,最纯朴,当然,也最严厉。他有同情心,很温柔,只不过是他不好意思流露自己的感情。"

萨莎热情的低语和充满爱的言语,使母亲不安的心情平静了下来,使她恢复了气力。

"您什么时候动身到他那儿去？"母亲用胳膊把萨莎的手夹在自己身上,亲切地低声问道。萨莎目光坚定地望着前方,回答说:

"只要一找到能够代替我工作的人,我立刻就去。其实我也在等待对我的判决。说不定,他们也会把我流放到西伯利亚,那时候,我就要求流放到他所去的地方。"

后面传来了西佐夫的声音:

"那时候替我问他好。就说是西佐夫问候他。他知道的。费多尔·马津的伯伯……"

萨莎站住了,转过身向他伸出手说:

"我认识费佳！我叫亚历山德拉！"

"父名呢？"

萨莎看了他一眼回答说：

"我没有父亲。"

"这么说，已经过世了……"

"不，还活着！"姑娘激动地回答说，她说话的声音里含着一种固执倔强的口气，脸上也流露出同样的神情。"他是地主，现在是地方自治局局长，他拼命掠夺农民。……"

"噢，是这样！"西佐夫沮丧地说道，他沉默了一会儿，和姑娘并排走着，从旁看了她几眼，说：

"好，大妈，再见了！我要往左拐了。再见，小姐，您对父亲太厉害了！当然，这是您的事……"

"如果您的儿子是坏蛋，是害人虫，您非常讨厌他，您也会这样说的吧?!"萨莎情绪激烈地说道。

"那——我一定会说！"老人犹豫了一会儿回答说。

"可见，对您来说，正义比儿子更宝贵；对我呢，正义比父亲更宝贵……"

西佐夫笑着摇摇头，然后叹了口气说：

"好家伙，您真行！要是您能够长期坚持下去，您会胜过老年人的，您很有毅力！……再见了，祝您万事如意！对人要宽厚一些，对吧？再见，尼洛夫娜！要是见到巴维尔，告诉他，他的演说我听到了。我并不完全懂，有些话甚至很可怕，不过，可以告诉他，他说得对！"

他举了举帽子，迈着庄重的步子，转过街角走了。

"他大概是个心地很善良的人！"萨莎的大眼睛笑盈盈地望着他的背影，说。

母亲觉得，今天萨莎的脸要比平时温柔和蔼。

回到家里，她们坐到沙发上，互相紧紧地依偎着。四周一片宁静，母亲休息着，又谈起萨莎去找巴维尔的事。姑娘沉思地耸起两道浓眉，充满幻想的一双大眼睛凝视着远方，在她苍白的脸上，洋溢着恬静冥想的神情。

"将来等你们有了孩子,我可以到你们那儿去,给你们照管孩子。在那儿我们的日子过得一定不会比这儿差。巴沙可以找到工作,他的手很巧……"

萨莎用试探的眼光看了母亲一眼,问道:

"难道您不想现在就跟他一起去?"

母亲叹了口气说:

"我去对他有什么用呢?他要逃走的时候,我反而会拖累他。再说,他不一定会同意……"

萨莎点了点头。

"他不会同意的。"

"再说,我还有工作!"母亲有点自豪地说。

"对呀!"萨莎沉思地说。"这很好……"

突然,她哆嗦了一下,像要抖掉身上的什么东西似的,率直地低声说:

"他不会在那儿住下去的。毫无疑问,他一定会逃走的。……"

"那么您怎么办呢?……要是有了小孩呢?……"

"到那时候再说吧。他不应该考虑我,我也不愿意拖累他。和他分离,我会很痛苦,不过,我一定能经受得住。我不会拖累他,绝对不会。"

母亲觉得萨莎是能说到做到的,便可怜起这个姑娘来,搂着她说:

"亲爱的,那往后您一定会很困难的!"

萨莎整个身子紧贴在母亲身上,温柔地笑了笑。

尼古拉回来了,他面带倦容,一面脱外套,一面匆匆地说:

"我说,萨申卡,您趁还没出事,快走吧!今天一早就有两个暗探盯我的梢,而且毫不隐蔽,看来要抓我了。我已经预感到了。大概在什么地方已经出了事。正好我这儿有巴维尔的演说词,已决定要把它印出来。您给柳德米拉送去,请她赶快印出来。巴维尔讲得非常好,尼洛夫娜!……要当心暗探,萨莎……"

他一边说着,一边用力搓了搓冻僵的手,走到桌旁,急忙拉出抽屉,挑选文件,把有的文件撕掉,有的搁在一边,他的神色焦虑,显得无精打采。

"不久前刚清理过,现在又是乱糟糟一大堆,真见鬼!尼洛夫娜,您看,您最好也不要在这儿过夜,好吗?碰见这种事情,真让人感到腻味,那些家伙可能把您也抓去坐牢,而您还得到各处去分发巴维尔的演说词呢……"

"可是,他们抓我有什么用?"母亲说。

尼古拉在眼睛前不时挥动几下手,很有把握地说:

"我的嗅觉很灵敏。再说,您可以帮助柳德米拉,是不是?还是躲一躲,离这些灾祸远一点吧……"

母亲有机会参加印刷儿子演说词的工作,感到很高兴,她回答说:

"既然这样,我就走吧。"

突然,她自己也觉得意外自信地低声说:

"感谢基督,现在我什么都不怕了!"

"那好极了!"尼古拉没有看着她,扬声说道。"不过,请您告诉我,我的箱子和衣服放在哪里?您的手真厉害,把所有的东西都收起来了,连个人财产我也不能自由支配了。"

萨莎默默地把碎纸片丢进炉子里烧掉,烧完后,又仔细地把纸灰和炉灰搅在一起。

"萨莎,您走吧!"尼古拉说着对她伸出了手。"再见了!如果有什么有趣的书,不要忘了我。好,再见了,亲爱的同志!要多加小心……"

"您估计会很久吗?"萨莎问。

"鬼知道他们!很可能他们手上有我的什么材料。尼洛夫娜,您跟她一起走,好吗?同时盯两个人的梢要困难些,——好吗?"

"我就走!"母亲回答说。"我马上去穿衣服……"

她仔细观察着尼古拉,发觉有一种担心的神色遮住了他脸上平时善良温和的表情,但是,除此以外,没有发现任何别的什么。在她最亲近的这个人身上,她看不出任何不必要的慌张的动作和不安的痕迹。他对所有人都同样关怀备至,和蔼可亲,一向平静而孤单,在大家看来,他仍然和以前一样,他内心有自己隐秘的思想,而且他的内心生活已远远超越了别人。可是母亲知道,尼古拉跟她最接近,她也用一种十分小心的、似乎连自己也难以相信的感情爱着尼古拉。现在,母亲情不自禁地可怜起他来,但是,她抑制着自己的感情,因为她知道,如果她一旦流露出这种感情,尼古拉会惶惑不安,不知所措,会像往常那样变得有点可笑,而母亲不愿意看到他的这副模样。

母亲又回到房间里来,尼古拉握着萨莎的手说:

"好极了!我相信,这对他和您都很好!有点个人的幸福,——这不会有害处的。尼洛夫娜,您准备好了?"

他微笑着扶了扶眼镜,走到母亲面前。

"好,再见了,我希望——三四个月,最多半年!半年——日子够长的了……请自己保重,好吗?让我们拥抱一下吧……"

瘦长的尼古拉用有力的双臂抱住母亲的脖子,瞧着她的眼睛,笑着说:

"我好像喜欢上您了,我真想一直拥抱着您!"

母亲默默地吻着他的前额和脸颊,两手发抖。为了不让尼古拉发觉,母亲松开了手。

"当心点,明天可要多加小心!这样吧,您明天早上派个孩子来,——柳德米拉那儿有个男孩子,叫他来看看。好吧,再见了,同志们!祝你们一切顺利!……"

在街上萨莎低声对母亲说:

"需要的时候,他也会这样毫无顾忌地去就义的,大概也同样会有点匆忙的。就是在面对死亡的时候,他也会扶一扶眼镜说:'好极了!'就这样死去。"

"我很喜欢他!"母亲低声说道。

"我很钦佩他,但并不喜欢他!我非常尊敬他。他这人有点枯燥,虽然很善良，有时甚至还很温柔，但这一切总有点不太像一般人……好像有人在盯我们的梢？我们分开走吧。要是您觉得有暗探跟着，就不要进去找柳德米拉。"

"我知道！"母亲说。可是萨莎又执拗地添了一句：

"不要进去找她！您就到我这儿来！再见！"

她很快转身往回走去。

二十八

几分钟后，母亲坐在柳德米拉小房间的炉旁烤火。女主人身穿一件黑衣服，束着腰带，在房间里慢慢来回走着，室内充满了走路时发出的窸窣声和她那发号施令似的说话声。

炉子的火焰吸着屋内的空气，发出噼啪的爆裂声和呜呜的吼声。女主人在从容不迫地说话。

"人们愚蠢的程度要大大超过凶恶的程度。他们只能看见自己身旁的、伸手就立即可以拿到的东西。可是，近在眼前的东西都毫无价值，而珍贵的东西却很遥远。其实，如果生活能够过得好些，人们更聪明一些，这对大家都很有利，大家都会很愉快。不过，为了实现这一目的，现在就要操心想办法……"

她突然在母亲面前站住，好像抱歉似的低声说：

"这儿难得有人来，所以一有人来，我就要讲这些。您觉得很可笑吧？"

"为什么？"母亲回答说。她竭力想要知道柳德米拉是在什么地方印刷的，可是并没有发现什么异样的东西。在这间有三扇临街窗子的屋子里，摆着沙发、书橱、桌子、几把椅子，靠墙放着床，离床不远的角落有个洗脸池，另一个角落放着炉子。壁上挂着几张画的照片。东西都很新，既牢固又干净，所有这些陈设都反映出女主人修女般的冷若冰霜的影子。房间里可以感到掩盖和隐藏着什么东西，但又不知道在哪里。母亲仔细把两扇门观察了一番，——一扇门是她刚才从小过道走进来时穿过的，另一扇门在炉子旁边，又高又窄。

"我是有事来找您的！"母亲发觉女主人在注意她，于是有点窘迫地说。

"我知道！没有事是不会到我这儿来的……"

母亲觉得，柳德米拉的声音好像有点怪，母亲朝她脸上看了看，她薄薄的嘴唇旁边挂着微笑。眼镜片后面闪动着没有光泽的眼睛。母亲移开目光，把巴维尔的演说词交给她。

"就是这个，请您赶快印出来……"

接着，母亲讲起尼古拉已做好被捕的准备的情形。

柳德米拉默默地把稿子塞进腰带下，然后坐到椅子上。在她眼镜片上反射出炉火的红光。火光像热情的微笑在她凝然不动的脸上跳动。

"要是他们到我这儿来，我就对他们开枪！"听完母亲的活，柳德米拉低声地坚决说道。"我有权自卫，反抗暴力！我既然号召别人反抗暴力，我也应该这样做。"

炉火的反光从她脸上消失，她的脸又显得严峻和有些傲慢。

"她的生活太苦了！"母亲忽然爱怜地想道。

柳德米拉开始读巴维尔的演说词，起初并不十分感兴趣，后来渐渐把头凑近稿纸，很快地把一页页看过的稿纸放到一旁。读完后，她站起来，挺直身子，走到母亲面前。

"这——太好了！"

她低头沉思了片刻。

"我本来不想跟您谈您的儿子，我没有见过他，再说也不喜欢谈这种让人伤心的事。亲人被流放的滋味，我是知道的！可是，我要问您，有这样的儿子，一定很高兴吧？……"

"对，是很高兴！"母亲说。

"同时也很害怕，是吗？"

母亲平静地笑着回答说：

"现在已经不怕了……"

柳德米拉用黝黑的手整了整梳得很光的头发，脸转向窗口。一个淡淡的影子在她脸上颤动，也许，这是她抑制住的一丝微笑的影子。

"我很快就把字排好，您睡吧，您忙了一天，也够累了。您睡在我床上，我不睡了，可能夜里要叫醒您帮忙……您躺下后，把灯熄了。"

她在炉子里添了两块木柴，然后伸直身子，走进靠近炉旁的那扇狭窄的门，随手把门关紧。母亲看了看她的背影，一面脱衣服，一面想着这位女主人。

"她心里有什么烦恼……"

母亲累得头昏脑涨，但她心里却异常平静。一种温暖柔和的光，平静而均匀地充满母亲的心胸，照亮了眼前的一切。母亲很熟悉这种平静的心情，在每次大的动荡后，她就出现这样的心情。过去，她会感到有些不安，但现在，只会使她的胸襟更为宽广，受到巨大激情的鼓舞，变得更加坚强。她吹熄了灯，躺在冰冷的床上，在被窝里蜷缩着身子，很快就睡熟了……

当母亲再睁开眼睛时，房间里已经充满了晴朗冬日的寒冷白光。女主人手里拿着一本书躺在沙发上，带着与往常不同的微笑，望着母亲的脸。

"啊呀，我的天呐！"母亲不好意思地叫道。"我怎么啦，睡了很长的时间吧？"

"早安！"柳德米拉应声说。"快十点了，我们一起喝茶吧！"

"您为什么不叫醒我呢？"

"我本来想叫您的。我走到您跟前，看见您睡得那么香，脸上带着微笑……"

她动作轻盈地从沙发上站了起来，走到床前，朝母亲的脸俯下身去。在她温和的眼睛里，母亲发现有一种亲密和坦率的神色。

"我不忍心叫醒您，大概您做了一个好梦……"

"什么梦也没做。"

"好,反正一样!我非常喜欢您的笑容,那样安详、和蔼……真挚!"

柳德米拉笑了起来,她的笑声低而柔和。

"我也在琢磨您,……您的日子真不好过!"

母亲耸着眉毛,默默地思忖着。

"当然不好过!"柳德米拉说。

"连我自己也不知道!"母亲小心地说。"有时候好像日子很不好过。可是事情那么多,所有的事都那么重要,又那样美好,一件紧接一件,发生得那样快……"

母亲所熟悉的那种振奋激越的心潮又在胸中涌起,使她心里充满了各种形象和思想。她在床上坐起来,急忙用语言把这些思想表达出来。

"一切事物都在前进,发展,事情一件接着一件发生……您知道,会有许多艰难困苦!人们受苦,挨打——遭到惨无人道的毒打,而许多愉快高兴的事却没有他们的份,——这是很痛苦的!"

柳德米拉很快地抬起头来,用爱抚的眼光瞧了母亲一眼,说:

"您说的不是自己!"

母亲朝她看了看,然后起床,一边穿衣,一边说:

"当你觉得:这个人你很喜欢,那个人也很亲近,你替大家担忧,怜惜每一个人,并胸怀一切的时候,怎么能把自己放在一旁……怎么能脱离大家呢?"

母亲衣服穿了一半,站在房间当中,沉思了片刻。她觉得,过去她成天只为儿子担心害怕,想的只是保护儿子的身体,这是她过去的情况,现在她已经不是这样了;过去的她已经一去不复返,消失在遥远的地方,也许,已被激情的烈火焚烧殆尽。这使她感到轻松,心灵纯洁,心中获得了新的活力。她倾听着自己的心声,希望能了解自己的内心世界,同时又害怕会唤醒原有的那种焦灼不安的情绪。

"您在想什么?"女主人走到她的身边,亲切地问。

"不知道!"母亲回答说。

两人默默地相视了一会儿,然后都笑了起来。柳德米拉一面朝房门口走去,一面说:

"我的茶炊不知怎么样了?"

母亲看看窗外,外面寒气凛冽,阳光灿烂,她心里也感到豁亮而热乎。为了她心灵中所获得的一切,为了她心中能闪耀着日落前的霞光,她怀着一种要对什么人致谢的模糊心情,想痛痛快快地倾心畅叙一番。很久没有出现过的要祈祷的欲望又使她激动。她想起一个年轻人的脸,耳边又好像听见一个响亮的声音喊道:"这是巴维尔·弗拉索夫的母亲!……"萨莎的眼睛闪射出了愉快温柔的光芒;雷宾阴郁的身影在眼前出现;儿子的古铜色的、刚毅的面孔微笑着;尼古拉窘迫地眨着眼睛。突然,这一切被一声轻轻的深沉的叹息所搅动,交织成一片透明的彩云,把所有的思绪笼罩在平静的感觉之中。

"尼古拉说对了!"柳德米拉走进来说。"他被捕了。我照您说的,今天派了个孩子去打听。他说院子里有警察,他看见一个警察躲在大门后面。还有暗探在走动,这个孩子认识他们。"

"果然是这样!"母亲点着头说。"唉,可怜的……"

她叹了口气,但是并不悲伤,对这种心情她自己也暗中感到吃惊。

"最近他在城里经常组织工人读书学习,总而言之,他也是该出事了!"柳德米拉蹙着眉镇静地说。"同志们都对他说:'走吧!'可是他不听!依我看,到了这种时候,不能靠劝告了,应该强迫他走才行……"

一个黑头发、面色红润、长着一双美丽的蓝眼睛和鹰钩鼻子的男孩子在门口出现。

"要把茶炊拿进来吗?"他声音响亮地问道。

"拿来吧,谢廖扎!这是我的学生!"

母亲觉得,柳德米拉今天和往常不同,变得比较平易近人。她苗条的身材动作柔软灵活,蕴含着无限的美和力量,使她的严厉苍白的面孔显得温和了一些。一夜之间,她眼睛下面的黑晕更明显了。可以感到她在强打精神,她的心弦绷得很紧。

孩子端来了茶炊。

"谢廖扎,认识认识吧!这是佩拉格娅·尼洛夫娜,就是昨天被判刑的那个巴维尔的母亲。"

谢廖扎默默地鞠了一躬,和母亲握了握手,接着又出去拿了面包进来,在桌旁坐下。柳德米拉倒茶的时候,劝母亲不要回去,等打听清楚警察在那里等候什么人再说。

"也许等的就是您!他们一定会盘问您的……"

"让他们盘问吧!"母亲说。"就是抓了去,也没什么大了不起。不过先得把巴沙的演说词散发出去……"

"已经排好了。明天就可以分发到城里和工人区。……您认识娜塔莎吧?"

"当然认识!"

"请您送到她那儿去……"

那孩子在看报,好像什么都没有听见,但是他的眼睛不时从报纸后面望着母亲,当母亲遇到他活泼的目光时,心里很高兴,脸上露出了微笑。柳德米拉又讲起了尼古拉,对他的被捕并没有表示惋惜的意思,母亲觉得她这样的口气是很自然的。这一天的时间过得比往常快,喝完茶,就已经快到中午了。

"哟,时间不早了!"柳德米拉大声说道。

这时,有人性急地敲了一阵门。孩子站起来,眯着眼睛,好像询问似的望了望女主人。

"去开吧,谢廖扎!这是谁呢?"

她镇静地把一只手放进裙子的口袋里,对母亲说:

"佩拉格娅·尼洛夫娜,如果是宪兵,您就站到这个墙角。你呢,谢廖扎……"

"我知道!"孩子小声回答着跑了出去。

母亲笑了笑。柳德米拉的这些预防万一的准备没有引起她的惊慌,因为她心里并没有要预感到会发生什么不幸。

个子矮小的医生走了进来。他匆匆地说:

"第一,尼古拉被捕了。啊,尼洛夫娜,您在这儿?抓人的时候您不在?"

"他叫我到这儿来的。"

"嗯,可是,我不认为,这对您会有什么好处!……第二,昨天夜里许多年轻人把演说词油印了五百多份。我看了,印得不坏,字很清楚。他们准备今天晚上在城里散发。我不赞成,城里最好用铅印的。那些油印的最好送到别处去。"

"那就让我送到娜塔莎那儿去吧!"母亲连忙说道,"给我!"

她恨不得马上把巴维尔的演说散发出去,好让儿子的话传遍各地。她用期待回答的目光望着医生的脸,准备恳求他。

"天知道您现在做这种工作是不是合适!"医生犹豫不决地说着,掏出表来。"现在是十一点四十三分,火车两点零五分开。五点十五分到那儿。您到的时候是傍晚,但还不太迟。不过,问题不在这……"

"问题是不在这儿!"女主人皱着眉头重复了一遍。

"那问题在哪儿呢?"母亲走近他们,问道。"问题是只要能把这事办好……"

柳德米拉凝视着她,揉着前额说:

"这对您很危险!"

"为什么?"母亲用坚持的口吻性急地问道。

"您听我说,为什么!"医生声音忽高忽低地匆匆说道。"您是在尼古拉被捕前一小时离开家的。您跑到工厂,那儿的人都知道您是一个女教员的婶母。您到工厂后,出现了违禁的传单。这一切像根绞索紧勒住您的脖子。"

"我可以不让那儿的人发现!"母亲非常激动,想说服他们。"回来后,如果被捕,问我到哪儿去了……"

她停顿了一下,然后扬声说:

"我知道怎么说!我从那儿出来,直接到了工人区,那儿我有一个熟人,叫西佐夫,——我就说,一出了法院就去找他,因为很伤心。他也很难受,因为他的侄儿也判了刑。西佐夫也可以这样做证,你们看行吗?"

母亲感到,他们对她的强烈愿望会作出让步的,于是竭力想赶快催促他们同意,她越来越坚持自己的意见,他们终于让步了。

"既然这样,您就去吧!"医生勉强同意了。

柳德米拉没有吭声,沉思着在房间里走来走去。她拉长了脸,神情阴郁。她抬起头,颈部的肌肉明显地绷得很紧,好像脑袋突然变得沉重了,不由自主地要垂到胸前。母亲看出了她的心情。

"你们总是爱惜我!"她笑着说。"可却不爱惜自己……"

"不对!"医生说。"我们是爱惜自己的,而且也应该爱惜,对那些无谓地浪费自己力量的人,我们要狠狠地责骂,应该责骂!现在这样吧——您在车站等着取演说词……"

他对母亲说明了应当怎样去做,然后朝她的脸瞧了一眼说:

"好,祝您成功!"

医生好像仍然有些不满似的走了。门关好后,柳德米拉默默地笑着走到母亲身旁。

"我能理解您……"

她挽着母亲的胳膊,又轻轻地在房间里走着。

"我也有一个儿子。今年已经十三岁了,可是他跟着父亲。我丈夫是个副检察长。孩子和他住在一起。我常常想,将来孩子不知会变成什么样?……"

她那带着哭意的声音抖了一下,然后又沉思般的平静地讲了起来。

"教养他的人,是我认为世界上最好、我所亲近的那些人的死敌,儿子长大后,可能成为我的敌人。他不能跟我在一起,我现在冒用别人的姓名。我有八年没有看见他了,八年,时间很长了!"

她站在窗前,望着空阔苍白的天空,继续说:

"如果儿子能跟我在一起,我一定会更坚强,心里就不会留下创伤。哪怕他死了,我也会好受些……"

"我亲爱的!"母亲低声说道,一缕同情涌上心头,使她感到灼痛。

"您真幸福!"柳德米拉含着微笑说。"真了不起,母亲和儿子并肩战斗,很难得啊!"

弗拉索娃情不自禁地喊道:

"对,是很好!"她好像吐露秘密似的压低了声音说:"你们所有人——您、尼古拉·伊凡诺维奇、所有追求真理的人,都在并肩战斗!人们突然变成了亲人,我了解大家。他们说的话我不懂,可是其他的一切都明白!"

"您说得真好!"柳德米拉说。"说得真好……"

母亲把手放在柳德米拉的胸前,轻轻地推着她,用耳语的声音说着,仿佛在倾听自己说的话。

"全世界的孩子们都在前进!这一点我懂,——全世界,整个地球上,所有的孩子都在前进,从四面八方朝着一个目标前进!所有心灵美好、正直聪明的人,都起来坚决顽强地反对一切邪恶,用脚狠狠地把虚伪踢开。他们年轻力壮,把锐不可当的力量全部贡献给一个目的,也就是正义的事业!他们去征服人类的一切苦难,奋起消灭地球上的一切不幸,去战胜一切丑恶,——而且必将取得胜利!有个人对我说,我们要创造阳光普照的新世界,而他们一定能创造出来!他还说,我们要把千万颗支离破碎的心连成一条心,——他们也一定能做到!"

母亲想起了已经忘却的祷词,燃起了新的信仰。她把这些祷词像火花一样从自己心里抛撒出来。

"在真理和理性的道路上前进的孩子们,把他们的爱献给一切,他们为一切创造了新的天空,用发自内心的不灭的火光照耀着一切。在孩子们对全世界像烈火般炽热的爱里,正在创造着新的生活。有谁能扑灭这种炽热的爱呢?有什么力量高于这种爱?有谁能战胜它?是大地孕育了这种爱,希望这种爱能获得胜利的是整个生活——整个生活!"

母亲由于激动而感到乏力,她离开柳德米拉,喘着气急忙坐下。柳德米拉就像怕弄坏什么东西似的,也小心地悄悄走开了。她的两眼黯淡无光,目光深邃地望着前面,步履轻盈地在屋子里走动,这使她显得格外颀长、挺拔苗条。她瘦削严峻的脸上露出全神贯注的神情,嘴唇紧闭着。房间里十分安谧,使母亲很快恢复了平静,当她注意到柳德米拉的心情后,便怀着歉意低声问道:

"我也许有什么话说得不合适吧?……"

柳德米拉很快地转过身来,吃惊似的望了母亲一眼,向母亲伸出手,好像要阻止什么似的匆忙说:

"讲得很好,挺好!不过,我们不要再谈这些了!希望能像您所说的一样。"接着她比较平静地继续说:"时间快到了,您该走了,路很远!"

"对,时间快到了,您知道,我多高兴啊!我带着儿子讲的话,我亲骨肉的话!这不就是跟自己心里要说的话一样吗!"

母亲微笑着,但她的微笑并没在柳德米拉的脸上引起明显的反应。母亲感觉到,柳德米拉克制自己的感情,为的是使母亲欢快的心情也平静下来,可是突然之间,母亲心里却产生了一种执拗的愿望,要把自己心里火热的情绪灌注到柳德米拉严峻的心灵中去,使它燃烧起来,让它和自己充满喜悦的心发生和谐的共鸣。她拍着柳德米拉的手,紧紧地握着说:

"我亲爱的!当一个人知道,在生活中已经有了普照全人类的光明,而且将来总有一天他们会看见并衷心欢迎这光明的到来,这是多么美好啊!"

她慈祥宽大的脸在微微颤动,眼睛闪射出光芒,在微笑,眉毛在眼睛上面飞舞,使那双眼睛显得更加明亮。伟大的思想使她陶醉;她把使她心情激动的一切,把她所体验到的一切,都灌注到这些思想中去。她把这种思想压缩在由光辉的言语构成的、容量很大的坚固的结晶体里。这些思想在充满活力的春天阳光照耀下,在年事已高者的心中,越来越茁壮地生长起来,好似鲜花怒放,日益璀璨瑰丽。

"这不正像为人类诞生了一个新的上帝吗!一切为人人,人人为一切!我就是这样理解你们大家的。真的,你们大家都是同志,都是亲人,大家都是一个母亲——真理的孩子!"

母亲的心里又掀起了兴奋的波澜,她停下来,喘了口气,好像要拥抱似的伸开了双臂,继续说:

"当我默念着'同志'这两个字的时候,我的心就会听见前进的脚步声!"

她的目的达到了,——柳德米拉的脸泛起了奇异的红晕,嘴唇在颤抖,晶莹的大颗泪珠夺眶而出。

母亲紧紧地抱着她,无声地笑了,为自己心灵的胜利感到几分自豪。

临别的时候,柳德米拉看了看母亲的脸,轻声问道:

"您知道吗,跟您在一起是多么好啊?"

二十九

街上干冷刺骨的寒气紧紧裹住母亲的身体,侵入咽喉,弄得鼻子发痒,使她一时喘不过气来。母亲停下脚步,朝四周看了看。离她不远的街角上,站着一个戴皮帽的马车夫,远处有个人弯着腰,缩着脖子在走。他前面一个士兵搓着耳朵连蹦带跳地跑着。

"这个大兵大概是派到小铺子去买东西的!"母亲琢磨着,又继续向前走去,她愉快地听着脚下的雪发出的清脆悦耳的声音。她很早就来到了车站,她要乘坐的那班火车还没有准备好,但是在肮脏的、被煤烟熏黑的三等候车室里已经有许多人，——严寒把铁路工人赶到这里，马车夫和衣衫褴褛、无家可归的人也来取暖。还有一些旅客——几个农民，一个穿着貂皮大衣的肥胖的商人，一个神父带着麻脸的女儿，四五个士兵，几个忙忙碌碌的市民。人们在抽烟、闲聊、喝茶和饮酒。小卖部前有人在哈哈大笑，人们的头上烟雾缭绕。候车室的门被打开时，发出吱扭的声音，当砰的一声关上时，玻璃被震得叮当直响。烟叶和咸鱼浓重的气味扑鼻而来。

母亲坐在门口显眼的地方等待着。每当门打开的时候，就有一团寒气向她吹来，这使她感到很爽快，她便深深地吸上几口寒冷的空气。有几个人手里提着包裹走进来，由于他们穿得很厚，笨拙地在门口堵塞了一会儿。他们嘴里骂着，把包裹扔在地上或凳子上，抖掉大衣领子和衣袖上的霜花，再把胡须上的霜花也擦去，喉咙里发出像干咳似的声音。

一个年轻人提着一只黄色手提箱走了进来，朝四周匆匆扫了一眼，径直走到母亲面前。

"是到莫斯科去吗？"那人低声问。

"是的，到塔尼亚那儿去。"

"好！"

他把箱子放在母亲身旁的长凳上，很快掏出一支香烟，抽起烟来，稍微抬了抬帽子，然后默默地向另外一扇门走去。母亲用手摸了摸冰冷的皮箱，把胳膊肘靠在上面，心里很得意地仔细观察着人们。过了一会儿，她站起身来，朝通向月台的门口近旁的另一条长凳走去。她毫不吃力地提着箱子，——箱子并不大。她昂着头走过去，打量着在她眼前闪过的面孔。

一个身穿短大衣、把领子竖起的年轻人和母亲迎面相碰，他举手在头旁边挥了一下，默默地闪开了。母亲觉得这人有些眼熟，她回过头来一看，只见那人正用一只闪亮的眼睛从衣领后面盯着她。这种注视的目光像利剑刺痛了母亲。她提着箱子的那只手不由地抖了一下，手里的东西顿时沉重起来。

"我在哪儿看见过他!"母亲暗自想道,她用这个念头来抑制胸中隐隐不快的感觉,而不想用别的言语明确说出这种感觉在增强,升到喉头,使她口干舌燥。母亲忍不住想回头再看一眼。她回头瞟了一眼,那人小心地倒换着两脚站在原地,看来,他想要干什么事而又犹豫不决。他的右手插在大衣的钮扣中间,左手放在口袋里,使他的右肩显得比左肩略高一些。

母亲不慌不忙地走到长凳子跟前,小心地慢慢坐下去,好像生怕自己身体里面有什么东西会破裂似的。由于她强烈地预感到大难即将临头,她想起了这个人曾在她面前出现过两次,——一次,在城外的旷野,雷宾越狱以后;第二次,在法院,当时他和在雷宾越狱时曾向母亲问路而被她骗过的那个警官站在一起。他们都认识她,而且在跟踪她,——这是显而易见的。

"完了吗?"母亲问自己道。但接着颤抖地回答:

"也许还不至于吧……"

可是,她立刻强打起精神,严厉地说:

"完了!"

她向四周环顾着,可什么也看不见,脑子里像火花似的闪过一连串各种念头,然后又熄灭了。

"丢掉箱子逃走吗?"

但这时另一个更明亮的火花闪了一下。

"扔下儿子的演说词?让它落到这伙人的手里……"

她把箱子紧紧靠在自己身边。

"提着箱子逃吗?……赶快跑……"

她觉得这些想法跟她格格不入,好像是外人强加于她似的。这些想法好像在烧灼着她,使她的头脑感到剧痛,仿佛几根燃烧着的绳子在抽打着她的心。这些想法使母亲感到痛苦羞辱,使她背离自己,背离巴维尔,背离已经和她的心紧密相连的一切。母亲觉得,有一种敌对的力量执拗地紧紧抓住她,压着她的肩膀和胸口,玷辱她,使她陷入无法摆脱的恐怖之中。她太阳穴上的血管在剧烈跳动,连头发根也觉得发热。

这时,她心里猛然产生一股好像震撼她全身的巨大力量,扑灭了所有这些狡猾而微弱的小火星,以不容争辩的口吻对自己说:

"可耻!"

她立刻觉得好受了一些,变得十分镇静坚定,又补充了一句:

"可别给儿子丢脸!他们没有一个人害怕。"

她的眼睛遇到了一个人的忧郁胆怯的目光。随即脑子里便闪过雷宾的脸。几秒钟的动摇似乎使她更加坚毅刚强,心也跳得平稳些了。

"现在会怎么样呢?"她一边观察,一边在揣度。

那暗探叫来了一个路警,用眼睛望着母亲向路警示意,并对他耳语了几句。路警打量了他一番,退了出去。又来了另一个路警,他皱着眉头仔细听暗探说着。这是个身材高大、没有刮脸的白发老头子。他对暗探点了点头,向母亲坐的长凳走来,暗探很快离开不见了。

老头子不慌不忙地走过来,用怒气冲冲的眼睛仔细地打量着母亲的脸。母亲把身体朝凳子后面挪了一下。

"只要不挨打……"

老头子在她身旁站住,沉默了一会儿,然后严厉地低声问道:

"你瞧什么?"

"没瞧什么。"

"哼,是个小偷!上了年纪,还要干这种勾当!"

母亲觉得,他的话像在她脸上抽了两个嘴巴。这些恶毒的、声音嘶哑的话使母亲感到好像撕去脸皮、打掉眼睛一样疼痛。

"我?你胡说,我不是小偷!"母亲用尽全身力气喊道。眼前的一切在她愤怒的旋风中旋转起来,受辱的痛苦激起她心里无比的愤慨。她把箱子猛的一拉,箱子打开了。

"你看吧！大家都来看吧！"母亲站起来。抓起一把传单举到头上晃了晃,喊道。透过回响在耳际的一片喧哗声,母亲听见聚拢来的人们的说话声。同时看到人们匆匆从四面八方跑来。

"什么事？"

"瞧,有暗探！……"

"怎么回事？"

"说这个女人偷了东西……"

"看样子倒很体面,哎呀呀！"

"我不是小偷！"母亲放开嗓门说道,看见人们从四面紧紧地挤在她周围,心里稍稍平静了些。

"昨天审判了一批政治犯,其中有我的儿子弗拉索夫！他在法庭发表了演说,这就是他的演说词！我把它带给大家,让大家看看,想想真理……"

有人小心地从她手里抽了几张传单。她把传单往空中一抛,撒到人群里面。

"这么样干也不行！"有个人胆怯地说。

母亲看见人们抢着传单,把传单藏到怀里和衣袋里——这又使她坚定起来。她全身紧张,觉得心中激起的自豪感在增强,受到抑制的喜悦再也按捺不住,在心中激荡,她变得更加镇静坚强了。她一边说着,一边不断从箱子里抓起一叠叠传单,向左右如饥似渴的人们迅速伸过来的手里抛去。

"我儿子和跟他一起的人为什么要被判罪,你们知道吗？请你们相信母亲的心和她的白发,我可以告诉你们,就因为他们要把真理带给你们大家,所以昨天被判了罪！我到昨天刚知道,这种真理……是谁也驳不倒的,任何人也驳不倒！"

人群静了下来,人数不断增多,越来越挤,大家的身体组成了一个圈子把母亲紧紧围在中间。

"贫困、饥饿和疾病,这就是人们劳动的报酬。一切都欺侮我们,——我们成天干活,却过着贫穷的日子,受人欺骗,就这样一天一天葬送自己的生命!可是,别人靠我们的劳动寻欢作乐,坐享其成。把我们看成像链条锁着的狗一样,使我们愚昧无知,恐惧害怕!我们的生活就像黑夜,暗无天日、漆黑一团!"

"说得对!"有人声音低沉地应道。

"堵住她的嘴!"

母亲看见暗探和两个宪兵在人群后面。她想赶快把最后几叠传单散发出去,可是,当她把手伸进箱子的时候,她的手碰到了另外一个人的手。

"拿吧,拿吧!"母亲俯身说道。

"散开!"宪兵推开人群,喊着。人们不愿离开,大家推挤着宪兵,不让他们过去,也许并不是有意要这样做。他们被这个面容善良、头发花白、长着一双正直的大眼睛的妇女有力地吸引住了。他们本来被生活分开,互相隔绝,而现在被她火一样炽热的语言所鼓舞,融成了一个整体。许多受到不平等生活凌辱的人们也许早就寻求和渴望听到这些话。近旁的人们默默地站着,母亲看见他们如饥似渴、神情专注的眼睛,并且自己脸还感到了他们温暖的呼吸。

"大妈,走吧!"

"他们马上会把你抓走的!……"

"啊,胆子真大!"

"滚开!散开!"宪兵的喊声越来越近,母亲面前的人群摇晃着,互相拉着。

母亲感到,大家都愿意了解她,相信她,她也急于要把她知道的一切,把她觉得具有强大力量的一切思想,完全告诉大家。这些思想毫不费力地从她内心深处升起,谱成一支歌曲。可是她懊恼地感到,她已经声嘶力竭,嗓音发颤,力不从心了。

"我儿子的话是一个工人的诚实的话,是一个不会出卖灵魂的人的话!你们从他大无畏的气概中可以看出,他是坚贞不屈的!"

有个年轻人怀着既钦佩又恐怖的目光望着她。

母亲胸口被人推了一下,她踉跄地跌坐在长凳上。宪兵们的手在人们头上闪动,抓住人们的衣领和肩膀,把他们推到一旁,扯下人们的帽子,扔到远处。母亲觉得眼前发黑,一切都旋转起来,但她克服了自己的疲劳,用尽最后的气力又喊道:

"大家齐心协力,团结起来!"

宪兵用一只红润的大手抓住母亲的衣领,使劲扯了一下。

"住嘴!"

母亲的后脑撞在墙上,一瞬间她的心被一团恐怖的浓烟蒙住,但浓烟很快消散,心里又燃烧起明亮的火焰。

"走!"宪兵说。

"你们什么也不要怕!你们受苦一辈子,没有什么比这更苦的了……"

"我叫你闭嘴!"一个宪兵架起母亲的一只胳膊,用力拉了一下。另一个宪兵抓住她另一只胳膊。他们迈着大步,把母亲拖走。

"……这种生活每天在折磨你们的心灵,吸干你们的血肉!"

这时暗探跑到前面,在母亲面前晃着拳头,尖声喝道:

"住嘴,你这个畜生!"

母亲两眼圆睁,闪射出炯炯的光芒,下颌颤动着。她两脚用力撑在石板地上,高声喊道:

"复活的灵魂,是杀不死的!"

"狗东西!"

暗探猛地挥手抽了她一个嘴巴。

"这个老婆子该揍!"一个幸灾乐祸的声音喊道。

霎时间,一样黑红的东西使母亲眼睛发花。嘴里充满了血的咸味。

人群中七嘴八舌爆发出一阵响亮的呼喊声使她振作起来。

"不许打人!"

"伙计们!"

"你这个混蛋敢打人!"

"揍他!"

"血是淹没不了理性的!"

有人推搡母亲的后背和脖颈,打她的肩膀和脑袋。在一片呼喊、怒吼和警笛声中,周围的一切像昏暗的旋风旋转起来。一种令人头晕目眩的浓稠的东西钻进母亲的耳朵,堵住喉咙,使她感到窒息,脚下的地面在摇晃下陷,她两腿弯曲,全身像火烧似的疼得发抖,身子沉重无力,摇摇晃晃,但眼睛里的光芒却并没有熄灭,她看见了许多别人的眼睛,在这些眼睛里燃烧着她所熟悉的勇敢的烈火——是她的心感到亲切的火。

他们把母亲往门外推。

母亲挣脱一只手,抓住门框。

"真理是用血海也扑灭不了的……"

他们打她的手。

"你们这些疯狗,只会使人更加仇恨!你们会得到恶报的!"

宪兵掐住母亲的喉咙,使她透不过气来。

母亲发出嘶哑的喊声。

"你们这些不幸的人……"

不知是谁对她报以号啕大哭。

夏　天

陆　风　译

《夏天》是高尔基继《母亲》之后的又一力作。构思之初,作者本想写一部《母亲》中的主人公巴维尔后期革命生活的小说《儿子》,但结果却写成了以反映俄国第一次革命失败后的农村生活为题材的小说《夏天》。场景从城市移到了农村,人物由工人换成了农民,故事情节也并无直接的承袭关系,但两者描写的却是同一历史进程的两个有机部分。因此,《母亲》和《夏天》可说是姐妹篇。

　　小说在一九〇八年十二月至翌年夏,写于意大利卡普里岛,于一九〇九年首次在柏林出版。同时刊载在《"知识"社一九〇九年文集》第二十七辑中,但遭到沙皇政府书刊检查机关的粗暴删削。

　　本译本译自《高尔基三十卷集》第八卷,于一九八二年七月在文化艺术出版社出版。收入本《文集》时,据同一原本进行了校订。

……我往窗外一看——山脚下,一片盛装的树林在猛烈地摇动,狂风揉搓、撕扯着鲜艳耀眼的红枫和白杨的树梢,从枝头扯掉那金黄色、灰白色、殷红色的树叶。树叶旋转飞舞着落到蓝湛湛的河水里,在水面上绘出神话般五光十色的、已经逝去了的夏天的图景。于是,我也很想用同这秋叶一样富有色彩的语言,把我在这儿亲身经历过的夏天的故事也如此这般又自然又美妙地讲述出来。

　　我是由一个熟人介绍到这个僻静的森林地带,图曼诺沃县的高家村来的。那时我装扮成了一个下乡避暑的人。身份证上的姓名是三等商人叶戈尔·彼得罗维奇·特罗菲莫夫。履历是这样写着:原籍莫斯科,经营食品杂货店;革命①后,因害怕没收财产,吓成了精神病,已经医院治疗一年余,现拟觅一幽静处所安心休养,丧偶,别无亲眷,患有神经错乱症。这份身世帮助我很快就跟村里的农民接近起来了。就这么一个破产而潦倒的、外加半疯半痴的人,可有哪点竟然能引起了他们的兴趣呢?

　　我在一个孤身贫苦的老处女家里租到了一间小屋,言明租金九卢布,可以一直住到圣母节②。我一连几天,在村里到处走动,好让大家都看到我,也结识一下本村的乡警,邀请他喝茶,求他保护并多加关照。这些事进行得都挺顺利,乡警摆出了保护者的架势,对我点头赞同说:

　　"不要紧,叶戈尔·彼得罗维奇,您就在这村里住下吧!俺们欢迎安分守己的人!"他说,一面举起颤抖抖、摇晃不定的手抚摩着他那麻子脸;他的话也跟他的手一样颤抖不定,总是颠三倒四,常常走嘴失言,忙又返口加以更正。

---

①　指一九〇五年革命。
②　旧俄历十月初一(公历十月十四日)。

"俺们这地方,对你们这样安分守己的人太相宜了,附近也没啥工厂,只是离这儿十二俄里路,有几个化学家在炼柏油什么的,人,就是三十来个做工的,不过他们大都是土生土长,外来的不多,所以眼下啥乱子也还没出过呢。"

他是瘦巴巴的小个子,一张皮包骨的麻子脸,两颊上满是深深的麻子坑儿,前额上却平光光地连一粒麻点儿也没有;两道眉毛弯成了两个大问号,活像老鼠耳朵那样敏感地抖动着。一对混浊的小眼睛不安地眨巴着。

"这儿的庄稼人多半是分裂派教徒①,不过,当然,我指的是年轻人,他们既不祈祷上帝,也不诅咒魔鬼,光知道由着自己的兴儿干,"他说。"就算是我来这儿不久吧,——我去年秋天才到的;可我先前在札伊米舍也混过事,您知道吗?那儿有河湾,有轮船码头,——日子太难啦!一到冬天更够戗。我不得不开枪打人,人家也开枪打我,我的马给打伤了,我的一只脚也摔脱了臼。可是我家里还有老婆,三个孩子,所以我就请求调差到这儿来了。当然,这儿也不是个平安福地,也常常闹起大大小小的风波。可是,比起别处来总算平静多了。这些庄稼人还没敢豁出去,他们还舍不得自个儿那条命。要说到工人啊,您是住在城里的,该晓得那是些什么样的人啊……尽管那些工厂的工人们好像风一样,无孔不入,可是,他们绝瞒不过俺们的眼睛……"

这位乡警像蚊虫似的嗡嗡起来没完没了。看样子他的头脑里有一种连他自个儿也莫名其妙的思想,在悄悄地翻来滚去,直搅得他这位克列奥诺夫老爷心神不安。

在如今这种年月里,怀着对过去的灾祸的恐怖,担忧着将来的危险,以致整天提心吊胆过日子的人可真不少啊!

这村庄很小,挺幽静、舒适,虽然穷苦僻陋,倒也整整齐齐。它坐落在一个小山上,周围被大片树林环抱着。活泼而清澈的瓦加河绕过

---

① 十七世纪中叶由俄国正教分离出来的教徒,他们反对官方教会和当时的封建压迫。

半面山脚潺潺地向前奔流。随你朝哪儿望去,尽是些高低起伏的丘陵,丘陵上面全是新耕好了的庄稼地,煞像铺起一层层毛毯,四下的远景被屏风般的大树林隔断了,只有北角上敞开了一个豁口,常有木筏来往的科苏利亚河从豁口处流进了这片林间空地来。但是它会合瓦加河以后,转个陡弯,又向那阴森森的密林流去了。

我来高家村的第二天,在村上散步时,才遇见要我去找的那个人,他一见面就机灵地看出我是来干什么的了。

这位新朋友——村长的儿子,名叫叶戈尔·多谢金,生得结实,滚圆,像块鹅蛋石一样。头大大的,一张高颧骨的灰色脸儿仿佛是用石头刻成的。整个相貌看来很像车累米西人①。从下巴到脸颊生着鬈曲细软的嫩黄胡须,眼睛有点斜视,微微眯缝着,看人常带几分怀疑和警惕的神气。

在村外一所磨房旁边,他先走到我的跟前来,举手碰了碰帽檐,随后又把手指往腰带里一插,问我说:

"您出来玩玩吗?"

"对,您是本地人吧?"

"高兴认识认识吗? 我叫叶戈尔·多谢金。"

"太高兴啦!"我说,"我给您带来一个便条。"

"好。"

他先向四下看了看,才接过便条去。读完以后,把便条一片片撕得粉碎,又把这些碎纸片揉成一个个小纸团,说道:

"全已安排妥当。我们等您两星期了。今晚我就去找您好吗?"

我们就这样相识了。

晚上,他坐在我的小屋里,一面喝茶,一面用他那像燧石般的茶褐色眼睛盯住我,说:

"我们一共四个人:我,阿弗杰伊·尼金,瓦尼亚·马雷舍夫,第四

---

① 俄国民族名,现改称马里人,居住在俄罗斯联邦马里埃尔共和国境内。

个才来不久,是您这位女房东的堂侄,叫阿列克谢·希皮古谢夫,一个无产者,原在城内一个工厂里当小工,累伤了,只得回乡下来过这半饥半饱的苦日子。因为他已经不能做工了,再说,也没有工做。"

他说话的声音很响亮,在他那种带斯文气的谈吐里,听来似乎有点儿自我嘲讽的幽默味道。

"您问我们干些什么吗?喏,我们常常凑到一块儿扯淡:若能如此这般,该多么好啊!若这样,若那样,顶好是……有时候也会说出几句挺聪明、挺新鲜的话来。我们这儿简直看不到什么书,有一些小册子,全被大家读得滚瓜烂熟了。我们当中阿列克谢是最活跃的,他正在向少年们进行工作,和他们谈话,给他们念报纸和小册子,可是我们就连这点也办不到啊!"

一见面我就觉得很喜欢他:他说话沉着有力,听话虚心仔细,理解得很快,态度老是那么从容不迫,看样子做起事来一定手脚麻利。他书读的不多,但凡是读过的,他都能抓住其中的要点,就像小老鼠很会钻进大面包里去掏吃面包心一样。

他把声音放低了些,两只顽强的眼睛越发紧紧盯住我,加快地说:

"眼前头一件要紧事,就是要弄清楚土地法令①。想出来了这么厉害的法令,有了它,农村就要给搞得四分五裂了。我们先从这儿谈起,您看怎样?"

"就从这儿谈起吧!"我回答。

"好啊!先请您把这个给我们仔细地说一说,我们再往下谈吧!你自个儿对这个法令是怎样看法呢?"

好!我心想,我就来摆一摆这叫你痛心的事吧。我要从老根说起,说明人们必须彻底打破束缚自身的各种枷锁。

"土地伸出它的黑爪子,"我说,"把庄稼人紧紧地抓住,挤去了他

---

① 指斯托雷平反动时期颁布的一九○六年十一月九日法令。这个法令允许农民退出村社和出卖自己的份地,这就加快了农民的分化,形成政府可以依靠的富农阶层,使贫苦农民的生活更加困难。

们那生气勃勃的、自由的灵魂。于是,我们眼前看见的庄稼人都变成了贪婪吝啬的奴隶了……"

他的太阳穴上涨起了青筋,两颧血红,手指头在桌上敲得咚咚响,连连点着他那毛蓬蓬的大脑袋表示很赞成我的意见。

"说得对!"他高声叫着跳起来,两手支在桌面上弯过身子对我说道,"先前我自个儿想的和我从书本里读的跟这全不一样。可是,同志,您说的这才真对呢!我今年二十六岁了,近五年来我很想把心上的老茅草好好锄一锄,可是总也锄不尽。革命以后,已是第三个年头了,我觉得我对一切事情的看法,必得彻底变一变才行。在咱们这个古老国家的土地上,用那些腐朽的破砖烂瓦不能建设起新生活的大厦!我没法把我想过的事有条有理地都讲给您听,我只能简单地说:人不应该受自己土地的奴役,这种奴役的力量我可是看到过。别忙,我就说说第一届国家杜马①召集前的时候吧。唉!那些日子真是糟糕透了!由于贪婪,人们都变得不像样子,都变得如醉如狂,什么也看不见,什么也不想去理解,只是闭着眼睛大声喊叫:土地呀土地!那时我为了发表讲话,还挨过打!现在连我自个儿也不明白当时到底讲了些什么话。我只看清楚了一点,人们不应该把自个儿的力量都用到那方面去……力量是有,人们是有力量的!可是人们的两条腿齐膝地陷进土地里去了,虽然——有时完全站起来了,可是一松劲儿,就又缩回到土地里去了。"

他顿着脚,擦一擦激动得冒出了汗水的脸,然后用手指头向地下一戳:

"干脆说,人们不是生存在这地面上,简直是钻到土地下面去了,连脑袋也钻进去了!阿列克谢说得不错:庄稼人把法国的大革命给吃掉了!关于这事我一点儿也不知道,没有读过历史书,可是我相信,我能明白这个——他们是会吃掉的。"

---

① 指一九〇六年四月二十七日至七月八日这一届沙俄国会。

我望着他，心里高兴地想："我的好朋友啊！看来，你真是一个罕见的崭新人物，让我为你祝福吧！"我喜欢他这样的兴奋和激动的神情，这绝不像城市知识分子那种华而不实、慷慨激昂的醉态，他们只能狂热一时，很快又变成了像酒后懊悔的羞愧嘴脸，他这是真正的生命火焰，这种火焰能慢慢地、不断地燃烧着人的灵魂，不到生命燃尽是永不会熄灭的。

我们一直坐着谈到夜深，我才恋恋不舍地把他送出了门，他也是依依不忍离开的样子。我站在门口，直望着他在街道上迈着稳健的步子，顺利地穿过那些懒洋洋、默不作声地偎伏在大地上的黑暗房舍走下去。被春天的阳光晒暖了的大地在酣睡，舒服地呼吸着新生花草的芳香。这时，我心里感到非常高兴，高兴我已经来到一个需要我、我可以有所作为的地方了。

黑暗的天空上，繁星万点——这在平常是难得见到的；要不是这样，天空可就显得索然无趣了。

叶戈尔的伙伴们也是些挺有趣的人：阿弗杰伊·尼金这小伙子好像古画上的马车夫，鬈发，又宽又长的眉毛下面闪着一对蓝眼睛。他是个高个子大力士，但脸色沉郁，鼻梁上有一条和年龄很不相称的深皱纹；他不爱说话，偶尔开口，也不过三言两语，而且说话时常常侧着脸，不正视谈话的对方。他才二十三岁，妈妈只生他这么一个儿子，家里有二十二沙绳①田地。买不起马，不能耕种，所以就把田地租了出去，自个儿却到富裕的农民家里和地主的大农场去做雇工。他的妈妈是个酒鬼，若是儿子不给钱她买酒，她便在夜里将儿子赚来的工钱偷偷拿去喝个精光；当儿子没有工做的日子，她就去乞讨。大概是为了这个，儿子才弄得成天闷闷不乐吧。他贪婪地读书，可是不大喜欢跟别人谈论书的内容。他每次把读过的书还给我时，总是挺诚恳地小声说："好书呀！"或者说："好得很呀！"

---

① 二十二沙绳约合中国十四方丈。

只是在这样的一瞬间,他的眼睛才熠熠闪亮,现出温柔而聪慧的微笑。

我几次试着问他,这本书到底是怎样的好法呢?我看见他窘得怪难受的样子,不愿意回答,我就暂时停住,不再考问了。

不久,我们组织起了读书会。在集体读书时,他很少提出疑问,偶尔提出来,也不外乎下面这类的问题:

"瞧,书上说:基督教能把穷人和富人联合起来,那么,社会主义也能吗?"

"这就是说,这种学说总是从下层,从咱们庄稼人当中产生出来的吧?那么,为什么您说,工人比我们更容易走上这条道路呢?"

我的回答,似乎使他满意了。阿弗杰伊显然急于想给一切问题做出自圆其说的结论,牢记在心里。我不大喜欢他这种态度。可是和我同名的那个叶戈尔·多谢金,却喜欢把什么问题都耐心地仔细分析,就像剥卷心白菜似的,不剥出菜心来总不肯罢休。瓦尼亚·马雷舍夫呢,他是在一个老分裂派教徒的家庭里长大的,他舅舅是当地有名的经书通。瓦尼亚上过教会学校,读了很多很多古斯拉夫文的圣书,到现在还努力钻研《圣经》呢。他把《圣经》看得比世俗书籍更珍贵。

"这是咱庄稼人的书啊!所以他们才宣扬说,这是一本极难懂又极危险的书,"他执拗地小声说。"你看吧,为咱庄稼人讲理的'先知'又出世啦。现在这些道理虽然讲得跟以前不同,说得更明白透彻了;然而总还是那些老辈传下来的,是庄稼人自个儿想出来的道理呀!"

他那像一枚五戈比铜钱般圆圆的脸儿,平凡无奇,跟村里的普通小伙子们完全一样,很难找到有什么突出的特点。但是只要再仔细观察一下,你就会发现,在他那灰色眼睛里含有一种又温和又沉静的固执劲儿,你会感觉到在他身上隐藏着一种像弹性很强的弹簧一样韧而不折的顽强意志。

我在军队当兵的时候,曾经看见过性格这样沉静的人;他们即使是在长官面前,也敢直言不讳地说出自个儿的信念:

"我认为打仗就是犯罪——我的手不能拿这杆枪！"

长官狠狠地毒打他们，用种种可怕的办法来吓唬他们，把他们投入警戒森严的禁闭室里关上一个月、两个月，或者把他们押进疯人院，关进牢狱里。要是这样还没能制伏他们，那么，即使不枪毙，也要把他们充军到遥远的边疆去。

阿廖沙·希皮古谢夫是一个神经质、多愁善感、脾气暴躁和说话尖刻的人。颧骨突出，身体结实得像块岩石。他思维敏捷，对什么知识都想一下子装进头脑里去。因为太性急、兜揽的过多，就像用旧拉网捞鱼，把网给撑破了。于是他抱怨自个儿太幼稚无能，用拳头敲自己的脑门，骂骂咧咧，弄得灰心丧气；接着，一连两三天去埋头读书，这样以后又有了勇气，感到自豪起来，话又很多了，又显得好像什么都懂了，什么都行了。在这种时候，得给他泼点冷水，那他就会大发脾气，跟你争吵一通，然后再自个儿嘲笑自个儿一顿，又坐下去专心读书了。拿他这样一个二十岁的青年来说，知道的东西算是够多的了，但在他的头脑里，却像在新迁居的房屋里一样：已经搬进来了几乎所有一切东西，可是都没有摆到适当的位置上去，人从这些东西中间走过，不是撞着头，就是绊着脚。

我们大家很快都混熟了，处得很好，只是阿弗杰伊·尼金使我有点放心不下，因为他心里那种急于求成的迫切愿望，跟他那沉静的性格和蓝眼里迟疑的目光，是融合不起来的。

我来到这村不久，尼金闹了一场桃色风波。事情原来是这样：他早在圣诞节期间，就跟财主阿斯塔霍夫家的小女儿娜斯佳要好了，现在这姑娘怀孕了；父亲拷问女儿，究竟是被谁诱骗的。这时阿弗杰伊·尼金不在村里，但他一听说事情败露，马上丢下工作，来见阿斯塔霍夫老头。

"我就是娜斯佳的丈夫。"

财主气疯了，大骂道：

"你这穷鬼！邪教徒！"

老头子拿着斧头向阿弗杰伊冲过来,可是阿弗杰伊一把捉住了老丈人的手腕子说:

"把娜斯佳嫁给我吧。不这样,你还有什么办法呢?"

阿斯塔霍夫只好答应了。他明白,如果拒绝了这小伙子的要求,他那身老骨头就会被敲碎;然而,他在当天黑夜就把娜斯佳送到一个地方藏了起来,并且策划了迫害尼金的办法,一次再一次地把这个小子揪到地方自治局去,揪到警察所去,揪到乡公所去;叫附近一带的人家谁也不再雇他干活儿。

这时阿弗杰伊虽尽量保持他素常的沉静,但是脸色完全变黄了,眯缝起眼睛,咬着牙齿吼叫着:

"我要放火烧死他,我宰了他!"

我们劝告他说:

"得了吧!你不怕去服苦役吗?"

"不管怎么着,反正不能向他让步!"小伙子像一匹落进陷阱的野狼似的乱窜乱叫,"我要抓住他的脖领,跟他拼个死活!不能让那家伙随意摆布娜斯佳。她分明是我的老婆,我一定得去找她,找回之后,我也把她藏起来……"

这是完全不可能的事。自然,找到这个姑娘,把她偷偷弄回来,这并不太困难。困难的是弄回来之后,你能把她藏到哪儿去呢?在这方圆五十里之内,连谁家里有多少瓶瓶罐罐,人们都知道得清清楚楚。这里的生活像水晶一样透明,除了蟑螂以外,什么东西都可以数得出来的。

那时多谢金没有跟我们在一起,他被地方自治局的乡警逮了去,判了一星期的拘留。阿列克谢和瓦尼亚决定帮助尼金,在这种情况下,我也不得不参与这件事了,我帮姑娘弄到了一张身份证,又告诉她生产以前,可以躲藏到省城里一个人的家中去。于是尼金把她偷偷弄了出来,由阿廖沙用马车送进城去,在城里生过孩子以后,又介绍她到上流人家当奶妈去了。

阿弗杰伊愁容满面，向我们诉苦：

"我不忍丢下我那可怜的妈妈呀！"他说着，伤心地垂下头。"要不然，我也到城里去啦。"

"跟你妈妈住在一起，你觉得难受吧？"我问。他原来是为了我在娜斯佳的事上帮了他的忙，这时特意来向我道谢的，这个怪人。

他的两道眉毛往上一聚敛，嘴唇抖着：

"还能好受吗？"他好像喘不上气来似的叹息说。"又伤心又害羞——有什么办法呢？她是病人，疯疯癫癫的。你替我想想吧，看见自个儿的亲妈站在人家门口讨饭，或者醉得像头猪躺在街心的泥洼里，那该是怎样的难受啊。我偶尔甚至想：这样可耻地活着，倒不如叫她快点死了吧！冻死或者摔死吧！有时候我难过得实在受不了啦，就从妈妈的身旁躲开去，免得在我盛怒之下把她打死或者掐死。"

他坐着，缩成一团，两手抱头，头上的鬈发都像直竖起来了。他沉默半晌，突然偷眼看一看我，竟又温和地笑了。

"可是，回想起来，"他换了另一种腔调，带着感恩思报的意味低声慢语地说，"她为我受了多少苦啊？！我真不知该怎样报答她才好。我亲自跑出去买了点伏特加，对她说：'给！喝了就休息吧！'我爸爸是一头野兽，我的哥哥活活被他打死了，我的姐姐吓得逃到城里去一直下落不明，也许现在已沦为娼妓了吧……可是，妈妈始终护着我，在她的爱护下，我才留下了这条命。妈妈也常挨爸爸的打，就是今天想起来，还觉得可怕极啦！妈妈常在被打后，血淋淋地爬到我的身边来，舌头连说话也显得困难了：'阿弗杰尤什卡[①]！爸爸打得痛不痛啊？'这叫我怎么能忘记呢？！"

他的声音像病人似的沉闷喑哑，听起来，这小伙子的喉咙里像有多少泪水在滚流。

看着一个这样壮实的小伙子也哭泣，真是令人惊奇和难堪。不

[①] 阿弗杰伊的爱称。

过,我却十分理解他的这些眼泪。我爸爸的脾气也很不好,常常拼命打我妈妈,可是,对于像我妈妈这样仁慈可爱的老人家,我是感激不尽的。正是她促使我去寻找真理,而且终于找到了真理的啊。

"妈妈忍痛叹息着,"阿弗杰伊慢慢地接着说。"她自己还这样教训我:'你可别生你爸的气呀!爸爸本是个好心人,只因别人太凶恶,生活苦苦地折磨他。咱们的日子真没法过啦!'于是我跟妈妈两人面对面哭起来。您听我说。从此以后,只要是妈妈的头脑还清楚,腿脚还站得住,她总是爱讲故事给我听。她走到我的身边,坐下来,开始给我讲'傻子伊凡',讲耶稣基督怎样与尼古拉和尤里①一起在人间巡行的故事……"

他羞怯地小声笑道:

"当然,我觉得这些故事挺可笑,不过听一听,也没有什么!"

从此以后,我就再没看见过他像这一幸福时刻那种高兴的脸色了。

当然,阿斯塔霍夫也给气炸了,他跑到村长那里去告状,到处寻找他的小女儿;但闹腾了大约两个星期之后,他便呈请神父把女儿开除教籍,不再寻找了,也不再跟阿弗杰伊麻烦了,因为有一次在村社的群众大会上,这小伙子对阿斯塔霍夫说:

"喂,库兹马,你不准再惹我了,听见吗?"

老头子便向人们大叫起来:

"众位老乡亲们,请你们做见证吧,他向我逞凶撒野了!你们问一问他凭什么这样厉害呀?"

人们都瞪着眼睛,闭住嘴不吭声,要看看他们两个人到底哪个更厉害。

"库兹马,我只告诉你一句话,"尼金重复说,"不准你再惹我啦!"

我亲眼看见了当时的情形,这个比老头子高一尺多的小伙子,光

---

① 指根据《圣经》故事情节编成的俄国民间传说中两个圣徒的名字。

着脑袋、挺直胸膛、皱紧眉头,脸上还是那样坦然、沉静。沉静就是力量;斧头是沉静的,却能把橡树连根砍断。

使我高兴的是这件事很快就结束了。因为这种事会干扰我们,使我们耽误工作。

待多谢金从拘留所被释放回来时,我和他有过一次重要的谈话。他到我这儿坐了不多久就向我问道:

"听瓦尼亚说,阿列克谢跟尼金把阿斯塔霍夫家的娜斯佳给弄了出来,好像你也赞成他们这样干,真的吗?"

"赞成,我是不赞成的,然而,我不能不帮帮忙,"我说,"阿弗杰伊太痛苦了!"

他仔细地卷着一根纸烟,说道:

"正是在痛苦的关头,才能考验人。"

他埋在灰蓝色的烟雾里,沉默着。我察觉他有点儿不高兴了。

"难道你不同情这个同志吗?"我问。

他眯缝起眼睛,望着手里的纸烟头,平静地说:

"同情。他是个有用的人。不过,那样的事情,是他私人的事,跟咱们不相干。依我看,无论偷鸡还是摸鸭,都不是好勾当。"

说着,又狠狠地吸了一口烟,他吸的是极辣的马合烟,这种劣等烟草的烟气,是非常强烈的;蚊虫或苍蝇要是一飞进这种微带绿色的烟雾里,就会马上翻着筋斗掉落地下。但是他却赞美这种烟草说:

"这烟可真冲!能把玻璃都蚀穿……"

叶戈尔沉默了一会儿,又问道:

"同志,您认为怎样?现在,我们已多少读过了几本书,也学会动脑子了,该慢慢试一试有没有能力做点工作了吧?当然,您可在一旁看着。我想,我们这些本地人也该开始活动啦。主要是考考我们学得怎样,还有哪些需要继续学习,还有哪些问题需要提出来加以解决。"

我想了一想回答说:

"只要多加小心,工作是可以的。"

他丢掉手里的纸烟头,笑容满面地说:

"这就好啦!您瞧,说实在的,我们早给村里注意上啦:有些人用小眼角偷瞄着我们,有些人好像等待着出什么事儿。这里也有一些受尽折磨的人。……您发现那个跛着脚常常从您身边走过的老头儿没有?他就是伊凡·马雷舍夫的表舅彼得·瓦西里耶维奇·库津,是个经书通,您听说过吧?据我看,这老头儿好像已经觉察到了什么,他常向他的外甥问起您,还好几次到我家里来探问。这是一个有心的人。"

我发觉多谢金还想说什么,可又不敢说出来。他说话跟平时不一样,显得有点过分拘谨。

"您认为这老头儿是危险人物吗?"我问。

"这个我不敢说,"叶戈尔用他那燧石样顽强的眼睛盯着我回答,"依我看,他要来找您的。我把我所知道的有关他的情况对您说一说,您亲自跟他谈谈,就会明白他是怎样的人了。"

多谢金告诉我:经书通库津是位有通晓新、旧约美名的人物,性格既乖僻又粗鲁。他一生靠近财主身边混日子,当第一届和第二届国家杜马①选举的时候,做过财主们的喽啰,从此就加入了黑帮②。一年半之前,他的女婿在省城里被捕,进了监牢,现在已判处流刑。库津为女婿奔走营救,毫无结果,他反而因此惹下了罪过,连自个儿的住房和养蜂场,都被本区那个拥有一片森林的大财主和大老板斯科尔尼亚科夫硬拿去抵债了。库兹马·阿斯塔霍夫还在村上和附近地区散布谣言,说这老头儿也赤化了,就是要造反了。现在,老头儿被迫这里藏一天、那里躲一夜地到处流浪,暗暗咒骂以前的老相识们,并且在本村的贫农中间结下了一些新朋友。

多谢金对我讲了库津的这些事,说出了库津的新朋友的名字;还嘻嘻地笑着暗示说:

"我看,这老头儿有满肚子委屈,他真要豁出老命来干点什么了。"

---

① 一九〇六至一九一七年间沙俄的国会。
② 是沙皇政府为了对付一九〇六至一九〇七年俄国革命而建立的反革命恐怖组织。

"要干什么呢?"

"啊,也干不了什么……总归是嘟嘟囔囔,发发牢骚罢了。"叶戈尔说得很支吾暧昧,不知突然想起什么事来,就急着离去了。剩下我一个人在寻思:我这个同名的朋友干吗要对我讲这些事?他想要怎样呢?

在高家村,总共不过三十二户人家。我在这个村里住了两个多月,已经认识各家的主人和主妇。我知道他们之间闹过什么别扭,有着什么瓜葛;知道他们谁跟谁有什么亲戚关系;我也认识了多谢金所说的老经书通的那些朋友们:

尼尔·米特里奇·米洛夫——因为他的性格温柔平静,全村都亲切地叫他米尔·米雷奇①。这个矮小的农民老是若有所思似的,甚至他穿上红色衬衣时,脸色仍然像炉灰一般,他走路总是靠边溜,远远地避着行人。一对混浊的眼睛,常是愁云密布,无精打采的样子。他的老婆也跟他有同样的性格,十分谦恭沉默;他家里有七岁和十岁的两个小女孩儿。米洛夫因为欠下了税款,今年复活节前一天,他的母牛被税务官牵走了。

萨韦利·库兹涅措夫是一个残疾人,走路不方便。去年春天,他在县城内一家啤酒厂里做工,被一个喝醉的哥萨克人用鞭子打断了肋骨,我常常遇见他,因为他喜欢躺在磨坊附近的小土坡上晒太阳。但我对他并不了解,每次见面时,他的咳嗽比说话还要多些。

下面来谈谈米哈伊洛·格涅多伊吧。这个人战前原是个富裕农民,战争中当过俘虏。战争期间和他被俘期间,他的哥哥亚科夫参加了农民暴动,在烧毁卡萨特金公爵庄园时被打伤,死在监牢里了。不久,亚科夫的老婆改嫁了科尔涅伊·莫兹茹欣。接着,米哈伊洛的家当就被科尔涅伊霸占,米哈伊洛的老婆也被赶出了家门,逃到县城里去,一直没有下落。米哈伊洛从俘虏营回来,一见这种情况,无可奈

---

① 这个名字和父名都含有可亲的意思。

何,便以酒浇愁,把手头所有的都喝光,也就不得不去给这个莫兹茹欣家做雇工了。每逢大小节日,他总是喝得醉醺醺地满街游荡,大骂他的东家和村里的财主们,财主们到官府去控告他,这个老兵便时而被乡长,时而被地方自治局的长官捉了去尝受铁窗之苦。

"库津老头儿到底想在这些受苦受难的人们中间找寻什么,他可能寻出什么来呢?"我坐在我的窗边自个儿这样想。

天气闷得很,乌云压在村庄上空,狂风吹过街道,卷腾起一片灰沙,那边森林上面,响着轰隆隆的雷声。漆黑的夜,在天边闪电的蓝色回光下,懒懒地颤抖着。正在这个时候,我听见了嘚、嘚、嘚沉重的马蹄声。这是乡警谢苗骑着马在村子里巡逻。他本是个退伍的掷弹兵。全村人都挺怕他,说他是半个疯子。这个郁郁寡欢的夜游神是个大块头,他那冷冷的黑面孔对人从来没有过一丝笑意,两眼从来不眨一下,活像个楚瓦什①的木偶人。他那匹迟钝的灰马,通宵彻夜地在村里村外巡行,乡警骑在马鞍上,摇晃着笔直的身体和满脸的黑胡子,把枪平放在腿上,两只黑眼睛,越过老马的头往前盯着,仿佛在跟踪侦察远处的什么人影。

他几乎从来不在村里众人面前耀武扬威,也不去直接触犯农民们,白天他是不露面的——总在睡觉。只有当农民们打架斗殴,他们的婆娘跑来叫他的时候,他才带着满脸睡意,蹒跚着走了出来,站在打架人的身旁,用他那蒙眬的眼睛,久久地瞧着。若是打架人倒在地上了,他便不吭声地用他那穿着笨重皮靴的粗腿去踢他们几下子。

他老是那么阴阴沉沉,不哼不哈,但谁也不想去问一问:他到底为什么这样沉闷呢?

多谢金将他所知道的有关乡警的事全对我说了:乡警原在莫斯科当兵,碰上了莫斯科工人武装起义。显然,这次起义使他受到了很大刺激。革命起义的第二年春天,他回到了村里。当时老感到心神不

---

① 居住在欧俄东北部伏尔加河中游森林地带的一个少数民族。

安:不喝酒时,天天躲着不愿意见人,走路耷拉着脑袋,眼睛死盯着地下;可是一喝了酒,他就跪在街心向过往的人们砰砰的叩头求饶,为什么要向人们求饶呢?他可不说。当时庄稼人还没被管束得这样紧,再加一向对军警怀着满肚子仇恨,于是便乘机来嘲笑这个醉汉说:

"你这坏蛋,怎么啦?造孽造够了,这阵儿心里才感到难受了吧?!"

也常常突然有人来打他。而一些淘气的孩子就向他的脊背上投石子。

连他哥哥,那位凶狠而好搬弄是非的农民尼基塔·利亚多夫都劝他说:

"谢苗,你还是到城里去吧,在这村上,你像一颗已经拔下来的牙齿,死待在这儿有什么意思!"

这个退伍兵听从哥哥的劝告,到夜里,就神不知鬼不觉地悄悄离开了村子。临走以前没有告诉任何人说他要到哪儿去。所以利亚多夫全家害怕起来,怕他是自杀了。他们在村庄附近一连找了两天两夜,也没找见个人影儿;谁料想到去年秋收时节,谢苗又回来了。那天村里的婆娘们正忙着割谷子,猛一抬头,看见通往县城的大道上来了一匹大灰马,马鞍上骑着个当兵的,垂头背枪,身边挂着马鞭子和腰刀。他从人们面前经过,也不点头。有人跟他打招呼,他也不理睬,这一来可把人们都吓坏了。从这以后,他便经常骑着马在村里晃荡,谁对他也不摸底细。

他站在我的窗口对面的街上。在昏暗中,他好像落到地面灰尘中的一块乌云。我发觉乡警正向我这边张望,这使我感到恐怖不安。

可是,突然听到了低沉的叫喊:

"喔,喔!笨——笨虫!"

接着,沉重的马蹄声,又在干燥的道上嘚嘚嘚地响起来了。

上床睡觉时,我心里猜想:

"也许是他要来找我谈一谈的吧?"

到夏忙季节,我那些同志们都是从早到晚整天忙着庄稼活,聚会的次数大大减少了;我再没有机会读书给他们听。所以我不得不抓紧他们的每一分钟空闲时间,亲自找到他们晚上睡觉的地方去跟他们谈话;每逢休假日,我们就在树林里举行读书会,好准备秋后开展工作。

阿廖沙也没事干了,因为村里的少年们忙着干活,没有工夫了,他不得不暂时减少对他们的宣传活动。他到我这儿来,住在我院子中的一间小茅屋里,扮成我的帮工,烧烧茶水,打扫打扫房屋,一面用心地读书,锻炼身体。他变得越来越沉着,也不那么粗鲁了。他到离这儿三十二俄里远的县城去,从我指定的人那儿取回书籍和报纸。他的眼睛看人时也越来越快活了。

帮我们做饭的,是一个当兵人的妻子瓦尔瓦拉·基里洛芙娜。她有两道黑黑的眉毛,年纪不过二十二岁,生得端正匀称,是个十分健壮而且非常漂亮的女人;她最爱用她那逗人喜欢的黑眼睛和鲜红、丰润嘴唇上的微笑来代替说话。她是很自重的。阿廖沙有时试着去跟她开玩笑,但很快就再不敢了;而且每次跟她打招呼还尊敬地加上了父称。

我问阿廖沙:

"怎么样,阿廖沙!恐怕是碰了钉子吧?"

他有点难为情了,正经地回答说:

"是呀,彼得罗维奇,虽说碰得不太重,但也够可以了!你要晓得,这女人不笨,也识得几个字,应该做做她的工作呢!"

我警告他说:

"跟她谈话时,你可别太坦白露骨,直来直去。"

"还是你跟她去谈吧,"他微笑着说。"她老爱嘲弄我。"

我试着同她谈时,她除了甜甜地微笑之外,什么话也不给我回答。于是我细细地打听了一番。

我得知她自从丈夫走后,已经独居两年了,她的丈夫在服兵役期间又犯过什么罪,被判了两年半的处罚,这两年半是不能算入服役期的。因此她即便能再见到丈夫,至少也须等五六年之后。虽然村里小伙子们像丸花蜂似的来包围她,叶戈尔·多谢金显然是其中最热心的一个,但她在村庄里并没有丝毫坏名声。她已经离开了丈夫和公公的家,回到自己的娘家来住。她妈是个半瞎的老太婆,却有一套织腰带和缝皮念珠①的好手艺。瓦尔瓦拉本人更是个百事能的多面手,她常常替那些快出阁的姑娘们缝嫁妆,为圣像的圣衣缀饰珠,纺织也十分精巧。不过单靠做这类活计是难以糊口的,因此她还得去给有钱人家打日工。她有一个哥哥,在离这村四十俄里的锯木厂里做工,常常拼命喝酒,很少回村里来。

有一天,大概是快到什么节日了,瓦尔瓦拉来我的房里擦洗地板。她向四壁扫了一眼,有点不满意地摇着头说:

"哎哟,您看您的书都堆成山啦!"

不错,书籍是堆放得过多了些,因为阿廖沙把目前我们还用不着的书籍,也从城里搬了来。存着这样多的书籍,确是有点担风险。

"对!"我回答,"您说得不错!"

她掖起衣襟,眼睛不看我,轻声提醒说:

"俺村里的人可不大喜欢书呀。"

"据说,并非是都不喜欢啊。"

她像有意对我暗示似的说:

"喂,庄稼人对报纸倒不怕,书,在他们看来是危险的。"

我趁这机会率直地问她:

"莫非有人对我的书说过什么来着?"

"那我还没有听到,"她回答。"嗳,出去一下吧,我要擦地板啦。"

说完,她向水桶弯下身去。当我刚刚走出门口时,她又说:

"你还是别把那些不用的书搁在这屋里吧!"

我回过头去,在门口呆住了——惊奇她会说出这样的话来。但她已经弯下腰,两脚在湿地板上滑着,闪着雪白的小腿肚子在哗啦哗啦地擦洗地板了。我怪难为情地走了出来。从这天起,她竟在我的心里

---

① 旧教徒用的念珠。

留下了不可磨灭的印象。

现在让我暂且把许多别的日常事情按下不提,先就这件事说下去吧。从这次谈话以后,过了不久,在一个假日,我到树林里去散步,一边考虑着在座谈会上要向同志们讲些什么问题,不知不觉地已走到了林间草地上来,忽然看到她坐在一棵大树下缝什么活计。身边是她的母牛带着小仔牛在吃草。母牛刚生了牛犊不久,所以瓦尔瓦拉还没有将它混进牛群里面去放牧。

那天的天气挺热,强烈的阳光照射在这片林间草地上,照得茂密的青草丛里一朵朵的香花已蔫懒欲睡,周围的一切真像是个快乐的梦境。她坐在树荫下,也活像一朵大鲜花:红衫衫,蓝裙裙。在那紫黝黝的脸儿上,两道漆黑的眉毛。她一望见我,就眯起她那绿莹莹的眼睛,甜甜地笑了起来。

"来逛逛吗?"她问。

"是啊,"我说。

"看你的年纪,"她开玩笑说,"早该带着太太一块儿出来逛了,可是你却老是带着书本本。那是本什么书呀?"

"写咱们农民的,书名叫《罗斯农民》①。"

"嘿呀,写了多少这样的书啊!"她说。

我真不习惯跟女人谈话。虽然我也当过兵,而且是在城里住过的。但一跟女人交谈,总感到有点儿不自然。这大概是因为在这以前,我除了最亲爱的妈妈以外,再也没有接触过任何女性的缘故吧。

我在瓦尔瓦拉面前站住,她仰着脸向我问道:

"你没有讲魔术的书吗?"

"什么魔术?"

"什么魔术! 就是讲迷魂术的呀! 讲怎样泡制迷魂药水的书呀!"

"你还想那迷魂药水做什么呢?"我说,"看你够多么漂亮啊!"

---

① 此处大概指斯拉夫派史学家 И·Д·别利亚耶夫(1810—1873)的著作。

不知为什么,我在她的面前,有点惆怅,感到局促不安起来,可是她竟嫣然一笑说:

"真个漂亮吗?"

"用不着迷魂药水,您已经够迷人的啦。"

"哪能?"

"好像你自个儿还不晓得呢?"

"真的,我可没有试过呢!"

"这是因为小伙子们自己都追上来了,用不着你再去迷。"

她快活地、细声细气地笑了。

"敢情是这样啊!"她说。

在树林里,人也变得单纯起来了。因为人周围的东西都是单纯的,无论是花、是鸟、还是各种树木,全都是毫无虚饰地生活着。

我问她说:

"你丈夫不在家,你不觉得挺闷的吗?"

"怎么会不呢!"

她眯缝着眼睛,用锐利的目光望着我的嘴唇,仿佛在招呼我跟她并肩坐下来。于是我坐下来了。

她用肩膀挨了我一下,娇柔地轻轻问道:

"你想亲我吗?"

我颤抖了一下。

"嗯,"我说。

"那你就……"她说,"来亲吧!"

随后她依在我的膝头上,凝视着我的脸,娇媚地说:

"叶戈尔·彼得罗维奇,你真叫我喜欢呀!"

"谢谢你,瓦里娅[①]!"我说。

"我看你呀,对谁都是这样天真憨厚,这样谦虚。好像你不是个男

[①] 瓦尔瓦拉的爱称。

的。看你这人儿真好啊!"

我被她夸赞得怪不好意思起来,但听着这些话,也感到很舒服。

"我可不太漂亮啊!"我抚摩着她的头发说。

"那没关系!"她回答,"情人眼里出美人呀! 常言说:鸟儿美在羽翼,人儿美在学识。"

听了她这样的话,我越发喜欢她了。就像是我又梦见了我那已经死去了的母亲一样,心里有说不出的愉快。

我们站了起来,从树荫走到阳光下,肩并肩地来回走着。母牛睁大圆圆的眼睛望着我们,温柔地哞哞欢叫;小连翘开着金花瓣儿直向我们点头哈腰;野芝麻和招蜂引蝶的紫苏花发出扑鼻的芳香。快活的小鸟婉转地唱歌,大自然无形的琴弦在低声伴奏。温柔的音乐在整个树林里的浓郁的空气中缭绕回荡。天空像一座水晶和银子做成的蓝色的鸣响的洪钟,高悬在我们的头上。

从这天以后,我们便渐渐地发生了深挚的友谊和热烈的爱情。

最初我以为她所以这样,只不过是为了一时的高兴,并没有什么认真的想法,但是日子久了,我看她对我更加关切起来,有一次她竟然温情而亲热地说:

"真个的,在认识你以前,我只看见了人的半面,到现在,才开始看到人的全面了!"

"好,"我说,"我高兴你这样,对人越看得多,就会越爱得深。"

她笑了。

"对你吗?"

"对所有人的生活。"

"唔,唔!"

后来又有一次,她担忧地告诉我:

"全区都在传着有关你的各种流言蜚语,怕是说你的坏话啦。我去斯科尔尼亚科夫的磨坊旁边菜园薅草时,听到阿斯塔霍夫跟斯科尔尼亚科夫和佃农亚季姆说,你净教青年们不学好,煽动青年们读禁书,还说应当到你家里去搜查。"

"原来是这样。"

"是啊。"

"你为我担心吗？"

"还能不担心。你瞧眼下是什么世道呀，人们一个连一个地都被捉进监牢里去啦。"

"这也是没办法的事，就让他们捉吧。"

她叹口气，沉吟了一会儿，向我提议说：

"要是你那儿真个有危险的书，就把它拿给我吧！我替你藏得严严的，鬼也找不着！"

她家的小屋和我的住处有一段距离，紧靠村边上，从那里穿过菜园只走二十俄丈远便是大树林了。

我向她解释说，把书藏到她家里去，当然是很好的，但这样做并不妥当。因为把一个还不太懂这项工作的危险性的人，拉扯了进来，说不定为此他会大吃苦头的。

她垂下了眼皮，小声说：

"那就请你说说那危险性儿不行吗？要是你肯说的话，或许我也能懂得一星半点呢。"

她用责难的眼光看一看我，接着说下去：

"你为什么来这里，你当我猜不着吗？"

"你说为什么呢？"

"自然是来训练青年们的呀！"

我对她感到很惭愧。从这次谈话以后，我才给她各种简易通俗的书籍，开始教她读书了。最初事情进行得很不顺利，她老是不好意思讲出书里哪些地方看不懂，可是，后来她突然对书籍感到了趣味，变得很喜欢读书了，并且时常被作家所渲染了的书中人物的命运所感动，以至痛哭流涕。

现在，回头来说一说库津吧。

我和叶戈尔·多谢金谈话的第三天,在一个黄昏,太阳快要下山的时候,库津真的来找我了。我一个人正坐在小屋里喝茶,突然听到窗外有人高声问道:

"主人在家吗?"

"欢迎,欢迎,请进来!"

于是他深深弯着腰,钻进了我的小屋子,随便靠桌边坐下,马上就开口纵谈起来。

"我天天在看呀,注意看着你,终于下了决心:去谈谈吧,认识认识我们这儿住的是个啥样的避暑客人吧!"

老头子是大个儿,模样很不端正:脸瘦瘦的,有点驼背,甩着两只长手,拖着一条跛脚,那是他在年轻时候,黑夜去偷女人,不幸跌进女人丈夫预先挖好的陷阱里,就把他的左脚踝骨给摔断了。

"我这个人呀,"他说,"从小就挺好奇,我就是为着这点儿好奇心才活了下来的。听村里传说,你是个博览群书的人,我怎能错过这样的好机会,不来看看你呢?"

他有一个光秃秃的大脑壳,黄瘦脸显得很严肃,眼睛好像是患着散光病,有时从眯缝着的眼睑射出细得像针尖般狡猾的视线,有时突然睁得又圆又大,闪着凶狠嘲笑的绿光;两颊上生着一团团乱蓬蓬的、略现斑白的棕黄胡子。

喝完一杯茶,他把两条长手支在板凳上,浴着夕阳的红光,折身向前,说道:

"我来,就是想领教领教你们城里人是怎样看我们乡下的事情的!"

我说:

"最好请您先说一说您的看法,因为您年高识广,懂的事多呀!"

"懂倒是懂得一些,"他说,"可是不深不透,讲不出个道道来!我们这些乡下佬,跟您不一样;我们没有学问,所以听您的一句话,就像春天的种子那样可珍可贵呀。"

我们谈了约有一个钟头,各自小心地拉着客气话,同时却都期望着对方首先透露出自己的真实面目来。我觉得这个老头儿挺机灵;我不只一次叫他急得头上冒汗,但他还是总在用话试探我;他忽而批评当局太严酷,一点也不关心庄稼人的困苦,忽而骂庄稼人什么也不懂,忽而又夸奖农村的青年们渴求文化知识,但遗憾的是他们不信神,也不听老人的话,想要自作主张了。他总是时东时西、忽前忽后、转弯抹角地试探着,不敢爽直地道出真心话来。

我在无关紧要的论点上,跟他随声附和几句,但大半时间,是注视着他那锐利的眼光和富于表情的脸上的皱纹,默默地静听。

从敞开的窗口,吹进来夏夜的熏风;听到低哑的犬吠声和从河面上传来的渔人用鱼篙轰鱼入网时的击水声。

我觉得这老头儿好像急得要对我发火了,我真有点可怜他,心里暗想:

"你就痛痛快快地说出你要做什么吧!"

然而他只使劲抓抓自个儿的秃脑壳,带着几分疲倦表情,很遗憾地说:

"糟糕的是庄稼人太胆小,彼此之间都互相戒备,不敢流露思想,人和人像一盘散沙。"

"有人说,连互相谈话都要禁止,而且禁止得很严。"

"可是,世道越残酷,人就该越强悍才成,"他坚决地说。"你以为这场暴风雨已经刮过去了,庄稼人却没有给吹动吗?那是因为人家不许庄稼人觉醒,马上用拳头堵住了庄稼人的嘴巴,甚至庄稼人连活动活动腿脚都没来得及,就又被捆了起来。他们下命令道:'快嘴啃地给我趴下去!'庄稼人趴下了,你不趴下又有啥办法呢?你敢抬一抬头,就要挨打。庄稼人驯服地趴着,每人心里在想些什么,谁也不晓得。可是你看,眼前发生了这样的一些怪事,庄稼人怎能不动脑筋想一想呢?——他们突然装出很亲热、很和蔼的声调说:'可爱的庄稼佬呀,帮帮忙,请派你们自个儿的代表来管理国家大事吧!我们再没有法子管下去了,什么事也行不通了。'庄稼人派了代表去。他们又把代表赶回来说:'这些代表都不顶用,你们再另选几个吧!'还要另选!老弟,第二次选代表的时候,可真有意思啊,咱们这村,还有马林基村、瓦西列沃村和福明诺村,都一致选了亚科夫·格涅多伊做代表。亚科夫是全区最大胆、敢说话的庄稼人,就因为他的胆大、敢说话,才丢了一条性命——你知道吗?"

老头儿把声音放低了,他眼睛看了看窗口,随后两手紧紧地抓住板凳,弯过身来向我说:

"那时大家都有一个共同心愿:选那些敢说话的人做代表,好为咱庄稼人争来全部土地和全部自由,快,快选吧!果然选出这样的代表了。这次选举的代表,再没有赶回家乡,干脆给流放到西伯利亚去啦。可是,又来了:还是说不行,还要再选!你看,对这样的怪事,庄稼人能不想一想吗?到第三次选举的时候,财主、吸血鬼就都爬上来了……"①

他把话头打住,沉默了一会儿,胡须里含着苦笑,用两只睁圆的眼睛,直盯着我。

"那时我也相信这种杜马的呀,"老头儿慢慢地好像在检查自己似的继续说,"我在第三次选举时,当然也投了财主们的票,是的,投了!那时候,我跟他们还有联系,我有房产、土地和养蜂场。可是,现在我简直给弄糊涂了,像被风吹起的羽毛,没个定向。说真的,村里有钱人过的也尽是麻烦日子。我看,财主们是念念不忘权力,也就是要支配权。不过,他们……呸,还是叫他们跟杜马一起见鬼去吧!问题还在更深处,只要不是瞎子,谁也能看出来……我敢告诉您说,庄稼人都在动脑筋想问题了,您该在这方面帮助他们才是!"

他站起来,吭哧了几下鼻子,对我说:

"请你把窗子关上!"

---

① 指俄国第三届国家杜马的选举(一九〇七年六月)。这次选出的代表中地主、官吏、教会人士占据三分之二的席位。

我关上了窗子,在昏暗中看着他那十分忧虑的脸。我觉得真有点可笑,但又觉得很高兴,因为他终于对我直率地说话了。

"真的,我是一个最坦白、爱说直话的人,你随便打听打听就知道了。我是怀着一片诚意来的,你可以相信我要向你解释的这些事。我这一辈子得到了什么呢?我完全不知道!我有好几次可以靠娘儿们变成财主的,但是把机会全错过了。到五十岁的时候,我心里想:'该叫我住在自个儿的养蜂场里去养老啦!谁也别来打扰我吧。'我把我的女儿嫁了一个挺好的小伙子,还送给了他们五百卢布。一切都很顺利。没料到,国家突然发生了这场大变革——又是杜马、又是选举、又是大争辩……我的女婿喀嚓一声被关进了监牢,我的女儿跟着他也被流放,这样一个连着一个的灾祸,真把我弄得晕头转向。我四下一看,我那安度晚年的梦想全烟消云散了。我什么都没有了,什么都被夺光了。我的好朋友们,那些稳重的人们,都反对我为那样的女婿去奔走,骂我是异教徒,骂我是乱党,谴责我不该去营救他!可是,天知道,我那个女婿,是多么聪明的人啊……唉,不说这吧,这是自个儿家里的事。你瞧,我竟落得这样老景萧条,真像是寒冬黑夜里无巢可归的一只乌鸦,在塔楼的废墟上徘徊着,我想……"

他闭起眼睛,摇着秃脑瓜不说话了。我觉得他怪可怜的:看来他本是个并不愚蠢而且还挺活泼的人,竟然无端地潦倒了。

"彼得·瓦西里耶维奇,"我说,"你这位教师阁下怎么搞的?人们不是都称赞你是有名的经书通吗?"

他冷笑了一声。

"现在,靠这个神吃饭已经不行了,"他说。"如今出了另一种神。从前人们总是祈祷说:我们在天上的父,现在却这样祷告:我的在城里的老爷啊,请保佑我们从愤怒的庄稼人手中解救出来吧!"

他脸上又现出一种苦笑,继续在昏暗中低声说:

"我这个经书通,活像大商人家里养的老叭儿狗,毛全脱光了。叶戈尔·彼得罗维奇,你看,我这五十多年是怎样活过来的呀,如今反而活成个大傻瓜了。好朋友,我心里真难受啊!不错,我是,我曾经念过不少经书,也教人家念过书;可是我并没有用自个儿的头脑去思考过,只是像八哥儿学舌似的,不过是借此舒畅舒畅在尘世间烦恼的心情罢了!有人说我老来反变成了个异教徒,这话不错!依我说,我现在应该是拯救自个儿的灵魂的时候了,可是,我却好像已经失去理智,一筹莫展了。"

他沉静下来,用黑手指胡乱揪脸上的胡须,整个手臂都在颤抖。我看着他那灰溜溜的秃脑壳,很想对他说句同情的鼓励话,但又为他感到气愤和哀怜,尤其怜惜他在这五十年间,把一个人的心血和智力都白白地消磨了。

于是我告诉他:人们为什么老受压迫,人们是为了一块面包去作残酷的斗争,谁也不能避免这种斗争;人间的正义力量应给那些一味巧取豪夺的吸血鬼们以无情的惩罚。我还向他说明:新的生活道路是使人民团结起来,把那一片散沙般孤苦伶仃的人们团结到一起来。我把话说得尽量谦恭柔和,因为我晓得,坐在我面前的这个老人,论智慧、论年纪,都比我高一倍,论经验也比我丰富得多。他靠在墙上专心地听着,不插一句话,也不提什么问题。待我说完的时候,他久久地沉浸在痛苦的深思中,一声不响。

突然,他像大梦初醒似的,抖擞一下身子,使劲揉搓得两手发响,叹口气说:

"对,亲爱的老弟,你讲得好,很好!我现在给你直说吧,我猜想你准是一个党员。老弟,我明白了!我们这村上,死了心的人不止我一个,有些人直想离开这儿,到城里去。例如,你来这儿之前,就有叶戈尔·多谢金,瓦纽什卡①以及我的侄子阿廖沙……自然喽,他们全是些青年小伙子,我们不能跟他们搭成一伙走……因为,他们净是些年轻的冒失鬼。我们眼看着他们从小长大的。可是,不知怎么总不敢信任

---

① 瓦纽什卡、瓦尼亚是伊凡的爱称。

他们。从你到这村之后,他们马上就都聚到你身边了。这点,我是看得出来的!我一直默默地瞅着,别人也在瞅着。我对他们说:'小兄弟们!别闹得太显眼了,这可鲁莽不得,搞不好会坏事的!'我是说,叫他们可别惊扰了你。我们也看出来你是个坚定的、敢于大胆前进的人。因此,萨韦尔·库兹涅措夫劝告我说:'好像又要大干一场了,我们不如干脆到他们那里去问个明白,到底是怎么回子事?'所以,我就到你这儿来了。"

他把两只长手臂一挥,低声地笑了起来:

"你看,我们真像是些小孩子:一伙儿玩着玩着,另一伙儿孩子跑过来要求:让我们也加入你们这一伙儿吧!"

我很欢喜他那种火辣的谈风、爽快的声音、诙谐的笑语和紧凑有力的腔调。我心里想道:

"这些乡村里的腐朽的老树墩和老树根,不也就要被我们的野火给点燃起来了吗?它将会给人们发出多少光和热啊?"

"活着的人,再没有别的路可走,也只好照你说的那样干了,"老人站在小屋的中央,捋着胡须,沉思着说。

"那么,彼得·瓦西里耶维奇,你也要参加社会党了吗?"我用开玩笑的口气问。

"唉,亲爱的老弟,"他叹息了一声,这样说,"人到了走投无路的时候,也就要投社会党了!我么,我一个人走过很多弯路才找到这条道上来的。常言说得好:小时不淘气,老来会发疯。依我看,有些人真也怪可怜的!他们不愿走新路,可又不能守老路——最后是要被赶着走的!你看,事情就是这样变呀;先前是农民银行①宰割农村,如今呢,土地法令要把农村彻底切碎了。这可怎么办呢?庄稼人往哪里逃呢?亲爱的罗斯开始摆动起来了!可是,它这回似乎也变聪明了——它不

---

① 指一八八二年成立的"农民土地贷款银行"。斯托雷平统治时期曾广泛利用这个银行扶植富农经济,使许多贫苦农民不得不贱价出卖自己的份地,离乡背井,流入城市去谋生。

夏　天

是照敌人驱赶的方向,而是照真理指引的方向动了。"

说完这些话之后,他显得更沉着、更坚定了。

他拖着一只跛脚,从我的小屋走出去时,已经是天亮了。

这次谈话,使我十分高兴,心情振奋。我一边回味着两人之间的对话,一边打开窗子久久地向外面眺望着。在郁郁葱葱的树林那边,出现一缕令人欣喜的朝霞。闷人的夜幕消逝了,早晨的空气里充满着清新的松柏树脂的芳香。浴着露水刚刚醒来的花草,迎着朝霞在快乐地呼吸,星星眨着眼睛,向西天隐没下去。公鸡发狂般争鸣,高亢的啼叫声活像孩子们爽朗而热烈的喧哗吵嚷,余音在空中回旋飘荡。

今儿个是星期日,全村农民还在沉睡,不时听到刚醒来的牛羊又沉厚、又温和、又善良的咩咩哞哞的叫唤。小麻雀也醒了,它们在大路上跳来跳去,溅起阵阵灰尘;一只喜鹊急匆匆地飞过去了,随后才听见从远处传来它那几声尖脆的吱喳吱喳的鸣叫。不久,马林基村教堂做弥撒的钟声也嗡嗡地响起来了。

到了傍晚,我们五个人,在斯科尔尼亚科夫家的树林里开会。我向同志们详细地汇报了跟库津面谈的情形。

阿列克谢一听,马上蹦了起来。

"见鬼啦!"他叫道。"他会无事生非,编造咱们的坏话,还会把大伙全都出卖了!难道对库津这种人也能相信吗?你真是!要晓得,他最要好的朋友,就是那个乡警谢苗呀!"

瓦尼亚羞怯怯地提出反对意见:

"我彼得表舅,是受尽折磨的。总的说来,他是个善良的老人,真的!至于跟乡警有交情,那是因为我表舅从小就认得他,教他念过书。你不能那样看人,阿廖沙,你要看清这一点:这正表示他开始在转变……"

尼金深思地说:

"对!正是这样,连老头子们也要争取过来!要知道,老实说,无论什么人,只要活着,总是需要吃面包的啊。"

阿列克谢冲尼金的鼻子伸出做着轻蔑手势的拳头:

395

"给他们这种面包吃!"

"别乱扯了吧!"叶戈尔插话说。"首先该想一想,他们对咱会有什么用。"

阿列克谢坚持着自己的意见:

"有用,有用,跟镣铐一样有用。如此而已!"

大家你一言我一语地争吵开了。阿列克谢和瓦尼亚吵得最凶,把好脾气的瓦尼亚弄得面红耳赤。尼金想调解调解,但是看样子,他自个儿也不知道说什么好,才说上两句也气了。我沉默着,因为这不是我可以解决的问题。叶戈尔不住口地吸着烟,一声不响,静听大家争吵。

我们在河岸上一片树林旁边坐了很久。天黑下来了,从对面马林基村教堂的钟楼后面,月亮露出红铜色的大圆脸向我们张望,钟楼上已经喤喤喤地敲过十响了。钟声打破了黑夜的沉寂,大地上所有神秘的力量轻柔地发着各种各样的回音。

大家争得精疲力竭,可什么问题也没有解决。瓦尼亚苦着脸儿说道:

"要是把咱们信仰的这满腔至诚的热气,全吹到一个死人的身上去,也该能把他吹活啦!"

"瓦尼亚,你说什么呀?"阿廖沙叫道,"你是圣母玛利亚,是圣徒阿加菲娅吗?"

尼金却咕哝说:

"要是认认真真地去争取他们……"

叶戈尔·多谢金跪了起来,抛掉手里的纸烟头,向大家看了看,果断地说道:

"我们争论得够啦,应该停止了,已经耗去了一个晚上的时间。请大家想想看:库津是个有名望的人,警察局也敬他几分,他行动自由,莫非我们真不需要这样一个庇护人吗?这是第一。至于库津跟乡警的朋友关系,这又有什么坏处呢?首先请他去跟乡警说说,别找咱们的麻烦,咱们就可以在秋冬两季展开活动,不必像去年那样往山沟里、往烤谷房里藏藏躲躲,受淋挨冻了。"

"这才是实话呢!"阿弗杰伊拖着疲乏的声调说。

"倘若他们真已经发觉了咱们的事,"多谢金带着嘲笑的口吻继续说,"那我们现在躲也躲不及啦。那就没有什么好说了。别的人我不敢保险,可是,我敢保库津是一个对我们有用的人。"

"您就会看清他是个怎样的人了!"瓦尼亚高兴地叫起来,抱着阿列克谢劝说道,"不必害怕!咱们很快就会把他们拉过来了。"

"去你的吧!"阿廖沙把他推倒在地,愉快地说。"我有什么可怕的?!我说那话,并非害怕,我是顾惜时间——咱们哪年哪月才能把他们教育过来呀?咱们自个儿还没有工夫学习哪!"

多谢金手里卷着纸烟,眼睛并不看我,一字一板地说道:

"教育他们不是我们的事,有叶戈尔·彼得罗维奇可以做教员。"

大家终于决定在最近有空闲时,让库津引他的一伙人跟我们会面谈谈。地点选在斯科尔尼亚科夫的树林中那些伐木工的小土窑里。因为这间小土窑在夏天是没有人住的。

瓦尼亚的脸儿闪着光,在沙地上乐得打着滚叫起来:

"兄弟们,真好呀!他们也要做咱们的帮手啦!"

突然,眼睛最尖的阿列克谢,在额上手搭遮棚向远处瞭望着,喃喃地说:

"乡警……"

我们一看,果然从磨坊的那边出现了一匹粗腿笨脚、浑身长毛蓬松的灰马。我们全是坐在月光底下的黄沙地上,一定会很容易被他发现的。

"咱们散开吧?"叶戈尔·多谢金用一种又像提议,又像发问的口气说。

我们散开是很容易的,但是我们谁也没有动一动,因为这里靠近大片密林,他骑着马进这样无路可走的密林,是追不远的。

"不怕他!"瓦尼亚小声说。

"我看,那家伙是个笨蛋!"阿弗杰伊突然这样说。

我们等着,嘚嘚的马蹄声越来越近了。马鞍上摇晃着乡警巨大的身躯,地面也好像在推搡着他那黑黑的身影。我们心里害怕起来,大伙儿把身子靠得紧紧的,谁也不说话了。只听见从什么地方传来一阵阵凄凉的犬吠,河里潺潺的流水声也显得更加清脆了。

乡警头上的铜帽花,和他手上握着的步枪枪筒一闪一闪地发着光亮。可以看出他那长着黑胡须的脸和睡眠不足的眼睛了;可以嗅到他马身上的汗臭了。马懒懒地喷着鼻子,摇着耳朵,无精打采地拖着那个骑马人沉重的黑影子,向我们这边逼过来。

听到谢苗沙哑的喊声:

"什么人?"

瓦尼亚上前回答:

"我们。"

马摇摆着脑袋,站住了。

"在干什么?"

"玩儿。"

"聊天,"阿列克谢补充道。

谢苗把步枪枪口朝天一竖,向前弯下身子看了看:

"有外地人吗?"

我那同名的叶戈尔回答说:

"全是本村人。"

乡警沉吟一下,又用昏昏欲睡的声音说:

"快回去睡觉吧,你们这些夜游神!又没有姑娘,有什么玩头?"

接着,他提了一下马缰绳:

"驾!"

马好像在跟我们告别似的,把头突然深深地向下一扎,前蹄重重地蹶着地面,但身体并没有移动。

"驾!"乡警咧着大嘴吆喝,又用枪托戳一戳马脖颈,就沿河岸走去,一边还斜眼瞟瞟河水。

我们也动身回家了。

"他的马真够老啦,"阿弗杰伊小声说。

我们谁也不吭声,肩膀紧紧贴着肩膀向前走。

"看那个马背弯得真有点像……"

叶戈尔·多谢金回头向后望了一眼,说道:

"看样子,又是上磨坊那儿拼命喝酒去啦……"

这时,我心里忽然想转回去追上乡警,跟他当面单独谈一谈。好像在他身上有点什么东西引起了我的注意。

"兄弟们,我想再走走。"

阿列克谢默默地跟在我的后面。

"你别来,我一个人走走,"我说。

于是我跟大家分开了,他们几个仍站在道边挥着手臂,低声争论着。我明白,他们是在为我担心,这使我感到友谊的温暖。

"明天见!"瓦尼亚高声喊道。

我摘下帽子,挥动着向他们告别。然后转身到河岸上,逆着流水的方向走去。在月光照耀下的河面,真像是银匠用手锤打出来的一样;河水缓缓地流动,抚摩着、冲洗着我那投在河里的倒影,使我心情感到舒适平静,也引起我心中一丝轻柔的惆怅。虽然夜风已在高空振着翅膀把从森林里浮起的白云撕成一片片地向南方抛去,而地面上却还没有任何动静,只有树梢发着萧萧的微鸣,一些枯叶飞散下来,落在闪着银色月光的水面上。从远处传来打更人的钟声,这钟声在夏夜的静寂中像是送别着流去的时光。月明云淡的天上,有几颗孤零零的大星星抖颤似的眨着眼睛。夜,戏弄着各式各样扑朔迷离的光影和令人莫名其妙的万种音响。大地吸足了白天的阳光,披着美丽的花草的衣衫,已经睡熟了。森林伏在大地的胸脯上,默默地吸吮着它那温暖而丰美的乳汁。

我喜欢夏夜里一个人独自在大地上散步,利用这时候想一想大地和人类的事是很好的。就像是你已经深入到大地的心脏里面去,把地心里蕴藏着的对生物伟大而深挚的热爱,也吸进自己的心里来了。

在我正走着的那条小路转弯处,从一簇灌木的暗影里突然出现了谢苗的马,它吃惊地往路边一蹿,我也被马吓了一跳。

"什么人?……"乡警喝了一声,嘴里不干不净地骂着,急忙把枪插在老马的两只耳朵中间,枪口冲着地面,原来他也吓坏了。

等他认出是我时,便抱怨道:

"怎么你总是夜里出来胡乱走呀!"

"你呢?"

"我是有差事啊!"

"我也是啊,"我笑着说,"你是看盗匪,我是来看星星的……"

"看星星……"

他像一条面粉袋子,从马鞍上滚落下来,将马缰绳往矮树丛上一丢,活动活动麻木了的腿脚,嗄声问道:

"吸烟吗?好吧,我就一个人吸了。坐一坐吧……"

我们并排坐在沙地里,他把枪横摆在两膝上,擦着了火柴,眨巴眼睛向我看了一看,又用手抹抹枪筒,说:

"露水是好的……要是天老不下雨,光露水多了,据说,庄稼反会受害呀。"

他一大口一大口贪婪地吸着烟,就像怕别人来抢走他的纸烟似的。

我问他道:

"怎么样,谢苗老叔,你满意你这种差事吗?"

"没有什么!该怎样说呢?就是这样骑过来骑过去地过日子呗!"他过了一会儿才这样说。

他随即丢掉纸烟头,用靴后跟把烟头踩进沙土里面去,向我问道:

"你当过兵吗?"

"没有。"

"可是你走路的姿式,真像个兵……"

我想跟他聊一聊,但又不知该聊什么,而且也难于找到话头。因为他身上发出来的酒臭和另外一种令人难忍的什么气味,把我的思路给窒息了。

"有人说,彼得·瓦西里耶维奇·库津是你的亲戚,是吗?"

"库津?不是!"

他一只脚在沙地上蹑出个小坑,苍白呆板的面孔没有丝毫表情,死瞪着两只混浊的眼睛,不大乐意地沉思着说:

"我很敬重他,那是一个好老头儿。人怪聪明的,还挺懂圣书呢。"

他不讲了,又吸起烟来。随后,他慢吞吞一句接一句地唠叨着,真叫我厌烦极了。

"就是那个老头儿也……倒戈了!你知道,农民们刚一动起来,他就倒过去了……"

"朝哪边倒?要干什么呀?"

"总之,他跟大伙儿一样,反对当局呗……甚至连上帝也不大尊重了。先前我跟我哥哥利亚多夫一块儿住的时候,老头儿常到那里去。他一到就争论起来,他批评这也不对,那也不对。后来我搬到库兹马·阿斯塔霍夫家住了,因为我跟哥哥吵了架。彼得·瓦西里耶维奇不到阿斯塔霍夫这儿来,因为他俩也骂过架。我不知道他现在怎样……"

"你连什么人的心里怎样想法,都要知道吗?"我这样问。

他慢慢回答说:

"啊,怎能不知道呢?要知道的!我什么都要知道。"

我觉得他说话越来越吃力。跟他坐在一起真难受。他的每一句话都是那样没精打采、枯燥无味,好像是随便从心里抓出来一些词儿,懒懒地胡乱拼凑成了一句句的话语。我猜想他这一连串的话里,包藏着什么极其阴暗而可怕的东西;他自己也不敢接触这种东西。正是这种东西,使他那两只黯然失神的眼睛显得那么呆滞,并且使他那生满硬毛的瘦脸也更加消瘦了。

"你知道些什么呢?"我大胆地高声问。

他抬起头来望我一眼,随又向四下看了看,像说梦话似的答道:

"照我的差事应该知道的,我都知道。听说,斯科尔尼亚科夫的看林人的儿子,从流放地逃回来了;还有马林基村那个瘦螳螂似的女教师正在折磨庄稼人。今天教堂执事为了这,特地来报告说:'谢苗呀,快注意点吧!'库兹马·阿斯塔霍夫也常监视着人们,不过这位库兹马,可真有点疯疯癫癫。"

我已经不愿意再听下去了。听他这些梦呓似的鬼话,感到耻辱,心里非常不舒服。但是,他依然笨拙地嚼着舌头:

"住在他家里的人,全是些乱党或小偷。就连我的哥哥、连你,也像是这种人。我哥哥是个坏蛋,可不是乱党!纯粹是个地痞无赖!"

说着说着,他突然全身哆嗦了一下,好像背后有什么鬼打了他的脖颈,他摇晃着脑袋躲开我,一只手捏着喉咙,用嘶哑的声音急着说:

"这些家伙,白痴!他们都是,连库兹马、多谢金、教堂执事……他们都想得不对头,你知道吗?我老实告诉你吧,他们完全不对头呀!"

他笨拙地站起来,挺一挺身子,又声音嘶哑地说:

"有一天我会告诉你,别急……老弟,我知道那种事……我看透了那种事……真是该死!我告诉你吧:人就像草,喀嚓一刀,就倒啦!像麦秸……呼啦一燎就完啦!只剩下点儿烟和灰!只有眼睛[①]叫人记得,别的就什么都会被忘掉的!"

他像握着一根木棍子似的握着枪口的一端,走到马跟前去,也不再看我一眼,就抖着缰绳,向老马吆喝吆喝,用靴后跟踢了踢马肚子,一声不响地骑着马慢慢走了。

我坐在沙地上像喝醉酒似的,感到难受极了,心里有说不出的愁闷。这时河面上已泛起了黎明前的雾气,朝雾很像是细纱,看来微带绿色。霍地,我背后一簇矮树林的枝丫被压弯了,从树枝中间蹿出了

---

① 在旧俄时代,警察验尸时,常常只记得死人的两只眼睛,故云。

我同名的朋友叶戈尔·多谢金,他抖一抖衣服,把帽子扶正。我吃惊地望着他,不知道说什么好。

"我躺在那儿全听见了。"他说,"嘿,好一个忏悔者!"

"你干吗要这样做呢?"

"没什么!"他垂下眼皮解释说,"以防万一呀!我们大家一致决定要我留下来监视……谁知道这家伙会怎样呢?"

我觉得很好笑,但我紧紧地握住了他的手说:

"您会怎么样对付他呢?"

"瞧,我有一把小刀子!要是出了事情,我就大声叫喊。"

我搂着他的肩膀,两人不慌不忙地朝着村庄往回走。

"叶戈尔·彼得罗维奇,你真大胆啊!"多谢金若有所思地说,同时尽力跟我合着脚步走,并不断地转眼望我的脸。"要是我就不会单个儿地跟那家伙说话!我害怕这是人……"

听了他第一次用"你"这种亲昵的称呼对我说话,我觉得很高兴。不知为什么,那天早晨,我把我那曲折而有趣的生活经历都对他讲了。人往往有这样的时刻:突然禁不住想要谈谈自个儿的事,要把全部经历讲给别人听,把你认为好的坏的,一股脑儿毫无保留地都亮出来,好叫别人了解自个儿的心。为了我们的事业,这样做是必要的:因为同志们需要彻底了解你是怎样一个人,以便在生活中发生这样那样的困难时刻,他们可以对你提出恰当的要求和希望。从那时起,我俩的友情加深了,甚至在一般人很难避免口角的问题上,我们也能心平气和地顺利解决。

有一天,这是在大家知道了我和瓦里娅的关系之后不久,我跟多谢金一起到波雅尔基村去向农民揭露国家杜马的罪恶和本区代表们的丑行。到深夜里散会回来,我们一路上肩并肩慢慢走,边走边谈着刚才所看到的那些使农民和我们都很得意的事情。

他突然出我意料地问道:

"你真的跟瓦尔瓦拉相好了吗?"

"真的,"我说。

他嘴里吭哧一声,摘掉帽子,在头上扇了扇,不说话了。

路窄天黑,我们肩靠肩地走着,偶然被树根绊住脚,两人就互相撞到一起了。

"你为什么不说话了呢?"我问。

他轻轻抱怨道:

"老兄,我真有点儿恼火呀!我本来也打了她的主意……可是,已经晚了!"

我感到很狼狈。可说什么好呢?

我终于傻里傻气地说了:

"这我一点也不知道。"

叶戈尔苦着脸叹口气:"说什么知道不知道啊?这是你的幸运。我打圣诞节那天起就追她了,跟她谈过多少回,没想到竟落到了你的手里。其实,你也看得出来,我绝不打算结婚,并不想一辈子就弄一个小家庭之类的东西,在这一点上连我父亲也不再反对了,因为我已经说服了他。不过瓦里娅可是一个无牵无挂的女人,她真好呀……"

"是啊,真好!"我禁不住也随着重复了一句。

"我说的对吧?"

他突然又活泼起来,用肩膀撞了我一下说:

"老兄!你看,我比你年轻,论长相也比你强点——我这样说,你不会生我的气吧?真想不到她却选中了你!这就证明,女人找的不是公牛,是人!"

我不大理解他的话,不晓得该回答什么才好,只小声咕哝说:

"难道你是公牛吗?"

"这是一句俗话。坦白说,我先前有点看不起乡村女人,像一首旧歌谣里唱的:'需要女人像需要内室,管教女人该拿鞭子。'可是现在,我看咱们村里的女人,跟城里的女人一样都能受教育了,不是吗?"

这一下,我听懂他的话了。我很同情他,又感觉对不起他似的,于是我抱紧他的胳膊请求说：

"叶戈尔老弟！请不要生我的气，也别生她的气，你也明白……"

他打断了我的话：

"这跟你们有什么关系呢？我只该气我自个儿没有出息——不会实现自个儿的愿望。别，你别再提这个了，咱哥俩之间，可不准有丝毫芥蒂影响了咱们的工作。老兄，我不说谎，我确实很痛苦——为什么要骗你呢？要不是你，换个别人，我真不知道会干出什么事来……现在，我明白，一个完成了自个儿应做的全部工作的人，理该得到点休息和爱情呀……"

他的话使我十分感动：

"叶戈尔！谢谢你……"

"既然是朋友，就得真正像个朋友样儿！"他回答。

于是，我们两个人都沉默着，身子紧贴着身子继续往前走。我长时间感到对他挺不好意思。而他呢？似乎觉察到我的心情，有一次他问我道：

"听说你开始教她读书了！"

"嗯。"

他看着我，微笑说：

"唉，要是我，大概就不会再想到这上面来了。"

这小伙子想要说什么，我是很清楚的。

"是她自己要求的呢！"我解释说。

"啊，这样？"

他感到非常惊讶。从这天以后，他每逢唤瓦里娅的名字时便加上父称了。待他听说瓦里娅家里已经成了我们的藏书库的时候，他高兴得哈哈大笑起来，并引以为荣地晃着脑袋叫道：

"这真好！老兄！这太好啦！要是女人们都跟咱们一同干起来，我告你说，那可就真能干出一场惊天动地的大事业来啦！不是吗？"

……又过不久，已到我们跟库津一伙人约定会面的夜晚了。这天从早晨就下开了倾盆大雨,我们赶到那所小土窑时浑身全淋透了。库津他们不仅四个人都早已到齐,还另外多带来了一个人。

在这个阴暗的地洞里面,米洛夫忙过来忙过去地跟大家一一打招呼,他有点羞涩相,两手扯着他身上那件满是补丁、又脏又湿的短衬衫,眨巴着一双憔悴的眼睛,用像蚊子般细声哼着说:

"你们好啊,贵客们……请吧!随便坐吧!"

然而并没有坐的位置,因为小土窑里已经挤得毫无空隙,真像个装满了马铃薯的袋子一样。土窑的面积不大,只能容纳六个人,现在却进来十个了。

格涅多伊也叫起来:

"哈哈,他们都到啦!"

他的面孔被烟熏得黑黑的,粗野地瞪着两只大眼睛,活像一头喝醉酒的狗熊。他一下子把铺板给折毁了,一下子又用脚把木板给跺碎了。凡在他周围的东西,都喀嚓嘎叭地乱响。他打算在房角里的炉灶里生起火来。炉火燃着了,可爱的黄灿灿的火舌点头哈腰似的欢迎我们。在黑色的浓烟中,可以听到萨韦利的咳嗽声和低沉的说话声:

"喂,格涅多伊!快把火吹旺点!"

我仔细一瞧,在墙角里坐着三个人,那样子就像是区法院在开庭审案。高个子库津庄严地端坐在铺板上,达尼洛·科夏科夫胡子扎煞着蹲在库津身旁。这个科夏科夫并不是我们约来的人,除了他叫什么名字以外,大家对他什么也不了解。他是一个月前刚从外地来这儿给斯科尔尼亚科夫看守树林的。

"这些鬼东西!"阿廖沙小声地骂着,"也不先问问我们,就把个生人带进来了!"

叶戈尔也挺不高兴,直吭哧鼻子。我们都默默地坐在地下垫的木板上。米洛夫两手揪着自个儿的短衬衫,顿着脚抱怨说:

"雨水渗进来了……窑都要塌了,这里有两冬不住人了……"

火已呼呼地燃旺,火舌划破了黑暗,冲向污黑的墙壁和小土窑的顶棚,又颤抖着、急促地退缩下来了。

"好个圣火!我的老天爷啊!快快把我烤干、烤暖点吧!"库津兴致勃勃地说。

萨韦利缩着身子老是咳嗽。那个阴森森的、毛发蓬松的看林人,却像个妖怪似的瞪着锐利的小眼睛直望着我们。

"咱们应该先来上两口!"格涅多伊从什么地方取出两瓶伏特加来向大家叫道,"好开怀畅谈呀!"

"好开始大胆地发言呀!"米洛夫补充了一句,他蹲在火光前面向火伸出了五指叉开的灰色的双手。

大家把酒喝完了。

火焰呼呼地鸣叫,噼啪噼啪地爆响。小土窑的四壁也像是被战战兢兢的人影子撞得摇摇晃晃了。

"喂,请大家快坐好!"库津自己觉得应该主持会场,便这样说,"现在上帝保佑,该开始了!"

"要像俺们大兵一样,有啥就说啥吧!"格涅多伊用手拍着胸脯叫起来,他背朝着火,站在小土窑的中央。

"你先等一等!"萨韦利想打断格涅多伊的话;可是这个退伍兵像那火苗一样,突然抖擞着身子,打着旋转,爆叫得更响了。

"我等不得啦!伙计们,我想给你们说说我是怎么一回事儿。你们看,我快四十岁的人了,我来找你们,是想说说,请你们教一教我这个傻子吧!请你们教教我,我没有别的任何要求!我准备听你们的!这些年月尽让人受罪!如今该是孩子们教导老一辈的时代。为什么?因为孩子们比老一辈的罪孽少一点……"

看林人咯了一声,跟着大声说道:

"对!我的儿子瓦西里也……"

"主要问题是……"米尔·米雷奇扯扯我的衣袖,低声叹息说,"俺们住在这山岗子上,连面包皮子也吃不上啊……"

"让我再说一说吧!"退伍兵格涅多伊大叫起来,他怪里怪气地转动着他那像炭火一样的红眼睛,眼里已被烟气熏得淌出泪水了。

"你们以为他们,这些年轻人会相信咱们吗?死也不会!小伙子们,是这样吧?我就知道!俺们既然是无赖汉,又怎么能叫人家相信呢?就瞧我、瞧库津吧,瞧俺们不都是无赖汉吗?"

老头儿仰靠在墙壁上,直摇脑袋:

"为什么要骂人呢?"

"说的是呀,"格涅多伊表示接受意见,"弟兄们!我不该平白无故地骂人!"他全身痉挛着叫道,外套的破衣襟在他身子周围飘飘飞舞,好像他的身上也燃起了黑色的火焰一样,"小伙子们,听着!我现在好好地跟你们说说:第一,我是劳动过的,天理良心,谁能说我没有劳动过呢?常常一耕起田来,累得骨头都嘎吱嘎吱响,连土地都咳哟起来——我劳动,这点不含糊,大家都知道,大家都看见了。可是,弟兄们,我却饿着肚皮!真叫我生气——谁都来下命令支使我!一到冬天我便挨冷挨冻,周围尽是无边无沿的大树林,可是我住的小房子里却没有一片木柴来取暖!我的孩子们快冻死了,老婆子流着眼泪哭……"

萨韦利把手一挥,打断了他的话。

"算了吧,别瞎叫啦!大家的生活全都是一样啊。"

"不,你胡扯!大家并不全都是一样!难道我就不如中国人吗?"

萨韦利的瘦脸儿,在通红的火焰照耀下越发显得焦灼和消瘦了。他一直用愁苦的眼睛望我们,忽然轻轻地咳嗽了一声,振振有词地说:

"他们也全是庄稼人,咱们的日子苦,他们也都晓得。"

"萨韦利,你先让我说完了吧!"

叶戈尔在我腰上碰了一下,小声说:"退伍兵快气炸啦!"

"瞧,我被拉去当了三年兵,还是个好兵呢。退伍回来,我又劳动了十年。可是我骂你这土地:妖婆子,我的冤家、我的血肉、你给我生产呀!我用两脚蹴踏了你,天地良心!你这该死的,把我全身力气都吸尽了,可是你给我生产了什么呢?"

"咱们不都是这样吗?"萨韦利坚持地说,"你骂土地有什么用呢?土地是公正的!"

"你说得对。不过咱们也该明白,该看看,也有些地方的庄稼人是多么亲土地、爱土地啊!我的好弟兄们,这个我是亲眼看见过。所以我才明白过来了。这一次战争开始时,说是为了沙皇、为了祖国、为了这个那个,把我们装进载运牲口的敞车厢里开走了!我们走呀走呀,走了快一年光景,走到一座山旁才爬下车来……那是中国的国土……睁眼一看——我的天!难道该来这儿打仗吗?应该是到这儿来开脑筋的啊!为了开开脑筋跑跑路倒也值得,可真不该来这儿打仗啊!"

他用最肮脏的字眼骂着、跳着、吼着:

"小伙子们!说人跟人是仇敌,这完全不对呀!……我是谁的仇敌呢?"

"呸,你住口吧!"萨韦利喊了一声。

看林人也插话了:

"这简直是瞎胡扯!"

退伍兵眯缝着眼睛,皱起眉头拖长声儿说:

"我明—明白!唉呀,我的天啊!原来我又是被骗啦。你们这些笨驴!为什么说中国人是我的仇敌呢?为什么呢?"

"当然啦!"米尔·米雷奇低声嘟念着,"基督的信徒就是四海之内皆兄弟嘛……"

"难道说他们跟我全是自己愿意去互相残杀的吗?我的好弟兄们!说真的,大家都是一个心愿:就是要为自己的后代子孙好好劳动。大家都是一样的!你说一样不一样呢?一样的!比如我问那个中国人:'老乡,你是干什么的呀?'那中国人这样回答:'就是干这个,种地嘛!'那是个对咱挺温和、挺尊敬、又挺健壮的中国人,他丝毫不愿意打仗,就愿意和和平平地过日子,什么是非也不沾惹。可是,咱们的军队却到那儿去毁坏他的田园、烧他的房子、砍伐他的树林、打伤他的身体。哎唷!我的天啊!真可怜,真叫人痛心流泪呀!要是那个中国人愿意打仗,他一定会给俺们一顿好打的!他虽是个健壮汉子,但心挺慈悲善良。看见他眼前这情景,他想道:'这些混账王八蛋!都是从哪儿来的呀?!'他有屁股大的一小块田地,从那块田地里生产出来的粮食,好像从母牛身上流出来的奶汁一样丰美。要是咱们好好儿地请教请教这个中国人,他会教给咱们干许多好事!他是他那块田地的亲人,他深知田地需要什么。他真像收拾他的床铺一样仔细地收拾田地,嘿呀呀!"

"可是我们的田地在哪儿呢?"米洛夫低声嘟囔说,"我们没有田地呀……"

"只能有一小块儿坟地!"萨韦利附和他说。

这时好像伸过来一只无形的大手,抓住人们的胸膛,把人们紧捏在一起,使这些庄稼人突然激动、呻吟,像多少年前一样,又开始哭起土地来了。

小土窑里,满是烟雾和蒸气,令人感到很憋闷。雨点哗啦哗啦地落在房顶上。树林在呼呼地叫啸,从哪儿传来像快嘴农妇说话似的迅速激荡的流水声,炉子里颤抖着蓝色火苗的炭火快要熄灭了。叶戈尔用手指夹起一块火炭来点燃纸烟。捏炭火的手指不住地抖动,脸上现出奇怪的表情。

"叫他们别再说了吧!"瓦尼亚小声提议。

"等一下!就快完了!"叶戈尔说,"冒一点烟儿,然后火就熄灭啦。"

米洛夫往火炉里投着木柴,不知是由于心里痛苦呢,还是被窑里烟气熏的,他的眼睛里流出了泪水。

"真像是坐在巴比伦的河边,都哭成泪人儿了!"[1]瓦尼亚伤心地小声对我说。

---

[1] 公元前五八六年巴比伦征服了犹太国,把犹太人带回巴比伦做奴隶,称作巴比伦的俘虏,这些俘虏常在巴比伦河畔哭泣:"我们曾在巴比伦的河边坐下,一追想锡安就哭了。"(《旧约·诗篇》第一三七篇第一节;锡安在耶路撒冷。)

夏　天

　　我感到头晕眼黑,好像我们大家并不是坐在这地面下的窑坑里,而是在一只漂摇于狂风巨浪里的小船上似的。

　　看林人在高声地讲着他儿子的事情,萨韦利和米洛夫在骂农民银行;库津大声地对着激动的阿廖沙说:

　　"我的好兄弟,真就是那样啊!那些老爷们吃得太多了,他们的肚子就坏在消化不了大量的珍馐美味呀!"

　　格涅多伊喷着酒臭气的大吼大叫声被全屋里所有的惹恼了的喧嚷声音压住了。他闭起眼睛,胡乱地指手画脚,也不管别人听不听他的话:

　　"我见过他们那种秩序啦,我见过!这次要灭亡中国的战争刚刚结束时,我们就造反了:要回国去!我们搭上了火车。可是火车开不过三五小时,又停车一昼夜——可把人们给饿坏啦!我们都气极了,见东西就捣毁,见玻璃就砸碎,见人就想打,甚至自家人也打起来了——再也忍不住了!大家都变得像醉汉、像疯子。突然,弟兄们,听啊!我们来到了一个车站,车站上没有官员,尽是些工人、泥手泥脚各式各样的苦工们①,他们突然对我们说:'住手,同志们!你们这是干什么,难道就好好地把东西都给砸碎吗?看这是谁用血汗造出来的呢?'"

　　格涅多伊叹一口气,不说话了。他用惊奇的眼光望着大家,活像个奓开羽毛准备搏斗的大公鸡一样。

　　库津想使他安静下来:

　　"你这些话说过二十遍啦!"

　　"别插嘴!你们要明白!那是发生了什么事呀?俺们都不听那些横眉竖眼的长官的话了,俺们听够了!这叫乱、骚乱、暴动,突然一下,长官全没有啦,剩下来都是咱们的同志了!照顾我们好极了。火车往

---

① 指第一次俄国革命时期的赤塔起义。一九〇五年十一月二十二日在赤塔成立士兵和哥萨克代表组成的苏维埃。十二月初四千名赤塔工人组成武装起义工人战斗队,一九〇六年一月起义失败。

411

前开,再也不停了。肚子也不饿了。睁眼一看,处处都大变样啦。铁路工人自个儿当家管事,再也没有别的人了。我们都变得挺守秩序了——这是怎么回事呢?听人给我们演说,感动得流出了眼泪,我们高兴地喊乌拉!乌拉!在一个地方,一个戴眼镜的年轻姑娘给我们熬粥、煮菜汤,这是谁呀?是同志!那个姑娘还这样说:'一切都是人民创造的,全部土地和地面上所有的财富都应该归还人民!'"

"米哈伊洛!"库津狠命地叫道,"看上帝的面,别再说了吧!你把整个树林子都吵聋了,这些话一点也不新鲜,大家都听腻了!"

退伍兵也狠劲地提高嗓门说:

"可是,你就是听一百遍也听不懂!受苦受难的人们,这是说咱们这些倒霉人要大翻身了!大家都是同志,大权握在咱们大伙的手心里了——就是这样!"

他转过脸来向我们说:

"弟兄们,你们也是这样想吗?"

他这么一问,全屋里叽叽喳喳的喧闹声,像被大羊皮袄给盖住了一样,立刻肃静起来。又开始听到了火焰噼噼啪啪的爆响,树林里唰啦唰啦的雨声和从冲坏的顶棚上往下滴嗒滴嗒的流水声。

"让我来说几句吧!"我那同名的叶戈尔,用一种老大哥似的严峻口吻低声说:

"我们也正是这样想,并且相信:人跟人应该都是同志,应该把人间的事情全掌握在咱人民的手里。为了这,首先咱们自个儿必须紧密团结、遵守秩序。喂,米哈伊洛叔叔,你当过兵,就该比别人更明白这种道理。光靠吵叫是不顶事的,必须靠聪明智慧。空口说白话吓不死狼,朽木造不出坚固的房。"

叶戈尔每次说话,总是一个样儿:慢条斯理,声音又响又有节奏。他那高颧骨的脸上没有一点表情,只有那对眼睛像太阳照耀下的小冰块一样闪闪发光。有时候连我也感到他有点太冷了。他讲话过于直率,逼得人挺难堪。我不止一次对他抱怨说:

"我同名的老弟呀,你话说得太严厉啦。叫人家对你可害怕呢……"

他却眯缝起他那燧石样的茶色眼睛解释道:

"这种人,我真看不出他有什么特别价值。你大概也是这样看法吧?所以,要是他害怕听我的话,躲开我,就随他去吧!咱们需要更坚强、更老练的人。照书上的说法,照我们的看法,这是生活本身所要求的事业,是主宰全人类命运的现实生活所要求的事业,对吧?这种事业需要那些顽强、坚定、钢筋铁骨的人们。你说不是吗?"

我同意地回答:

"是啊。"

现在,大伙儿都向他伸出脖颈,伸出脑袋注意地听着,他却用那种要砍掉它们似的厉声说道:

"大家晓得,他们是禁止咱们干这事业的。哪怕只是去了解了解咱庄稼人过着怎样贫苦、恶劣、而又愚昧屈辱的生活,也是被禁止的。米哈伊洛叔叔,我们明白你做的是什么梦……"

"嘿呀呀!"格涅多伊又闭起眼睛,叫了一声。"可真就是做梦呢!"

"我们明白,你已经意识到迈向新生活应走的正确道路。可是,好像你忘了你太贪杯,你自个儿还管不住自个儿,你那醉汉舌头,说不定会把什么事情都泄露出去,到那时别人就要跟着你遭殃了。"

"你别说啦!"格涅多伊伸手阻止着多谢金,低声说。"不错,我是爱喝点……我为什么要喝呢?在战前,我本来不喝酒的;就是喝,也不像现在这样厉害!我是可怜自个儿!老弟,我的心和脑袋受到了打击……既然需要,那我一定把酒戒掉!"

瓦尼亚凑近我耳边来低声说:

"叶戈尔也有些太过分了吧……"

我抬头一看,库津正在愤怒地瞪着叶戈尔。

"这样不好啊!"我心里想。

阿廖沙搓着两个膝头,独自在得意地微笑。尼金总是那么沉默寡言,眼睛像要看穿一切似的向四周旋转着。炉子里的火又呼呼地燃旺了,忽闪忽闪地摇着血红的大舌头,细声吟唱着好像快活的,又带点缠绵悱恻的歌曲。小土窑外面,风在摇晃着树枝,泼洒着雨点。

这时农民们都闷闷地静坐着,皱起眉头望着叶戈尔。在小土窑里面的墙壁上,灰色的人影子在徐徐摇动,已经不像是畏惧火光似的颤抖了。

"可是你,"多谢金继续说下去,"总爱在街上大骂那些富人。米哈伊洛叔叔啊,他们是不会被你骂破产的呀……"

库津咳嗽了一声,摆出长辈的面孔说:

"叶戈尔,我记得你大概是二十六岁吧,看看坐在这里的,除了你那几个伙伴以外,我们谁都比你年纪大。可是,你说话的口气,倒像是个长官……"

"这有什么——你们喜欢长官嘛……"

"或许,我们这些老头子们也有值得你们学习的地方吧……"

"彼得·瓦西里伊奇!我们没有什么要跟你们学习的……"

双方都冷冷地对望着。

"原来是这样!"库津气愤地说。

"就是这样!"叶戈尔说。"你们要教给我们点什么呢?当整个俄国闹得翻天覆地的时候,你们躲到哪儿去了呢?"

"我们那时不明白呀……"萨韦利说。

"为了你们这个'不明白',多少人流血牺牲了……"

"别再提这些了吧!"看林人恳求说。"我们已经明白:你们那真理是大伙儿为着生存都需要的真理……"

"咱们可不是来吵架的!"米洛夫委婉地甩了一句。

"还是谈谈该干什么事,该怎样干吧!"萨韦利若有所思地低声说,"我的身体反正是不行了,只能再活上几个月,几年是没有希望啦。可是,总还想在死以前过一过合理的生活。我这个无辜被毁、过早衰废的人,我要报仇啊……"

多谢金又开口说道:

"我并不想给谁难堪,我刚才说话,是想要你们了解:咱们这事业是一种伟大的事业,它要求每个人全力以赴,我们在这方面比你们懂得多点儿;就算你们年长些吧,我们不是说比你们更聪明,我们比你们有文化些。"

"好啦!"库津叫道,"难道我们是要吵嘴吗?那就请你说说你们的计划吧!"

叶戈尔用手指一指我:

"现在就请我这位同名的老哥来说给你们听吧。"

这一场近似争吵的谈话,使我的心里又难受又快活:我觉得对这些农民们是应该同情的。他们像飞进阳光里来的鹰鸮一样,不断地眨巴着眼睛。我看出来,当他们屈尊追随这些在他们记忆里还是光屁股小孩子的青年们之前,他们每个人的内心里都有种说不出来的矛盾和隐痛。我很喜欢瓦尼亚那种关切的忧郁的沉默态度,阿弗杰伊那拼命瞪大的两只眼睛使我发窘,我也不完全理解叶戈尔那样令人害怕的直爽而倔强的神气。

我开始说明我们要怎样团结群众的活动计划了。最初,我觉得我的思路还挺顺当,语句有条不紊,声调也和谐动听。但接着我便忘记控制自己,除开自己的信念以外,简直是什么都忘记了。就跟透过朦胧的朝雾望着远天的星星一般,我望着我周围的人的眼睛,只感到我的讲话使全场变得沉静了。突然我清醒过来,因为尼金抓住我的手,附到我耳边大声警告:

"快别说了!"

大家都紧张地向小土窑出入口伸出脖颈,清楚地听到门外有什么响声,一阵哗哩哗啦,像是许多铁片摩擦。接着小门儿慢慢地打开了。乡警深深弯着腰笨牛似的钻了进来,阴沉着脸说道:

"你们好啊!"

库津愣了一下,怒声怒气地回答:

"你好,别开玩笑吧!"

看林人挨近火炉把燃乏了的木柴拨拉一下,火焰又快活地燃烧起来了。米洛夫蹲在地下,像狗仰望马一样,他以负罪的神情仰望着乡警。可惜他没有尾巴,倘若有的话,他一定会摇起尾巴来的,这个可怜虫!

"又在搞什么恶人的计谋哪?"①谢苗闷声闷气地问。

格涅多伊咆哮地说:

"你别把我们的好戏给打乱啦!"

"你来干什么?"库津气急地大声质问。

"彼得·瓦西里耶维奇,是你召集他们来开会的吗?"

"就算是我吧……"

谢苗站在昏暗的人影中间,用眯成一条线的眼睛审视着大家;他头上套着黑色长耳风帽,风帽下面压着一个大黑点子似的阴森森的面孔。被雨淋湿的油布雨衣,像口大钟一样,从肩头直扣到脚跟,在雨衣表面隐约地闪烁着炭火的回光和雨水的细流。他这一身穿着,活像一个出家人,嘴里像念经般呢喃着说:

"这么说,你们是在讨论……宗教问题啰。这倒是不要紧,这可以……这不禁止!"

库津望着他,恶意地嘻笑着,格涅多伊却突然用女人似的尖嗓门儿叫起来:

"去吧!快骑上马去报告吧,你这个犹大养的!"

萨韦利也恶狠狠地叫道:

"利亚多夫!你这个不得好死的老奸细!"

乡警把头一扬,低沉地说:

"你们这些白—痴!"

---

① "恶人的计谋"出自《旧约·诗篇》第一篇第一节。

听他这样说,我心里惊动了一下,因为他这话里像含着极大的苦闷。他沙啦沙啦地拖着雨衣,慢慢地顺着塌陷的台阶爬上小土窑的出口时,又沉着脸提高声音说:

"萨什卡到磨坊那边的酒店去,报告说你们在这里……我应该来看看……都是谁在这儿……"

随后他爬上马去,有气无力地吆喝着:

"驾!驾!……咮!鬼东西……"

马蹄一动,泥水便发出扑唧扑唧的响声。

突然,大家你一言我一语地忙着胡乱议论起来。

"准又喝醉啦!"格涅多伊说。

"当然!"萨韦利肯定着,"是从酒馆里来的呢。"

"你们乱骂他一顿,那能有什么用啊!"库津微笑地指责说。

看林人摇着头说:

"他真是个蠢笨的家伙!"

"萨什卡怎么知道的呢?"叶戈尔严肃地问。

萨什卡是阿斯塔霍夫的雇工。阿廖沙带着自责的口气说:

"我跟伊凡往这儿来的时候,给萨什卡看见了。"

"看见了?"叶戈尔反问一句,便思索起来。

阿弗杰伊暴怒着大声叫道:

"我告诉你们吧:库兹马·阿斯塔霍夫派了密探紧紧地监视咱们。萨什卡跟莫凯也在到处打听咱们的活动。"

尼金气红着脸儿,挥着拳头说了好长时间。农民们默默地听着,但因为都晓得他和库兹马的女儿的故事,显然,是不大相信他的。

"好啊!那些狗娘养的!"库津叫起来,"监视!——这倒是非同小可。喂!"他转脸向我说,"你刚才说得真不错呀,叶戈尔·彼得罗夫,像诵圣诗一样!"

格涅多伊也插话了:

"对了,在铁路上他们就这么说来着,我一听,就回想起来了——

是这话!"

库津沉思地接着说:

"也许,这是做不到的,但是,要抱着这个信念活下去,这我明白,老弟,这样活着才有意思!"

米洛夫站了起来,小声说:

"咱们该回家了吧?那家伙已经走远啦……"

除了萨韦利以外,大家都笑起来。萨韦利却眼里闪着光亮,摇着拳头,还在一股劲儿地说下去:

"我现在才明白,他们为什么像毒蛇一样拼命向咱们喷毒液;真要是庄稼人都走上这条路,他们可躲到哪儿去呢?!"

"该散了!"叶戈尔说着,从地上站起身来。

萨韦利问道:

"谁愿意跟我一起留在这儿过夜?"

米洛夫表示同意:

"路上泥滑,你的腿脚不方便,让我留下来陪你吧。"

我发觉看林人在盯着我,并向门口使眼色。他这是什么意思呢?

结果,除了我、库津、叶戈尔和看林人以外,其余的全留下了。

我们从小土窑里钻了出来。外面漆黑、湿冷,真像是堕进了深井一样。雨虽停了,但风还在摇撼着树枝。大颗大颗沉重的水珠滴落到我们的头上。

"要是有一盏灯笼多好呀!"库津磕磕绊绊地走着叹了一口气说。

"要是有辆四轮轿车,那可就更好啦!"叶戈尔快活地说。

看林人笑了。

在人们脚底下湍急地淌着无数条看不清楚的水流,潮湿的黑夜,沉重地紧贴着大地的胸脯。大地像婴儿吃奶似的,尽力吸吮着富有滋养的雨水。

"叶戈尔·彼得罗夫老弟!你说得真好啊!"库津低声说,他在我的前面一颠一跛地走着,溅了我满裤脚的泥浆,"喂,多谢金!你讲的那话可不妥当啊！好兄弟，真不好……"

叶戈尔·多谢金冷静地回答：

"彼得·瓦西里耶维奇，我请你不要认为我的话都是指你说的呀！"

"反正都一样，"库津的语气放温和些了。"指谁都是一样！不管你指不指我……"

看林人从背后扯了扯我的袖子，附到我耳边说道：

"我想跟您谈一谈……"

"谈什么？"

"有件事。眼前不远，一拐弯就到我那看树林的小屋了，您可以去一下吗？顶多不过一里远，让他俩头前走吧……"

在泥水的扑唧声和树叶的沙啦声里，我好容易才听清楚看林人说的话。于是放慢了脚步。前面库津和叶戈尔的身影已经走远得看不见了，像鱼儿沉入深水似的完全隐没到黑暗里去了。

"对不起！"看林人捅了我一下说，"从这里拐弯……你知道菲利普·伊凡内奇吗？"

我不禁震颤了一下，凝着神儿默默地听他说下去。

"你记得他在纳利姆城流放过吗？"

"还记得一点儿，"我说着，简直高兴得要跳起来了：菲利普是我最敬爱的一位革命思想的启蒙人，他是个坚强的老战士，坐过很多次监牢。他在革命起义前曾两次被流放，后来成了优秀人物。人挺健康、活泼，对于建设新生活的事业有钢铁般不屈不挠的意志。

"他眼下在什么地方？"我问，心里预感到老战友已经离我很近了！

"就在县城里。"看林人低声说，"他跟我儿子一块儿逃回来了。我儿子带来他的一封信，让我转给你。"

"快给我！"

"怎么给呀？信缝在帽子里。再说，这儿也不能看，黑得很。"

的确，不能看信，周围全是湿漉漉、水淋淋的，就像一切都欢喜得要融化了,全都在深深呼吸着夏夜的湿气,贪婪地咂着嘴唇,悄悄儿地向那给地面落下雨水的乌云道着谢意。

"咱们快点走吧!"我说。

在一片翁郁的树林后边,闪亮着黄色灯火的小眼睛,它透过黑暗向这儿望过来,也像是已经耐不住焦急等待的心情,颤抖着上前来迎接我们了。

我们在一边沉入地下的看林小屋的门口停住脚步,看林人轻轻地敲了敲门。里面传来一个带惊疑的尖细声音问:

"谁呀?"

"开吧,叶莲卡!……我这个女儿,已会管家啦……"

我们进了小屋,这里有暖炉,有木板床,有两条小板凳,桌上放着灯,灯下摊开一本小书。背靠窗子站着一个困得直打呵欠的亚麻色头发、鼻子微翘的小姑娘。

"我的妈呀,浑身全湿透啦!"她用又清脆又婉转的声调说。

"别大惊小怪,快去烧茶炊!"看林人在门口脱下湿衣服,对女儿说。

"我早已烧好啦。"

"哈!小乖乖!现在马上换一身干的才舒服呢,可是,除了一条裤子,再没有替换的衣服了。喂!叶莲卡,别朝这边望,我在换裤子……"

"还有件干衬衫!是我在炉子上烘干的,"女儿说着,将一件灰色破衬衫卷成团,投给父亲。又很周到地把洋铁制的小茶炊、杯子、面包摆在桌上。她的手脚轻快,没有弄出一点声响。我脱下沾满泥水的长靴,转眼望着看林人。他体格很健壮,圆脸上生着浓密的棕黄色的连鬓胡子。一对蓝蓝的眼睛,透着严肃善良;他的头却老是那么朝一边歪着。

"同志,你的脖子怎么啦?"

"全是那些庄稼汉,那些鬼东西弄的……"

"为什么呢?"

夏　天

"为了尽责啊!"

"太勇敢啦!"女儿把鼻子一抽搐,轻蔑地嘻嘻笑着说。

"闭嘴! 不然,我就让你尝尝勇士的厉害!"看林人亲切地唠叨说。

"这可吓死我啦!"女儿嚷着又笑起来。

"我就吓死你!"

叶莲卡嗤着鼻子笑,友好地望我一眼,我也笑了。

"来了三个家伙,"看林人把湿衣服丢在地上,毫无怨恨地说起来,"我一出去就碰上啦,跟他们打起来了。我用猎枪霰弹打了他们一个人的腿……"

"有必要吗?!"叶莲卡埋怨地说,又很不以为然地嗤着鼻子笑起来。

"可是,另外一个家伙,却用大木棒子照准我的后脑勺一家伙!"他一面用编树皮鞋的弯锥拆开帽里子,一面继续说,"扑通一下,我就栽倒了……"

"干吗要拆帽子呀!"女儿叫着跑到他跟前来,"给我吧!"

"给,给,又来叫唤啦! 你会拆坏它的,这是皮的呀……那么,我扑通一倒,树枝戳进我的脖子里,戳了一个大窟窿,一直戳到了颈椎骨,差点儿没要了命……本地医生列夫申——有人叫他列夫希岑——可吓坏了,他说:'嘿呀呀! 老叔,看你一人身上足有五个人的血呢!'我跟他说:'我们庄稼人身上的血非要多点才行,因为过往的老爷们都想喝点,就像喝小河里的水一样。'弄出来了吗? 你瞧,这是信……"

我读完信,笑问道:

"达尼洛·亚科夫列维奇,你既然同情农民干革命,却为什么又替革命的敌人看树林,还想为这个去枪杀庄稼人呢?"

他摇摆着身子按摩着膝盖,很严肃地解释说:

"这是老早的事啦,革命起义前三年,那时候,瓦休特卡①还像她这

---

①　瓦休特卡、瓦休克、瓦西卡均为看林人的儿子瓦西里的别称。

421

样小。"他用下巴点一点女儿。叶莲卡这时刚把几个杯子倒满茶水,正在直起腰来,用一把钝刀子使劲切着又干又硬的面包。

"那时候我跟大家一样,就像个幼稚的孩子,还不知道也不觉得庄稼人是有力量的。再说,我从小就挺喜欢树林子。树林子真是地面上有大用的好东西呀!它是土地的大皮袄,是土地的大礼服。不能叫土地赤身裸体地挨冷挨冻,也不该叫土地变成丑陋难看,因为咱这土地被人们糟蹋得够狠啦!那些狠心的庄稼汉,不知道,也不明白树林子这个朋友、这个保护人有多么好。他们滥砍滥伐树木,不择手段地乱剥树皮。这些庄稼人真粗野!叶莲卡,你自个儿先到暖炕上去睡吧⋯⋯"

她正在睁着明亮的小眼睛忙着看书,嘴里嚼着面包,连头也不抬地问道:

"难道我碍你们什么事吗?"

"有什么事好碍?我们又没秘密!我是说你该去睡了。小心累瞎了眼睛!"

看林人向我使了个眼色,显然,他是在夸耀他的女儿。

"你在读什么书?"我问。

"历史。"

"什么历史?"

"俄国史。"

"是谁的?"

"女教师给我的。"

"不,我问是谁写的。"

她惊奇地抬眼看了看我,回答道:

"人写的呗!除了人还有谁呢?"

"我这个女儿,最爱读书,"看林人意味深长地说。"她也染上这种新风气了。有时我开她的玩笑:叶莲卡,谁愿娶你这位女学士呢?这傻姑娘一听就生气了!前几天,奥莉加·达维多芙娜到这儿来——你认识吗？她就是马林基村那个瘦巴巴的女教师。她说：'咱们俄国的庄稼人，快要渡过不幸的苦海，走向光明幸福的乐土去啦。'——这才好啊！"

"是一本有趣的书吗？"我继续问他的女儿。

"还可以！只是沙皇的事写得多，我们的事写得少。"

"我们指什么人？"

叶莲卡又惊奇地看我一眼：

"指我们庄稼人呗。你的脑筋真不开窍！"她说时哀叹地摇着头。

但是，她的爸爸却嘻嘻地笑得耳朵都颤抖起来了：

"怎么，她在挖苦你啦？"

这时窗外簌簌地刮起了一阵风，把几滴大雨点刮到窗玻璃上。小屋里却暖融融的，充满着干草莓、松树枝和新树皮的芳香味儿。听到茶炊咕嘟咕嘟地滚腾和小姑娘用手翻书页的窸窣声。

"谈谈你儿子吧，"我向看林人请求说。"他是怎样的一个人啊？"

他耸一耸肩膀，大手掌慢慢地摸了摸棕黄色的大胡子，随即用扬扬得意的声调说：

"自然啦，也是个年轻人。你知道，我家没有半坨土地，从我爹参加移民起就丢掉了土地。我记得，那时我常常到各家和地主们的大农场上当雇工，接着就去服兵役了。退伍回来，就给人家看树林，娶了个年轻寡妇，她的前夫是石匠，在县城里盖监狱时，被砖头砸死了。她是个挺好的女人。我们结婚第一年，生下了瓦休特卡。儿子是个好样的，无论做什么活儿都数头把手！一有点空闲就专心读书。后来到康斯坦丁农场里去学开机器了。那儿有收割机，有打谷机，有各种各样的机器。现在，他成了机械师，一个新派的，跟你们一样的人了。"

"你应该说跟咱们一样的人才对呀。"

"好，就依您这样说！不过，我算什么革命家呢？我连斗大的字也识不了几个呀。我发现，我的瓦休克读了书以后，他就变得对什么事都挺认真了。我有时问他为什么要干这个呢？他说，爸爸，咱们不这样干就没有法子呀！我俩竟然吵起来。我常常吓唬他、打他。可是，到底，我觉得还是他对，这小畜生！我跟他争吵争吵，自个儿倒也懂得了点道理。那时正赶上庄稼人也闹起革命来了——我看见瓦西卡总是事事打头阵。他发动罢耕，给大伙发书、发传单，发表演说，众人都挺敬重他。他才不过是个二十岁的青年。我心想：上帝保佑你吧！打从这时起，我也就不去管他了。管也管不住啦！再说我干吗要管住他呢？我是个穷光蛋，没有家业可守，就由他自个儿去寻找生路吧。"

叶莲卡已经不再读书，专心听爸爸说话了。在那扁平的小脸儿上，瞪着两颗淡蓝色的大眼睛，半张着嘴，正呆呆地思索什么。

我觉得看林人虽然话里有点不高兴，但他心眼里是满意他这亲生儿子的，一说起儿子来，那神情就好像是向人炫耀什么珍奇宝贝似的。

"我跟她，"他用下巴点着女儿，继续说，"天天想念着他，我女儿挺爱她哥哥！"

"爸爸一提起瓦西里来，"叶莲卡快活地插嘴说，"就无中生有，加油加醋地说起来了！"

看林人怪不好意思地咯咯笑道：

"这个鬼丫头子！你看，她多会说爸爸的坏话呀！"

他那亲切的脸上依然浮着不好意思的微笑，低声对我说：

"叶莲卡的话也对：我一谈到儿子，不知不觉地就要添枝添叶了。你听出来吧！不是往坏里添，是往好里添的。他既是个好人，就想把他说得最好，最好的！不过，一说就说过火了，这也能算罪过吗？本来总是这样啊！有时一评论别人，往往就把人估价得太高了！你瞧，不是大伙儿都来帮他逃走的吗？瓦西里是有远大前途的，是个有出息的孩子！要不是一个有出息的，大伙儿也许就不会这样帮他啦。我已经见过他了，那天黑间，我悄悄儿往城里去过一趟。这孩子，简直叫我认不出来啦！真的，两年光景他大变样了，全不像我的儿子了，他变得又和气又快活。可真怪！他那儿还有个白发苍苍的老同志，也那样蹦蹦跳跳地像白头翁鸟儿一样!巧嘴灵舌地挺爱说笑话——真了不起!满口庄稼人话语。他像是把全世界的俏皮话都搜集来了,说也说不完。咱们真需要像他们这样快活的人,像这样心情快乐的人实在太少啦!不过会多起来的。好人要出世了,这是没说的!既然大地上能生长出这样的好人来,那么,这大地可就是真好,它有力量,不是吗?"

"是呀,达尼洛·亚科夫列维奇!"我低声回答,心里闪现出一种晨曦般的光明和欣喜。

当我要告辞的时候,看林人问道:

"你们那位乡警,人怎么样?"

"不清楚,"我回答说。

"真奇怪!前几天一个黑间,我去巡查树林的时候,看见他骑着马站在野地里,像个铁石人似的一动不动。我看了他好久好久,最后大喊一声,他才转头望了望,走开了。看样子,他不认识我了,本来他是常到我这小屋来的;听他说话似乎还有点理性,可他那两只眼睛真吓人,好像从那里发出死的光芒。"

"他有病,"我说。

我在天明前离开了他们。我沿着林间小路往回走,嘴里低声哼着歌曲,因为我再也沉默不住了。这时下过了大雨的黑夜,已变成鱼白色。在树林上空,懒懒地飘浮着一片片稀薄的云层。饱饮了雨水的小草,紧紧贴伏在地面上;树枝无力地低垂着。而一条条快活的水流,还不停地嬉闹着向洼处奔驰,好像害怕即将升起的太阳把它们晒干,赶快去找地方躲藏似的。我慢慢往前走着,不由地心里想:

"在这大地上做一个人,真是好啊!"

突然,像火花爆发一样,我又想起那个乡警来了,最近听说他常到瓦尔瓦拉那儿去,我曾问过她:

"瓦里娅,这是真的吗?"

她笑笑:

"有点儿真!"

"为什么你不跟我说?"

"这事跟你有什么关系呢?"

"怎么?"

"干吗拿这种无聊的事来打扰你!那汉子老是来沙声沙气、咕咕哝哝地胡说八道。我可不会上他的圈套,你放心吧!这种事,我跟你说了,你又能有什么办法呢?除了给自己多结下个仇人以外,再没有什么好处!你还是专心去做你的工作吧!"

她站在我的面前,十分坚定、坦率,她爽朗地笑着,以温柔而热情的眼光安慰着我。

从这次开会以后,库津常常到我这里来,一坐就是两三个钟头,兴致勃勃地谈着他以往的事情。这自然会耽搁我的时间。但只要你注意听他说,就再不愿意打断他的话了。他一杯接一杯地喝茶,热得满头冒汗,连贴身衬衣的扣子也解开了。他回忆着痛苦的往事,朴质地追忆着他这个俄国农民的悲惨生活。他那张能说会道的嘴巴像流水似的永不知疲劳。看来,当一个老农民的思想感情一旦倾向了革命的时候,他立刻就会把自个儿也说成是跟著名的起义英雄人物一样了。

"上帝啊!"他叫道,"我们怎么就连这还不明白呢,我们老早就起义过的呀。在一八八五年,我们村的庄稼人有十次被鞭打过。一八九三年有五个被打,有四个庄稼人被流放到西伯利亚去了!光我的父亲就挨过三次打,至于我的祖父就不知道挨打过多少次了!"

他这样一代代地往上数,直数到他的老祖先被地主鞭打的情形,似乎这些都是他自个儿的光荣事迹,就像一个士兵由于勇敢行为得到的勋章一样。

有时我听他讲这些故事,听得厌烦了,真想开口对他说:

"老叔叔,建设美好生活可不能靠挨打呀!你过分夸耀那种忍耐啦!"

记得在一九〇五年革命前夕,我到一个富裕农庄去参加群众大

会,我演讲完毕之后,有些农民老头子激昂地叫道:

"要说俺们嘛,朋友!你是有学问的人,你一定记得吧,拉辛①是在什么地方起事的?在我们这儿!为了拥护斯捷潘·季莫菲耶维奇,俺庄稼人被吊死绞死了多少啊,有好几千呀!就说布加乔夫②这件案子吧,也没放过俺们。看,在那边小土山上,就有咱们的战友们的坟墓。多尔戈鲁基公爵③最会折磨咱庄稼人,把大群庄稼人一个个给杀掉,投到河里去了。"

但是过了不久,这些卑鄙的家伙们自个儿也干起杀人勾当来了。他们杀害了教师、医生,杀害了许多青年小伙子,烧毁了茶馆和图书室。

一些挨过人打的竟然也喜欢打人了,给他一根棍棒,他便会六亲不认,连他爹娘也不顾惜,只要打得凶狠、打得痛快就得了。

库津原来也是一个从祖辈就参加过起义的人。

"你们是上帝的儿女,当然比我们老头子更能干。因为你们有一套叫所有人都能接受的大计划呀……"

阿列克谢喃喃地说:

"不,并不是所有人都能接受的……"

这老头儿是不大瞧得起阿廖沙的,他的眼睛并没有望望阿廖沙伸出来的那扁得难看的鹭鸶脑袋,也没有看看他那老是向前突着、像偷嗅什么东西似的、滑稽可笑的歪鼻子。

老头儿一面赞美着现在,一面继续夸耀着过去:

"别看我们这些老朽们,先前也燃烧过,也发过光!咱们这儿,自古就是个好造反的村子。记得我小时候,常听人说:政府当局把伏尔加河对岸咱们的隐修院给捣毁了。到十几岁时,我就亲眼看见一个暴行事件——'趴着造反'。"

---

① 一六六七至一六七一年间俄国农民起义的领袖。
② 一七七三至一七七五年间俄国农民起义的领袖。
③ 尤·阿·多尔戈鲁基公爵是镇压拉辛所领导的农民起义的主要军事首领。

"什么造反呀?"阿廖沙顽皮地翻着一双褐色眼睛惊问道。

"那次造反到底为了什么,我不记得了,只记得当时咱村的庄稼人拒绝纳税,田里罢耕了。我叔叔和父亲也都参加造反了。上边开来了大队官兵,这下可惨极啦:士兵们将庄稼人拖到田里去,像牲畜一样套在木犁上:拉!给我耕地!你看这些兔崽子们!可是咱庄稼人都趴在地上,一动不动……"

"这样,就叫作造反啦?!"阿廖沙鄙视地笑起来。

"他们把庄稼人拖了起来,庄稼人偏又趴下。就这样趴着不动。结果,我的父亲被打死了,我的叔叔科尔涅伊,本是个健壮汉子,也被打得一病不起,没活两三年也死了。他俩都是领头造反的,所以也就比别人打得更惨。"

老人转脸望望窗外。我看见他那黄色脑门子都有点发青了。窗外,平静的夏夜伴随着人们的痛苦回忆缓慢地向黎明移动。

"那么,彼得·瓦西里耶维奇,你也挨了打吗?"阿列克谢认真而惶惑地问。

"我的好孩子,全都挨打了!妇女也挨打了,还给那些野兽官兵们强奸了。姑娘们差不多全给伤害了。这下子,咱村可遭到天大的灾祸。那年一整个夏天,人们的日子过得就像冬夜一样凄凉。那些被打得半死不活、受尽侮辱的人们,都互相躲藏着不愿见面。见了那一双双充满悲哀的眼睛,真感到耻辱啊!"

阿廖沙用尖锐的声音,污言秽语地叫骂起来。他像条被捕的梭鱼落在夏天炙热的沙地上一样,在椅子里胡乱翻腾。老头儿叹息着,一页接一页地翻开了他那苦难生活的历史。

"那时候,我下决心再也不做庄稼人了,就献身去教圣书;可是,圣书压制不住我的天性,我心里老恋着女人,我的上帝,饶恕我吧!我想,这与其说,我是由于堕落,倒不如说是因为我心里太痛苦、太愁闷!当我埋头读圣书时心里还挺好,可是一出门去到街上,真像到了十分丑恶的地狱了。我心里多么希望看到人,看到人的温柔的眼色,听到人的慈爱的话语呀。可是除了女人,你还能到哪儿去找亲热呢?就是对我们村上的女人来说,给她点亲热,真像给死人饮了回生水一样啊。现在,可是人心大变了,连那些姑娘们,因你们对她们太冷淡,她们也不像先前了。不知道她们比先前变聪明了呢,还是变得狠心,变得活泼了呢?……想必是她们也要在人前露一露身手啦。"

"那就把衬衣也脱光吧!"阿廖沙没好气地叫道,这个挺和善的青年,自从追求瓦里娅失败以后,好像变成女人的反对派了。

"小伙子们!我们这些老头子,深深感觉到,眼前的一切都在变,人们都朝着两条路上转:绵羊安置在右边,山羊在左边,①到底在哪一边呢?这可要凭自个儿挑选。你们明白这个,所以把我这老头子的心也拉到你们这边来了!记得我像你们这样年轻的时代,光知道姑娘、女人,为了女人挨打,受伤致残,再没有别的好营生了!"

阿列克谢盘问道:

"那么,你怎样当成了经书通的呢?"

老头子嘿嘿冷笑起来,好像他的喉咙里滚着一团碎玻璃渣似的。

"就那么当成了呗!就像饿汉围着饱汉转一样,我出入富户人家去给他们讲上帝,因为他们在害怕,要找点儿安慰。在那些家伙的面前,我像个兽医去给他们放一放脏血,这些混账东西们!很显然,他们都是混蛋!昨天还是光头赤脚,像咱一样的牛马奴隶;可是今天,你瞧吧:忽然变得脑满肠肥,又顽固又傲慢,腆着滚圆的大肚子,像狼似的贪得无厌!是的,他们会做买卖!今天很穷,明天就发大财。看到金银满柜了,便想起了上帝,这些卑鄙东西!转眼又会把上帝丢到九霄云外,成了邪教徒!你教他们读圣书吧,可他们读圣书,是为了消愁解闷。这些讨厌的家伙!我干吗要去给他们消愁解闷呢?有时你跟

---

① 据《圣经》记载,耶稣在审判的日子里,要将万民分成善恶两类,好像"牧羊人把羊分成绵羊和山羊两类一样,并把绵羊放在右边,山羊放在左边"。这里绵羊指行义的人,可以得到永生,山羊指罪人,将在"永火"里受折磨(出自《新约·马太福音》第二十五章第三十一至四十六节)。

他们讲点惊心动魄的故事,看上去这些恶棍们一点也不在乎!他们像是落在糖浆上的苍蝇一样心满意足,饱食暖衣,过得舒舒服服的。他们最害怕的,就是一个死,可是死不会很快来的!所以要想很快搅乱他们的全家,那就非得从他们的女人身上下手不可。女人是幸福的根苗啊!"

我注意着阿列克谢,看他有怎样的反应。我担心他又要奚落老头儿了。不料阿廖沙却严肃认真地瞪着一双尖眼睛、绷紧嘴唇、整个脸蛋——活像一把斧头。老头儿几乎忍不住冷笑,高声说:

"那时候,我还可以,是一个能招人喜欢的结实汉子。勾引女人,并不用太费力气。哼,只要女人一到手,家庭就要毁了!人像荒野地方的林鸮①一样凶狠!我常常挨他们的打,我的一只脚也落进陷阱里摔伤,后来,在医院里截掉了……"

阿廖沙在屋角里低声说:

"我看,这可就够你一辈子受的啦!"

老头儿眯起眼睛向阿廖沙那边望了望,回答道:

"是啊,就算是敌人,我也不愿意叫别人受这个罪……"

从这次谈话以后,他们两人变得比以前亲热了。

记得是个假日傍晚,我们全小组的同志,都到我们最喜爱的那个河湾上坐下来。河里的流水像醋劲大发的情妇,拼命地向着河湾的下面冲荡,边滚边流,好像连自个儿的一切全不顾惜了,把菩提树、白杨树和白桦树的树根也冲荡得完全裸露出来。

这地方真好,因为从这儿可以看得见整个村庄,可以看得见河对岸的条条道路,只要有人在那儿走动,我们马上就能够发觉。万一有了什么情况,也容易走脱。背后是一片大森林,前面有一个可以徒步涉水的渡口。

今晚开会是讨论格涅多伊的问题。打从那次在小土窑里开会以

---

① 林鸮是鸮鸮的一种,类似猫头鹰。这里指神话故事里讲的一种不知饱足的鸟儿。

来,又过了一个多月。这位退伍兵真的不再喝酒了,但是在最近的一个星期日,他竟然因为痛苦难挨,又惹出了一场大乱子:他像个失魂落魄的丧家狗似的跑到街上去,大喊大叫着痛骂斯科尔尼亚科夫和阿斯塔霍夫,结果被捉到乡公所扣押起来了。

事情经过是这样:那天中午,吃过中饭以后,我跟阿廖沙一同上街去,因为库津预备进城,我们特地去看看他。一路走着,突然听见我们这位格涅多伊老兄那大喇叭似的喊声:

"啊嘿!斯科尔尼亚科夫!你这位体面先生,躲在哪儿去啦?吸血鬼,你出来让人看一看你那张树皮厚的鬼脸吧!狗强盗,你也知道害羞吗?我看,你没胆儿见人啦!老扒灰头!"

"该劝他别骂人啦!"阿廖沙说,"你不要动,最好是我一个人去。"

"去也没用!"我说。"他一见到你,反而会说出更危险的话来,那对我们就更不好了。"

阿廖沙同意了我的意见。于是,我们只远远地看着这位退伍兵的行动。

斯科尔尼亚科夫家是一所带有石砌地下室的高大房屋。退伍兵挺立在这座高房前面,只顾仰头大骂,帽子也掉落到街道上了。在高房里面,有人影从这个窗口向那个窗口,忽闪忽闪地乱转动。大街上家家户户的庄稼汉们、女人们、孩子们都匆忙地跑出门口看热闹,听退伍兵的叫骂。退伍兵可就咆哮起来了:

"伊凡·扎哈罗维奇!我的体面先生呀!只要你在窗前露出头来,我们大伙就敢吐你个满脸花!"

拉普捷瓦老婆婆,画个十字,弯下腰去从道边捡起了格涅多伊的帽子,小心地抖落抖落帽子上的泥土,又直起腰来站在这个退伍兵的背后。在退伍兵的周围拥挤着人群,个个都现出快活的样子,彼此使着眼色,嘟哝着。满意格涅多伊这样胡闹的人们,便怂恿着大声嚷叫:

"骂得好!"

"该狠狠地把他……这个犹大!"

"俘虏兵,别怕喊破喉咙!"

"'中国人',大声骂吧!"

在炎热的村庄上空,太阳闪着耀眼的金光也在笑。

"狗强盗,你给,给俺们大伙儿说说呀,"退伍兵尖着嗓子喊叫,"你抢购俺们的租地时,给里亚宾斯基土地管理局长塞了多少赃钱?你说说呀!是谁逼得希什林全家出去讨饭啦?是谁使列戈斯捷夫一家人饿得半死不活的?是谁把拉普捷瓦·格里戈里气疯了?喂!老畜生,你从你磨坊那儿的秘密酒馆里,赚了多少房钱呀?快滚出来!你敢不承认,你出来辩论辩论呀!你为什么要窝里窝囊装屌头,该死的老头子!喂!你出来咱争论争论呀!老贼种,你滚出来吧!"

农民们都向格涅多伊走拢来。一个个站在他的背后,同情地小声提示着:

"说一说费克鲁什卡的事!说一说那个女工的事!大声点!别忘了!"

"当初决定要取消酒馆儿,他硬是包庇袒护——因为酒馆是他家里的呀!"

萨韦利缩着膀子站在一边看热闹,喉咙里不住地咯咯咳嗽,活像一只盼到死尸的老乌鸦在咯咯欢叫。小孩子们旋风般跑来跑去,叽叽喳喳,有的吹口哨,有的哈哈笑,但所有这一切全被格涅多伊的大嗓门给盖住了。疯子格里戈里的母亲拉普捷瓦老婆婆,一直站在这个退伍兵的背后,双手捏住退伍兵的帽子,摇着头,不断抖动着两片黑嘴唇。

当退伍兵转向库兹马·阿斯塔霍夫家的窗口走去时,这个浑身破烂的小老太婆,也佝偻着腰迈着细碎步子小跑过去。

"喂,库兹马,你这歪脖子魔鬼!"退伍兵腆着胸脯如雷般大叫,"你敢出来呀!我要一层层剥了你,叫大伙儿瞅瞅你那肮脏的魂灵儿!你们这些恶鬼的末日到了!快向俺庄稼人低头认罪吧!你坦白坦白:你怎么逼着众人,把你的狐朋狗党米什卡·马斯洛夫选到杜马里去了?你这个黑帮头子,喂,看一看你卑鄙的鬼脸吧?你这个坐探、老奸细,给俺们大伙儿坦白坦白:你出卖耶稣得了多少钱?"

"嘿呀呀!"阿廖沙喃喃地说,"说得太过分啦!"

"往外倒,格涅多伊,"农民们激动地喊叫,"替大伙儿把心里话全倒出来吧,咱们的知心人!气死他,除掉我们的这个祸害……"

弄不好,农民们会去砸阿斯塔霍夫家的窗玻璃了。

库兹马的身个儿虽然挺矮小,可是勇气倒挺大。他叭嚓一下打开了窗门,伸出蛇一般的尖脑壳向人们摇晃,一面挥动他那瘦小的黑拳头,一面拼着尖细的老嗓门狂暴地嗥叫:

"啊哈!又是你呀,醉鬼,'中国人',祖国的叛逆!"

退伍兵一听,仰着脸儿更加暴跳如雷,两手高举着乱挥乱舞。

"住嘴!谁是祖国呀?你这个狗娘生的,你就是我的祖国吗?为了你们这般狗强盗,我们当兵的就该去活受罪吗?该照你的肚皮上刺几枪才解恨!你是人们的死敌。你才是人类的叛徒,人间的魔鬼,你们颠倒了是非,强夺了土地,毁了俺庄稼人呀!"

"放屁!"老头子咆哮起来。几乎方圆五里都可以听到他的咆哮声。然而他却是个极孱弱无力的家伙,他半个身子在窗口摆动着,就像风雨天立在菜田里、披着破布片、摇摇欲倒的茅草人一样。

"乡亲们,你们听谁的话呀?把他抓起来!玛丽亚,去叫乡警来!莫凯!萨什卡!快来呀!"

农民们都没作声,显出如秋云一样的阴郁的脸色,呆立在阿斯塔霍夫的住宅旁边;因为全村三分之二的农民,都是库兹马的佃户或债户,老头子一高兴随便什么时候都可以逼着你去讨饭的。只有拉普捷瓦老婆子,还依然佝偻着腰,仰着头,用谁也听不清的声音自个儿嘟哝着什么话。萨韦利已经挤进人群当中来,眼睛闪着光,喉咙里打着呼噜,不断地咳嗽,推动着人们的手肘,企图点燃起人们心里即将爆发的怒火。

阿斯塔霍夫一家共有五口人:库兹马和他的老婆、女儿玛丽亚、儿子和儿媳妇。儿子莫凯因耳聋变得痴呆,是个不被人注意的沉默人;

女儿玛丽亚是个小寡妇，正当盛年的胖女人，对青年小伙子们惯会偷情卖俏、招蜂引蝶——阿斯塔霍夫家的男仆们都跟她睡觉，这已经是家常便饭了。库兹马·伊利奇这个恶毒的老头子，好像那塑在屋脊上的石公鸡似的，他高高地凌驾在一切之上，全家人和全村人，没有一个不怕他的。

"信正教的老乡亲们！"格涅多伊用拳头指着窗口大声喊叫："就是他们这些有钱的家伙，逼着咱庄稼人围着土地团团转，就是他们逼着咱庄稼人流血卖命啊……"

"没法到他跟前去！"和我并排站立的阿廖沙经过考虑之后说，他无可奈何地向四下望着。

"好叫他们天天来大吃大喝白菜炖肉汤……"

萨韦利已悄悄地从侧面溜向窗口去，双手握着一根棍子。

"哎呀，鬼东西！"阿廖沙低声说，他脸发白了，向病人跑去。

这时库兹马从窗口伸出半个身子，发出野兽般的尖叫声。

"嘿……呀……呀！好啊，这个，这是什么话！米什卡，你不要命啦！叫你坐牢去！嘿呀呀！乡亲们，你们听到刚才他说什么话了，把他抓起来！这是叛变！背叛俄国！听懂了的人，快抓住他！他反对咱们俄国！喏，这个人反对俄国……"

可是，农民们都哈哈大笑起来。他们都明白这老头子嘴里说出的大话，跟他那卑鄙的魂灵儿太不相称了。

"得了吧，库兹马·伊利奇！你还要煽动整个俄国人吗？"有人讽刺老头子说。

"格涅多伊，你可不许连咱们的俄国也给推翻了呀！"

"库兹马，你要好好护住这个俄国呀！"

"阿斯塔霍夫能护住的，就看他那一身青筋嶙嶙的鬼样子吧！"

老头子也越发疯狂，一声连一声地吼叫起来，吼声像黑夜的蝙蝠在半空里乱飞。

从阿斯塔霍夫的大门口，像出现一团乌云似的，乡警晃动着他那睡眼惺忪的哭丧脸,懒洋洋地向着退伍兵的身边走来。农民们无可奈何地散开了,只剩下格涅多伊和依然站在他背后、为他拿着帽子的拉普捷瓦老婆婆了。

"我是得过十字勋章的兵!"退伍兵跺着脚大喊大叫。

"不许再叫嚷!"乡警皱起眉头说。

格涅多伊挥着手:

"别管我!"

"走!走!"乡警沙声地说,一边推着退伍兵向村公所的拘留室走去。

拉普捷瓦老婆婆摇着头,默默地把帽子递给格涅多伊。他接过帽子往头上随便一扣,在乡警前面慢慢地走着,破口大骂:

"见你的鬼去吧,混蛋!出卖灵魂,强盗的帮凶,你不害羞吗?亏你还是个兵!兵就应当保卫真理,你算是什么东西呀!哑巴畜生!"

乡警一声不响,这时候,你要是看看他的脸色,你就准会惊叫出来——阴森得多么可怕呀!

农民们笑着,各自回家去了。他们三三两两、一伙一团地走着,听不清在谈些什么;看样子,话题已经不再是关于这位格涅多伊的事了。

然而村庄的上空还在回旋着愤怒得吓人的叫喊:

"一个个全砍头!把你们全绞死!啊—哈—哈!"

我们在河湾上开会,讨论了这次事件。

叶戈尔·多谢金先是不住口地吸着烟,他那劣等烟草的刺鼻的浓烟味儿,把香菇发出来的温润的香气全冲散了。接着,他向我质问道:

"喂,我同名的老哥,你怎么看着你的人这样胡闹,一点也不管呢?"

尼金也用不满意的眼光狠狠地盯着我。

"格涅多伊这场乱子,会把咱们的计划搞垮的,"他挺不高兴地板着脸儿说,"干吗偏要去人们中间惹事招怨呢?!"

待他们把我着实批评了一阵之后,我想给他们解释:退伍兵骂出的那些话并不像他们所想的那样有害和危险。但是叶戈尔却气愤地反驳我说：

"不对，我同名的老哥，你那样说不合适！虽然你也是个农民，可那是老早以前的事了。眼下，我们比你更了解这村里的情况。我们可不是照着书本看问题的。事实才是真的，你那份好心的想法是没有根据的。不错，咱村庄稼人都爱多嘴多舌，也爱听些解气泄恨的话，可是，他们最爱的还是自个儿那个遍体鳞伤的臭皮囊。"

他已经越来越惯用这种口气对我讲话了。其实，也不光他一个人如此。现在我看出来：在他们眼里的我，已经再没有什么比他们高明的了。他们差不多已经把我所能给他们的东西都掏尽了。而且，在我们中间有着一种我还不大理解的差别：我的谈吐总带点温和、灵巧的意味，而他们的发言，即使说着极普通的话，总能在那些话里添进一些我所不易体会到的崭新意义。更确切点说，他们能对每一句话，都仔细地分析，层层深剥，最后刨出个根儿来。他们的发言比我的要坚实得多，虽然词句有点生硬直露，但意思却正确明了。我看出了这点，为他们多么迅速地超过我而成长起来，感到高兴。我所要做的事，已经完成了，我所能给出的东西，已经给了，他们正走向他们所需要去的地方，即使我赶不上他们的步伐，我也不会因此而感到不愉快的。

有一次，阿列克谢对我说：

"叶戈尔·彼得罗夫，你已经跟俺们这里的庄稼人完全打成一片啦！"

"啊，老兄，但决不是完全一样！"叶戈尔·多谢金微笑着插嘴说，"完全一样的东西，我看，是越来越少了！在土地法令问题上暴露得顶明显啦。"

瓦尼亚像平常一样，缓缓地、温和地提出了反对的意见：

"老兄们，那只是在表面上看的，就好比一件瓷器，表面上虽然有点儿裂缝，可是瓷器却是用同样的陶土做成的。"

阿廖沙笑了笑：

"可是你瞧吧！你那一把瓷壶,恰恰在那些小裂缝处,就给打成碎片了！不,瓦尼亚,你该多读些好书,不然,脑子里就被圣油给糊住啦！"

叶戈尔转脸对我说：

"嗳,我同名的老哥！你也应该更干脆点儿呀！"

大家在格涅多伊和萨韦利的事件上把我着实批评了一通以后,便开始研究当前的重要问题。为了找工作,在这一地区内跑了两礼拜的阿弗杰伊·尼金报告说：

"我已经去过三个村庄了,各村都在吵叫、叹气、斗殴——村庄都像被一把钢锯子锯成两半了。我跟一些庄稼人谈起了土地法令,他们先是跟山羊见了新羊圈门似的呆瞪着两只眼睛,随后就咆哮起来,嘎吱嘎吱地咬牙切齿！"

他那美丽的嘴唇上颤抖着一丝苦笑,眉头紧锁,说话也变得少气无力。我感觉这个相貌堂堂的大个儿青年人,竟像肚子里生了什么虫子似的,越来越迅速地萎靡下去。

"在奥列涅沃村里,斯维亚图欣·伊凡是第一个听到消息的人。他像打破了头似的喊道：'你看,这可叫咱们怎么办啊！'兹维亚金·费多尔也来纠缠着问我从哪儿得知的？他拉我到他家里去住宿。斯维亚图欣和那位在城里时儿子被人杀掉的米季科夫也到他家来了。他们单刀直入地问我：'你跟党员们有来往吧？'我答道：'这怎么说呢,难道咱庄稼人自个儿就不能懂这个,事事非得靠旁人指教不行吗？'他们不相信！都说：'不对,你胡扯！咱们庄稼人一代一代过了几百年,可直到今天还是糊里糊涂,不明白,也没法明白这世道的变化；就说眼下吧,庄稼人万万也没想到决定要在咱们的骸骨上来建设富裕的农村。'我们整整谈了一个通宵,庄稼人的苦日子可真难熬啊！我一看见他们,心就要痛裂了……"

多谢金用眼角看了看他,接着像鸭叫似的格格一笑。

阿廖沙两手使劲搔搔脑袋。

"咱们应该办一种报纸啊!"他焦急地叹口气。

"在咱们的报纸上,什么事都要登载!"瓦尼亚接着说道,"要办得跟首都的大报一样,可不要像那些小传单似的。"

"对,对呀!"阿弗杰伊拉长声调说,"像那些传单不太好,那上面光说了些气愤话……"

"要是咱们有两个像样的知识分子就好了,"多谢金一边卷着纸烟说。

我有心将菲利普回来的消息告诉大家,因为我已经跟菲利普和看林人的儿子会过三次面了;但是另有一种念头阻止着我,使我不敢轻易给同志们讲出这个喜讯来,便只吐露一点儿说:

"知识分子会有的。"

叶戈尔抬起头眯缝着眼向我看了一下,立刻变得快活起来。他坚定地向大家说明,我们应该要求城里支援一些书籍和人力,还必须调查清楚附近地区有哪些青年小组在活动。

"这件工作,可以派库津做代表,他是最合适的。不过,得给他点路费,这老头儿很穷。"

我们的财务员瓦尼亚说:

"咱们的钱,只有七卢布四十九戈比了。"

我对叶戈尔的发言并不感到惊奇。因为那时库津已经帮助我们做过许多事情。但是阿廖沙却提出了疑问:

"叫库津参加工作,不太早一点吗?"

"没关系!"叶戈尔果断地说,"近来我已经考察过他了。这老头儿对他那些旧日的朋友们气愤极了。只要有可能,他会狠狠搞他们一下,错不了!"

阿弗杰伊沉重地动了动身子,微微闭上眼睛慢腾腾地说:

"干咱们这行,光气愤顶什么用呢?庄稼人早都生气生够了,真的!"

多谢金那对燧石般的眼睛真要爆出火星来了,他严肃地回答说:

夏　天

"到咱们有了千百万人的当儿,我们不用气愤,就能把该抓的人的脖子掐住了。可是眼下,为了使革命思想的幼苗在艰难的土地上成长起来,怕用肥料可不成,吝惜肥料也不对,就得这样啊!"

这时天空飘过一片片薄云,云影覆住了我们的头顶。明净的月亮在波浪般淡灰色的云层中忽隐忽现。树叶沙沙地响,河水潺潺地流,虽然在森林和大地上还残留着夏天的暑气,而天高云淡却大有秋夜的风味了。在村边磨坊那儿,姑娘们唱起了小曲,她们那种刺耳的枯燥声调,从远处听来,却觉得像芦笛一般柔和而圆润了。

瓦尼亚听出了姑娘们唱的是什么歌曲,也低声应和起来。开头我们只跟随他哼哼着,心里在思索,渐渐大家竟齐唱起来了。这时我突然发现乡警正站在那边谷仓附近的小土丘上,他呆立在飘忽不定的云影下面,一会儿显得清晰而庞大,一会儿又变得阴暗而渺小。他大概已经听到了我们小声的歌声,因为微风恰好从我们这里吹往他那个方向。

我们停止了唱歌,一动也不动地注视着乡警,瓦尼亚小声说:

"我觉得他有点可怜……"

"可怜!"阿列克谢一听就冒火了,"我看这家伙是正在计算着每个人头卖多少钱,生怕算错了!你还可怜他!糊涂虫!"

"你们别瞎吵吧!"叶戈尔说。"瞧,库津在菜园子那边一蹿一蹿的,他准是找我们来了。不错,朝这边来啦!"

库津老头儿飘着他那长外套的大衣襟,来到我们面前,立刻就用我们谁也不知道他什么时候学的那种官腔说道:

"明天晚上,有布罗瓦尔基村的三个庄稼人要到看林人那儿去,要求讲一讲国家杜马的事。你们可以先派阿弗杰伊到那儿跑一趟。阿弗杰伊是个挺稳重的小伙子,口齿也伶俐,很了解村里的情况。随他之后派阿列克谢去。这个活宝,有本事叫石头也蹦跳起来。最后,为了慎重起见,再从两个叶戈尔里面去一个,必须这样,对人要小心谨慎,这可不是揳了楔子又钉钉,故意多费手脚。你等着瞧,看我怎样把庄稼人都拉到你们这边来吧！"

他摘下了帽子，一手抚摩光秃秃的头顶，喘着气，机灵的眼光得意地向我们每个人瞟了瞟。

我、瓦尼亚和多谢金，我们三个人老早就想问一问这位老经书通到底还信不信上帝了。因为我们觉得他和上帝之间似乎是有了分歧，看来，连他自个儿也有点莫名其妙。他每逢谈到上帝的时候，好像在期待着我们去反驳他。不过最初，我们谁也不愿意去跟他辩论这个问题。他看我们不反驳，便常常自个儿跟自个儿打起嘴仗来。例如，他讲魔鬼怎样恶毒地跟上帝争权夺势的故事，讲着讲着，突然转到和故事的主旨相反的方面来了。

"啊，我告诉你们吧！"他那尖锐倔强的眼光，向我们大家的脸上扫了一匝之后，便用挺神秘的声调说："小伙子们，有一次，我坐船在卡马河上旅行，跟一个西伯利亚的马贩子谈起天来，他对我说：'根本就没有什么魔鬼呀！'——'怎么没有？'他说：'根本没有！只有一个地狱里的王子叫亚当，他是最先被上帝创造出来，又最先死去了的。此外再没有什么了！'于是我问：'喂，亚当不是被耶稣基督从地狱里救出来了吗？'他却说：'并没有救出来，他仍留在地狱里了。我的一位布里亚特朋友说，这事在印度的一本古书里有记载。'布里亚特是像莫尔德瓦人那样的民族，'布里亚特人读过这本书，他偷偷告诉我说，是这样一回事：耶稣来到了地狱里，劝亚当说，亚当呀，快出去吧！我父平白无故对你发脾气，你本是不该下地狱的呀。照教规，你真正的去处该是做人，该上天堂。但亚当却回答道：不，我不愿意，我不出去啦。听说在你那天堂里，神与神是不平等的，可是在我这儿，大家全是一样的罪人。我在这儿住了几千年，并没有白白浪费时光。我在这儿树立了公理和正义，比你那天上和地上要好得多了！'这样，他就没有出去！'①"

老头儿又用他那锐利的目光望望我们，然后两眼闪闪发光，神秘

---

① 库津和马贩子的这段谈话，是有关《圣经》故事的不同传说，但教会不承认这个传说，因此现在通行的《圣经》里没有记载这样的情节。

地笑道：

"这不都是人们编的故事吗，啊？"

像这类的故事，他脑子里装了不知道有多少。显然，一个人的头脑里不容有针锋相对的二神并存，那会使他的精神分裂，失去了统一。他在无可奈何中，便想出这类无稽的故事来聊以自慰。当老头儿讲述这类故事时，常常把声调压得低微难辨，真好像是从地底下传出来的细语一样。

有一天，库津讲完故事就走了，阿廖沙两手紧抓着乱蓬蓬的头发沉思说：

"依我看，这老头儿是个奸细！"

"得了吧，廖恩卡①，"我反驳说，"你难道没看见他已经诚心诚意参加咱们的工作了吗？"

"不，我并不是说他会出卖咱们。如果要出卖，他早已出卖了！"

阿列克谢满不在乎地把手一挥。

"嘿！我看，他呀，是并不信上帝的。可是，光自个儿孤单一人，不信上帝，又有些害怕，所以就想鼓动大伙儿都不信上帝，好给他自个儿支持、壮胆。我是挺喜欢这个老头儿的，他真有意思！他也挺勇敢，这鬼老头啊！"

阿廖沙快活地大笑起来了：

"哈哈！老松针！毕竟挺起来啦，总算挺进得正对了门路啊！"

那天晚上，我们讨论完了问题以后，已经疲倦不堪的阿弗杰伊便去睡觉了。瓦尼亚用他那又直率又温和的口气（仿佛只有他一个人会这样做似的）向老头儿问道：

"彼得·瓦西里耶维奇叔叔！我们三人早就想问问你，你对宗教怎么看？"

"什么教呀？正教吗？"

---

① 阿廖沙、廖恩卡，都是阿列克谢的爱称。

他不等别人答话,便又像念书似的说下去:

"这真是一种金钱教啊。信这种教干什么都要花钱:今天点支蜡烛,明天点支蜡烛,可是你睁眼一瞧,当尽了衣裳光屁股——这种宗教太费钱啦!鞑靼人的宗教就便宜多了。回教的阿訇是清廉的,他们不向庄稼人敛钱。可是咱俄国呢,生孩子要钱,娶老婆要钱,人死了还得交三个卢布!当然,为了上帝,什么东西都不该吝惜。我倒不是说这个,我只是说,上帝,他吃得饱饱的,庄稼人可饿着肚子呀!"

老头儿像开玩笑似的说着说着,自个儿也笑了。他的笑声叫人听了真难受,就像是软木塞子落到玻璃板上蹦跳的声音一样。

"你不是跟上帝相处得挺好的吗?"瓦尼亚低着头问道。

库津亲切地看他一眼,接着又看看叶戈尔,再看看我,好像他在暗暗揣测着我们。最后才放心大胆地回答:

"我有什么要跟上帝相争的呢?无论过去和现在:我一直是两袖清风,我跟上帝之间可没有什么要争的啊!"

"你读过《约伯记》①吗?"

"怎能没读过!不过是老早以前读的……"

这时已夜阑人静。天上的星星眨着眼睛,云彩和星星在嬉戏,一会儿把星星遮掩住,一会儿又让星星亮出来。

瓦尼亚又低声提出问题:

"你还记不记得约伯提出的问题:'全能者既定期罚恶,为何不使认识他的人看见那日子呢?有人挪移地界,抢夺群畜而牧养。他们拉去孤儿的驴,强取寡妇的牛为当头。'②这些话好像是昨天说的一样!"

"你真行啊!"老头儿极佩服地夸赞说。"把全段经文都背得这么滚瓜烂熟了!"

他这话并非出自真诚,这点我们是能够听得出来的。显然,他明白我们听出来了,他不安地、很快地全身抽动了一下。

---

① 《圣经·旧约》中的一篇。
② 引自《旧约·约伯记》第二十四章第一节至第三节。

瓦尼亚继续回忆着："约伯还问过：'恶人为何存活，享大寿数，势力强盛呢……'①"

忽然出乎我们意料之外，库津也抱怨地小声接下去背诵说：

"'他们的家宅平安无惧，上帝的杖也不加在他们身上……'②"

瓦尼亚摇了摇头，然后抬起头来望着天，像是在想什么，突然用指责的语气慢慢地提高声调说：

"'我不明白这条道路怎能改变。难道巴比伦人干得比锡安人更好吗？'③这已经是《以斯拉记》上的问题了。人们也常常提出这个问题……嗯！"

瓦尼亚渐渐更来劲了：

"天使乌列这样回答他：'因为滋生财富的大地全归你们人类所有呀……'④"

"归咱们啦！"多谢金像鸭子叫似的声音嘲笑道。

"说什么'海水是归波浪所有的。人住在地上，就只能理解地上的东西……⑤'彼得叔叔，为什么咱们只能理解地上的东西呢？"

库津把那两只大手，向膝盖上吧哒一拍，哈哈大笑起来，笑得浑身颤抖，甚至两眼都笑出泪花来了。

"到底你想要怎样晒？"他边笑边喊着。"你还记得乌列说的那两句话吗？'不要急着去超过上帝！''你急着超过上帝是妄想'⑥对吗？"

瓦尼亚心平气和地回答道：

---

① 引自《旧约·约伯记》第二十一章第七节。
② 引自《旧约·约伯记》第二十一章第九节。
③ 出自俄国东正教译自希腊文的《圣经·以斯拉记(三)》第三章第三十一节。和犹太人交战的巴比伦人在《圣经》中成为罪恶的象征。瓦尼亚引用这段经文意在将"巴比伦人"这个形象比拟为压迫人民的人。
④ ⑤ 出自俄国东正教的《圣经·以斯拉记(三)》第四章第二十一节，但原经文是："因为大地是归于森林，而海是归于它的波浪；居住在地上的也只能理解地上的东西，而居住在天上的能理解天上的东西。"
⑥ 出自俄国东正教的《圣经·以斯拉记(三)》第四章第三十四节，但原经文是："不要急于爬得比上帝更高，因为急欲高过他是徒劳的；你走得太远了。"

"我看这是不对的,因为,应当急着点儿才行,人的一生,是很短的,短暂的岁月要求我好好领会生活的进程……"

"好一个瓦尼亚!"库津惊讶地叫道。"你看你扯到哪儿去啦?!"

瓦尼亚跪了下去。他个子不高,长得却端正结实。从他那被生活折磨得有点战战兢兢,又有点畏畏怯怯的沉思的脸上闪出了内心的光亮。他用小河流水一样清莹悦耳的声音继续说道:

"我并不想超过上帝,我是想了解,我也应当了解了解上帝的规矩:为什么他给巴比伦人的命运比给锡安人的好呢?"

伊凡[①]的脸色忽然变得发青了,他好像一棵把树梢压弯下来的小白桦树那样的紧张。

"为什么咱们要受恶人的压迫,做他们脚下的奴隶?为什么庄稼人被我国的'巴比伦人'捂住眼睛、受黑暗势力压迫、被千万条锁链捆绑着呢?这是为什么?《圣经》上说,咱是照上帝的样子被造出来的,那么,为什么人家竟把咱当野兽或牲口一般看待呢?——上帝呀,你哑了吗?世界上的人竟被分成奴隶和老爷了——上帝呀,你瞎了吗?庄稼人被恶魔们压迫,被他们侮辱,被他们欺骗——上帝呀,你当真没法管吗?因此我要问一问,你这无所不在、无所不知、无所不能的救世主,你在哪儿呢?"

在月光的辉映下,这小伙子的脸儿激动得变成鲜红色了。他那双严肃的灰色眼睛发出绿宝石般的闪光,执拗地要求着回答。我和叶戈尔看见瓦尼亚这种激昂劲头儿感到非常高兴。我们为他的激情所鼓舞,热血沸腾,专心地听着他那庄严的讲话,库津老头儿则吃力地粗声呼吸着,他擤着鼻涕,两只小眼睛里闪出了泪花。

"伊凡,你讲的这些话真可怕呀!"他这样说着,又连连点头,点头的动作跟他说的话很不谐调。他的话音颤抖,还带点破锣嗓儿,两手沙啦沙啦地摸索着地面上的沙土,好像他在搜寻什么东西似的。

[①] 瓦尼亚的本名,瓦尼亚是爱称。

"这真是可怕的话呀!瓦尼亚,有上帝!当然,有上帝,因为没有人不信有上帝。"

他揉一揉自己的胸脯,沉默片刻,又深深地叹口气说:

"小伙子们,我这个上了年纪的人说出这种话来是不愉快的;但因为这是真理,我晓得你们是需要知道真理的;老实说,我是承认,也信奉主宰这个世界的上帝的,然而,我却从来没有亲眼见过上帝的尊容。真的,我看不见呀!要是你问我:为什么要信奉上帝?这叫我怎样老实回答呢——我不知道为什么!只要愿意讲良心话,千千万万的人都会这样回答的。你们想一想吧,这问题是应该想清楚的啊!"

说完这段话,他向我们扬起一只手臂来,做了个威胁的姿式,而他的身子却被浮云投下来的阴影给遮没了。

"要是大家都感到有上帝,那么,这个上帝在大家眼里应该是完全一样的;那么,为什么说他不是阿拉①,不是克列梅季②!我们却偏偏说他是沙白阿斯③呢?要是真有个伟大的上帝,他下面的人总该是好的,可是,我们这些号称基督徒的,比那些鞑靼人、楚瓦什人、莫尔德瓦人或是其他异教民族好在哪里呢?我大概去异教民族地方旅行过十几次了,我晓得他们大家都是过着不像样的生活,但咱们也并不比他们更好些,一点也不好呀!至于鞑靼人,这谁都知道,实际上他们比咱们更诚实。这该怎样说呢?我们曾经相信过的福音书上的话,先知们的预言全叫事实给推翻啦,倒是其中有疑问的地方,而今令人更加怀疑起来了!怎能硬说:我们有基督,所以就比别人好?!"

他向我们大家看了看,沉吟一会儿,又伤心地低声问道:

"在咱们的现实生活里,基督在哪儿呢?这个大慈大悲的创世主,他究竟在哪儿呢?我看也看不见啊,我的好孩子们!为什么我看不见

---

① 伊斯兰教的上帝。
② Кереметь,阿拉伯语,原意为"奇迹",这里指俄国少数民族楚瓦什人的上帝。
③ Sabaoth,希伯莱语,赞美耶和华的字眼,意为"万军",他们称耶和华为万军之王,把天上的星星都看作他的军队。

他?是我的眼睛被魔鬼迷昏了呢,还是因为我的眼睛过分明亮了呢?"

他不再说话。这时我们周围的一切,都像和我们一同凝入沉思之中。只有片片云影,还在轻轻抚摩着那由于滋生了富丽的花草和丰盛的五谷而现出倦容的大地。河水忽然显得阴暗而轻柔,忽然发着乳白的闪光,好像是一条清冷的小路伸向树林深处去。

"瓦尼亚,这真是可怕的思想!"库津又低声地说,"也许,我今天想这已经迟了一步,但终于想啦!咱们庄稼人对上帝犯过什么罪过呢?人们互相斗争就算罪过吗?今天这世道,你只要活上他二十来年试一试看,到底能否不犯罪吧!咱们反对上帝是犯罪吗?上帝的十诫,本是为人定出来的,所以一切罪过都是反对人的!且看,十诫的第一条吧,咱们并没有违反它,'不可为自己雕刻偶像。'① 如果上帝真是全能的,那么,他就该消除生活中的一切罪恶,把大家团结起来去做众人欢喜的好事。可是,他竟把咱们投入了这样一个烂泥塘里,还命令说,不许堕落下去呀!要当心,不然就罚你进地狱!"

他已经心情平静下来,说话又像往常一样带玩笑口吻了,并不断狡猾地眨着眼睛。

"是啊!"多谢金叹息一声说,"这些问题都是应该弄清楚的。喂,彼得·瓦西里耶维奇,你索性花点工夫,把这些问题写本小册子吧,将你想的全写上,我们秘密地把它印出来,分发给庄稼人去看看,要他们都好好想一想。"

"我可不行,亲爱的叶戈尔,"老头儿笑着忙摇手推辞说,"我哪能写书呢?道理我懂:把这些想法叫庄稼人们看了,会使他们觉醒过来,会把他们鼓动起来!可是,写书的事,我不行,压根儿不会,只会用嘴巴讲一讲罢了。"

"唉,太可惜了!喂,瓦尼亚,最好请你把这些先知们的最大胆的警语都集到一团儿,也编成一本小册子吧!不然,咱们这里各式各样

---

① 引自《圣经·出埃及记》第二十章第四节。

的教派,什么马利亚教,阿库利金教——真闹得糊里糊涂了!"

老头儿在我们的笑声鼓舞下,继续幻想着说:

"啊,等咱们的人数多起来,咱就创办一种报……在这报上什么都登载!瓦尼亚,凡是有关宗教问题的文章,全归你包了,你就准备干吧!"

"我得学习呀!"瓦尼亚谦逊地说着,直欢喜得脸也发亮了。"我很想看一本记录历届基督教教徒世界大会的书,看看在教徒大会上怎样选出了主教,他们代表什么人来制定了教会的法规。总而言之,我很想研究研究这一切到底是怎么搞的!"

库津点点头说道:

"看样子,您也真想就此大干一场啦,愿上帝保佑您吧!可是,在普通书①上有什么关于这方面的记载吗?"

多谢金伸出手在地上指画说:

"在我们的书上,可反对这个呀!"

"完全反对吗?"

"完全。"

老头儿不以为然地抿紧了嘴,用手捻着嘴边的胡须:

"哼,这就太过分了!我真不明白……你这不是说气愤话吗,唵?"

"你去读一读看吧!"

"嗯,嗯……要看一看的……也许,我还是不明白吧?"

"等看了再讲吧!"叶戈尔很和蔼地说。

"我一定要看一看的!"

从此以后,库津更热心地加紧在全区各村去奔走了,长时间也没露面。有一天,他突然跑来对我们说:

"有个好农民,倒是挺适合参加你们这一团儿。另外,还有一个,也挺不错。"

---

① 普通书,指世俗的非宗教书籍。

他是凭着他的嗅觉来挑选人的,但很少有错误。他所结识的,几乎全是在近些年来受尽了种种折磨和凌辱的农民。显然,这些农民都已觉悟到:再也不能照以前那样生活下去了。

"我要好好地让你们得人如得鱼一样!"[①]库津露出沾沾自喜的神气,随后又深表遗憾地叹息道,"像你们这样有文化的人太少了,到处都缺呀!"

"哼!"叶戈尔唠叨地说,"这个老头儿,大概是积极得过头啦!咱们可不能给全区人开个训练班哪,咱们只能先劝说劝说父辈的人别去阻挠青年们的行动就是了!"

我们的人手不够,这一点是越来越明显了:眼看夏收就要完毕,每天早晨从打谷场里已经断续地播送出连枷打谷的愉快声音了,劳动的农民们稍稍有了一点空闲,可就把我们几个人忙得不可开交了。

在暑天劳动中累得过度疲乏的阿弗杰伊,面容瘦削了,神气显得更加颓唐,变成无精打采、吊儿郎当的样子。阿廖沙忙着做青少年工作,简直没法满足青少年们的种种要求。他也变得脾气急躁,爱骂鸡骂狗了。至于瓦尼亚,我们这位不顶用的助手,他竟埋头去死扣他那宗教和教会问题去了。只有多谢金像一匹拼命拉车的辕马一样,他可以一连三夜不睡,从这村跑到那村,将报纸和杂志上有关国家杜马的论文,向库津集合起来的农民宣读。他还十分热心地研读《法律汇编》、《农民总则》[②]以及各种讲土地问题的书籍,看样子他对这些颇不简单的东西倒也很能读懂了。

"这就是国家的法规呀!"他说,"咱庄稼人在这种法规里,就像是鱼被捕进渔网里一样。你只要稍稍动一动手脚,就会碰上法网啦!"

他带着又鄙夷,又痛恨的心情抱怨说:

---

① 出自《新约·马太福音》第四章第十九节。耶稣对打鱼人彼得和安德烈说:"来跟从我,我要叫你们得人如得鱼一样。"
② 《农民总则》,即《解除农奴制依附后之农民总则》,是一八六一年二月十九日改革中最重要的一部法典。

"我干吗要把宝贵的时光浪费在这东西上呢！唉！我要学习,必得读点别的好书才成啊!"

有时我跟他一起,有时我们各自分头去村边烤谷房①里,或在山沟树林里坐下来,把自个儿所知道的事情仔细讲给农民们听,也尽自个儿的能力为他们解答有关土地法令,有关国家杜马开会的情况,有关外国怎样解决土地问题以及外国农民已有了什么权利等等。

一天,库津为我们集合了二十来个农民到密林的山峡里开会。据说在古时候,每当凤尾草开花的季节,常有猎人到这儿隐蔽起来伏击野兽。现在这绿叶紫茎的凤尾草已经被农民们践踏得枯萎变色了,因为农民们常像一大群冻得缩成堆的灰毛鸟雀,在这片凤尾草地上紧紧挤坐在一起。发黑的黏土表层向上陡跷起来,被滑坡下来的沙石砸成了碎末,上面落满了各种颜色的干枯树叶。满山坡都歪斜地生长着萧索的白桦树和白杨树。再往上去,在山峡的高处,伸出来一棵大松树,这棵松树正在我们头顶上张开它那苍黑的大手掌,像天幕似的将我们完全遮盖起来。透过松树枝叶的缝隙,可以隐约望见初秋微带绿色的天空,使你感到青天无限高远。周围是寂静、阴森、潮湿、清冷。只听到几只山雀叽叽喳喳,啄木鸟忒忒地啄着树干,小松枝儿鸟沿着树枝噌棱噌棱地飞来飞去,半枯的树叶沙拉拉地落了下来。多谢金在不慌不忙、时而冷嘲热讽、时而斩钉截铁地讲着话:

"那官家手下再没有可靠的人了,便打算用这来收买拉拢一些较富裕的农民,好藏在他们背后躲躲风……"

农民们好像一堆土疙瘩似的一动不动地听着,仰起脑袋,用不愉快的眼光盯着多谢金的脸;有人好像在默默祈祷什么,无声地动着干瘪的嘴唇。有些人两手抱住膝头,弯腰弓背缩成一团。有两三个农民懒懒地平躺在一道干涸了的小河床里,两眼望着天空在听多谢金的讲话。这种沉默与肃静,已经把庄稼人们融合为一股力量,并与无声的

---

① 在脱粒前烤干麦捆用的农村建筑物,里面有通风设备或砖砌炉灶。

大地凝结成为一个孕育着生命的浑然整体了。

间或听到几句小声的对话：

"那么，他们是决定叫咱跟土地分家啦！"

"要是不能给地价贷款，那事情就万万办不成！"

一个细高挑的农民，像饿猫般瞪着绿眼睛，用深沉的低音说：

"你要贷款有什么用呢？你不记得咱庄稼人的主要问题是缺土地吗？他们会发给你贷款的！"

有人嘻嘻嘲笑着插嘴说：

"贷款对咱们也没有好处！"

"再说，钱，你上哪儿去领呀？"

"修道院里征收了大堆钱！"

"能给你吗？等着吧！"

叶戈尔停止了讲话，听人们议论，他又敲敲脑门，寻思更有力的话语：

"要晓得，结果就是这样：全乡村的庄稼人都上税，掌权的官们就用这税款贷给某些人，某些人又用咱们好容易交上去的血汗钱来购买咱们的土地，把咱们这些穷苦人变成他们的雇农。"

好像大风撼树林一样，农民们都动弹起来了。

"原来——是这么一回事……"

"那么，咱全乡村的人不是都叫这一小撮家伙给捉弄死啦？"

"我的老兄老弟们呀！事实就是这样啊！"一个大嗓门的农民不安地说，"你们看！有些庄户人家已经开始出卖自个儿的份地，不种田，到城里去住了！"

"禁止他们！"

"怎么禁法？"

"不给发身份证！"

"对！叫他们回来，离开土地过一过日子看！"

"常言说，有人赚钱就有人吃亏！"

"当然啦！俗话说,天下是一家嘛……"

于是,听到越来越多的人不安地提出问题:

"咱可该怎么办呢？"

一个穿着厚实短皮外套的大个子农民站了起来,他脱下帽子,庄严地说:

"老乡亲们,你们这些想法对谁都没好处呀！比如,拿我来说吧:我有二十俄亩[①]地,本来还能多买点儿,没问题,可以再多买！但是,我不买了,因为买地是危险的！第一,谁也不晓得将来结果如何,人们会怎样审判你;第二,我今天要是真的多买了土地,你们就会跟我过不去了……"

人群里爆发出了嘲讽的冷笑,好像有人在低声地呷呷叫,又像是嘎吱嘎吱咬牙齿。农民们在黑暗中蠕动着,肩靠肩地紧紧挤拢到一起来,用失望的声音叽咕着:

"实在说——有半数的庄户人家就这样丢开了土地！"

"老哥们,上帝怎么就不管一管呀？难道他还没看见吗？"

"自然,某些人是上升了,这不用说,可是,全村……这下就闹分裂了！"

那个大个子农民依然在那儿垂头站着,手里直揉捏他的帽子。

"不,老乡亲们！"有人高声喊起来,"不管你愿不愿意,咱总该自个儿动脑筋想一想了。看起来,谁也不会帮咱们的,跟咱们作对的人倒有的是！"

我凑近叶戈尔的耳边说:

"你听这……"

他眨巴眨巴眼睛,抬头向众人望了望,突然用大家都能听到的高声说道:

"说的话和做的事常是不一致的呀！嘴巴上什么都会说,可是人

[①] 一俄亩合 1.092 公顷。

人私心里都想做那上升的'某些人'。"

农民们全不吭声了。只有一个人,昏暗中看不清是谁,用讥笑的口吻喃喃地说:

"我看咱们谁也当不成'某些人',不行啊!"

"那咱可该怎么办呢?"一个青年农民苦恼地问。

"请你讲一讲吧!"叶戈尔向我小声说。

我讲话了,整个人群又沉静下来,屏住呼吸急忙听我说什么新鲜话。有人时而难过地突然耸一耸肩膀,叹一口气,或嘟哝两句,又哑然无声了。在这阴暗山沟的黄昏里,已经很难辨出人们的面孔,只能看到一个个朦胧的圆点点和微微闪光的人眼睛。人们的身子紧靠着身子,就像从山顶上滚下来成堆的黑石块似的。我望着他们,心里不禁产生了一种强烈的愿望——想对他们说一些如火如荼的话,好把他们点燃起来,让炽热的火光直烧到灵魂的深处,使他们的灵魂豁然苏醒,勃然奋发,在忘我的欢欣和友爱中紧紧团结起来,同生共死。

常有这种情形:农民们痛苦地哭诉一阵,又会笑了起来。在散会归家的路上,齐声唱着新的歌曲,大家搭肩挽臂地向前走着,真像喝过了几杯暖心的美酒一样,将私人之间的恩仇爱憎全然忘到九霄云外去了。这种伟大而生动的事业,把人们熔结成为一个互相尊重和互相依存的整体了。

大家很少问过我是什么人。偶尔有一天,一个农民来问我是干什么的,别的农民马上用责备的神气制止了他的问话:

"你还看不出来吗?你说是干什么的呀?"

有时对于农民们的许多问题,我也不得不直爽地回答说:

"老哥们!关于这个我也不知道啊!"

这样的答话,反使他们跟我更加亲近起来了,马上对我更坦率,更信赖了。

"你也是个普通人吧?"他们这样问我。

"对,我并不是圣人。"

"这挺好。"

"跟俺们一样。"

农民们拍拍我的肩头很亲切地笑了起来。有一天,一个怪有趣的农民对我说:

"老弟!感谢你的指教,你对俺们太有用啦!"

这样,我不懂的事就老老实实承认自个儿不懂。结果,反而比不懂装懂,硬摆着指导人的姿态,能够更好地团结农民到自己方面来。

在跟农民们的日常接触中,我越发深刻地感觉到:旧的东西已经从根儿上断裂,行将死亡了,但它那由于笨重和老朽而变得孱弱无力的躯体,还勉强依附在已经厌恶它的大地上痉挛地挣扎。我们的大地,又好比是一个正在恋爱中的未婚妇那春情旺盛而健康美丽的身体,被对方一些笨拙的爱抚折磨得痛苦不堪,极想赶快从怀抱中推开这个衰弱得毫无生育能力的求婚者,而渴望着另外一种新的力量。

我没有时间专心于自个儿的学习,我只是在农民起义的风暴中接受教育。我清楚地看出,农民们再不能依照腐朽的老方式生活下去了;由于我内心抑制不住的冲动,便参加了这种组织人民群众的革命活动。仅仅在革命起义的前一年,我才开始读过一些社会主义理论的小册子。对于革命的远景,我是明白的。然而分析当前的革命形势,我却感到很大的困难。关于俄罗斯国内土地的历史知识,更是漆黑一团,茫无头绪。也许叶戈尔比我知道得多一些吧。我将自己看作是一个改革生活的列兵,又像是在现实生活的建设工地上面,一铲铲挖掘着通向正义的美好理想之路的泥土小工。在沙皇政府对革命实行大屠杀以前,我跟两个党派的党员群众都有来往,但到革命起义失败之后,大家离散了,有些人牺牲了,我便和两党失掉了联系,单枪匹马,只身活动。只认识几个对革命事业抱有同情的人,所谓业余爱好者,但不是正式演员。

现在可好了,一位真正的革命生活的舵手菲利普·伊凡诺维奇来了,我便去向他报告了我们这里农村工作的情况。结果是这样决定的：他仍然留在城里设法搞点钱，开一个什么店铺，叫阿廖沙去给他做店员；同时也为我们筹划创办报纸的事情。那位看林人的儿子瓦西里被派往省城里，到工人中间去活动了。

女教师听阿廖沙和我跟她讲述了我们的工作计划以后，她跟她的弟弟也愿意来参加我们的活动了。姐弟俩挺热心地帮我们弄来大批大批的书籍，替我们注意搜寻报纸上必须知道的消息。

我们在高家村为了不致打草惊蛇，除阿廖沙以外，谁也不许在这个村里进行活动，就是阿廖沙给农民们读书报时，也必须特别注意保密。我们所以要这样，是因为这个村庄太小，哪怕出了针尖大的事情，马上便会闹得满城风雨。这村里的阶级关系是比较复杂的：阿斯塔霍夫和斯科尔尼亚科夫算是村中的头面人物，跟他们地位相当的还有乡警的哥哥利亚多夫，这是我们村里的黑帮分子，他们这些吃饱喝足的家伙，整天担心着自个儿的财产，为了自己的一个菜汤锅子，甚至可以去反对上帝。此外，还有一些过着下坡日子，但仍然怀着侥幸心理而勤劳不息的老成持重的农民，他们吃苦受累，拼死拼活地耕种着几亩可怜的薄土，嘴边还老是唠叨着：

"愿上帝保佑，咱们会好起来的！"

他们躲躲闪闪，不露头面，但愿少惹是非，天下太平。在事实上，当然他们是倾向于有钱人一边的。这类人中间有叶戈尔的爸爸，他是个温和怕事而又忙忙乱乱的农民，已经接连当了两任村长。由于心性软弱，竟不敢拒绝这种公职。叶戈尔也不能给他帮点忙，就是想帮忙，的确也无忙可帮，因为他家里只有一亩挂零的土地，他和许多农民一样眼看就要完全破产了。最下层的是一些飘摇不定的穷光蛋，这类贫农，两手空空，一肚子仇恨，什么也不相信，就想借酒浇愁。他们多半是，只要你请喝酒，他们便可以为你这一杯酒赴汤蹈火，万死不辞。

站在另一方面的，是那些青年农民。他们的态度越来越显得严肃起来，整天紧蹙双眉，埋头苦思，他们心里很懂得识字读书的好处，他们不赞成，也看不起他们那些叔叔大爷们。

库津的那些朋友，也不是我们的得力助手。就说米尔·米雷奇吧，他总是眨巴着眼睛，一声不哼。偶尔他也会突如其来地和不适时地发出低笑声，他最爱用哀求和慨叹的腔调说：

"好乡亲们呀，你们为了基督的社会尽力吧！基督会永远记住诸位的美名的……"

于是阿廖沙就向他嘲笑道：

"喂，米洛夫呀，你还等什么呢？在这人世上没有你的事啦。最好背上个饭钵子去化缘，敛点百家钱来给咱们铸铜像吧！不过，你得注意，我的像要铸个骑在马上的！别人要什么样的我不管，我可要骑在铁马上，千年万载不下鞍！还得给我那个像用金字题上：大高家村全体村民为阿列克谢·德米特里耶夫·希皮古谢夫君之善行，谨立此骑马铜像永垂不朽！"

这位温和的农民听着，有点难为情地微笑起来，再没有话讲了。他缩了缩肩膀，用瘦骨嶙峋的两手扯整齐自己的短布衫。

萨韦利则常常瞪着要冒出火星子的大眼睛，用破锣嗓儿喊叫：

"打吧！他们在打了……"

你问他：

"光打能解决什么问题呢？"

他便像拨浪鼓儿似的摇着头，连咳带喘地说：

"听你讲了那些话，我不能用别的字眼来回答，只有这么一个词儿，打！我是很快就要死的人啦，我很想看看，他们身上的肉会怎样颤抖；我也很想听听，他们的骨头会怎样碎裂！"

这简短的几句话，把他的心情全说尽了。这话是多么可怕呀！然而这个人在世间已活不了多久了，他很快就会在咯血的时候把他那残余生命也一起咯出去了。

我一看见他，就不禁痛苦地想：

"农民们为什么竟被蹂躏、摧残和激怒到这等地步呢？这叫什么生活！谁还能够忍受这种耻辱，而不起来斗争啊？！"

格涅多伊竟然发生了一桩意外而可笑的事。那天他跑到我这儿来,尴尬极了,坐在板凳上,身子直往下缩,黑脸上却浮出一丝茫然的微笑。

我发现他上身衣服已经缝好并补上了几块补丁,下身的裤子也变得十分结实完整了。这真有点儿稀罕。

我当时没有工夫管他这些,只忙着催问:

"米哈伊洛叔叔,你有什么事吗?"

他无可奈何地把两手一摊,开口道:

"真不晓得跟你怎么说呀!要知道,我昨天傍黑时正在砍柳条编鱼笼呢,没料想玛丽亚·阿斯塔霍娃来了。我假装没看见,我理她做什么呢?'你好啊!'她偏偏甜言蜜语地找上我献殷勤来了。'你好!不害羞的女人!'我这么一说,可就引逗得她没个完了。她说:'我怎么不害羞呀?要知道我又不是个大闺女,我本是寡妇啊。我家男人的尸体早已腐烂,我的孩子也一个个死光了。我还是个挺壮实的女人,身上既然有这要求,灵魂儿就只好由着它吧!'"

退伍兵搔一搔鼻梁,皱着眉望着我问道:

"她说的对吗?"

我回答:"没什么,好吧。"

于是他高兴起来了,放开胆量继续往下说:

"对!我也是这样想。既然女人是自由的了,那么照个人的心愿找个男人,又有什么罪过呢?像这样大方、爽快的女人,小伙子们到处找都找不到呀!有这样的女人倒也不错,不然,那年轻姑娘们就要给毁了。可是她老跟我一句搭一句地没完没了,我听出了她在向我要求什么,却又不敢明说,活像一只小猫儿乖乖地望着我……老那样望呀望的。我便开口问:'你想干么呢?'她一听就哭了,她直挺挺地立在我面前哭,就像白桦树流出树汁一样,她眼里流着泪说道:'亲爱的米哈伊洛,我求求你修点好吧,别再一有空闲就来骂我的爸爸了。你看,他老人家夜里气得睡不着觉,总是在屋里走来走去的,胡言乱语,骂天骂地:骂神父是个懒鬼、乡警是小偷、警察所长是强盗,连区长、县长和所有的人都骂遍了。他吼起来真是可怕呀!我问他:爸爸,你是怎么啦?他就冲我喝道:滚开!真丢人!就为了你跟莫凯,叫我今后怎么过呀,叫我怎能心里痛快,哪儿能安心休息呢?谁来保护我呀?周围尽是些野兽!我若是还有气力的话,真想拿斧头把你们全砍死,你们这些祸害,把我给毁啦!亲爱的米哈伊洛!我怕极了,可是又觉得他怪可怜的,他毕竟是我的父亲!'我说:'他也是命该如此!'可是我的心突然跳了一下,自个儿也不知道这是因为高兴呢,还是因为别的什么原因。"

说到这里,退伍兵又踌躇起来,有点羞涩,身子局促不安地在板凳上偎蹭了偎蹭,然后,垂下头去说道:

"你看这,叶戈尔·彼得罗夫!我很明白,一个人要是天天气得夜里睡不着觉,这味道该够多么难受啊!老弟!当然,对库兹马我一点儿也不必怜惜。可是这个女人有什么罪呢?为什么也要跟着倒霉?并不是她自个儿来找上这么一个人做爸爸的呀!……"

"你到底要说什么呢?"

"别着急!听我慢慢跟你讲啊!"

于是,他带着又像抱歉又像自嘲的神气说明:因为他被玛丽亚的甜言蜜语给迷糊了,所以现在他不能再去揭发她的父亲了。

我遗憾地对他说:

"我一直劝你三个月啦,不是叫你别再这样乱搞吗?!"

他低声承认:

"不错,三个月了。可是,到头来像是背叛了!"

"背叛了谁?"

"背叛了真理呗!"

这个退伍兵的脸色突然轻松豁朗起来,手掌往板凳上一拍:

"叶戈尔·彼得罗夫!时代可真不同咧,对吗?早先的人们,只要往自家热炕头上一躺,要想咋样就咋样,而今可不行了。不跟伙伴们商量商量,好事坏事自个儿全不能做主了,你说对吗?"

他竟自高兴地哈哈大笑起来。

我把这事告诉给叶戈尔听时,叶戈尔喷出一口他那最烈性烟茎子的浓烟儿,咬着牙齿骂道:

"呸,真是块贱骨头!"

他沉吟了一会儿,又补充道:

"俗话说得不错:鱼龙同渊,谷稗同畦。咱们这阵儿也是这样,要晓得这样对咱们会有利的。如果咱决定叫瓦尔瓦拉·基里洛芙娜到城里我们那印刷所去扮做厨娘或是女主人,那么,咱们就顶好是把这里的秘密接头地点设在阿斯塔霍夫家里去。现在看得很明显,格涅多伊要做他家的雇工了,萨什卡就会被赶出来啦。"

"恐怕你猜错了吧?!"我怀疑地摇摇头说。

"我么?"叶戈尔眨着他那燧石般的茶色眼睛,轻轻反问了一声,"老兄,我在一年之前早就看出来会发生这种事的。请相信我吧,错不了!"

他笑着继续说下去:

"不怕,把咱们的书库移到库兹马家里去,又舒适又安全,因为莫凯是目不识丁的瞎子,玛丽亚不会出卖咱们,老头子本人也不会发觉——咱们设法不叫他看出一丝破绽。这事交给格涅多伊去负责好了!"

"听说老头子为了退伍兵这桩勾当,狠狠打了玛丽亚一顿呢,"我说。

叶戈尔却满不以为然地分辩道:

"他怎能够打人?老态龙钟的,不行了!想当年他有气有力时,把儿子打成了傻头傻脑,一辈子聋聋怔怔的。但是近些年来,他不行了。想必是莫凯奉了爸爸的命令去打妹妹的;不过这个聋小子,没胆量往狠里打。他有点儿害怕玛丽亚。要是玛丽亚碰到兴头上,倒敢把莫凯敲几下呢!我今天在路上见过玛丽亚——她跟瓦尔瓦拉·基里洛芙娜一块儿拔白菜去了。看样子没有什么,还哈哈大笑呢。"

他两眼盯住我,若有所思地说:

"我同名的老哥呀!这些都不要紧,都是些鸡毛蒜皮。可是有一件事,你注意到了没有?阿弗杰伊变得越来越沉闷了啊!"

"嗯,注意到了。"

"这就好,你不觉得他跟咱们走的不是一条路吗?"

我愣了一下才回答说:

"不,不会是那样吧。"

"不会?"

多谢金笑了笑,沉吟一会儿,又低声说下去:

"所有这些事我在一年前就已看出来了。真的……为了这,我的心里有一阵儿真像熬树胶一样难受。"

他气得颧骨像两个硬瘤子似的突出来,继续咬着牙齿慢慢说:

"我明白,咱们俄国人必须变得沉着更沉着才行,因为咱们革命胜利的节日并不是明天,也不是一年甚至也不是十年的事。这点我很明白。要做的工作还多得很!整个俄国像座天高的大山一样……是的,不错。老哥,这些我都明白,所以我才沉住气。只是我担心我这股气一朝压不住了,就会去杀人的!"

我也很为他担心,感到有一种可怕的东西在触动我的胸膛。

"你怎么啦?"我走到他跟前问道。

他已经恢复了常态,说话也变得温和些了,眼里透出微笑说:

"沉着的人们,是最有力量的!我的天啊!我总忘不了在列斯诺亚被杀害的那个钳工。他老是深深激动着我的心。我一想起他,就感到全身热血滚腾。你看,那个钳工虽然死了,我却靠他的力量活下来!我亲眼看到这一切:官兵们来到他面前,叫他跟他们走!他问:'你们是奉命令来杀我的吗?'他们谁也不敢回答一声是或不是。那个钳工又说道:'我觉得你们真可怜,你们这些年轻轻的小伙子,刚开始生活就当杀人犯!好,走吧!'于是,他们把他拉去枪杀了。这是一个多么坚强的人呀!他对那些坏家伙,骂都不屑于骂一声。事后第三天,我在酒馆里又遇见了那些坏家伙们中的一个,他已颓唐潦倒,却仍在扮着鬼脸吠叫,直僵僵地翻着白眼珠。也许他是喝醉了?要不,就是决心上吊了。显然,他不能再活下去——他的心已经死了。"

"叶戈尔!你是怎么啦?"我又问他。

他猝然一振,站起身来说:

"没什么。想起来,随便说说罢了。唔,今天黑夜我就进城去,你要我办什么事快说吧!我该动身啦。"

他说着心平气和地走了。

又过了十天以后的一个夜晚,我正同瓦尔瓦拉闲坐聊天,我给她讲古时俄国普斯科夫和诺夫戈罗德两城实行平民政治的故事,忽听外边有脚步声,越来越近,已从院子到门廊里了,接着多谢金和阿弗杰伊走进房来。

"晚上好啊!"叶戈尔用沉着而响亮的声音说,"打搅了你们吗?要是当真打搅了,那就请原谅吧!听听阿弗杰伊,他有新闻。"

尼金摘下帽子往屋角落里一丢,随手理一理头发,眼光向屋内扫了一匝,才开始恳求着说道:

"瓦尔瓦拉·基里洛芙娜!我在这跟你们说了,请你可别讲出去……"

"你先给我敬个礼,我才答应不讲出去!"瓦里娅调皮地回答。

他坐下来,折腰弯背,胳膊肘支在膝盖上,两手紧抱着脑袋,随后又挺直身子,伸了伸腿,往地上唾了一口。

"你快讲吧,"叶戈尔一面点起纸烟,一面催促说。

"是这么一回事,"尼金用几乎听不大清楚的声音开始讲了,"库兹马·阿斯塔霍夫晓得玛丽亚和格涅多伊同居了……瓦尔瓦拉·基里洛芙娜!我请你可别讲出去呀!因为这同大伙无关,只是我私人的事情,你要晓得……"

瓦里娅吃惊地望着他,一声不响。

叶戈尔把纸烟举到自己的脸前,慢慢地吹落着烟灰说道:

"库兹马要招他做女婿了。"

"就是这回事!"阿弗杰伊简单地回答一声,眼望着我茫然地笑了笑。他那张端庄漂亮的脸,变得又消瘦又苍白了;眼睛浮起一层浑暗的云翳,透过这层云翳,从眼底深处射出一种非常奇怪的光芒,这光芒是窃喜,是恐惧,还是怨恨呢?我很难分辨清楚。

"从头讲起吗?"他问多谢金。

多谢金的眼睛不离开纸烟,冷淡地说:

"随你的便吧!"

阿弗杰伊站了起来,我觉得他的身个儿近来有点变高了。

"我昨天吃晌午饭时,从他家门旁路过,他把我喊住了……"

"喊住了……"叶戈尔含糊地重复了一声。

"真的——他亲自来喊的!"尼金提高声调说,随即举起手来,好像要画十字向上帝发誓了。

"我不跟你争辩这个!"叶戈尔说了这么一句,便摇着头,从牙缝里嘘嘘地吹起口哨来。

尼金在屋角的灯影里坐下了,从那儿发出一种艰涩的粗重声音,心里嘀咕着毫无条理地说:

"库兹马·伊利奇是个衰老的病人,看样子活不长了。他对我说:'我就只盼着你跟我的娜斯塔西娅①成亲。'我回答:'你盼的,我可做不到——我拿什么养活她呀?'我们就这样谈了好半天……"

"好半天……"叶戈尔点点头,重复着。

"是呀!他还唠叨说:'莫凯既不会管家,又不会生后代。玛什卡②爱跟野汉子们胡缠,可惜我家里这一大摊子财产啊……'"

"一大摊子……"多谢金像回声似的重复着他说得津津有味的词儿。

瓦里娅使劲咬住嘴唇,把身子紧靠在我的肩头上来了。我也觉得

---

① 娜斯佳、娜斯塔西娅均为安娜斯塔西娅的别称。
② 玛什卡为玛丽亚的别称。

这是多么可笑,多么可悲,多么可耻啊!

阿弗杰伊说着,又站起来了。

"叶戈尔,请你不要笑我吧!"他用颤抖的声音恳求说,"你晓得,我再也不能像这么活下去了。将来你们会落成啥样呢?可是,生活在前进啊!"

"生活是在前进!"多谢金肯定地说,"老兄,生活是一分钟也不停止地在前进!"

"一点儿也不错,可是娜斯佳还留在城里。我真等厌了,真要急死啦!我这儿还有个老妈妈,我的好同志,你们想一想,人不是牲畜,怎能受得了啊!"

"你要讲什么,就快点儿讲吧!"叶戈尔催他说。

于是阿弗杰伊又慢吞吞地讲下去:

"他说:'要不是鬼把她缠的来跟了你,她会嫁给一个好人的……'"

"你这人有什么不好呢?"瓦里娅低声反问。"他早已算计过了,在你手里他保险吃不了亏。"

"他倒也是这样讲了,"阿弗杰伊跟着说,"他讲:'你这个小伙子,挺稳重,挺聪明,是个挺好的庄稼汉……'"

叶戈尔学着他的腔调接下去:

"最好是丢开你那些造反的伙伴们,到我们这些土豪这边来……"

尼金忽然想起那老头子的话,便无可奈何地咕哝道:

"他说:'我只剩下一个娜斯塔西娅,此外再没有别的亲人了。'说完就哭了起来。兄弟们,我明白他的用意,可是,我拿定了主意……"

这位个子高大、脸色阴沉、头发蓬乱的庄稼人,在小屋里呆立着。

"请你们想一想,我要是有了他家的账本子,也就是说有了钱,大家就有法办报纸,买书籍,办学校,请一位好教师……你们支持我吧!要是你们都不信任我,那么我也就不敢信任自个儿了!"

"可怜可怜他吧!"瓦里娅在我耳边悄悄儿建议。

"如今,"尼金却拖长声调说,"这个土地法令……把人都割裂成两半了……"

"阿弗杰伊,别扯淡吧!"叶戈尔说了一句,又吸起烟来。

但是阿弗杰伊似乎还没有讲完,他仍然在断断续续地往下讲:

"他诉苦说:'我这五十年的心血为了谁呀?全为别人忙啦!'他愿意给我们单独一所住房,五亩地,两匹马,一头奶牛……"

他的右手不住地伸上伸下,手指头扎煞着,像猫爪子似的抓挠着,看着那样子真叫人不舒服。

"喂,阿弗杰伊,你别再啰唆了吧!"多谢金厌烦地说,"你有什么本事,你会闹出什么事情来?往后咱们走着瞧吧!"

他站起来,直走到阿弗杰伊的跟前:

"不管别人怎么想,我可不相信富人跟穷人讲友情。你最好别许愿吧,许了愿你将来还不了。别许愿吧!只要你答应一件事:无论现在和将来永远不泄漏我们的秘密!这就行了……"

"叶戈尔!兄弟们!"阿弗杰伊叫了一声,两脚乱跺着地板。

"别叫吧!"

"我跟你是从小一起的朋友……"

"住嘴!"多谢金用坚决的低声打断了他的话,"你小心着,要是我们的人,有朝一日受到你的口舌之惠,那么……"

"叶戈尔·彼得罗维奇!"尼金痛苦地叫着,"真冤枉呀……"

瓦里娅小声说:

"他太可怜啦……"

我却一点儿也不觉得他可怜。

我的心像被一股阴风吹袭而变成冰冷了。我悄悄抚摩着瓦里娅的手,默默地望着叶戈尔的脸,可以感觉出他说这话的心情是多么苦痛。

"你懂我的话吗?"

"唉呀呀,叶戈尔!"

"你该晓得！我并不是要吓唬你,干吗要吓唬人！你了解我的脾气,我就有这么个牛劲儿,说一不二,不打折扣的！我的话到此为止！"

尼金颓丧地软瘫在板凳上,一边叹气,一边嘟哝说:

"你为什么要这样冤枉人？……"

"我没有冤枉你,一点也不冤枉！"叶戈尔拿起帽子摇着说,"老兄,我晓得,你现在还相信你自个儿。不过像你这样的好话和诺言,我听得不知多少遍了。给人面前丢来一块油骨头,只要他去舔一舔,就会变成个狗了。这并不稀罕！"

"你将来看吧！"阿弗杰伊又许愿了,停了一会儿,更低声地补充说:"我只是暂时离开你们……"

"好嘛！"叶戈尔说着垂下头去。

"这场谈话就要完了,"我心里这样想着,不觉松了一口气。而瓦里娅的脸颊上竟淌满了泪水。

大家沉默了一会儿,尼金又咕咕噜噜地说起来:

"老头子很快就要死了,那时候你们就会看出来我到底是……"

"唉!"叶戈尔打断他的话,"算啦！时候已不早了,该睡觉了！"说着便把手里的帽子戴到了头上。

阿弗杰伊·尼金也慢慢地站起来向大家告别。他双手紧紧握住我的手,用恳求的口气对我说:

"叶戈尔·彼得罗维奇！请你跟他谈谈,劝他相信我的话吧！"

"好吧,"我回答。

我发觉当他看见瓦里娅脸颊上的泪水时,他的眼睛闪出了一丝欣喜的光芒。

他很艰难地抬起了沉重的两脚,蹒跚着走出去了。

这时叶戈尔却仍然留在原地未动,他好像突然变轻快了似的说道:

"好,亲爱的同志们！我也该回去啦。今天真累了……"

我握住他的两手,默默地望着他的两眼;叶戈尔冷笑一声,低下头去,用力地握着我的手。

"你的性格够坚强呀!"瓦里娅含着敬意亲切地对他说,接着又以莫名其妙的惋惜声调叹息道:

"哎咦!阿弗杰伊变成个灰溜溜的软脓包了!真没料到这个阿弗杰伊……"

叶戈尔也叹口气,把眼睛转向一旁,很难受地放低声音说:

"我老早就晓得他这回事了。他还想骗人!说什么库兹马来勾引他,全是胡扯!这个浪荡鬼!我什么全明白,但是不好意思向你讲,我的同名的老哥,你知道,这种事,真可耻,真不像话!"

于是,他狠狠地摇摇头,又握紧了我的手说:

"我欢喜的是不被那些奶牛、母马、大车等东西所诱惑的人!一个真正自由人的内心世界是十分丰富的,他如果需要外界什么东西,他一定会选取那些最高尚最美好的——我说的就是你,我的同名的老哥!还有你,瓦尔瓦拉·基里洛芙娜。这是我的真心话!我不想多说了。至于他,就叫他见鬼去吧!好朋友,明天见!……"

他脸上泛起了美丽的红潮,两眼发出一种我没有见过的温柔的亮光,愉快地笑着走出去了。剩下我们两人,被他夸奖之后感到很幸福。我俩好久好久地悄悄谈论着他,带着叹赏的心情赞美他,真诚地为他的前程祝福。

"他是一个多么坚强,多么可靠的好人啊!"瓦里娅不止一次沉思地说。我听到从瓦尔瓦拉口中讲出赞美他的话来,心里感觉很愉快。

以后,我们在紧张的忙碌里,很快就把这次又可悲、又可笑、耍两面派的事忘得一干二净了。我们的工作一天天飞速开展,我们四周的树林,也越来越鲜明地显现出金绿红紫、彩色斑驳的盛装的秋景。连续两三天来,在天空凝结着薄薄的灰色云层,一动不动,就像是一个冰冻的大圆顶棚,高悬在人们的头上,看样子寒雪正在犹豫:该不该给大地披上一层白色罩衫了呢?

看了近来阿廖沙跟库津两人的关系,我和叶戈尔都感到很高兴。

他们两人之间已结成了一种奇特的友谊，两人总是毫不介意地互相嘲笑、奚落、挖苦、揶揄，真好像不骂不爱、不打不亲似的。我们发现他俩越来越要好了，时常结伴进城去。每当他俩单独交谈时，显然是另一种谈法，但一到众人面前，他们就像为自己的友谊而害羞似的，定要故意地互相嘲骂起来。

有一天，由库津老头儿召集农民们到一个几乎落光了树叶的树林子里开大会。散会后，我和叶戈尔、库津、阿廖沙四人一路回来。天气虽然从早晨到傍晚已经由阴转晴，但还是有点凉森森的。在脚下，枯干的落叶像碎玻璃片似的被踏得沙啦沙啦乱响。我们面朝西走，透过树林的黑色枝丫，可以望见红红的落日，我们的心里也像红太阳一样，觉得喜盈盈地挺高兴——因为今天的大会开得很好，充满了团结一致的气氛；我们四个人讲了几次话，看样子，给了农民们极大的鼓舞，这次到会的农民空前多，足有四十多个，还没有把因事未到的人数统计在内。这是第一次集合跟我们有联系的农民开全体大会，真好像是一次革命力量的大检阅。它使我们亲眼看到：我们过去的工作并没有失败，而今更不会失败了。

"唉呀！你们在飞呀！"库津喘着气喊道，"叫我这个跛脚仙鹤怎能赶得上你们这些小伙子呀！歇一歇吧！"

"要不停歇地活下去呀！"阿廖沙回答。

"我兴跟你这样说，也兴你跟我这样说吗？真没礼貌！"老头儿用责备的口吻说。

叶戈尔则一会儿哼着歌曲，一会儿吹着口哨，眼也不望脚下，一直磕磕绊绊地走着。

叶戈尔走路的样子真好笑，他的眼老是望着十里开外，他的脚却像登山似的抬得有半尺多高。

我们一边走，一边戏谑着，很快走到树林尽头了。阿廖沙高兴地仰倒身子，在地上打着滚儿，用手扒拢了一大堆各种颜色的落叶，喊叫道：

"同志们！快坐下来吧！"

说着，他一推就把库津推翻在落叶堆上了。

"来看啊！好风景：大高家村的夕阳！尽管看，不要钱！"

库津假装还未理会阿列克谢的好意，竟喃喃地说：

"你们这些城里的饶舌鬼……"

我们全坐了下来，抬头一看，我们的村庄真像是金丝线绣出来的灰底浮花锦缎一般美丽。傍晚的大红太阳，慢慢朝着河对岸降落；农民们用新禾草补修过的茅屋顶像着了火似的鲜艳夺目，玻璃窗反映着红灿灿的霞光；大地装点了姹紫金黄，汇成一派无限美好的秋野风光，在头上是蓝生生天鹅绒般的晴空，真是天高气爽，四野平静。黄昏的暗影从树林里爬了出来，悄悄地爬到我们身边，爬到这片闹嚷嚷的地面上来了——我们大家为了暖和些，便轻轻移动身子更紧地挤坐成一团了。

"太美啦！"阿廖沙赞赏不已地说，"我常到省城里看绘画展览，一张门票就要二十戈比。有一回我看到这样一幅画：从毛茸茸的绿色破毯子底下，伸出来一张没有鼻子没有眼睛的红面孔，肿胀胀的好像个酩酊大醉的酒鬼，真难看！我心想，这画的是什么呀？待翻开目录一瞧，原来是夕阳！我心想，这个该死的瞎子！你就从来没有见过傍晚的太阳吗？！"

"对呀！……"库津思索着拖长声调说，"人们对太阳也是各有各的看法呢……"

阿廖沙兴致勃勃地接着说：

"可是别的一些画倒挺能抓人心呢！比如，有一张画的田野，在麦田当中有条笔直的道路通向模糊的远方，模糊得什么也看不清楚！从那边来了一辆载重马车，在路上还走着一个乡村姑娘，也许是个小媳妇吧！一匹栗色带黄斑点的瘦马，瞪着绝望的眼睛，马头几乎要耷拉到地面了；姑娘倒背着两手，一眼望着那累坏了的畜生，另一眼瞅着我，好像在说：瞧！我们过的这种日子啊！我跟这老马的命运一个样——我已经劳苦十年了,没过过一天轻快日子,背要累弯了,头颈要累断了……"

"这话是目录册上写出来的吗?"叶戈尔问。

"不,这是在那画面上画出来的呀!"

多谢金又喷云吐雾起来,弄得烟气弥漫,连他自己也被烈性烟草呛得咯咯地直咳嗽了。

"你瞧你!"老头儿摇摆着脑袋说,"别把烟气老往我这边喷吧!就是树林子也要给你熏枯了!"

"我的老教友啊,连咱们正教百姓的烟草味都嗅不惯吗?哼!这才是上好的香烟呢!"他傲然地说了这么几句,蓦地一转又继续道,"绘画我从来也没有见过,只见过书本上的插图,书上的插图是为了帮助人们理解书里写的东西;单单的画一张画有什么用处啊?我真不明白,那是怎样用颜料画出来的,没有文字能看懂意思吗?在这世界上我不明白的事情太多啦!简直数也数不完啊!"

阿列克谢滚着身子,满有把握地说道:

"你去看看就明白了!我常去看展览,也看戏,听音乐。有了这些玩意儿就显得城里挺好啦。嘿呀,这鬼东西,真是好哇!那里还有这么一张画:在酒馆里靠窗子的一张桌子旁边,坐着一个人,看他的穿着,像是工人或店员。但满脸颓唐,两只眼睛却挺狡猾,挺快活,嘴里哼着小曲儿!显然,这个小伙子是想以酒浇愁,暂时陶然世外,他笑得那么高兴,好个可怜鬼!"

"瞧,又是个鬼呀!"库津带着责怪的口吻说,"你总离不开鬼,就像神甫总离不开女人一样!"

阿廖沙激动地嘲笑说:

"神甫比鬼有哪点差呀?他们侍奉的是一个上帝啊!"

叶戈尔沉吟了一会儿,对阿廖沙问道:

"你谈这些鬼东西干什么?"

"干什么?"

"我是说这些瘦马啊,醉鬼啊,我都晓得,也都见过不止千万遍了!要是画,就该画出点儿我不晓得、我没见过的东西呀!"

阿廖沙想了想,很有信心地接着说:

"这样的醉鬼呀,瘦马呀,可怜的姑娘呀,你见过,当然我也见过。可是一画出来就挺别致,色彩鲜明!我真不知道该怎样跟你讲明白。哦,就比如那些姑娘们吧:有一个叫玛丽亚,有一个叫达丽亚,还有一个叫奥琳娜……可是画在画上的那个姑娘没有名字,却跟所有的姑娘们一模一样,她的生活赤裸裸地摆在你面前——是完全空虚的生活,枯燥得好像那条毫无曲折的道路一样,一直走向死亡。这个意思叫我很难给你讲明白……"

多谢金喷了一口烟,说道:

"你真是越讲越叫人不明白呢!……"

我和库津肩并肩坐着,耳边听着他们讲话;一面以非常平静的心情在欣赏眼前的晚景——太阳已经落到马伊丹斯基树林后面去了,夜幕从山坡的灌木丛里升了起来,但树梢上还留着一丝红色的残照。经过一夏天累得困乏了的土地在打瞌睡,开始准备进入冬眠。被秋雨洗净的青色天幕,好像也越来越和地面接近了。

库津推了推我微笑说:

"在这样又柔美又幽静的天上,如果他突然显现出来了,哪怕只是一分钟,那该多么好呀!"

"你说的是上帝吗?"叶戈尔问。

"噢!主上帝!我是想说……"

"彼得·瓦西里耶维奇,你的那位老上司已经没有了!"阿列克谢拍着老头儿的肩头嘲笑说。

"呸!住口!别嘲笑人吧!"库津挺起身子,伸出长手指头向阿列克谢威胁着,神气十足地说,"你知道,我并不反对人们把这个神秘的上帝说成各式各样。然而,要是根本没有,这还有什么可说的呢?想必是有啊!既是有,它到底是什么样的?就应该弄清楚啊!"

老头儿眼里闪出亮光,说话的声调变得亲切了。他要给我们讲个有双关意义的讽刺故事了。

"我这多少年来,碰见过各式各样的人。有一天,在加利茨克县碰见了一个游脚僧……我听他讲了很多亵渎上帝的话,有的话太刺伤人心了!他说:'主宰世界的是魔鬼!上帝从天国降到人间便失去了永生的神力,以耶稣基督为名被钉上十字架了。据说,并不是上帝把魔鬼从天国贬逐出来,倒是恶魔把上帝连同人类一起谪离了天国。上帝一落到地上便死去了!魔鬼把咱们这作为上帝奴仆的人类逐出天国之后,又给每个人灌输了各种分歧的思想,现在就利用人类思想的分歧,来加强它的残酷统治。'"

他眼睛向我们大家扫了一圈,用启示的口吻补充道:

"竟有这种邪门歪道的说法呀!"

叶戈尔的脸色变得跟库津一样严肃起来。他慢条斯理但又愤怒满怀地说:

"等到人们的头脑都会思考的时候,各种邪说谬论全要被揭穿。臆造的神话就全被抛弃,再不能吓人了!"

老头儿怀疑地摇摇脑袋。

"你们总是把自个儿沉迷到你们那物质知识里面去!"他微笑着说,"依我看,上帝这个名词,谁也彻底说不清楚的。你们倒应该把它弄弄清楚啊,你们!"

仰卧在地上的阿廖沙,脸朝着天空叫道:

"老爷爷,我们能把一切的名词都彻头彻尾弄清楚的,你等着看吧!"

从那边山坡上,发现一团黑影子在昏暗中晃了一下,又消失不见了。

"有人来了,"我说。

阿列克谢跳起身,细瞅了一会儿,仍然平直地倒在地上唱起歌来:

> 天边升起了明月,
> 　亲人骑马走过田野……

　　月亮已从我们的右边升了起来,好像一个红乎乎的大圆盘,出现在黑色的森林那边。圆盘升上了树枝,而树枝又巧妙地将它高高托起,越托越高,直托到疏星点点的天上去了。

　　"那人很像是谢苗!"多谢金一手在眼上搭起了遮棚喃喃地说,"不错,就是他!咱们在这儿坐的时间太久了,那家伙是步行来的……"

　　"咱们还是再坐一会儿,也许他还没有发现吧?"库津提议说。

　　阿廖沙皱起眉头问道:

　　"你怕他吗?"

　　"怕什么!我跟他是朋友啊。不过,叶戈尔·彼得罗维奇,你可要提防着他点儿……"

　　"提防什么?"

　　"提防他对瓦尔瓦拉……"

　　"别说啦!"叶戈尔低声警告,"那家伙难道不是在监视咱们的行动吗?!"

　　"当然。"阿廖沙小声应和。

　　在寂静中听到了瓮声瓮气的问话:

　　"是你们吗?"

　　"我们,是我们哪!"库津忙着大声回答了一句。

　　乡警走近我们跟前来了;他今天没骑马,走路的样子显得他的身躯特别宽大。他也没带枪,腰间只挂着一把军刀。

　　"你们听说了没有?"他瓮声瓮气地说,"福金村一个开小铺的被杀啦!"

　　"哪一个开小铺的呀?"多谢金问。

　　"就是那个乌克兰人,叫加莱达·米隆的。"

　　"谁杀了他呀?"

"还没查出来。"

谢苗把两膝一弯,紧靠着我们坐了下来,又瓮声瓮气地咕哝说:

"天天出血案!……人们的血,老是这样没完没了地流啊!米隆倒在大门口,血竟流进院子里凝成了血塘……"

他好像初次见面的生人似的注视着我们,冷冷地问道:

"也许这是你们的人杀的吧?"

"我们的什么人?"多谢金厉声说。

"没什么,我知道是什么人干的!谁身上有火柴?请借给一根,我忘带了。"

"嚓啦"一声火柴擦着了,他趁着火柴的光亮又向大家瞄了一眼,接着问道:

"阿廖沙!你龇着牙笑什么?"

"谢苗叔叔,我心里挺高兴!"

"为什么?"

"不为什么,我心里常是高兴的!"

"你真高兴得是时候!这儿到处都在杀人……"

"请你瞧瞧你的身边吧……"

乡警急忙向四下看了看,神魂不安地问道:

"谁在我的身边呀?"

"谁也没有啊!"阿廖沙惊讶地说,"我指的是月亮,在这月光下面,到处都挺美呀!……"

这个愁眉不展的人抬起头来望了一望,又沉下脸说:

"天一到这时辰,常常有月亮出来,月亮并不能叫人高兴。该隐①把亚伯杀死了,净出这种事!"

"你怎么今天没骑马出来?"库津问道。

"马脚跛了。该找个兽医治一治。你是到处串的,告诉人们帮我

---

① 据《圣经》传说:该隐和亚伯同是亚当和夏娃的儿子。该隐为了和弟弟亚伯在上帝面前争地位,竟残忍地在田间把弟弟杀死了。

找个兽医来吧!"

"谁说我到处串来?"

"我早知道了,人们都在讲你的坏话呢。"

"谁?"

"总之,是人们!斯科尔尼亚科夫、阿斯塔霍夫……人人都在说!"

库津一下子变得不像个老头儿了,他激动地讥笑起来:

"把好人说成坏人是挺容易的,你也能把坏人说好啊!"

乡警像喝醉了酒一样,有气无力地拖着声调喃喃说道:

"人们说,你干了些可疑的勾当。"

"你听这种话吗?"

"阿斯塔霍夫在监视你们,人家都听他的话……"

库津抖一抖外套的大襟,站起来,很俏皮地说:

"听他的?不错,他的话人们都会听到的!因为他是个大嗓门的老头子啊!再说,瓦西列沃村的钟楼上还吊着他的一架大钟,他的钟一响,连天堂里都能听得见呀。"

"别开玩笑!你也是这么一大把年纪的人啦。我是个乡警,本该比阿斯塔霍夫更早一点知道这些事。可是他总赶到我头里去。"

"那你真是太糟糕啦!"叶戈尔两眼盯着他说。

我看那乡警的粗暴面孔,今天变得蔫软浮肿,像揣着什么沉重的心事。他那两只昏暗无神的黑眼睛一动也不动,脑袋老是奇怪地摇晃着,好像那颗脑袋在那个生满黑毛的粗脖颈上面挺不稳当似的,时刻害怕从脖颈上滚落下来。

谢苗吃力地摇着舌头继续说:

"据说有三个主要分子:你,多谢金和叶戈尔·彼得罗夫……此外还有一个阿廖沙……"

"这样就是四个人了。"阿列克谢提醒他说。

叶戈尔好像挺关切地问道:

"谢苗大叔,你怎么啦,吃醉了,还是病了?"

"这你管得着吗?"乡警无精打采地从地上站起来说,"你管我这些干什么?"

说完,他也不跟我们招呼一下,竟然自个儿走了。我们便也转身回家去。

库津遥望着他的背影说:

"他有点不大舒服吧……"

"对,"叶戈尔肯定地说。"他是病了。"

"去他的吧!"阿廖沙耸耸肩膀叫着,"依我看,就是他自个儿杀了加莱达·米隆的,准是他!"

"别瞎说!"多谢金严肃地制止他。

库津也责备阿廖沙说:

"你瞧你!怎么能这样说呢?"

可是阿廖沙依然坚持自己的看法:

"是他!如果这个人不是他杀的,他也会杀一个别的什么人,看着吧!"

阿列克谢那种信心十足、斩钉截铁的语气,真令人不寒而栗,大家谁也不吭声了。

又过了两星期左右,遇到一个十分紧张的日子,许多意外的事情像千川万水的激流从四面八方汇流过来,形成了一个大漩涡,把你卷进了漩涡的中心,弄得你手忙脚乱,不知所措。这样的日子,每个人在一生中都可能会遇到的。

那一天,我和叶戈尔一道去瓦西列沃村,给集合在烤谷房里的农民们讲解黑帮问题,揭露黑帮分子企图干些什么勾当,直到夜晚才回来,又赶上个阴天,路上特别黑暗。我们沿着奥斯丹金山沟走着走着,突然,在这冷簌簌黑漆漆的山沟里,听到头上有嘶哑的喊叫声:

"喂!叶戈尔·彼得罗夫!到这里来!"

"不要去!"叶戈尔拉住我的手对我说道。

"不去不行吧?"我说,抬头望见在不高的山坡上有一个马头和正在弯身下望的乡警的黑脸。

"快来呀!"他喊叫着。"喂!多谢金,你自个儿先走吧!"

"这魔鬼要玩儿枪呀……"叶戈尔在我耳边低声说。

我攀着灌木丛,向山坡上爬去。待爬到跟马头同样高的时候,乡警问道:

"那个人走了吗?"

"走了。"

"我有两句话要跟你讲一讲——只跟你一个人讲!喔喔,笨东西,走啊!"

他把马拨转到一边去,停住了,留神听了听四下的动静,才朝马头弯下身子——我正站在马头旁边,他像说梦话一般懒懒地小声道:

"我要跟你谈谈,只需一分钟!眼看冬天快来了,就是说,你也该走了。你走时,把瓦尔瓦拉让给我吧!"

我在用手摸着马的脖颈,听到这话,我的手一抖,无力地从马颈上滑落下来。

"你说什么?你疯啦?"我问他,"难道她是一只母羊吗?"

"把她让出来吧!"他木声木气地继续说,声音里带上几分威胁意味了。

我全身颤抖着,冷冷地说:

"你想想你提的这叫什么事吧!"

他竟然像没有听到我的话似的。

"把她让给我吧!我求求你!"

真的,他在向我哀求了。这叫我很不愉快,而且也不能理解,因为他比我力气大一倍,手里还握着一支枪啊。

"请你让出来吧!"

我的两腿也颤抖起来了,我又害怕又气恼,好容易才压住了心头的怒火,大声地回答说:

"那,绝对不行!"

这一句他准是听到了,他在马鞍上把身子挺直起来。

"我求你看上帝的面吧!"

我真不知道该跟他说什么才好,便一只手扶在他的马鞍上,沉默着。他嘴里却依然刺刺不休,好像他要用他那黑心话做绳索来把我绞死了:

"你想一想吧。你怎样也跳不出我的手心去。对危险分子,我是有权制服他的。我把你弄死了,随便给你加上个拒捕的罪名,就什么后患也没有了。"

"他喝醉了吧?"我心想,"发疯了吧?"

然而从他身上嗅不出多大的酒气,他稳稳地骑在马鞍上,说话也并不是毫无伦次的。要是他真暴怒起来,吼叫着骂我一顿,我也许觉得好受些,但是看他现在这种样子,我实在忍不住了,于是我说道:

"谢苗,住嘴,你这是说的什么话呀?"

"我晓得你什么也不怕……"他咕噜着说,"反正都一样!我的命运算是完了,叫我一脚栽到山底下去,我也不会心疼自个儿的!可是瓦尔瓦拉,我真需要她呀,让她帮点忙呀!"

他像一个吊死鬼似的,头歪斜地耷拉到胸脯上来了。手里揉捏着马缰绳,他那又冷又硬的手指头挨着了我的手时,我全身发抖,讨厌得几乎要作呕了。

该跟他说什么呢?

"瓦尔瓦拉自个儿会做主的,"我说。"你去跟她谈吧。别缠我啦!"

他好像是困得要打盹了,在马鞍上摇荡着身子慢慢说:

"我已经去谈……过三四遍啦。用各种法子吓唬她。她一点也不怕……不怕也好,但愿如此吧。"

我急忙抓住他的手,拉了一把,向他喊道:

"你说话怎么这种样子呀?你病了吗?"

他身子向我摇荡过来,猛然哆嗦了一下,睁眼向四面望了望说:

"我好久没睡觉了,我已经记不清什么时候睡过的。很想睡觉,可又怕得很,睡不着。"

"你怕什么呢?"

"我的脑袋里直嗡嗡,像风磨一样……"他瓮声瓮气地说,舌头显得不自然了……

"干吗这样怕呀?快回家去吧!"

"我不想回,叫他们全见鬼去吧!我昨天打了库兹马。他唠叨起来没个完,那个坏家伙!那老混蛋还会哭!总说瓦尔瓦拉这事不成吧?嘿呀!……我推了他一把,他就跌倒了,跌伤了,又哭起来……"

我全身感到冰冷,这种谈话像一场噩梦,压得我胸口透不过气来。我拉着他的老马,慢慢地把他引到大路上去。

谢苗问道:

"你往哪儿去?"

"回家去,我冷得很。"

"你把我拖到哪儿去?"

"你也该回家去啦。一个病人怎能老在野外游荡呢!也许你是喝了酒吧!"

"没有,只是昨天喝过,你松开马!我还要到别处去,松开吧!唉!你什么也不怕,谁的话你也不听……"

"是的,"我心想,"我不怕你。快滚你的吧!"

"喂!"他说,"我给钱,你要不要?我身边有六十二个卢布,唵?"

他那无可奈何的声音像刀子般刺穿着我的心。

"我为什么要你的钱呢?"

"为了让出瓦尔瓦拉,"他解释说,"我还能再多给你,老弟!我有钱……"

我默默地拉着马缰绳,眼睛望着他,真担心他会打我一下。

"放开马吧!"他恳求说。

我放开马缰绳的时候,听到他在我头上说:

"好啦,你走吧!不会砍你的头的!我是跟你开开玩笑罢了。你当我是病了吗?一点儿病也没有。我要到磨房那边的小酒店去。杜尼卡和费克鲁什卡在那儿……"

他开始说些淫秽的下流话;我觉得他的舌头又变得清爽、有劲儿了。

"再见吧!好冷。这阵儿喝点伏特加才好啊……喔喔!快走,老牛!"

他用靴后跟踢了踢马肚子,往黑暗里驰去了。但走不多远突然又停了下来。

我也站住,小心看他是否要对我开枪了?我的两脚直想跑开,想躲进旁边的矮树林里去。

"你也该快点离开这个地方啊!"从黑暗里传来他的喊叫声,"听见了吗?"

他的喊声里似乎并不带有威胁的意味。

"听见了。"

他接着又冲马吆喝一声,马蹄便加快速度在寒夜冻硬了的道路上嘚嘚地响起来。

我为了使身上暖和一点,便开始跑步走。到谷仓附近的岔道口,看见叶戈尔正等着我,他已冻得浑身打战了。我把刚才的事情全告诉了他,他沉着脸嘟哝说:

"他可别再闹出什么乱子来呀!现在你快到瓦尔瓦拉·基里洛芙娜家里去,问一问底细;我去找那家伙的哥哥利亚多夫,应该把这件事告诉他……"

"他俩也在吵架!"

"哼!那算是什么吵架呀!唉,女人!可真是咱这事业上的累赘呀!"

听着他这句暗含责备意味的话,我心里感到有点怪难为情了。

"老弟!"我说,"你好像把今天发生的事也全给气忘了吧?"

"我什么也没有忘！事情是发生在城里的。至于那些女人——我是不碰她们的。"

可是,他想了想又说道:

"呸,我真个气糊涂啦。"

于是我向他请求说:

"你从利亚多夫那儿返回时,一定到瓦里娅家来一趟啊！"

"好！"

突然他变得愉快起来,用肩膀撞了我一下,笑问道:

"那家伙没有说他会杀了你吗？"

"正是这样说了。"

"嘿！这魔鬼！你怎样？有点害怕吧？"

"并非丝毫没有啊,老弟！"

"那你就是害怕了。"

他又用他那宽肩膀撞我一下,小声道:

"你说得真好啊,约我到瓦尔瓦拉家里去！"

"这有什么好呢？"我惊讶地问。

"你就别问啦。"

我们只顾说着,不知不觉地穿过村子走到尽头。已经走过了利亚多夫家的门口。叶戈尔赶快折回去,消失在黑暗里了。

我心里七上八下乱得挺难过;我不愿意叫别人看见我这种样子,所以当走到瓦尔瓦拉那透着诱人灯光的窗子时,我又折了回来,向着村外磨坊那边走去。夜像烟囱一样黑,整个村庄像被浓重的湿气压伏着,只有磨坊张着半死的翅膀,好像是要飞腾,又被寒夜冻僵了,已经无力飞离这小山岗。到处飘着细沙般的霜雪,凛冽的寒风在狂啸怒吼,夹杂着黑夜里低沉的骚响和惊人的喧嚣。什么地方的门轴在发出哭叫般的吱扭声,百叶窗啪啦啪啦地被吹开了,受冻的牛羊哞哞咩咩地已经叫不成声。一束谷草在路边滚转,沙沙地呻吟着,找不到一个凑合着安身的地方度过寒夜。

我想起了许多可怜的人，不禁对他们感到十分同情，又回忆起了库津那句聪明的隐语：

"魔鬼利用人类思想的分歧，来加强它的残酷统治……"

在我心里不安地产生了一种模糊的无私的想法，我愿意看见多谢金和瓦里娅两个人在一起过快乐幸福的生活。我可怜我自己……乡警的黑色影子还留在我的心上，他那令人窒息的声音还萦回在我的耳边。

在静寂中，听到了熟悉的、迅速的脚步声，原来是叶戈尔回来了。我迎着他走过去。

"喂！"

"是你呀？"

"是我！"

"莫非她不在家么？她窗上还有灯光呀！"

"我在等你！啊，利亚多夫怎么样？"

"利亚多夫怎么样！那家伙竟软绵绵地说：'他早就是那样了，我又不是他的上司，管不了啦。他要胡闹，就叫他自作自受去吧！'"

我们看见瓦尔瓦拉时，她正烦恼得要死。从眼色看出，已经哭了很久。她无精打采地给我们开了门，气恼地问道：

"你们干吗这么晚才来呀？"

"瓦尔瓦拉·基里洛芙娜！"叶戈尔坐下来说，"现在还没过八点钟。"

"我们来有事情，"我说。

她神情沮丧，头发蓬乱，走路很快，还带点儿激动，严峻的眼光闪着愤怒，紧紧绷着两片嘴唇：

"那些书该赶快拿去，再不拿去，就要丢失了，"她眼睛看也不看我们，冷冷地说。

"这又为什么？"叶戈尔沉住气问。

"谢苗威胁说要来搜查了。"

说完,她转身走向壁炉,弄得炉台上的什么东西沙啦沙啦直响。

"你们要喝茶吗?"

她用头巾的巾角偷偷地擦了一下眼睛,多谢金又客气又亲切地向她恳求道:

"是啊,很想喝茶。我们两个都饿得像寒冬的野兽一样了。不过,现在先不提喝茶吧,请你说一说,谢苗在搞什么鬼?"

她忙着把茶炊拿过来,弯下身去一面收拾茶炊,故意遮掩着脸儿说:

"你们快把我带到城里去吧。再这样,我真忍不下去了,也许会闹出什么不幸的!是谁告诉你们说他今天来过了呢?"

"是你自个儿呀!"叶戈尔两手揉着膝盖,微笑说。

于是,我便把我遇到乡警的事和乡警说出的疯话都告诉给她听。我这位女友突然变快活了,拿起针线活计在桌边坐下来,用清朗的声音半羞半恼地笑着说:

"他总是不让我安静,我忍了又忍,不愿作声。这阵儿可再难忍受,再忍就会犯罪了。他越来越勤了,带着他那管枪,他那腰刀,一钻进屋就叉开两腿,乱喊乱叫,胡说八道……他真是个又恶毒又可怕的下流东西……"

我那同名的老朋友叶戈尔,把眼睛睁得圆圆的对我望了望,气得鼻孔里直吭哧。

"你为什么早不告诉我呀?"我责问她说。

她懊丧地回答:

"别说了吧!那样,他一定要打你,非把你打死不可。他虽说是快疯了,自个儿的权势他是知道的!"

"他真的快疯了吗?"叶戈尔问。

"真是!"

她禁不住地全身颤抖起来,闭住眼睛叹息说:

"真的,他真是个疯子呀!他跟我说:'喂!我告诉你一件事,你得发誓不泄露出去。'我说：'上帝保佑，你还是别说吧，我不愿意听！'他又说道：'我没有别人去讲，一定要讲给你听。'他还是要我发誓，大声骂我，他的脸色变成白纸一样了，瞪着两只死人那样的大眼睛。接着，就讲了一些谁也听不懂的鬼话！"

叶戈尔认真地低声问道：

"他到底讲了些什么呢？"

"我一点也听不懂！"瓦里娅叫了一声，丢下手上的针线活计，赶忙转身跑向壁炉去了。壁炉上的茶炊已经沸腾起来。"他的脑袋里是乌七八糟的，他又恨你们，又怕你们。他骂库津说：这个背神叛教的老魔鬼！把我的心全搅乱了，真要命！这个妖精！反了！他什么全知道：知道各村的庄稼人在哪儿开会，知道看林人的儿子已经逃回来，今天他把这些事全说了。"

"好哇！"叶戈尔沉着地说。

"他骂呀骂的，忽然又可怜地对我哀求道：'别再接近他们吧！他们虽然朴实、正经，但都是些顶可怕的人！他们遵守秘密共济会的章程，他们连死也不在乎了。全世界到处有他们的同党和同情他们的人，他们要把所有的国家联合成一个国家，要叫千年万代也不再发生战争……'"

"他这全是道听途说的话！"叶戈尔愉快地微笑道。

"他老是这样！"瓦里娅手上的茶碗碰得叮当作响，继续用惊讶的口气说，"骂呀骂的，接着又笑了。他说：'他们全是些大傻瓜，什么也干不成功，到时候就都要死掉，他们自相倾轧，到头来都要死光的！'他又讲起自个儿的事了。他说：'现在我再跟你讲件事情，可是你必须发誓保守秘密才成。'我大声喊道：'快滚你的吧，讨厌鬼，我不愿意听你的话！'他奇拉下脑袋愣了一阵儿，问道：'难道你一点儿都不怕我吗？我有钱，你要钱吗？我可以给你钱呀。'我说：'你到磨坊酒馆那儿去吧，那儿有人要钱的。我的天呀，你别再缠我啦！'"

她的脸涨红了，气得话声直打战，两手也在发抖。

"为什么他老要找我呢?咱村不是有很多女人吗?那样一个壮实的大汉子,竟然缩头缩脑地摇摆着两手咕噜说:'要是人没有了恐惧心,就一切全完了!一切全毁了!一切全垮了!据说,世界就是靠人们的恐惧心来维持的啊!'他又挨到我跟前来,抓住我的两个奶,揉啊捏啊,要我陪他睡觉。我真想拿刀子宰了他!"

她垂下头去,嘤嘤地哭了起来。叶戈尔的脸变成了化石一般,颧骨突出得老高,伸出两手,紧握十指,捏成一个大拳头,目光狠狠盯在拳头上。我竟像中了煤气似的,头晕目眩,觉得座下的板凳在摇摆,屋里的墙壁也上下晃动起来了。

瓦里娅噙着泪水轻声说:

"我决定搬到城里去。他折磨得我再也受不了啦,我再不能闷声不响了!我本不愿意把这事讲给你们听。我想,干吗要拿女人家的事来打扰你们呢?……可是,今天他可把我折磨苦了,我实在挺不住,一点抵抗的力气也没有了。我心里暗叫:我的圣母啊,快救救我吧!瞧他就要抓住我,要欺侮我了,这该死的东西!"

叶戈尔轻轻咳嗽着问道:

"你对他发誓了没有?他跟你说过他想要什么呢?"

"哎唷,去他娘的吧!我不听他说话!我真想把耳朵捂起来!他开头说一个什么女人……他说他好像梦见一些死人,浑身发青的死女人。他说,有一个女人,在深夜里全身赤条条的走来,闭着眼睛,向前伸出两条胳膊,随后就说到那种事——滚他的蛋吧!这个无赖汉,净胡说八道!"她皱紧眉头厌恶地说,"他那些话,真叫人说不出口……"

"瓦尔瓦拉·基里洛芙娜,"叶戈尔从桌旁站起来,关切地劝告说:"你今晚别在家里睡了。明天,"他转身向我,"就送她进城去吧!好,我该走了。"

他向瓦里娅握手告别,直望着她的眼睛,劝道:

"你赶快准备准备吧!他真的变成个半疯子了,他的脑袋应该扭下来了。好吧,我同名的老哥,我走了。"

我很想留宿在我的女友这所又温暖又洁净的房间里,我看出她也是盼望我这样做的。她那痛苦的脸上两只疲倦的大眼睛多么亲切地望着我啊!可是,我想跟多谢金一道走。因为他深深感动了我的心,我看他的面容异常柔和,举止也格外从容潇洒,好像故意向人们炫示自个儿的力量似的。但他的鼻子里还呼呼地吭哧着,这说明他心里充满了愤怒,我站起身来说:

"再见,瓦里娅!"

她勉勉强强地把手伸给我,而眼睛却好像在说:"别走了吧!"

"你还到哪儿去呢?"叶戈尔一边戴帽子,一边问。

"我陪你一道走。"

"我一个人走,也不会迷路啊!"

他直冲我的眼睛望了望,这眼光使我感到挺不舒服。我不欢喜他这样看人。我猜想他准是已打定什么主意了。

"你还是别放他走吧!"他好像开玩笑似的对瓦里娅说,"干吗老叫人几天几夜地守空房呢?难道说要好的爱人是这样的吗?"

"听见了吗?"她撒娇地一手搭在我的肩头上说。

"叶戈尔,你打算干什么?你要是能告诉我知道,"我向他恳求说,"也许我就不跟你一道走了……"

三个人面面相觑着一声不响,这哑谜立刻被猜破了。

"你别瞎猜吧,"叶戈尔走到门口时说。我上前拉住了他的手:

"不,那样干不行啊!"

瓦里娅的脸吓得发白了,低声说:

"你,你又何苦来!为那个家伙去毁掉你自个儿吗?"

她把我向门口推着,慌张地说:

"快跟他去!别叫他一个人走!去吧!"

我拉不住这位同志,他反把我拖到门外来了。我默默地跟他在街上走了两三分钟。

"你走路别弄得靴底噔噔响啊!"叶戈尔生气地说,"说不定有人在监视着咱。你还是回去吧!"

"我不回去。"

"那么,你到哪儿去呢?"

"我陪你走。"

于是,我们又默默地往前走了。我留心听着在黑暗中有没有马蹄的响声。

"你在想什么?"叶戈尔挺不高兴地低声问。

"什么也没有想。"

"我要往磨坊去。那家伙准在那儿。"

"你要去干什么?"

"到时就知道了!我要先跟他说:'快滚出这村去,你这个疯子!害人精!要是还不滚,你会后悔的!'"

"他马上会大叫一声,把你崩了!"

"咱们看吧!"

我的心里有点儿矛盾,理智鼓励我去斗争!情绪却拖住我的后腿!于是我又沉默下来。

不知不觉间,已经走过村子,来到谷仓旁边了。头上天空里,夜风急赶着一团团的乌云;四野冻枯了的柳树林在沙沙地摇动。万物都在赶忙做过冬的准备了。叶戈尔从牙缝里嘘着口哨,寒风马上把他那微弱的口哨声音吹得听不见了。使人感到凄凉和恐怖!从远处传来渺渺忽忽的乱响声……

"好像是马蹄声吧?"我慌张地说,身上已经冻得发抖,也许是惊得发抖了。

"是风!"叶戈尔仔细听了听,回答道。"格涅多伊怕要倒霉了——他们打算逮捕他!"他迈着坚定的大步,边走边思索着说,"我爹昨天从区里回来讲,阿斯塔霍夫去告退伍兵了,他在城里向法院递了一个起诉状。有官方的录事为他写的状纸。别走啦!你听……"

嘚嘚的声音已近,显然是有人骑马跑过来了。

"这不是他！"我说。

"还能是谁呢？"

"他的马蹄比这声音重些。"

黑暗中，看见一个大灰点子在眼前移动，有人颤着喉咙用可怕的尖音吼叫：

"乡……亲们……快……来呀……杀人了！"

我们向骑马人那边跑去。

"这是磨坊管事科尔涅伊！"叶戈尔边跑边喊，"站住！什么地方杀人啦？"

骑马人在马背上颠簸着，一时停不下来。马从那边跳到这边，险些踏到了我们身上；马乱跳着，把那人说的话也搅得断断续续听不清楚了。

"在磨坊！我的好乡亲们！得勒！站住！乡警在磨坊把当兵的媳妇阿弗多季娅①给杀了……你是多谢金吗？你爹在不在家？得勒！站住！叫赶快集合人来！不然，他在那儿会把人全杀光了……"

"你快进村里去找吧，我们要先走啦！"

叶戈尔拉起我的手赶紧走，嘴里不住地叫着：

"啊呀呀你……我没有猜错！我早对利亚多夫这样说过……你这狗东西！"

从我们背后又传来惊人的喊声。

"快——快起来吧！"

我们喘得呼哧呼哧地往前跑。风吹着我们的脊背，把那些惊惶的人叫声、一阵阵汪汪的犬吠声、哐哐的敲铁板警报声，吹送到我们的耳边来。全村都被惊醒了。可是，我却感到村庄好像在胆怯地往后退，离磨坊愈来愈远了。

多谢金躬着身子像狐狸一样沿着大路向前跑，气喘吁吁地埋

---

① 阿弗多季娅是杜尼卡、杜尼娅的大名。

怨道：

"那儿有三个庄稼汉，还有三个女人——怎么竟叫他这样胡闹哇？"

"他有枪呀！"

"全是些胆小鬼！"

我们的步子稍稍慢下来了，风飕飕地在我们的脚下翻腾，催着我们前进。

后面有些骑马的人赶上我们了。他们在黑暗中奔驰着，为了鼓气壮胆驱除夜魔的恐怖，便拉开嗓门拼命喊叫。夜风吹卷着道旁一片片发黑的矮树林往磨坊的方向倾倒过去，好像它们也要拔出脚来向前飞跑了，矮树林的上空一团团的乌云也跟着人们迅速奔驰；整个黑夜在震抖，好像一只巨鸟张大了翅膀，战战兢兢地扑扇着，唤醒周围所有的生物，互相搂抱着，拖拉着，向那疯子杀人的地方奔去。

"前面是谁？！"从背后听到一声粗暴的叫喊。

科尔涅伊·莫兹茹欣在黑暗中又赶上来了，他摆动着两条腿，催马向我们继续喊：

"是我们的村长吗？这乡警太欺负人了——啊呀，是你！啊呀呀！"

"瓦西里叔叔！怨你报信太迟了！"多谢金说。

"我是最先跑出来的呀！"骑马人用悲哀的声调说，"我孤单单一个人又能怎么办呢？我骑马出来时，他还瞄着我打了一枪呢！"

说着，他转头向后面凄怆地喊：

"快，快走啊！"

现在离磨坊不过二里远了。可是我们觉得好像还有十里远似的。我心里很乱，喉咙发干，眼睛和耳朵倒是特别灵敏了。周围的一切都刺痛着我，感到心里就像鸡啄猫抓一般难过。这一切真像在做梦。

狂风吹得漆黑的夜幕在飘荡，吹得黑色的树林在摇晃，吹得无数的枝丫在惊惶颤抖，吹得脚底下冻结了的泥泞地面也轻轻飘动起来了。

"那边连灯光也不见啦!"叶戈尔说。

莫兹茹欣猛然拉紧缰绳,拉得马头向上一扬,马便喷着响鼻在原地踏步;骑马人向前伏下身子,用气音使劲说:

"看,有人在跑,不错,真的!啊,你,我的天呀,跑过来啦!"

于是他拼命地大喊起来。

"乡亲——们!快——呀!这——里!"

在黑暗中看见我们前面有一团什么活东西在滚,闪着白晃晃的颜色……那东西往上一跳,突然伏在地下不动了。

我们跑上前去一看,原来是那个可怜的小孤女费克鲁什卡,她先前是斯科尔尼亚科夫家的使唤丫头,现在秘密酒馆里跟被杀的阿弗多季娅是同事和女伴;她半裸着身子,只穿件小衬衣和白短裙,倒在地上,吓得全身发抖,牙齿打战,话也不会说了。我们把她搀扶起来,领她往回走,她突然发狂似的叫道:

"好心的人们,你们把我弄到哪儿去呀?往哪儿去呀?"

"乡警在什么地方?"我们问。

"他寻死了……自个儿拿枪打死了!他在地板上爬,血就那样流呀,流呀……你们放开我吧……"

叶戈尔把自己的外衣给姑娘披在身上,便像石投大海一样在黑暗中消失了。

我们又遇上了三个骑马的,两个手里拿着棍棒,另一个是利亚多夫,他还带了一支枪。他们把事情真相探问清楚以后,就放胆地说开了:

"这个坏蛋,恶贯满盈了。"

"狗东西,活该!"

"这种秘密酒馆也真害人不浅!"利亚多夫挥着枪,气势汹汹地叫着。

莫兹茹欣却悲哀地说:

"乡亲们!这一下,咱村可闹出大乱子啦!唉呀呀,这样的生活!"

他们四个人都飞快地赶到前面去了,丢下我一人伴着这个小姑娘。我搂住她的肩膀带她往前走,一面仔细探询着事件的全部经过。她紧依在我身上不住地颤抖,要讲的话由于哽咽啜泣,令人没法听懂。在我们前面是嘚嘚嘚奔驰的马蹄声,背后人群在乱叫。脚下的道路好像开始融化了,变成一股逆流阻碍着我们前进。姑娘一阵阵咳嗽着,哼哼着,哭啼着,跌跌撞撞地好像被打伤的小狗一样。

"他杀气腾腾地一走进来,就要酒喝。酒来了,他揪着自个儿的胡子,闷不吭声地喝!我在炕上从隔壁缝儿偷偷望着他,心想,我的天啊,要是他来找我,可该怎么办呢?正巧那个杜尼娅进来了。他对杜尼娅说:'把衣服脱掉!'杜尼娅虽是个厚脸皮,爱胡闹的姑娘,可她也不愿意脱。她说,脱了太冷。他就吼叫着大骂起来……哎哟哟!我的天爷!"

她想到当时的紧张情景,便尖声叫着,气喘吁吁地说得更快了。后面走来的人群已经赶上我们,他们望望我们的脸,放慢脚步,打住了自己的谈话,也默默听着这可怕的叙述。

"后来,他把他的钞票放在灯火上去烧。杜尼娅说:'把钱送给我吧!'他便给了她。杜尼娅还想要,坐在他的膝盖上,他一把抓住杜尼娅的胸脯,把她压倒了。杜尼娅大叫起来,天啊!他卡住杜尼娅的喉咙把她按在桌上,使她翻过身来。我吓坏了,忙去禀告老板,老板说,由他们折腾去吧!我又去告诉了老板娘,便自个儿回到炕边来……一看呀,被褥全翻到地下去了,杜尼娅横倒在被子上。他跪在杜尼娅面前大口大口地喝酒,还叫喊着说:'我要把全村都烧光!我什么也不怕啦!'杜尼娅浑身上下全抓破了,鲜血淋淋的。这时科尔涅伊和米哈伊洛跟着老板娘都进来了,他是怎样对他们大声喝叱呀!他喊叫说:'我要把你们的头统统砍下来!'吓得我再不敢睁眼看,只听得叽哩喳啦,扑通扑通地乱成一团了,谢苗叫喊得比谁都凶!我又逃到院子里去!我不知道怎么办,在院子里跑过来跑过去,两条狗也吓得跟我一样转来转去。也不知道怎么办好!我们刚跑进前室,突然又返身跑回来,那两条狗吓得汪汪直叫……"

在黑暗里我看不清楚她那小小的圆脸儿上是怎样的表情,只觉得她的眼睛瞪得大大的,我感到这是一对孩子的大眼睛,她像孩子样被吓呆了。看着这个小姑娘,听了她的话,我心里引起了一种很烦恼的思想:

"世界上还有千千万万跟她同一命运的人们,为了满足别人各种各样的需要,竟被毫无怜惜地,像使用一枚小铜钱那样地随意使用着,糟蹋着……"

"这时,米哈伊洛出来了,他摇晃着身子哼哟说:'他砍我啦!'我看见他头上的血直往下淌,我就脱下我的上衣替他把头包扎起来。突然——'嘭!'一声!他说:'看看去,你快去吧!'我心里怕极了,提起灯笼就走,刚走进前室,听见有什么东西呼哧呼哧的!朝门里一看呀,是他!在地板上正往门口这边爬。那么一个大个子。吓得我扔掉灯笼就跑,一直跑呀,跑呀……"

不知什么人在我背后发怒地说:

"傻姑娘,怎能把燃着的灯笼丢掉了呢!他带有枪呀!"

在黑暗里走着,走着,突然发觉面前就到面粉仓库的高围墙了,大家都在围墙脚下停住,低声小心地谈着话:

"静点!"

"听不见哪儿有人声啊!"

"再往前走吧!"

可是谁也没有动弹。只听到深长的叹息声、喘气声和从堤坝上传来的清脆的流水声。

"我的天呀!"费克鲁什卡抓紧我的手低声叫道:"现在,我可不能再回到那儿去呀!"

于是我撇开了她,自个儿向前走去,众人随我背后一个个跟上来了。那小姑娘却在低声号叫:

"好叔叔们,你们不要丢下我一个人呀!"

"嘘,别作声!"几个低音同时向她警告。

在院子里,方才跑来的那几匹马,正垂头丧气地站在那儿,人却一个也没见。待走进前室,才发现了他们:一共五个人全紧靠在前室里的墙壁上。进屋的门已经打开,门槛上放着一盏灯笼。灯笼里燃着颤抖抖的烛光,朦胧地照出了趴在地板上的赤裸裸的尸体。

"怎么?"叶戈尔问。

"死啦!"

他把灯笼稍稍举高些往室内照着:乡警躺在门旁墙角落里的一张木桌下面,只能看见他那伸长的赤条条的黑毛大腿。脚指头弯曲在又湿又脏的地板上,好像还在痉挛地使劲抓挠着;两个浑圆粗大的脚后跟,一前一后远远地叉开。阿弗多季娅的尸体横倒在门槛上,也是背朝上趴伏着,两条胳膊曲压在身子下面;当灯笼的烛光在她那乳酪样的黄皮肤上划动时,她好像还在呼吸,好像还活着似的。

"米哈伊洛怎么样了?"我问道。

"不要紧,"叶戈尔回答。"他说,他是从乡警身边逃出时,跌在台阶下,自个儿摔伤的。"

从前室角落里传来利亚多夫的喊叫声:

"胡说!他是没有身份证的黑人呀!"

莫兹茹欣却用鼻音在我耳边怜惜地说:

"这个娘们儿长得很丰满,对吗?本来挺聪明,挺勤劳,可就是放荡点,喝昏了!"

"全是你们把她引到了这个下场,"叶戈尔吸几口烟厉声说。

"得啦,我的老侄子!我们、我们的下场还不知道落个啥样呢!"

"你们也会落个四脚朝天……"

那个好逗笑的农民尼康·叶尔马科夫很同意叶戈尔的话:

"叶戈尔,俺们会是那样的!活不了多久啦。俺们老是头朝下扎着过日子——像耍把戏的!"

利亚多夫气势汹汹地向大家呵斥道:

491

"这也是开玩笑的地方吗？眼前摆着死人！最好你们去找找酒馆老板吧——也许他们还没吓死！"

"那是村长的事！"

"你要去——你去找吧！"

"为什么？我又不是长官！"

"那么，你就别作声吧！"

"你真的就能不作声吗？"

照例，又开始了一场骚乱：在这个狭窄的小地方，聚集了一大群老早就互有怨气的人们，平常到这时辰他们早已进入梦乡了，但现在仍然在这儿站立着，并且预料明天上级长官一来，必然要有一场大骂特骂，骚闹得人畜不安。他们想到这些，便又你瞪着我、我瞪着你，愚蠢地互相怨恨起来了。

看热闹的人越来越多了，你挤我，我挤他，唧唧喳喳，哼哼咳咳，又指摘，又叹息，伸长了脖颈往正房里张望，不断地把灯笼举得高高的，探照乡警那两颗青光闪闪的脚踵、阿弗多季娅那圆胖胖的肩膀、横丢在地上的枪、撞倒了的烛台和一片一片已变得发黑了的血迹。

窃窃私语声，在人群中间像千万条小蛇在爬滚：

"一桩大血案呀！"

"原是个壮实汉子呢！"

"他酒足饭饱啦！"

"这个女的多可怜呀！"

"嗯，这小娘儿们原来怪好看的！"

"他妈的，还是快给她盖一盖吧！"

"没关系，她活着的时候，剥光了，她也不害臊呀！"

"瞧这位乡警吧，真是个鬼喜欢的家伙……"

"他吗？比他坏的还多着呢！"

"当然啦！就拿福金村来说……"

"是他砍破了雇工米哈伊洛的头！"

"该抓住他,抓住这个米哈伊洛!喂!村长!这个雇工米哈伊洛——我知道他,他没有身份证啊,你听见了吗?"

叶戈尔的父亲老多谢金,这位有点伛偻的高个子好好先生,担心地慢慢回答:

"咱们就抓!甲长们,有这么一个人,听着……"

"叫米哈伊洛!"

"是个麻子脸!"

"去找找他吧!"

"对呀!"利亚多夫用满意的声调说,"不然,你们光在这儿走来走去,什么也干不成。"

"咱们回家吧!"叶戈尔小声唤着我。

在院子里,斯科尔尼亚科夫粗声浊气地臭骂着磨坊的承租人。那几匹马听到他的骂声,也摇摆起耳朵,乱踏着蹄子。可是那个矮胖子,生一头鬈发的承租人,反而镇静地仰着脑袋,慢条斯理地申辩说:

"我开酒馆!这个大家全晓得,你也不是不晓得。你为这还把房租涨高到了一百卢布啊……"

"我?涨高了房租!"斯科尔尼亚科夫跺着脚大吼起来。

一个甲长站在大门口,急得用手杖使劲戳地面,挨个地讯问从他身边走过的人:"你看见了雇工米哈伊洛没有?"

"大混蛋,想抓到米哈伊洛!"叶戈尔冷笑着低声嘟哝说,"你晓得是怎么一回事吗?我跑进酒馆来时,看了这情景,心里难受得透不过气来。我便走出院子去……一听!谁在哼哟!进前一瞧:靠大车站着一个人,头上包块破布片——是米哈伊洛!以前我跟他谈过两三次话,总觉得他还够聪明的,可是他对我说:'唉,多谢金呀!我可糟了!老弟,我是从军队开小差回来的,一直还没有身份证!'我说:'你也太笨啦!'于是我引他到黑树林里去了。这阵儿大概他还在那里蹲着等我们。我要带他找看林人去,随后就把他藏了起来。"

我注意地望望叶戈尔。他是那样泰然自若,连头发也一丝不乱。

可是我早已经疲惫不堪,头昏脑涨,心跳失常,被死人的血腥气熏得直想呕吐了。

"那个小姑娘怕已冻得伤风了吧。"他手上卷着烟草担心地说,"她是光着两脚逃出来的。我可怜她,她真像是个覆巢的小鸟啊!"

"你怎么注意得这样仔细,记得这样清楚哇?"我不禁惊奇地问道。

他没有回答,只顾大踏着步子往前走。

天已亮了,树枝上现出一层淡灰色的薄霜,叶戈尔的脸上却漾出了微妙的一笑。

"你看出来没有?"他眼望着脚下说,"老实讲,我是顶喜爱人的呀!虽然我老像挺冷酷的样子,可是我心里对什么人都怜惜!就拿眼前来看吧:这两个人原来多么强壮、健康,他们的身体多么结实——难道这不可惜吗?要是能给这些肉体注入新的灵魂,他们将会给人生做出多少好事来呀!你想想看:盗匪的身体是强壮的,马贼是强壮的,乡警、浪荡女人,所有这些有反社会行为的人们多半是身体强壮的。相反,村社社员们——普通农民,普通妇女,像咱村这些老实巴交的种田人,大半是瘦弱多病,贫苦无力,什么时候也不能为自己起来说句话,不是吗?"

"几乎总是这样啊!"我表示同意说。

"啊!可是在咱们这方面……那些小伙子和庄稼汉,比较强有力的,都跟上咱们来了,咱们这里没有一个颓唐堕落的。老哥,这就是说,乡村的末日要来临了!村中强有力的人们正在紧紧团结起来,软弱的人们不合时宜了!乡村要分成为两半,现在,用什么样的绳索和铁链都把它捆不牢了!不行,已经完了!"

他低声笑起来。清晨的寒气把他的脸冻得通红,然而在这个青年农民的眼睛里却闪出了亮光。

从我们左面的灌木林里,有一个人在偷偷探头张望。

"那就是他!"叶戈尔说,接着小声喊了一声,"喂!"

那个人含含糊糊地回答了一句什么。

"你的衬衣干净吗?"我这个同名的朋友问我,"把衬衣脱下来吧,他需要包头啊。"

我们走到这个负伤人跟前时,看见他两手抱着脑袋,咬紧牙齿坐在那儿低声呻吟。

"哎……呀……呀!我的脑袋哟!"

我脱下衬衣来,觉得身上冷簌簌的,但也因此减轻了一些疲劳,反而高兴起来了。要不是这样,稍露窘态,我在叶戈尔面前该多么难为情啊!

"伤了骨头没有?"叶戈尔一面问,一面从负伤人的头上小心地解开沾满血污的破布片。

"我摸着,好像没有打碎骨头!可是头疼得厉害!真疼啊!"

他蹲在地上,两手抱住脸颊,像捧着斟得满满的茶杯似的捧着受伤的脑袋。

"我用脑袋冲他肚子撞去,八成是他往旁边一跳,就砍了我一下子,鬼东西!"

"你知道吗?他已经自杀了。"

"知道。死了吗?"

"死了!"

"那就好啦!哎……呀……呀!他尽跟娘儿们瞎胡搞!真不是人!你想叫我躲到哪儿去呀?"

叶戈尔从地上收集着沾满白霜的树叶子说:

"我只是带你去,再让别人把你隐藏起来。你的脸上该擦一擦呀!"

米哈伊洛的脸上满是血污,变成个铁脸了。血在脸上凝成铁锈般的痂疤,真像戴起红褐色面具一样。

天已经大亮了,看得见受伤人的衣服全结了冰,冻得硬邦邦的,身体稍微一动,衣服就沙沙作响。叶戈尔用潮湿的树叶子替他擦着脸,受伤人全身颤抖,牙齿打战地小声咕噜说:

"好兄弟,愿基督保佑你们吧!要是我不幸落到官家人手里,早把我收拾苦啦!你们为什么对我这样好哇?"

受伤人的蓝眼睛里慢慢淌出了混浊的泪水。

我被他这一问,反觉得很难回答;叶戈尔也茫然地笑了笑。

"我同名的老哥呀!你快走吧!"他对我说,"天一亮,人们就要出来了——快点走吧!"

"哎……哟……哟!……"受伤人摇着他那颗蓬松得像一棵大白菜似的脑袋呻吟起来。我这位同名的老弟,却轻轻嘘着口哨,仔细地继续替米哈伊洛擦那张像脏茶炊般的血脸。

我带着极其纷乱而沉重的心情沿大路走着,头脑里什么也不能想。在我面前阴暗的天空上,慢慢现出了寒冷的鱼白色的曙光,周围的一切,像被昨夜的事件闹得疲乏不堪,形容憔悴了。绿色绒毡样的秋播麦田盖上了一层柔毛般的寒霜,树木犬牙交错地伸着光秃秃的枝丫,好像是苦于自己的手脚太短,没法攀附到对面的枝丫上去,因而伤心地、孤零零地在悬空颤抖。赤身露体被冻僵了的大地渴望着雪花以松软的白被单把自己掩盖起来。然而空中汇集着乌云、灰烬和烟雾,都一动不动,要给大地继续添加磨难。

我走进了村庄,隔着瓦里娅家的菜园的矮篱笆,看见她脸色苍白地在那儿等着。这个可怜的女人一定是整夜未曾入睡啊。

"就这样去睡吧!"她痉挛地抖抖肩膀说,并在前面带我走,"快点走啊!瞧你弄了这浑身的血呀!衬衫丢到哪儿去了?"

她两眼噙着泪花,用冻得冰凉的手,给我递过一杯水来,轻声问道:

"是谁打死他的?"

"他自个儿。"

"当真的?"

"别再问了,瓦里娅!"我严肃地对她说。

"哎哟,我的天!难道不问能知道?你们不是到他那儿去了吗?"

"我们没有赶得及呀!"

"可是,你身上从哪儿来的血呢?"

"别着急,我就会把一切全说给你听。"

"杜尼娅也死了吗?"

"当然。"

她坐在板凳上,低声啜泣起来:

"要是我们生前知道今日都这样命苦,我们就会痛哭流泪地祈祷:'圣母娘娘啊!别让我们投生做女人吧!'杜尼娅是多么可爱呀!又活泼,又聪明!就是那些坏男人,那些魔鬼们净欺侮她!抢夺她,剥光她——所以她才喝酒了,浪荡了!这也全是由于你们那万恶的战争啊!混账魔鬼们,等着瞧吧!将来女人们觉悟了,她们会教你们看看该怎样发动战争!"

我听到我这位女学生和女朋友瓦里娅说出这种气愤话来,真有点哭笑不得。我坐在她身边,默默抚摩着她的手;她低垂着两眼对我诉苦说:

"我整夜心里惶惶着,坐不定站不稳,叫我害怕死啦!唉!真恨不得打你一顿!"

她突然激动地拥抱我,闪着泪花在我耳边微笑说:

"我的小傻瓜!……"

她这样的行动,可真变成个傻瓜了,到底为了什么呢?……

我如同小孩子偎依着妈妈似的紧靠在她身边,心情也渐渐平静和轻松下来。昨夜那种乌七八糟的事件在我的脑海里渐渐模糊,消逝了。

她把我的头放在她的膝盖上,用她那温柔的手抚摩着我的脸颊。

"你告诉我,叶戈尔到哪儿去啦?回家了吗?"

我自己也不知道为什么,竟然开口问她说:

"你爱他吗?"

她亲热地小声回答:

"怎么不呢！当然爱！啊,你快给我说吧！"

我开始说了,但没说上十来句话,不记得怎样就沉沉地睡着了。

我被阿列克谢叫醒了,他跟库津一同进城去刚回来,站在我的枕前,扯着我的手生气地说:

"快起来！你晓得了吗?"

我睁开眼睛望了望,看见他那哭丧脸上十分严肃的表情,看见瓦里娅早已穿好衣服立在房中间了。

"嗳！你快醒一醒吧！"她哀求地催我说,"你听见么？库津被捕了！"

我一翻身跳下床来。

原来是这位爱讲话的老头儿,在我们熟识的那位女教师家里坐得太久了,他跟女教师和她的哥哥闲扯起来,一直扯到黑夜,警察进来,把女教师和她的哥哥捉去,库津也连带被捕了。

"在他们那儿搜查出什么东西没有?"我问。

"那谁知道呢？"阿廖沙低声答,"省里的宪兵到咱村来了！瓦尔瓦拉·基里洛芙娜！请你快去叫叶戈尔来！"

她一边往外走,一边喃喃地说:

"这下库津可要给你们都看一看啦！"

我在屋子里转来转去,真难设想彼得·瓦西里耶维奇会怎样跛着脚跟随警察们走进监狱里去啊！

阿廖沙坐在暖炕上,摇动着两腿,唠唠叨叨地说:

"我也在他们那儿吃过饭,坐了很久,幸而及时离开了。他在那儿跟费多尔和莉季娅谈论上帝,自然,又争辩起来了,他讲的那些话真有意思,我告诉你吧。"

他向我俯过身来,兴冲冲地继续说:

"他讲,你们要帮助上帝呀！我为什么说帮助上帝呢？上帝不是全知全能的吗？不错,上帝是全知全能的,因为你们都是上帝这伟大力量的一部分,都是上帝零散的化身。你们要团结起来,就加强了上帝的力量,要是分散开来,就会削弱上帝的力量。这话在古斯拉夫文的经书上写着……可惜,我不懂古斯拉夫文!"

对于库津的被捕,我不太担心了。我不再顾虑他到法官面前会采取怎样的态度了。我相信,在一片大森林采伐场上,如果被人盗去一棵或五棵圆木,这并算不得什么了不起的巨大损失。

"本来,我跟菲利普事先听说要来搜查了,但还是迟了!我正坐在菲利普房里看书,突然菲利普跑进来说,刚才看见了警察局副局长,他说他正在忙着搜查。我一听,原想躲到苏斯洛夫家去,不料他家的门口已有一个警察站着。于是我就从那儿溜过来了。你想想看,现在可能会发生什么事呢?"

"很难猜想!"我说,"不知怎的,我总觉得这些事都会平安过去的。"

"他并不是个多嘴多舌的人!"阿廖沙确信地说,"菲利普不如我更了解他,菲利普有另外的看法:他忙着往省城里去了。在那儿,店铺里只剩下那个新来的、沉默寡言的城里人了,人倒是很单纯的,店里也没有别的多余东西。只有一些纸张,这些纸张大概不会被识破的。他们已经把商品都陈列到货架子上了,有小孩书、儿童玩具,橱窗里还挂着带硬纸托片的钢笔、铅笔,连'戈尔恰科夫书籍文具店'的招牌也做好了。菲利普那把大胡须,真像个商店老板!他跟城里的市民都混熟了,我一看见他就觉得挺好笑……"

"一切都会平安过去的!"我说,因为我早有了这种信心,现在是更加坚信了。

叶戈尔来了;天气虽已很冷,他依然敞披着外套,衬衫上也没有扎腰带,袖口高高挽起。他皱紧眉头,瞪大眼睛看了看我们,问道:

"怎么样?"

他听着阿廖沙的报告,低声嘘着口哨,手指噔噔地敲打桌边,眼睛一眨也不眨地,以空前柔和的眼光看着我。

"老头儿这么快就被捕了!"他惋惜地说,"可怜他孤单单一个人,没有咱们的同志陪伴他！我同名的老哥呀,你没想到这次被捕会牵连到你吗?"

"没有。"

"你还是离开这村,到别处去躲一躲好!要预防万一呀!"

"让我考虑考虑再说吧。"

"快考虑吧!"

阿廖沙也这样劝我。

我因为昨夜睡眠不足,头晕眼黑,什么也懒得去想。阿列克谢走了;因为今天他要去参加一个读书会,在什么地方的烤谷房里集合了许多青年农民,他们的会一开起来不到很晚是不会散的。

叶戈尔穿好了外套,把两手伸进袖管里去说:

"我也要走了,我该去修理修理雪橇了。刚才我爹训了我一顿,怪我不大干活。说我们家要破产了,真想哭呢。我娘也是这样,两个人你一句我一句地说得我烦极了。唉!爹娘老子也给咱弟兄们添了不少的干扰;人最好是直接从地里生出来,因为大地比爹娘老子更聪明些……我同名的老哥呀!你还是考虑一下吧!越快越好,今晚就得决定了。我已经叫瓦尔瓦拉·基里洛芙娜出去走走,听一听风声。我爹透露说,阿斯塔霍夫要把咱大伙儿一网打尽。警官已到磨坊来了——那儿人山人海!我爹也火急地跑去了。再见!晚上见吧!"

他使劲握了握我的手,低下头说:

"不知道为什么,我的心老突突地跳,或许是累了吧?"

"你能相信库津吗?"我问。

"我相信他不会故意干坏事的,但无意之中,那就难说了。"

他冷笑一声,又说道:

"他孤单单一个人去坐监牢怪闷得慌!要是瓦尼亚也去坐一坐牢,陪他表舅谈谈心,也许会把意志变得坚定些!不然,瓦尼亚老抱着一个软菩萨心肠,总埋怨咱们对尼金做得太过火,还要去安慰他。可是,尼金这时正在忙着运木料准备给自个儿盖新房了!好,晚上见吧!"

他走了,却把他的一丝忧虑留在了我的心里。

这时村庄的上空早已飘舞着白色飞蛾,飞蛾懒洋洋地落到被践踏的土地上,给土地覆上了一层亮晶晶的新雪的薄衫。街道上穿灰粗布衣的农民们忙着走来走去,说话的声调变得高昂,通通通地迈着大步;啊,还有一群群穿花衣的女人,在女人群里看见瓦尔瓦拉把头挺得高高的。她在街心停住脚步,说了些什么话,我似乎听到她那洪亮的声音在轻轻冲击着我的窗玻璃。米洛夫蒙着满身的白雪走近她,不知问了些什么事,把帽子左一下右一下地按了按,又扎下脑袋,拖着步子往前走了。

我很想把瓦里娅唤回家来,但又不便过于使劲去敲窗玻璃。

一个骑马人忽闪忽闪地像鸡翅膀似的掂着两条胳膊飞驰过去了。女人们在他后面尖声喊叫,都急忙跑散了。只剩下瓦里娅一个人,她像田野里的一棵白桦树:挺直身子,两手遮在眼上往街道远处望一望,才转身向门口这边走过来。

瞧她那个冻得又红又鲜的模样儿吧,脚刚一迈上门槛,就脱下外衣叫道:

"嘿呀,我的妈呀!我什么全看见了,把一切全打探出来了。整个村庄快跳起来啦!阿斯塔霍夫怪罪斯科尔尼亚科夫不该开酒馆,说那是教人放荡的。可是斯科尔尼亚科夫对天发誓说,开酒馆的事他一点儿也不晓得。格涅多伊又把他们两个全骂了一通——不得了!人们像一窝蜂,又是哄,又是嚷,吵闹了个不亦乐乎……"

她扭着矫健的身体,像鱼儿戏水,又活泼又漂亮地来回走动着,我真喜欢看见她这样的姿态……

"斯科尔尼亚科夫害怕了,他为了收买人心,不再提酒馆的事,就故意声言:今年冬天要开始砍伐他的树林了,好让大伙都有活干。可是阿斯塔霍夫喊道:'斯科尔尼亚科夫在骗人呀,树林是我跟他两家的,到如今还没有分开。关于划界问题正要到衙门里去打官司呢……'庄稼人真不知道随着哪一边说才好;可是,他们心里都盼望着,就是拼了命也要把这两个家伙全打倒!"

瓦里娅一手捂着脸大笑说:

"基里克这个人可出风头了:他发言拥护阿斯塔霍夫。说什么库兹马是上帝和长官们最喜欢的,又聪明,又识字,是我们村社的保护人。我们曾经开会选他到国家杜马去当代表不是没原因的呀!可是怎么一变,突然又骂起这个保护人来了!大伙儿听着,开头都瞪大了眼睛,随后就都哈哈地大笑起来!基里克却摇了摇头一笑说:'我好像是说错了!那个库兹马呀,那个狗东西!他可把我整惨啦!我到死也忘不了他!接着,他把库兹马怎样剥削他的事一桩桩一件件地诉说出来!人们喊道:'基里克!你的真理在哪儿呀?'这一下,基里克恼羞成怒了,他说:'混蛋们,你们的真理在哪儿,我的也在哪儿!'可是在他那儿的不能叫真理,该叫作真无耻呀!"

她娇羞地偎在我的身边沉默了一会儿,又悲伤地小声说:

"你晓得,大伙儿好像把磨坊酒馆里躺着的死人全给忘到九霄云外去了。只有女人们还悄悄记着杜尼娅……唉咦!这是怎么一回事啊?!"

前室里响起了急促的脚步声,门呀然大开,多谢金一脚踏进门来,喘着气低声说道:

"来了军队,我同名的老哥呀!宪兵们正在打听你。格涅多伊被抓去了!"

我的心紧紧纠结着,几乎要停止跳动了,想站起身来;但瓦里娅的两手把我抱住,我望着她那可爱的眼睛和惨白的脸色,听到她悄悄地轻声说:

"快往树林里逃吧!"

叶戈尔也催我道:

"逃吧!"

他一把拉住我的手,眼睛直望着我的脸,把我拖往门口去。

"逃跑已经迟了！但必须赶快离开这儿。"

我抱住瓦里娅,吻了吻她。我的同名朋友也拥抱了我。

"你们要保重,互相关照吧！"我对他俩说。

我自己却突然感到心潮澎湃,浑身热辣辣的,充满了悲愤和力量。

"也许还来得及吧？……"叶戈尔低声咕噜着,瓦里娅的脸吓得像白纸一样了,她把我推出门口来说:

"快走吧,我亲爱的！快！"

我冲出院子,穿过菜园,跳过篱笆去。不料走到灌木林的小路上时遇着两个士兵,他们发现了我:

"站住！"

两个兵已经把枪托抵住肩头,对我瞄准了。

"干什么？"我说,"你们发疯了吗？"

"闭嘴！"

于是他俩便一前一后地押着我这位老兄,踏上一条偏僻的小路往前走,雪不停地飘落,把脚下的土地和他们身上的灰色军大衣全染白了。

迎面又走来一个兵和一个戴长耳风帽的小个子军官。

"什么人？"他们凶声凶气地喊。

"叶戈尔·彼得罗维奇·特罗菲莫夫。"

于是小个子军官转向他的随从兵命令道:

"快去报告宪兵大尉:特罗菲莫夫落网了。你听清楚了吗？是特罗菲莫夫！"

小个子军官嘴上留着一撮黑胡髭,他那盛气凌人的小红脸,很像新铸出的一枚十五戈比的铜钱。他戴着发黄的厚手套,穿一双闪亮的漆皮靴子。

我们往前走。

"你们要把我带到什么地方去？"我问。

"那你就不用管了！"

"对！"我说，"可是，也许你们要到我的住处去吧？"

"当然要去！"

"可是已经走过了。"

在我的住房里，站着一个宪兵和几个步兵。还有一个威风凛凛的高个子宪兵军官，蓄着灰色的山羊胡子和大唇髭，唇髭两端下垂着，看起来就好像他有三股胡须似的。我的书籍被乱抛在地板上，到处都搜查过了。

"是特罗菲莫夫吗？"宪兵军官粗声问了一句，随后又补充说："他也就是尼古拉·斯米尔诺夫吧？"

"嘿！"我心想，"你也真不愧是个有训练的家伙！"

我的两脚已走得疼痛不堪，进屋时门又没有关住，我在这些人中间站立着，感到浑身冰冷，更有说不出的厌恶和气愤。我不能对他们说谎话，因为我不是比他们更坏的人呀。

我猜想：既然他们已经知道了我的真姓名，那就绝不是库津的关系了。这一定是我自个儿不小心偶然暴露出来，或是苏斯洛夫和他的妹妹错说了什么话。这也好吧，明天我就可以到库津的身边去了。

宪兵大尉抖着他那三缕灰胡须喊道：

"我问你：你就是原在第三预备营的那个文书尼古拉·斯米尔诺夫吗？"

"我叫特罗菲莫夫·叶戈尔·彼得罗维奇。"

他凶暴地怒吼：

"你胡扯！"

当官的全是些最容易发脾气的家伙。

那位小个子军官却像饿坏了的小乌鸦那样张大嘴巴转过头来望着我；几个下级军官也瞪着严厉的眼睛注视我。大尉在写什么，钢笔尖往纸上刺啦刺啦地画着，那声音真像是要搔破我的心一样。

天亮的时候，我和格涅多伊被五个兵押着往城里走。所有的军官都已乘车驰往别处去了。

道路很难走,头上飘着棉絮般的大雪片。我们像落入牛奶里的蜜蜂一样在雪地里挣扎。透过白蒙蒙的雪幕,看见灌木丛,大树梢,还未被雪淹没的小山头,一会儿从左方,一会儿从右方,像黑色的路标似的浮现在我们的面前。

押解兵们昨夜没睡足,肚里饥饿,心情更加恶劣,便吼叫着向我们发泄怨气,用枪托戳我们。格涅多伊因为跟士兵们顶了几句嘴,已经挨过两次打了,准是打得挺痛的。

他吵闹着,乱挥着两手,大喊大叫,唾沫星子从嘴里喷溅出来,雪花却从外面飞进他的嘴里去了。

"我也当过兵!当兵的应该保卫真理嘛!"

"你敢再说!"一个押解兵威吓地警告他,另外一个却用嘲笑口吻问道:

"保卫什么真理?"

"就是那个真理!大多数人的真理!可是,你们保卫的却是库兹马那个大老财和吸血鬼!"

"里亚德诺夫,给他一耳光!"

应该设法制止一下了。

"老乡亲们,"我劝他们说,"你们不要再为这生气了,有的是叫你们生气的事……"

"有什么事你说说看吧!"一个士兵吼叫道。

"好!我真高兴跟你们这些聪明人说话。你们应当生气的是不准你们坐车,偏叫你们在雪地里爬……"

"这个因为谁呢?还不是因为你们这些鬼东西!"

"他们不让你们喝茶,不让你们吃饭,还不让你们睡觉……"

"他说的倒也不错呀!"走在我后面的一个士兵响应道。

"我们说的话全不错!"格涅多伊自豪地声明说。

"听听他们的,叫他们说吧!"

押解兵的班长,看着我的脸,皱起了眉头。

我沉住气用亲切的口吻继续说:

"老乡亲们,对这些事,咱们全有办法!再走上一里地,前面有个村子,村子里有茶馆。诸位就进村去喝茶吧!也给我们来一点。不然,这样步行三十多里路,咱们谁也受不了啊!"

班长吭哧着鼻子,抖落掉胡子上的雪花,声调放柔和了一些说:

"这倒是也行!老乡们,不要紧,行啊!"

大家都附和说:

"当然行!"

"不错!"

"离那村子不远了吧?"

"不喝足吃饱,连跳蚤也不会跳啊!"

格涅多伊用教训人的口气说:

"看,我们也挺同情你们呢!"

这位押解兵的班长曾到我的住处来搜查过,我们同睡在一起;夜里我跟他曾经随便谈谈这,谈谈那。今天,他和那个跟我并肩走的高个子里亚德诺夫,格外显得沉静些了。其余三个兵,看来也是长期过着愁苦和恶劣的生活。他们都像农民的老马瘦骨嶙峋的,老是那么疲于奔命的样子。他们一个个都是瘪瓜脸,带着痴呆而绝望的眼睛。

"咱把你们押送来,押送去的,"里亚德诺夫低声说,"多咱才走到头啊!"

"老乡,为什么在人们中间要有这种事呀?"押解兵的班长用眼瞥着我问,"干吗要这样闹得谁也不安生呢?"

我开始给他们说明这种事和发生这种事的原因,他们紧紧向前靠拢,把格涅多伊也挤到我的身边来了。他们的眼睛半惊半疑,胡髭和眉毛上沾满模糊的融化了的雪水,真好像是都哭成泪人儿了。

"这一切真糟糕!简直可怕呀!"我听见我背后的士兵衷心地发出低声叹息,也不知是谁贴近我的后脑勺子在急剧地呼吸。

我明白这些士兵们,他们完全像无知的孩子们一样,像无知孩子那样轻信,也像无知孩子那样残忍。他们又好像是大地上的孤儿,和一切隔绝了起来,他们没有个人的自由意志。这些俄罗斯人,总是战战兢兢,什么也不敢相信;他们很想从别人那儿学点聪明,可是一旦看见了真正聪明的人,他们又有点害怕起来。然而我相信在今天这样的时代,凡是愿意活下去的人,都会接受我这个牢不可破的信念:人们团结起来就是不可战胜的力量!所以我毫无忌惮地把我的想法全向他们说出来了。

"听不清楚啊!"我后面有人遗憾地叫道。

"这雪花把耳朵给塞住了!"

格涅多伊满意地自言自语:

"对,对,完全对呀!"

我们一路谈着话,直到前面的村子才停止。当走进了村中的街道时,那些押解兵们又故意粗声粗气地对我们吆喝起来了。

但是进了茶馆,待茶水和面包都上齐以后,他们就恶狠狠地把茶馆掌柜赶了出去,解开钮扣,把军大衣上的雪水抖落抖落,又凑拢到一起,用柔和的眼光望着我们,注意听我的讲话了。

他们嚼着面包,大口大口地喝茶,还不断啧啧地嘬着嘴唇,或伤心地摇着他们那青虚虚的光葫芦脑袋。

里亚德诺夫开口问道:

"喂!你们那村里,还有像你们这种想法的人吗?"

格涅多伊真该死,他竟炫耀般地大声说:

"当然有啊!在我们全区里……"

我从桌下蹴了他一脚。押解兵们发觉我的动作,都皱一皱眉头微笑起来,有一个士兵眨了眨眼问道:

"老乡,你怎么啦!咬住了舌头吗?"

格涅多伊满脸涨红,挪动着一只脚,慌得上气不接下气地说:

"就是这,我们,这不就是两个吗?"

"那就是说,"押解兵的班长得意地大笑道,"我们把你俩押进城里去以后,还得再给派回来抓别的人啦!"

兵士们汗渍的红脸上浮现出各种各样的微笑,在三个士兵中,有一个士兵带嘲笑意味地说:

"这就叫作职务啊!"

又一个狠狠的声音跟着说道:

"最好下道命令,把有罪无罪的一下子全杀光,那就太平无事啦!"

我趁着人们陷入沉思的这一瞬间,问格涅多伊:

"是库兹马诬告你的吗?"

"不是他!"格涅多伊连忙回答,"这主要是莫兹茹欣、利亚多夫、斯科尔尼亚科夫,还有一些人,他们昧着良心说:'长官大人,那家伙(就是指我)一定是被中国人收买了的。他是这村里的大坏蛋!他常常骂长官,也骂我们所有的人,他说只有中国人最好!'"

士兵们都怀疑地望着我们,里亚德诺夫问道:

"你怎么会认识了中国人呢?"

"我么?"格涅多伊又自我炫耀似的大声说,"去过那边!参加了这次战争,当过俘虏,得过叶戈里十字勋章。你瞧!我有这个……"

他忙着伸手到裤兜里去摸索,从裤兜里抓出了满把乱七八糟的东西,用粗手指头在里面翻检着,突然又气急败坏地嘟哝道:

"唉呀呀!真该打!我慌着忘把勋章带来了!弟兄们!真糟透了!它是我的护身宝,可我竟忘了带上,唉呀呀!"

"只要你得过这勋章,上司会晓得的!"押解兵的班长安慰他说了这么一句,随即下命令:

"集合出发,快!"

士兵们扣好了军大衣,拿起枪,抱着好奇心,若有所思地同情地望着格涅多伊。

这时格涅多伊已经平静下来;他又皱紧了眉头,高高举起一只臂膀,像威吓什么人似的,伸出一个弯曲的黑手指头,用挺神秘的口气说:

"弟兄们！我亲眼看见过那些中国人、日本人，打仗的、种田的，全都见过……嘿呀！他们真会拾掇土地……我的天！那不是田地，简直是新娘子的绣花床啊！那才真正称得起劳动人民啊！有了这样好的田地，干吗还去打仗呢？他们自然要躲得远远地，越远越好，根本不高兴打仗的事！所以他们才能种出了那样出色的好谷米……"

我们几个灰色的人体又紧紧地滚到一团来了，穿过飘摇不定的雪幕，沿路前进。因为大家贴拢得太紧了，不时地脚踏着脚，肩碰着肩。地下像潮湿棉絮样的厚雪层被脚踩得噗哧噗哧地乱响，正在降落的雪花沙沙低啸着。格涅多伊拉开大嗓门盖过了这一切声响，他得意扬扬地，时而上气不接下气地继续不断地在说笑。

士兵们跌跌撞撞地往前走，刺刀和刺刀碰得叮当响。他们都尽力望着格涅多伊的脸儿，默默倾听他那为农民所最喜爱的土地获得了意外丰产的故事。士兵们红红的面庞，又蒙上了一层模糊的融化了的雪水，雪水沿着两颊往下流，好像是被压迫者的痛苦的眼泪在往下淌。大家都深深地喘息着，呼哧着，但是我觉得人家的步伐已经越走越快。真像是今天就要赶到那个幻想出来的自己所喜爱的国土上去了。

在我们之间，再分不出来谁是士兵，谁是囚犯。只有七个俄罗斯人在前进。虽然我并不曾忘记这是一条走向监狱去的路，可是一想起我所经历的这个幸福的夏天和先前的那些日子，我的心里就燃起了愉快而光明的火焰，我真想穿破眼前这迷茫浓重的雪雾向四方高呼：

"伟大的俄罗斯人民，节日好！我亲爱的人民，复活节就快来到了！"